D1854427

© Jurry Bauer

Penelope Williamson hat Geschichte und Journalismus studiert und danach einige Jahre in einer PR-Agentur gearbeitet, bevor sie 1987 ihr erstes Buch veröffentlichte. Sie lebt heute mit ihrer Familie in Kalifornien. Ihre erfolgreichen Romane sind alle auch als Fischer Taschenbuch lieferbar: ›Aus ruhmreichen Tagen‹ (Bd. 13037), ›Im Herzen des Hochlands‹ (Bd. 13119), ›Manchmal in all den Jahren‹ (Bd. 13038), ›Über den Wolken‹ (Bd. 13120), ›Unter dem Himmel von Notre-Dame‹ (Bd. 13118), ›Westwärts‹ (Bd. 13412) und ›Wagnis des Herzens‹ (Bd. 14681).

Die Widerspenstige Boston, 1721: Als die junge Delia McQuaid auf eine Heiratsannonce antwortet, um in den noch unzivilisierten Norden zu gehen, trifft sie auf den rauhen und gutaussehenden Arzt Ty Savitch. Er gesteht ihr, die Anzeige für einen Nachbarn in seiner Heimatgemeinde, einen Witwer mit zwei Kindern, aufgegeben zu haben. Der Arzt wird ihr Begleiter und Brautführer auf der langen und beschwerlichen Reise ins Ungewisse, an die Grenze der Zivilisation.

Maine, 1724: Delia und Ty Savitch erreichen die Gemeinde in der nördlichen Wildnis, und Delia steht ihrem Bräutigam zum ersten Mal gegenüber. Wird sie den Unbekannten heiraten? Denn inzwischen kennt sie auch Ty näher. Er wurde in England ausgebildet und aufgezogen von Indianern – ein Fremder in allen Welten, mit einer verwundeten Seele und gespaltenen Gefühlen gegenüber Delia und seinem einzigen Freund, dem zukünftigen Ehemann…

Penelope Williamson

Die Widerspenstige

Roman

Aus dem Amerikanischen von
Manfred Ohl und Hans Sartorius

Fischer Taschenbuch Verlag

Einmalige, limitierte Sonderausgabe
Veröffentlicht im Fischer Taschenbuch Verlag GmbH,
Frankfurt am Main, September 1998

Lizenzausgabe mit Genehmigung des
Wolfgang Krüger Verlags GmbH, Frankfurt am Main
Die amerikanische Originalausgabe erschien 1994
unter dem Titel ›A Wild Yearning‹
im Verlag Avon Books, New York
All rights reserved. Published by arrangement with Dell Publishing,
a division of Bantam Doubleday Dell Publishing Group Inc.,
New York, USA
© Penelope Williamson 1994
Für die deutschsprachige Ausgabe:
© Wolfgang Krüger Verlag GmbH, Frankfurt am Main 1996
Umschlaggestaltung: Parzhuber & Partner, München
Umschlagabbildung: Eugène Delacroix,
›Waisenkind auf dem Friedhof‹, 1824 (Ausschnitt)
Druck und Bindung: Clausen & Bosse, Leck
Printed in Germany
ISBN 3-596-50259-4

»Ach, Anne! Können Sie das nicht verstehen?
Ich liebe Tyl!
Aber er liebt mich nicht…«

Delia läßt bekümmert den Kopf sinken. »Er kann zärtlich sein, aber auch verletzend. Obwohl ich glaube, daß er sich deshalb manchmal selbst verabscheut. Er kennt meine Gefühle und weiß, daß ich ihn wirklich liebe. Deshalb hat er Schuldgefühle…«

»Dazu hat er auch allen Grund!«

Mit Tränen in den Augen erwidert sie: »Nein, Sie verstehen das nicht. Er hat mich mit seinen heilenden Händen berührt, und ich habe mich in ihn verliebt. Es war so selbstverständlich wie… wie Einatmen und Ausatmen. Er kann nichts dafür. Wenn ich Nat heirate, dann muß Tyl keine Schuldgefühle mehr haben… ich meine, weil ich ihn liebe.« Ihre Lippen zucken, und mit einem wehmütigen Lächeln fügt sie hinzu: »Und wenn Tyl einmal heiratet, werde ich froh sein, denn dann ist er endlich glücklich. Jetzt ist er unglücklich, einsam und traurig.«

»Du liebe Zeit«, murmelt Anne. »Das soll Liebe sein? Tyler Savitch hat doch nicht den Verstand verloren. Wenn das Liebe sein soll, dann ist es kein Wunder, daß er Angst vor der Liebe hat.«

Erstes Kapitel

Im Hafenviertel von Boston, Massachusetts. Mai 1721.

»Delia, du Miststück, komm sofort zurück! Ich warne dich, wenn ich dich holen muß, prügle ich dich windelweich ...«

Die Tür wurde aufgerissen und schlug mit einem lauten Knall gegen die Mauer. Ein Mädchen stolperte über die Schwelle und fiel schwer atmend auf Hände und Knie.

Am Ende der Gasse spielten ein paar kleine Jungen Murmeln. Der Lärm ließ sie zusammenzucken. Bei Delias Anblick, die mit angstvoll aufgerissenen Augen vor der Haustür lag, sammelten sie schnell ihre bunten Glaskugeln ein und rannten hinunter zum Hafen.

»Ddde ... liaaaaa!«

Das wütende Lallen ließ die Siebzehnjährige aufspringen. Sie umklammerte das wacklige Holzgeländer, sprang mit einem Satz auf die Straße, richtete sich auf und blieb wie angewurzelt stehen.

Der stämmige Wachtmeister Dunlop versperrte ihr den Weg. Fauliger Fischgestank stieg von den in der Sonne zum Trocken ausgebreiteten Fischernetzen auf und lag wie eine Dunstglocke über den armseligen Hütten und kleinen Werkstätten, die sich in dichter Reihe an der Bucht entlangzogen.

Der Wachtmeister hatte Delia den Rücken zugedreht und blickte auf die Bucht, wo gerade eine königliche Fregatte einlief, um am Long Wharf anzulegen. Delia machte vorsichtig einen Schritt, blieb aber wieder stehen, als sie sah, daß er seinen Stiernacken langsam in ihre Richtung drehte.

Sie hörte, wie hinter ihr ein Stuhl umfiel, und im nächsten

Augenblick erneutes Gebrüll. Eisentöpfe klapperten, und etwas Schweres schlug dumpf gegen die Wand.

»Verflucht, ich weiß, daß du irgendwo noch mehr versteckt hast ... rück es raus, du Luder! Du entkommst mir nicht ... DEEE-LIAAAA!!!!«

Delia unterdrückte ein verzweifeltes Stöhnen, sank schnell auf die Knie und kroch gerade noch rechtzeitig unter das Podest der Treppe, denn der Wachtmeister drehte sich mit einem Ruck herum und hob den Kopf wie ein Fuchs, der ein Kaninchen wittert.

Von dem niedrigen Podest aus verrottetem Holz führten zwei Stufen zu der Hafengasse, in der Delia mit ihrem Vater neben einer verfallenen Küferwerkstatt wohnte. Unter dem Podest war eigentlich nur Platz für Ratten und Spinnen, aber jetzt auch für eine Siebzehnjährige, die sich vor ihrem Vater versteckte, um nicht verprügelt zu werden.

»Delia! Du verdammtes Miststück!«

Sie hörte die polternden Schritte ihres Vaters auf den Stufen und kurz darauf die im Schlamm der Gasse versinkenden Schuhe des Wachtmeisters. Delia drückte das Gesicht auf die Erde, um ihren lauten Atem zu dämpfen. Der nasse, schmierige Schlamm kühlte ihre glühenden Wangen. Es roch nach Moder und fauligem Fisch.

Die Schuhe des Wachtmeisters verharrten direkt vor Delias Augen. Er stand so dicht vor dem Treppenabsatz, daß sie die Schlammspritzer und den Pferdemist auf seinen weißen Ledergamaschen sah.

Der Wachtmeister räusperte sich und spuckte eine Ladung Kautabak und Speichel aus. Der braunschwarze Schleim landete dicht vor Delias Augen im Dreck.

»He, McQuaid!« rief er. »Was ist denn los? Was soll das Geschrei?«

Die Bretter über ihrem Kopf bogen sich quietschend, als ihr Vater die Stufen wieder hinaufging und schwer atmend vor der Haustür stehenblieb.

»Ach, der Herr Wachtmeister ...«, Ezra McQuaids Stimme klang beim Anblick des Gesetzeshüters sofort etwas manierlicher.

Schließlich konnte ihn der Polizist ohne weiteres wegen Trunkenheit und Ruhestörung zwölf Stunden einsperren. »Sie haben nicht zufällig meine Delia gesehen... Ich finde, es ist schon eine Frechheit, wenn man bis mittags auf sein Frühstück warten muß!«

Der Wachtmeister räusperte sich noch einmal laut und spuckte zum zweiten Mal auf den Boden. »Nein, aber das will nichts heißen, denn ich habe die *Moravia* beobachtet, die gerade eingelaufen ist. Also, das wird heute ein ruhiger Abend werden, wenn die Patrouillen unterwegs sind, um Seeleute zu pressen. Da bleibt jeder vernünftige Mann zu Hause und läßt sich nicht blicken. Was hat die Kleine denn diesmal ausgefressen?«

»Sie hat sich die Sixpence genommen, die ich für Notfälle beiseite gelegt hatte«, erwiderte Ezra McQuaid mit Selbstmitleid in der Stimme. »Sie hat sich einfach damit davongemacht, und ich werde ihr deshalb eine Tracht Prügel verpassen. Es ist schließlich eine Sünde, wenn ein Mädchen den eigenen Vater bestiehlt.«

Dieser Lügner, dachte Delia und biß die Zähne zusammen, um nicht laut zu protestieren.

Die Sixpence gehörten ihr. Sie hatte das Geld unter dem Schmalztopf versteckt. Er hatte das Versteck natürlich mit dem unfehlbaren Instinkt entdeckt, auf den er sich stets verlassen konnte, wenn ihn der Durst überkam. Aber diesmal hätten selbst Sixpence nicht gereicht, um den Durst mit billigem Bier zu löschen. So war das eben. Wenn der Durst ihn trieb, dann mußte er trinken, bis er den Verstand verlor. Als kein Bier mehr da war, hatte er von ihr noch mehr Geld verlangt. Aber sie hatte kein Geld, und deshalb war er immer zorniger geworden und hatte schließlich mit der Faust auf sie eingeschlagen.

»Sie hätten das Mädchen schon längst verheiraten sollen«, sagte Wachtmeister Dunlop, und es klang teilnahmsvoll. »Sie braucht einen Mann, der ihr Ordnung und Disziplin beibringt.«

Ezra McQuaid lachte, und es klang in seinem dicken Bauch wie dumpfes Donnergrollen. »Heißt das, Sie wollen sie haben, Sir?«

»Ich? Bei Gott, nein! Sie ist mir viel zu wild...«

Die beiden Männer lachten. Dann seufzte Dunlop und sagte: »Ich muß meine Runde drehen. Falls ich die Kleine zufällig sehe, soll ich sie dann zurückbringen, damit sie ihre Abreibung bekommt?«

»Dafür wäre ich Ihnen sehr dankbar, Sir. Aber wenn sie im Goldenen Löwen arbeitet, dann lassen Sie es gut sein. Wir brauchen das Geld, wissen Sie, und ich kann ihr die Prügel auch später geben.«

Der Wachtmeister lachte kurz auf und spuckte noch einmal auf den Boden. »Also dann! Auf Wiedersehen, McQuaid.«

Die schlammbespritzten Gamaschen setzten sich in Bewegung und verschwanden. Ein Brett über Delias Kopf knarrte, und dann hörte sie, wie der Türriegel zugeschoben wurde.

Delia blieb regungslos liegen. Um sie herum wurde es still. Wind kam auf und fuhr ihr zart über das schweißnasse Gesicht. Mit der Brise kam aber auch der Gestank von Pech und Schwefel, Tran und Rauch. Sie hörte die dumpfen Schläge des Holzhammers aus der Küferwerkstatt nebenan.

Delias Vater war Küfer gewesen, aber nach dem Tod seiner Frau hatte er angefangen zu trinken.

Warum nur kann ich ihm Mutter nicht ersetzen, dachte Delia wieder einmal bekümmert.

Langsam schob sie den Kopf unter dem Treppenabsatz hervor und blickte sich wie eine Katze, die ihren Korb verläßt, vorsichtig um. Schließlich stemmte sie die Hände in den Schlamm und glitt lautlos aus dem Versteck.

Eine Hand griff nach unten, packte sie an den langen, lockigen schwarzen Haaren und zerrte sie brutal auf die Füße. Delia unterdrückte einen Schrei, als sie Ezra McQuaids Gesicht dicht vor sich sah.

Seine Lippen verschwanden in dem schwarzen Bart. Er bleckte die Zähne.

»Du hast geglaubt, ich sei im Haus, was? Aber ich habe dich überlistet. Jawohl, das habe ich! Also, wo ist das Geld?«

»Ich habe kein Geld. Ich schwöre es bei …«

»Du lügst, du verdammtes, dreckiges Luder!«

Er hielt sie noch immer bei den Haaren und schüttelte sie wie eine räudige Katze. Dann ließ er sie los, holte aber gleichzeitig mit dem rechten Arm weit aus und versetzte ihr einen Fausthieb in die Seite.

Der Schmerz war so heftig, daß Delia der Atem stockte. Der Magen revoltierte, während sie von der Wucht des Schlags herumgerissen wurde und gegen das Geländer prallte. Das morsche Holz brach unter ihrem Gewicht und fiel auf ihren Arm, den sie instinktiv ausgestreckt hatte, um sich abzustützen.

McQuaid polterte die Stufen hinunter. Voll Entsetzen drehte sie den Kopf und sah ihn wie gelähmt an. Für den Bruchteil einer Sekunde blickte sie wie in Trance in seine blutunterlaufenen gelbbraunen Augen, die sie unter den strähnigen schwarzen Haaren anfunkelten, und sie wußte, diesmal würde er auf sie einschlagen, bis er sie umgebracht hatte.

Verzweifelt suchte sie mit beiden Händen nach einem Halt zwischen dem gesplitterten Holz, um sich aufzurichten. Sie wollte davonlaufen. Sie mußte weg, weit weg. Plötzlich umklammerten ihre Finger ein Stück des zerbrochenen Geländers. Sie sprang auf, drehte sich um, hob trotz stechender Schmerzen das Holz hoch über den Kopf und versetzte ihrem Vater damit einen Schlag.

Im nächsten Augenblick rannte sie die Gasse hinunter. Mit ihren nackten Füßen rutschte und schlidderte sie im schlammigen Abwasser und auf den Abfällen. Sie hörte seinen überraschten Schmerzensschrei, gefolgt von lautem, zornigem Gebrüll. Delia rannte schneller, immer schneller.

Es dauerte nicht lange, und sie erreichte den Kai. Ihre flinken Füße berührten kaum die Planken, während sie, ohne anzuhalten, Fässern, Kisten und ein paar Schweinen auswich, die grunzend in Fischabfällen wühlten.

Sie blieb erst stehen, als sie die Sear's Werft und den Kai in der Ship Street hinter sich gelassen hatte. Sie lehnte sich gegen die rauhen Bretter eines Seilerschuppens. Ihr Brustkorb hob und senkte sich wie ein Blasebalg, während sie keuchend nach Luft rang. Die Schmerzen in der Seite, wo ihr Vater sie mit der Faust getroffen hatte, waren so heftig wie Messerstiche. Vorsichtig betastete sie ihre Rippen und hoffte, daß nichts gebrochen war.

»Vater…«

Tränen traten ihr in die Augen. Sie ließ den Kopf gegen die Bretterwand sinken und schloß die Augen, riß sie aber erschrocken wieder auf, als sie spürte, wie sich zu beiden Seiten ihres Gesichts zwei Hände auf die Bretterwand stützten.

»Hier bist du also, mein Schatz! Ich habe dich schon überall gesucht…«

Delia blickte direkt in ein Paar hellblaue Augen. Unter einer roten Stoffmütze quollen dichte blondgelockte Haare hervor.

»Mein Gott, Tom! Hast du mich erschreckt…«

Der junge Mann lächelte zufrieden. Dann runzelte er die Stirn und fragte besorgt: »Sag mal, was ist denn mit dir los?«

Delia wischte sich eine Träne von der Wange. »Nichts…« Sie holte vorsichtig Luft und zwang sich zu einem Lächeln. »Und was machst du hier am hellichten Tag? Es ist doch Montag! Was glaubst du, wird der alte Jake mit dir machen, wenn er dich hier unten am Hafen erwischt?«

Tom Mullins arbeitete bei Jake Steerborn, dem Schmied. Wenn Jake erfuhr, daß sein Gehilfe am Hafen herumspazierte, anstatt in der Schmiede seiner Arbeit nachzugehen, würde er Tom verprügeln.

»Der alte Schinder frißt und säuft im Löwen«, erwiderte Tom. »Warum soll ich in der Schmiede am heißen Feuer stehen, wenn er nicht da ist?« Er lachte und strich Delia mit den Fingern zärtlich über die Wange. »Wo bist du in den letzten Tagen gewesen? Du hast mir gefehlt…«

Als er sie küssen wollte, drehte sie schnell den Kopf zur Seite. Aber er faßte sie mit der Hand am Kinn und zog ihren Kopf sanft zurück. Schließlich gab sie nach und ließ sich von ihm küssen. Als seine Hände jedoch an den Bändern ihres Mieders zogen und er seine Zunge zwischen ihre Zähne schob, fiel Delia wieder ein, weshalb sie Tom Mullins in den letzten Tagen aus dem Weg gegangen war, und sie stieß ihn energisch von sich.

»Laß das, Tom! Das… das dürfen wir nicht. Daraus kann nichts Gutes werden«, fügte sie nach kurzem Nachdenken hinzu. Tom würde erst frei für sie sein, wenn er seine Schulden abgedient hatte. »Du mußt noch vier Jahre arbeiten, bevor wir ans Heiraten denken können ...«

»Heiraten! Wer redet denn von heiraten?« rief Tom wütend und schlug mit der Faust so fest gegen die Bretterwand, daß Delia zusammenzuckte. »Verflucht, Delia, spiel nicht die keusche Unschuld! Du hast es schon öfter gemacht. Warum nicht mit mir?«

Empört holte Delia tief Luft. »Wer hat das gesagt?«

»Alle ... alle im Löwen.«

Sie schob ihn mit ganzer Kraft von sich. Verblüfft wich er zurück. »Sie lügen alle! Ich bin keine Hure, Thomas Mullins! Wenn du mich für eine Hure hältst, dann brauchst du mir nicht mehr unter die Augen zu kommen!«

Sie ging an ihm vorbei, aber er griff nach ihrem Arm und zog sie zurück. Delia glaubte, er werde sie schlagen und machte sich auf den Schmerz gefaßt. Aber sein Zorn verflog so schnell, wie er gekommen war.

»Tut mir leid, Delia ...«

»Laß mich los!« stieß sie mit zusammengepreßten Lippen hervor.

Er drückte ihren Arm so fest, daß sie blaue Flecken bekommen würde, aber schließlich ließ er sie los.

»Bei Gott, Delia, du weißt nicht, was du einem Mann antust ...« Er schob die Hände unter den Gürtel seiner Leinenhose und starrte auf seine nackten Füße. Dann hob er den Kopf und sah sie kalt an. »Natürlich weißt du es. Mir kannst du nichts vormachen. Wenn du mit deinen goldgelben Augen einen Mann ansiehst, verliert er den Verstand. Du hast Katzenaugen und ... diese tiefe, rauhe Stimme. Du weißt verdammt gut, was du tun mußt, um einem Mann den Kopf zu verdrehen.«

Delia wollte sich das nicht länger anhören. Sie drehte sich um und lief davon. Obwohl er beschwörend hinter ihr herrief, warf sie keinen Blick zurück. Sie hatte in seinen Augen genug gesehen.

Er wird mich schlagen, dachte sie. Diesmal hat er sich noch zurückgehalten. Vielleicht wird er sich auch das nächste Mal noch beherrschen. Aber eines Tages wird er es nicht mehr können, und dann wird er mich mit den Fäusten schlagen ... wie Vater.

Der Goldene Löwe war nur eine der vielen Rumkneipen im Hafen, wo die »Lederschürzen« – Arbeiter wie Schmiede, Küfer und Stauer, die ihre Dienste den vor Anker liegenden Schiffen zur Verfügung stellten – den billigen Alkohol tranken, um die Armut und die trostlose Last ihres Lebens besser ertragen zu können.

Delia McQuaid arbeitete im Goldenen Löwen, seit sie vierzehn war. Aber sie war keine Hure, auch wenn Tom Mullins das glaubte und alle es angeblich behaupteten. Sie arbeitete als Kellnerin, und das war etwas anderes. Selbst die Gehässigsten konnten das nicht leugnen.

Als sie jetzt in der schiefen Tür der überfüllten und verräucherten Schankstube stand, versuchte Delia zu erraten, wer von den gröhlenden Männern wohl das Gerücht über sie aufgebracht hatte.

Gewiß, jeder von ihnen hatte sie schon einmal aufgefordert, mit ihm die Treppe nach oben zu gehen. Aber so waren die Männer eben. Sie hatte es noch nie einem Gast verübelt, wenn er sie deshalb ansprach, solange der Betreffende seine Hände unter Kontrolle behielt und sich mit dem klaren »Nein« abfand. Vor zwei Jahren hatte sie noch nicht einmal Schuhe besessen. Nach einem einzigen Stelldichein in einem der billigen Zimmer des Goldenen Löwen hätte sie sich ohne weiteres ein Paar kaufen können. Ihr Stolz hatte das jedoch nicht zugelassen – Stolz und die Gewißheit, daß sie, wenn sie auch nur einmal für Geld mit einem Mann schlief, so tief in die Gosse sinken würde, daß sie sich nie wieder daraus befreien konnte.

Und doch hatte einer der Männer behauptet, sie sei eine Hure, und alle glaubten es. Dieser Gedanke versetzte Delias Stolz einen Schlag, der mehr schmerzte als ihre wunden Rippen.

»Du kommst spät, Kleine!«

Sie drehte sich um und blickte in das aufgedunsene, narbige Gesicht von Sally Jedrup. Ihr gehörten außer dem Goldenen Löwen noch zwei andere Kneipen am Hafen, die noch vor wenigen Jahren ehrwürdige Gasthäuser waren. Aber inzwischen hatte sich die Armut hier ausgebreitet. Die Reichen bevorzugten jetzt die großen Prachtbauten in der Stadt. Sally hatte ein Doppelkinn, und ihr Atem roch nach fettiger Wurst. »Ich zahle dir nicht gutes Geld dafür, daß du kommen und gehen kannst, wann es dir so paßt...«

»Ich bin nicht zu spät...«, erwiderte Delia aufgebracht, obwohl sie sich heute nicht in der Lage fühlte, Sally die Stirn zu bieten. Deshalb nahm sie der Wirtin sofort das Tablett mit den randvollen Rumgläsern aus den Wursthänden und fragte: »Wer bekommt das?«

»Die lauten Kerle dort an der Wand. Und paß auf, daß du nichts verschüttest!« rief sie Delia nach. »Wenn sich die Männer beklagen, dann ziehe ich es dir von deinem Lohn ab.«

Als sich Delia dem Tisch näherte, sah sie, daß einer der zechenden Männer auf den Bänken der Schmied Jake Steerborn war. Trotz ihrer Enttäuschung über Tom Mullins war sie erleichtert, daß ihr Verehrer wenigstens diesmal nicht dabei erwischt werden würde, wie er seine Pflichten in der Schmiede vernachlässigte.

Über Jakes Kopf hing an einem Haken ein Lederbeutel mit einem Kampfhahn. Der Hahn stieß kehlige Laute aus – vermutlich in Erwartung des bevorstehenden Kampfes. Im Goldenen Löwen gab es ein Podest für die Hahnenkämpfe. Alle im Hafen wußten, daß an diesem Abend ein Kampf zwischen Jakes preisgekröntem Hahn und einem von Sally Jedrups Favoriten bevorstand und daß die Einsätze dabei hoch waren.

Als sich Delia vorbeugte, um die Gläser auf den fleckigen Tisch zu stellen, legte ihr der Schmied seine rußige Hand auf das Gesäß und ließ sie langsam und genußvoll auf dem Rock aus altem Matratzenleinen kreisen. »Na, Kleines? Setzt du Threepence auf meinen...?« Er lachte anzüglich.

Delia packte sein Handgelenk und schob die unverschämte Hand beiseite. »Warum sollte ich auch nur einen Penny auf den Verlierer setzen!« erwiderte sie schnippisch. In gewisser Hinsicht gab sie ihm damit eine wohlmeinende Warnung, denn man wußte, daß Sally Jedrup die Schnäbel ihrer Kampfhähne mit Knoblauch einrieb, um die Gegner abzuschrecken, und den Tieren vor dem Kampf Brandy einflößte, damit sie noch hitziger wurden.

Der Schmied legte unbeeindruckt den Arm um Delias Hüfte und zog sie an sich. »Ach, Delia, meiner ist trotzdem der Schönste und Beste!« Er lächelte sie vielsagend an, und als sie die Stirn finster runzelte, flüsterte er: »Sei doch nicht so grausam, meine Kleine. Was meinst du, wie wär's mit uns zweien nach dem Kampf?« Er griff mit der anderen Hand in die Tasche seiner Lederschürze. »Hier, siehst du das? Ich gebe dir zwei Silberschillinge ... zwei silberne Schillinge nur, um ein paar Minuten mit dir allein zu sein ...«

Delia stieß empört beide Hände gegen seine breite Brust. »Laß mich los, Jake!«

Aber Jake ließ sie nicht los, sondern zog sie noch enger an sich und drückte einen feuchten Kuß auf den Ansatz ihrer runden Brüste über dem eng geschnürten Mieder. Für Delia war dieser Übergriff zuviel. Mit einer Hand nahm sie blitzschnell eines der randvollen Gläser vom Tisch und goß dem Schmied den Rum über den Kopf.

Jake ließ sie sofort los. Er starrte sie stumm und verblüfft an, während der klebrige Alkohol über sein schwartiges Gesicht lief. Dann sprang er laut fluchend auf.

Aber Delia ließ sich nicht einschüchtern. Sie holte aus und schlug ihm das Tablett gegen die große, dicke Nase. Die Männer auf den Bänken brüllten vor Lachen. Dem Schmied traten vor Schmerz die Tränen in die Augen. Stöhnend hielt er sich die Hand vor die Nase.

»Allmächtiger ...«, stieß er hervor und betastete vorsichtig das riesige knollige Ding, um sich zu vergewissern, daß das Nasenbein nicht gebrochen war. »Ich hab doch nur einen Spaß gemacht ...«

Delia traute dem Frieden nicht. Sie ging kein Risiko mehr ein und wich zurück, um zwischen sich und den Schmied einen sicheren Abstand zu bringen. »Vielleicht wirst du in Zukunft mit deinen Worten und Händen etwas vorsichtiger sein, Jake Steerborn!«

»Ich hab es doch nicht bös gemeint, Kleine.«

»Ha!«

Als Delia sich verächtlich umdrehte, stand die dicke Sally Jedrup vor ihr und versperrte ihr den Weg.

»Was zum Teufel soll das bedeuten?« fauchte die Wirtin. »Willst uns die Polizei auf den Hals hetzen, du Schlampe?«

Delia hob das Tablett über den Kopf und rief: »Laß mich vorbei, du dreckige alte Vettel, oder ich zieh dir auch eine über. Das kannst du mir glauben!«

Sally wich dem Tablett in Delias Hand vorsichtshalber aus. »Du kannst hier verschwinden, Delia, du wirst nämlich nicht mehr bei mir arbeiten. Und auch in keiner anderen Kneipe hier am Hafen. Dafür werde ich sorgen...« Delia lief an der Wirtin vorbei und aus dem Goldenen Löwen hinaus in die späte Nachmittagssonne. Sally Jedrup schrie hinter ihr her: »Ich hoffe, du verhungerst zusammen mit deinem versoffenen Vater!«

Delia hatte schon fast Clarks Kai erreicht, als sie feststellte, daß sie noch immer das Tablett in der Hand hielt. Sie lief zum Ende des Kais und warf das Tablett mit großem Schwung in das Hafenbecken. Als es klatschend ins Wasser fiel, lachte sie laut auf. Aber das Lachen verging ihr schnell, und sie legte beklommen die Hand auf die stechende Brust.

Sie hatte an diesem Tag wirklich alles falsch gemacht. Zuerst hatte sie ihren Vater geschlagen und konnte in den nächsten Tagen nicht wagen, nach Hause zu gehen. Und wenn sie zurückging, mußte sie hoffen, daß er sinnlos betrunken und nicht in der Lage war, seinen Zorn an ihr auszulassen, oder daß er nüchtern genug sein würde, um sie nicht mehr prügeln zu wollen.

Und dann die Sache mit Tom. Sie war so töricht gewesen, davon zu träumen, daß er sie vielleicht eines Tages heiraten würde, wenn er seine Schulden abgearbeitet hatte und Jake Steerborn ihn freigeben mußte. Delia wünschte sich nichts sehnlicher als ein eigenes Zuhause über der Schmiede ihres zukünftigen Mannes. Sie sah bereits alles ganz genau vor sich: Ihre Kinder würden wie Orgelpfeifen am Küchentisch sitzen, während sie die heiße, wundervoll duftende Suppe auf dem Herd umrührte. Tom rauchte eine Pfeife, trank zufrieden sein Bier und beobachtete sie schläfrig bei der Arbeit...

Delia mußte schlucken und unterdrückte ein Schluchzen. Wie

hatte sie nur so dumm sein können, Toms Werben und seine honigsüßen Worte für bare Münze zu nehmen? In diesem Augenblick verstand sie jedoch nicht, was ihre Träume wie Seifenblasen hatte platzen lassen. War es die Selbstverständlichkeit gewesen, mit der Tom annahm, sie könne tatsächlich so tief sinken, daß sie ihren Körper für Geld verkaufte, oder hatte sie den Haß und den Zorn in Toms Augen nicht ertragen können, als sie glaubte, er werde sie schlagen?

Zum krönenden Abschluß hatte sie auch noch ihre Stelle im Goldenen Löwen verloren, und das nur, weil der alte Jake ihr einen unanständigen Antrag gemacht hatte. Delia wußte natürlich, daß Jake im Grunde harmlos war und sich mit einem »Nein« von ihr zufriedengegeben hätte.

»Und wovon soll ich nun leben?« fragte sie sich laut. »Kann ich etwa meinen Stolz essen?«

Delia stand am Ende des Kais. Die Sonne verschwand langsam hinter den hohen Masten und Segeln der Schiffe im Hafen. Ein Fischer ruderte sein kleines Boot über die Bucht zum Ufer. Die Flut trieb Seetang gegen die muschelverkrusteten Pfähle, wo er sich verfing und hängenblieb. Eine Möwe flog mit schrillen Schreien dicht über ihren Kopf hinweg. Ohne rechten Grund füllten sich Delias Augen wieder mit Tränen. Vermutlich lag es daran, daß sie sich einsam fühlte.

Aus den Augenwinkeln sah sie eine Bewegung und drehte sich in Richtung der Schuppen und Werkstätten, die dicht gedrängt am Kai standen. Einige Offiziere von der *Moravia* schlenderten zu der Anschlagstafel, auf der stand, welche Schiffe zur Zeit vor Anker lagen. Die wenigen Einheimischen, die auf der Tafel nach Stellenangeboten gesucht hatten, eilten beim Anblick der Engländer schleunigst davon. Alle gingen den englischen Seeleuten aus dem Weg, denn die Königliche Marine mit ihren brutalen Rekrutierungspatrouillen war bei den Einwohnern von Boston nicht gerade beliebt.

Mit einem lauten Seufzen machte sich Delia auf den Rückweg. Ein kalter Wind war aufgekommen und wirbelte die Abfälle am Kai durcheinander. Ein Zeitungsblatt verfing sich an ihren Beinen. Sie blieb stehen und beugte sich nachdenklich vor, um sich davon zu befreien, als ihr Blick auf ein fettgedrucktes Wort fiel.

Sie richtete sich auf und faltete die Zeitung so, daß sie das Blatt besser halten konnte; aber sie konnte kaum lesen, denn sie hatte die Schule nur unregelmäßig besucht. Sie entzifferte mühsam einen Buchstaben nach dem anderen und bewegte dabei die Lippen. Schließlich gelang es ihr, ein großgedrucktes Wort zu entziffern: »Ehefrau«, alles andere verstand sie nicht.

Sie wollte gerade aufgeben, als ein Schatten auf die Zeitung fiel. Delia hob den Kopf und blickte in das Gesicht eines englischen Offiziers. Die Rangabzeichen auf seiner schnittigen Uniform wiesen ihn als Leutnant aus. Er war groß und schlank. Die straff zurückgekämmten Haare waren zu einem kurzen Zopf geflochten, den er mit Aalhaut zusammengebunden hatte. Der junge Mann lächelte Delia freundlich an.

»Guten Abend, mein Fräulein«, sagte er, und es klang freundlich. »Sie sind mir aufgefallen, als Sie am Ende des Kais standen. Ich hatte den Eindruck, daß Sie einsam sind, und ich dachte ...« Er lächelte verlegen, und eine leichte Röte überzog sein Gesicht.

Ja, natürlich war sie einsam! Normalerweise hätte sie den plumpen Annäherungsversuch des Leutnants sofort zurückgewiesen, aber diesmal überlegte sie es sich anders. Sie wollte sich seine Kühnheit zunutze machen.

Mit einem Lächeln fragte sie ihn: »Können Sie lesen, Sir?«

Der Leutnant richtete sich stolz auf. »Aber natürlich!«

»Könnten Sie mir das laut vorlesen?«

Noch immer lächelnd gab sie dem jungen Mann die Zeitung. Er räusperte sich, hielt das Blatt dicht vor die Augen und blinzelte. »Hm«, sagte er und begann zu lesen.

»›EHEFRAU GESUCHT. Ein freier Farmer aus der Siedlung Merrymeeting im Gebiet Sagadahoc in Maine befindet sich nach dem Tod seiner Ehefrau in einer schwierigen Lage, denn er hat nicht nur für sich, sondern auch für seine beiden jungen Töchter zu sorgen. Er bietet deshalb einer ehrsamen Frau, die bereit ist, bei dem besagten freien Bauern die Pflichten einer Ehefrau und Mutter seiner Töchter zu übernehmen, ein gutes Zuhause. Die gesuchte Frau sollte gesund und stark und eine moralisch gefestigte, vorbildhafte Christin sein. Interessentinnen mögen sich an Dr. med. Tyler W. Savitch wenden, der zur Zeit im Roten Drachen, King Street, Boston, wohnt.‹«

Der Leutnant verstummte und lächelte Delia selbstbewußt an. Sie lächelte ebenfalls, sah ihn im Grunde aber überhaupt nicht.

Sie dachte: Ein Farmer hat bestimmt ein eigenes Haus. Bei ihm gibt es immer genug zu essen. Ein Mann mit zwei mutterlosen Töchtern ist vermutlich gut zu einer Frau, die seine Kinder versorgt und sein Haus in Ordnung hält …

»Der Rote Drachen … Dr. med. Tyler W. Savitch«, wiederholte sie laut. »Was bedeutet ›Dr. med.‹?«

»Doctor medicinae. Der Mann hat studiert. Sie denken doch nicht daran, sich zu bewerben …« Der junge Engländer lachte und fuhr Delia sanft über die Wange. »Mein Fräulein, Sie sind viel zu hübsch, um in der Wildnis bei einem Bauern zu verkommen, der den ganzen Tag im Dreck wühlt …«

Delia nahm ihm die Zeitung aus der Hand. »Vielen Dank für Ihre Mühe, Sir.«

»Warten Sie!« rief er ihr nach. »Könnten wir nicht zusammen ausgehen? Ich lade Sie zum Essen ein!« Aber Delia drehte sich nicht einmal um, sondern ging entschlossen in Richtung King Street zum Roten Drachen.

Delia lehnte an der dunklen Mauer eines Hauses und blickte auf die Reihe großer Häuser und Geschäfte auf der anderen Seite der King Street. In der Mitte befand sich der Rote Drachen. Das vornehme Gasthaus fiel durch seine prächtige Fassade und ein großes farbiges Schild über dem Portal sofort ins Auge.

Keiner der Lederschürzen würde sich in dieses Wirtshaus wagen, dachte Delia. Hier verkehrten nur die »besseren Leute«.

Auch sie war noch nie in einem so eleganten Haus gewesen und konnte nur ahnen, wie es im Innern aussehen würde. Die reichen

Herren tranken das Bier bestimmt aus Zinnkrügen und rauchten dabei Tonpfeifen, spielten Karten oder lasen die Zeitung. Natürlich würde kein Lärm oder unanständiges Lachen die vornehme Ruhe stören.

Am Eingang unterhielten sich ein Stallbursche und der Portier. Sie trugen beide eine rotgoldene Livree und hatten gelockte Perücken auf dem Kopf. Delia hatte gehofft, mit Dr. Tyler W. Savitch sprechen zu können, ohne großes Aufsehen zu erregen. Sie wartete ungeduldig ein paar endlos scheinende Minuten und mußte dann einsehen, daß der einzige Weg in das ehrwürdige Gasthaus an dem Portier vorbeiführte.

Sie raffte den Rock und hob stolz das Kinn, wie es eine richtige Dame ihrer Meinung nach getan hätte, und überquerte die Straße. Im Gedränge auf der King Street mußte sie um einen Besenverkäufer herumgehen, einem Wasserverkäufer ausweichen und sich an einem Messerschleifer vorbeidrängen, bis sie endlich das Portal erreichte.

»Entschuldigen Sie bitte ...«

Die beiden Männer in den rotgoldenen Livreen unterbrachen ihr Gespräch und drehten sich nach ihr um. Sie musterten Delia von Kopf bis Fuß, von den zerzausten, lockigen Haaren, die weder von einem Kopftuch noch von einer Haube sittsam bedeckt waren, bis zum fleckigen und ausgefransten Saum ihres gestreiften Rocks, und hoben verwundert die Augenbrauen. Der Stallbursche war etwa so alt wie Delias Vater. Er war klein und beleibt und hatte ein dickes rotes Gesicht. Er sah Delia noch einmal an und rümpfte mißbilligend die knollige rosarote Nase.

Der Portier war größer und jünger. Er lächelte anzüglich und zeigte dabei unregelmäßige braune Zähne. »Die Küche ist hinter dem Haus, Kleine. Aber soweit ich weiß, brauchen wir im Augenblick kein Küchenmädchen.«

Delia erwiderte das Lächeln. »Ich suche keine Arbeit. Können Sie mir sagen, wo ich Mr. Tyler W. Savitch finden kann?« Sie dachte angestrengt nach und fügte dann etwas zögernd hinzu: »Ich meine ... den Dr. med ... Er erwartet mich.«

Das war nicht gelogen, auch wenn es nicht ganz der Wahrheit entsprach. Schließlich stand in der Zeitung: »Interessentinnen mögen sich an Dr. med Tyler W. Savitch wenden … «

»Oh, er erwartet dich? Ja, dann bin ich der König von England!« rief der Stallbursche und lachte so heftig, daß seine Perücke verrutschte. Ganz plötzlich wurde er jedoch wieder ernst und meinte drohend: »Verschwinde, oder ich rufe die Polizei.«

»Einen Moment«, mischte sich der Portier ein. Er eilte zur Tür, die er einem vornehmen Herrn aufhielt, der einen hohen Zylinder trug, der beinahe so groß war wie er selbst. Dann kam er zurück und sagte: »In den letzten Tagen haben alle möglichen Frauen den Doktor besucht … und die meisten sahen nicht besser aus als sie … Entschuldigen Sie, mein Fräulein.«

Der Stallbursche warf noch einen mißbilligenden Blick auf Delia und schüttelte den Kopf. »Merkwürdig … sehr merkwürdig … Der Mann will wohl ein Bordell aufmachen.«

Auch Delia war mißtrauisch geworden. Wenn dieser Doktor so einer war, dann wollte sie nichts mit ihm zu tun haben. Sie wandte sich zum Gehen.

»Warte, Kleine, der Doktor ist im Augenblick nicht da!« rief der Portier und zwinkerte vielsagend. »Er hat hier eine Suite. Du kannst meinetwegen in seinem Wohnzimmer warten.«

Der Stallbursche machte eine finstere Miene, sagte aber nichts.

Delia zögerte und überlegte: Wenn mir dieser Doktor nicht gefällt, dann gehe ich einfach. In einem so vornehmen Haus wie dem Roten Drachen kann mir im Grunde nichts Schlimmes geschehen.

Der Portier öffnete Delia die Tür und führte sie durch die Gaststube. Bis auf zwei alte Herren mit weiß gepuderten Perücken und teuren schwarzen Anzügen, die vor einem offenen Kamin saßen und Backgammon spielten, war der Raum leer. Einer der beiden murmelte etwas. Sein Gegenüber griff nach einem großen Hörrohr und rief: »Was ist los, Feathergrew? Kannst du nicht lauter sprechen!« Delia mußte sich das Lachen verkneifen.

Der Portier führte sie nicht die große breite Treppe nach oben, sondern ging mit ihr durch die Küche und über die enge Dienstbotentreppe im hinteren Teil des Hauses in den ersten Stock. Sie konnte nur ganz kurz einen Blick auf einen mit dickem Teppich ausgelegten vertäfelten Gang werfen, ehe er eine Tür öffnete und sie mit einer kurzen Handbewegung aufforderte, einzutreten.

»Ich trage die Verantwortung dafür, daß ich dich ohne Erlaubnis hier warten lasse. Also versprich mir, nichts zu stehlen.« Er beugte sich vor und lächelte vielsagend. »Ich bin unten am Eingang. Was dir der Herr auch gibt, wenn er mit dir fertig ist, ich bekomme die Hälfte, abgemacht?«

Delia erwiderte nichts. Sie stand mit großen Augen an der Tür. Noch nie hatte sie ein so schönes Zimmer gesehen.

Auf dem glänzenden Parkett lagen kostbare Teppiche. Damastvorhänge umrahmten zwei hohe Schiebefenster, durch die man auf einen baumbestandenen Innenhof blickte. Es war ein warmer Frühlingstag gewesen, aber es wurde bereits kühl. Ein flackerndes Feuer im offenen Kamin verbreitete eine angenehme Wärme. Eine Tischlampe brannte bereits und ließ die polierten englischen Möbel schimmern.

Als Delia hinter sich die Tür ins Schloß fallen hörte, wurde ihr plötzlich bewußt, daß sie allein war. Lächelnd und leise summend ging sie durch das schöne Zimmer. Sie strich mit der Hand über die glatte Lehne eines Ohrensessels, der vor dem Kamin stand. Sie berührte behutsam alle Gegenstände, *seine* Gegenstände, die auf dem Sekretär und dem Schreibtisch lagen: Ein Rasiermesser und ein Abziehstein, ein Kamm mit Elfenbeinzähnen und Schreibfedern in einer kunstvoll verzierten Messingdose. Sie betrachtete aufmerksam die Dinge, die offenbar mit seinem Beruf zu tun hatten: Lanzetten mit glatten beinernen Griffen, eine Arzttasche, kleine Porzellantöpfe mit Medikamenten, wie man sie in den Apotheken sah, und ein Arzneibuch. Irgendwie unpassend wirkte dagegen eine lange Muskete, die in einer Ecke neben dem Kamin an der Wand lehnte. Auf dem glatten Schaft und dem Lauf aus grauem Metall spiegelten sich die Flammen.

Wer mochte dieser Mann sein, dem all diese seltsamen Dinge gehörten?

Delia glaubte, ihn in dem Zimmer zu spüren, das schwach nach Tabak und Leder roch. Er ist reich, dachte sie, denn alles, was er besitzt, ist von ausgesuchter Qualität und vorzüglich gearbeitet.

Dieser geheimnisvolle Mann war also nicht nur ein Farmer, sondern auch ein Arzt. Bestimmt war er ein reicher Grundbesitzer und hatte Leute, die für ihn arbeiteten. Wie alt mochten wohl seine beiden Töchter sein?

Aber wie konnte es dann sein, daß dieser Mann über eine Anzeige eine Ehefrau suchen mußte? Vielleicht war er häßlich und hatte ein Gesicht voller Pockennarben. Möglicherweise war er schon sehr alt oder auch nur schüchtern und hatte nicht den Mut, um eine Frau zu werben …

»Tyler W. Savitch … Dr. med.«, flüsterte sie. »Was für ein Mann bist du?«

Delia ging zu der Tür, die in das andere Zimmer führte. Sie wußte zwar, daß sie das nicht durfte, aber schließlich öffnete sie doch die Tür und betrat mit angehaltenem Atem sein Schlafzimmer. Über dem Kaminsims hing ein Spiegel. Als Delia ihr Spiegelbild sah, hätte sie beinahe aufgeschrien, denn im ersten Augenblick glaubte sie, außer ihr sei noch jemand im Zimmer. Sie mußte über sich selbst lachen, legte aber sofort nervös die Hand auf den Mund. Neugierig betrachtete sie sich im Spiegel. Die großen Augen über der schmutzigen Hand lachten sie belustigt an.

Doch dann sah sie mit Entsetzen, daß ihre Wangen mit Dreck verschmiert waren und in den Haaren Zweige und trockene Blätter hingen, die sich in ihrem Versteck unter der Treppe darin verfangen hatten. Außerdem entdeckte sie auf dem ohnehin nicht sehr sauberen Mieder zu allem Überfluß auch noch gelbbraune Flecken. Die stammten von dem Rum, den sie Jake Steerborn über den Kopf geschüttet hatte.

Du meine Güte, ich sehe vielleicht aus, dachte sie kopfschüttelnd und mußte laut lachen. Kein Wunder, daß der Stallbursche die Polizei rufen wollte …

Sie befeuchtete den Rocksaum mit Speichel und wischte sich, so gut sie konnte, das Gesicht sauber. Dann schüttelte sie die Blätter und Zweige aus den langen schwarzen Haaren. Als sie sich danach langsam umdrehte und das Schlafzimmer genauer betrachtete, fiel ihr Blick auf ein breites Federbett mit einem Baldachin. Die dicke Matratze sah so weich aus, daß sie nicht widerstehen konnte, sie auszuprobieren.

Mit einem leisen Seufzen lehnte sie sich gegen die Daunenkissen. Im Zimmer war es sehr still. Das Rumpeln der Wagen und das Geschrei der Verkäufer auf der Straße drangen nicht bis hierher.

Wie wunderbar, dachte sie, so zu leben, und schloß verträumt die Augen. Wie schön wäre es, eine richtige Dame zu sein und immer in so einem weichen Federbett zu schlafen...

»Mrs. Tyler W. Savitch«, flüsterte sie. »Mrs. Dr. med. Tyler W. Savitch...«

Zweites Kapitel

Delias Hände glitten über glattes Leinen. Sie streckte und reckte sich wohlig und seufzte, dann drückte sie das Gesicht fest auf das weiche Kissen.

Im nächsten Augenblick schlug sie jedoch entsetzt die Augen auf und richtete sich kerzengerade auf.

Du meine Güte, dachte sie, ich bin auf dem Bett dieses Mannes eingeschlafen!

Sie sah sich um. Es war inzwischen dunkel. Lange Schatten fielen auf das Bett, aber der Mond stand groß und rund am Himmel. Seine silbernen Strahlen fielen durch das Fenster und spielten mit dem sanften gelben Licht auf dem Fußboden, das das das Kaminfeuer im Wohnzimmer verbreitete.

Delia gähnte, bewegte die Zehen und hob die Hände über den Kopf, zuckte aber unter dem Schmerz der geprellten Rippen zusammen. Wie spät mochte es wohl sein? Vermutlich war sie aufgewacht, weil der Nachtwächter die Stunde ausgerufen hatte. Gott sei Dank war sie wach geworden. Nicht auszudenken, wenn der Mann zurückgekommen wäre und sie schlafend in seinem Bett gefunden hätte! Wenn er wirklich die Anzeige in der Zeitung benutzte, um käufliche Frauen für ein Bordell anzuwerben, dann hätte sie ihm wohl kaum klarmachen können, daß sie *keine* Hure war. Schließlich lag sie in seinem Bett. Der Gedanke trieb ihr die Schamröte auf die Wangen.

Verschlafen schob sie die Haare aus dem Gesicht und rieb sich die Augen. Sie lehnte sich zurück, betastete die schmerzenden Rippen und stützte sich vorsichtig auf den Ellbogen. In diesem Augenblick hörte sie gedämpftes Lachen und das Rascheln von Kleidern.

Eine Frau flüsterte mit sanfter, bebender Stimme: »Tyl, gib mir deine Hand... hier... fühlst du das... ja, hier... Tyl, ja genau da...« Die Frau seufzte, und dann murmelte eine tiefe Stimme: »Hier?«

»Ja, hier...« Die Frau seufzte wieder.

Delia saß wie erstarrt im Bett und sah sich verzweifelt um. Aber als sie den Schock überwunden hatte und aus dem Bett springen wollte, war es zu spät. Der Mann und die Frau näherten sich bereits dem Schlafzimmer.

Leise lachend erschien die Frau zuerst. Sie zog den Mann an der Hand hinter sich her. Hinter der Tür blieb sie stehen und lehnte sich an die Wand. Sie strich ihm über das Rüschenhemd, und er drückte sie an sich. Sie lehnte den Kopf zurück, und er küßte ihren tiefen Ausschnitt. Sie seufzte wieder.

Delia hielt die Luft an. Der Mann suchte nicht nur Huren für sein Bordell, er probierte sie zuerst selbst aus! Sie mußte sich irgendwie bemerkbar machen... irgend etwas tun. Aber sie brachte keinen Ton hervor und war noch immer wie gelähmt.

»Tyl, ich bin heute abend vor Eifersucht schier verrückt geworden. Wie konntest du nur mit all diesen albernen Mädchen tanzen?« fragte die Frau gespielt vorwurfsvoll. »Sag mir, daß du sie alle häßlich findest, und sie dich zu Tode gelangweilt haben.«

»Sie waren alle häßlich«, antwortete er mit tiefer Stimme. »Und sie haben mich zu Tode gelangweilt...«

»Du hast mich den ganzen Abend nicht ein einziges Mal angesehen.«

»Das stimmt nicht, Priscilla. Das stimmt nicht...«

Die Frau seufzte laut auf, als er sie mit beiden Händen umfaßte und küßte. »Ah, Tyler Savitch. Was machst du nur mit mir?«

Als Antwort verschloß er ihren Mund wieder mit seinen Lippen. Er drückte sie mit den Hüften an die Wand und ließ seine Hände über ihre Schultern immer tiefer nach unten gleiten.

Delia bekam eine trockene Kehle. Sie konnte nicht mehr schlucken. Sie hatte im Goldenen Löwen schon viel gesehen, aber nie einen Mann und eine Frau, die *es* wirklich taten. Von ihrem

Platz im Bett blieb ihr nichts verborgen, denn die beiden standen im Profil zu ihr, und das Mondlicht beleuchtete die Szene hell genug. Die Frau war klein und zierlich und trug ein elegantes Abendkleid. Der Mann hatte nur noch Hemd und Hose an. Mit ihren blassen Händen knöpfte die Frau ihm langsam das Hemd auf. Als sie seinen nackten Oberkörper berührte, zog er mit heftigen Bewegungen das Hemd ganz aus, ließ es zu Boden fallen und öffnete seine Hose. Sie umarmte ihn leidenschaftlich, und Delia sah, wie sie seine gespannten Rückenmuskeln umklammerte. Er hatte ihre Brüste aus dem Mieder gehoben, und seine Zunge glitt abwechselnd um beide Brustwarzen. Die Frau ließ den Kopf zurücksinken und stöhnte.

Delia hätte beinahe miteingestimmt. Eine seltsame Hitzewelle durchflutete sie, und glühendes Eisen schien sich um ihre Brust zu legen. Der Atem der beiden ging schwer und klang inzwischen wie ein Sturm, den die Stimme der Frau wie ein Vogelschrei durchdrang: »O Gott, Tyl...«

Delia wagte nicht, sich zu bewegen, denn sie fürchtete, sie könnte durch ein Geräusch ihre Anwesenheit verraten. Sie wußte, es war nicht richtig zuzusehen, und sie schloß die Augen, riß sie aber beinahe gegen ihren Willen sofort wieder auf.

Die Hände des Mannes umfaßten die schmale Taille der Frau, und er hob sie hoch. Sie klammerte sich mit ihren schlanken Armen an ihn. Ihre zitternden Hände griffen nach seinen dunklen Haaren, sie zog sein Gesicht hoch und drückte ihren Mund auf seine Lippen. Delia erkannte, daß der Mann mit der Frau auf das Bett zukam. Dic beiden ineinanderverschlungenen Gestalten verschwanden aus dem Gegenlicht. Delia sah es, konnte sich aber nicht bewegen ... sie konnte nicht.

Der Mann und die Frau sanken noch immer küssend auf das Bett ... genau auf Delia McQuaid.

Delia schrie nur einmal, denn der Schmerz war zu groß, als die breiten Schultern des Mannes gegen ihre verletzten Rippen stießen. Die Frau sprang mit einem durchdringenden Schrei vom Bett. Sie hörte überhaupt nicht mehr auf zu schreien, während der

Mann keinen Laut von sich gab. Aber Delia spürte im nächsten Augenblick die Spitze einer Klinge an ihrer Kehle.

»Bei allen Heiligen, Priscilla, hör auf! Willst du ganz Boston mit deinem Geschrei aufwecken? Wer zum Teufel bist du?«

Im ersten Augenblick begriff Delia nicht, daß die Frage ihr galt. Als sie keine Antwort gab, drückte er das Messer fester gegen ihren Hals.

»Bitte … bringen Sie mich nicht um«, stieß Delia hervor, und die Angst ließ ihre ohnehin tiefe Stimme noch tiefer klingen.

Die Frau war inzwischen verstummt. Jetzt stieß sie ein hysterisches Lachen aus. »Ach, Tyl, es ist nur ein Junge.«

»Ich bin kein Junge!« widersprach Delia empört. Da sie feststellte, daß das Messer sie nicht mehr bedrohte, setzte sie sich ärgerlich auf. Aber als sie das Bett verlassen wollte, umfaßte eine feste Hand ihre Schulter und drückte sie zurück.

»Du rührst dich nicht von der Stelle … Priscilla, hol die Lampe.«

Die Frau zögerte, bis ihr der Mann mit Nachdruck befahl: »Priscilla …« Dann verließ sie unter dem Rascheln ihres langen Kleides das Zimmer.

Der Mann ging zur Tür, hob sein Hemd vom Boden auf und zog es an. Delia mußte daran denken, daß sie stumm mitangesehen hatte, was die beiden miteinander trieben. Beinahe hätte sie vor Scham laut geweint.

Im Schlafzimmer schien es plötzlich unnatürlich still zu sein. Delia glaubte, irgendwo das Ticken einer Uhr zu hören. Sie hatte das Gefühl, es sei angebracht, irgend etwas zu sagen, sich vielleicht vorzustellen. Aber unter diesen Umständen war ein: »Guten Abend, Dr. Savitch!« schlecht möglich. Sie überlegte, was eine Dame in dieser Situation wohl getan hätte, mußte sich aber verzweifelt eingestehen, daß eine *Dame* wohl kaum in eine so unmögliche Lage geraten wäre.

Die Frau kam mit einer Tischlampe zurück. Auch sie hatte die Zeit genutzt, um sich wieder richtig anzuziehen.

Ihr Abendkleid muß sündhaft teuer sein, dachte Delia beeindruckt.

Ein moosgrüner Satinrock fiel über eine Krinoline. Ein mit Silberbrokat bestickter Oberrock betonte anmutig die Hüften. Der tiefe, spitzenbesetzte Ausschnitt des kostbar bestickten und mit Spitzenrüschen übersäten Mieders verhüllte nur wenig von den schneeweiß schimmernden Brüsten. Ein pailettenbesetzter und mit Straußenfedern geputzter Turban unterstrich die Eleganz der Garderobe. Die Frau hatte goldblonde Haare, blaue Augen und eine wahrhaft schneeweiße Haut. Ein winziges silbernes und wie ein Herz geformtes Schönheitspflästerchen über dem Mundwinkel lenkte geschickt den Blick auf die vollen, sinnlichen Lippen.

Ein wirkliche Schönheit, dachte Delia.

Aber als die Frau die Lampe auf den Kaminsims stellte, sah Delia zu ihrem Erstaunen, daß die Frau sehr viel älter sein mußte, als es den Anschein hatte.

Du meine Güte, dachte Delia, sie muß schon über dreißig sein ...

Trotzdem unterschied sich diese Frau von allen Huren, die Delia bisher gesehen hatte. Sie war keineswegs mit denen zu vergleichen, die im Goldenen Löwen oder den anderen Kneipen im Hafen ihrem Gewerbe nachgingen.

Delia saß noch immer auf dem Bett, während der Mann und die Frau auf sie herabblickten. Sie fühlte sich eindeutig im Nachteil. Was sollte sie tun?

Schließlich hob sie trotzig den Kopf und erwiderte scheinbar unbeeindruckt die prüfenden Blicke, obwohl sie sich in Wirklichkeit am liebsten weit, weit weg von hier in ein tiefes Loch verkrochen hätte.

Die Frau rümpfte die zierliche Nase. »Also, Tyl, ich hätte dir einen besseren Geschmack zugetraut.«

»Ich versichere dir, Priscilla, ich habe sie noch nie im Leben gesehen.«

Delia betrachtete ihn. Er hatte eine auffallend dunkle Haut, fein geschnittene Züge, eine schmale, gerade Nase, ein ausgeprägtes Kinn und vorstehende Backenknochen. Die dunkelbraune Hose und das Rüschenhemd verrieten zwar den vornehmen Gentleman, aber er trug keine Perücke. Er hatte die dichten, langen dunkelbraunen Haare glatt aus der Stirn gekämmt und mit einem schlichten Band im Nacken zusammengebunden. Seine schwarzen Augen funkelten Delia unter den schmalen Brauen an. Sie war wie gefesselt von diesen dunklen Augen, aber seltsamerweise fürchtete sie sich nicht vor ihm...

Priscillas pikierte Stimme durchbrach schließlich die Stille. »Vielleicht sollte ich jetzt besser gehen.«

»Ja, ich glaube, das wäre das beste«, antwortete er.

Das hatte Priscilla offenbar nicht hören wollen. Sie sagte etwas unsicher: »Tja, dann ... also ... Stevens kann mich ja in der Kutsche nach Hause bringen.« Als er darauf nicht reagierte, fügte sie kühl hinzu: »Du mußt mich nicht hinausbegleiten.«

Sie blieb jedoch stehen, sah ihren Liebhaber und dann Delia vorwurfsvoll an. Schließlich drehte sie sich um und verließ schweigend das Schlafzimmer.

»Bleib hier«, sagte er zu Delia und folgte der Frau.

Delia blieb gehorsam auf dem Bettrand sitzen, aber plötzlich fiel ihr wieder ein, was der Mann und die Frau in diesem Bett hatten tun wollen. Vermutlich will er mich als Nächste für sein Bordell ausprobieren, dachte sie, stand mit zitternden Beinen auf und ging unsicher in Richtung Wohnzimmer.

Er stand mit Priscilla, die einen roten Samtumhang mit Kapuze trug, an der Tür zum Flur. Er hatte ihr die Hände auf die Schultern gelegt und sagte sanft und beruhigend: »Vermutlich ist sie wegen dieser verwünschten Anzeige hier ... Liebling, es ist ohnehin schon sehr spät. Ich meine, du solltest wirklich nach Hause fahren.«

»Tyl, wenn du mit diesem Mädchen etwas anfängst ...«

Er legte ihr den Zeigefinger auf die Lippen. »Psst. Du weißt genau, daß ich dir das nie antun würde. Du bist einer der Gründe, weshalb ich überhaupt nach Boston gekommen bin.«

Sie nickte, und ihre Lippen zitterten. »Aber du fährst morgen schon wieder weg. Es kann Monate, vielleicht sogar Jahre dauern, bis ich dich wiedersehe.«

Er lächelte spöttisch. »Ach, ich vermute, es wird dir in dieser Zeit nicht an Gesellschaft fehlen.«

Sie lachte leise und gab ihm mit dem Elfenbeinfächer einen Klaps auf die Wange. »Du solltest dich schämen, Tyler Savitch. Du denkst immer nur das Schlechteste von einer Frau.«

Er küßte sie zart auf die Wange. »Auf Wiedersehen, Priscilla.«

»Paß auf dich auf, Tyl«, erwiderte sie leise und noch immer lächelnd. Aber als sie sich umdrehte und die Tür öffnete, glaubte Delia, Tränen in ihren Augen zu sehen.

Tyl schloß die Tür hinter Priscilla. Er beachtete Delia nicht, sondern ging durch das Zimmer zum Kamin. Er bewegte sich so geschmeidig wie eine Raubkatze, sanft, aber auch gefährlich und unberechenbar. Er griff nach der bestickten Jacke, die auf dem Lehnstuhl lag, und zog sie an, knöpfte sie jedoch nicht zu. Dann nahm er einen Kienspan vom Kaminsims und hielt ihn in die Glut. Als er brannte, entzündete er mit der Flamme einen Wandleuchter. Es wurde sofort sehr viel heller im Raum.

Er drehte sich um. Sein Gesicht wirkte streng. Er hatte die Lippen fest aufeinandergepreßt, und eine Zornesfalte stand auf seiner Stirn. Delia mußte sich Mühe geben, um nicht unter seinem Blick zusammenzuzucken.

»Komm her!« sagte er.

Sie schluckte und machte zwei winzige Schritte. Er hatte der Frau versprochen, nichts mit ihr anzufangen, aber das bedeutete nichts. Wer konnte sagen, ob er sein Versprechen halten würde? Vielleicht würde er sie jetzt auch verprügeln, wie ihr Vater es getan hatte. Delia sah ihn an. Er hatte keine schwarzen Augen. Sie waren dunkelblau.

»Vermutlich wirst du jetzt behaupten, du seist aus Versehen in das falsche Bett geraten«, sagte er.

Delias Wangen begannen zu glühen, als sie wieder daran dachte, was sie gesehen hatte. Sie glaubte, alles über das Leben und die Liebe zu wissen, und doch hätte sie sich nicht träumen lassen, daß es zwischen einem Mann und einer Frau diese Art *Leidenschaft* geben konnte. Aber noch unverständlicher war ihr, daß ein so gut aussehender Mann über eine Zeitungsanzeige eine Ehefrau suchen mußte. Vielleicht wollte er alle Frauen, die sich bei ihm meldeten, zuerst im Bett ausprobieren, bevor er seine Wahl traf. Bei diesem Gedanken wurde ihr flau im Magen.

»Also ...«, sagte der Mann noch immer mit finsterer Miene, aber in seinen dunklen Augen blitzte unterdrücktes Lachen. »Was hattest du in meinem Bett zu suchen?«

Delia hob den Kopf und zog die zusammengefaltete Zeitung aus der Rocktasche. »Sind Sie Dr. med. Tyler W. Savitch?« fragte sie, obwohl sie inzwischen natürlich wußte, daß er es war. Sie hielt ihm die Zeitung hin und deutete mit schmutzigem Finger auf die Anzeige. »Wollen Sie abstreiten, daß Sie diese Anzeige aufgegeben haben?«

»Du hältst sie falsch herum.«

Delia hatte inzwischen einen hochroten Kopf, aber sie hob stolz das Kinn. »Ich kann lesen... ein wenig. Außerdem steht in der Anzeige nichts davon, daß man lesen können muß.«

»Stimmt... wie heißt du?«

»Delia. Delia McQuaid.«

Er machte eine lässige Handbewegung. »Komm näher, Delia McQuaid...«

Delia richtete sich abwehrend auf. »Ich weiß nicht, was Sie wollen, Doktor, aber das eine sollen Sie gleich wissen: Ich schlafe mit keinem Mann, bevor er mich nicht geheiratet hat.«

Er hob eine Braue und verzog den Mund. »Danke für die Information. Aber jetzt komm näher, damit ich dich besser sehen kann. Komm, komm ... ich beiße nicht.«

Sie stellte sich vor ihn.

Er rümpfte die Nase. »Du liebe Zeit, du riechst ja wie eine Schnapsbrennerei. Wann hast du dich das letzte Mal gewaschen?«

Delia war tödlich beleidigt. »Sie unverschämter Kerl, ich wasche mich regelmäßig einmal im Monat.«

»Dann müssen die dreißig Tage bald um sein. Mach den Mund auf.«

»Was?«

Er griff nach ihrem Kinn und öffnete ihr den Mund.

Sie riß sich los. »Was soll das nun wieder bedeuten? Warum

wollen Sie meine Zähne sehen? Ich bin kein Pferd, das Sie kaufen sollen.«

»Deine Zähne sind das Sauberste an dir.«

Mit der Stiefelspitze zog er den Lehnstuhl zu sich heran, stellte einen Fuß auf den Sitz und und lehnte sich gegen den Kaminsims. Er trommelte mit den Fingern auf den Schenkeln und musterte sie kritisch von oben bis unten. Ihr gefiel das überhaupt nicht. Trotzdem war sie sich überaus deutlich bewußt, daß ihr das Herz bis zum Hals klopfte.

Schließlich stieß er einen lauten Seufzer aus und stellte den Fuß wieder auf den Boden. »Also Delia McQuaid. Du wirst mit zwar nicht dankbar dafür sein, aber ...«

»Liegt es an ihr ... ich meine, an dieser Priscilla? Haben Sie Priscilla für die Stelle als Ihre Frau gewählt?«

Delia konnte ihm das nicht verübeln, auch wenn ihr Priscilla etwas zu alt für ihn erschien. Sie war schön und offenbar auch reich. Außerdem liebte er sie leidenschaftlich. Das hatte Delia mit eigenen Augen gesehen.

Sein tiefes Lachen ließ sie wieder erröten. »Ich habe noch keine andere gewählt. Ich wollte sagen, daß du die Stelle ..., wenn man es als eine Stelle bezeichnen will, haben kannst. Das heißt, wenn du willst. Ich muß mich bis morgen für eine Frau entschieden haben, und du bist die beste von all den schlechten Frauen, die hier aufgetaucht sind.«

Delia schien das wieder eine Beleidigung zu sein, und sie hob trotzig den Kopf. »Was wollen Sie damit sagen?«

»Ich will damit sagen, daß du jung und kräftig bist. Du bist nicht verrückt, obwohl ich noch nicht sagen kann, wie klug und vernünftig du bist.«

Delia starrte ihn fassungslos an.

»Deine Tugend ist zweifellos fraglich, aber du hast allem Anschein nach nicht die Pocken, obwohl ...«

Delia stemmte beide Fäuste in die Hüften. »Heee!« rief sie so laut, daß er zusammenzuckte. »Sie unverschämter Kerl! Auch wenn ich in einer Kneipe arbeite, bedeutet das noch lange nicht, daß ich eine Hure bin! Ich habe nicht gesagt, daß ich diese Stelle will. Ich will sie nicht! Auch wenn Sie der letzte Mann auf Erden wären, würde ich Sie nicht heiraten ...«

Er blickte Delia einen Moment lang stirnrunzelnd an. Dann legte er den Kopf zurück und lachte laut. Delia sah sich im Zimmer nach etwas Geeignetem um, mit dem sie ihn hätte schlagen können. Nur der Schürhaken neben dem Kamin wäre geeignet gewesen, aber leider stand dieser Kerl direkt davor.

»Delia, Delia!« rief er noch immer lachend. »Das eine weiß ich, Merrymeeting wäre mit dir nicht mehr dasselbe. Nat würde mich vermutlich steinigen, wenn ich dich mitbringe.«

»Das verstehe ich nicht«, erwiderte Delia und biß sich auf die Lippen. Am liebsten wäre sie in Tränen ausgebrochen.

Er hörte auf zu lachen, aber in seinen Augen lag noch immer ein übermütiges Funkeln. »Nicht ich suche verzweifelt nach einer Frau.«

»Aber hier ... hier in der Zeitung steht doch ...«

»Ich habe die Anzeige für einen Nachbarn aufgegeben, der vor zwei Monaten seine Frau verloren hat. Mit zwei Töchtern und einer Farm braucht er eine Frau, die ihm hilft. Aber in Maine gibt es leider Gottes nur wenige heiratsfähige Frauen«, erklärte er. Maine war jene endlose Wildnis im Nordosten der Kolonie New Hampshire. »Ich bin nach Boston gekommen, um einen Geistlichen für unsere Siedlung zu finden. Nat hat mich beschworen, ihm eine Frau zu beschaffen, während ich hier in der Stadt bin. Ich habe ihm gleich gesagt, daß das eine völlig verrückte Idee ist.«

Delia ließ enttäuscht den Kopf sinken. Sie hätte es wissen sollen, daß sich ein Mann wie Tyler Savitch nicht soweit erniedrigen mußte, eine Frau über eine Zeitungsanzeige zu finden. Mein Gott, sie hatte sich wirklich schrecklich daneben benommen. Zuerst hatte sie sich in sein Schlafzimmer geschlichen und nun das ... Delia glaubte sich plötzlich mit seinen Augen zu sehen. Sie war schmutzig, stank zum Himmel und hatte von nichts eine Ahnung. Vor Scham wäre sie am liebsten im Boden versunken.

Sie schluckte und zwang sich dann, ihn anzusehen. »Was ist mit der Frau Ihres Freundes geschehen?«

Vermutlich war das eine angemessene Frage, wenn sie sich dazu bereit erklären sollte, ihm in die Wildnis zu folgen, um einen Fremden zu heiraten...

Er schlug die blank polierten Stiefel nachlässig übereinander. »Sie ist an Lungenentzündung gestorben.«

»Oh.« Delia schluckte und starrte auf den Boden. Was wird jetzt wohl geschehen, dachte sie. Wird er mich wirklich mit in die Wildnis nehmen und zu seinem Freund bringen? Will ich das überhaupt?

Im Grunde hatte sich nichts geändert. Sie sehnte sich beinahe verzweifelt danach, die Armut und das schreckliche Leben in Boston hinter sich zu lassen. Sie wollte unter allen Umständen die Möglichkeit haben, irgendwo ein anständiges Leben zu führen. Ja, sie wollte eine ehrbare Frau werden...

»Wie alt sind die beiden Kinder?«

»Das eine Mädchen ist neun und das andere drei..., glaube ich.«

Wenigstens sind es keine Säuglinge, dachte Delia erleichtert. Denn sie wußte nicht, wie man Babys versorgt, aber das hätte sie ihm nicht gesagt.

»Was für ein Mann ist Ihr... Freund?«

»Nathaniel Parker ist eher ein Nachbar als ein Freund. Aber er ist ein guter Mann, Delia. Du mußt keine Angst vor ihm haben. Er besitzt zweihundert Morgen Wald, und zur Farm gehören noch einmal hundertzwanzig Morgen Land, obwohl erst ungefähr die Hälfte davon gerodet ist. Er hat sich ein schönes Haus gebaut. Du wirst schwer arbeiten müssen, aber das Land von Sagadahoc ist fruchtbar, und dir wird es an nichts fehlen.«

»Ich habe keine Angst vor der Arbeit...«

»Nach allem, was ich bisher gesehen habe, scheinst du kaum vor etwas Angst zu haben.« Er sah sie an und verzog spöttisch den Mund. Sie mußte sich eingestehen, daß es ihr gefiel, wenn er auf diese Art lächelte. Irgendwie veränderte sich dabei sein Gesicht.

Seine Lippen sind nicht mehr so schmal, dachte sie, und er sieht nicht mehr so gefährlich aus. Wie mag es wohl sein, wenn man sie mit dem Finger berührt...? Mein Gott, Delia! Wie kannst du nur so verrückt sein, rief sie sich zur Ordnung. Ich werde ihm nie nahe genug kommen, um seine Lippen mit dem Finger zu berühren. Ich stinke nach Rum, und für ihn bin ich bestimmt nur eine dreckige Schlampe...

»Leben Sie allein in Merrymeeting?«

»Meistens...«

Sie wandte den Blick ab. »Und... sind Sie... sind Sie verheiratet?«

Er gab keine Anwort, und Delia verfluchte ihre vorwitzige Frage. Er verließ seinen Platz am Kamin und trat direkt neben sie. Er war ihr so nahe, daß sie seine Wärme spüren konnte.

»Ich bin nicht verheiratet«, erwiderte er knapp. »Aber Nat Parker braucht eine Frau. Wenn du also noch immer bereit bist...«

Aus einem unerklärlichen Grund begann ihr Herz in seiner Nähe wieder heftig zu klopfen. Das Blut schoß ihr durch den Körper und rauschte in den Ohren wie die Wellen am Hafen. Sie hob den Kopf und wollte etwas sagen. Ihr Blick fiel auf seinen Mund, und die Worte erstarben ihr auf den Lippen.

»Wie ich sehe, hast du es dir anders überlegt. Nun ja, ich kann es dir nicht verübeln«, sagte er. »Es ist ohnehin eine verrückte Idee. Das habe ich Nat gleich gesagt. Aber ich möchte dich nicht mit leeren Händen gehen lassen.« Er suchte in den Taschen seiner Jacke, fand etwas, nahm ihre Hand und legte eine Münze hinein.

Sie sah einen goldenen Sovereign auf ihrer Handfläche. Soviel Geld hatte sie noch nie in ihrem Leben besessen. Das Gold brannte ihr auf der Hand, als sei es noch heiß vom Schmelzen in der Münze.

Sie schloß die Finger und sah ihn an. Er lächelte, und sie haßte ihn. Sie haßte ihn, weil sie das Geld brauchte – besonders jetzt brauchte sie es mehr denn je. Und sie haßte ihn, weil er das wußte, weil er sie bedauerte und glaubte, sie müsse ihm für den Sovereign dankbar sein. Sie haßte ihn auch, weil sie irgendwie wollte, daß er sie mochte.

»Ich kann ohne Ihr verdammtes Mitleid leben, verdammt noch mal!« schrie sie und warf ihm die Münze ins Gesicht.

Sie traf ihn an der Wange und fiel auf den Teppich. Delia war erschrocken über sich und darüber, was sie getan hatte. Sie drehte sich auf dem Absatz um und wollte davonlaufen.

Er griff nach ihrer Taille. Sie schrie auf, als sein Arm die geprellten Rippen berührte. Etwas Scharfes schien sich in ihre Lunge zu bohren. Der Schmerz war so groß, daß ihr schwarz vor Augen wurde. Sie schwankte, beugte sich vor, preßte die Hand auf die Brust und stöhnte.

Er hatte sie sofort losgelassen, aber jetzt berührte er vorsichtig ihre Schulter. »Du meine Güte, Delia, was ist denn? Bist du verletzt?«

Zitternd und mit schmerzverzerrtem Gesicht atmete sie vorsichtig ein. »Meine Rippen... Ich glaube, sie sind gebrochen.«

»Kannst du dich wieder bewegen?«

Sie nickte und richtete sich langsam auf, aber der Schmerz durchzuckte sie von neuem, und sie rang nach Luft. Er fuhr mit seinen Fingern behutsam über ihr Zwerchfell, und sie erstarrte, als er die verletzte Rippe berührte.

»Hat dich jemand geschlagen?«

Sie biß die Lippen aufeinander und nickte. »Mein Vater hat mich verprügelt. Er wollte unbedingt Bier kaufen.«

»Zieh das Mieder aus...«

Entsetzt wich sie vor ihm zurück. »Nein, ihr Männer seid alle gleich. Ich hasse euch alle!«

»Du meine Güte, Delia, ich bin Arzt. Ich kann dich so nicht richtig untersuchen. Du mußt dich schon ausziehen. Wenn eine Rippe gebrochen ist, muß ich dir den Brustkorb umwickeln.«

Sie hatte sich schon wieder vor diesem Mann lächerlich gemacht und wollte nur noch so schnell wie möglich weg aus diesem Zimmer. Sie wollte vor ihm fliehen – weit, weit weg, damit sie das Geschehene vergessen konnte.

Aber er war Arzt. Er würde sie nicht einfach gehen lassen. Er würde sie untersuchen...

»Also gut, ich ziehe mich aus«, murmelte sie verlegen. »Aber Sie müssen sich umdrehen.«

Er hob die Augenbrauen, und sie dachte, er werde etwas erwidern, aber er schwieg und wandte sich ab. Er ging zum Schreibtisch, wo seine medizinischen Arbeitsmittel lagen. Er nahm ein paar getrocknete Blätter aus einem Glas und zerstieß sie in einem Mörser. Delia beobachtete ihn mit angehaltenem Atem.

»Zieh dich aus, Delia«, befahl er, ohne sich umzudrehen.

Delia wurde rot und begann schuldbewußt, das Mieder zu öffnen. Ihre Hände zitterten, als sie die Bänder löste und das Mieder schließlich über die Schultern streifte. Dann ließ sie es auf den Boden fallen. Sie zog das Unterhemd aus dem Rockbund und vorsichtig über den Kopf. Auch das Hemd fiel zu Boden. Jetzt stand sie von der Hüfte aufwärts nackt mitten im Zimmer. Im Kamin leuchtete noch immer die Glut, und es war angenehm warm, aber ihre Haut straffte sich, und sie bekam sofort eine Gänsehaut.

Er drehte sich schließlich um und kam auf sie zu. Seine Augen fielen auf ihre nackten Brüste, und für den Bruchteil einer Sekunde hielt er inne.

Sie versuchte, die Hände vor die Brüste zu halten, aber damit konnte sie nur wenig vor ihm verbergen. Noch nie im Leben hatte sie sich so nackt gefühlt. Sie war auch noch nie so nackt gewesen, denn sie schlief immer im Unterhemd, das sie nicht einmal beim Baden auszog.

»Es besteht kein Grund zur Verlegenheit«, sagte er mit einem unbeschwerten Lächeln. »Wir Ärzte sind daran gewöhnt, nackte Frauenkörper zu sehen. Das berührt uns nicht.«

»Vorhin im Schlafzimmer schienen Sie nicht so unberührt zu sein!« fauchte sie, bedauerte es aber sofort. *Daran* wollte sie ihn jetzt ganz bestimmt nicht erinnern.

Er schien zu lachen, aber sie sah sein Gesicht nicht, denn er hatte sich vorgebeugt und betrachtete aufmerksam ihren Brustkorb. Er betastete die Haut und die Rippen. Noch nie hatte sie jemand so zart berührt. Seine Hände und die Finger auf ihrer Haut schienen den Schmerz bereits zu lindern. Arme und Beine begannen zu kribbeln, und ein seltsames Gefühl lief ihr über den Rücken. Sie mußte die Zähne zusammenbeißen, um nicht zu zittern.

»Ist dir kalt?«

»Ja...«, hauchte sie. Ihre Brüste hatten sich gestrafft, und die Brustwarzen waren aufgerichtet. Sie hoffte inständig, er werde es nicht bemerken.

Sei nicht albern, Delia! Wie kann es ihm entgehen, wo er sie direkt vor Augen hat?

Tyl berührte über dem Hüftknochen einen alten blauen Fleck, der bereits fast nicht mehr zu sehen war. Er richtete sich auf und sah sie mit gerunzelter Stirn an. »Dein Vater hat dich heute offenbar nicht zum ersten Mal geschlagen.«

Beschämt senkte Delia den Kopf. Es war schrecklich, ihre Schwäche vor einem Fremden zu offenbaren... besonders vor ihm. Sie schämte sich wegen ihres betrunkenen Vaters, aber noch mehr schämte sie sich über sich selbst.

Im Grunde ist alles meine Schuld, dachte sie bitter. Ich kann unser Zuhause nicht richtig in Ordnung halten, seit Mutter tot ist. Nur deshalb hat Vater angefangen zu trinken...

Sie brachte es nicht über sich, ihn anzusehen; deshalb starrte sie auf die Silberknöpfe seiner Jacke. »Es war alles meine Schuld. Ich habe ihn mit meinen Antworten bis zur Weißglut gereizt.«

»Ach du liebe Zeit...«, murmelte Tyl.

Sie hob den Kopf und sah seinen Zorn. Delia glaubte, er gelte ihr, und sie schämte sich noch mehr. Tränen traten ihr in die Augen, und sie drehte schnell den Kopf zur Seite, damit er es nicht bemerkte.

»Ich glaube nicht, daß eine Rippe gebrochen ist«, sagte er ernst. »Aber du hast schwere Prellungen, und möglicherweise sind die Rippen zumindest angebrochen. Vorsichtshalber werde ich dir den Brustkorb umwickeln. Ich muß kurz ins Schlafzimmer. Lauf aber nicht davon.«

Sie schnaubte und wischte sich verstohlen die Tränen aus den Augen. »In diesem Zustand wohl kaum...«

Tyl blieb nur kurz im Schlafzimmer. Dann kehrte er mit einem langen Leinentuch zurück. Er wickelte es ihr so fest um den Oberkörper, daß Delia glaubte, nicht mehr atmen zu können. Trotzdem waren seinen Berührungen zart und sanft. Ein schmerzliches

Gefühl, das sie nicht verstand, erfüllte ihr Herz, und sie wußte, ihre Sehnsucht würde sich nie, nie erfüllen. Sie wollte immer in seiner Nähe sein und seine sanften Hände spüren. Sie rief sich sofort zur Ordnung. So etwas durfte sie nicht einmal denken. Aber sie wußte, sie würde es trotzdem tun...

Sie kannte diesen Mann kaum. Er war ein völlig Fremder, aber sie hatte die heilende Kraft seiner Hände gespürt, und sie ahnte... nein, sie wußte im tiefsten Inneren, nur er würde auch ihre Seele heilen können.

Die Gewißheit war ihr genug, um dort leben zu wollen, wo er lebte. Sie wollte morgens aufwachen und wissen, daß die Möglichkeit bestand, auch wenn sie nur sehr gering war, irgendwann tagsüber sein Gesicht zu sehen.

Sie schluckte und holte tief Luft. »Dr. Savitch?«

»Hm?«

»Kann ich es mir noch einmal anders überlegen?«

»Aber ja, natürlich. Ich weiß, das ist das Recht einer Frau.«

»Dann nehmen Sie mich mit nach Merrymeeting, und ich werde die Frau ihres Freundes?«

»Wenn du das willst. Offen gesagt, entweder du kommst mit oder keine. Ich habe keine Zeit und keine Lust auf noch mehr verzweifelte Frauen.« Mit geschickten Bewegungen sicherte er den Verband. »So, jetzt kannst du dich wieder anziehen.«

Während Delia das tat, ging er zu einem Tablett, das auf dem niedrigen Teetisch stand. Aus einem Zinnkrug füllte er Wein in einen Becher und trat damit an den Schreibtisch.

»Delia, wie immer du dich entscheidest, es ist nicht unwiderruflich, das heißt, solange ihr, Nat und du, nicht verheiratet seid. Du kannst jederzeit in Falmouth ein Schiff in Richtung Westen nehmen. Natürlich nicht in den Wintermonaten, wenn die Bucht zugefroren ist. Wenn wir in Merrymeeting sind, und du stellst fest, daß du es dort nicht aushältst und daß du Nat nicht ausstehen kannst oder er dich nicht, wirst du auf meine Kosten nach Boston zurückgebracht.«

Delia schnitt in seinem Rücken eine Grimasse. Großer Gott, er redete über sie wie über eine Ware.

Für nicht gut befunden. An den Absender zurück.

Tyl rührte die zerstoßenen Blätter in den Wein und brachte ihr den Becher. »Trink das.«

Sie betrachtete den Becher mißtrauisch. »Was ist das?«

»Das nimmt dir die Schmerzen.«

Als sie ihm den Becher aus der Hand nahm, berührten ihre Finger seine, und es durchzuckte sie heiß von Kopf bis Fuß. Aber wenn er bei der Berührung ebenfalls etwas empfunden hatte, so ließ er sich nichts davon anmerken.

Sie leerte den Becher und gab ihn zurück. Sie wollte sich mit dem Handrücken den Mund abwischen, aber ihr fiel gerade noch rechtzeitig ein, daß sich das nicht schickte.

»Also ...«, sagte sie verlegen. »Hm, wann ...?«

»Sei morgen früh um acht Uhr hier. Ich weiß, du hast nicht viel Zeit, aber ich sollte schon längst auf dem Rückweg sein. Die Reise dauert schließlich etwa drei Wochen.«

Drei Wochen!

Delia hatte nicht geahnt, daß Merrymeeting soweit weg sein würde. Der Gedanke an die Wildnis erfüllte sie plötzlich mit Angst. Aber die Aussicht auf einen Neuanfang, auf ein neues Leben, auf ein eigenes Zuhause und auf einen Mann, der für sie sorgte, der sie brauchte und auf sie wartete, weil er mit zwei mutterlosen Kindern allein war ... all das reizte sie an Merrymeeting.

Sie hob den Kopf und blickte in seine dunklen Augen.

Du gehst nur seinetwegen, rief leise eine innere Stimme, die sie nicht zum Verstummen bringen konnte.

»Also dann bis morgen«, sagte Delia.

An der Tür blieb sie stehen, weil er fragte: »Was ist mit deinem Vater? Wenn du ihm sagst, daß du ihn verläßt, wird er dann nicht..?«

Sie lächelte und machte eine wegwerfende Handbewegung. »Deshalb muß ich mir heute abend keine Sorgen machen. Wenn ich zurückkomme, liegt er schon im Bett und schnarcht.«

Auch er lächelte, und ihr Herz begann wieder heftig zu klopfen. »Dann bis morgen«, sagte er. »Aber bring nicht mehr mit, als du tragen kannst.«

Sie lachte und fühlte sich plötzlich wundervoll frei und glücklich. »Kein Angst, Doktor«, rief sie spöttisch, »was mir gehört, kann ich mühelos tragen.«

Drittes Kapitel

Als Tyler Savitch das Frühstück sah, das vor ihm auf dem Tisch stand, verzog er das Gesicht – Stockfisch in einer dicken, mit viel Pfeffer gewürzten Buttersauce und Rühreier. Angeblich war das eine Spezialität des Roten Drachen. Aber nach einem kurzen prüfenden Blick und einem vorsichtigen Schnuppern rebellierte sein Magen energisch dagegen.

Er blickte sich suchend in der leeren Gaststube nach dem Kellner um, der das ungenießbare Zeug wegnehmen und ihm etwas Vernünftiges bringen sollte, etwa Maisgrütze oder getoastetes Brot. Tyler wollte gerade aufstehen, um sich auf die Suche nach einem dienstbaren Geist zu machen, als von der Eingangshalle lautes Geschrei hereindrang.

»Laß los, verdammter Kerl! Du Idiot, ich habe dir doch gesagt, daß er mich erwartet!« schimpfte eine Frau mit schriller, durchdringender Stimme.«

Ein Mann stieß laute Flüche aus, aber die Frau übertönte ihn. Tyler erkannte die Stimme. Wie konnte es auch anders sein? Schließlich hatte sie ihn die ganze Nacht nicht zur Ruhe kommen lassen.

Die Tür wurde aufgerissen, und Delia McQuaid stürmte herein. Mit der einen Hand hielt sie einen schäbigen Strohhut auf ihrem Kopf fest, und in der anderen hatte sie einen halb gefüllten Sack. Sie trug dieselben fleckigen und schmutzigen Sachen wie am Abend zuvor und darüber einen mottenzerfressenen Wollumhang, der aussah, als habe sie ihn aus dem Abfall gezogen.

Sie setzte sich mit einem lauten Seufzer ihm gegenüber und stellte den Sack neben der Bank auf den Boden. Vermutlich befand sich darin alles, was sie besaß – abgesehen von den armseligen Lumpen, die sie am Leib trug.

Aus der Nähe bemerkte Tyler jedoch, daß sie gründlich gewaschen und ordentlich frisiert war. Das verwahrloste Mädchen hatte sich zu seiner Überraschung in eine hübsche junge Frau verwandelt. Ihre helle Haut duftete frisch, die Wangen waren rosig angehaucht, und ihre wohl geformten Lippen wirkten sehr verführerisch. Die üppigen dunklen Locken, die unter dem Hut hervorquollen, schimmerten verspielt und schienen überhaupt nicht zu einem Mädchen aus so ärmlichen Verhältnissen zu passen.

Delia seufzte noch einmal und schob sich eine Locke aus der Stirn. »Dieser verfluchte Portier. So wie der sich benimmt, könnte man glauben, das hier sei ein Schloß der Königin von England.« Sie schwieg und sah ihr Gegenüber aufmerksam an, dann lächelte sie plötzlich strahlend und sagte mit dieser ungewöhnlich rauhen Stimme: »Guten Morgen!«

Tyl erwiderte nichts. Er leerte seinen Bierkrug und stellte ihn mit Nachdruck auf den Tisch. Sein Blick richtete sich unwillkürlich auf das viel zu knappe Mieder. Nicht nur ihre sinnliche Stimme hatte ihn in der Nacht nicht schlafen lassen.

Sein eindeutig erotisches Interesse an diesem Mädchen aus dem Hafenviertel beunruhigte ihn. Sie war schließlich seine *Patientin*. Diese Gefühle waren unprofessionell und für ihn ungewöhnlich. Wie stolz war er bislang auf seine Selbstbeherrschung gewesen! Er konnte sich das alles nur damit erklären, daß er am Abend zuvor halb betrunken und enttäuscht über die unterbrochene Liebesnacht ins Bett gesunken war. Und daran war nur dieses seltsame Mädchen schuld, das ihm jetzt gegenübersaß.

Er sah sie finster und mit zusammengekniffenen Augen an.

»Sie scheinen schlechte Laune zu haben«, meinte Delia unbekümmert.

»Ein Mann von Geschmack und Kultur, wie ich es bin«, brummte er, »sollte sich nie darauf einlassen, Rum zu trinken, der mit Arrack, Tee und Zitronensaft gepantscht ist.«

»Wie?«

»Ich habe gestern auf dem Fest des Gouverneurs zuviel von diesem schrecklichen Punch getrunken. Mein Kopf scheint zu platzen, und du krakeelst hier herum, als würde die Welt untergehen.«

»Sie haben sich gestern betrunken?« Delia blickte hungrig auf den Stockfisch, und Tyl dachte: Wenn sie ein Hund wäre, würde sie jetzt knurren. »Das ist erstaunlich! Man hat Ihnen nämlich nichts angemerkt. Meinem Vater sehe ich es immer schon von weitem an, wenn er einen über den Durst getrunken hat. Essen Sie das nicht?«

Tyl schob ihr Teller und Löffel über den Tisch. »Bitte, bedien dich. Was machen deine Rippen?«

Sie lächelte ihn an. »Sie haben heilende Hände, Doktor! Ich habe kaum noch Schmerzen.«

Sie stützte die Ellbogen auf den Tisch und schob sich einen Löffel voll Fisch in den Mund. Sie kaute nur flüchtig, schluckte und nahm sofort den nächsten Bissen. Die Sauce rann ihr über das Kinn, und sie wischte sie mit dem Handrücken ab.

»Sie waren gestern also wirklich betrunken? Kaum zu glauben!« sagte sie mit halbvollem Mund und lachte. Tyls Magen begann zu revoltieren.

»Du meine Güte, sprich nicht mit vollem Mund und kau wenigstens das Zeug richtig, bevor du schluckst«, meinte er angewidert.

Ihr Lächeln gefror. Sie preßte die Lippen zusammen. Flammende Röte überzog ihr Gesicht, und sie schluckte. Sie schluckte so heftig, daß er den letzten Bissen in ihrem Hals zu sehen glaubte. Der Löffel, den sie umklammerte, zitterte leicht.

Dann hob sie das Kinn. Sie nahm sich langsam mit dem Löffel ein winziges Stück Fisch und führte den Löffel ebenso langsam zum Mund. Sie öffnete die Lippen kaum und aß den winzigen Bissen vorsichtig vom Löffel. Sie kaute langsam, ganz langsam und hielt dabei die Augen unverwandt auf ihn gerichtet. Es wurde plötzlich sehr still im Raum.

Um Himmels willen, dachte Tyl, und ein Schauer lief ihm über den Rücken. Was habe ich getan? Er trommelte unruhig mit den Fingern auf dem Tisch. Habe ich mich wirklich dazu bereit erklärt, diese Wilde mit nach Merrymeeting zu nehmen, damit sie Nats Frau wird und sich um die zwei mutterlosen Kinder kümmert?

Der ehrliche und einfache Nathaniel Parker las am Sabbat den Psalm für die Gemeinde. Er hatte Tyl einmal verlegen gestanden, daß er im biblischen Sinn nur eine einzige Frau gekannt hatte. Und mit dieser Frau war er zehn Jahre verheiratet gewesen. Jetzt war Nat seit zwei Monaten Witwer. Tyl versuchte, sich Nat mit diesem Mädchen vorzustellen, und er schüttelte langsam den Kopf.

Er unterdrückte einen Seufzer und fragte vorsichtig: »Sag mal, die Kneipe, in der du arbeitest...«

»Der Goldene Löwe.« Sie verzog verächtlich den Mund. »Ich arbeite nicht mehr dort. Die Wirtin hat mich hinausgeworfen, weil ich dem alten Jake Steerborn ein Glas Rum über den Kopf geschüttet und ihm mit dem Tablett eins auf die Nase gegeben habe, damit er seine dreckigen Finger von mir läßt.« Sie lachte plötzlich laut auf. Dabei tropfte die Buttersauce vom Löffel auf den Tisch. Tyl verdrehte die Augen.

»Mein Gott, Delia,« murmelte er. »Du benimmst dich wie ein Schwein!«

»Verzeihung, Verzeihung!« fauchte sie, aber seine Worte hatten sie gekränkt. Sie ließ den Löffel klirrend auf den Teller fallen und starrte wütend auf den Boden.

Tyl bedauerte seine Bemerkung sofort. »Es tut mir leid.« Begütigend griff er über den Tisch und berührte ihre Hand. Sie wirkte auf dem schweren dunklen Holz der Tischplatte zierlich und zart, und Tyl erkannte plötzlich, wie verletzlich und empfindlich Delia im Grunde war.

Du liebe Zeit, dachte er betroffen, was bin ich nur für ein arroganter Esel, sie ist halb verhungert, und ich rege mich über ihre Tischmanieren auf...

»Wann hast du das letzte Mal etwas Richtiges gegessen?« fragte er teilnahmsvoll.

Sie zuckte die Schultern. »Gestern... ein Stück Brot mit etwas kaltem Schweinefleisch.«

Er nickte und sagte mit einem Blick auf den Teller: »Du kannst das alles essen. Möchtest du vielleicht noch etwas haben?«

Sie schob den Teller über den Tisch. »Nein danke, ich bin satt.«

Nein danke, ich bin satt!

Es klang, als habe sie diesen Satz stundenlang vor dem Spiegel geübt und auf eine Gelegenheit gehofft, ihn eines Tages anwenden zu können. Tyl dachte an ihr Kinn, das sie bei der geringsten Herausforderung selbstbewußt hob. Ihr Stolz amüsierte und rührte ihn.

Ja, das Mädchen besaß Stolz und eine natürliche Würde trotz der armseligen Kleidung und der schlechten Manieren. Im Grunde hatten ihn gerade Delias Stolz und Würde dazu bewogen, sie im Gegensatz zu allen anderen Frauen, die sich bei ihm auf die Anzeige hin gemeldet hatten, in Betracht zu ziehen. Es waren Huren und verwahrloste Frauen gewesen, die sich als Lohn für die harte Arbeit auf der Farm und als Sklavin im Bett eines Mannes warme Mahlzeiten und ein Dach über den Kopf erhofft hatten. Delias Stolz und später der Anblick der schrecklichen Prellungen hatten Tyl davon überzeugt, daß seine Entscheidung richtig war. Wenn er das Mädchen mit nach Merrymeeting nahm, würde er sie wenigstens vor den Schlägen ihres betrunkenen Vaters retten.

Tyl stellte plötzlich fest, daß sie etwas gesagt hatte, und fragte nach: »Wie bitte?«

»Ich habe gefragt, wie das Fest des Gouverneurs gewesen ist. Bestimmt haben Sie getanzt, Karten gespielt und ...« Sie seufzte, und Tyl fiel plötzlich auf, daß sie schöne Augen hatte – leuchtend goldbraune Augen mit winzigen grünen Punkten in den Pupillen. Sie strahlten ihn an. »Ach, was würde ich dafür geben, auch auf diesem Fest gewesen zu sein.«

Tyl stellte sich Delia McQuaid auf dem Fest des Gouverneurs vor und konnte sich ein Lächeln nicht verkneifen.

Sie blinzelte, und das Leuchten verschwand aus ihren Augen. Sie wurde ernst und traurig. Tyl vermochte ihrem Blick nicht auszuweichen. Sie sah ihm direkt in die Augen, bis ihm unbehaglich wurde. Plötzlich fuhr sie fort: »Sie können wirklich nett lächeln, Doktor Savitch. Mir gefällt Ihr Lächeln.«

Tyl murmelte verlegen: »Danke ...«

»Und Sie sind ein guter Liebhaber. Ich glaube, im Bett haben Sie etwas los!«

»Mein Gott!« Er wurde rot, und seine wachsende Verlegenheit machte ihn wütend. »Delia, ich weiß, daß du keine Dame bist, und deshalb kann ich kaum von dir erwarten, daß du dich wie eine Dame benimmst. Trotzdem bestehe ich darauf, daß du in meiner Gegenwart die Grundregeln des Anstands wahrst.«

Sie wurde über und über rot, aber sie hob trotzig das Kinn, und Tyl machte sich auf den nächsten Angriff gefaßt.

Sie ließ den Kopf sinken, ballte die Hände im Schoß und starrte auf den Boden. »Tyl, es tut mir leid. Ich hätte das nicht sagen dürfen. Bitte vergessen Sie alles. Aber wenn es mich packt, dann bleiben alle meine guten Vorsätze auf der Strecke, und ich gerate immer wieder in Schwierigkeiten.« Sie sah ihn ängstlich an. »Werden Sie es sich jetzt anders überlegen und mich nicht mitnehmen?«

»Sei doch nicht albern«, erwiderte er ungeduldig und stand entschlossen auf. »Komm, wir müssen uns auf den Weg machen.«

Er ging, ohne sich noch einmal umzudrehen, durch die Gaststube zur Tür. Delia hätte in ihrer Hast beinahe den Tisch umgeworfen, denn sie wollte unter keinen Umständen zurückbleiben. Sie griff nach dem Sack, drückte die Hand auf den Strohhut und rannte ihm nach.

»Das nennt er Anstand!« hörte er Delia in seinem Rücken leise schimpfen. »Er und seine *guten* Manieren!«

Tyl hätte beinahe laut aufgelacht.

Delia war noch nie im Leben so aufgeregt gewesen.

Sie war ein einziges Mal mit der Fähre über den Fluß zum Jahrmarkt nach Charles Town gefahren. Das war ein richtiges Abenteuer gewesen. Einmal war sie mit Tom sonntags in einem Pferdewagen nach Mill Pond zu einem Picknick gefahren. Aber sie hatte noch nie in einer richtigen Kutsche gesessen.

Die Kutsche war schwarz lackiert und mit Silber beschlagen. Auf den Schlägen befand sich sogar ein gemaltes Wappen. Gezogen wurde sie von vier Rappen. Der große, dunkelhäutige Diener, der Jackie hieß, war in den Roten Drachen gekommen, um Tyl abzuholen. Er war auf den Rücksitz gestiegen, während ein zweiter Diener, ebenfalls in schwarzsilberner Livree, auf den Kutschbock sprang. Delia war Tyl in die Kutsche gefolgt und hatte sich neben ihn auf die mit feinem Leder bezogene Bank gesetzt. Die Bank war so weich gepolstert wie ein Sofa.

Glücklich lehnte sich Delia zurück und strich den Rock glatt. Dann bemühte sie sich um eine, wie sie glaubte, würdevolle Haltung. Sie ermahnte sich streng, nicht zu vergessen, sich wie eine richtige Dame zu benehmen, denn sie fuhr in einer prächtigen Kutsche durch Boston zu Tyls Großvater.

Tyl hatte diesen Besuch offenbar nicht geplant, denn als er mit Delia dicht auf den Fersen durch die Eingangshalle des Roten Drachen ging, tauchte plötzlich hinter einer Säule der Kopf eines dunkelhäutigen Mannes mit einer riesigen gelben Perücke auf. An einem schwarzen Ohr baumelte eine silberne Schuhschnalle als Ohrring. Der Schwarze blickte sich mit großen braunen Augen suchend in der Empfangshalle um.

Tyl blieb wie angewurzelt stehen. Delia wäre beinahe gegen ihn gerannt. Dann rief er laut: »Jackie ... was zum Teufel willst du hier?«

Die großen braunen Augen richteten sich auf Tyl, und er lachte. Er kam hinter der Säule hervor. Der Mann trug eine schwarzsilberne Livree und hatte um den Hals einen silbernen Sklavenring.

»Da sind Sie ja, Master Tyler. Ich bin mit der Kutsche gekommen, um Sie abzuholen. Ihr Großvater will Sie unbedingt sprechen. Er ist, unter uns gesagt, in übelster Laune. Er ist so schlecht gelaunt, daß er am liebsten seinen Hund beißen würde.«

»Verdammt noch mal!« rief Tyler.

Delia hätte Dr. med. Tyler W. Savitch eigentlich gern darauf aufmerksam gemacht, daß sich Fluchen für einen kultivierten Herrn nicht schickt. Doch sie unterließ es. Hinter seinem gepflegten, beherrschten Äußeren spürte sie eine gefährliche, beinahe ungezügelte Wildheit. Und sie kannte ihn wirklich nicht gut genug, um seine Selbstbeherrschung auf die Probe zu stellen. Deshalb begnügte sie sich im Augenblick damit, das weiche Polster zu betasten und den kräftigen Ledergeruch einzuatmen. Sie kamen nur langsam vorwärts, denn Fuhrwerke, Karren und Ochsengespanne versperrten ihnen den Weg. Tyl starrte finster und schweigend auf die Straße.

Delia konnte immer noch nicht an ihr großes Glück glauben: Tyl hatte beschlossen, sie mit zu seinem Großvater zu nehmen. Sie wußte, zuerst hatte er es nicht vorgehabt, denn er hatte sich umgedreht und ihr sehr ungnädig befohlen, auf ihn zu warten. Aber plötzlich sah sie ein spöttisches Funkeln in seinen dunkelblauen Augen.

»Warum eigentlich nicht!« rief er und lachte kalt. »Ich werde dich mitnehmen. Ja, bei Gott, genau das werde ich tun! Ich möchte sehen, was für ein Gesicht er macht.«

Delia beglückwünschte sich jetzt, daß sie sich trotz der Kälte an dem öffentlichen Brunnen gewaschen hatte. Dazu mußte sie natürlich trotz der Kälte, um alleinzusein, in aller Frühe in ihrem dünnen Unterhemd zum Gemeinschaftsbrunnen gehen. Sie konnte von Glück sagen, daß niemand sie gesehen hatte, sonst wäre sie möglicherweise noch beschuldigt worden, sich in der Öffentlichkeit sittenwidrig zu verhalten. All das hatte sie auf sich genommen, nur um *ihm* zu gefallen. Natürlich hatte er überhaupt nicht bemerkt, daß sie frisch gewaschen im Roten Drachen erschienen war. Statt dessen hatte *er* sie beschimpft, weil sie nicht manierlich genug den Stockfisch aß. Er hatte sogar gesagt, sie habe Manieren wie ein Schwein! Bei der Erinnerung daran, wurde sie noch einmal über und über rot. *Ich weiß, daß du keine Dame bist,* hatte er gesagt. Bei Gott, sie würde ihm beweisen, daß er sich irrte ...

Delia blickte verstohlen auf sein abgewandtes Gesicht. Am Abend zuvor war sie von seinem guten Aussehen beeindruckt gewesen. Jetzt bei Tageslicht fand sie, daß er bei weitem der am besten aussehende Mann war, den sie kannte. Er kleidete sich nicht wie ein Arzt. Er trug weder die charakteristische Löckchenperücke noch einen schwarzen Anzug oder einen Stock mit einem Goldknauf, wie es die meisten Männer seines Standes taten. An diesem

Morgen hatte er einen seidenen Rock und eine gelblichbraune Mohairhose an, deren Schnallen an den Knien offenbar aus echtem Silber waren. Der lange Rock war dunkelblau, und er hatte eine hohe Spitzenhalsbinde umgebunden, deren Enden in ordentlichen Falten über das Leinenhemd fielen. Die weiße Halsbinde betonte die Sonnenbräune seines scharf geschnittenen Gesichts.

Er ist ein Mann der Gegensätze und Widersprüche, dachte Delia. In einem Augenblick ist er vornehm und gebildet, und im nächsten ist er so unberechenbar wie mein Vater. Der hochmütige Zug um den Mund paßt überhaupt nicht zu den Lachfältchen um seine Augen. Er spielt den galanten Verführer, aber dann ist er wieder so besorgt und sanft wie zu der Frau beim Abschied an der Tür. Er hat sie wirklich mit großem Respekt behandelt...

Traurig mußte sich Delia eingestehen, daß er niemals so respektvoll und zartfühlend zu ihr sein würde. Aber genau danach sehnte sie sich.

Als die Kutsche am Rathaus vorbei und in Richtung Queen Street fuhr, hielt der Kutscher die Pferde plötzlich an. Delia wäre beinahe vom Sitz gefallen. Instinktiv klammerte sie sich an seinem Arm fest. Unter dem dünnen Stoff spürte sie seine warme Haut und die starken Muskeln. Sie ließ die Hand länger als notwendig auf seinem Arm liegen, bis er zuerst mit gerunzelten Brauen auf ihre Hand und dann auf sie blickte. Errötend zog sie die Hand zurück und ballte sie im Schoß unbewußt zur Faust.

Erst jetzt drangen Delia das Geschrei und der Tumult auf der Straße ins Bewußtsein. Sie beugte sich aus der Kutsche, um zu sehen, was der Grund für den Aufruhr war. Man hatte eine Frau mit nacktem Oberkörper hinten an einem Ochsenkarren festgebunden. Sie wurde so lange ausgepeitscht, bis der Karren einmal um den Rathausplatz gefahren war.

Der Mann mit der Peitsche schlug nicht fest zu, aber trotzdem war der Rücken der Frau bereits mit roten Striemen überzogen. Man hatte ihr außerdem auf der Schulter ein großes »*E*« eingebrannt. Beim Anblick des Brandzeichens mußte Delia an die Frau denken, die mit Tyl gestern im Schlafzimmer gewesen war.

»Eine *Ehebrecherin* bekommt das, was sie verdient...«, murmelte sie laut genug, daß der Mann neben ihr es hörte. »Sie ist mit einem Mann im Bett erwischt worden, der nicht ihr Ehemann war.«

Tyl blickte bewußt nicht auf die grausame Szene. Nach einer Weile sah er jedoch Delia an. »Ich weiß, was du denkst, aber du irrst dich. Die besagte Frau...«

»Priscilla«, warf Delia ein, um keine Zweifel aufkommen zu lassen.

»Priscilla«, wiederholte Tyl finster, »ist Witwe. Sie ist eine liebenswürdige, anständige und ehrliche Frau und einer der besten Menschen, die ich kenne. Warum sollte sie sich nicht hin und wieder mit einem Liebhaber treffen, wenn sie das will?«

Delia schnaubte. »Viele gottesfürchtige Leute in Boston wären da ganz anderer Meinung. Außerdem finde ich, daß Sie die Frau heiraten sollten, Doktor Savitch, wenn Sie... wenn Sie das mit ihr tun, was Sie getan haben...«

»Wenn ich Priscilla einen Heiratsantrag machen würde, bekäme ich von ihr eine Absage, denn sie schätzt die Freiheit ebenso wie ich.« Er sah Delia wütend an. »Mein Gott, warum rechtfertige ich mich eigentlich vor jemandem wie dir? Das geht dich überhaupt nichts an!«

Delia schwieg, obwohl ihn seine Worte noch unglaubwürdiger machten. Priscilla war eine Dame. Sie war reich und angesehen. Deshalb konnte ihr die gesellschaftliche Moral nichts anhaben, ganz gleich, was sie tat. Aber ein armes Mädchen wie Delia konnte nicht in einer Kneipe arbeiten, ohne als Hure zu gelten.

Tyl drehte den Kopf nach der anderen Seite, aber einen Augenblick später blickte er sie wieder wütend an. »Noch etwas. Wenn diese Frau«, und er deutete aus der Kutsche, »*gesündigt* hat, wie du behauptest, dann war ein Mann mit von der Partie. Ich frage dich: Warum hat man nicht auch ihn an dem Wagen gebunden und peitscht ihn zusammen mit ihr aus?«

Delia starrte ihn verblüfft an. Über diesen Widerspruch hatte sie noch nie nachgedacht. Er war ein Mann, und doch sah er deutlich die Ungerechtigkeit der gesellschaftlichen Moral.

Sie grübelte noch immer über diesen seltsamen Aspekt seines Wesens nach, als die Kutsche in die Beacon Street einbog und ein herrschaftliches Haus erreichte, das in einiger Entfernung von der Straße im Schatten hoher Bäume stand. Auf dieser Straßenseite, die sich bis zum Beacon Hill hinaufzog, gab es nur vier Häuser. Auf dem Hügel flatterten die Fahnen des Leuchtturms. Der Wind trug den süßen Geruch von Zucker in die Kutsche, denn in der Nähe von Mill Pond befanden sich die Rumbrennereien.

Sie fuhren die breite Auffahrt hinauf, und die Kutsche hielt an. Der Lakai öffnete den Schlag und half Delia beim Aussteigen. Sie blickte staunend auf die riesige Fassade des Hauses, das aus Granit gebaut war. Die vielen Fenster hatten Einfassungen aus braunem Sandstein. Es hatte drei Stockwerke und Mansardendächer aus blaugrauem Schiefer. Das Portal war mit einem Fries geschmückt und wurde von Säulen eingerahmt. In der Mitte der mächtigen Eingangstür befand sich ein Türklopfer in Form eines Messinglöwen mit einem Messingreif im Rachen.

»Tyl!« rief sie staunend. »Ich habe noch nie ein so prächtiges Haus gesehen!« Sie blickte ihn mit leuchtenden Augen an und fragte bittend: »Darf ich mit hinein? Ich verspreche Ihnen, ich werde mich bestimmt wie eine Dame benehmen ... wirklich.«

Er lächelte sie an, reichte ihr den Arm und führte sie zum Eingang, als sei sie wirklich eine Dame. Delia hob stolz den Kopf und strahlte.

Aber dann verdarb er alles, indem er sagte: »Ich möchte diesmal nicht, daß du dich wie eine Dame benimmst, Delia, selbst wenn du tatsächlich dazu in der Lage sein solltest. Gib dich ganz so, wie du wirklich bist.«

Noch ehe sie den Eingang erreicht hatten, wurde die Tür geöffnet. Eine Frau, die so groß war wie Tyl, begrüßte die beiden. Auch sie trug einen silbernen Sklavenring um den Hals, hatte eine steife Schürze umgebunden und einen riesigen Turban auf dem Kopf. Die Fröhlichkeit in ihrem Gesicht wirkte so ansteckend, daß Delia sie unwillkürlich anlächelte.

»Guten Morgen, Mistress«, sagte sie und nickte Delia zu, die mit weit aufgerissenen Augen in die lange getäfelte Halle trat und fassungslos auf die breite Freitreppe mit dem kunstvoll geschnitzten Geländer starrte. »Guten Morgen, Massah Tyler«, sagte sie und nahm Delia den Mantel ab, den sie ihr so ehrfürchtig von den Schultern nahm, als sei er aus rotem Samt. »Suh Patrick erwartet Sie in seinem Schlafgemach, Massah Tyler.«

Sir Patrick, dachte Delia, Allmächtiger, ist Tyls Großvater womöglich ein Lord?

Plötzlich wäre sie doch lieber draußen in der Kutsche geblieben und hätte dort auf ihn gewartet.

»Danke, Frailty«, sagte Tyl und ging zur Treppe. Delia hielt ihn am Jackenärmel fest.

»Ist Ihr Großvater ein Lord?«

Tyls Blick fiel unwillkürlich auf ein in Öl gemaltes Porträt, das über einer mit kunstvollen Schnitzereien verzierten Nußbaumanrichte hing. Delia begriff, daß dies der alte Lord sein mußte. Er wirkte wahrhaft ehrfurchtgebietend, bestimmt eine große Persönlichkeit.

»Sir Patrick Graham... aber er ist kein Lord«, erwiderte Tyl. »Um genau zu sein, er wurde als Sohn eines kleinen schottischen Pächters geboren. Königin Anne hat ihn vor vielen Jahren in den Ritterstand erhoben, weil er vor der Küste Bahamas eine gesunkene spanische Galeone entdeckt hatte, die randvoll mit Gold und Silber gefüllt war.« Er sah Delia spöttisch an. »Er ist ein aufgeblasener Esel, und ich hoffe, daß du ihn vielleicht auf den Boden der Wirklichkeit bringst.«

Frailty schnalzte mit der Zunge und hob mahnend den Zeigefinger. »Aber Massah Tyler, Sie sollten sich schämen, dieses arme Mädchen zu benutzen, um Ihren Großvater zu ärgern. Lassen Sie sich nicht darauf ein, Kleines«, sagte sie zu Delia.

Delia blickte noch immer wie gebannt auf das Porträt des strengen alten Mannes mit der großen Hakennase. Er sah wirklich nicht aus, als hätte er viel Geduld mit einem jungen Mädchen, das in einer Spelunke im Hafen arbeitete und einfach in sein prächtiges Haus geschneit kam, um ihn zur Vernunft zu bringen.

Sie schluckte beklommen und zupfte Tyler noch einmal am Ärmel. »Was macht Ihr Großvater jetzt? Ich meine, abgesehen davon, daß er ein Adliger ist...«

»Er ist Sklavenhändler.«

Als Delia Tyl die Treppe nach oben folgte, warf sie ängstlich einen Blick über die Schulter zurück auf Frailty, die in der großen Halle geblieben war. Frailty lächelte ihr aufmunternd zu. Delia lächelte zaghaft zurück.

Ein Sklavenhändler, dachte sie schaudernd, Tyls Großvater ist Sklavenhändler...

Jemand, der wie Delia im Armenviertel am Hafen von Boston aufgewachsen war, kannte das berüchtigte Dreiecksgeschäft, das die Grundlage vieler Vermögen in Neuengland bildete. Die Schiffe brachten Rum nach Afrika und im Austausch dafür Sklaven nach Nordamerika. Gegen Molasse und Zucker wurden die Sklaven in die Karibik verschifft, und Molasse und Zucker wurden in Boston zu Rum destilliert. Aber nicht alle Sklaven kamen auf die karibischen Inseln. Einige brachte man hierher nach Neuengland. Viele der Reichen hatten aus Prestigegründen ein oder zwei schwarze Diener.

Delia folgte Tyl einen breiten langen Flur entlang, an dessen Wänden reihenweise Ölporträts hingen, von denen manche dunkel vor Alter waren.

»Großer Gott«, flüsterte sie ehrfurchtsvoll, »das sind vermutlich alles Ihre vornehmen Ahnen...«

Tyl stieß ein kurzes höhnisches Lachen aus, sagte aber nichts.

Am Ende des Gangs klopfte er einmal an eine Tür und trat sofort ein. Delia verbarg sich hinter seinen Schultern, aber als sie im Raum standen, blickte sie sich neugierig um.

Delia hatte Tyls Zimmer im Roten Drachen schon für prachtvoll gehalten, aber das ließ sich nicht mit dem Luxus hier vergleichen. An den Wänden schimmerten Seidentapeten. Der Kamin war aus Marmor, und dicke Teppiche lagen auf dem mit Intarsien geschmückten Fußboden. Es war überwältigend, und Delia konnte nicht alles auf einmal in sich aufnehmen. In der Mitte des Raums stand ein riesiges Himmelbett. Vier geschnitzte Säulen trugen den Baldachin aus grünem Damast. Zum Schutz vor Stechmücken umgaben hauchdünne, schneeweiße Tüllvorhänge das Bett wie duftige Wolken.

Am Fußende saß in einem weiten roten Seidenmantel mit den passenden dunkelroten Pantoffeln Sir Patrick.

Er hatte sich vornübergebeugt. Das Gesicht verschwand in einer großen Papiertüte, und um die Schulter lag ein Tuch. Ein Diener schüttelte aus einer Kugel Puder auf die Perücke seines Herrn.

»Tyl, bist du es?« rief der alte Mann mit krächzender Stimme, die in der Tüte seltsam widerhallte. »Hast du wirklich geglaubt, du könntest dich ohne mein Wissen einfach davonstehlen?« Er nahm die Tüte vom Gesicht und warf sie dem Diener zu. »Genug, genug. Na los schon, verschwinde!«

Der Diener nahm ihm das Tuch von der Schulter und verließ mit dem Puder und der Tüte lautlos den Raum, während der Großvater seinen Enkel zornig anfunkelte.

»Also?« fragte der alte Mann herrisch. »Was hast du zu deiner Entschuldigung zu sagen?«

Delia bemerkte, daß Tyls Lippen bedrohlich zuckten. »Ich war vor drei Tagen hier, und da hast du mir gesagt, ich soll dir nicht mehr unter die Augen kommen.«

»Ja, das stimmt. Aber ich hatte gehofft, du seist inzwischen zur Vernunft gekommen.« Er drehte sich um und ging zu einem Toilettentisch. Leise stöhnend beugte er sich vor und betrachtete angewidert sein Spiegelbild. Er richtete die Perücke und schimpfte: »Den Eigensinn hast du von deinem Vater geerbt. Die Grahams sind nicht so.« Er drehte sich um und sah seinen Enkel mit funkelnden Augen an. »Ich warte, mein Junge. Ich warte und möchte aus deinem Mund hören, daß du deine eigensinnige Meinung geändert hast. Ich *erwarte,* daß du in Boston bleibst und die Reederei Graham übernimmst, so wie ich es schon immer für dich geplant habe.«

Tyls Lippen wurden schmal. »Dann mußt du warten, bis es in der Hölle schneit. Ich bin Arzt. Ich möchte Menschen *heilen* und nicht verkaufen.«

Der alte Mann atmete ärgerlich aus, und eine weiße Puderwolke schwebte wie Schnee auf die Schultern seines langen, weiten Seidenmantels. Der Anblick des zornigen Mannes, der in dem feuerroten Seidengewand mitten im Raum stand, erinnerte Delia unwillkürlich an das feuerspeiende Fabelwesen auf dem Schild des Roten Drachen.

»Warum stehst du wie ein Trottel an der Tür«, schnaubte Sir Patrick. »Ich muß dir noch ein paar Dinge sagen, und du wirst mir, so wahr mir Gott helfe, dies eine Mal zuhören.«

Der alte Mann schritt auf seinen dünnen Beinen mit wehendem Gewand quer durch den Raum. Am Kamin drehte er sich um und verschränkte die Hände im Rücken. Er richtete sich herrisch auf und plötzlich entdeckte er Delia. »Du liebe Zeit. Wer ist das?«

»Ich nehme sie mit nach Merrymeeting«, antwortete Tyl und lächelte zufrieden, während er mit der zögernden Delia an der Hand weiter in den Raum trat.

»Das wirst du verdammt noch mal nicht tun!« rief der alte Mann außer sich vor Wut.

Delia machte sich von Tyl los, schlug sittsam die Augen nieder und machte unbeholfen einen Knicks. »Guten Tag, Eure Lordschaft.«

»Wie? Oh ... ist mir ein Vergnügen, Fräulein ... ein Vergnügen.« Sir Patrick musterte Delia, und seine Augenbrauen verschwanden unter der Perücke, als er Delias abgerissene Kleider und die nackten Füße sah. Er holte tief Luft und sagte dann: »Sie ist hübsch, Tyl. Sie ist wirklich hübsch.«

Delia richtete sich auf und warf Tyl einen triumphierenden Blick zu. Er runzelte die Stirn.

Mit einer ungeduldigen Bewegung der blaugeäderten knöchernen Hand bedeutete er Delia, in einem Brokatsessel Platz zu nehmen. »Setzen Sie sich, Fräulein. Wo bleiben deinen Manieren, Tyl? Auf dem Tisch steht noch etwas warmes Bier. Schenk dem armen Mädchen etwas ein. Siehst du nicht, daß sie in der morgendlichen Kälte zittert?«

Tyls Zornesfalte erschien auf der Stirn, aber er ging stumm

durch den Raum zu einem Teetisch und füllte einen Becher mit Bier. Als Tyl dem alten Mann den Rücken zukehrte, zwinkerte der Delia zu, und sie mußte sich auf die Lippen beißen, um nicht zu kichern. Wenn Tyl beabsichtigt hatte, seinen Großvater durch ihre Anwesenheit aus der Fassung zu bringen, dann war ihm das mißlungen.

»Er tut alles mögliche, um mich zu reizen«, meinte Tyls Großvater, als hätte er Delias Gedanken erraten. »Ich weiß das sehr wohl. Ich habe ihn nach Edinburgh auf die Universität geschickt, um Jura zu studieren, und er ist als Arzt zurückgekommen, nur um mich zu ärgern.«

Tyl lachte. »Sir Patrick, Sie schmeicheln sich, wenn Sie glauben, daß sich in meinem Leben alles darum dreht, Sie zu ärgern.«

»Aus welchem Grund bist du heute hier, wenn nicht, um mich zu ärgern?«

Tyl drehte sich um und verneigte sich spöttisch vor ihm. »Sie haben mich herbefohlen, Sir.«

»Hm? Und weshalb hast du dir überhaupt die Mühe gemacht, nach Boston zu kommen, wenn du nur eine Woche bleiben willst ... außer, um mich zu ärgern und die Nase über alles zu rümpfen, was ich für dich zu tun versuche?«

Tyl reichte Delia den Becher.

»Vielen Dank, Dr. Savitch«, flötete sie.

Er senkte die Stimme und fragte leise: »Wieso redest du auf einmal so geschwollen?«

Delia lächelte bescheiden und trank höchst damenhaft einen kleinen Schluck Bier. Sie würde Tyler Savitch beweisen, daß sie sich wie eine Dame benehmen konnte.

»Ich bin nach Boston gekommen, um eine tugendsame Frau zu finden«, erwiderte Tyl und sah Delia herausfordernd an.

Sir Patricks Augenbrauen hoben sich wieder, und seine grauen Augen durchbohrten Delia, die glühend rot wurde. Aber der alte Mann unterließ es, eine Bemerkung zu machen.

»Außerdem bin ich hier, um für die Siedlung einen Geistlichen anzuwerben. Darüber hinaus habe ich von dem neuen Impfstoff gegen Pocken gehört«, fuhr Tyl höflich fort. »Ich wollte mich persönlich von den Ergebnissen von Cotton Mathers Experimenten überzeugen.«

Sir Patrick schnaubte. »Ich halte nichts von diesen Impfungen. Wir dürfen Gott nicht ins Handwerk pfuschen. Wenn Gott will, daß jemand die Pocken bekommt, dann weiß ER, was ER will.«

»Sie würden anders reden, Sir, wenn Sie die Pocken hätten. Die Epidemie ist noch nicht bis nach Maine vorgedrungen. Ich hoffe, alle in Merrymeeting und in den anderen Siedlungen davon zu überzeugen, daß ...«

»Merrymeeting!« Der alte Mann stampfte mit dem Fuß auf den Boden. »Schon der Name klingt wie ein Witz. Darf ich dich an etwas erinnern? Du hast in Edinburgh nicht nur dieses nutzlose Examen gemacht, du hast auch Geschmack an teuren Dingen gefunden und an teuren Frauen. Ich kann nicht glauben, daß du in den erbärmlichen Blockhäusern in der Wildnis frieren willst, wo dich niemand wärmen kann, außer einer Squaw ...«, Sir Patrick brach mitten im Satz ab, als sein Blick auf Delia fiel. Sie lächelte ihn bezaubernd an, und er blinzelte.

Tyl bemerkte es nicht. Er setzte sich Delia gegenüber, kreuzte die Beine, wippte aber unruhig mit einem Fuß und trommelte mit den Fingern auf der Sessellehne. »Ich lebe seit zwei Jahren dort sehr glücklich«, erwiderte er. »Und wenn Sie sich Gedanken über meinen teuren Geschmack machen, Sir, dann kann ich Sie beruhigen. Ich bin der einzige Arzt zwischen Wells und Port Royal, und ich werde für meine Dienste sehr gut bezahlt.«

»Gut bezahlt? Ha!« Sir Patrick wies mit der Hand auf die Einrichtung. »Hast du vielleicht so etwas in deiner gottverlassenen Siedlung? Antworte!«

Tyl sprang auf. »Ich möchte nicht *so* leben! Vor allem dann nicht, wenn das Geld von Menschen in Fesseln und mit Sklavenringen um den Hals stammt.«

Sir Patricks Blicke folgten seinem Enkel, der erregt im Raum auf und ab ging. Delia entging eine gewisse Verzweiflung in seinen grauen Augen nicht. »Hör zu, Tyl. Ich habe dir alle Freiheiten gelassen, und ich habe dir die Möglichkeit gegeben, deine Begeisterung für die Wildnis auszuleben. Aber ich werde nicht jünger. Deshalb wirst du heute und zwar auf der Stelle deine Verrücktheiten aufgeben und die Reederei übernehmen. Ich brauche dich. Ich habe nur dich, und du mußt mir jetzt helfen. Das schuldest du mir, mein Junge.«

»Ich schulde Ihnen nichts, Sir!» Tyls Gesicht war dunkel vor Zorn. »Bei Gott, was um alles in der Welt läßt Sie glauben, daß ich auch nur einen Fuß über die Schwelle der Reederei setzen würde?« rief er empört. »Weshalb können Sie das nicht begreifen? Ich verabscheue das, was Sie tun!«

Sir Patricks Augen funkelten. »Du wagst es, mich zu kritisieren! Als ich dich vor zehn Jahren gefunden habe, warst du nichts als ein nackter wilder Indianer!« Er drehte sich um und sah Delia mit ausgebreiteten Armen hilfesuchend an. »Er war nicht mehr als ein Sklave!«

Tyl biß die Lippen aufeinander und stieß hinter den Zähnen hervor: »Das ist eine Lüge, und Sie wissen es genau. Sie mußten mich mit *Gewalt* in Ihre Welt zurückholen. Ich hatte eine Familie und ein Leben in ...«

»Ja, ja, was für ehrbare Leute das waren«, sagte Sir Patrick mit beißendem Sarkasmus zu Delia, als müßte er sie überzeugen. »Er war noch nicht sechzehn, als ich ihn gefunden habe, und hatte bereits seinen Anteil an Skalps. Diese Wilden haben ihn als Sechsjährigen entführt und zu einem der ihren gemacht... zu einem blutgierigen Indianer. Und er hat gemordet... *gemordet* ...!«

Mit Tränen in den Augen hob Sir Patrick den Kopf und blickte auf ein Porträt, das über ihm an der Wand hing. Das Bild zeigte eine zarte junge Frau. Eine Hand lag auf der Rückenlehne eines Sessels, als brauche sie den Sessel als Anker auf der Erde. Ihre hellen Haaren wirkten beinahe silberblond, und sie hatte große tiefblaue Augen, so blau wie das Meer am frühen Morgen.

Auch Tyls Augen hatten sich auf das Ölbild gerichtet, und Delia sah, wie sein Zorn verschwand. Er seufzte tief und fuhr sich mit der Hand durch die Haare. »Ich habe es Ihnen immer wieder gesagt, Sir Patrick. Sie haben sie nicht getötet. Sie ist im Kindbett gestorben.«

»Nachdem einer deiner Abenakis sie vergewaltigt und geschwängert hat!«

»Er war ihr Mann.«

»Ihren Mann haben sie ermordet!«

Sir Patrick trat vor Tyl.

Er muß in seiner Jugend einmal so groß wie sein Enkel gewesen sein, dachte Delia und verfolgte atemlos das Rededuell.

Der alte Mann richtete seinen Blick auf Tyl und versuchte, ihn mit seinen grauen Augen zum Nachgeben zu zwingen. Aber Tyl erwiderte den Blick, ohne mit der Wimper zu zucken.

»Wie kannst du es ertragen, zurückzugehen und dort zu leben, wo sich all das zugetragen hat?« fragte Sir Patrick leise.

Delia sah, wie Tyl einmal schluckte. Dann antwortete er ruhig: »Sagadahoc ist meine Heimat, und ich kehre dorthin zurück.«

Der alte Mann blinzelte, eine Träne lief ihm langsam über die Wange. »Ich hatte geglaubt, ich könnte einen Engländer aus dir machen. Ich habe für deine Bildung gesorgt. Du hast gelernt, dich angemessen zu kleiden und zu sprechen, aber dein Herz hat sich mir stets verschlossen. Im Grunde bist du noch einer von ihnen. Du bist noch immer ein Abenaki.«

»Ich weiß nicht... ich weiß nicht, *wer* ich inzwischen bin!« rief Tyl, und es klang gequält.

Aber sein Großvater nahm nichts mehr davon wahr. Er drehte sich um und ging zu dem Himmelbett zurück. »Geh!« sagte er kalt. »Geh zurück in deine geliebte Abenaki-Wildnis. Ich möchte dich nie mehr wiedersehen.«

Tausend Fragen schwirrten Delia durch den Kopf, als sie in der Kutsche zum Roten Drachen zurückfuhren. Vor allem machte sie sich Gedanken über die Indianer, die Menschen skalpierten und offenbar in der Nähe von Merrymeeting lebten. Aber Tyl war so verschlossen, daß sie nicht wagte, ihm auch nur eine einzige Frage zu stellen.

Vor dem Hotel angekommen, sprang er aus der Kutsche und überließ sie ihrem Schicksal. Er verschwand im Roten Drachen. Sie wollte ihm zuerst folgen, aber er hatte sie nicht dazu aufgefordert. Deshalb nahm sie ihren Sack und schlenderte einige Schritte die Straße entlang zu einem Kurzwarenhändler. Dort lehnte sie sich an die Hauswand und wartete. Es dauerte nicht lange, und sie sah, wie der Pferdeknecht zu den Stallungen ging und mit einem temperamentvollen Indianerhengst und einem kleineren, aber kräftigen Packpferd zurückkehrte. Da wußte sie, daß Tyl sich bald auf den Weg machen würde. Sie zitterte vor Aufregung und zog den zerschlissenen Umhang enger um die Schultern. Dann ging sie langsam zum Roten Drachen zurück.

Der Portier kam mit drei vollgepackten Satteltaschen durch den Eingang, die er schwitzend und stöhnend zu dem Packpferd schleppte und gemeinsam mit dem Stallburschen auf dem Pferd festzurrte. Kurz darauf erschien Tyl.

Delia hätte ihn beinahe nicht wiedererkannt. Er trug nicht mehr die vornehme Kleidung eines Gentleman, sondern eine lederne Reithose und ein dickes hellbraunes Leinenhemd mit Fransen an den Schultern und an den langen Ärmeln. In der einen Hand hielt er seine Büchse. An einem mit bunten Holzperlen besetzten Schultergurt hingen eine Pulverflasche, ein Kugelbeutel und eine Indianeraxt. Nur die kostbar besetzten Stiefel erinnerten noch an den vornehmen Herrn in der Kutsche.

Tyl wirkte gefährlich. Das kantige, unbewegte Gesicht machte ihr Angst. Er wirkte tatsächlich wie ein Mann, der in der Wildnis lebt und sich nicht vor wilden Indianern fürchtet. Delia dachte, wenn ihn sein Großvater jetzt sehen könnte, dann wüßte er, wie falsch seine Erwartungen gewesen waren.

Tyl schob die Büchse in das Halfter am Sattel. Er griff nach der Leine des Packpferdes, saß auf und drückte seinem Hengst die Fersen in die Flanke.

Er wollte ohne sie davonreiten!

Delia packte ihren Sack und lief ihm nach. »Tyl, warten Sie! Warten Sie doch!«

Er wendete sein Pferd, und an seinem Gesichtsausdruck sah Delia, daß er sie völlig vergessen hatte.

»Delia...«

Seine Augen wurden sanfter, und es gelang ihm sogar zu lächeln. Er beugte sich vor und griff nach ihrer Hand. »Wir müssen später ein Pferd für dich besorgen. Vorerst reiten wir zusammen.«

Delia blieb wie erstarrt mitten auf der Straße stehen und sah ihn fassungslos an. Sie sollte mit ihm auf diesem Pferd reiten? Das war unmöglich!

»Komm schon, Delia!« rief er ungeduldig. »Der Reverend wartet mit seiner Frau schon über eine Stunde an der Gemeindewiese auf mich.«

Delia betrachtete mißtrauisch den Hengst. »Ich kann nicht reiten.«

»Ich habe nicht die Zeit, es dir jetzt beizubringen!« erwiderte er. »Gib mir die Hand, stell den rechten Fuß auf meinen und schwinge das linke Bein über den Pferderücken.«

Er nahm ihr den Sack aus der Hand und legte ihn vor sich quer über den Sattel. Dann faßte er sie am Arm, und im nächsten Augenblick flog sie mit einem Ruck durch die Luft und landete mit einem Plumps auf dem Rücken des Hengstes, der unruhig tänzelte. Das Fell kratzte unangenehm an ihren nackten Beinen, und ihr Rock war bis über die Knie gerutscht. Aber Delia blieb keine Zeit, sich deshalb Gedanken zu machen, denn Tyl setzte den Hengst in Trab. Durch die plötzliche Bewegung wurde sie gegen seinen Rücken gepreßt. Sie unterdrückte einen Schrei und legte schnell die Arme um seine Hüfte, verschränkte die Hände und drückte die Wange an seine Schulter.

Zur Gemeindewiese war es nicht weit. Delia begann gerade, sich über das Wunder zu freuen, Tyl plötzlich so nahe zu sein – sie spürte seine Wärme, hörte sein Herz schlagen und überließ sich der Kraft seiner Muskeln –, als sie auch schon in die Straße einbogen, die zu dem großen Gelände mitten in der Stadt führte. Vor ihnen lag eine schlammige Grasfläche, auf der ein paar Kühe weideten. Am Rand stand ein Ochsenkarren, der mit Truhen und Möbelstücken hoch beladen war. Auf der Kutschbank saß eine Frau, während ein Mann vor den beiden roten Ochsen stand und angestrengt die Straße entlangblickte. Tyl hob grüßend die Hand, als sie sich dem Wagen näherten. Er glitt vom Pferd und riß dabei Delia mit sich, die beinahe bäuchlings auf der Erde gelandet wäre, wenn er sie nicht im letzten Moment am Arm festgehalten hätte.

»Reverend Hooker«, sagte Tyl lächelnd, ließ Delia los und reichte dem jungen Mann die Hand. »Es tut mir leid, daß ich so spät komme.«

Reverend Hooker war Anfang zwanzig. Er hatte ein schmales asketisches Gesicht, wie es seinem Beruf angemessen war. Er trug einen einfachen schwarzen Anzug und einen schwarzen Hut mit einer breiten Krempe. Sogar sein Stock war schwarz.

Er erwiderte Tyls Lächeln. Dann richteten sich seine Augen auf Delia. Er lächelte auch sie an, aber als er ihre Kleider sah, erstarb das Lächeln.

»Ich bin Delia«, sagte sie. »Ich vermute, wir werden zusammen nach Merrymeeting reisen.«

Der Reverend schluckte erschrocken. »Hm, ja, hm ... ich bin Caleb«, sagte er schließlich und rieb seine Hand nervös am Hosenbein. Dann räusperte er sich und sah Tyl hilfesuchend an. Als er seine Stimme wieder unter Kontrolle hatte, sagte er salbungsvoll: »Ich freue mich, daß Sie hier sind. Wir haben uns wirklich schon Sorgen gemacht.« Er wandte sich der Frau auf dem Wagen zu und sagte: »Dr. Savitch, darf ich Ihnen meine Frau Elizabeth vorstellen.«

Delia musterte die Frau des jungen Pfarrers mit unverhüllter Neugier. Sie hatte einen langen, anmutig geneigten Hals, und ihre Haut war so rein wie frische Milch. Nase und Augen erinnerten an ein Kind, aber zusammen mit dem kleinen Mund wirkten sie vollkommen. Auch sie war völlig in Schwarz gekleidet, abgesehen von einem schlichten weißen Bündchen mit Schleife, die über das Mieder fiel, und dem schmalen weißen Manschettenbesatz der langen Ärmel. Ihre Haare verschwanden beinahe völlig unter der Haube, und nur am Haaransatz über der Stirn konnte man sehen, daß sie blaßblond waren. Ihre Hände umklammerten eine ledergebundene Bibel mit einer vergoldeten Schließe auf ihrem Schoß.

»Lizzie, das ist der gute Doktor, von dem ich dir erzählt habe«, sagte Reverend Caleb Hooker. Der sanfte Ton ließ erkennen, daß er seine Frau liebte. »Es ist der Mann, der uns nach Merrymeeting bringen wird. Und das, hm, ist Delia.«

Die Augen der Frau, die so klar waren wie der frühe Morgen, hoben sich kurz und richteten sich dann wieder auf die Bibel in ihrem Schoß. »Es freut mich, Sie kennenzulernen, Dr. Savitch«, sagte sie mit melodischer Stimme.

Tyl erwiderte nichts. Das seltsame Schweigen veranlaßte Delia, von der jungen Frau auf Tyl zu blicken. Als sie seinen Gesichtsausdruck sah, glaubte sie, das Herz werde ihr brechen.

Tyler Savitch blickte die Frau des Pfarrers mit weit mehr als nur freundlicher Bewunderung an.

Viertes Kapitel

Sie fuhren mit dem Flachboot über den Charles River. Außer ihnen hatte die Fähre eine Herde blökender Ziegen und eine Ladung Rumfässer an Bord. Elizabeth Hooker fürchtete sich entweder vor dem Wasser oder den Ziegen, möglicherweise aber auch vor beidem und blieb mit geschlossenen Augen auf dem Wagen sitzen. Tyl spielte den männlichen Beschützer und wich nicht von ihrer Seite.

Der Anblick der beiden und seine Bewunderung für diese Frau waren für Delia so schmerzlich, daß sie glaubte, ihre Eifersucht nicht mehr bändigen zu können. Wie unberechenbar und gierig ist das Herz, dachte sie verzweifelt, gestern war ich noch glücklich, auch nur in seiner Nähe sein zu dürfen und sein Gesicht zu sehen, aber heute will ich bereits mehr. Sie träumte von dem, was sie niemals haben würde.

Schließlich kam sie zu der Überzeugung, es sei leichter, wenn sie die beiden nicht ansehen mußte. Deshalb ging sie zum Heck und blickte auf die zurückweichende Landschaft ihres vergangenen Lebens. Die spitzen Türme der vielen Bostoner Kirchen ragten wie Disteln in den Himmel. Die Kais im Hafen wirkten wie Straßen, und das Kupferdach des Leuchtturms von Beacon Island funkelte gleißend in der Sonne, so daß Delia geblendet die Augen zusammenkniff. Als sie die Tränen trocknete, redete sie sich ein, es sei die Sonne, die sie zum Weinen brachte, und nicht der Abschiedsschmerz.

»Vater ...«, flüsterte sie und hatte ein schlechtes Gewissen.

Ihr Vater mußte in einer der Kneipen seinen Rausch ausgeschlafen haben, denn als sie in der Nacht nach Hause gekommen war, lag er nicht auf seiner Matratze. Sie hatte sich nicht von ihm verabschieden können. Vermutlich war es auch besser so. Er würde die nächsten Tage ohnehin betrunken sein und wäre doch nur mit den Fäusten auf sie losgegangen.

Erst wenn er wieder nüchtern war, würde er sie vermissen. Wahrscheinlich konnte er sich dann nicht einmal mehr daran erinnern, daß sie ihm mit einem Stück des abgebrochenen Geländers auf den Kopf geschlagen hatte. Er würde sie im Hafen suchen. Er würde sich Sorgen um sie machen und dann begreifen, daß sie davongelaufen war. Ihr Vater war nicht dumm, zumindest dann nicht, wenn er nüchtern war. Er würde weinen. Keiner konnte sich so der Trübsal überlassen wie ihr Vater, wenn ihn das Selbstmitleid überkam.

Schuldgefühle und Gewissensbisse quälten Delia. Sie nahm sich vor, nach ihrer Ankunft in Merrymeeting jemanden, der schreiben konnte, darum zu bitten, daß er für sie einen Brief an ihren Vater schrieb. Sie würde ihm sagen, daß es ihr gutging und er sich keine Sorgen zu machen brauchte.

»Armer Vater ... Wer wird jetzt für dich sorgen, wenn ich nicht mehr da bin?« Sie schluchzte leise und dachte dann: Und wen soll er verprügeln, wenn er betrunken ist?

Sie schloß die Augen und sah ihren Vater vor sich. Aber es war nicht der Vater, wie sie ihn an jenem letzten Tag gesehen hatte, mit blutunterlaufenen Augen und wutverzerrtem Gesicht. Es war ein Bild in ihrer Erinnerung, und es stammte von einem Tag, an dem er gut zu ihr gewesen war. Er war damals in ihren kindlichen Augen so groß und stark gewesen. Sie standen zusammen am Ende von Long Wharf, und er zeigte ihr alle Schiffe, die im Hafen lagen. Delia spürte noch immer seine starke, große Hand, die ihre kleine behutsam umschloß. Sie erlebte wieder die unvergeßliche Erregung bei dem Gedanken daran, wie groß und abenteuerlich die Welt sein mußte. In diese Erregung hatte sich das warme, wohltuende Gefühl der Sicherheit gemischt, das der Vater ihr gab, der neben ihr stand und sie behütete. Sie hatte zu ihm aufgeblickt, er hatte sie angelächelt und gesagt: »Ich liebe dich, mein kleiner Schatz ... «

Aber dann war ihre Mutter gestorben, und der gütige Vater hatte sich bald darauf in ein gefährliches Ungeheuer verwandelt.

»Lebt jemand aus Ihrer Familie in Merrymeeting?«

Delia drehte sich verblüfft um. Vor ihr stand der hagere Reverend Caleb Hooker. Er lächelte, und Delia fiel auf, daß seine oberen Schneidezähne leicht vorstanden. Das gefiel ihr, denn es machte ihn etwas menschlicher.

»Ich gehe nach Merrymeeting, um einen Witwer mit zwei kleinen Töchtern zu heiraten«, erwiderte sie und lächelte ebenfalls.

»Ach, ich verstehe«, sagte er, aber es klang, als verstehe er es keineswegs. Aus seinem Mund hörte sich das an, als sei ihr Vorhaben unmöglich. Würde sie wirklich ein neues Leben beginnen, eine ehrbare und angesehene verheiratete Frau werden?

Es war eine quälende Frage, die Delia im Augenblick jedoch entschlossen zur Seite schob.

Delia und der Reverend sahen sich schweigend an, dann drehten sie sich beide wie auf Befehl um und blickten zum Bug der Fähre, wo Elizabeth auf dem Ochsenkarren saß und Tyler Savitch neben ihm stand. Er blickte zu ihr auf und sagte etwas, worüber sie lachte. Aber im nächsten Augenblick richtete sie ihre Augen wieder auf die Bibel, die sie mit ihren schneeweißen Händen fest umklammerte.

»Meine Frau ... hat Angst vor der Fahrt in die Wildnis«, sagte Caleb zu Delia. »Sie ist am liebsten im Haus und sitzt am Spinnrad oder am Webstuhl.« Er nahm den breitkrempigen Hut ab und fuhr sich mit der Hand durch die dünnen hellbraunen Haare. »Die Fahrt wird sehr schwierig für sie werden. Aber wenn wir erst einmal in unserem Pfarrhaus in Merrymeeting sind, wird alles gut sein«, fügte er schnell hinzu, und es klang, als versuche er, sich selbst davon zu überzeugen.

Delia lächelte ihm ermutigend zu. »Ganz bestimmt«, sagte sie freundlich nickend.

»Werden Sie zu den Andachten kommen?«

»Hm ...«, Delia wurde rot und starrte auf ihre nackten Zehen, die unter dem Rocksaum hervorkamen. »Eigentlich bin ich nie viel in die Kirche gegangen.«

Ein leises Lachen ließ beide die Köpfe heben. Tyler Savitch trat zu ihnen. Das dunkelblaue Wasser hatte verblüffenderweise genau die Farbe seiner Augen. Er hatte die Finger in den Hosenbund geschoben. Die Fransen an seinem Hemd wehten im Wind. Seine Brust hob und senkte sich im Rhythmus der Wellen. Er schien so im Einklang mit dem Schiff, dem Fluß und dem ganzen Land, daß Delia ihn um sein Glück und seine Zufriedenheit beneidete.

»Ich fürchte, Sie werden in Merrymeeting keine große Gemeinde und noch weniger Heilige finden«, sagte er mit dem fröhlich spöttischen Lächeln, das sein Gesicht so erstaunlich veränderte.

Offensichtlich hat ihn Elizabeth Hookers Gesellschaft in beste Laune versetzt, dachte Delia unglücklich. Warum bin nicht *ich* der Grund für dieses Lächeln?

»Aber Sie haben mir wiederholt versichert, daß meine Dienste erwünscht sind!« rief Caleb bestürzt.

»Die Gesetze von Massachusetts verlangen, daß eine Siedlung sowohl einen Geistlichen als auch einen Lehrer hat, wenn sie als Stadt anerkannt werden will. Um ehrlich zu sein, Reverend, die Einnahmen der Gemeinde sind im Augennblick zu gering, um das Gehalt für einen Lehrer *und* einen Pfarrer zu bestreiten. Deshalb mußte die Entscheidung zwischen Ihnen und einem Lehrer getroffen werden. Die Abstimmung ging mit zwei Stimmen zu Ihren Gunsten aus.« Er fuhr sich mit der Zunge über die trockenen Lippen und blickte auf das Wasser. »Na ja, einige Leute behaupten, der Wahlausgang sei gefälscht gewesen.«

Zu Delias Überraschung brach der Reverend in lautes Lachen aus. Sie fand es wunderbar, daß ein so ernsthafter Mann auch dann lachen konnte, wenn es um ihn selbst ging. Es war gut, ihn auf der langen Fahrt nach Merrymeeting und auch später zur Seite zu haben. Später ganz besonders, denn Caleb Hooker schien zu den seltenen Männern zu gehören, die für eine Frau zum Freund werden konnten. Und Delia hatte das Gefühl, daß sie einen Freund brauchen würde.

Am anderen Ufer führte die Poststraße nach Nordosten. Aber noch ehe sie aufbrachen, kam es zum ersten Streit zwischen Tyl und Delia.

»Ich reite nicht mit Ihnen auf diesem Pferd!« rief sie und wich vor ihm zurück, als er auf sie zutrat, um sie in den Sattel zu heben.

Sie machte ein Gesicht, als habe sie Angst vor dem Hengst. Aber in Wirklickeit fürchtete sie sich vor Tyl und den gefährlichen Gefühlen, die seine Nähe in ihr weckte. Delia wußte, daß sie es nicht ertragen konnte, stundenlang die Arme um ihn zu schlingen, die Wange an seinen warmen Rücken zu pressen und dann sehen zu müssen, wie er mit den Augen die damenhafte Mrs. Hooker anbetete.

»Ach, und was hast du vor? Willst du den ganzen Weg nach Merrymeeting zu Fuß laufen?« fragte Tyl ungeduldig.

»Warum nicht?« rief sie aufgebracht. »Leider kann ich nicht fliegen!«

»Verdammt noch mal!« brüllte er und vergaß den Pfarrer und seine Frau. »Warum willst du keine Vernunft annehmen? Ich werde dir bei der ersten Gelegenheit ein Pferd kaufen, aber bis dahin ...«

»Dr. Tyler Savitch«, erwiderte sie ebenso aufgebracht. »Ich verzichte auf Ihre mildtätigen Geschenke!«

»Ach, du verzichtest auf meine Geschenke? Und wer, glaubst du, soll auf diesem kleinen Ausflug dein Essen und die Unterkunft bezahlen?«

Delia wurde dunkelrot, aber sie hob stolz das Kinn. »Ich bin nicht dumm, Dr. Savitch. Ich weiß, daß ich nicht nach Merrymeeting komme, ohne etwas zu essen, aber ich werde Ihnen alles zurückzahlen, was Sie unterwegs für mich ausgeben.«

Tyl zog spöttisch die Augenbrauen hoch, und das steigerte Delias Wut noch mehr.

»Aber ich werde nicht mit Ihnen auf diesem verfluchten Gaul reiten! Und auch nicht auf einem anderen, den ich Ihrem abscheulichen Hochmut zu verdanken habe!«

Tyl schüttelte lachend den Kopf. »Du meine Güte, was ist denn plötzlich in dich gefahren?«

Delia drehte sich um und machte sich auf den Weg. Dabei schimpfte sie leise vor sich hin.

»Delia, warte!« rief Caleb Hooker ihr nach. »Wir können bestimmt Platz für dich auf dem Wagen machen. Es ist... es ist zu weit, um zu Fuß zu gehen.«

Delia blieb stehen und blickte zurück. Sie sah, daß Elizabeth Hooker ihren Mann mit unverhülltem Entsetzen anstarrte, und musterte dann den Ochsenkarren, der mit einem Bett, mit Stühlen, Truhen und zwei verschiedenen Spinnrädern – das eine für Wolle, das andere für Flachs – bis weit über den Rand und dicht unter die Plane vollgepackt war. Auf diesem Wagen war kein Platz für sie, nicht einmal auf der Ladeklappe, selbst wenn die Frau des Pfarrers ihre unstandesgemäße Gesellschaft ertragen hätte.

Delia lächelte schwach und schüttelte den Kopf. »Trotzdem vielen Dank für das freundliche Angebot, Reverend.«

»Du willst also wirklich laufen...«, sagte Caleb Hooker und fuhr sich mit der Hand über die schweißnasse Stirn.

»Können wir jetzt endlich aufbrechen, nachdem offenbar alles geklärt ist?« fragte Tyl und band das Packpferd an den Wagen. »Ich möchte in Merrymeeting sein, bevor der erste Schnee fällt.«

Caleb kletterte mit einem Schulterzucken auf den Wagen. Als er nach der Peitsche griff, sagte Elizabeth mahnend: »Caleb, solltest du nicht vor dem Aufbruch ein Gebet sprechen?«

»Oh... ja, natürlich.« Er faltete die Hände und neigte den Kopf: »Möge Gottes Wille uns auf dieser Reise leiten, die wir in Demut in DEINEM Namen, o Herr, jetzt beginnen. Amen.« Er hob schnell den Kopf und lächelte Tyl zu.

Als Tyl nickte, knallte er mit der Peitsche, und der Wagen setzte sich quietschend in Richtung Merrymeeting in Bewegung.

Sie kamen nur sehr langsam voran. Der Weg war überwuchert von Zehrwurz und Springkraut und voller Felsbrocken, heruntergefallener Äste und tiefer Schlammlöcher. Immer wieder mußten sie die Gattertore der Farmen öffnen und schließen, deren Weiden sie durchquerten.

Delia lief neben den starken roten Ochsen. Sie fühlte sich wohl in der Nähe der großen langsamen Tiere. Der behäbige Trott wirkte irgendwie besänftigend und versetzte sie nicht in die Erregung, die ein Ritt mit Tyl mit sich gebracht hätte.

Tyl dagegen war so gereizt, daß sich seine Spannung auf den Hengst übertrug, der mit angelegten Ohren und hoch aufgerichtetem Schweif immer wieder auszubrechen versuchte. Delia verstand den Grund dieser Unruhe nicht, die offenbar zu Tyls Wesen gehörte. Vermutlich war es das Erbe seiner Kindheit. Schließlich hatte er zehn Jahre bei den Indianern gelebt, bevor ihn sein Großvater in die Zivilisation zurückgeholt und zu einem englischen Gentleman gemacht hatte. Vielleicht ließ sich ein Teil von ihm niemals kultivieren. Und diese Seite von ihm paßte nicht so recht zu dem feinen Herrn und Arzt, der er geworden war. Tyler Savitch blieb Delia ein Rätsel, das sie auf dem Weg über Farmen und durch kleine, aus fünf oder sechs Häusern bestehende Siedlungen zu lösen versuchte. Sie staunte über Gemüsegärten, die von niedrigen Steinmauern eingefaßt inmitten von Feldern lagen. Die hellgrünen, noch zusammengerollten Blätter der jungen Maispflanzen hatten gerade erst die Erde durchstoßen. Einmal sahen sie ein paar Mädchen, die am Fuß eines Hügels über einer Grube Flachs trockneten. Die Mädchen erwiderten fröhlich winkend Delias Gruß, und sie fühlte sich so glücklich und unbeschwert, daß sie laut lachte. Erschrocken drehte sie sich um und sah, daß Tyl sie mit finsterem Blick anstarrte.

Vermutlich lassen sich richtige Damen ihre Gefühle nicht so deutlich anmerken, dachte Delia und nahm sich vor, in Zukunft vorsichtiger zu sein.

Am späten Nachmittag erreichten sie sumpfige Wiesen mit zahllosen riesigen blauen Fliegen. Die lästigen Insekten fielen in Scharen über sie her. Delia riß einen Ahornzweig ab und schlug damit nach den Fliegen, um wenigstens den beiden Ochsen etwas Erleichterung zu verschaffen. Der Hals von Tyls Hengst war bald von Stichen übersät, die sofort anschwollen. Es nützte alles nichts, Menschen und Tiere mußten diese Plage ertragen.

Am anderen Ende des Sumpfgebietes wurde der Weg etwas breiter, und sie erreichten eine Siedlung. Tyl erklärte, sie würden hier übernachten, denn wenn es mit den Fliegen so schlimm sei, deute das auf ein Gewitter hin. Am nächsten Tag werde es vermutlich in Strömen regnen, aber zumindest sei dann die Fliegenplage vorbei.

Delia brauchte keine Fliegenschwärme, um zu wissen, daß ein Gewitter aufzog, denn ihre geprellten Rippen schmerzten schrecklich.

Das Dorf war so jämmerlich klein, daß man von einem Ende zum anderen hätte spucken können. Die Kirche hatte keinen Turm, und auf der schlammigen Gemeindewiese standen nur ein paar magere Kühe. Das letzte Gebäude war das einzige Wirtshaus. Als Tafel hing an einer rostigen Kette neben der Tür ein grauer Anker, der sich leise quietschend im Wind bewegte. Als sie vor dem Wirtshaus anhielten, schlug ihnen der Gestank von Schweinen und dem Plumpsklo auf dem Hof entgegen.

Der Wirt kam heraus, kratzte sich unter der Achselhöhle und kaute langsam auf seinem Kautabak. Er trug eine ausgefranste Wollhose und »Bauernstiefel« – Lappen aus einer alten Decke, die um Füße und Knöchel gewickelt und unter den Knien festgebunden waren. Ein räudiger Hund trottete gähnend hinter dem Mann her und ließ sich neben ihm auf die Erde fallen.

Der Wirt nickte mit dem struppigen Kopf und begrüßte sie mit einem »Hallo, wie geht's?«, ohne den Kautabak auszuspucken.

Tyl saß ab. »Es geht so«, erwiderte er und fragte dann: »Ist das Wirtshaus offen?«

»Aber ja, Euer Wohlgeboren. Das hier ist der Blaue Anker.« Er musterte die Gäste eingehend und sagte: »Hoher Herr, das macht vier Schillinge für die Nacht und das Abendessen. Zwei Schillinge für das Pferd und die Ochsen.«

Tyl nickte und ließ sich Salz und Wasser bringen, um damit seinem Hengst den Hals abzureiben. Die Hookers stiegen vom Wagen. Elizabeth wirkte erschöpft und müde. Wortlos eilte sie ins Haus. Delia wollte ihr folgen, aber Tyl hielt sie an der Schulter fest.

Mit einem Blick auf ihre zerkratzten, blutenden Füße sagte er: »Ich werde sie dir verbinden.«

»Danke, das kann ich selbst.«

Er preßte die Lippen zusammen und holte tief Luft. Da wußte sie, daß er sich nur mühsam beherrschte. Es gefiel ihr nicht, wenn sie ihn zornig machte. Sie fürchtete jedoch, wenn sie auch nur eine Spur freundlicher zu ihm wäre, würde er sie durchschauen. Er würde begreifen, daß er ein Grund dafür war, daß sie nach Merrymeeting wollte. Natürlich hätte er Mitleid mit ihr und ihren albernen und aussichtslosen Träumen. Aber genau das würde sie nicht ertragen.

»Gibst du jetzt zu, daß ich heute morgen recht hatte und es besser gewesen wäre, wenn du mit mir geritten wärst?« fragte er.

»Ich gebe nichts zu!«

Er griff nach ihrem Kinn und zwang sie, ihm in die Augen zu sehen. Unwillkürlich lief ihr ein Schauer über den Rücken. Er lächelte sie an, und Delia hätte am liebsten geweint.

»Was hast du denn?« fragte er, und seine Stimme klang plötzlich sanft. »Warum bist du denn jetzt schon wieder wütend?«

»Lassen Sie mich in Ruhe ...«

Sie macht sich von ihm los und rannte zur Tür, die laut quietschend aufging, als Delia heftig dagegenstieß. Tyl blieb wie angewurzelt stehen und kämpfte mit seinen widersprüchlichen Gefühlen. Einerseits hätte er sie am liebsten gepackt und geschüttelt, bis sie zur Vernunft kam, aber noch lieber hätte er seinen Mund auf ihre trotzigen Lippen gepreßt ...

Tyl schüttelte sich und tat nichts von beidem. Er ging zu Caleb Hooker, half ihm die Ochsen auszuspannen, machte dabei aber halblaut ungnädige Bemerkungen über Frauen, Fliegen und andere lästige Wesen.

Eine Stunde später saßen sie an einem klapprigen Tisch in der Wirtsstube. Eine mürrische Frau brachte ihnen Maisbrei und Rum in Gläsern.

Als Delia das Essen sah, knurrte ihr der Magen. »Bei Gott«, murmelte sie, »mein Hunger ist so groß wie die Sünde.« Als sie den Kopf hob, blickten die anderen sie an. Elizabeth wirkte schockiert, Tyl runzelte die Stirn, nur der Reverend lachte.

»Dann bist du genauso hungrig wie ich«, sagte er.

Delia stimmte in sein Lachen ein und griff nach dem Löffel. Aber noch ehe sie den ersten Bissen zum Mund geführt hatte, hörte sie Caleb Hooker beten: »Für alle DEINE Speisen, o Herr, wollen wir DIR in Christi Namen danken. Amen.«

Delia ließ den Löffel schnell wieder sinken. Unter den ehrfürchtig gesenkten Lidern sah sie, daß die anderen natürlich ihren Fehler bemerkt hatten. Als Tyl auch noch den Kopf schüttelte, wurde es Delia einfach zuviel, und sie wollte aufspringen. Dabei stieß sie gegen ein Tischbein, ihr Rumglas fiel um, der Rum lief quer über den Tisch und tropfte Tyl auf die Hose.

»Zum Teu...« Er sprang auf und drückte die Serviette auf seine Hose, wo ein großer dunkler Fleck zu sehen war. Als er den Kopf hob, grinste Caleb, und Tyl wurde vor Verlegenheit über und über rot.

Langsam setzte er sich wieder und sagte drohend zu Delia: »Das wirst du mir büßen...«

»Ich habe es nicht mit Absicht getan... Dr. Savitch, wirklich nicht.«

»Das kann jeder sagen.«

Delia löffelte langsam ihren Brei. Sie hatte Tyl beweisen wollen, daß sie wie eine Dame essen konnte. Sie hatte nicht mit vollem Mund reden oder lachen wollen, aber jetzt war alles noch viel peinlicher. Verstohlen blickte sie auf Elizabeth, die den Maisbrei in winzigen Portionen aß und sich nach jedem Bissen die zierlichen Lippen mit der Serviette abwischte.

Das werde ich nie können, dachte sie verzweifelt. Ich werde mich nie wie eine richtige Dame benehmen, und Tyl wird immer Grund genug haben, mich zu verachten...

Der Hunger war ihr nach wenigen Bissen vergangen, und sie schob den Teller von sich.

»Dr. Savitch hat mich darauf vorbereitet, mein Liebling, daß uns in Merrymeeting nicht alle willkommen heißen werden«, sagte Caleb zu seiner Frau, nachdem sie eine Weile schweigend gegessen hatten.

Delia sah wie versteinert zu, als Tyl sich Elizabeth zuwandte und sie charmant anlächelte. »Keine Angst, Mrs. Hooker, Sie werden willkommen sein. Ich wollte Ihrem Mann nur sagen, daß er nicht damit rechnen kann, daß die Kirche von Anfang an bis auf den letzten Platz voll sein wird. Mit einigen Leuten wird er seine Mühe haben. In Maine gibt es jede Menge sittenloser Galgenvögel.«

Zu Delias Verblüffung wurde Elizabeth bei dem Wort »sittenlos« rot.

»Wir sagen, diese Holzfäller legen alles um, nicht nur Bäume«, fügte er mit sichtlichem Vergnügen und vielsagend hinzu. »Die meisten dieser Männer sind wirklich unberechenbar.«

Elizabeth sah Tyl so erschrocken wie ein unschuldiges kleines Kind an, und Delia mußte an sich halten, um nicht eine passende Bemerkung zu machen. In ihrer Hilflosigkeit stopfte sie sich den Mund mit Maisbrei voll.

»Und Sie, Dr. Savitch?« fragte Elizabeth scheu. »Werden Sie zum Gottesdienst kommen?«

Wie würde Tyl seinen Kopf aus der Schlinge ziehen? Er gehörte bestimmt nicht zu den fleißigen Kirchgängern. Der Wirt rettete Tyl. Er stand hinter der schmierigen Theke und sagte: »Da oben in Maine gibt es viele Raubtiere.«

»Was für welche?« wollte Delia wissen.

»Ach, Wölfe und Pumas. Natürlich auch Bären. Manche kommen aus dem Bergen und sind riesengroß. Dann gibt es noch die zweibeinigen Wölfe, etwa die Piraten ...«

»Piraten?« rief Delia und sah Tyl mit leuchtenden Augen an. »Gibt es dort wirklich richtige Piraten? Vielleicht finden wir ja einen vergrabenen Schatz!«

Tyl lachte. »Sie bezeichnen sich selbst lieber als ›Freibeuter‹, und sie geben ihr Geld aus, anstatt es zu vergraben!«

»Aber die schlimmsten sind die Indianer«, sagte der Wirt und strich sich bedächtig über das Stoppelkinn.

Elizabeth wurde leichenblaß und richtete sich kerzengerade auf. »Indianer? Aber ich dachte, die Indianer seien inzwischen befriedet. Sie haben einen Vertrag unterschrieben. Caleb, du hast doch gesagt ...«

»Es hat noch nie einen Indianer gegeben, der sich an einen Vertrag hält!« rief der Wirt.

»Ich habe gehört«, sagte Delia eifrig, »daß die Indianer ihre Gefangenen aufspießen und über dem offen Feuer wie Weihnachtsgänse braten.« Als Elizabeth noch bleicher wurde und entsetzt die Augen schloß, lächelte sie zufrieden.

»Das stimmt«, sagte der Wirt und nickte. »Aber das Aufspießen kommt später. Zuerst quälen sie ihre Opfer mit glühenden Eisen und stechen ihnen die Augen aus...«

»Und dann...«, aber Delia mußte nicht weitersprechen, denn Elizabeth Hooker sprang so heftig auf, daß die Bank laut krachend umfiel. Sie preßte die Hand an den Mund, rannte aus dem Raum und die wacklige Stiege nach oben unter das Dach, wo sie schlafen würden.

Tyl war ebenfalls aufgestanden, und Delia dachte, er werde Elizabeth folgen, aber er packte sie am Arm und zerrte sie vor die Tür.

Draußen angelangt, schüttelte er sie heftig und rief: »Ich sollte dir einmal eine richtige Tracht Prügel verpassen!«

»Ich habe mich nur mit dem Wirt unterhalten. Was kann ich dafür, wenn Ihre empfindliche Elizabeth bei jeder Kleinigkeit beinahe ohnmächtig wird.«

»Elizabeth Hooker hat Angst, und du bist nicht dumm, Delia. Du weißt es genau und willst ihr aus reiner Bosheit noch mehr Angst einjagen. Was ist nur in dich gefahren?«

Hat dieser Mann ein Herz aus Stein, dachte Delia. Er muß doch sehen, daß ich eifersüchtig auf Elizabeth bin, aber für ihn bin ich nur ein lästiges Anhängsel.

Sie ließ den Kopf sinken und starrte auf die Erde. »Es tut mir leid, Tyl«, sagte sie leise.

Er ließ sie los. »Du solltest dich nicht bei mir entschuldigen...«

»Ich werde mich bei ihr entschuldigen... später. Aber vielleicht sollten Sie sich auch entschuldigen, ich meine... bei Reverend Hooker, weil Sie wie ein Zuchtbulle seine Frau anstieren.«

»Was?!« rief Tyl und schnaubte wirklich wie ein Stier. Delia hätte beinahe gelacht, aber eigentlich war ihr mehr nach Weinen zumute.

»Sie glauben, es hätte niemand gemerkt, daß Sie den ganzen Tag nicht von ihrer Seite gewichen sind und ihr ständig verliebte Blicke zugeworfen haben? Es war... es war einfach widerlich!«

Tyl stand mit geballten Fäusten bebend vor ihr. »Du denkst wirklich wie jemand, der aus der Gosse stammt, Delia. Ein Mann kann zu einer Frau höflich und freundlich sein, er kann sie sogar bewundern, ohne gleich mit ihr schlafen zu wollen.«

»Sie können nicht bestreiten, daß Sie mit dieser Frau schlafen wollen!«

»Ich bestreite es...«

Er wollte nach ihrer Hand greifen, aber Delia drehte sich heftig um und rannte aus dem Dorf hinaus. Sie hörte ihn rufen, doch sie warf keinen Blick zurück. Tränen strömten ihr über die Wangen.

Nach einer Weile verließ sie den Weg und lief auf einen bewaldeten Hügel zu. Die hohen graugrünen Kiefern und die dunkelgrünen Fichten dämpften die hellen Strahlen der abendlichen Sonne. Unter dem Gewirr der Äste war es angenehm kühl. Die Schritte ihrer nackten Füße waren auf dem dichten braunen Nadelpolster am Boden fast lautlos. Sie wurde langsamer und folgte einem Wildwechsel.

Es war ein schöner Wald. Die Tränen versiegten bald, und der drückende, quälende Schmerz in ihrer Brust verschwand. Sie sah sich staunend um. Sie entdeckte einen gelben Specht, der einen Baumstamm nach Käfern absuchte, und bewunderte einen zartbraunen Schmetterling mit gelben Ringen auf den Flügeln, der sie schaukelnd umkreiste, als suche er Gesellschaft. Um einen hohen Farn wuchsen in ordentlichen Reihen Pilze mit leuchtendroten Hüten. Delia mußte unwillkürlich an Soldaten denken, die zur Parade angetreten waren.

Sie folgte dem Wildpfad, bis ihr ein umgestürzter Baum den Weg versperrte. Zögernd blieb sie stehen. Vielleicht sollte sie umkehren. Sie wollte sich nicht verirren und dadurch Tyl den nächsten Grund liefern, sie zu tadeln. Es war zwar sehr schön hier, aber vermutlich gab es auch in diesem Wald Raubtiere... Pumas, Bären und Wölfe.

Als es in ihrem Rücken raschelte, drehte sie sich erschrocken um.

Das Herz klopfte ihr bis zum Hals. Ängstlich blickte sie auf die Büsche und Bäume, aber sie sah nichts. Trotzdem schien es in den letzten Minuten plötzlich sehr viel dunkler geworden zu sein. Die Sonne war schlagartig verschwunden. Delia wollte jetzt unbedingt zurück, denn sie durfte auf keinen Fall bei Einbruch der Dunkelheit noch im Wald sein.

Langsam ging sie den Wildwechsel zurück, auf dem sie gekommen war. Doch plötzlich teilte er sich: Ein Pfad führte nach rechts, der andere nach links.

Sie zögerte kurz und entschied sich dann für den rechten Pfad. Aber nach wenigen Schritten blieb sie verunsichert stehen. Alles um sie herum wirkte fremd. Nein, im Grunde sah alles gleich aus. Ein paar gelbe Blumen fielen ihr auf. Es waren Goldruten. An die goldgelben Blüten hätte sie sich doch bestimmt erinnert.

Sie mußte also in die falsche Richtung gegangen sein.

Delia machte kehrt, aber anstatt an die Stelle zu kommen, wo sich der Wildwechsel gegabelt hatte, erreichte sie einen Punkt, wo die Pfade in drei verschiedene Richtungen führten. Überall im Wald sah sie plötzlich Wildwechsel. Sie schienen jedoch im Kreis zu laufen oder sich ständig zu kreuzen.

Hinter ihr raschelte es. Ein Zweig brach mit einem lauten Knacken.

Delia begann wieder zu laufen. Sie sprang über einen niedrigen Farn, schob hastig dichte grüne Fichtenzweige zur Seite und... plötzlich gab der Boden unter ihr nach.

Sie fiel in die Tiefe, zog instinktiv den Kopf ein, und als sie auf der harten Erde landete, rollte sie instinktiv zur Seite ab. Das rettete ihr das Leben, denn im nächsten Augenblick fiel ein dicker Baumstamm auf diese Stelle, der sie erschlagen hätte, wenn sie nicht beiseite gerollt wäre.

Der Stamm fiel jedoch über ihr rechts Bein, und sie schrie vor Angst und Schmerz laut auf. Erdklumpen und Nadeln regneten auf sie herab, dann war alles still.

Sie hob vorsichtig den Kopf und sah hoch über sich ein Stück blauen Himmel und grüne Zweige. Sie war in eine tiefe Grube gestürzt. Normalerweise hätte sie nach oben klettern können, aber der Stamm fesselte sie an den Boden.

»Hilfe!«

Ihre Stimme klang dumpf und hohl. Sie war allein. Kein Mensch war in der Nähe.

Sie lauschte angestrengt und glaubte, ein Rascheln zu hören. Ja, sie hörte es wieder... diesmal ganz deutlich. Sie biß die Zähne zusammen und drückte mit ganzer Kraft gegen den Stamm, aber er bewegte sich nicht. Das Rascheln kam näher.

Dann hörte sie ein heiseres Hecheln und tiefes Knurren.

»Barmherziger Gott...«, flüsterte sie. Es war ein Wolf.

Delia wußte, daß Wölfe Menschen fressen, wenn sie hungrig sind. Hoffentlich war dieser Wolf nicht hungrig, sondern nur neugierig. Es würde bald dunkel werden. Der Himmel über ihr wurde grau, und die Zweige schoben sich wie schwarze Finger über die Grube.

In ihrem Rücken fielen Erde und Nadeln herunter. Langsam wandte Delia den Kopf und sah nach oben. Ihr Blick fiel auf zwei gelbe, glühende Augen und spitze gefletschte Zähne. Sie schrie, und die Augen und Zähne verschwanden. Verzweifelt drückte sie gegen den Baumstamm, der sich nicht von der Stelle rührte.

Erschöpft sank sie schließlich wieder zurück und blickte verzweifelt nach oben.

»Sieh an«, hörte sie eine bekannte Stimme, »da haben wir ja offenbar eine Wildkatze gefangen.«

[illegible]

[illegible]

[illegible]

[illegible]

[illegible]

[illegible]

[illegible]

Fünftes Kapitel

Tyl stützte sich auf das Gewehr, legte lässig das Kinn auf das Handgelenk und sah gelangweilt hinunter in die Grube.

»Holen Sie mich hier raus!« rief Delia.

»Warum?«

»Weil...! Sie können so verdammt liebenswürdig sein. Soll ich vielleicht die Nacht in dieser Falle verbringen? Holen Sie mich raus.«

»Damit du die arme Mrs. Hooker mit noch mehr blutrünstigen Indianergeschichten in Angst und Schrecken versetzen kannst?«

»Ich habe Ihnen gesagt, daß es mir leid tut...«

»Dir tut es nicht leid, wenn du mich solange reizt, bis ich aus der Haut fahre und meine guten Manieren vergesse. Ich bin, wie du weißt, ein freundlicher und kultivierter Mensch. Aber du machst aus mir ein Ungeheuer.«

»Mir gegenüber sind Sie nicht gerade freundlich und kultiviert. Oder ist das Spiel, das Sie gerade mit mir treiben, etwa freundlich?«

Er seufzte und schüttelte den Kopf, bewegte sich aber nicht von der Stelle. Delia ließ sich nicht täuschen. Sie wußte genau, daß er sich auf ihre Kosten einen Spaß erlaubte.

Sein Gesicht zeichnete sich vor dem mittlerweile dunklen Hintergrund des Himmels ab, und sie glaubte, ihn auf seine übliche spöttische Weise lächeln zu sehen. Gott sei Dank lag sie für ihn kaum sichtbar, halb von dem Baumstamm verdeckt, am Boden der Grube, denn ihr Rock war hoch über die Beine gerutscht, und die nassen Erdklumpen und Nadeln machten sie auch nicht gerade hübscher.

»Ich hole dich heraus, aber unter einer Bedingung«, sagte er.

»Ich werde nicht mit Ihnen auf dem verdammten Hengst reiten!« rief Delia, denn sie ahnte die Bedingung.

»Wie du willst.«

Er verschwand aus ihrer Sicht.

»Verdammt noch mal, Tyl!« Als er nicht erschien, rief sie ängstlich: »Tyl, kommen Sie zurück! Bitte! Ich werde alles tun, was Sie wollen, aber kommen Sie zurück... Tyl!«

Er tauchte wieder auf, setzte sich an den Grubenrand und ließ die Beine herabbaumeln. Das Gewehr legte er quer über die Knie. Delia biß die Zähne zusammen. Er tat, als hätten sie alle Zeit dieser Welt.

»Bald wird es Nacht werden«, sagte er unbeschwert und blickte zum Himmel hinauf.

Delia schnaubte.

»Ja...« Er pfiff leise. »Ich vermute, wir werden gegen Mitternacht Regen bekommen.«

»Tyl, in der Nähe läuft ein Wolf herum.« Ihre Stimme klang leise, wurde allmählich aber laut und scharf. »Ich hoffe, er frißt Sie. Sie hätten es wirklich verdient!«

Tyl lachte. »Ich glaube nicht, daß es ein Wolf ist. Dafür ist das Dorf zu nah. Wahrscheinlich hast du den alten Hund aus dem Gasthaus gesehen.«

Delia mußte schlucken. »Wie ... wie weit ist es denn bis zum Dorf?«

»Ach, nur ein paar Minuten, wenn wir uns beeilen.«

Sie wurde rot. Zum Glück konnte er in der Dunkelheit ihre Verlegenheit nicht sehen. Delia hatte geglaubt, sie sei weit in den Wald gelaufen und habe sich irgendwo in der Wildnis verirrt.

Sie zuckte zusammen, als Tyl plötzlich in die Grube sprang. Er tastete nach ihr, und dann hörte sie ihn erschrocken fluchen, als er den Baumstamm entdeckte, der über ihrem Bein lag. »Du meine Güte, warum hast du mir das nicht gesagt?«

»Ich dachte, Sie hätten es gesehen.«

»Wie sollte ich ...«, murmelte er und umfaßte den dicken Stamm mit beiden Händen. Schnaufend und stöhnend hob und stemmte er ihn langsam zur Seite. Plötzlich war sie von der Last befreit. »Beweg dich nicht!« befahl er, als sie sich aufsetzen wollte.

Er betastete ihr Bein. Es schmerzte, aber unter der Berührung seiner Finger schien sie die Schmerzen nicht mehr zu spüren. Sie schloß die Augen und überließ sich seinen Händen ... so sanft, so zart, einfach wundervoll. In ihrer Magengrube entstand eine Wärme, die sich im ganzen Körper ausbreitete. Bald schien ihre Haut zu glühen. Ihre Lippen wurden trocken, und sie mußte schlucken.

Aus weiter Ferne hörte sie seine Stimme: »Es ist nichts gebrochen, aber du wirst einen großen blauen Fleck bekommen. Du kannst von Glück sagen, daß du noch lebst. Der Stamm ist dafür gedacht, alles zu töten, was in diese Grube fällt.«

Delia zitterte, als seine starken Hände ihre Taille umfaßten und ihr beim Aufstehen halfen. »Kannst du das Bein belasten?«

Sie probierte es vorsichtig. »Ich ... ich glaube ja«, sagte sie, aber die Stimme wollte ihr nicht mehr gehorchen.

Seine Hände lagen auf ihrer Hüfte, sein Oberkörper drückte sich an ihren Rücken. Sie war sich seiner Nähe mehr denn je bewußt. Alles schien mit einem Mal unnatürlich still zu sein. Sie hörte nur noch seinen Atem. Sie fühlte, wie sich sein Brustkorb hob und senkte, hob und senkte ...

Plötzlich hielt er den Atem an, trat einen Schritt zurück und nahm die Hände von ihrer Hüfte.

»Ich knie mich jetzt auf den Boden, und du steigst auf meine Schultern. Dann drücke ich dich nach oben«, sagte er.

Seine Stimme klang seltsam rauh, und Delia dachte: Wahrscheinlich ärgert er sich wieder über mich.

Wie konnte sie auch nur so unvorsichtig sein, in diese Grube zu fallen? Eine richtige Dame geriet bestimmt nie in in solche Schwierigkeiten. Sie rannte nicht kopflos in den Wald, stürzte in eine Fallgrube und mußte von einem Mann gerettet werden ...

Tyl kniete vor ihr. Sie zögerte einen Augenblick. Alles war so unwirklich. Sie hatte Angst, ihn zu berühren, denn seine Nähe brachte sie aus dem Gleichgewicht. Bestimmt würde er ihre Gefühle erraten, und dann war sie verloren.

Er schnaubte ungeduldig. »Na los, Delia. Worauf wartest du?«

Sie holte tief Luft und schlang die Arme um seinen Hals. Er griff nach hinten, umfaßte ihre Beine, legte sie um seine Hüften und stand schnell auf. Delia sah den Grubenrand über sich; es wäre ein leichtes gewesen, Tyl loszulassen und nach oben zu klettern.

Aber sie bewegte sich nicht. Sie war wie gelähmt. Sie spürte seinen Pulsschlag an den Armen und seinen Brustkorb, der sich unter ihren Schenkeln hob und senkte. Ihr Unterleib, der sich an die straffen, warmen Muskeln seines Rückens preßte, wollte sich nicht mehr von ihm lösen.

Unbewußt legte sie die Wange auf seinen Kopf und drückte sie auf seine weichen Haare.

»Sollen wir vielleicht die ganze Nacht hier stehen?«

Delia zuckte schuldbewußt zusammen. Vermutlich war sie eine schwere Last, und deshalb klang seine Stimme so gepreßt. Sie ließ ihn los und griff mit zitternden Händen nach oben. Ihre Finger krallten sich in die Erde, und sie zog sich vorsichtig hoch. Er drückte mit beiden Händen gegen ihr Gesäß und schob sie mit einem Ruck nach oben über den Grubenrand. Die unerwartete Berührung ließ Delia laut aufstöhnen.

»Alles in Ordnung?« hörte sie ihn fragen.

Sie kroch auf allen vieren zur Grube zurück und blickte in sein nach oben gerichtetes Gesicht. Auf seiner Stirn standen Schweißtropfen, obwohl die abendliche Luft kühl war. Er hatte die Lippen zusammengepreßt und schluckte heftig.

»Reich mir die Hand, mein Leben«, sagte er spöttisch.

Sie gehorchte verwirrt. Er umfaßte ihr Handgelenk und kletterte leichtfüßig hinauf. Er war schneller oben, als sie erwartet hatte. Als der Zug seines Gewichts plötzlich nachließ, fiel sie rückwärts auf die weiche Erde. Dabei riß sie ihn mit sich; er landete auf ihr, aber er stützte sich im letzten Moment mit beiden Ellbogen ab.

Ihre Gesichter waren so nah beisammen, daß sie seinen warmen Atem auf ihren Lippen spürte und seine dunklen Augen direkt über sich sah. Es war inzwischen beinahe völlig dunkel, aber gerade noch hell genug, daß sie seine unergründlichen Augen bemerkte, die immer näher kamen, und die schimmernden Zähne, als sich sein Mund öffnete.

Seine Lippen berührten ihre Lippen – zuerst bewegten sie sich vorsichtig und langsam über ihren weichen, vollen Mund. Dann drückten sie sich fester auf ihre Lippen, die sich wie selbstverständlich öffneten. Sie schlang die Arme um ihn und zog ihn an sich. Sie preßte ihre Finger in die Muskeln seiner Schultern und spürte, wie er erbebte. Seine Zungenspitze glitt über ihre Zähne und dann in ihren Mund. Sein Kuß löste etwas Seltsames in ihr aus. Die Hitze in ihrem Leib schien sich unter der Haut zu sammeln. Zurück blieb eine Leere, die sich danach sehnte, von ihm gefüllt zu werden. Ohne ihn schien sie nicht mehr atmen zu können.

Sie bäumte sich auf und preßte sich so leidenschaftlich an ihn, daß er nach Luft rang, sich von ihr löste und verwirrt murmelte: »Mein Gott, Delia ...«

Er küßte sie wieder. Es waren zarte, spielerische Küsse, als wollte er sie necken. Delia stöhnte, legte die Hand auf seinen Hinterkopf und drückte seinen offenen Mund fest auf ihre Lippen.

Sie erforschte zuerst seine Zunge und dann seinen Mund mit ihrer Zunge. Dieser Kuß, daran zweifelte sie nicht, war erst der Anfang. Es gab mehr, viel mehr. Sie wollte alles von ihm haben, alles ...

Er verlagerte das Gewicht, drehte sich zur Seite, schob eine Hand zwischen ihre Körper und zog an den Bändern ihres Mieders. Mit der anderen Hand fuhr er in ihre dichten schwarzen Locken und schob ihren Kopf zurück. Sein Mund gab ihre Lippen frei und glitt über ihre Wange und dann am Kinn hinunter zum Hals. Seine feuchte Zunge weiß heiß wie ihr ganzer Körper. Als seine Hand ihre Brust umfaßte, bäumte sie sich auf. Der süße Schmerz war beinahe unerträglich. Seine Finger liebkosten die Brüste. Ihre Muskeln spannten sich bis zum Zerreißen, und der Sturm der widersprüchlichsten Gefühle verschlug ihr den Atem.

Seine Hand löste sich von der Brust und glitt weiter. Seine Finger ertasteten in dem Augenblick ihre nackte Haut unter dem Rock, als sein Mund sich um die Brustwarze schloß.

Mit einem wilden Aufschrei schob sie ihn mit ganzer Kraft von sich, rollte keuchend zur Seite und setzte sich verwirrt auf. Er blieb einen Augenblick bewegungslos auf der Erde liegen, dann stützte er sich auf die Ellbogen und rang nach Luft. Schließlich setzte er sich ebenfalls auf und legte die zitternden Hände auf seine Schenkel.

Er blickte sie fragend an. »Und was soll ich jetzt tun, Delia? Willst du von mir vergewaltigt werden? Oder soll ich dich zuerst bezahlen?«

Sie holte aus und schlug ihm mit aller Kraft ins Gesicht. Er schwankte, ließ sich davon jedoch nicht beeindrucken. Wütend rief er: »Du verdammtes, kleines ...«

Er griff nach ihr, aber sie wich ihm aus und war mit einem Satz auf den Beinen. Er erhob sich langsamer und verzog die zusammengepreßten Lippen zu einem grimmigen Lächeln.

Delia wich vor ihm zurück und bedeckte mit einer Hand die Brust über dem offenen Mieder. »Rühr mich nicht an, du ... du gemeiner Kerl!«

»Warum nicht? Wenn es dir nicht gefällt, von mir berührt zu werden, dann hast du verdammt gut gespielt«, sagte er mit einem höhnischen Lächeln.

Sie drehte sich um und wollte davonlaufen, aber er legte ihr schnell den Arm um die Hüfte und zog sie an sich.

Sie stieß ihm einen Ellbogen so fest gegen die Rippen, daß er stöhnte, aber er ließ sie nicht los. Er drückte seinen Mund an ihr Ohr und flüsterte: »Ich bin größer, stärker und ausdauernder als du. Gegen mich kannst du nicht gewinnen, Delia. Also zwinge mich nicht, es dir zu beweisen.«

»Geh zum Teufel, du ... du ...« Sie fluchte und trat mit den nackten Füßen gegen seine Schienbeine.

»Au!« Er schrie auf, als sie mit ihren spitzen Fingernägeln seinen Handrücken zerkratzte. Wütend drückte er den Arm noch fester um ihre Rippen. Ein scharfer Schmerz durchzuckte sie, und ihr wurde schwarz vor Augen.

»Delia ...« Er berührte vorsichtig ihre zusammengekrümmte Schulter, aber sie zuckte vor ihm zurück. Da ließ er sie los.

Delia holte tief Luft und schluchzte. Ihre Lippen, ihre Brüste, ihr ganzer Körper schienen zu brennen. Erschrocken fuhr sie sich mit dem Handrücken über den Mund. Aber die Hand zitterte, als hätte sie hohes Fieber.

»Ich hasse dich, Tyler Savitch. Ich hasse dich!«

Sein Mund zuckte, aber dann entspannte sich sein Gesicht, und er schüttelte den Kopf in gespieltem Kummer.

»Ich weiß. Du haßt mich, und du verabscheust meine Küsse. Aber ist das ein Grund, mich zu schlagen?«

Ich muß jetzt etwas Vernünftiges sagen, dachte Delia in Panik, sonst bin ich verloren. Er hat mich durchschaut. Ich muß ihn auf die falsche Fährte setzen...

»Du bist ein Heuchler, Tyl«, begann sie mit unsicherer Stimme und schnürte sich trotzig das Mieder zu. Sie schluckte und hob schmollend den Kopf. »Schon deshalb, weil du in Wirklichkeit mit Mrs. Hooker schlafen möchtest...«

Er lachte schallend und schob sich die Haare aus der Stirn. »Jetzt fängst du wieder damit an! Wie oft soll ich dir noch beteuern, daß ich nicht den geringsten Wunsch habe...«

»Glaub ja nicht, daß es mir etwas ausmacht. Es ist mir völlig gleichgültig!« Tränen der Wut flossen ihr über das Gesicht. Sie wischte sie ärgerlich mit dem Handrücken ab. »Es ist nicht richtig, wenn ein Mann eine Frau küßt, in Wirklichkeit aber eine andere haben will.«

»Du irrst dich. Ich will von Elizabeth nichts, überhaupt nichts...«

Ihr Kinn zitterte. »Das stimmt nicht.«

»Es ist die Wahrheit.«

Er fuhr ihr zart mit der Hand über die Wange und beugte sich langsam vor. Sein warmer Atem hüllte sie ein, und wieder setzte ihr Herz einen Schlag aus.

»Delia...«, flüsterte er. »Ich sehne mich nur nach dir... nach dir allein...« Seine Lippen warteten fragend über ihrem Mund.

Sie drehte den Kopf beiseite. »Ich will zum Gasthaus zurück, Tyl!« stieß sie halb schluchzend hervor.

Er richtete sich auf. »Bitte, wie du willst. Ich werde dich nicht daran hindern.«

Aber Delia rührte sich nicht von der Stelle. Sie versuchte, ihm nicht in die Augen zu sehen, obwohl sich alles in ihr nach seinem Blick sehnte. Sie würde schwach werden, und dann wäre es um ihre Ehre geschehen. Sie hatte lange genug im Goldenen Löwen gearbeitet, um genau zu wissen, wann und wie ein Mann seinen Willen bei einer Frau durchsetzen konnte. Ein paar Mal war sie auch mit Tom Mullins nicht vorsichtig genug gewesen, und er hätte sie beinahe mit seiner Leidenschaft überwältigt.

Tyl will nur mit mir schlafen, dachte sie unglücklich, daran gibt keinen Zweifel mehr.

Doch das machte ihr im Grunde weniger Angst. Sie fürchtete sich sehr viel mehr vor dem heftig klopfenden Herzen und dem heißen Sehnen, das ihren Körper in seiner Nähe erfaßte. Delia mußte sich in diesem Augenblick eingestehen, daß sie von ihm geliebt werden wollte. Und davor hatte sie Angst.

Entschlossen drehte sie sich um und ging zum Dorf zurück. Sie schlug so heftig auf den Rock, um die Blätter und kleinen Zweige abzuschütteln, daß ihre Hand schmerzte. Sie tat es auch in der Hoffnung, dadurch wieder zur Vernunft zu kommen.

Sie hörte ihn zweimal rufen, aber erst als sie feststellte, daß er ihr folgte, blieb sie stehen.

»Wenn du lange genug in dieser Richtung gehst, Delia«, rief er, »dann bist du bald wieder in Boston.«

Die Verlegenheit trieb ihr die Röte ins Gesicht. Sie wagte immer noch nicht, ihn anzusehen. »Diese blödsinnigen Pfade ... sie sehen alle gleich aus. Warum stellen sie hier keine Wegweiser auf?«

Tyl lachte. »Du bist schon komisch!« Er trat einen Schritt zurück, wies mit der rechten Hand in die richtige Richtung und verneigte sich spöttisch vor ihr. »Nach Ihnen, gnädiges Fräulein ...«

Seite an Seite kehrten sie zum Wirtshaus zurück. Aber sie berührten sich nicht und sprachen kein Wort miteinander. Als sie den Wald verließen und den Weg erreicht hatten, wurde der Abstand zwischen ihnen sogar noch größer.

Elizabeth Hooker blickte durch das Ölpapier des Giebelfensters auf die Silhouetten der Bäume vor dem silbergrauen Himmel.

Zu Hause in Boston, im Pfarrhaus neben der Kirche in der Brattle Street, würde ihr Vater jetzt die Öllampe auf seinem Schreibtisch anzünden und an der Wochenpredigt arbeiten. Ihre Mutter saß auf der Sitzbank vor dem Feuer und bereitete die Wolle für das Spinnen am nächsten Tag vor. Ihre beiden jüngeren Schwestern strickten und redeten vermutlich über neue Seidenbänder, die sie am Nachmittag gekauft hatten, oder überlegten, welche Kuchen sie für das Gemeindetreffen am Samstag backen sollten.

Elizabeth schloß die Augen und versuchte, die vertraute Szene vor sich zu sehen. Die Flammen des Feuers, die sich im Teegeschirr spiegelten, der Rauch von Vaters Pfeife, der seinen Kopf wie einen Heiligenschein umgab, das schwingende Pendel der Glasuhr, deren ständiges Ticken es im Zimmer nie still werden ließ, und die leisen Stimmen ihrer Schwestern, die ihr immer das Gefühl gegeben hatten, nicht allein zu sein.

Sie kämpfte mit den Tränen, und ihre Lippen zuckten. »Ich will nach Hause!« rief sie laut, und ihre Stimme hallte dünn in der leeren, armseligen Kammer des Wirtshauses wider. »Caleb, bitte, fahr mit mir nach Hause...« Aber ihr Mann war nicht da, um ihr Flehen zu hören.

Nach kurzem Schweigen seufzte sie tief und schlug die Augen wieder auf. Die schwarzen Bäume vor dem Fenster standen so unbewegt wie zuvor. Elizabeth haßte den Wald. Sie wußte in diesem Augenblick, daß sie Merrymeeting ebenso verabscheuen würde. Alles in dieser Wildnis war so roh und schmutzig. Der Kopf schien ihr zu zerspringen, und ihr schmerzte jeder Knochen im Leib. Nach dem langen Tag auf dem Ochsenkarren tat ihr buchstäblich alles weh, und ihre Kehle war vom Staub wie ausgedörrt. Überall, im Gesicht, am Hals und an den Händen, hatte sie rote, juckende Stiche.

Als die Wipfel unter dem dunklen Himmel langsam zu schwanken begannen, glaubte sie, das Seufzen des Windes zu hören und den bevorstehenden Regen riechen zu können. Sie bekam sofort wieder das flaue Gefühl im Magen, als sie sich an die Worte des Wirts erinnerte und an die Indianer und ihre schrecklichen Foltern dachte. Vielleicht schlichen diese Bestien in Menschengestalt gerade durch den Wald und warteten auf den Einbruch der Nacht und den Regen, um die friedlichen Menschen in diesem kleinen Dorf zu überfallen …

Mit heftig zitternder Hand schloß sie die Fensterläden und verriegelte sie. Entschlossen kehrte sie dann dem Fenster den Rücken zu und sah sich in dem schäbigen Raum mit den schrägen Wänden um.

In einer Ecke befand sich ein eingebautes Bett. Die Matratze war mit Lumpen und Maishülsen gefüllt. In den Laken wimmelte es vermutlich von Läusen und Wanzen. Elizabeth lief ein Schauer über den Rücken. Wenigstens darauf war sie vorbereitet, denn ihre Mutter hatte sie ermahnt, das eigene saubere Bettzeug so zu packen, daß es auf der Fahrt immer griffbereit war.

Elizabeth ging zu der Truhe, die Caleb noch vor dem Essen in das Zimmer gebracht hatte. Auf dem Deckel lag die Bibel. Elizabeth kniete nieder und strich mit der Hand über den Ledereinband.

Caleb war ein guter Mann. Er war freundlich und fürsorglich. Aber im Laufe des endlos langen und schrecklichen Tages hatte sie ihn zuweilen gehaßt, weil er sie aus ihrer Familie herausgerissen hatte und sie dazu zwang, das Holpern des Wagens, den Staub und die Fliegen zu ertragen. Jetzt überkamen sie deshalb Schuldgefühle, denn schließlich mußte sie ihrem Mann in allen Dingen gehorchen und durfte niemals an ihm zweifeln.

Elizabeth preßte die Lippen zusammen. Morgen würde sie tapferer sein und ihm keine Schande machen. Nur heute war sie schwach geworden, denn der erste Tag schien einfach unerträglich zu sein und kein Ende zu nehmen.

Sie stand auf, nahm das Bettzeug ab und bezog es mit den eigenen Laken und Decken. Die Wolle für die Decken hatte sie selbst gesponnen. Sie hatte auch die Leintücher gewebt, und voll Stolz strich sie mit den Händen darüber. Das Bettzeug gehörte zu der

Aussteuer, die sie von den Eltern erhalten hatte, als sie vor zwei Monaten Caleb die Hand zum Ehebund reichte. Am Hochzeitstag hatte sie ihrem Mann jedes einzelne Stück der Aussteuer gezeigt, und er hatte erklärt, niemand könne sich in der Wahl seiner Frau glücklicher preisen als er.

Bekümmert fragte sie sich oft, ob Caleb jetzt, nachdem er sie besser kannte, noch immer so dachte.

Elizabeth zog die Decke glatt und schob das Fußende unter die Matratze. Der Einbruch der Dunkelheit und der Gedanke an Caleb lösten bei ihr auch ein flaues Gefühl in der Magengrube aus. Früher hatte sie sich immer über die Abenddämmerung gefreut, denn sie war die stille Zeit des Tages, in der sich die Familie um das offene Feuer im Kamin versammelte. Aber seit ihrer Hochzeit überkam sie Angst, wenn der Tag zu Ende ging und die Nacht anbrach, denn sie fürchtete sich davor, daß Caleb in der Dunkelheit seine ehelichen Rechte einforderte.

Elizabeth wehrte sich nie, wenn er mit ihr schlafen wollte, denn es war ihre Pflicht. Sie war jedoch mehr als dankbar dafür, daß Caleb es nicht so oft tat. Sie vermutete, daß ihm die geschlechtliche Vereinigung mit ihr Befriedigung verschaffte, obwohl er nie darüber sprach. Es war nicht richtig, daran Vergnügen zu finden. Die Bibel äußerte sich in dieser Hinsicht klar und deutlich. Der körperliche Akt war natürlich zur Fortpflanzung notwendig, und deshalb mußte sich eine Frau ihrem Mann fügen. Auch das sagte die Bibel klar und deutlich.

Am Abend vor der Hochzeit hatte ihre Mutter sie behutsam auf das Bevorstehende vorbereitet. Sie hatte ihr gesagt, es werde anfangs weh tun, und sie werde etwas bluten.

Das Bluten hatte zwar nach dem zweiten oder dritten Mal aufgehört, aber es tat immer noch weh. Elizabeth hatte stets Schmerzen dabei, obwohl einiges auch angenehm war. Er gab ihr zum Beispiel vorher jedesmal einen zärtlichen Kuß und streichelte sie kurz, bevor er sich auf sie legte. Hinterher flüsterte Caleb, daß er sie liebte. Aber wenn er in sie eindrang, hatte sie Schmerzen. Deshalb fand sie das Ganze schrecklich. Es tat weh, und sie fühlte sich so... so hilflos und ohne jeden eigenen Willen. Ja, das war die Wahrheit – ohne eigenen Willen!

Elizabeth kleidete sich schnell aus und zog das Nachthemd an, bevor Caleb in der Kammer erschien. Sie saß gerade auf dem einzigen Stuhl und zog die Hornnadeln aus den Haaren, als die Tür aufging. Ein kalter Luftzug wehte durch den Raum, und er trat ein.

»Ich habe eine Lampe mitgebracht«, sagte er und hielt schützend die Hand um den Docht. Dann drehte er sich um und lächelte sie an.

Sie lächelte zurück, und noch ehe er etwas sagen konnte, flüsterte sie: »Es geht mir wieder gut, Caleb.«

Er nahm ihr die Haarbürste aus der Hand und sagte: »Komm, ich werde das für dich tun.«

Sie lehnte sich gegen die Stuhllehne. Caleb hob mit einer Hand ihre langen, hellblonden Haare und bürstete sie behutsam mit der anderen aus. Sie schloß die Augen und seufzte.

»Wie findest du Dr. Savitch?« fragte Caleb.

»Er ist ein guter Mann«, antwortete sie ohne Zögern. Tyl war so freundlich und fürsorglich wie Caleb. Er hatte ein einnehmendes Wesen, und Elizabeth war sehr wohl aufgefallen, daß er sich große Mühe gegeben hatte, ihr die Fahrt so angenehm wie möglich zu machen. Aber trotz seiner Höflichkeit war ihr die kaum bezähmbare Wildheit nicht entgangen, die ebenfalls zu seinem Wesen zu gehören schien.

»Diese Delia ist nicht ganz so einfach«, sagte Caleb. »Sie ist eine Wildkatze. Es werden viele Gebete notwendig sein, damit der Herr sich ihrer erbarmt und auch sie SEIN Licht sieht.« Er legte die Haarbürste auf den Tisch, kniete vor Elizabeth nieder, legte ihr die Hände in den Schoß und sah sie an. »Man hat ihr übel mitgespielt, Lizzie. Ich glaube, sie braucht eine Freundin.«

»Ich mag Delia«, erwiderte Elizabeth und wußte, daß es nicht gelogen war. Aber sie beneidete Delia auch. Elizabeth hatte beobachtet, wie Delia den ganzen Tag lang mühelos und munter neben den beiden Ochsen hergelaufen war. Sie hatte sich über alles freuen können, was ihnen der Weg an Überraschungen brachte. Staub und

Fliegen schienen Delia kaum etwas auszumachen. Wie war das nur möglich?

Elizabeth stand auf und ging zum Bett. Sie legte sich schnell unter die Decke und rückte auf der Maratze bis an die Wand. Unter gesenkten Lidern sah sie, wie Caleb sich entkleidete, und ihre Angst wuchs.

Er brachte die Öllampe mit zum Bett und stellte sie auf den Fußboden. Im Flackern der Flamme wurde sein Schatten riesengroß auf die Wand über ihr geworfen.

»Lizzie ...« Er räusperte sich. »Wie fühlst du dich?«

Sie verstand die eigentliche Absicht seiner Frage, und ihr ganzer Körper verkrampfte sich. Sie schluckte einmal und benetzte die Lippen. »Ich bin sehr müde, Caleb ...«, flüsterte sie kaum hörbar.

Elizabeth mußte seine Enttäuschung nicht sehen. In dieser Hinsicht kannte sie ihren Mann. Aber er murmelte nach kurzem Schweigen nur: »Ja, natürlich, Lizzie. Es war für dich ein langer, schwerer Tag.« Die Spanung wich von ihr, und sie seufzte erleichtert.

Er stieg zu ihr ins Bett, lag ein paar Augenblicke bewegungslos neben ihr und griff dann nach ihrer Hand. »Es ist schwer für dich, Lizzie. Ich weiß, wie ungern du Boston und deine Familie verlassen hast. Ich weiß auch, wie sehr du dich nach deinen Lieben sehnst ...«

Elizabeth hörte in seinen Worten jedoch mehr die Enttäuschung über ihre Ablehnung seiner männlichen Wünsche als das Mitgefühl. Er konnte im Grunde ihr Heimweh nicht wirklich nachempfinden. Aus seiner Sicht war alles so einfach. Er war jetzt ihr Mann, und er fand, daß sie deshalb glücklich sein müßte.

»Es wird dir gutgehen, wenn wir erst in Merrymeeting sind«, fuhr Caleb fort. »Tyl sagt, die Gemeinde hat uns neben der Kirche bereits das Pfarrhaus gebaut, und sie geben uns sogar ein Stück Land, das uns gehört. Wir werden gute Nachbarn haben, und du wirst Freundinnen finden.« Er drückte sanft ihre Hand. »Lizzie, vergiß nie, es ist meine Pflicht, dort zu predigen, wohin ich gerufen werde. Das verstehst du doch, Lizzie, nicht wahr? Es ist alles Gottes Wille.«

»Ja, Caleb, es ist alles Gottes Wille.«

Caleb, umarme mich und halte mich fest, wollte sie sagen. Aber sie schwieg aus Angst, er würde glauben, sie wollte das andere...

Er drehte sich auf die Seite und blies das Licht aus. Danach schwieg er so lange, daß sie schon glaubte, er sei eingeschlafen. Aber plötzlich fragte er: »Lizzie? Glaubst du, wir können bald ein Baby haben? Hättest du nicht gern ein Kind?«

Elizabeth verkrampfte sich wieder, denn jetzt zweifelte sie nicht mehr daran, daß er sich an sie drücken und ihr das Nachthemd hochschieben würde.

»Lizzie?«

Sie zwang sich, ein Zittern zu unterdrücken. »Ja... ja natürlich, Caleb. Ein Baby wäre schön, aber ich bin heute so müde...«

Er seufzte und schwieg. Es dauerte nicht lange, und sie hörte ihn leise schnarchen. Erst dann entspannte sie sich, denn nun wußte sie, daß er schlief.

Tyl gab Delia am nächsten Morgen keine Gelegenheit, mit ihm darüber zu streiten, ob sie mit ihm reiten oder zu Fuß gehen würde. Als sie vor das Wirtshaus trat und anfing, sich bei dem Wirt über die klumpige und verlauste Matratze zu beschweren, auf der sie hatte schlafen müssen, packte er sie mit beiden Händen um die Hüfte und hob sie in den Sattel.

Delia klammerte sich verwirrt am Sattelknauf fest und blickte fassungslos auf Tyl hinunter. Er sah an ihrem Gesicht, wie der Zorn in ihr aufstieg, und hob die Hand.

»Kein Wort«, befahl er. »Ich möchte kein einziges Wort von dir hören.«

Sie öffnete den Mund, schloß ihn aber wieder und lächelte. »Ach, ich wollte nur ›guten Morgen‹ sagen.«

Tyl zog finster die Stirn in Falten.

Er war nicht in bester Stimmung. Zum zweiten Mal hatte er von ihr einen Korb bekommen und sich wieder einmal eine Nacht um die Ohren geschlagen, in der ihn ihre sinnliche Stimme und ihre vollen Lippen verfolgten. Es war schlimm genug, daß er ein

Mädchen aus einer billigen Kneipe begehrenswert fand, aber daß sie ihn abwies... das konnte er einfach nicht glauben. Er hatte angenommen, er gefalle ihr und sie suche noch einmal ihr Vergnügen, bevor sie eine sittsame Ehefrau wurde. Bis zu dem Augenblick, als sie ihm die schallende Ohrfeige gegeben hatte, war er davon überzeugt gewesen, daß sie sich mit *ihm* vergnügen wollte. Bedauerlicherweise war die Erkenntnis seines Irrtums schon reichlich spät gekommen.

Es hatte in der Nacht geregnet. Dicke dunkle Wolken hingen tief am Himmel. Wasser tropfte von den Bäumen und vom Dach des Wirtshauses. Im schlammigen Hof standen große Pfützen. Der Regen setzte von neuem ein, als Tyl den Wirt bezahlte. Elizabeth saß zusammengesunken auf dem Wagen und sah zu, wie Caleb die Ochsen anspannte. Sie hatte die Lippen fest zusammengepreßt und die Kapuze ihres Umhang tief ins Gesicht gezogen.

Nachdem sich Tyl von dem Wirt verabschiedet hatte, trat Caleb zu ihm und fragte: »Wie weit müssen wir heute kommen?« Er warf einen besorgten Blick auf seine Frau und sah dann Tyl fragend und mit hochgezogenen Augenbrauen an.

»Ich möchte zumindest das andere Ufer des Merrimack erreichen«, antwortete Tyl.

Caleb räusperte sich und starrte auf die schlammige Erde. »Nun ja,... ich meine, wie lange werden wir unterwegs sein? Elizabeth ist, hm...«

Tyl unterdrückte einen Seufzer. Bei dem Tempo würden sie den ganzen Sommer unterwegs sein. »Wir werden uns nicht überanstrengen, Reverend«, sagte er dann jedoch beruhigend.

Caleb nickte erleichtert und ging zu seiner Frau. Er lächelte ihr aufmunternd zu und rief: »Keine Angst, Lizzie, heute werden wir uns nicht übernehmen. Der Doktor hat es mir versprochen...«

Sie hob den Kopf und warf einen trübsinnigen Blick auf die bedrohlichen Wolken. »Wahrscheinlich wird es den ganzen Tag regnen...«

Caleb lächelte unbekümmert. »Na ja, dann werden uns wenigstens die Fliegen in Ruhe lassen, mein Schatz.«

Tyl verknotete den Zaumzügel des Packpferds sorgfältig am Ochsenwagen und ging dann zu seinem Hengst, auf dem Delia saß. Sie lächelte ihn so bezaubernd an, daß es ihm einen Augenblick den Atem nahm. Beinahe hätte er ihr Lächeln erwidert. Statt dessen rief er sich energisch zur Ordnung, zurrte ihren Sack hinter dem Sattel fest, löste die Zügel vom Balken und führte das Pferd aus dem Hof hinaus.

»Reiten wir nicht zusammen?« fragte Delia.

Er schüttelte nur den Kopf und dachte ärgerlich: Wie soll ich es ertragen, wenn sie ihre Brüste an meinen Rücken drückt, ihre Hände sich um meine Hüfte legen und ihr Atem meinen Nacken streift?

Bereits der Gedanke daran trieb ihm den Schweiß auf die Stirn. Selbst wenn es ununterbrochen regnen sollte, würde das nicht genügen, um seine Gefühle abzukühlen.

Wasser sorgte in der Tat dafür, daß sie die Reise bereits am frühen Nachmittag abbrechen mußten. Sie erreichten ohne größere Zwischenfälle den Merrimack. Der Fluß war jedoch zu tief und zu breit, um ihn mit dem Ochsenkarren zu überqueren. Die Fähre war nicht zu sehen. Am Landesteg hing eine Glocke. Tyl läutete lange. Als nach fünf Minuten keine Antwort kam, rief er laut nach dem Fährmann, aber er wußte, es war aussichtslos. Der alte Säufer, dem die Fähre über den Merrimack gehörte, war ein Starrkopf und hatte seine eigenen Vorstellungen, wann er wen über den Fluß brachte.

»Wir müssen offenbar auf dieser Seite das Lager aufschlagen«, sagte Tyl zu den anderen. Die Asche mehrerer Lagerfeuer deutete darauf hin, daß sie nicht die ersten waren, die am westlichen Ufer des Merrimack übernachten mußten.

Delia glitt vom Pferderücken. Sie konnte kaum auf den Beinen stehen und hielt sich stöhnend das Gesäß. »Allmächtiger, ich glaube, mein Hintern ist voller Blasen ...«

Sie verstummte jedoch schnell und wurde rot, als Caleb und Elizabeth sie mit großen Augen ansahen. Verlegen biß sie sich auf die Unterlippe. Tyl mußte unwillkürlich daran denken, wie schön es sein mußte, diese volle Unterlippe zu küssen. Er hatte Wundsalbe in seiner Arzttasche, aber er schwieg. Die Vorstellung, ihr die Salbe auf die wunden Stellen zu reiben, jagte ihm einen Schauer über den Rücken.

Er zog das Gewehr aus dem Halfter am Sattelgurt und sagte: »Ich werd' mich in der Nähe umschauen. Vielleicht kann ich etwas für das Abendessen schießen. Delia, könntest du zur Abwechslung vielleicht einmal etwas Nützliches tun und Holz für das Feuer sammeln?«

»Das mach ich schon«, erklärte Caleb eifrig. »Ich muß mir die Beine vertreten«, fügte er unsicher hinzu, als Tyl ihn mit hochgezogenen Augenbrauen ansah, und half Elizabeth vom Wagen. Tyl schüttelte nur stumm den Kopf und verschwand mit großen Schritten in Richtung Wald. »Erinnerst du dich an den Bach, Lizzie, an dem wir gerade vorbeigekommen sind? Ich habe gesehen, daß er in dem kleinen Tal vor dem Wald in einen Teich fließt. Vielleicht möchtest du dich ja waschen ...«

Elizabeth sah sich mit großen Augen um, schluckte und nickte zögernd. »Ja ..., ja warum eigentlich nicht? Es wäre schön, wenn ich mich waschen könnte, Caleb.«

Als Elizabeth sich etwas unsicher auf den Weg machte, lief Delia ihr nach. »Warten Sie, Mrs. Hooker! Wenn Sie nichts dagegen haben, möchte ich Sie begleiten.«

Delia rechnete mit einer Zurückweisung, aber Elizabeth drehte sich um und sah sie erfreut an. »Oh ja ... bitte, Delia. Aber du mußt Elizabeth zu mir sagen«, fügte sie hinzu, als Delia neben ihr stand.

Sie hatten das kleine Tal bald erreicht. Der flache Teich wirkte kühl und einladend. Delia setzte sich ans Ufer und streckte die Füße in das Wasser. Der Wind hatte die Wolken inzwischen vertrieben, die Sonne schien. Alles um sie herum roch grün, frisch und sauber.

Elizabeth kniete auf einem Moospolster am Ufer, wickelte die Ärmel hoch und benetzte sich Gesicht und Arme. »Ich hätte Seife mitbringen sollen«, murmelte sie bedauernd. »Wir hätten uns hier richtig waschen können.«

»Ich habe mich gestern morgen gewaschen«, erwiderte Delia stolz. »Ich habe mir sogar die Haare gewaschen.«

Elizabeth trocknete sich Gesicht und Hände mit dem Rocksaum

ab. »Ach ja, nach dem vielen Staub gestern und den Fliegen wäre ein warmes Bad am Abend wirklich eine Erholung gewesen.« Sie sah Delia verschämt an. »Aber kannst du dir vorstellen, daß uns dieser schreckliche Wirt im Blauen Anker eine Wanne mit heißem Wasser gegeben hätte?«

Delia fragte vorsichtig: »Wie oft baden Sie eigentlich, Elizabeth?«

»Ach, mindestens zweimal in der Woche und im Sommer dreimal.«

»Zweimal in der Woche!« Delia schüttelte ungläubig den Kopf. »Aber das ist doch ungesund!«

Kein Wunder, daß Elizabeth so zart und hinfällig war. Der Reverend konnte von Glück sagen, daß seine Frau nicht bereits vor der Hochzeit an einer Lungenentzündung gestorben war.

Plötzlich fiel ihr wieder ein, daß sich Tyl abfällig über ihre mangelnde Sauberkeit geäußert hatte. Vielleicht mußte sich eine Dame doch öfter als einmal im Monat waschen. Sie unterdrückte ein Seufzen und nahm sich vor, in Zukunft wenigstens zweimal wöchentlich ein Bad zu nehmen, auch wenn sie damit ihre Gesundheit aufs Spiel setzte, denn sonst würde aus ihr nie eine richtge Dame werden.

Elizabeth hatte die Hände um die Beine geschlungen und sah sich ängstlich nach allen Seiten um. Delia folgte ihren Blicken, aber sie entdeckte nur gelbe Sumpfdotterblumen und eine dicke braune Kröte auf einem Stein.

»Es ist schön hier, finden Sie nicht auch?« sagte Delia, um Elizabeth auf andere Gedanken zu bringen.

»Ja ... schön und friedlich.«

Delia erinnerte sich an das Versprechen, das sie Tyl gegeben hatte.

»Elizabeth ...«, Delia verstummte und suchte nach den richtigen Worten. Es war nicht so einfach, wie sie es sich vorgestellt hatte. Schließlich holte sie tief Luft und sagte: »Es tut mir leid ... ich meine wegen gestern Abend und weil ich Ihnen Angst machen wollte. Das ... das war wirklich nicht nett von mir ... und ... also, es tut mir leid.«

Elizabeth senkte den Kopf und murmelte: »Ach, das ist nicht weiter wichtig.« Sie zwang sich zu einem Lächlen und fügte leise hinzu: »Ich habe mich bestimmt wie ein dummes Huhn benommen. Aber bisher war das größte Abenteuer in meinem Leben die Fahrt mit der Fähre zum Jahrmarkt nach Charles Town.«

»Oh, das habe ich auch einmal gemacht!« rief Delia überrascht und freute sich, daß es immerhin etwas gab, was sie mit einer richtigen Dame gemein hatte.

»Als ich sieben war, ist mein Vater mit mir auf den Jahrmarkt gegangen«, erzählte Elizabeth. »Ich habe damals zuviel Pflaumenkuchen gegessen und mußte mich übergeben. Ich habe ihm seinen Sonntagsanzug schmutzig gemacht.«

Elizabeth schwieg und sah Delia an, die leise lachte. Dann mußte auch Elizabeth lachen. Plötzlich hörten sie hinter sich das tiefe Lachen eines Mannes.

Erschrocken hoben sie die Köpfe und sahen auf der anderen Seite des Teichs einen Indianer, der sie fröhlich anlachte.

Der Mann trug eine Mütze aus Biberpelz, in der eine weiße Möwenfeder steckte. Er hatte eine zerschlissene Soldatenjacke, die ihm viel zu klein war, über den nackten, braunen Oberkörper gezogen. Nach Indianerart trug er eine eng anliegende, lange Lederhose, darüber eine Art Lederschurz, der bis zu den Knien reichte. In der Armbeuge hielt er eine rostige Muskete.

Delia warf einen Blick auf Elizabeth. Sie war leichenblaß geworden. Auf ihrer Stirn standen Schweißtropfen. »Zeigen Sie ihm bloß nicht, daß Sie Angst haben«, flüsterte sie Elizabeth zu und stand langsam auf.

»Guten Tag, weiße Frau«, sagte der Indianer.

Delia mußte schlucken und erwiderte stotternd: »Gu... guten Tag...«

Der Indianer lachte und nickte. Delia nickte ebenfalls freundlich. Hinter sich hörte sie, wie Elizabeth anfing, heftig und stoßweise zu atmen.

»Ich glaube, er ist friedlich«, flüsterte sie ihr beruhigend zu und nickte wieder.

Der Indianer legte die Muskete auf die Erde und ging langsam in den Teich. Als ihm das Wasser bis zu den Knöcheln reichte, stieß Elizabeth einen durchdringenden Schrei aus.

»Nur nicht weglaufen!« rief Delia, aber es half nichts, denn Elizabeth rannte bereits schreiend den Weg zurück.

Der Indianer blieb im Wasser stehen und sagte in seiner gutturalen Sprache etwas zu Delia. Er winkte sie mit einer Handbewegung freundlich zu sich. »Komm her«, sagte er lächelnd. »Bist du hungrig? Wir fischen...«

»Fischen?« fragte sie.

Er nickte. »Fischen!«

Ich darf ihm nur nicht zeigen, daß ich Angst habe, ermahnte sie sich. Großer Gott, was soll ich nur machen, wenn er nicht so friedlich ist, wie er tut?

Sie folgte ihm zögernd in den See.

Der Indianer nickte und wiederholte: »Komm her...«

Etwa drei Schritte von ihm entfernt blieb sie stehen. Aus der Nähe sah sie, daß er sehr alt sein mußte. Sein Gesicht war von Falten durchzogen, und die Haare unter der Mütze waren grau. Er beugte sich vor und deutete ins seichte Wasser. Delia kam noch einen Schritt näher und beugte sich ebenfalls vor. Sie sah, daß zwischen den Steinen große Forellen schwammen.

Der Indianer schob den Ärmel seiner Jacke hoch und tauchte den Arm ins Wasser. Langsam glitt seine Hand unter eine der Forellen. Er bewegte sich nicht. Plötzlich schlug die Forelle heftig mit der Flosse, als sich seine Finger blitzschnell um den Fisch schlossen. Er richtete sich auf und hielt die zappelnde Forelle in der Hand.

Er lachte und rief: »Fisch!«

Auch Delia lachte und klatschte begeistert in die Hände. »Wunderbar! Kann ich das auch?«

Als Tyl die Schreie hörte, lief er mit entsichertem Gewehr zum Flußufer zurück. Elizabeth klammerte sich hysterisch schluchzend an Caleb. Von Delia sah er keine Spur.

»Was ist geschehen?«

Caleb sah ihn fassungslos an. »Ich weiß es nicht. Sie hört nicht auf zu weinen.«

Tyl löste Elizabeths Finger, mit denen sie sich an ihren Mann klammerte, und schüttelte sie sanft. Als das nichts half, schüttelte er sie etwas heftiger. »Elizabeth!« rief er mehrmals, und ihr Schluchzen hörte langsam auf. »So, jetzt langsam und tief atmen... Sagen Sie uns, was geschehen ist.«

»In... Indianer. Er... er...«

»Wo ist Delia?«

»Ich weiß nicht. Ich bin um mein Leben gelaufen. Sie... ich weiß nicht.«

Tyl hätte sie am liebsten noch einmal geschüttelt, aber er nahm sich zusammen und fragte nur: »Wo ist sie? Wo war das?«

»S... See... am See.«

»Sie sind beide zu dem Bach gegangen, an dem wir vorbeigekommen sind«, erklärte Caleb. »In dem kleinen Tal vor dem Wald. Elizabeth wollte sich waschen...«

»Sie haben die Frauen *allein* dorthin gehen lassen? Mein Gott, Sie Schwachkopf! Was haben Sie sich dabei gedacht?«

Caleb wurde blaß. »Ich dachte, es sei ungefährlich...«, stammelte er verwirrt, aber Tyl lief bereits den Weg zurück.

Als er das kleine Tal erreichte, ging er langsamer und näherte sich lautlos dem See. Zuerst hörte er Stimmen – Delias unverkennbares Lachen und dann eine tiefe Männerstimme. Tyl ging hinter einem Baumstamm in Deckung und blickte auf den See.

Delia und ein alter Indianer standen mitten im Wasser. Sie hatte sich vorgebeugt, ihr nasser Rock klebte an den wohlgeformten Beinen, und ein Arm verschwand bis zum Ellbogen im Wasser. Plötzlich richtete sie sich auf und hielt einen zappelnden Fisch hoch über den Kopf. »Ich hab ihn!« rief sie. »Ich hab ihn!«

Tyl dachte voll Stolz: Sie ist wirklich unglaublich. Wer hätte das gedacht? Die kleine Wildkatze steckt voller Überraschungen.

Eigentlich war es nicht Stolz, was er empfand. Tyl kannte das Gefühl nicht, das ihn bei ihrem Anblick überkam, und deshalb hatte er keinen Namen dafür. Aber jedesmal, wenn er sie sah, fühlte er sich seltsam froh und glücklich. Gewiß, jetzt war er stolz auf sie, aber das war nicht alles.

Langsam trat er hinter dem Baum hervor. Der alte Indianer sah ihn zuerst, und sein Lachen erstarb. Delia drehte sich um. Als sie Tyl am Ufer sah, rief sie strahlend: »Hier, siehst du das, Tyl? *Ich* habe etwas zum Abendessen gefangen!«

Sechstes Kapitel

Die Streifenhörnchen hüpften possierlich um Delia herum. Tyl beobachtete verdrießlich, wie sie ihnen die Reste des Maisbrots fütterte. Sonnenstrahlen tanzten auf ihren schwarzen Haaren, und die goldbraunen Augen strahlten. Sie hatte die Lippen halb geöffnet, und wenn sie fröhlich lachte, hoben sich die Rundungen unter ihrem Mieder.

Noch nie hatte Tyl erlebt, daß jemand soviel Freude am Leben hatte wie Delia. Seltsamerweise war ihre Heiterkeit ansteckend, denn er stellte zu seiner Verwunderung fest, daß er in den letzten beiden Tagen in ihrer Nähe immer wieder lachte. Ja, er mußte sich sogar eingestehen, daß ihm inzwischen etwas fehlte, wenn sie *nicht* in der Nähe war.

Kopfschüttelnd entkorkte Tyl die kleine Brandyflasche und trank einen Schluck. Leider war die Kleine auch sehr hübsch und hatte einen so sinnlichen Körper, daß ein Mann unwillkürlich nur an das eine dachte. Und leider war sie nichts als ein leichtes Mädchen aus einer billigen Hafenkneipe, die kaum etwas anderes gelernt hatte, als Männer zu verführen.

Sie hat dir den Kopf verdreht, Tyler Savitch. Das läßt sich nicht leugnen ...

Er sah sie finster an. »Gib es auf, Delia. Sie fressen dir nicht aus der Hand. Warum machst du dir überhaupt diese Mühe?«

Sie warf den Hörnchen die letzten Krumen zu, wischte sich die Hände am Rock ab und lächelte ihn so strahlend an, daß es ihm den Atem verschlug.

»Hast du etwas gesagt, Tyl?«

Er starrte sie an und brachte kein Wort hervor.

»Nein, nichts...«, brummte er schließlich, nahm noch einen Schluck und dachte: Wie soll ich das bis Merrymeeting aushalten?

Sie hatten zwei Baumstämme vor das Lagerfeuer gerollt. Tyl und Delia saßen auf dem einen, die Hookers auf dem anderen. Elizabeth hatte die Bibel aufgeschlagen, und sie lasen beide darin.

Zum Abendessen hatte es Fladenbrot aus Maismehl gegeben und Delias Forellen. Aber da sie das Lager so früh aufgeschlagen hatten, blieb noch etwa eine Stunde bis zum Sonnenuntergang.

Tyl beobachtete mit zusammengekniffenen Augen, wie die Hookers andächtig in der Bibel lasen. Plötzlich schob er mit einem Stock ein Stück Holzkohle aus dem Feuer und ließ es abkühlen. Dann zog er ein Stück braunes Papier aus dem Proviantsack und malte darauf drei konzentrische Kreise.

Delia beugte sich neugierig vor. »Was soll das werden?« fragte sie.

Er war sich ihrer Nähe überaus deutlich bewußt. »Was schon?« knurrte er bissig.

Wenn sie nicht sofort ihre Brust von meiner Schulter nimmt, werde ich sie in den Wald schleppen, und dann kann sie etwas erleben, das sie sich in ihren kühnsten Träumen nicht vorgestellt hat...

»Das wird eine Zielscheibe.«

Delia richtete sich auf. Tyl stieß erleichtert die Luft aus.

»Eine Zielscheibe? Willst du mit dem Gewehr üben?«

»Nein, du!«

Sie legte die Hand auf ihr Herz und sah ihn ungläubig an. »Ich?« Vorsichtig blickte sie sich um, als stehe jemand hinter ihr. »Aber Tyl, ich kann überhaupt nicht schießen.«

»Dann wirst du es lernen.« Er drehte sich um und sagte dann: »Sie auch, Reverend.«

Caleb zuckte zusammen und wechselte einen erstaunten Blick mit seiner Frau. Dann stand er auf und kam zu ihnen herüber.

Er räusperte sich. »Ich muß gestehen, ein solches Können ist dort, wohin wir gehen, bestimmt nützlich. Ich meine... zum Jagen und...« Er räusperte sich noch einmal und erklärte dann in aller Form: »Aber ich könnte niemals auf einen Menschen schießen, Tyl, auch nicht auf einen Indianer.«

Tyl sah ihn ungläubig an. Er konnte verstehen, daß es jemandem schwerfiel, einen Menschen zu töten. Aber die Kirche, die Caleb vertrat, erklärte immer wieder, gegen die Bedrohung durch die heidnischen Indianer helfe nichts anderes, als sie gnadenlos abzuschlachten. Schließlich hatten die Siedler und nicht die Indianer die grausame Angewohnheit des Skalpierens als Beweis für den Tod eines Feindes erfunden. Das Schatzamt in Boston zahlte noch immer zehn Pfund Belohnung für jeden Abenaki-Skalp, obwohl zwischen den Engländern und den Abenaki auf dem Papier seit ein paar Jahren Frieden herrschte.

Natürlich gab es so etwas wie »Frieden« nicht. Das lag vor allem daran, daß Frankreich und England ständig übereinander herfielen und ihre Schlachtfelder in die Neue Welt verlegten, wobei sich jede Seite bemühte, die Indianer zu ihren Verbündeten zu machen. Die französischen Jesuiten zum Beispiel ermunterten die Abenaki, die bereits empört und verunsichert waren, weil die englischen Siedler ihnen die alten Jagd- und Fischgründe streitig machten, immer und immer wieder, die Weißen in Maine zu bekämpfen. Die Überfälle der aufgewiegelten Indianer, die grausame Folterung der Gefangenen, das Töten von Kindern und Frauen löste bei den Siedlern verständlicherweise blutige Rachegefühle aus.

Es war ein Teufelskreis von Krieg und Tod, in dem sich die Kolonien bereits seit mehr als fünfzig Jahren verstrickten. Die puritanische Kirche von Neuengland war dabei eine der treibenden Kräfte.

Tyl konnte nicht glauben, daß der fromme und harmlose Caleb Hooker ein Heuchler und so scheinheilig wie ein Jesuit sein sollte.

»Ich denke, das Töten von Indianern ist ein Gebot Ihrer Religion, Reverend?«

Caleb hob stolz den Kopf und reckte das Kinn. »Mein Gewissen steht über jeder Religion!«

Tyl blickte ins Feuer und sagte nach einer Weile: »Aber Sie haben auch eine Frau, Caleb.« So leise, daß Elizabeth es nicht hören konnte, fügte er hinzu: »Haben Sie schon einmal gesehen, wie eine Frau aussieht, die skalpiert worden ist?«

Caleb wurde plötzlich aschfahl, und Tyl bedauerte es, so brutal sein zu müssen. Aber wenn die Hookers in der Wildnis leben wollten, dann mußten sie lernen, dort zu überleben.

»Wenn Ihnen dieser Gedanke unerträglich ist, Reverend«, fügte er nach kurzem Schweigen hinzu, »dann rate ich Ihnen, sich, so gut Sie können, vorzubereiten, damit Sie etwas Ähnliches niemals sehen müssen. Und wenn Sie jemals von Indianern angegriffen werden, dann sollten sie besser in der Lage sein, die Angreifer zu töten, bevor Sie selbst ... oder Elizabeth getötet werden.«

Caleb zitterte leicht, aber er nickte langsam. »Also gut, ich sehe ein, daß Sie recht haben.«

Elizabeth richtete sich bei seinen letzten Worten empört auf und rief: »Aber Caleb, du wirst doch nicht ...«

»Ich werde, Lizzie«, erwiderte er entschlossen. »Es ist als Selbstschutz notwendig, Liebste. Die Indianer ...«

»Aber der Indianer am See war friedlich ...« Sie starrte mit weit aufgerissenen Augen auf die dunklen Bäume. »Doktor, Sie haben mir versichert, daß dieser Indianer keine bösen Absichten hatte ...«

»Ja, das stimmt, Mrs. Hooker. Aber wer sagt uns, daß der nächste ebenso freundlich und friedlich ist?«

Tyl stand auf und ging zu einem etwa fünfzig Schritte entfernten Baum. Dort befestigte er die Zielscheibe in einer Astgabel. Als er zurückkam, hob er das Gewehr auf, das neben dem Baumstamm lag. Elizabeth stand inzwischen neben ihrem Mann und hatte ihm die Hand auf den Arm gelegt. Sie blickte mißbilligend auf Tyl, weil er offenbar Calebs Grundsätze untergrub.

Tyl beachtete sie nicht. Er sah Caleb und Delia eindringlich an und sagte: »Paßt gut auf, wie man das macht. Man muß ein Gewehr sowohl laden als auch schießen können. Und wenn fünfzig Indianer heranstürmen, dann muß das sehr schnell geschehen.«

Er nahm eine in Papier gewickelte Patrone aus dem Kugelbeutel und riß mit den Zähnen das Papier auf. Er spannte den Hahn, neigte die Patrone und schüttete etwas Schießpulver auf die Pfanne. Dann sicherte er den Auslöser. Er stellte das Gewehr auf die Erde, schüttete das restliche Schießpulver in den Lauf und schob mit dem

Ladestock die Kugel und das zusammengewickelte Papier in den Gewehrlauf.

Er stellte sich breitbeinig vor die Zielscheibe, setzte das Gewehr an die Schulter, löste die Sicherung, spannte den Hammer bis zum Anschlag und drückte ab. Ein Funken blitzte, stechend schwarzer Rauch kam aus dem Gewehr, und der Knall des Schusses hallte von den Bäumen wider.

Ehe Tyl es verhindern konnte, rannte Delia zur Zielscheibe. »Ins Schwarze getroffen!« jubelte sie. »Du hast ins Schwarze getroffen, Tyl!«

Tyl wartete stumm, bis sie zurückkam. Dann packte er sie an der Hand und zog sie an sich. »Wenn du noch einmal in die Schußlinie läufst, Delia, dann bekommst du es mit mir zu tun.«

Sie sah ihn verblüfft an, denn sie verstand seinen Zorn nicht. Aber in diesem Augenblick schien er es wirklich ernst zu meinen, und sie bekam es mit der Angst zu tun.

Er ließ sie los und schüttelte stumm den Kopf.

»Tut mir leid, Tyl«, murmelte sie und rieb sich den Arm.

»Schon gut«, brummte er. »Aber versprich mir, das nicht noch einmal zu tun.«

»Darf ich jetzt schießen, Tyl?« Ihre rauhe Stimme klang vor Aufregung so verführerisch, daß er sich beherrschen mußte.

»Also gut.« Er reichte ihr das Gewehr. »Wir wollen sehen, ob du genau aufgepaßt hast.«

Zu seinem Staunen lud sie das Gewehr mühelos und ohne seine Hilfe. Aber als sie es an die Schulter drückte, schwankte der Lauf. Er trat hinter sie und legte ihr die Arme um die Schultern. Mit der linken Hand stützte er ihre Hand, um das Gewicht des Gewehrs zu balancieren. Die unvermittelte Berührung der beiden Körper ließ die Luft um sie herum knistern. Sein Herz klopfte so laut und stark, als wollte es zerspringen. Sie schien plötzlich so zart und verletzlich in seinen Armen. Geschmeidig drückte sie sich an ihn. Wieder einmal waren alle seine guten Vorsätze vergessen, und er wollte nichts anderes, als sie in den Armen halten und küssen...

Im gleichen Augenblick wurde ihnen beiden bewußt, daß Caleb

und Elizabeth sie aufmerksam beobachteten. »Was jetzt, Tyl?« fragte Delia stockend.

Er holte tief Luft und stellte fest, daß sein Mund trocken geworden war. »Du mußt den Hahn bis zum Anschlag spannen.« Er führte ihr den Finger. »So und jetzt zielst du über Kimme und Korn ... dann langsam und ruhig den Auslöser ...«

Der Schuß ging los. Sie wurde durch den Rückschlag an seinen Oberkörper gepreßt und trat ihm vor Schreck gegen das Schienbein.

Tyl stieß einen unterdrückten Fluch aus. Er ließ Delia so schnell los, daß sie rückwärts schwankte und beinahe gefallen wäre. Aber er hielt sie an der Taille fest.

Sie drehte den Kopf und fragte strahlend: »Habe ich auch ins Schwarze getroffen, Tyl?«

Er lachte unsicher. »Meine Güte, Delia, du hast nicht einmal den *Baum* getroffen.«

Sie verzog enttäuscht das Gesicht.

»Das ist kein Grund, aufzugeben. Wir versuchen es noch einmal. Aber diesmal mußt du die Augen offenhalten, wenn du abdrückst.«

Als es ihr beim vierten Versuch gelang, die untere Ecke der Zielscheibe zu treffen, sagte er, das sei erst einmal genug. Tyl glaubte, ihre Nähe nicht länger ertragen zu können.

Deshalb winkte er sichtlich erleichtert Caleb zu sich und fragte: »Sie sind bereit, Reverend?«

Caleb wirkte alles andere als glücklich, aber er nickte tapfer.

Der junge Pfarrer war sehr viel ungeschickter als Delia. Es gelang ihm nach mehreren Versuchen schließlich nur, einen Ast des Baums zu treffen, in dem die Zielscheibe hing. Aber Tyl tröstete sich mit dem Wissen, daß ein Mann sehr schnell lernte, mit einem Gewehr umzugehen, wenn das Leben seiner Familie auf dem Spiel stand.

Die Sonne ging unter, und es wurde zu dunkel zum Schießen. Die Hookers dachten bedrückt an die Gefahren, die sie in ihrem künftigen Zuhause erwarteten, und krochen, ohne viele Worte zu machen, schnell unter ihre Decken vor dem Feuer. Tyl setzte sich auf den Baumstamm und machte sich daran, das Gewehr zu reinigen und einzufetten. Delia saß mit gekreuzten Beinen neben ihm auf der Erde und beobachtete ihn mit gerunzelter Stirn.

Als das Schweigen immer spannungsgeladener wurde, hob er schließlich den Kopf. »Was beschäftigt dich, Delia? Heraus mit der Sprache!«

»Hast du wirklich Menschen skalpiert, als du bei den Indianern warst?«

Er hatte diese Frage früher oder später erwartet. Wenn Frauen hörten, daß er zehn Jahre bei den Abenaki gelebt hatte, fanden sie das meist eher aufregend als beängstigend. Zu Tyls Verwunderung hatte er dank seiner indianischen Vergangenheit oft schneller Frauen erobert als durch alle anderen Verführungskünste.

»Ja, ich habe Menschen skalpiert«, antwortete er und dachte, ihre Augen würden groß vor Entsetzen werden.

Nichts dergleichen geschah. Sie fragte eher sachlich: »Hast du auch Weiße skalpiert?«

»Eine Yengi-Frau.«

»Was?«

»Für die Abenaki sind die Weißen Yengis, das bedeutet, die Stummen.« Als sie ihn verwirrt ansah, fügte er lachend hinzu: »Die Abenaki machen sich über die Weißen lustig, weil die meisten nicht wissen, wann es besser ist zu schweigen.«

»Ach so... Du hast also eine Yengi-Frau skalpiert?« fragte sie noch einmal.

Er sah sie nur stumm an und musterte sie mit halb geschlossenen Augen. Delia wirkte nicht entsetzt oder erschrocken, sondern eher verwirrt. Sie schien Mühe zu haben, den mordenden Indianer, der er nach eigenem Eingeständnis gewesen war, mit dem kultivierten Arzt in Einklang zu bringen, als den sie ihn kannte. Plötzlich hatte er nur den einen Wunsch: Sie sollte beide Teile seines Wesens, den Indianer und den Weißen, verstehen und akzeptieren.

Er zog die Stirn in Falten, starrte ins Feuer und dachte: Was kann mir daran liegen, was dieses Mädchen aus einer Hafenkneipe von mir hält?

Es war ihr schließlich auch gleichgültig gewesen, was für Männer ihre Kunden im Goldenen Löwen gewesen waren, denen sie sich für ein paar Schillinge hingegeben hatte.

In Wahrheit war es ihm jedoch wichtig, was sie über ihn dachte. Er seufzte und sah sie ernst an.

»Delia ... ich habe nie eine Frau getötet.«

»Aber du hast Männer getötet und skalpiert.«

»Ja, allerdings keine Yengi. Das lag aber nur daran, daß mein Stamm zu der Zeit, als ich alt genug war, um ein Sannup, ein Abenaki-Krieger, zu sein, keine englischen Siedlungen überfiel. Damals herrschte ein großer Krieg gegen die Erie-Stämme. Wir kämpften vor allem gegen die Mohawk. Es war Krieg, Delia. Und in jedem Krieg geht es nur darum, den Feind zu töten ...« Ihm wurde plötzlich bewußt, daß er sein Indianerleben rechtfertigte, und er schwieg ärgerlich. Er hatte sich vor langer Zeit geschworen, daß er sich nie der zehn Jahre schämen werde, die er bei den Abenaki verbracht hatte. Als er ihre großen Augen auf sich gerichtet sah, sagte er: »Bald danach begann das Leben bei meinem Großvater.«

»Aber wie war das ...«

»Psst ...« Er legte ihr den Finger auf die Lippen. »Genug jetzt. Geh schlafen. Du mußt morgen ausgeruht sein.« Ihr Mund war warm, feucht und unglaublich weich unter seinem Finger. Sie schien seinen Kuß zu erwarten, aber er wußte, wenn er seinen Gefühlen nachgab, dann würde er es nicht bei einem Kuß bewenden lassen.

Delia war unberechenbar. Tyl muße sich eingestehen, daß er sie immer noch nicht richtig verstand. Er wollte auf keinen Fall einen Streit oder Handgreiflichkeiten in Anwesenheit der Hookers riskieren. Deshalb sagte er noch einmal entschieden: »Schlaf jetzt, Delia!« Zu seiner Enttäuschung gehorchte sie ihm.

Tyl lehnte sich auf dem Stuhl zurück, kippte ihn auf die Hinterbeine und zündete sich eine Pfeife an. »Sie haben ein schönes Stück Land«, sagte er zu Silas Potter, ihrem Gastgeber. Es war zwei Tage später, und sie waren Merrymeeting fünfzig Meilen näher gekommen.

»Ich kann das Meer beinahe riechen«, erklärte Caleb, der neben ihm saß.

Silas Potter freute sich über das Kompliment und nickte. »Das Meer ist direkt hinter dem Hügel.« Die Anhöhe war mit Kiefern bewachsen, hinter denen gerade die letzten Sonnenstrahlen verschwanden. Auf der anderen Seite erstreckte sich die Küste des Atlantiks. Wenn sich Tyl konzentrierte, glaubte er, das dumpfe Rauschen der Wellen zu hören.

Der Farmer saß mit den beiden Gästen auf der Veranda seines Blockhauses. Er hatte gerade damit begonnen, das Land urbar zu machen, und ein großes Maisfeld angelegt, das bis zu den Bäumen reichte. Nach der Maisernte im Herbst würde er den Wald bis zur Anhöhe roden und die Baumwurzeln entfernen.

Das Blockhaus bestand aus einem einzigen Raum. Aber Silas Potter hatte sich mit der Hilfe von Nachbarn eine große Scheune gebaut, die er seinen Gästen zum Übernachten überließ.

»Wie sieht es bei Ihnen aus?« fragte er Tyl und hob die Stimme etwas, um das einsetzende Zirpen der Grillen zu übertönen. »Sie haben doch auch Land in ... wie hieß die Bucht noch? Merrymeeting, nicht wahr?«

»Ja, stimmt.« Tyl deutete mit der Pfeife auf Caleb, der müde den Kopf auf die Brust sinken ließ. »Der Reverend hier wird unser Pfarrer. Dank ihm werden wir eine ordentliche Stadt.«

Caleb hob mit einem Ruck den Kopf und lächelte. »Ich dachte, es fehlt noch ein Lehrer.«

»Ach, da werden wir uns noch etwas einfallen lassen.«

Hinter den Männern hörte man Frauenstimmen und das Klappern von Geschirr. Eine Öllampe warf ihr flackerndes Licht durch die offene Tür auf die Veranda. Silas und seine Frau Betsy hatten mit ihren Gästen gerade ein herzhaftes Abendessen mit Apfelwein, Wurst und Maisbrot verzehrt. Die Frauen wuschen das Geschirr ab und räumten auf, während sich die Männer eine Pfeife genehmigten.

Silas hatte die Stühle mit den Sprossenlehnen von der Wand genommen, wo sie an Haken hingen, wenn sie nicht benutzt wurden, und auf die Veranda getragen. Er hatte sie seinen Gästen angeboten, und er selbst setzte sich auf ein umgestülptes Faß. Jetzt füllte er drei Becher aus dem Kessel mit Bier, das aus den Sprossen einer bestimmten Tannenart gebraut wurde. Der Farmer freute sich über die unvermutete Gesellschaft. Nicht allzu viele Reisende kamen so weit in den Nordosten.

Delia erschien in der Tür. »Mrs. Potter möchte wissen, ob noch jemand Maisbrot mit Marmelade möchte«, fragte sie und sah dabei Tyl an.

Tyl antwortete: »Ich nicht. Ich komme mir vor wie eine gestopfte Gans.«

Delia nickte und lächelte Tyl an, bis sie feststellte, daß die beiden anderen Männer sie aufmerksam musterten. Schnell verschwand sie im Haus.

Silas Potter sah ihr seufzend nach und nickte. »Die Kleine erinnert mich an meine Jenny. Sie war genauso groß und so schlank wie eine Tanne. Wissen Sie, unsere Jenny ist im letzten Winter gestorben. Sie war erst sechzehn.«

»Ich glaube, Delia ist etwas älter«, meinte Tyl.

Der Farmer seufzte noch einmal. »Es war ein schwerer Winter...«

Caleb räusperte sich. »Die Wege unseres Herrn sind oft...«, begann er, aber Tyl unterbrach ihn mit einer Handbewegung.

»Haben Sie vielleicht noch Kleider Ihrer Tochter?«

Der Farmer nickte. »Meine Betsy hat es nicht über sich gebracht, sie wegzuwerfen.«

»Wenn es Ihnen recht ist, würde ich gern ein paar der Sachen kaufen.«

Der Farmer strich sich bedächtig über das Kinn. Er schüttelte den Kopf, aber dann sagte er: »Na ja, ich weiß nicht... hm, wie würden Sie denn bezahlen?«

»Mit richtigem Geld«, antwortete Tyl und wußte, daß dem Kauf nichts mehr im Wege stand. Es wäre ihm vermutlich nicht gelungen, dem Mann sein Pferd abzukaufen, aber mit gutem englischen Silber konnte man in der Wildnis fast alles kaufen.

Früh am nächsten Morgen kniete Delia splitterfasernackt im Pferdestall und versuchte, sich in einem Kübel Wasser aus dem Brunnen zu waschen. Plötzlich wurde die Stalltür aufgerissen, und Tyl kam herein.

Bei ihrem Anblick blieb er wie angewurzelt stehen und hob verwundert die Augenbrauen. Im ersten Moment schien er sich umdrehen zu wollen, aber dann brachte er es doch nicht über sich.

Delia hatte sich erschrocken aufgerichtet und sah ihn mit großen Augen an, während sein Blick von ihrem Gesicht langsam über ihren Körper nach unten wanderte und zu den Brüsten zurückkehrte. In seinen Augen begann es gefährlich zu blitzen. Sie sah es und mußte schlucken.

Er kam einen Schritt näher, und das riß sie aus ihrer Erstarrung. Schnell legte sie die Hände auf ihre Brüste. »Was zum Teufel willst du hier?« Verzweifelt sah sie sich nach ihren Kleidern um, aber die hatte sie in eine Ecke geworfen, und dort waren sie außer Reichweite. Sie sah ihn wütend an. »Wie kannst du es wagen, einfach hereinzukommen und … und …«

Tyl lachte spöttisch und meinte unbekümmert: »Ich wollte nur ›guten Morgen‹ sagen, Delia!« Er hielt eine Hand auf dem Rücken. Jetzt streckte er sie aus. An seinen Fingern hing ein Bündel Kleider, die mit einer Schnur zusammengebunden waren. »Übrigens, ich habe ein Geschenk für dich.«

Delia rührte sich nicht.

»Wie ich sehe, wäschst du dich gerade.« Sein Lachen klang anzüglich. »Offenbar ist wieder einmal Monatsende.«

»Verschwinde!« stieß sie zwischen zusammengepreßten Lippen hervor.

Er warf ihr das Kleiderbündel zu. »Bedankst du dich nicht bei mir? Du könntest die Sachen anziehen und mir zeigen, ob sie passen …«

»Hinaus!«

»Also, ich muß schon sagen, für so ein mageres dünnes Ding hast du wirklich schöne runde …«

»HINAUS!«

Sie griff nach dem Bündel, hob es über den Kopf und zielte auf ihn.

Lachend hielt sich Tyl die Hände vor das Gesicht und lief aus dem Stall. Delia atmete heftig. Ihre Haut kribbelte, wo seine Augen sie liebkost hatten. Sie war erleichtert, daß er gegangen war, aber auch irgendwie enttäuscht – und sie hatte Angst.

Wenn er versucht hätte, sie in diesem Augenblick in die Arme zu nehmen, hätte sie es es nicht über sich gebracht, ihn zurückzustoßen.

Verwirrt mußte sie sich wieder einmal gestehen, daß sie sich nichts sehnlicher wünschte, als von Tyl in die Arme genommen zu werden …

Plötzlich wurde ihr bewußt, daß sie noch immer das Kleiderbündel in der Hand hielt. Sie löste die Schnur und sah einen schweren Wollrock und ein blaugestreiftes kurzes Leinenkleid. Zu dem Kleid gehörte eine passende Haube mit einer breiten Krempe. Außerdem gab es ein Paar braune Wollstrümpfe und ein Unterhemd aus weichem hellen Leinen. Schließlich entdeckte sie zu ihrem größten Staunen sogar ein Paar Kalbslederschuhe mit Zinnschnallen und roten Absätzen.

Als sie die Schuhe in den Händen hielt, traten ihr die Tränen in die Augen. Vorsichtig glitten ihre Finger über das weiche Leder. So etwas Schönes hatte sie noch nie besessen. Es waren bestimmt Schuhe für eine richtige Dame, denn sie wurden nicht geschnürt, sondern hatten elegante Schnallen und halbhohe Absätze. Mit angehaltenem Atem probierte sie einen an. Was sollte sie tun, wenn er nicht paßte? Gott sei Dank war er nur etwas zu groß.

Schnell wusch sie sich mit dem kleinen Stück Seife, das ihr Elizabeth gegeben hatte. Die Seife duftete angenehm nach Lorbeer. Sie rieb damit ihre Haut, bis sie rot wurde. Dann schüttete sie das restliche Wasser über die Haare und trocknete sie schnell ab. Sie wollte von Kopf bis Fuß sauber sein, bevor sie die neuen Sachen anzog.

Die Kleider saßen wie angegossen, als seien sie für Delia gemacht worden. Nur das Mieder lag etwas zu eng um ihre Brüste. Sie strich glücklich über das kurze Leinenkleid und dann über den Rock, den sie darunter trug. Zum Schluß zog sie ehrfürchtig die neuen Schuhe an. Dann ging sie stolz und glücklich im Stall hin und her und kam sich so anmutig wie eine Prinzessin vor.

Plötzlich fing sie an zu lachen und drehte sich übermütig im Kreis. Was hätte sie in diesem Augenblick für einen Spiegel gegeben, um zu sehen, wie sie aussah.

Dann blieb sie stehen und schloß die Augen. Am liebsten hätte sie vor Freude geweint. Noch nie hatte ihr jemand so schöne Kleider geschenkt – und vor allem diese wunderbaren Schuhe! Das mußte doch bedeuten, daß Tyl etwas mehr für sie empfand. Welcher Mann schenkte einem Mädchen so persönliche Dinge wie ein Paar Schuhe, wenn er sie nur verführen wollte?

Mit klopfendem Herzen dachte sie: Sein Geschenk ist der Beweis dafür, daß er mich doch liebt!

[illegible]

[illegible] Zeit [illegible]

[illegible] Zu lauern [illegible] ohne [illegible]

[illegible] in dieser [illegible] einen Spiegel [illegible]

[illegible] wie sie [illegible]

Dann [illegible] sich [illegible] anfiebernd [illegible]

[illegible] Namen [illegible]

der [illegible] Schritt [illegible]

[illegible]

[illegible]

[illegible]

[illegible]

Siebtes Kapitel

Es regnete leicht, als Tyl am nächsten Nachmittag an der Koppel stand und kritisch eine kleine rotbraune Stute musterte, die frisches Heu fraß. Als sich eine Fliege auf ihrem Fell niederließ, schlug sie wiehernd aus.

»Also, ich weiß nicht«, sagte er. »Sie erscheint mir etwas zu temperamentvoll. Ich suche eigentlich ein sanftes Tier.« In Gedanken fügte er hinzu: Als Gegengewicht für die wilde Delia, die sie reiten soll...

Der Besitzer der Stute brauchte jedoch dringend das Geld und beteuerte schnell: »Keine Angst, sie ist sanft wie eine Kuh.«

Tyl brummte. »Ich brauche außerdem Zaumzeug und einen Sattel.«

»Ich würde Sie Ihnen gezäumt und gesattelt für zwei Pfund übergeben.«

Tyl schlug mit der Hand auf den Zaun. »Ich muß darüber nachdenken.« Er drehte sich um und ging in Richtung Hafen.

»Ein Pfund zehn!« rief der Mann ihm nach, aber Tyl ging ungerührt weiter. Die Stute würde auch später noch zum Verkauf stehen.

Portsmouth war eine geschäftige Hafenstadt mit Sägemühlen und Werften an der Mündung des Piscataqua. Die Stadt war reich, an den Kais lagen viele Schiffe. Er mußte sich seinen Weg zwischen Faßdauben und Reifen suchen, die verschifft und an ihrem Bestimmungsort zu Fässern zusammengefügt werden würden. Außerdem gab es stapelweise Bretter für neue Häuser, Dachschindeln und die langen hellen Kiefernmasten für die königlichen Schiffe.

Im Hafen ankerten zahllose Schaluppen und Pinassen, und an

den Ufern des Flusses schaukelten kleine Ruderboote und Kanus. Die kleinen Häuser der Stadt drängten sich um die ungepflasterten Straßen. Sie standen auf Pfählen und hatten spitze Giebeldächer, schmale, hohe Schornsteine und kleine bleigefaßte Fenster. Überall herrschte geschäftiges Treiben. Das Hämmern und Sägen, das Quieken und Grunzen der Schweine, die im Abfall am Hafen wühlten, verursachten von morgens bis abends einen ohrenbetäubenden Lärm.

Auf der anderen Seite der breiten Flußmündung, schon auf dem Gebiet von Maine, lag auf gleicher Höhe mit den Hafenanlagen von Portsmouth die kleinere, aber weiter auseinandergezogene Stadt Kittery. Der Ort wirkte insgesamt unzivilisierter und abweisender. Die zweistöckigen Siedlerhäuser waren aus dicken, behauenen Stämmen gebaut. Wer in Kittery durch eine Straße ging, mußte nicht das Gefühl haben, im nächsten Augenblick mit jemanden zusammenzustoßen. In Kittery hatte Tyler Savitch die ersten sechs Jahre seines Lebens verbracht.

Er hatte kaum noch Erinnerungen an diese Zeit. Die späteren Ereignisse überlagerten die wenigen Erlebnisse, die sich ihm eingeprägt hatten. Aber an diesem Ort überkam ihn stets das Gefühl eines großen Verlusts. Wenn er nach langer Abwesenheit wieder über den Piscataqua blickte, die schmalen Landungsstege auf der anderen Flußseite sah, die Blockhäuser, die Sägewerke und die wenigen Werften von Kittery, wurde er den Eindruck nicht los, daß aus seinem Leben etwas anderes hätte werden können.

»Tyl...«

Er zuckte zusammen und drehte sich gereizt um. »Was ist denn jetzt schon wieder los?«

Delia wich erschrocken zurück. »Es tut mir leid. Ich wollte nur... es tut mir leid...«

Sie wollte davonlaufen, aber er griff nach ihrem Arm. Sie richtete sich abwehrend auf und reckte das Kinn. Er sah in ihren Augen, daß er sie mit seiner unfreundlichen Frage verletzt hatte.

»Ich habe es nicht so gemeint, Delia... Bitte, bleib bei mir.«

Das war die Wahrheit. Er hatte eigentlich allein sein wollen und die anderen bewußt in dem kleinen Gasthaus zurückgelassen. Aber als er Delia plötzlich vor sich sah, wollte er sie unbedingt bei sich haben.

»Bitte bleib«, wiederholte er noch einmal leise und eindringlich.

»Ich wollte nur wissen, ob du Hunger hast.«

»Ich habe keinen Hunger. Aber ich möchte, daß du bei mir bleibst.«

Er ließ sie los und stellte erleichtert fest, daß sie nicht davonlief. Sie stand mit abgewandtem Kopf neben ihm und schloß fröstelnd den alten zerschlissenen Umhang.

Unter der blaugestreiften Haube verschwanden ihre Haare, und unter der breiten Krempe auch ihr Gesicht. Er mochte das alberne Ding nicht. Er griff nach den Bändern unter ihrem Kinn, löste die Schleife und sagte: »Nimm die Haube ab, sie steht dir nicht.«

»Aber Tyl, es regnet.«

Sie griff nach seinen Händen, aber er ließ sich nicht davon abbringen und löste die Bänder. Sie hatte ihre Haare mit Nadeln aufgesteckt. Er entfernte auch die Nadeln. Als die langen schwarzen Locken über seine Finger fielen, drang plötzlich die Sonne durch die Wolken. Die hellen Strahlen ließen die Haare verführerisch schimmern. Er mußte an sich halten, um nicht auf der Stelle sein Gesicht darin zu vergraben. Ihre Haare waren so seidig und fein. Sie waren auch etwas feucht. Vermutlich hatte Delia sie gerade erst gewaschen. Ihr Drang, sich ständig zu waschen, mußte offenbar etwas mit ihm zu tun haben. Der Gedanke gefiel ihm nicht. Sie sollte sich nicht ändern, um ihm zu gefallen. Er wußte aus Erfahrung, wenn Frauen das taten, stellten sie bald Forderungen an ihn. Sie wollten als Gegenleistung, daß er sich ihnen zuliebe etwas ändern sollte.

Er ließ die Locken langsam durch die Finger gleiten. »So ist es besser«, murmelte er. »Außerdem hat es aufgehört zu regnen.«

Er wollte die Haube auf den Boden fallen lassen, aber Delia riß sie ihm aus der Hand. »Also Tyl, du bist wirklich unmöglich! Ich gebe mir größte Mühe, eine Dame zu werden! Du weißt genau, daß eine richtige Dame nicht mit offenen Haaren herumläuft... Und du, verdammt noch mal...!«

Zu seinem Vergnügen sah er, wie sie erschrocken die Hand auf den Mund legte.

»Mach dir nichts draus. Mir gefällst du besser mit offenen Haaren, und allmählich gewöhne ich mich auch an dein loses Mundwerk.«

Sie lachte. »Ach, du mit deiner Bildung und deinem kultivierten Geschmack...«

Er lachte und reichte ihr die Hand. »Ich weiß, ich weiß, aber so bin ich nun einmal. Komm mit, ich will dir etwas zeigen.«

Sie betrachtete seine Hand so mißtrauisch, daß er am liebsten laut gelacht hätte. Aber es machte ihn auch traurig, daß sie ihm nicht vertraute.

Schließlich lächelte sie und ergriff seine Hand.

Sie gingen am Kai entlang und dann zum Flußufer. Um mit ihm Schritt zu halten, mußte sie beinahe rennen, aber er verlangsamte sein Tempo nicht. »Wohin gehen wir?« fragte sie nach einer Weile außer Atem.

»Über den Fluß.«

»Warum nehmen wir dann nicht die Fähre?«

Tyl gab keine Antwort. Er lief mit ihr am Ufer entlang, bis sie ein kleines Kanu aus Birkenrinde fanden. Er schob es ins Wasser, faßte sie um die Hüfte und setzte sie in das Kanu.

Delia sah sich ängstlich um. »Sag mal, Tyl, wir stehlen das Kanu doch nicht? Ich habe keine Lust, heute nacht im Gefängnis von Portsmouth zu schlafen.«

»Wir leihen es uns nur für etwa eine Stunde aus.« Als er im Kanu saß, beugte er sich vor und umfaßte ihr Gesicht mit beiden Händen. »Delia, ich fahre über den Fluß und möchte, daß du mich begleitest. Das ist alles. Es gibt keine anderen Gründe. Ich will einfach, daß du bei mir bist.«

Seine Worte überraschten ihn, denn erst, nachdem er sie ausgesprochen hatte, wurde ihm bewußt, wie sehr er sich danach sehnte, mit ihr zusammenzusein. Vielleicht wollte er einfach nur ihre Gesellschaft. Er fühlte sich in letzter Zeit oft einsam und mußte stundenlang gegen eine unerklärliche Unruhe ankämpfen. Delia gelang es irgendwie, ihn auch an trübsinnigen Tagen zum Lachen zu bringen.

Auch Delia staunte über seine Worte. Sie erhob sich halb von ihrem Platz, und einen Augenblick glaubte er, sie würde aus dem Kanu klettern, aber dann setzte sie sich wieder, ließ den Kopf sinken und vermied es, ihm in die Augen zu blicken.

Er paddelte in der Art der Abenaki mit ausgestreckten Unterarmen und benutzte den Oberkörper, um das kleine Gefährt rhythmisch vorwärtszustoßen. Wenn er das Paddel nach einem Schlag aus dem Wasser hob, machte es nur ein leises, kaum hörbares Geräusch. Er genoß die körperliche Anstrengung und das Spiel der Muskeln sichtlich. Gleichzeitig war er jedoch innerlich angespannt wie eine Saite, die jederzeit reißen konnte.

Eine leichte Brise trieb ihnen den Geruch von Harz und Zedernholz zu. Die Wolken rissen auf, und die Nachmittagssonne färbte das Wasser goldbraun. Die hohen grünen Bäume am Ufer spiegelten sich in den Wellen. Das grüngeäderte Gold ... ja, dachte er staunend, ja, das sind die Farben ihrer Augen.

Als hätte sie seine Gedanken erraten, hob Delia den Kopf und sah ihn an. Sie lächelte.

Er fuhr nicht direkt nach Kittery, sondern etwas weiter flußaufwärts. Sie kamen um eine Flußbiegung und überraschten eine Hirschkuh am Ufer einer kleinen Bucht. Das Tier hob mit einem Ruck den Kopf und sah sie mit sanften Augen an; dann verschwand es mit großen Sprüngen im Unterholz.

Tyl steuerte das Kanu an die Stelle, wo die Hirschkuh gewesen war. Fichten und Balsamtannen wuchsen bis dicht an das Wasser und ließen nur einen schmalen Uferstreifen frei. Die regennassen Zweige streiften ihre Köpfe, als sie an Land gingen.

Tyl lief den Strand der kleinen Bucht entlang. Er trat heftig gegen einen morschen Ast, der halb im Wasser lag. Dadurch erschreckte er einen kleiner Uferläufer, der zwischen den Kieseln Futter gesucht hatte, und der Vogel flog davon.

Delia sah ihm nachdenklich zu. »Es ist schön hier«, sagte sie, als das Schweigen zu lange andauerte.

»Hier wurde mein Vater umgebracht.«

»Tyl ... das tut mir leid.«

Er hatte ihr den Rücken zugewandt und blickte über den Fluß. Sie trat neben ihn. Er fror, aber als sie seine Hand ergriff, wurde ihm augenblicklich wieder warm. Er fühlte sich plötzich weniger einsam.

»Von den Indianern?« fragte sie leise.

»Es waren Pequawkets unter dem Kommando von Franzosen.«

Man nannte es damals Königin Annes Krieg: England kämpfte gegen Frankreich. Der Krieg und seine Hintergründe waren für einen Sechsjährigen, der in einem kleinen Holzhaus in Maine am Rand der Wildnis lebte, bedeutungslos. Tyl wußte bis heute nicht genau, weshalb dieser Krieg überhaupt geführt worden war.

»Im Herbst war allgemein die Rede davon gewesen, daß die Indianer angreifen würden«, erzählte er. »Die Franzosen hatten sie mit dem Versprechen aufgewiegelt, englische Skalps gut zu belohnen. Viele Leute verließen deshalb die Siedlungen und kehrten nach Boston zurück. Aber mein Vater hatte sich eine Schiffsbauerwerkstatt aufgebaut, eine kleine Werft, die gerade anfing, Gewinn zu machen. Ich erinnere mich noch daran, wie meine Mutter davon sprach, daß sie alles aufgeben müßten, wenn sie aus Angst vor den Indianern in die Stadt flohen, und sei es auch nur für ein Jahr.«

Tyl schwieg überrascht darüber, daß er sich so genau erinnerte. Vielleicht hatte er das alles nicht vergessen, weil seine Mutter seinen Vater angeschrien hatte, obwohl sie sonst immer sehr leise sprach. Ja, Mutter war entschieden dagegen gewesen, Kittery und die Werft zu verlassen.

»Als der Winter kam, fühlten wir uns in Sicherheit«, fuhr Tyl fort. »Aber eines Nachts wachten wir auf und sahen flußaufwärts über den anderen Siedlungen roten Feuerschein. Es war eine Nacht im Februar. Am Morgen zuvor hatte es geschneit. Wir rechneten nicht damit, mitten im Winter angegriffen zu werden. Es lag hoher Schnee.

Eine Eiskruste bedeckte den Schnee. Sie knirschte unter ihren Füßen, als meine Eltern um ihr Leben liefen. Der Mond stand hell am Himmel. Alles um sie herum glitzerte silbern, und winzige Eiskristalle wirbelten durch die Luft. Ich fiel immer wieder hin, aber Vater packte mich am Arm und hob mich so hoch in die Luft, daß meine Füße über den Schnee glitten. Ich lachte vergnügt, denn ich war noch zu klein, um mich zu fürchten.

Portsmouth war eine Garnison, und der Fluß war zugefroren. Wir mußten nur über den Fluß und uns im Fort in Sicherheit bringen.«

Schmerz lag in seinen Augen, als sein Blick über die kleine Bucht schweifte.

»Aber wir sind nicht weiter als bis hierher gekommen.«

Die Indianer mit ihrem Kriegsgeheul schienen geradewegs aus den Stämmen der Bäume hervorzustürmen. Seine Mutter schrie laut auf, und der Vater hatte einmal die Muskete abgefeuert. Danach schrie Mutter nicht mehr. Ein starker Arm legte sich um Tyls Hals, und er sah einen Tomahawk blitzen. Er strampelte und wehrte sich verzweifelt, aber in diesem Augenblick begriff er, daß er sterben würde. Seine Mutter warf sich auf den Mann, der ihn festhielt. Es kamen noch andere Indianer und schleppten sie fort, aber der Augenblick war vorüber, und Tyl wußte, daß er doch nicht sterben würde.

Für seinen Vater gab es keine Hilfe. Sie standen damals genau an dieser Stelle, er und seine Mutter, während die siegreichen Pequawkets um sie herumtanzten und ihre Kriegslieder sangen. Unter dem Kopf des Vater wurde der Schnee rot. Weiße Flocken sanken auf das Blut und legten sich wie eine weiche weiße Decke auf den Toten.

Sehr viel später, als Tyl vierzehn und in jeder Hinsicht ein Abenaki geworden war, zog er zum ersten Mal nach Westen gegen die Mohawk in den Krieg. Am Ende des Kampfes hatte er drei Skalps erbeutet und fühlte sich so mutig, stolz und unbesiegbar, daß er genauso triumphierend die Toten umtanzte wie die Pequawkets seinen Vater.

Plötzlich begann Tyl zu zittern. Die Beine versagten ihm den Dienst. Schnell setzte er sich auf den steinigen Boden der Bucht und zog Delia mit sich. Sie drückte sich an ihn und legte die Arme um ihre angezogenen Beine. Nach einer Weile wurde er ruhig. Ein Gefühl des Friedens erfaßte ihn … vielleicht zum ersten Mal in all den Jahren, seit man ihn aus der Abenaki-Sippe gerissen und in die Welt der *Yengi* zurückgebracht hatte.

Sie schwiegen lange. Dann fuhr sie mit der Handfläche über sein angewinkeltes Knie. Er wußte, daß sie über alles nachgedacht hatte, was sie von ihm wußte. Der Gedanke machte ihn verlegen, und er verstand nicht, weshalb er so viel von sich erzählt hatte.

»Sie haben dich und deine Mutter als Gefangene mitgenommen«, sagte Delia. »Das muß für einen Sechsjährigen ein schreckliches Erlebnis gewesen sein.«

Er wollte ihr sagen, daß es nicht so schrecklich gewesen war. Aber vermutlich hatte er nur alles Schreckliche vergessen.

»Sie haben uns wie Tiere behandelt«, antwortete Tyl. »Wir mußten die Beute schleppen, die sie aus den Häusern holten, bevor sie alles anzündeten. Dann zwangen sie uns, vierhundert Meilen bis nach Quebec zu laufen. Die Franzosen gaben ihnen für jeden englischen Gefangenen zehn Pfund, aber auch zehn Pfund für einen Skalp. Wer nicht mehr laufen konnte, wurde zuerst geschlagen …«

»Aber du warst doch noch ein Kind!«

»Ich war groß genug, um zu laufen.« Er legte sich eine ihrer Locken um seinen Finger und schob sie dann hinter ihr Ohr. »Nach einer Weile spürte man die Schläge nicht mehr. Man war zu müde und fror. Alles wurde einem gleichgültig, und einige blieben einfach liegen. Dann kamen sie mit dem Tomahawk. In Kittery waren wir sechsundzwanzig Gefangene, alles Frauen und Kinder. Aber nur zehn schafften es bis Quebec.«

»Ich hätte sie gehaßt!« rief Delia schaudernd. »Ich hätte versucht, alle umzubringen.«

Tyl war dazu noch zu jung gewesen, aber vielleicht hielt der Haß die anderen am Leben.

»Was geschah dann?« fragte Delia. »Was haben sie mit euch gemacht, als ihr in Quebec angekommen seid?«

»Die Pequawkets gehören zum Volk der Abenaki«, fuhr er fort.

»Die Häuptlinge aller Abenaki-Stämme hatten sich in diesem Winter in Quebec zu einem Powwow, einem Kriegsrat, versammelt. Einer der Häuptlinge war Assacumbuit, der Große *Sachem* eines Abenaki-Stamms, die sich nach ihrem befestigten Dorf ›Norridgewocks‹ nennen. Eines Abends feierten die Pequawkets ihre Siege mit Singen und Tanzen und prahlten mit ihrer Beute. Sie führten den anderen ihre Gefangenen vor. Assacumbuit sah meine Mutter und wollte sie für sich haben. Er bot dem Pequawket-Krieger, dem wir gehörten, fünfzig Biberfelle für uns beide. Das war ein königlicher Preis. Wir kamen deshalb nicht in ein französisches Gefängnis, sondern kehrten mit Assacumbuit und den Norridgewocks nach Maine zurück. Vielleicht denkst du, meine Mutter sei feige gewesen, aber sie hat ihn nicht gehaßt.« Er ließ den Kopf sinken und fügte leise hinzu: »Aber ich weiß nicht, ob sie ihn geliebt hat.«

Delias Hand legte sich fest um sein Knie. »Sie muß sehr mutig gewesen sein, um all das zu ertragen. Und sie muß stark gewesen sein.«

»Nein, sie war nicht stark genug. Sie starb, als sie Assacumbuits Kind zur Welt brachte.«

»Du hast ihn geliebt«, sagte Delia staunend. »Trotz allem, was die Indianer deiner Mutter angetan haben, hast du deinen indianischen Vater geliebt.«

»Ja ...« Er nickte. »Ja, ich habe ihn geliebt.«

»Warum hast du ihn dann verlassen? Warum bist du in diese andere Welt zurückgekommen?«

»Er hat mich dazu gezwungen«, antwortete Tyl, aber mehr wollte er nicht sagen. Sie spürte es, denn sie stellte keine weiteren Fragen. Wieder schwiegen sie lange, und noch einmal stellte sich für Tyl trotz der Erinnerungen das wundersame Gefühl des Friedens ein.

Niemand, vor allem nicht sein Großvater, hatte verstanden, weshalb er sich so sehr dagegen wehrte, in die Welt seiner Eltern zurückzukehren. Niemand begriff, daß Tyl nach zehn Jahren ein Abenaki geworden war. Er wußte kaum etwas von seinen ersten Kindheitsjahren und kannte auch nur noch wenige Worte seiner

Muttersprache. Bei den Abenaki hatte er eine Familie, und Assacumbuit hatte ihn zu seinem Sohn gemacht. Er hatte einen Stiefbruder, den sie Traumbringer nannten. Er war sowohl sein Freund als auch sein Rivale. Mit ihm ging er auf die Jagd, und sie kämpften miteinander. Als Tyl sechzehn wurde, schlossen die Abenaki mit den Engländern Frieden. Zu den Bedingungen des Friedensvertrags gehörte die Auslieferung aller Gefangenen. Deshalb hatte ihn Assamcumbuit in Wells den Engländern übergeben.

Der Frieden damals dauerte nur sechs Wochen. Aber Tyls Großvater kam aus Boston und holte ihn ab. Sir Patrick setzte alles daran, aus Tyl einen Engländer zu machen. Zunächst prügelte er ihn mit dem Stock, wenn er die Sprache der Abenaki sprach oder in seine indianische Lebensweise zurückfiel. Bei den Norridgewocks war Tyl ein *Sannup*, ein geachteter Krieger, gewesen. Bei seinem Großvater wurde er wie ein Sklave geschlagen oder wie ein Diener behandelt.

Er ertrug die Strafen in stoischem Schweigen, denn bei den Abenaki hatte er gelernt, die Älteren zu achten. Aber er sagte sich Tag für Tag, daß er sich nichts vorzuwerfen habe. Er durfte mit Stolz daran festhalten, ein Abenaki und Assacumbuits Sohn zu sein. Trotzdem stellten sich mit der Zeit Zweifel ein. Es dauerte nicht lange, und er fühlte sich weder als *Yengi* noch als Abenaki. Er gehörte zu niemandem, und er liebte niemanden. Die Jahre seiner Jugend vergingen in völliger Einsamkeit. Er war verwirrt und wurde sehr, sehr bitter. Manchmal fragte er sich, ob er diese Gefühle, besonders die Einsamkeit, jemals überwinden werde.

Entschlossen richtete Tyl seine Gedanken wieder auf die Gegenwart. Ohne es recht zu wissen, fuhr er mit dem Kinn langsam über ihren Kopf. »Es ist Zeit ... wir müssen zurück.«

Sie ließen sich von der Strömung treiben. Delia saß zwischen Tyls Beinen, und er zeigte ihr, wie man ein Kanu paddelt. Er hielt ihren Arm und führte ihren Stoß. Ihre Kraft bei jedem Schlag überraschte ihn. Ihre Muskeln waren glatt und straff. Der Geruch von Harz und Pinien umgab sie immer noch. Als der Wind ihm eine ihrer Locken ins Gesicht wehte, und ihre Brust seinen Arm streifte, erwachte trotz seiner Melancholie das bekannte Verlangen.

Früher hatte sich Tyl nur für zierliche blonde Frauen interessiert. Meist waren sie kalt, und er mußte sie zuerst umwerben, bevor sie sich erobern ließen. Tyl hätte es deshalb nie für möglich gehalten, daß er einmal eine schwarzhaarige Frau wie Delia, die keine Manieren hatte, anziehend finden würde. Noch dazu, wenn sie aus einer billigen Hafenkneipe kam, und jeder Mann sie für Geld haben konnte. Trotzdem besaß Delia eine besondere Würde, und sie war so stolz wie eine Abenaki. Ließ sie sich vielleicht doch wie alle Frauen umwerben, konnte man möglicherweise sogar mit ihr schlafen, ohne daß *sie* sich von einem Mann erobern *ließ*? Hatte er deshalb bei ihr keine Chancen? Dieser Gedanke beunruhigte ihn.

Sie drehte den Kopf und lächelte ihm zu. Beim Anblick ihrer Lippen vergaß Tyl alle zweifelnden Gedanken. Der Wind wehte durch ihre Haare, und sie schimmerten wie Rabenflügel. Ihre Blicke trafen sich und trennten sich zögernd.

»Wenn die Abenaki dich adoptiert haben, dann müssen sie dir auch einen Namen gegeben haben ...«

Tyl war so verwirrt, daß er ihre Worte nicht verstand.

»Wie?«

»Wie ist dein Abenaki-Name?«

»Begadi.«

»Bega ...« Sie wollte den Namen wiederholen, aber er legte ihr schnell die Hand auf den Mund.

»Bei den Abenaki darf man den eigenen Namen nur bei rituellen Anlässen aussprechen. Sie glauben, daß sich sonst die Kraft, die sich mit ihm verbindet, verbraucht.«

Delia nickte ernst. Er ließ die Hand auf ihren Lippen liegen. Als er sie schließlich sinken ließ, benetzte sie den Mund mit der Zunge. Tyl stockte der Atem. Er verlagerte vorsichtig das Gewicht und drehte sich etwas zur Seite, denn er wollte nicht, daß sie spürte, wie stark sein Verlangen wurde.

Aber es half alles nichts. Sie sah ihn an, und er fühlte sich von ihren grüngoldenen Augen in einen Strudel gezogen.

»Kannst du mir sagen, was der Name bedeutet, ohne daß es dir schadet?« fragte sie leise.

Tyl mußte schlucken, bevor er seine Stimme unter Kontrolle hatte. »Er bedeutet ›Großer Donner‹.«

Delia lachte laut auf.

»Was ist daran so komisch?« fragte er gereizt und auch enttäuscht, denn der Bann war gebrochen.

»Oh Tyl...!« rief Delia noch immer lachend. »›Großer Donner‹... das paßt wirklich gut zu dir!«

»Du verstehst das völlig falsch«, erwiderte er und lachte ebenfalls.

Dann wurde sie plötzlich ernst und sah ihn an. Sie hatte sich umgedreht und kauerte vor ihm. Jetzt richtete sie sich langsam auf, beugte sich vor und legte die Hände auf seine Oberschenkel. Bevor er begriff, was sie vorhatte, drückte sie ihre Lippen auf seinen Mund.

Der Schock der Berührung war so groß, daß er im ersten Augenblick wie betäubt war. Das Kanu schwankte gefährlich, aber er bemerkte es nicht. Er griff nach ihren Schultern und erwiderte gierig den Kuß. Sie sank auf den Rücken und zog ihn mit sich. Heiße und kalte Schauer ließen ihn erzittern, als er ihren warmen, weichen Körper spürte.

Dann kenterte das Kanu.

Tyl umklammerte noch immer Delias Schulter, als sie beide klatschend ins Wasser fielen. Das Kanu glitt über sie hinweg und stieß dabei gegen seine Stirn. Er verlor das Bewußtsein. Als er wieder zu sich kam, war Delia nicht mehr bei ihm. Die Strömung riß ihn sofort wieder unter Wasser.

Mit heftigen Tritten stieß er sich nach oben und schob hustend und spuckend die Haare aus den Augen. Im Wasser tretend, hielt er Ausschau nach Delia und mußte gegen seine Panik ankämpfen, als er sie nicht sofort sah. Das Kanu trieb weiter flußabwärts. Einen Augenblick dachte er verzweifelt, sie liege möglicherweise unter dem Kanu. Seine Panik wuchs. Plötzlich tauchten ihr Kopf und ein Arm in seiner Nähe aus dem Wasser auf, und er beruhigte sich. Aber die schwarzen Haare verschwanden sofort wieder, und auch die schmale Hand versank im tiefen Wasser.

Er tauchte. Der eiskalte Fluß war tintenschwarz. Er sah nichts. Er tastete nach ihr. Die Angst und die Kälte nahmen ihm den Atem. Sein Oberkörper verkrampfte sich, und das eisige Wasser bohrte sich wie winzige Nadeln in seine Augen. Als er schon glaubte, wieder auftauchen zu müssen, streifte seine Hand ihren Umhang. Er umklammerte ihn und riß sie mit sich nach oben.

Sie war noch bei Bewußtsein. Er machte sich darauf gefaßt, daß sie in Panik um sich schlagen werde. Aber sie blieb regungslos in seinen Armen liegen. Es fiel ihm nicht schwer, mit ihr die kurze Strecke zum Ufer zu schwimmen.

Schwankend und auf allen vieren krochen sie aus dem Fluß. Er stützte sie, und halb trug er sie. Sie rang nach Luft und mußte sich übergeben.

Allmählich beruhigte sie sich. Er hielt sie fest, und nach einer Weile ging der Atem wieder gleichmäßiger. Sie schob sich mit zitternder Hand die nassen Haare aus der Stirn und murmelte: »Ich konnte … noch nie gut schwimmen.«

»Mein Gott, Delia!« rief er, vor Angst immer noch völlig durcheinander. Dann sah er ihre blauen Lippen, und als sie am ganzen Leib zu zittern begann, bekam er wieder Angst.

Noch nie im Leben hatte er so schnell ohne Zündhölzer ein Feuer gemacht. Er suchte nach trockener Rinde und dünnen Zweigen, die er zu einem kleinen Häufchen zusammenlegte. Dann glättete er mit dem Taschenmesser einen trockenen Ast, so daß er gerade und fest auf dem Boden lag, und schnitt eine Kerbe hinein, griff nach einem trockenen Zweig, spitzte ihn an, stellte ihn in die Kerbe und drehte ihn, so schnell er konnte, zwischen beiden Händen. Es schien eine Ewigkeit zu dauern, aber dann begann dünner Rauch aufzusteigen.

Vorsichtig blies er auf den Funken, und im nächsten Augenblick züngelte an der Rinde und dann an den größeren Zweigen eine kleine Flamme. Bald brannte das Feuer. Er riß sich die nassen Sachen vom Leib und rieb sich die eiskalte Haut, bis das Blut wieder zu kreisen begann. Zögernd tat sie es ihm nach. Blau gefroren und mit kreisenden Armen hüpften sie nackt um das Feuer.

Und dann brach es aus ihm heraus.

»Du bist das hilfloseste Wesen, das je in die Wildnis geraten ist! Du kannst weder reiten noch schwimmen. Du fällst in Gruben und läufst jedem x-beliebigen Indianer in die Arme. Du kannst von Glück sagen, daß er dich nicht skalpiert hat. Du kannst nicht schießen, und vermutlich hast du keine Ahnung, wie man Fallen stellt.«

»N... nein«, stieß sie mit klappernden Zähnen hervor und ging ganz dicht an die Flammen heran. »D... das h... habe ich n... nie v... versucht.«

Er wrang den nassen Umhang aus und hängte ihn zum Trocknen über ein paar schräg aufgestellte Äste vor dem Feuer. Auch seine Sachen und ihre Kleider breitete er auf ähnliche Weise zum Trocknen aus. Die Kälte ließ sie beide nicht zur Ruhe kommen, und so mußten sie wohl oder übel weiter um das Feuer springen und hüpfen.

»Wozu taugst du eigentlich?«

»Ich kann F..Forellen mit b... bloßen Händen fangen.«

Er lachte.

»Das hatte ich völlig vergessen.«

»Und ich kann dich zum Lachen bringen, Tyl. Das gelingt mir gut.«

»Das ist wirklich kein Kunststück, Delia...«, rief er und schüttelte die nassen Haare.

Sie wich protestierend den Tropfen aus.

»Du bist der unverständlichste Mann, den ich kenne, Tyl!« rief sie. »Du bist ein Mann voller Widersprüche.«

»Ich?«

»Ja! Du bist wie das Pendel einer Uhr...«

»Ein Pendel?«

»Ja, du weißt doch. Tick, tack! Tick... und du schimpft mit mir bei jeder Kleinigkeit. Tack... du küßt mich so ungestüm, daß wir aus dem Kanu in den eiskalten Fluß fallen.«

»*Du* hast *mich* geküßt...«

Delia machte eine wegwerfende Bewegung. »Tick... du prahlst

mit deinem kultivierten Geschmack. Tack... du bringst mich zu deinem vornehmen Großvater und willst, daß ich in seiner Gegenwart wie ein Fischweib fluche.«

Tyl brummte: »Und statt dessen hast du dich mit dem alten Fuchs angefreundet.«

Delia schüttelte den Kopf: »Ein Gentleman hätte eine Dame nie in eine derartig peinliche Lage gebracht.«

»Ja, eine *Dame* ...«, stimmte er ihr zu.

»Du bist ein unverschämter Kerl!« rief sie.

»Wie soll ich mich sonst gegen dich wehren?«

»Du mußt dich nicht wehren, wenn du anständig zu mir bist.«

Sie hielt die Füße dicht ans Feuer und bewegte die blaugefrorenen Zehen. Trotz der Kälte und Nässe tat es ihr richtig gut, ihn einmal ganz offen auf *seine* Schwächen hinzuweisen.

»Tick... du machst dich über mich lustig.«

Als er um das Feuer rannte und sie fangen wollte, lief sie schnell weiter.

»Tack... du schenkst mir... Verdammt!«

Delia blieb wie angewurzelt stehen, drehte sich um und rannte zum Fluß. Er lief verblüfft hinter ihr her und konnte sie gerade noch daran hindern, ins Wasser zu springen.

»Delia! Bist du verrückt? Was hast du vor?« rief er und hielt sie fest, obwohl sie sich heftig gegen ihn wehrte. Der Boden war naß, er verlor den Halt und stürzte mit ihr in den Schlamm.

»Meine Schuhe, Tyl!« jammerte sie. »Tyl, ich habe meine Schuhe verloren...«

»Delia!« Er legte so fest die Arme um sie, daß sie beinahe keine Luft mehr bekam. Aber trotzdem versuchte sie immer noch, sich zu wehren. Schließlich schüttelte er sie heftig. »Vergiß die Schuhe! Sie sind längst davongeschwommen. Ich kaufe dir neue... so viele du willst.«

Sie gab schließlich nach. Mit Tränen in den Augen sagte sie: »Aber es waren die ersten, Tyl! Und das ›erste Mal‹ gibt es immer nur einmal...«

»Ach Delia...«, sagte er beruhigend, während sie sich schluchzend an ihn klammerte, »du mußt nicht weinen … du mußt wirklich nicht weinen …«

Es sind doch nur Schuhe, dachte Tyl verwundert. Er verstand einfach nicht, weshalb diese Schuhe eine so große Bedeutung für sie hatten. Sie aber weinte, als sei ihr Herz verloren.

Achtes Kapitel

Am nächsten Morgen regnete es in Strömen. Delia saß allein in der Gaststube vor dem offenen Kamin und wärmte sich. Als sie das Klappern von Hufen hörte, stand sie schnell auf und trat ans Fenster. Sie sah, wie Tyl den Stallburschen rief, um ihm seinen Hengst und eine zierliche rotbraune Stute zu übergeben. Ohne auf den Regen zu achten, rannte sie hinaus.

»Oh Tyl, hast du mir ein Pferd gekauft?«

»Ich habe keine Lust mehr zu laufen«, erwiderte er brummig, aber Delia war inzwischen daran gewöhnt, daß er morgens schlechte Laune hatte, und sah ihn strahlend an. »Außerdem hatte ich es dir versprochen«, fügte er mürrisch hinzu und nahm der Stute die langen Zügel ab. Delia streichelte das Pferd am Hals. Die Stute wieherte und schnaubte. Delia wich ängstlich zurück. Sie glaubte, Tyl werde sie auslachen, aber er kniff die Augen zusammen und befahl dem Knecht, die Stute sorgfältig trockenzureiben. Nachdem die Tiere im Stall waren, nahm er Delia bei der Hand und lief mit ihr schnell zum Gasthaus zurück. Unter dem Vordach blieb er stehen, nahm den Lederumhang ab und schüttelte sich das Regenwasser aus den Haaren. Dann ging er zu den Satteltaschen, die bereits neben dem anderen Gepäck zum Aufbruch bereit lagen.

»Ich habe leider keine passenden Schuhe für dich finden können. Der einzige Schuster in der Gegend hat so viel zu tun, daß er erst in zwei Tagen die Zeit hätte, ein Paar zu nähen. Und so lange können wir nicht warten, Delia.«

»Das macht doch nichts, Tyl«, beruhigte sie ihn schnell, obwohl sie der Gedanke an die im Fluß verlorenen Schuhe traurig machte. Der Verlust erschien ihr wie ein Urteil des Himmels: Ihr war nicht zugedacht gewesen, diese Schuhe zu tragen, und ebensowenig war ihr Tyls Liebe bestimmt. Sie kämpfte mit den Tränen. »Ich brauche keine Schuhe, Tyl. Außerdem muß ich nicht mehr laufen, sondern kann reiten.«

Tyl schien ihr nicht zuzuhören. Er hatte eine Satteltasche geöffnet und suchte etwas darin. »Vielleicht kannst du die hier tragen, bis wir ein paar richtige Schuhe für dich finden.« Er richtete sich auf und hielt ein Paar weiche weiße Wildledermokassins in den Händen. Sie waren kunstvoll mit rot und blau gefärbten Wildschweinborsten und bunten Holzperlen besetzt. Die Mokassins waren so schön, daß Delia nicht wagte, sie anzufassen.

»Tyl...«

Er drückte ihr die Mokassins in die Hände. »Willst du sie nicht?«

Sie sah ihn fragend an. Er hatte die Lippen fest aufeinandergepreßt. An seinen Augen sah sie, wie aufgewühlt er war, und das machte ihr wie immer Angst. Sie fühlte sich plötzlich so klein und hilflos. Was wollte er von ihr?

»Aber Tyl«, flüsterte sie. »Sie sind zu schön. Ich kann sie nicht tragen...«

»Natürlich kannst du sie tragen. Setz dich«, befahl er ihr und deutete auf eine Bank an der Hauswand neben der Eingangstür. »Ich werde sie dir anziehen.«

Die Veranda schien plötzlich für sie beide zu klein zu sein. Sie drehte sich um, als habe sie vor, in den Regen hinauszulaufen. Er legte ihr die Hand auf den Arm, und sie zuckte zusammen. Dann ging sie schweigend zu der Bank und setzte sich.

Der böige Wind peitschte den Regen über den Hof, aber auf der Veranda war es trocken. Tyl kniete vor ihr nieder. Sein Hemd stand offen, und ihr Blick fiel wieder auf einen kleinen Wildlederbeutel, den er offenbar immer um den Hals trug.

Sie berührte den Beutel mit dem Zeigefinge. »Was ist das?«

Er schüttelte unwillig den Kopf. »Nur ein Beutel...«

»Aber was ist darin?«

Er seufzte. »Ein Totem... es besitzt die Kraft von Manitu und ist mein Schutzgeist.«

»Du glaubst an diese Indianerdinge... an Schutzgeister?« fragte sie nach langem Schweigen.

Er antwortete nicht. »Gib mir deinen linken Fuß«, befahl er statt dessen. Als er das Fußgelenk umfaßte, lief ein Schauer durch ihren ganzen Körper. »Hoffentlich hast du dir keine Lungenentzündung geholt«, murmelte Tyl. »Und du hättest dich wegen dieser dämlichen Schuhe noch einmal in den Fluß gestürzt...« Er streifte ihr den Mokassin beinahe grob über den Fuß. »Jetzt den anderen Fuß!«

»Tyl, das sind Mokassins für eine Frau. Woher hast du sie?« fragte sie, bedauerte die vorwitzige Frage jedoch sofort und hätte sich am liebsten auf die Zunge gebissen. Vermutlich gehörten sie einer Abenaki, die seine Liebste gewesen war.

Delia dachte, er werde ihre Frage nicht beantworten, aber nach kurzem Schweigen sagte er: »Sie haben meiner Mutter gehört.«

Betroffen blickte Delia auf seinen gebeugten Kopf. In diesem Augenblick liebte sie ihn so sehr, daß ihr das Schmerzen bereitete.

»Ich verspreche, mit diesen Mokassins besonders vorsichtig zu sein, Tyl«, sagte sie leise. »Du möchtest bestimmt, daß ich sie dir zurückgebe.«

Er hatte ihr inzwischen auch den anderen Mokassin angezogen, aber er ließ ihren Fuß nicht los. Mit dem Daumen fuhr er über die Kappe und die Spitze und strich das Leder glatt. Dann glitt seine Hand höher, über ihren Unterschenkel, bis zu den Knien. Delia zuckte heftig zusammen.

Er sah sie an und lachte. »Bist du kitzlig?«

»Ja...«, stieß sie verlegen hervor und wurde rot. Ihr ganzer Körper spannte sich. Sie hielt die Luft an und rührte sich nicht, denn sie fürchtete, seine Hand könnte sich noch höher wagen. Aber seine Finger glitten über das Schienbein zum Fußknöchel zurück. Dann zog er die Hand zurück, aber in seinem Blick lag eine so stürmische Leidenschaft, daß sie glaubte, wie Butter in der Sonne zu zergehen.

»Komm heute nacht zu mir, Delia«, sagte er leise. Sie beugte sich vor, als könnte sie ihn nicht verstehen. »Versprich es mir...«

»Was?« stieß sie tonlos hervor.

Er lächelte unbekümmert. »Ich möchte, daß du heute Nacht bei mir schläfst. Ich will dich, Delia.«

Die Haustür ging quietschend auf. Sie erschraken beide und fuhren schuldbewußt auseinander. Reverend Hooker trat, gefolgt von seiner Frau, auf die Veranda. Er nickte Delia zu und sagte mit einem nachdenklichen Blick auf den Regen: »Das wird heute ein beschwerlicher Tag werden. Warum knien Sie vor Delia, Tyl? Machen Sie ihr vielleicht einen Heiratsan...?«

»Machen Sie keine dummen Witze, Caleb!« Tyl sprang auf und klopfte sich den Staub von der Hose. Delia streckte die Füße aus und rief: »Sehen Sie, was Tyl mir gegeben hat!«

»Oh, sind die schön!« rief Elizabeth und trat nach einem trüben Blick auf den Regen neben Delia.

»Wir müssen aufbrechen!« mahnte Tyl und griff nach den Satteltaschen. »Wenn wir so weitermachen, bin ich ein alter Mann, bis wir Merrymeeting erreicht haben.«

»Hören Sie nicht auf ihn«, sagte Delia zu Elizabeth. »Er hat morgens immer schlechte Laune. Aber er beißt nicht, man muß ihn nur in Ruhe lassen.«

Die Hookers lachten. Tyl nahm kopfschüttelnd die Satteltaschen auf den Rücken und stapfte durch den Regen in Richtung Stall.

Ich will dich, Delia...

Hatte er das wirklich gesagt?

Sie nahmen die Fähre nach Kittery. Von dort wollten sie dem King's Highway folgen. Diese Straße führte an der Küste entlang bis nach Falmouth. Delia blieb mit ihrer Stute dicht neben dem Wagen der Hookers. Neugierig betrachtete sie die kleine Siedlung, in der Tyl aufgewachsen war. Hier hatte er eine Familie gehabt, bevor die Indianer sie in jener Februarnacht überfielen und er selbst zu einem Indianer wurde. Aber Tyl hatte in die Welt der Weißen, der *Yengi*, zurückkehren müssen und war zu einem englischen Gentleman geworden...

Delia dachte bekümmert an den kleinen Jungen und an den jungen Mann, der schon so früh im Leben alle verloren hatte, die ihm lieb und teuer waren – seinen Vater, die Mutter und schließlich Assacumbuit, seinen indianischen Stiefvater. Auch Delia hatte ihre Mutter verloren und erlebt, wie ihr Vater danach dem Alkohol verfiel. Sie konnte Tyls Leid nur allzugut nachempfinden. Jetzt verstand sie seinen Zorn, als er Sir Patrick, seinem Großvater, entgegengeschleudert hatte: *Ich weiß nicht mehr, wer ich eigentlich bin!*

Delia wünschte sich sehnlichst, ihn von diesem Leid zu befreien. Sie würde ihn durch ihre Liebe heilen, wenn er es ihr nur erlaubte. Und er könnte sie mit seiner Liebe heilen.

Als sie ein von Palisaden umgebenes Blockhaus in der Mitte von Kittery erreichten, sahen sie zwei Indianer, die mit Pfeil und Bogen auf eine hölzerne Zielscheibe schossen. Hinter ihnen standen ein halbes Dutzend bärtiger Männer, die aufgeregt Einsätze auf den Sieger des Wettschießens abschlossen.

Delia warf verstohlen einen Blick auf Elizabeth. Würde sie beim Anblick der Indianer wieder hysterisch schreien? Aber Elizabeth saß teilnahmslos auf der Sitzbank und hatte die Kapuze ihres Umhangs tief ins Gesicht gezogen. Der Wind drehte plötzlich und trieb den Regen geradeswegs auf sie zu. Caleb half seiner Frau fürsorglich, den Umhang noch fester zu schließen. Dabei sah Elizabeth ihren Mann flüchtig an, aber aus ihrem Blick sprach keineswegs Dankbarkeit.

Caleb richtete sich auf und seufzte. Delia bedauerte ihn, denn er liebte seine Frau und wollte sie glücklich machen. Aber alle seine Bemühungen hatten offenbar keinen Erfolg.

Delia wollte die beiden aufheitern und sah sich suchend um. Vor ihnen tauchte ein großes verfallenes Gebäude aus Holz auf. Die Tür hing schief in den Angeln. Unkraut überwucherte den Vorplatz, und dünne Kiefern wuchsen durch den morschen Bretterboden der Veranda. Die wenigen Fenster hatten schon lange keine Scheiben mehr, und an der Nordseite waren die Wände von Flechten und dichtem Moos überzogen. Eine große Gallionsfigur stand auf einem Sockel neben der Tür und zog den Blick auf sich.

Es war eine Meerjungfrau, die früher einmal in leuchtenden Farben geglänzt haben mußte, mit feuerroten Haaren und einem jadegrünen Fischleib. Den nackten Oberkörper zierte nur ein hellblauer Schleier. Aber die Farbe war inzwischen verblaßt und blätterte ab. Schwarze Rußstreifen entstellten ihr Gesicht und sahen aus wie Tränen.

Dieses Fabelwesen der Meere schien in alle Ewigkeit auf festes Land verbannt worden zu sein, um einsam in der Sonne zu bleichen und von Wind und Wetter gegerbt zu werden.

Delia legte schützend die Hand über die Augen und versuchte, die verblaßte Schrift auf einer Tafel zu entziffern, die sich über die ganze Länge des Gebäudes zog. »Was steht dort?« fragte sie Elizabeth.

»›Savitch und Sohn, Schiffsbau‹«, antwortete Caleb anstelle seiner Frau, die Delias Frage nicht verstanden hatte. Als der Reverend verwundert auf Tyl blickte, der in großem Abstand vor ihnen ritt, sagte Delia: »Tyls Vater war Schiffsbauer... hier in Kittery. Die Indianer haben ihn getötet. Aber das ist schon sehr lange her«, fügte sie schnell hinzu. »Dies hier muß wohl die Werft gewesen sein.«

»Ach... ich verstehe.« Caleb nickte langsam.

Delia blickte nachdenklich auf die großen, verblaßten Buchstaben: *Savitch und Sohn.*

Was mag das wohl für ein Mann gewesen sein, der bereits damals seinen kleinen Sohn als Teilhaber vor sich gesehen hatte? Der Vater war viel zu früh gestorben, und auch die Mutter war schon lange tot. Nur ihr Sohn hatte überlebt. Er war stark und führte ein unabhängiges Leben. Aber er war einsam...

»Hat Tyl als einziger den Angriff überlebt?«

Delia sah Caleb verständnislos an, denn sie hing ihren eigenen Gedanken nach. »Wie bitte? Nein... nein, Tyl und seine Mutter wurden von den Indianern gefangengenommen. Seine Mutter ist später gestorben.«

Caleb blickte unsicher auf seine Frau, die bei Delias Worten wieder leichenblaß wurde, und schwieg. Auch Delia zog es vor, nichts mehr zu sagen, bis Kittery langsam hinter ihnen zurückblieb.

Ihre Gedanken wollten jedoch nicht zur Ruhe kommen. *Ich will dich, Delia.* Wenn er das wirklich gesagt hatte, was meinte er damit?

Sie wußte nur allzu gut, daß ein Mann mit einer Frau schlafen konnte, ohne die geringste Liebe dabei zu empfinden. Wollte Tyl auch von ihr nichts anderes?

Anfangs kamen ihnen Ochsengespanne entgegen, die gefällte Baumstämme zu den Sägewerken von Kittery zogen. Aber bald begegneten sie niemandem mehr auf der Straße. Es war eigentlich übertrieben, die zwei ausgefahrenen, schlammigen Wagenspuren als »Straße« zu bezeichnen. Sie verlief beinahe direkt am Meer entlang. Dreimal blieb der Wagen stecken, und sie mußten alle schieben, um ihn wieder in Gang zu setzen. Kein Wunder, daß selbst Elizabeth schließlich über und über mit Schlamm bespritzt war. Es regnete, und die Brandung dröhnte. Die Wellen schlugen krachend gegen das felsige Ufer. Die salzige Gischt hüllte sie wie ein feiner Nebel ein und legte sich klebrig auf den Schlamm in ihren Haaren und auf den Händen und Kleidern.

Komm heute Nacht zu mir. Ich will dich, Delia.

In den langen Stunden unterwegs gönnte er ihr jedoch kaum einen Blick. Wenn er etwas sagte, dann waren es knappe Befehle. Einmal wurde er sogar wütend, als sie die Mokassins ausziehen wollte, um sie vor der Nässe und dem Schlamm zu schützen.

Ich möchte dich lieben, Delia.

Er hatte vor ihr gekniet, als er das sagte. Er kniete vor ihr, als wollte er ihr einen Heiratsantrag machen. Sogar Caleb hatte es so gesehen...

Ärgerlich rief sie sich zur Ordnung. Tyl würde nie in seinem Leben um ihre Hand anhalten. Sie war keine richtige Dame und würde es auch nie werden.

O Gott, dachte sie verzweifelt, ich muß vorsichtig sein. Ich liebe ihn so sehr, und ich möchte um alles in der Welt, daß er mich liebt.

Aber sie durfte ihm nicht Worte in den Mund legen, die er nicht gesagt hatte, oder ihm Gefühle zuschreiben, die es für ihn nicht gab.

Das schlechte Wetter und der Zustand der Straße ließen sie an diesem Tag nur langsam vorwärtskommen. Deshalb blieben sie über Nacht in York. Es war eine kleine Siedlung, die sich einige Meilen am Ostufer des Agamenticus entlangzog. Es gab dort weder ein Gasthaus noch eine Unterkunft für Reisende. Aber sie fanden ein Haus, ein richtiges großes Haus, das einer Witwe gehörte, die Betten für die Nacht vermietete. Die Frau brauchte das Geld, denn sie lebte allein, nachdem ihr Mann im letzten Krieg gegen die Indianer gefallen war.

Den Speicher unter dem spitzen Giebeldach hatte sie durch dünne Stellwände so unterteilt, daß kleine Zimmer entstanden. Die »Betten« bestanden nur aus Matratzen, die auf dem Holzboden lagen. Man erreichte den Speicher über eine kleine Leiter und durch eine Falltür.

Tyl gab der Witwe einen zusätzlichen Kupferpenny, damit sie im Waschhaus wenigstens eine Wanne mit heißem Wasser füllen konnten. Zuerst badeten die Frauen und dann die Männer. Delia dachte: Zum ersten Mal im Leben habe ich mich in zwei Tagen zweimal gewaschen.

Das Abendessen dauerte nicht lange, und bevor Delia noch einmal richtig über alles nachdenken konnte, saß sie allein in der Stube vor dem Feuer, denn die müden Hookers waren bereits die steile Leiter nach oben geklettert. Tyl versorgte die Pferde und Ochsen. Er würde bestimmt bald zurück sein und erwarten, daß sie mit ihm die Leiter hinaufstieg...

»Delia!«

Sie schrak zusammen und sah sein Gesicht dicht vor ihren Augen. Seine Haare waren feucht, und ihn umgab der Geruch von Regen. Er lächelte spöttisch. »Worüber hast du gerade nachgedacht? Das Haus könnte über dir zusammenstürzen, und du würdest nichts hören.«

Sie wurde rot. »Nichts... ich habe... nichts gedacht.«

Er sah sie ernst an und schwieg, aber seine dunkelblauen Augen sprachen deutlicher als alle Worte.

»Komm mit nach oben, Delia.«

Es klang wie ein Befehl.

Sie verschluckte sich und mußte husten. Verwirrt stand sie auf und wich vor ihm zurück. »Ich... muß... erst noch einmal hinaus...«

»Laß mich nicht zu lange warten ...«

Delia eilte durch das nasse Gras über den dunklen Hof zum Abtritt. Aber auf halbem Weg blieb sie stehen. Es war nur eine Ausrede gewesen, um nicht die Leiter hinaufsteigen zu müssen, wo Tyl auf sie wartete.

Sie hob den Kopf und blickte zum Himmel. Der stürmische Wind verjagte die Wolken. Vereinzelt zeigten sich ein paar Sterne.

Was soll ich nur tun, dachte sie. Soll ich wirklich zu ihm gehen? Meine Liebe für ihn ist beängstigend. Kann man einen Mann so sehr lieben, ohne den Verstand zu verlieren?

Fröstelnd verschränkte sie die Arme. Wer konnte ihr eine Antwort auf diese Frage geben?

Als sie ein paar Minuten später ins Haus zurückkehrte, wußte sie noch immer nicht, was sie tun sollte. Tyl wartete oben neben der Falltür. Bei seinem Anblick blieb Delia erstarrt stehen. Er griff nach unten und half ihr die Leiter hinauf. Als sie oben war, umarmte er sie und drückte sie fest an sich. Zaghaft schlang sie die Arme um seine Hüfte und spürte, wie sich die Muskeln auf seinem Rücken anspannten. Er hielt sie so fest umschlungen, daß Delia nicht daran zweifelte, daß er ihr Herz schlagen hörte.

»Mein Gott, Delia«, flüsterte er. »Ich dachte, dieser Tag würde nie enden.«

Sie spürte ein Brennen in ihrer Brust, aber erst, als sie heftig nach Luft rang, wurde ihr bewußt, daß sie vergessen hatte zu atmen.

»Tyl ...«, vorsichtig versuchte sie, sich gegen ihn zu wehren, aber es klang mehr wie eine Aufforderung.

»Du hast mir so sehr den Kopf verdreht, daß ich glaube, verrückt zu werden«, flüsterte er in ihre Haare. Er griff nach ihrer Hand und bedeckte sie mit Küssen. Wie sollte sie ihn *nicht* gewähren lassen? Außerdem war ihr seltsamerweise überdeutlich bewußt, wie seine Zunge ihre Fingerspitzen liebkoste. Eine zärtliche Wärme durchströmte sie und machte sie völlig benommen.

Er drückte sein Kinn auf ihren Nacken, und Delia biß sich bebend auf die Lippen, um nicht laut aufzustöhnen. Er hob ihren Kopf und wies mit einem Nicken auf eine der abgetrennten Schlafstellen.

»Du schläfst hier«, flüsterte er. »Ich bin direkt neben dir. Die Hookers haben sich Gott sei Dank an das andere Ende des Speichers gelegt. Trotzdem werde ich vorsichtig sein und noch warten, bis sie tief und fest schlafen, bevor ich zu dir komme...«

Delia klopfte das Herz bis zum Hals. »Nein! Ich... ich werde zu dir kommen, Tyl...«, murmelte sie.

Er küßte sie auf den Mund. »Meinetwegen, aber laß mich nicht zu lange warten. Du weißt, wie ich mich nach dir sehne.« Seine Hand fuhr zärtlich über ihren Rücken. Dann ließ er sie widerstrebend los.

Delia legte sich im Dunkeln auf die Matratze. Die Minuten vergingen, und sie wußte, Tyl wartete auf sie. Aber wie konnte sie es wagen, zu ihm zu gehen?

Wenn ich doch nur wüßte, ob er mich wirklich liebt, wiederholte sie stumm immer und immer wieder, während sie sich hin- und herwarf, bis ihr der Kopf schmerzte und sie glaubte, Fieber zu haben. Aber er liebt mich nicht, denn sonst hätte er es mir gesagt.

Wie auch immer, er fuhr mit ihr nach Merrymeeting, um sie einem anderen Mann zur Frau zu geben. Wenn sie in dieser Nacht mit ihm schlief, was würde dann geschehen? Würde er sie heiraten, oder würde er ihr einfach wieder ein Geschenk machen, sie vielleicht noch einmal küssen und sie dann Nat Parker überlassen? Dann könnte er ihr ebensogut das Herz aus dem Leib reißen. Das würde sie nicht ertragen können.

Er liebt mich nicht!

Tränen liefen ihr über das glühende Gesicht. Sie ballte die Hand zur Faust und drückte sie verzweifelt auf den Mund.

Er liebt mich nicht, und wenn ich heute nacht zu ihm gehe, dann bin ich nicht besser als jede x-beliebige im Goldenen Löwen.

Sie dachte an Nat Parker und die Verpflichtung, die sie ihm gegenüber hatte, wenn sie seine Ehefrau und eine gute Mutter für seine beiden Töchter werden sollte.

Delia, du hast wieder alles völlig durcheinander gebracht, dachte sie. Du liebst einen Mann, der dich nie lieben wird. Und du hast einem Mann die Ehe versprochen, den du nicht einmal kennst.

Sie drehte sich lautlos auf die andere Seite und starrte auf die dünne Wand, die sie von Tyl trennte. Sie würde alles für seine Liebe geben – ihre Jungfräulichkeit und auch ihre Ehre, indem sie das Versprechen brach, das sie innerlich Nat Parker gemacht hatte.

Aber bevor ich das tue, muß ich sicher sein, daß er mich liebt.

Und so kam es, daß Tyl die ganze Nacht vergeblich auf sie wartete, denn obwohl Delia sich nach seinen Küssen und seiner Liebe sehnte, kam sie nicht zu ihm.

Noch bevor es hell wurde, stieg Delia leise die Leiter hinunter und ging in die Küche. Sie wollte einen Kessel Wasser auf das Feuer stellen und Tee trinken, bevor die anderen erwachten. Aber Tyl war vor ihr da. Er saß an dem kleinen Küchentisch, hatte die Ellbogen aufgestützt und hielt sich mit beiden Händen den Kopf. Als er ihre Schritte hörte, sah er sie an.

Sie versuchte zu lächeln. »Guten Morgen, Tyl ...«

Er starrte sie wütend mit rotgeränderten Augen an.

Sie machte einen großen Bogen um den Tisch und ging in Richtung Vorratskammer, von der eine kleine Tür nach draußen führte.

Tyl sprang auf, schob mit einer heftigen Bewegung die Bank zurück und war im nächsten Augenblick neben ihr. Delia wollte davonlaufen, aber sie fiel über einen Sack mit trockenen Maisstauden, die zum Feuermachen dienten. Er packte sie am Arm, zog sie hoch, preßte sie an sich und schob sie gegen die Wand.

»Du erdrückst mich!« stieß sie ärgerlich hervor. Sie wußte, daß Tyl sie niemals schlagen würde, selbst wenn er noch so wütend auf sie war.

Er wich etwas zurück, versperrte ihr aber den Fluchtweg, indem er beide Hände dicht neben ihren Schultern an die Wand legte. »Warum bist du letzte Nacht nicht gekommen?«

»Laß mich los ...«

»Nein.«

»Du hast morgens immer so schlechte Laune.«

»Ich will es wissen! Sag mir, warum hast du dein Versprechen nicht gehalten?«

»Ich habe es dir nicht versprochen. Du hast es dir eingeredet.«

»Bei Gott!« Er richtete sich auf, drehte sich um und fuhr sich mit den Händen leise fluchend durch die Haare. Dann richteten sich seine wütenden Augen wieder auf sie. »Warum tust du mir das an?«

»Ich schlafe nicht mit dir, Tyl, nur weil du mit dem Finger schnippst.«

Er zog die Brauen zusammen. Seine Augen wurden schmal. Delia stockte der Atem. Jetzt schien er wirklich wütend zu sein. Aber im nächsten Augenblick warf er den Kopf zurück und lachte.

»Du bist wirklich komisch!« rief er. »Wenn ich mich recht erinnere, habe ich dich in meinem Bett kennengelernt.«

Die Anspannung war zu groß, und sie fing an zu schluchzen. Er hob die Hand und strich ihr zärtlich über die Wange. Dann schob er ihr eine Locke hinter das Ohr und beugte sich vor.

»Delia...«, flüsterte er, aber sie wollte nichts mehr hören. Sie stieß ihn von sich, lief zur Tür und rannte hinaus in den Hof.

Sie blieb erst stehen, als sie sicher war, daß er ihr nicht folgte.

Die Einwohner von Wells hatten Pocken.

Die Epidemie war bereits abgeklungen. Es hatte Tote gegeben, und die Überlebenden bekamen häßliche Narben. Nur noch eine alte Frau und ein Kind lagen krank danieder, aber niemand glaubte, daß die beiden die Nacht überleben würden.

Tyl hatte geplant, daß sie in der kleinen Siedlung, die sich etwa sieben Meilen an der Küste von Maine entlangzog, übernachten würden. Aber als sie von der Pockenepidemie erfuhren, ritten sie sofort weiter. Etwa fünf Meilen weiter schlugen sie an der Küste schließlich ein Lager auf.

Tyl wollte nicht auf das Abendessen warten, sondern sofort in die Stadt zurückreiten. Als er aufsaß, lief Delia zu ihm und versuchte, ihn daran zu hindern.

»Tyl, du darfst nicht zurück! Denk doch nur daran, daß du dich anstecken könntest!«

Er beugte sich vor und küßte sie auf die Nasenspitze. »Ich werde mich nicht anstecken, ich bin geimpft.«

Es waren die ersten Worte seit dem Streit am frühen Morgen. Einerseits war Delia erleichtert, daß er offenbar nicht mehr wütend auf sie war, andererseits war sie jetzt wütend auf ihn. Wenn er sich ärgerte, dann schoß die Wut schnell aus ihm heraus und war danach verflogen. Sie dagegen konnte nicht so schnell vergeben und vergessen. Sie sah ihn trotzig an und rief: »Ach dieses … dieses *Impfen* ist doch alles Unsinn. Das hat dein Großvater auch gesagt.« In Wirklichkeit wußte sie nicht, was »Impfen« überhaupt bedeutete.

Tyl erwiderte lachend. »Erst wenn ihr beide, du und mein Großvater, in Edinburgh Medizin studiert habt, dann können wir uns darüber ernsthaft unterhalten.« Als sie ihn am Steigbügel festhielt, fügte er ernst hinzu: »Delia, ich bin Arzt. Ich kann nicht einfach weiterreiten, wenn jemand meine Hilfe braucht.«

»Aber wenn sie doch sowieso sterben …«, rief sie unglücklich.

»Ich kann ihnen helfen, ohne Schmerzen zu sterben.«

Er wendete den Hengst und galoppierte den Weg zurück, den sie gekommen waren, ohne auf Delias Rufe zu achten.

»Du bist ein Esel, Tyl! Glaub ja nicht, daß ich dich pflegen werde, wenn du die Pocken bekommst!«

Die stille Abendluft trug ihr sein unbekümmertes Lachen zu. Delia sah ihm in ohnmächtiger Wut nach und machte sich gleichzeitig Sorgen um ihn. Tyl war so unberechenbar und in vielen Dingen unverständlich. Aber sie wußte, deshalb liebte sie ihn um so mehr, und sie wollte ihn auf keinen Fall verlieren.

Ich bin ein Esel, sagte sie sich. Wie kann ich ihn verlieren, wenn er mich nicht liebt?

Später am Abend stand sie am Strand. Die Wellen umspülten ihre nackten Füße, und sie atmete tief die salzige Luft ein, die streng nach Seetang roch. Der sanfte Wind umspielte ihre Wangen und fuhr zärtlich durch die langen schwarzen Haare.

Der Atlantik lag flach und grau vor ihr. Der volle Mond spiegelte sich in den sanften Wellen. Hinter ihr begann der Wald. Nur der schmale silberne Sandstrand trennte sie von der Wildnis. Zur Rechten tanzten die zuckenden Schatten des Lagerfeuers auf dem Sand. Delia sah nur den Feuerschein, aber nicht die Flammen, denn das

Lager befand sich im Schutz einer Klippe und lag im Halbrund der Bucht. Durch die Stille drang undeutlich Calebs tiefe Stimme zu ihr herüber, der seiner Frau aus der Bibel vorlas. Dann hörte sie Schritte auf dem Sand.

Delia bewegte sich nicht, auch dann nicht, als er ihr den Umhang um die Schultern legte. Seine Hand verharrte zögernd auf ihrem Rücken, aber dann ließ er sie sinken.

»Ich dachte, du frierst vielleicht«, sagte er.

Als sie nichts erwiderte, trat er vor sie, ohne auf die Wellen zu achten. Er schob ihr einen Lavendelzweig in die Haare und lächelte sie etwas verlegen an.

»Du bist nicht wütend auf mich, Delia. Das glaube ich nicht. Also spiel mir nichts vor.«

Oh, er war ein echter Schurke und konnte mit seinem Unschuldslächeln jede Frau betören, die ihm über den Weg lief. Vermutlich hatte er darin große Übung.

Bei dem Gedanken mußte sie beinahe lachen, aber sie sagte schnell: »Du glaubst wohl, wenn du jetzt nett zu mir bist, ist alles vergeben und vergessen.«

Er lachte. »Weiß Gott, bis jetzt habe ich nichts getan, was du mir vergeben müßtest.«

»He ...!« rief sie empört, aber er nahm sie einfach in die Arme, und sie wehrte sich nicht. Es schien eine Ewigkeit zu dauern, bis seine Lippen sich auf ihren Mund senkten, aber auch dann küßte er sie nicht, sondern liebkoste sie nur zärtlich mit seinem warmen Atem.

»Du willst mich, Delia.«

Das Wort wollte ihr nicht über die Lippen, aber dann sagte sie: »Nein.«

»Doch.«

»Ich ...«

»O ja, ich kann dich soweit bringen, daß du mich willst.«

Sie wehrte sich nicht, als sie seine Zunge in ihrem Mund fühlte.

Sie stöhnte leise, nur seine Hand auf ihrem Rücken schien sie aufrecht zu halten. Sie griff nach seinem Kopf und überließ sich seinen Küssen. Plötzlich löste er sich jedoch von ihr und wich zurück.

Sie sah seine Zähne blitzen, als er leise lachend sagte: »Du willst mich, Delia. Aber ich glaube, das nächste Mal werde ich dafür sorgen, daß *du* mich darum bittest.«

Er drehte sich um und ließ sie einfach am Strand stehen. Und nun wollte sie ihn wirklich, ganz so, wie er es gesagt hatte.

Neuntes Kapitel

Überall in Falmouth Neck roch es nach Seife.

Der Geruch kam aus einem großen Hof, in dessen Mitte ein altes befestigtes Blockhaus stand. Es war der Handelsposten für die ganze Gegend. Das Haus stand etwas erhöht gegenüber dem großen Landungssteg, der weit in die Casco Bay hinausführte. Eine junge Frau und ein kleiner Junge rührten in einem großen Eisenkessel, der an einer Kette über der Glut hing, brodelnde Lauge aus Fett und Holzasche, die zu Seife werden sollte.

Als Tyl auf den Hof ritt, unterbrach die Frau ihre Arbeit. Sie schob sich unwillig die feuchten Haarsträhnen aus dem verschwitzten Gesicht, aber als sie ihn erkannte, strahlte sie glücklich.

»Tyl!« rief sie, ließ alles stehen und liegen und rannte ihm entgegen. Er sprang vom Pferd, und sie fielen sich in die Arme. Tyl hob sie hoch und gab ihr einen Kuß.

Delia folgte langsam auf ihrer Stute mit Caleb und Elizabeth. Sie beobachtete die stürmische Begrüßung mit einem unsicheren Lächeln. Die Frau war zierlich und blond. Da sie einen großen Kessel Seife kochte, war sie vermutlich auch immer sehr sauber. Delia zweifelte nach dieser Begrüßung nicht daran, daß es eine der Frauen war, wie Tyl sie sich wünschte.

Die Frau löste sich schließlich aus seinen Armen, trat einen Schritt zurück und musterte ihn von Kopf bis Fuß. »Es scheint dir gutzugehen!« rief sie lachend und griff sich unsicher in die ungekämmten Haare. »Es ist wirklich nicht nett von dir, mich jedesmal zu überraschen, wenn ich mitten in der Arbeit bin.«

»Du siehst wie immer hinreißend aus, Susan«, erwiderte Tyl liebenswürdig.

Die Hookers stiegen von ihrem Wagen, und auch Delia saß ab, aber sie hielt sich zurück, als Tyl seine Reisebegleitung vorstellte. Die Frau hieß Susan Marsten. Sie war verwitwet und betrieb nach dem Tod ihres Mannes die Handelsstation weiter. Der kleine Junge war ihr fünfjähriger Sohn Tobias. Tyl legte ihm väterlich die Hand auf den blonden Wuschelkopf. Susan stand die ganze Zeit so dicht neben Tyl, daß sich ihre Schultern berührten.

Die drei sehen wie eine Familie aus, dachte Delia unwillkürlich und mußte augenblicklich mit ihrer Eifersucht kämpfen.

»Wir freuen uns alle, daß Sie kommen, Reverend«, sagte Susan zur Begrüßung. »Auch Sie sind herzlich willkommen, Mrs. Hooker.«

Caleb lächelte geschmeichelt und zeigte seine etwas vorstehenden Zähne. »Tyl betont immer wieder, man brauche mich hier nur, damit aus Merrymeeting eine ordentliche Stadt werden kann.«

»Ach, hören Sie nicht auf ihn. Keiner bleibt von seinem Spott verschont.« Susan lachte und legte ihm die Hand auf den Arm. Ihre Augen waren so blau wie Kornblumen. Delia wurde neidisch und wich noch weiter zurück, aber in diesem Augenblick drehte sich Tyl nach ihr um und winkte sie zu sich.

»Das ist Delia. Ich habe sie für Nat mitgebracht«, erklärte er an Susan gewandt. »Na komm schon, Kleines. Seit wann bist du schüchtern wie eine alte Jungfer?«

Delia gab sich einen Ruck und ging zu den anderen. »Ich wollte nur höflich sein, damit sich zwei alte Freunde ungestört über das Wiedersehen freuen können.«

Bei diesen anzüglichen Worten runzelte Tyl die Stirn, und Susan hob verblüfft die Augenbrauen. Sie musterte Delia irritiert und sah Tyl dann fragend an. Delia stellte zufrieden fest, daß die blonde Frau plötzlich leicht verunsichert wirkte.

»Bestimmt seid ihr alle durstig«, sagte Susan und unterbrach damit die peinliche Stille. Tyl nickte und legte Susan den Arm um die Hüfte. »Meine Kehle ist wirklich so trocken wie ein leeres Faß.«

Als Susan sah, daß Delias Miene sich verfinsterte, lachte sie verlegen und sagte dann mit einem Blick auf ihre Gäste: »Kommt alle ins Haus. Ich werde ein Faß Bier anstechen. Übrigens Tyl, es ist jemand da, der deine Hilfe braucht.« Mit schwingenden Hüften ging sie über den Hof voraus zur Haustür. »Jefferson, der alte Trapper, ist hier, um ein paar Felle zu tauschen. Er hat seine Squaw mitgebracht. Sie ist schwer krank.«

Sie betraten einen sehr langen niedrigen Raum. Im vorderen Teil befanden sich der Laden und das Lager. Dahinter kam, nur durch eine dünne Zwischenwand getrennt, der Wohnbereich, den man durch eine halbhohe Pendeltür erreichte. Ein Feuer brannte im Kamin, vor dem eine Bank und ein paar Stühle standen. In einer Ecke befand sich ein großer Tisch vor einem Küchenschrank aus Ahornholz, in dem blaues Glasgeschirr stand. Neben dem Küchenschrank hing an einem Geweih mit dem Lauf nach unten eine alte Muskete. An einem Querbalken über dem Herd hingen vier Kupfertöpfe.

Im Laden gab es eine lange Theke. Dahinter waren Regale, in denen sich alles Erdenkliche befand, von Knöpfen und Strümpfen und dicken Wollsocken bis hin zu Axtstielen und Öllampen.

Größe Gegenstände lagen und standen auf dem Boden, wie etwa Rumfässer und Krüge mit Obstschnaps. Biber- und Bärenfelle, aber auch Decken und bunte Glasperlenschnüre für den Tauschhandel mit den Indianern waren ordentlich sortiert und in einer langen Reihe gestapelt. Nur ein schmaler Gang führte von der Tür zwischen den Waren hindurch zum Wohnteil.

Als sie eintraten, erhob sich ein Mann von seinem Platz am Feuer. Sein Hemd und seine Hose waren aus Wildleder und voller Fettflecken und getrockneter Blutspritzer. Die langen grauen Haare hingen ihm lose bis auf die Schultern und über den struppigen, ebenso grauen Bart. Er musterte die Ankömmlinge mit kleinen, durchdringenden dunklen Augen.

Vor seinen Füßen lag jemand auf einer Matte. Beim Näherkommen roch es so stark nach Blut und Urin, daß Elizabeth sich beinahe übergeben hätte und schnell die Hand vor dem Mund hielt.

»Lizzie, vielleicht solltest du draußen warten«, sagte Caleb besorgt.

Zu Delias Überraschung erwiderte Elizabeth jedoch beinahe unwirsch: »Unsinn, Caleb. Die arme Frau braucht vermutlich unsere Hilfe.«

Delia dachte: Wenn überhaupt, wird ihr nur Tyl helfen können.

Er kniete sofort neben der Kranken nieder. Die Frau sah ihn aus eingesunkenen Augen fragend an. Sie hatte glatte schwarze Haare und ein kleines spitzes Gesicht. Delia dachte verblüfft: Sie ist ja noch ein Mädchen.

Susan nahm von der Bank einen Krug mit Bärenfett und einen Korb mit Bohnen. »Jefferson, leg sie auf die Bank, dann kann sie der Doktor besser untersuchen.« Sie schob mit dem Feuerhaken die Glut beiseite, nahm einen Kessel vom Balken und füllte ihn mit einem Schöpfbecher aus einem Wasserfaß. Elizabeth eilte zu Susan und half ihr dabei.

Tyl hob die Squaw vorsichtig hoch und legte sie behutsam auf die Bank. Er sagte etwas leise in ihrer Sprache. Verwundert hörte Delia die kehligen Laute. Tyl sprach sie so selbstverständlich wie seine Muttersprache.

Als die Squaw leise stöhnend auf der Bank lag, löste er behutsam die Riemen ihres Lederkleids, legte die Hand zuerst auf ihren Oberkörper und betastete dann den Leib. Die Frau lächelte. Ihr fehlten fast alle Zähne, und das Zahnfleisch blutete. Aber ihr Lächeln war offen und vertrauensvoll. Delia glaubte beinahe zu sehen, wie ihre Schmerzen nachließen.

Tyl hat wirklich heilende Hände, dachte Delia voll Bewunderung und Stolz. Er sprach freundlich und aufmunternd mit der Indianerin und nahm ihr dadurch die Angst.

In diesem Augenblick liebte Delia ihn mehr, als sie es jemals für möglich gehalten hätte.

Der alte Trapper beugte sich über seine Squaw und fragte: »Was hat sie, Doktor?«

»Ihre Krankheit kommt von falscher Ernährung, Jefferson. Ihr zwei dürft nicht monatelang nur gesalzenes Fleisch und Zwieback essen.« Er sagte etwas zu der Frau in ihrer Sprache, und sie nickte. »Susan wird ihr nach meinen Angaben eine Fischsuppe mit Gemüse kochen, und sie muß *alles* aufessen. Dann bringst du sie dazu, daß sie ein paar Becher Sprossenbier trinkt. Schaffst du das?«

»Ja. Wird sie es überleben?«

»Wenn du ihr etwas Ordentliches zu essen gibst, schon. Sie braucht beinahe jeden Tag etwas Grünes, Gemüse und Bier. Später auch Beeren und Äpfel, wenn sie reif sind. Für den nächsten Winter mußt du Beeren und Äpfel trocknen und auch genügend andere Vorräte anlegen, damit so etwas nicht noch einmal passiert. Ich hole jetzt ein paar Heilkräuter aus meiner Satteltasche. Davon kannst du ihr in den nächsten Tagen Tee kochen. Das stoppt den Durchfall.«

Der alte Trapper nickte, hob seine Squaw von der Bank und folgte Tyl mit ihr auf den Armen nach draußen.

Susan blickte ihnen seufzend nach und schüttelte den Kopf. »Jefferson ist wirklich verrückt. Das arme Mädchen kann einem leid tun, obwohl ich glaube, daß er sie irgendwie liebt.« Dann sah sie die Hookers an, die erschöpft neben dem Herd standen. »Ich denke, Tyl wird wenigstens einen Tag und eine Nacht hierbleiben. Bei mir können Sie sich erst einmal richtig ausruhen.«

»Das wäre wirklich schön«, sagte Caleb, und es klang kleinlaut. Seit Wells hatten sie sich zwei Wochen lang kaum Zeit zum Ausruhen gegönnt. »Tyl hat davon gesprochen, daß wir die letzte Strecke bis Merrymeeting auf einem Schoner zurücklegen. Es gibt offenbar keine richtige Straße mehr...«

»Richtig, die Straße endet hier in Falmouth. Ein Trampelpfad führt zwar um die Bucht, aber selbst zu Pferd ist das kein Vergnügen und mit einem Ochsengespann läßt es sich auf keinen Fall machen. Käpitän Abbott liegt mit seinem Schoner nicht weit von hier vor Anker. Er wird Sie nach Merrymeeting bringen. Der alte Pirat ist Tyl noch einen Gefallen schuldig. Er hatte im vorletzten Winter eine schwere Verletzung, und Tyl hat ihm das Leben gerettet.«

»Wie weit ist es von hier bis nach Merrymeeting?« fragte Delia, obwohl Susan sie bewußt nicht beachtete.

»Nicht mehr weit. Bei gutem Wind dauert es mit dem Schiff etwa einen Tag.« Susans kleiner Sohn drückte sich neugierig an seine Mutter und blickte mit großen blauen Augen auf die Fremden. »Toby, geh in den Speicher und hol uns ein Bündel Maiskolben. Wir rösten den Mais und trinken dazu ein paar Gläser von meinem Eierlikör. Ich weiß, das ist für Tyl vor dem Essen das Richtige.« Sie lachte plötzlich laut und drehte den Kopf nach der Haustür. Delia sah, daß Tyl gerade hereinkam und den Kopf einziehen mußte. »Was hältst du von einem Glas Eierlikör, Tyl?« Er nickte zustimmend.

Noch ein Tag mit dem Schiff, dachte Delia und setzte sich niedergeschlagen in eine Ecke, und wir sind in Merrymeeting. Dann wird er mich Nat Parker übergeben. Ich werde einen Mann heiraten, den ich noch nicht einmal vorher gesehen habe. Ich werde Tyl nur hin und wieder bei Festen begegnen und vielleicht auch im Bethaus, das heißt, wenn er überhaupt zum Gottesdienst erscheint. Wenn ich krank bin, wird er mich natürlich als Arzt aufsuchen und mich mit seinen Händen berühren. Und wenn ich Kinder bekomme...

Ein Schauer lief ihr über den Rücken. Sie wollte diese trübsinnigen Gedanken abschütteln, aber es gelang ihr nicht. Ein Blick auf Tyl genügte, und ihr Kummer nahm zu.

Jeden Morgen, wenn ich aufwache, werde ich mich fragen, ob ich ihm vielleicht zufällig begegne. Nichts anderes habe ich mir in Boston gewünscht. Aber, allmächtiger Gott, wie konnte ich so dumm sein zu glauben, daß ich damit zufrieden sein würde?

Susan rührte den Teig für den Buttermilchkuchen so heftig, daß der Löffel in schnellem Rhythmus gegen die Holzschüssel schlug. Delia saß ihr gegenüber auf einem Schleifstein und schnippte Bohnen aus den Schoten. Die Bohnen und der Löffel verursachten die einzigen Geräusche in der lastenden Stille.

Der kleine Tobias drehte geduldig eine Hirschkeule über dem Feuer. Sonst war niemand im Raum. Delia spürte, daß Susan sich nicht wohl in ihrer Gesellschaft fühlte. Aber auch ihr bereitete die Situation ein leichtes Unbehagen.

Sie hatten alle zusammen gerösteten Mais gegessen und ein paar Gläser von Susans Eierlikör, eine köstliche Mischung aus gesüßtem Bier mit Ei und Rum, getrunken. Tyl und Caleb waren danach so müde, daß Tyl sich nur mühsam aufraffen konnte, um Kapitän Abbott aufzuspüren. Der Kapitän sollte sie am nächsten oder am übernächsten Tag nach Merrymeeting bringen. Caleb begleitete ihn tapfer, wenn auch etwas unsicher auf seinen dünnen Beinen. Der alte Jefferson hatte hinter dem Haus am Waldrand ein Zelt aus Häuten aufgeschlagen und pflegte seine Squaw, die wie befohlen Fischsuppe essen und den Tee gegen Durchfall trinken mußte.

Susan blickte nach einer Weile auf die geschlossene Tür, die zu einem kleinen abgetrennten Raum führte, in dem sie und ihr Sohn schliefen. Dorthin hatte sich Elizabeth Hooker wegen heftiger Kopfschmerzen vor einer Stunde zurückgezogen.

»Ist Mrs. Hooker krank?« fragte Susan und unterbrach damit schließlich das bedrückende Schweigen.

Delia zuckte mit den Schultern. »Ich glaube nicht, aber die lange Fahrt auf dem Ochsenwagen strengt sie sehr an. Sie ist an ein leichteres Leben gewöhnt. Ihr Vater ist Pfarrer an der Brattle Street Church in Boston.«

Susan verzog geringschätzig das Gesicht, und Delia erkannte zu spät, daß sie Elizabeth unbeabsichtigt in ein schlechtes Licht gerückt hatte. Sie wollte das wiedergutmachen und fügte schnell hinzu: »Mrs. Hooker war auf der ganzen Fahrt immer sehr nett zu mir.« Aber auch diese Bemerkung löste bei Susan keineswegs freundlichere Gefühle aus. Sie stellte den Teig zum Gehen neben den Herd und sagte zu ihrem Sohn: »Toby, lauf zum Brunnenhaus und hol mir einen Krug Milch.«

Der kleine Tobias nickte eifrig und rannte hinaus. Delia sagte: »Ihr Sohn ist sehr gehorsam, aber er redet nicht viel.«

»Jetzt ist er noch schüchtern, aber bis heute abend wird er soviel reden, daß Ihnen die Ohren weh tun.«

Susan richtete sich leise stöhnend auf und wischte die Hände an der Schürze ab. Nachdem Tyl gegangen war, hatte sie sich umgezogen. Sie trug jetzt einen weiten Leinenrock und ein enganliegendes Mieder aus feingestrickter Wolle. Um den Kopf hatte sie ein kariertes Tuch geschlungen, das ihr bis auf die Schultern fiel. Die straff zurückgekämmten Haare brachten den fein geschwungenen Mund, die kesse Stupsnase und das zarte kleine Kinn vorteilhaft zur Geltung.

Sie ist schön, dachte Delia verunsichert. Sie ist das ganze Gegenteil von mir...

Als Susan sich umdrehte, senkte Delia schnell den Kopf und blickte auf die Bohnen in ihrem Schoß. Sie spürte, wie sich die Augen der anderen Frau fragend und prüfend auf sie richteten. Unbewußt setzte sich Delia gerade und drückte die Füße haltsuchend seitlich gegen den Schleifstein.

»Das sind hübsche Mokassins«, sagte Susan und zwang sich zu einem Lächeln.

Delia sah Susan triumphierend an. »Tyl hat sie mir geschenkt. Sie haben seiner Mutter gehört.«

Susans Mundwinkel sanken nach unten, und Delia fühlte sich noch stärker.

»Ach... wie nett von ihm«, murmelte Susan.

Delia holte tief Luft. Das vorsichtige Abtasten entsprach nicht ihrem Wesen. Sie mußte die Wahrheit wissen, aber die würde sie nur erfahren, wenn sie den Mut aufbrachte, danach zu fragen.

»Ist... ist Tyl Ihr Liebhaber?«

Susan wurde dunkelrot. »Natürlich nicht! Wie können Sie wagen, so etwas auch nur zu denken!« rief sie empört, aber die heftige Reaktion bewies, daß Susan sehr wohl an »so etwas« dachte.

Es wurde wieder ungemütlich still. Schließlich fragte Susan: »Sie wollen also nach Merrymeeting, um Nathaniel Parker zu heiraten?«

»Ja..., das heißt, wenn wir zusammenpassen.«

Susan sagte nichts. Deshalb fragte Delia nach einer langen Pause: »Warum heiraten Sie ihn eigentlich nicht?«

Susan nahm den Topf mit den Bohnenkernen vom Tisch und stellte ihn mit einem lauten Knall auf den Herd. Sie stieß hörbar die

Luft aus und antwortete dann: »Er hat bis jetzt nicht um meine Hand angehalten.«

Delia unterdrückte ein Lächeln. »Ich meine nicht Tyl, sondern Mr. Parker. Er hat schließlich seine Frau verloren wie Sie Ihren Mann. Wäre es da nicht ganz natürlich, wenn sie beide daran denken würden, sich zusammenzutun? Ich bin mit den Bohnen fertig.«

Susan stand mit geballten Fäusten am Herd. Sie holte tief Luft und sagte dann: »Die Teller sind dort drüben in der Schublade. Wenn Sie den Tisch decken wollen ...«

Delia warf die leeren Bohnenschoten in den Korb, stand auf und ging zu dem Küchenschrank. In den Schubladen befanden sich Zinngeschirr und bestickte Servietten. So schöne Dinge würden Tyl bestimmt gefallen.

»Nat hat nicht um meine Hand angehalten«, hörte sie Susan hinter sich sagen. »Er ist ein guter Mann, aber wir passen nicht zusammen.«

Das heißt, dachte Delia, sie wartet auf einen besseren Mann. Sie wartet auf Tyler Savitch.

Tyl aß drei Scheiben von dem Hirschbraten, nahm sich mehrmals von den Bohnen und verschlang anschließend vier Stück Kuchen mit frischer Sahne.

Nach dem Essen stand Susan auf und griff nach einem Mehlsack. Sie erklärte, daß sie und Tobias zur Mühle gehen wollten. Dabei sah sie Tyl erwartungsvoll an, aber er lächelte nur, ohne seine Begleitung anzubieten.

Caleb und Elizabeth setzten sich auf die Bank vor das Feuer, und Caleb schlug die Bibel auf. Tyl machte es sich auf einem umgedrehten Faß bequem, auf das er ein weiches Fell legte. Er reinigte hingebungsvoll sein Gewehr und vergaß darüber sogar seine Pfeife. Delia setzte sich auf den Fußboden und nutzte den Schleifstein als Lehne. Auf diese Weise war sie ihm nahe, ohne daß es auffiel, und sie hatte ihn direkt im Blick. Fast eifersüchtig beobachtete sie, wie seine langen schlanken Finger den Gewehrlauf hielten. Er tat wie immer alles sehr behutsam und war völlig in seine Arbeit vertieft.

Einmal hob er unvermittelt den Kopf und sah sie an, aber Delia konnte seine Gedanken nicht lesen.

Wird er in der kommenden Nacht mit Susan schlafen?

Caleb las gerade mit seiner tiefen tönenden Stimme den dreiundzwanzigsten Psalm, als es energisch an der Tür klopfte. Tyl lehnte das Gewehr gegen das Faß und stand auf. Aber schon im nächsten Augenblick wurde der Riegel zurückgeschoben, und eine dicke große Frau trat ein. Sie blieb auf der Schwelle stehen und starrte mit zusammengekniffenen Augen in den Raum. Als sie Tyl entdeckte, nickte sie zufrieden.

Tyl murmelte: »Verdammt...«, und sah sich suchend um, als hoffe er auf eine Möglichkeit zur Flucht. Die Frau kam durch den Laden geradewegs auf ihn zu. Er ging hinter dem Faß in Deckung. Auf halbem Weg blieb sie schnaufend stehen, stützte sich auf die Pendeltür und wies drohend mit dem Zeigefinger auf ihn. »Sie können mir nicht entkommen. Meine Schwester hat Sie heute morgen gesehen. Wir wissen alle, daß Sie wieder da sind, Tyler Savitch!«

»Ich habe nichts zu verbergen, auch nicht vor Ihnen, Sara Kemble«, erwiderte Tyl und fügte dann freundlich hinzu: »Hallo, Obadia, wie geht es?«

Die Begrüßung galt einem kleinen, dünnen Mann, der hinter dem Riesenweib kaum zu sehen war. Der Mann hatte einen weißen Bart mit gelblichen Strähnen und kleine blaßblaue Augen mit großen Tränensäcken.

»Was bringt euch denn nach Falmouth Neck?« fragte Tyl übertrieben erstaunt, aber unverkennbar in der Hoffnung, das Gespräch auf ein harmloses Thema zu bringen.

Obadia Kemble wollte antworten, aber seine Frau kam ihm zuvor. »Wir besuchen meine Schwester. Aber das geht Sie nichts an. Ich bin nicht hier, um mit Ihnen über *meine* Angelegenheiten zu reden.«

Sara Kemble stieß ungnädig die halbhohe Pendeltür auf, stürmte weiter und blieb schließlich mitten in dem Wohnraum stehen. Ihr Mann hielt sich verschüchtert hinter ihr.

Sara Kemble trug einen weiten, dicken gesteppten Rock und eine weiße Morgenhaube mit langen Bändern. Wenn sie sich bewegte, erinnerte sie an eine Fregatte mit gesetzten Segeln. Ihre stechenden Augen glitten über Delia hinweg und richteten sich auch nur kurz auf die Hookers. Caleb hatte sich bei ihrem Eintritt höflich erhoben und lächelte zurückhaltend, aber sie übersah ihn. Sie drehte sich in ganzer Fülle Tyl zu und fragte herrisch: »Also, wo ist er? Was haben Sie mit ihm angestellt?«

Tyl gab sich nicht ungekonnt den Anschein reinster engelhafter Unschuld und fragte seinerseits: »Mit *wem* habe ich *was* angestellt?«

»Spielen Sie nicht den Einfaltspinsel, Tyl!« schnaubte Sara. »Sie wissen sehr wohl, daß wir Sie nach Boston geschickt haben, damit Sie uns endlich einen Pfarrer bringen. Sie sind wieder da, aber ich sehe weit und breit keinen Geistlichen!« Sie holte tief Luft und stemmte die Hände in die ausladenden Hüften. »Wie ich Sie kenne, haben Sie natürlich die ganze Zeit in Boston nur gesoffen und gehurt, anstatt Ihren Pflichten nachzugehen.«

In Tyls Augen blitzte es übermütig, aber er gab seine Deckung hinter dem Faß vorsichtshalber nicht auf. »Sie stehen sozusagen vor ihm, meine liebe Sara.«

Saras Doppelkinn geriet in Bewegung, und sie starrte kurzsichtig noch einmal auf Caleb. Als er höflich nickte, kniff sie die Augen zusammen und musterte ihn stumm von Kopf bis Fuß.

Caleb schluckte nervös, und sein Adamsapfel sprang dabei mehrmals auf und ab. »Guten Tag ... Mrs. Kemble.«

Saras großer Mund wurde kreisrund. »Du meine Güte ... er ist ja noch grün hinter den Ohren!«

»Der Reverend ist alt genug, um seine Examen in Harvard abgelegt zu haben«, warf Tyl vorsichtig ein.

»Harvard!« schnaubte Sara und schüttelte sich vor Widerwillen. Bei ihrem voluminösen Körper wirkte das wie ein Erdbeben. Sie trat drohend einen Schritt auf den verängstigten Caleb zu. »Hören Sie, junger Mann, wir in Merrymeeting sind einfache Leute.« Dann wurde ihre Stimme zu einem Donnergrollen. »Und damit Sie es gleich wissen: *Wir* sind gottesfürchtige Leute. *Wir* halten nichts von Universitäten und diesem verdrehten Zeug, mit dem *Sie* die Menschen verführen!«

»Nun ja ... ich ... ich möchte«, Caleb sah hilfesuchend Tyl an, der nicht reagierte. Nach einem scheuen Blick auf die Naturgewalt in Menschengestalt verschlug es Caleb völlig die Sprache.

Saras üppiger Busen wogte stürmisch.

»Ist er stumm, Tyl? Ich frage Sie: Wie soll er eine Predigt halten, wenn er den Mund aufmacht, und es kommt nur heiße Luft heraus? Hat er *das* in Harvard gelernt?«

»Ich, äh ...«

Caleb räusperte sich, und Schweißtropfen traten ihm auf die Stirn. Er drehte sich um, griff nach Elizabeths Hand und zog sie neben sich.

»Ja, äh ... also das ... das ist meine Frau Elizabeth. Elizabeth Hooker.«

Mit diesem Ablenkungsmanöver bot der verängstigte Caleb strategisch nicht ganz ungeschickt, aber moralisch gesehen nicht gerade heldenhaft dem Ungeheuer seine Frau zum Fraß an. Delia sah zu ihrer Freude, daß sich Elizabeth sehr viel besser zu behaupten wußte als ihr Mann. Sie erwiderte den bohrenden Blick, ohne mit der Wimper zu zucken, verneigte sich höflich, aber sehr förmlich und sagte selbstbewußt: »Guten Tag, gute Frau!« Mit dieser kühlen Anrede verwies sie Sara klar und bestimmt auf ihren Platz.

Sara Kemble nickte beeindruckt und murmelte: »Aha, immerhin scheint seine Frau zu wissen, wo es langgeht.« Das erinnerte sie jedoch an den nächsten Punkt ihrer Liste. »Tyl!« rief sie grollend. »Wo ist die Frau, die Sie Nathaniel versprochen haben?«

»Um keine Unklarheiten aufkommen zu lassen ...«, erwiderte Tyl und trat schützend neben Delia.

Sara ließ ihn nicht ausreden. »Sie wollen damit sagen, daß Sie ihm dieses *Kind* andrehen möchten?«

Delia erhob sich langsam und richtete sich stolz auf.

Sara Kemble starrte Delia an und schüttelte voll tugendhafter Abscheu den Kopf. »Es ist nicht zu fassen, Tyl! Wie können Sie dem armen Nat und uns allen in Merrymeeting *das* antun? Jeder, der

Augen im Kopf hat, sieht doch auf den ersten Blick, daß sie ein Flittchen ist!«

Delia zuckte zusammen, als habe man sie geschlagen.

»Also, Sara, ich finde ...«, begann Tyl und suchte vergeblich nach Worten.

»Ich finde«, unterbrach ihn Sara mit hochrotem Gesicht. »Nat hat eine anständige Frau verdient. Schließlich hat er auch noch zwei verwaiste Kinder, die zu ehrhaften und gottesfürchtigen Menschen heranwachsen sollen. Und Sie wagen es, ihm so eine sittenlose *Hure* zu bringen! Das ist ein Skandal, Tyler Savitch! Obadia, findest du nicht auch, das können wir uns nicht bieten lassen.« Sie sah ihren Mann an, der schnell nickte und sagte: »Wie du meinst, Sara, ... du hast natürlich wie immer recht.«

»Sara, nur weil Delia in einem Gasthaus gearbeitet hat, ist es doch etwas voreilig zu behaupten, daß sie ...«, versuchte Tyl zu protestieren, aber er wurde von Sara sofort unterbrochen.

»Jeder weiß, was sie ist, Tyl! Da sieht man es wieder, wo Sie sich in Boston herumgetrieben haben! Natürlich nur in Gasthäusern, wo solche jungen Dinger darauf warten, anständige Männer zu verführen. Sie können mir nicht weismachen, daß dieses *Flittchen* eine tugendhafte und gottesfürchtige Frau ist. Wenn das so wäre, dann wäre *ganz* Boston ein sündiges Babylon ...«

»Jetzt reicht's aber!« Delia explodierte und griff wutentbrannt nach dem Gewehr. Sie hielt es wie einen Knüppel über den Kopf und rief: »Du alte Vettel, wenn du mich noch einmal als ›Hure‹ oder ›Flittchen‹ beschimpfst, geb ich dir damit eins auf dein loses Maul!«

Sara Kemble blieb der Mund offenstehen. Sie wich erschrocken zwei Schritte zurück und legte die Hand auf den stattlichen Busen. »Allmächtiger Gott, steh mir bei!« murmelte sie. »Sie will mich umbringen! Sie will mich erschießen ...«

»Eine Kugel wäre zu schade für dich!« rief Delia. »Ich verlange, daß du dich auf der Stelle bei mir entschuldigst und alles zurücknimmst, was du behauptet hast, du alte Hexe!«

Sara rang nach Luft. »Hexe ...«

»In Boston werden solche Weiber mit einem Lügenmaul, wie du es hast, öffentlich ausgepeitscht. Dir braucht man doch nur einen Besen zu geben, dann fliegst du davon!«

Sara stieß einen gellenden Schrei aus und stürmte zur Pendeltür, zwängte sich hindurch und erreichte erstaunlich schnell die Haustür. In ihrer Hast gelang es ihr nicht gleich, den Riegel zur Seite zu schieben. Schnaufend drehte sie sich um und rief aus sicherer Entfernung: »Das werdet ihr bereuen. Das werdert ihr alle bereuen! Das schwöre ich, bei Gott, der mein Zeuge ist!« Sie stieß die Tür auf und rief: »Obadia, wo bleibst du denn wieder?«

Mr. Kemble blickte wie verzückt Delia an und lächelte. Bei dem Gebrüll seiner Frau zuckte er jedoch schuldbewußt zusammen, das Lächeln verschwand von seinem Gesicht, und er eilte mit schlurfenden Schritten zur Tür. Auch er blieb dort noch einmal stehen, lächelte Delia zu und schloß behutsam die Tür hinter sich.

Plötzlich schien alles merkwürdig still zu sein. Zu Delias Überraschung eilte Elizabeth auf sie zu und umarmte sie. »Delia! Ich bin so stolz auf dich! Du hast sie tatsächlich in die Flucht geschlagen.« Sie drückte Delia noch einmal an sich und sagte mit einem vernichtenden Blick auf Caleb und Tyl: »Während unsere beiden Helden plötzlich sehr kleinlaut waren ...«

»In ganz Merrymeeting hat noch niemand gewagt, Sara Kemble die Stirn zu bieten«, erklärte Tyl. »Wenn das bekannt wird, kann sie sich nicht mehr vor die Tür wagen ...« Er lachte erleichtert.

»Ich finde das überhaupt nicht komisch«, sagte Delia und warf Tyl das Gewehr zu. »Sie hat mich beschimpft, und ich habe mich wie ein keifendes Waschweib benommen ...«

Tyl lehnte das Gewehr an das Faß, trat zu ihr und legte ihr den Arm um die Hüfte. Aber sie schob ihn energisch von sich. »Eine Dame hätte das nie getan und gesagt, was ich getan und gesagt habe.« Sie sah Elizabeth traurig an. »Und das stimmt leider!«

Am liebsten wäre Delia in Tränen ausgebrochen. Statt dessen drehte sie sich um und ging stumm hinaus, aber ohne sich noch einmal umzudrehen.

Zehntes Kapitel

Delia stand am Ende der schmalen Landzunge hoch über dem Meer und blickte sehnsüchtig über das Wasser. In der Bucht lagen zahlreiche Inseln, die sie an Schiffe bei einer Flottenparade erinnerten.

Sie beugte sich weit über die Klippe und betrachtete nachdenklich den schmalen steinigen Strand mit dem angeschwemmten Seetang. Direkt an der Flutgrenze wuchs auf einem Felsvorsprung eine schlanke Kiefer. Auf den Wellen schaukelten zwei Möwen und stießen schrille durchdringende Schreie aus.

Es klingt wie der Streit von zwei Verliebten, dachte sie seufzend.

»Delia! Geh da weg!«

Sie drehte sich um und sah Tyl inmitten der verkohlten Balken, die offenbar einmal die Palisaden eines alten Forts gewesen waren. Selbst über die Entfernung hinweg spürte sie seine Angst.

Er glaubt wohl, ich werde mich von der Klippe stürzen.

Bei diesem Gedanken mußte sie laut lachen.

Dieser Dummkopf!

Als hätte sie die mühsame Reise gemacht, um sich hier das Leben zu nehmen. Das wäre in Boston einfacher gewesen, noch dazu ohne den Streit und Ärger mit ihm, ganz zu schweigen von den wunden Stellen am Gesäß, weil sie Tag für Tag im Sattel sitzen mußte.

Sie verließ die Klippe und ging langsam zu ihm zurück. Er stand breitbeinig in der Ruine des Forts, eine typisch männliche Pose. Sie mußte beinahe lächeln und ließ sich keineswegs einschüchtern.

»Liebst du Susan?« fragte sie.

Ihre Frage verblüffte ihn, und er wurde rot. Um seine Verlegenheit zu überspielen, lachte er, aber es klang gezwungen.

»Also, Delia, eines Tages wirst du deine vorwitzigen Fragen noch einmal sehr bereuen.«

»Liebst du sie?«

Sie sah ihn unbewegt an. Er erwiderte den Blick und verzog spöttisch den Mund. »Jetzt fang nicht schon wieder mit deiner ewigen Eifersucht an. Aber wenn es dich beruhigt, dann kann ich dir sagen: Susan und ich sind einfach nur gute Freunde.«

Sie würde das bestimmt nicht so sehen, dachte Delia, aber sie schwieg. Schließlich sagte sie: »Susan ist hübsch.«

»Ja, sie ist hübsch ...« Er griff nach Delias Hand und drückte sie an seine Lippen. Seine Augen blitzten. »Aber du bist auch hübsch.«

Sie seufzte und hatte nichts dagegen, daß er ihre Hand nicht mehr losließ, als sie durch das alte Fort gingen. Irgendwie hatte sie das Gefühl, mit ihm auf diese Weise verbunden zu sein. Sie spürte die Kraft seiner Finger und seiner Muskeln, als er ihr über die umgestürzten Stämme half. Seine Haut war warm, und der Druck seiner Hand wirkte tröstlich und beschützend. In seiner Nähe fühlte sie sich sicher und zufrieden. Sie atmeten ganz selbstverständlich im selben Rhythmus, und Delia hätte gerne gewußt, ob auch ihre Herzen im selben Takt schlugen. Alle Spannungen und Ängste schwanden, und sie hatte das Gefühl, Hand in Hand mit Tyl bis in alle Ewigkeit laufen zu können.

»Hier stand einmal das Fort Loyal.« Tyl deutete auf die umgestürzten Palisaden und ein eingestürztes Blockhaus. »Im letzten Krieg gegen die Indianer wurde es zerstört und danach nicht wieder aufgebaut. Es hat ohnehin nie viel genützt.«

Eine einzige Kanone hatte man zurückgelassen. Sie lag umgestürzt und völlig verrostet auf der Erde. Tyl blieb stehen und blickte mit zusammengekniffenen Augen nach Falmouth Neck, wo hintereinander in langen Reihen Trockengestelle standen. Sie dienten dazu, den Kabeljau zu trocknen, der dann eingesalzen in Fässern auf den Schiffen um die Welt segelte. Männer, Frauen und auch ein paar Kinder liefen zwischen den Gestellen und wendeten die Fische. Der tranige Kabeljaugeruch hing über der ganzen Bucht. Daran konnte auch der böige Wind nichts ändern.

Er seufzte und lehnte sich gegen den in den Himmel weisenden Lauf der alten Kanone. Dann zog er Delia an sich und legte seine Hände hinter ihren Nacken. Der Wind bauschte ihren Rock, in dem seine Beine verschwanden. Seine Hände sanken tiefer bis auf ihren Rücken und drückten sie enger an ihn. Die pulsierende Wärme seines Körpers machte sie benommen. Ihre Kehle wurde trocken, und sie wagte kaum noch zu atmen.

Um sich abzulenken, richtete sie den Blick auf die Bucht und auf das dahinterliegende offene Meer. »Früher wollte ich immer weit, weit weg...«, murmelte sie. »Ich sehnte mich nach Abenteuern, und ich träumte mich dorthin, wo es etwas zu erleben gab... zum Beispiel nach Indien oder nach England.« Sie lachte leise. »Und jetzt bin ich hier und werde morgen nach Merrymeeting fahren. Das klingt für mich im Grunde genauso fremd und fern, denn bevor wir uns begegnet sind, hatte ich noch nie etwas von diesem Ort gehört.« Nach einem kurzen Schweigen fügte sie leise hinzu: »Aber jetzt finde ich es überhaupt nicht abenteuerlich oder aufregend. Im Grunde habe ich nur Angst.« Sie sah ihn fragend an. »Tyl, was für Wünsche hattest du früher?«

Er schwieg lange, dann antwortete er: »Ich hatte nie die Zeit, Wünschen nachzuhängen oder Träumen.«

Aber Delia glaubte ihm nicht. Als er sprach, blickte sie auf seinen Mund und erinnerte sich daran, daß sie von Anfang an seine Lippen hatte berühren wollen.

Jetzt tat sie es.

Unter ihrer Fingerspitze bewegte er den Mund. »Du bist einfach davongelaufen, ... du wolltest, daß ich dir folge.«

»Ja«, gestand sie. »Ja, das stimmt.«

»Und ich bin dir gefolgt.« Er richtete sich auf und preßte sie ungestüm an sich. »Und du weißt genau, warum ...«, murmelte er.

»Warum?« fragte sie und wollte, daß er ihr die Antwort nicht nur mit Worten gab.

Und das tat er.

Er nahm sie in die Arme und küßte sie.

Die Sprache seiner heißen Lippen verriet Verzweiflung. Er

erzwang sich mit seiner fordernden Zunge den Zugang zu ihrem Mund. Diesmal hinderte sie ihn nicht daran. Sie hoffte nur, sein Kuß werde nie aufhören.

Ihre Hände gruben sich in seine feuchten Haare. Sie rang nach Luft, riß seinen Kopf zurück und drückte ihre Lippen auf die weiche Vertiefung an seinem Hals. Sein Puls zuckte unter ihrem Mund, und sie spürte sein tiefes Atmen als Vibrieren auf der Haut.

Er preßte die Hüften an sie. Er wollte mehr, und sie sollte es wissen. Er wollte sie, und sie sollte sich ihm ganz hingeben.

Delia hörte ihr Herz so laut wie das Donnern der Brandung. Die Sonne brannte auf sie herab, die Erde unter ihr schien zu wanken. Sie ließ den Kopf zurücksinken. Als sie die Augen aufschlug, schien sich alles um sie herum zu drehen. Sein halb offener Mund suchte nach ihr.

»Liebst du mich, Tyl?«

»Mein Gott, Delia ...«, hörte sie ihn, »wie kannst du daran zweifeln ...«

Die Beine versagten ihr den Dienst, sie sank auf die Erde. »Nein, nicht hier«, flüsterte er und zog sie wieder hoch. »Hier ist es zu steinig.« Er nahm sie auf die Arme und trug sie in den Wald. Im Schatten der hohen Bäume war es still und kühl.

Sie blickte auf seine Hände, als er sie entkleidete. Die schmalen dunklen Finger lösten geschickt die Bänder und öffneten die vielen Knöpfe, bis das Mieder und das kurze Oberkleid über ihre Schultern auf den Boden fiel. Er streichelte ihre Brüste durch das dünne Leinen des Unterhemds, bis die Brustwarzen sich aufgerichtet hatten. Sie stand vor ihm und umklammerte seine Schultern. Ihr Kopf fiel weit zurück, und die Welt um sie herum versank.

Er flüsterte ihr Zärtlichkeiten ins Ohr, und sie hörte ihn so nah und doch aus weiter Ferne seine Liebe beteuern. Sie wollte nicht mehr zweifeln. Sie wollte ihm glauben. Seine suchenden Finger glitten über den Rock. Als er ein loses Ende der Verschnürung fand, zog er daran, aber die Schleife wurde zu einem festen Knoten.

»Mist!« stieß er halb lachend, halb keuchend hervor. »Du mußt dich umdrehen.«

Er schob ihre langen Haare über die Schultern und bedeckte ihren Nacken mit Küssen, während er vorsichtig versuchte, den Knoten zu lösen. Aber seine Zunge wurde immer gieriger, als er ihr Ohr erreichte, so daß Delia ihm schließlich mit dem Rock helfen mußte.

Als sie den Knoten endlich löste, schob sie den Rock über die Hüften. Mit dem Unterhemd hatte Tyl keine Schwierigkeiten. Er zog es ihr schnell über den Kopf. Die Luft war kühl, aber sanft auf ihrer nackten Haut.

Er stand hinter ihr, schlang die Arme um ihre Schultern und flüsterte: »Ich konnte es kaum erwarten, dich endlich ganz für mich zu haben.«

»Ganz...«, wiederholte sie leise, und ihr Herzschlag schien bei seinen Worten auszusetzen.

Er löste die Hände von ihr und legte sie dann fest um ihre Taille. Langsam drehte er sie um und trat einen Schritt zurück.

Instinktiv wollte sie die Arme vor die Brüste halten. Er hinderte sie sanft, aber mit Nachdruck daran.

»Nein, Delia. Ich will dich ansehen.«

Sie hob zögernd den Kopf, und als sie die Leidenschaft in seinen Augen sah, schlug sie schnell die Augen nieder.

Ich will dich ganz haben...

Ihre Haut begann zu glühen und sich zu straffen.

Wenn du mich jetzt berührst, Liebster, werde ich aufschreien...

Er zog sein Hemd aus und breitete es wie eine Decke auf den Boden. Als er mit nacktem Oberkörper vor ihr stand, nahm sie all ihren Mut zusammen und legte ihm die Hand auf die Brust. Mit leichtem Beben spürte sie seine Muskeln, die Haut und die dicht gekräuselten Haare.

Es war für sie wie ein berauschender Sieg, als er plötzlich am ganzen Körper zu zittern begann.

Er beugte sich langsam vor. Ihre Lippen vereinigten sich zu einem langen Kuß, und sie sanken auf die Knie. Er umfaßte sie sanft mit beiden Händen und legte sie auf den Rücken. Sie lag halb auf seinem Lederhemd und halb auf einem weichen Polster aus Farn, Kiefernnadeln und trockenem Laub.

Er legte sich neben sie und verschlang sie mit seinen Blicken. »Ich habe seit der ersten Nacht von deinem Körper geträumt...«, murmelte er. »Delia, du ahnst nicht, wie schön du bist.«

Sie wollte ihm sagen, daß auch sie von ihm geträumt hatte, aber sie brachte kein Wort hervor.

Er umfaßte erst eine Brustwarze, dann die andere. Dann streichelte er beide Brüste, und schließlich küßte er sie abwechselnd mit hungrigen Lippen. Er nahm die aufgerichteten Brustwarzen zwischen die Zähne und liebkoste sie im nächsten Augenblick mit der Zunge. Sie drückte den Kopf auf die Erde und stöhnte unter dem Gefühl der Lust. Sie wollte, daß er aufhörte, weil sie zu explodieren glaubte, aber sie wollte auch, daß er nie mehr aufhören würde, sie so zu lieben.

Seine Hände erkundeten sie zärtlich, streichelten ihren Oberkörper, den Bauch, die Hüften und die Schenkel. Sein Mund verschloß den ihren, seine Zunge stieß tief in sie hinein. Er leckte und saugte an ihren Lippen, und dann waren seine Hände überall. Ihre Haut wurde von ihm geküßt und liebkost. Langsam steigerte sich die sanfte Wärme zu einer immer heißer werdenden Glut.

Er rückte stöhnend noch näher. Seine Finger schoben sich tiefer und tiefer, bis sie tastend und suchend die seidigen Haare zwischen ihren Schenkeln erreichten, und sie erbebte. Sie wollte sich unwillkürlich wehren, weil er die intimste Stelle ihres Körpers berührte, aber nur ein leises Stöhnen kam über ihre Lippen.

Zart und vorsichtig folgte er mit dem Zeigefinger dem Umriß ihrer Schamhaare, und sie öffnete sich ihm voll Vertrauen und ließ ihn erkunden, was er wollte.

Es geschah so plötzlich, daß sie sich hoch aufbäumte, als sein Finger in sie hineinglitt. Er wiederholte das Spiel schnell und immer schneller, bis sie glaubte, über den zuckenden Blitzen ihrer Lust den Verstand zu verlieren. Alles schien sich auf den einen pulsierenden Punkt zu konzentrieren, den er mit seinem Daumen berührte. Sie fühlte sich willenlos, preßte und drückte sich gierig gegen seine Hand. Ihre Schenkel schlossen sich fest um ihn, als ein zitterndes Beben der höchsten Wonne sie erfaßte und sich ein wilder Schrei ihrer Kehle entrang.

Er warf sich auf sie, drückte sie an den Boden und preßte seinen Leib mit ganzer Kraft auf sie. Seine Hand umklammerte ihre Haare, und dann sah sie sein glänzendes Gesicht über sich.

»Willst du mich jetzt ganz, Delia?«

»Komm ...«, stöhnte sie.

»Sag, daß du mich willst ... jetzt!«

»Jetzt ... ja, ich will dich ...«, flüsterte sie willenlos.

Er richtete sich auf und saß breitbeinig über ihr. Seine Knie umgaben ihre Hüften wie ein Schraubstock. Sie schlug die Augen auf und sah ihn an.

Unter der Wildlederhose zeichneten sich deutlich die Muskeln seiner Oberschenkel und seine Männlichkeit ab. Sein Bauch war glatt und flach und hob und senkte sich unter den keuchenden Atemzügen. Die zwei dunklen Brustwarzen ragten rot aus den dunkelbraunen Haaren, die seinen Oberkörper bedeckten. Sie hob die Hand und umfaßte den kleinen Lederbeutel, der um seinen Hals hing – sein Totem. Dann strich sie in sanften Kreisen um die harten Brustwarzen und spürte sein Stöhnen mehr, als daß sie es hörte. Ein paar Sonnenstrahlen fielen durch die Zweige und trafen sein Gesicht. Die dunklen Augen schimmerten wie zwei blaue Monde.

Er sprang auf, löste die Bänder seiner Hose und zog sie hastig aus. Beim Anblick seines Geschlechts und dem Gedanken an das Ungeheuerliche, das nun geschehen würde, schloß sie ängstlich die Augen.

»Faß mich an«, flüsterte er.

Sie bewegte sich nicht. Sie wagte nicht mehr zu atmen.

Er griff nach ihrer Hand und schloß sie um sein Glied. Sie war überrascht, daß es so heiß und glatt war. Es füllte ihre Hand, die er langsam auf und ab bewegte. Als schien sie zu ahnen, was er wollte, drückte sie fester, aber als er stöhnte, ließ sie ihn los.

Seine Hände schoben ihre Schenkel auseinander. Sie spürte ihn zwischen ihren Beinen. Seine Augen richteten sich fest auf sie, als er in sie eindrang.

Delia schrie, bäumte sich auf und schob ihn, ohne auf den Schmerz zu achten, tiefer in sich hinein. Sie spürte, wie er sich plötzlich anspannte, als er den unerwarteten Widerstand spürte, und sie sah in seinen blauen Augen grenzenloses Staunen. Aber er konnte nicht mehr aufhören. Er hatte ihr die Jungfernschaft bereits genommen. Nach kurzem Zögern stieß er zum zweiten Mal und noch fester zu. Er war tief in ihr, aber ihr Schrei erstarb unter seinen Lippen.

Er küßt sie zärtlich und sanft. Dann flüsterte er ihr ins Ohr: »Keine Angst, Delia ... es ist alles gut ... es ist alles gut.«

Er bewegte sich nicht. Sie spürte ihn dick und hart in sich, und erst als sie sich langsam entspannte, begann er, sich wieder zu bewegen. Er tat es langsam, aber ohne Zögern, und alles, was vorher geschehen und bereits so unaussprechlich schön gewesen war, schien nichts im Vergleich zu diesem Gefühl. Er bewegte sich in ihr. Er hatte sich mit ihr vereinigt, und sie überließ sich ihm. Er wurde zu einem Teil von ihr, und sie umgab ihn mit ihrer ganzen Liebe.

Als er schneller und heftiger wurde, mischte sich in das Gefühl wieder Schmerz, und sie wollte ihm ausweichen, aber er umfaßte ihr Gesäß mit beiden Händen, hob sie hoch, stieß fester und tiefer und wurde noch leidenschaftlicher. Er hob den Oberkörper, lehnte sich zurück und nahm sein Gewicht von ihr. Eine Hand schob er zwischen die vereinigten Körper, bis er den Punkt ihrer Lust wieder fand. Er fuhr mit dem Daumen darüber, und dann spürte sie nichts mehr als die übermenschliche Ekstase: Zucken, Keuchen, Glühen, Stoßen, Reiben, Stöhnen – bis sich alles tief in ihrem Leib zu einer Explosion der höchsten Glücksgefühle steigerte.

Sie riß die Augen auf und sah, wie er den Kopf zurückwarf. Er hatte die Lippen zusammengepreßt und verzog den Mund wie unter heftigen Schmerzen. Dann stieß er noch einmal mit ganzer Kraft in sie. Sein Körper erbebte, und ein tiefes Stöhnen entrang sich seiner Brust. Im selben Augenblick schoß sein Samen hervor und füllte sie.

Ihre Liebe zu ihm entzündete sich gleichzeitig mit solcher Gewalt, und die Explosion war so heftig, daß alles um sie in einem schwarzen Nichts versank.

Tyl lag ausgestreckt auf dem Rücken. Sein Atem ging noch immer flach und schnell. Er fühlte sich schwer wie Blei, als habe man ihn geschlagen. Er hatte nicht einmal mehr die Kraft, die Augen zu öffnen.

Er spürte, wie sie sich neben ihm bewegte, und streckte die Hand nach ihr aus. Er stieß gegen ihren Ellbogen und tastete den Arm entlang, bis er ihre Hand fand. Er staunte wie immer darüber, wie klein und zart sie war. Ein seltsamer Schmerz zuckte durch seine Brust, und fassungslos stellte er fest, daß ihm die Tränen kamen. Aber er wußte nicht, warum.

Er blieb bewegungslos liegen und sammelte seine Kraft. Dann drehte er sich schließlich zur Seite. Er sah sie an und lächelte schwach.

Sie lag regungslos und stumm neben ihm. Ihre Blicke trafen sich. Langsam hob sie den Zeigefinger und legte ihn auf seine Unterlippe.

»Ich liebe dich, Tyl...«

Er senkte den Kopf. Die Tiefe der Gefühle, die er in ihren Augen gesehen hatte, bereitete ihm Unbehagen. Er rückte etwas näher an sie heran und küßte sie auf die Nasenspitze, dann auf die Wange und schließlich auf den Mund. Sie seufzte und öffnete ihre warmen, feuchten Lippen, die nur dazu bestimmt zu sein schienen, ihm Freude zu schenken.

Entschlossen drehte er sich auf die andere Seite, griff nach seiner Hose und zog sie im Liegen an. Ihre Worte hingen unbeantwortet in der Luft.

Tyl, ich liebe dich...

O Gott, das hatte er nicht gewollt.

Er drehte sich um und sah sie an. Sie lag in ihrer ganzen Nacktheit vor ihm und war noch begehrenswerter als zuvor. Ihre Blicke trafen sich, und für sie beide kehrte die Erinnerung an das zurück, was gerade erst geschehen war. Sie setzte sich auf, griff nach ihrem Rock und zog ihn an. Dann streifte sie das dünne Leinenhemd über den Kopf und schob die Falten unter den Rockbund. Sie war bis über beide Ohren rot vor Verlegenheit, und er mußte beinahe über dieses verspätete Gefühl für Sittsamkeit lächeln.

»Delia, warum hast du mir nicht gesagt, daß du noch Jungfrau warst?«

Sie schloß kurz die Augen und mußte schlucken. Ihre Wangen glühten noch immer, aber um den Mund herum wurde sie blaß. Als sie die Augen wieder öffnete, waren sie mit Tränen gefüllt.

»Ich habe dir bereits an dem Abend, als wir uns begegnet sind, gesagt, daß ich nicht schon deshalb eine Hure bin, weil ich in einer Hafenkneipe arbeite.« Sie schluckte ein paarmal, dann fügte sie kaum hörbar hinzu: »Ich wußte natürlich, daß du mir nicht glaubst.«

Das konnte Tyl nicht leugnen, aber er wollte die Freude nicht trüben, die sie geteilt hatten, und deshalb lächelte er nur stumm, streichelte ihre Wange und hob ihr schließlich das Kinn. »Ich hätte es wissen müssen, denn du hast mich jedesmal, wenn ich dir zu nahe kam, so heftig zurückgewiesen. Kannst du dir vorstellen, wie du mich in den letzten Wochen hast leiden lassen?«

Sie lachte gequält, und es klang eher wie ein Schluchzen. Ihre Unterlippe zitterte, und er konnte nicht widerstehen, mit der Zunge sanft darüber zu fahren, und sie dann ebenso zart zu küssen. Aber sie wandte schnell den Kopf ab.

»Es war wohl nicht ganz so schön für dich? Ich meine, mit einer Jungfrau, die nicht weiß, was sie tun soll...«

»Delia...«

Er legte ihr den Arm um die Schulter und lächelte sie an. Was sollte er ihren ernsten, fragenden Augen sagen? Die arme Kleine, sie machte sich Gedanken darüber, ob es für ihn »schön« gewesen war, obwohl es für sie wohl kaum angenehm oder irgendwie befriedigend hatte sein können.

»Ich habe alles verpatzt«, murmelte er schließlich reumütig. »Vermutlich hast du jetzt schreckliche Schmerzen...«

Sie schüttelte den Kopf. »Nein, Tyl, aber...«

Er legte ihr schnell zwei Finger auf die Lippen. »Es tut weh, ich weiß es.« Er zog sie an sich und drückte ihren Kopf an seine Schulter. »Du bist so zierlich und so schmal gebaut. Ich hätte nicht so heftig sein dürfen und wie ein wilder Stier...«

Sie murmelte schluchzend: »Es hat nur anfangs etwas weh getan. Dann war es schön, dich in mir zu fühlen, Tyl. Wirklich ... es war so schön.«

»Es war auch für mich sehr schön«, flüsterte er und dachte, daß die Worte kaum das ausdrückten, was er bei der Vereinigung mit ihr empfunden hatte. »Schön«? O nein, es war die reine Ekstase gewesen.

Er strich ihr langsam über ihre Haare; dann hob er ihren Kopf, damit er ihr in die Augen sehen konnte. »Damals, das erste Mal bei der Grube, konnten wir uns beide nicht mehr beherrschen, und ich dachte, du wolltest mich ...«

»Ja, das wollte ich auch, Tyl.«

Sie sagte das in aller Unschuld. Es war so ehrlich und offen, daß er fast verlegen wurde. Er küßte sie schnell auf den samtigen Mund und mußte sich eingestehen, daß ihn noch nie eine Frau mit dieser vertrauensvollen Offenheit geliebt hatte.

»Wenn ich das nächste Mal mit dir schlafe, dann werden wir uns viel Zeit nehmen. Es wird so schön und wunderbar sein, wie es sein kann, wenn ein Mann eine Frau liebt.«

»Das nächste Mal ...« Sie sah ihn unsicher und unter Tränen an. »Tyl, willst du damit sagen, daß du mich noch einmal haben willst?«

Er umarmte sie und flüsterte ihr ins Ohr: »Ich will dich immer wieder und wieder haben, immer wieder ...«

Sie lachte glücklich, ließ sich auf den Boden sinken und zog ihn mit sich. »Jetzt?«

Unbeschwert und plötzlich von allen Lasten befreit, lachte auch er. »Du verlangst viel, Kleines«, sagte er neckend, zog das Leinenhemd aus ihrem Rock und schob ihn über ihre Hüften. »Vergiß nie, daß ein Mann zwischendurch wieder zu Kräften kommen muß. Außerdem haben wir noch den Nachmittag und die ganze Nacht.« Er küßte sie zärtlich und murmelte: »Aber wenn du willst, kann ich gleich dafür sorgen, daß du ...« Seine Lippen glitten tiefer und legten sich um eine Brustwarze, die sich sofort aufrichtete, »... bereit bist.«

Seine Zunge liebkoste bereits die Unterseite der Brust. »Ich werde dir auch zeigen, wie du mich…« Er schmeckte den salzigen Schweiß und entfernte behutsam mit den Fingerspitzen eine paar Kiefernnadeln, die an ihr klebten, »… bereit machst.«

Sie hielt die Luft an und fuhr mit den Fingern durch seine Haare. »Tyl, was soll mit Nat geschehen?«

Seine Zunge glitt bereits über ihren Bauch, und er stellte zu seiner Überraschung fest, daß er vielleicht nicht lange warten konnte. »Hm?«

»Ich meine Nathaniel Parker. Was sollen wir ihm sagen?«

Tyl hatte Nat völlig vergessen und wollte auch jetzt nicht an ihn denken, denn Delia überließ sich ihm, und seine Leidenschaft stellte sich stürmisch wieder ein.

»… Wir sagen nichts«, murmelte Tyl, und seine Zunge spielte mit ihrem Nabel.

Sie wand sich stöhnend unter seinen Liebkosungen. Er mußte unwillkürlich lächeln. Vielleicht hatte er doch nicht völlig versagt, und es war ihm gelungen, die widerspenstige Delia in die Freuden der Liebe einzuweihen.

»Aber wir müssen ihm etwas sagen, Tyl«, stieß sie atemlos keuchend hervor. Ihre Haut unter ihm begann zu zittern und heiß zu werden. »Wird er nicht wütend sein, wenn er erfährt, daß du mich an seiner Stelle heiratest…«

Tyls Zunge, die gerade weiter nach unten glitt, bewegte sich nicht mehr. Plötzlich war es so still, daß er den fernen Schrei einer Möwe hörte. Ein kalter Windstoß traf seinen nackten Rücken.

Er rollte zur Seite und setzte sich auf. Dann zwang er sich, ihr in die verwirrten Augen zu sehen. Er kam sich schlecht und gemein vor. Er hatte das Gefühl, sich wie durch dichten Nebel zu seinem Verstand durchzukämpfen. Der stechende Schmerz wachsender Schuldgefühle in seiner Brust machte jeden Atemzug zur Qual.

Er griff nach ihren Händen und zog sie hoch, so daß sie sich gegenübersaßen. Sie schien so verletzlich und kaum älter als ein Kind zu sein. Bei Gott, sie war kaum älter als ein Kind. Im Grunde war sie noch ein junges Mädchen – nur in einem wesentlichen Punkt nicht mehr, und daran trug er die Schuld.

Er sah die wachsende Angst in ihren Augen und mußte schlucken, aber dann holte er tief Luft und sagte klar und deutlich: »Ich werde dich nicht heiraten, Delia.«

Sie legte die Arme über die Brüste und wiegte sich langsam hin und her. Dann verzog sie den Mund. »Aber du hast doch gesagt, daß du mich liebst ...«

»Das habe ich nicht gesagt.«

»Doch! Glaubst du, ich hätte das alles geschehen lassen, wenn ... o Gott, Tyl!«

Sie schlug sich mit den Fäusten auf die Schenkel. Tränen flossen ihr über die Wangen. »Glaubst du, das alles wäre geschehen, wenn ich nicht an deine Liebe geglaubt hätte?« rief sie schluchzend. »Du hast mir Geschenke gemacht ... die Kleider und das Pferd ... und die Mokassins, die deiner Mutter gehört haben ...«

»Delia ...«

»Du hast mir ins Ohr geflüstert, daß du mich liebst. Nur deshalb habe ich dir deinen Willen gelassen ... nur deshalb!« Sie schluckte und fuhr sich mit der Hand über das Gesicht. »Aber ich liebe dich, Tyl. Verstehst du das nicht? Und du hast gesagt, daß du mich auch liebst ...«

Hatte er sich wirklich von seiner Leidenschaft hinreißen lassen und diese albernen Worte geflüstert? Das konnte und wollte er nicht glauben.

Sie weinte jetzt hemmungslos und rang schluchzend immer wieder nach Luft. Er konnte es nicht ertragen, aber gleichzeitig fühlte er sich von ihren Gefühlen überwältigt und in die Enge getrieben. »Es tut mir leid, daß es geschehen ist«, murmelte er verlegen. »Ich hatte nicht vor, dich zu verletzen ... Bitte glaub mir das.«

»Lügner!«

Er griff nach ihrer Hand, aber sie riß sich von ihm los, sprang auf und zog das dünne Leinenhemd über ihren Körper. Auch Tyl stand auf. Die bleierne Last hatte sich wieder auf ihn gesenkt, und er schwankte unsicher.

Er zuckte hilflos die Schultern. »Ich bin einfach nicht bereit, schon jetzt zu heiraten. Was ich vom Leben erwarte, hängt ganz davon ab, mit welchem Fuß ich morgens zuerst aufgestanden bin. Wie soll ich da wissen, was ich von einer Frau erwarte?«

Sie bückte sich nach ihrem Rock. Dabei verlor sie das Gleichgewicht und sank wieder auf die Knie. Er trat zu ihr und wollte ihr beim Aufstehen helfen. Sie umklammerte seine Beine und schluchzte. »Tyl, tu mir das nicht an. Ich liebe dich wirklich. Ich werde immer gut zu dir sein. Ich werde die beste Frau sein, die du dir vorstellen kannst.«

Er packte sie bei den Schultern, zog sie hoch und schüttelte sie. »Hör auf damit, Delia!« rief er außer sich. »Ich werde dich nicht heiraten!«

Delias Tränen versiegten schlagartig. Ein Schauer lief ihr über den Rücken, und sie schlug die Hände vor das Gesicht. Dann sah sie ihn an. »Tut mir leid ... ich wollte dich nicht in Verlegenheit bringen ... oder mich demütigen.«

Sie drehte sich um und zog sich schweigend an. Er hatte das Gefühl, etwas tun zu müssen, etwas zu sagen oder zumindest seine Kälte und Grausamkeit zu erklären. Aber er fühlte sich völlig hilflos und wurde von seinem schlechten Gewissen in die Defensive getrieben.

»Wenn ich geahnt hätte, daß du noch Jungfrau bist und mich auf so romantische Weise liebst, hätte ich mich nicht so vergessen, Delia, bestimmt nicht ...«

Sie drehte sich um, und vor ihm stand wieder die alte Delia – zornig und kämpferisch. »Das also glaubst du?« rief sie. »Ich liebe dich auf ›romantische Weise‹?«

»Was sonst? Wir kennen uns kaum.«

Sie schnürte das Mieder zu und trat dann gefährlich nahe vor ihn hin. Sie blickte ihm direkt in die Augen. »Du kanntest mich gut genug, um mit mir zu schlafen. Oder ist es eines deiner männlichen Machtspiele, junge unschuldige Mädchen zu verführen?«

»Unschuldig!« Er lachte kurz auf, und es klang höhnisch. Dann erwiderte er ihren Blick und sagte leise, aber mit schneidender

Kälte: »Jungfrau hin, Jungfrau her, du hast genau gewußt, was du tust, Delia. Glaub ja nicht, daß du den Verlust deiner kostbaren Unschuld dazu benutzen kannst, mich in eine ungewollte Ehe zu locken.«

Sie unterdrückte mühsam ihr Schluchzen, aber ihre Augen spiegelten ihre Qual, und ihre Lippen zitterten leicht. Noch nie im Leben hatte er eine Frau so leidenschaftlich küssen wollen wie sie in diesem Augenblick, und er haßte sie deshalb beinahe. Sie raubte ihm scheinbar mühelos den Verstand, und er verlor die Kontrolle, wenn sie ihn nur ansah.

»Das will ich nicht, Tyl«, flüsterte sie tonlos. »Das habe ich nie gewollt…«

»Wirklich nicht?« Er ließ sie los, und sie wich schwankend einen Schritt zurück. »Du weißt sehr gut, daß du nichts als eine armselige schmutzige Bedienung in einer billigen Hafenkneipe warst, als ich dich in meinem Bett gefunden habe. Niemand kann mir vorwerfen, daß ich dachte, du seist eine Dirne, die es mit jedem Mann treibt, der sie dafür bezahlt…«

Es waren Schuldgefühle und Angst vor dem Verlust seiner Freiheit und seines Seelenfriedens, die ihn dazu brachten, diese häßlichen Worte auszusprechen. Er verstummte erschrocken, als er sah, was sie bei Delia auslösten. Das Blut wich aus ihrem Gesicht, als habe er ihr das Herz aus dem Leib gerissen. Sie verdrehte die Augen und schwankte. Er mußte sie stützen, damit sie nicht fiel.

»Ich habe es nicht so gemeint…«, murmelte er betroffen.

Sie zitterte heftig und wollte sich losreißen. »Laß mich…« Ihre Stimme versagte.

Er ließ sie los.

Am liebsten wäre er in diesem Augenblick vor Scham im Boden gesunken. Er kam sich jämmerlich und nichtswürdig vor. Es wäre besser gewesen, wenn sie ihn geschlagen, ihn angeschrien oder mit Füßen getreten hätte. Aber sie blickte ihn nur mit großen Augen an, und er wußte, sie haßte ihn nicht, auch wenn er es jetzt mehr denn je verdiente. Sie liebte ihn. Und Tyl hatte vor dieser Liebe Angst, denn er wollte nicht so große Macht über einen anderen

Menschen besitzen. Vor allem wollte er nicht, daß ein anderer soviel Macht über ihn besaß.

»Verzeih mir, Delia«, murmelte er und ließ den Kopf sinken.

Sie hob die Hand, ließ sie aber wieder sinken. »Du mußt mir verzeihen«, sagte sie leise. »Es war alles meine Schuld. Ich habe mir etwas gewünscht, das ich nicht haben kann. Ich habe mir etwas eingeredet, das nur ein Traum war...«

»Delia, bitte...«

»In der Nacht, als ich dich zum ersten Mal gesehen habe und als deine Hände mich berührten, dachte ich, es gäbe auf der ganzen Welt keinen besseren Menschen als dich. Damals habe ich mich in dich verliebt, Tyl. Aber ich hätte dir meine Ehre nicht einfach so geben dürfen. Ich hätte nicht zulassen dürfen, daß du mit mir wie mit einer Hure schläfst.«

Sie drehte sich um und ging davon. Tyl war nahe daran, sie zurückzurufen. Er wollte sie um Verzeihung bitten und ihr sogar versprechen, sie zu heiraten, wenn es sein mußte. Er wollte alles tun, um ihr die unerträgliche Qual zu nehmen. Aber er mußte sich gleichzeitig eingestehen, daß es noch grausamer gewesen wäre, sie zurückzurufen, denn dann hätte sie noch mehr gelitten. Denn sie wollte seine Liebe, und die konnte er ihr nicht geben.

Er blieb noch lange an dem Platz stehen, nachdem sie gegangen war. Aber schließlich beugte er sich langsam vor und hob sein Hemd auf. Als er es anziehen wollte, sah er das Blut... *ihr* Blut.

Er verließ den Wald und ging den Fußpfad hinunter zum Meer. Am Ufer kniete er sich in den Sand und tauchte das Hemd in die Wellen. Er sah, wie sich das Blut mit dem Wasser vermischte und langsam verschwand. Mit dem Blut ihrer Jungfräulichkeit schien er jedoch auch etwas in sich zu entfernen. Etwas, das zu ihm gehört hatte, schwand, und erst, nachdem er es verloren hatte, wurde ihm bewußt, daß es ein entscheidender Teil seines Wesens war.

Als er nachdenklich den Kopf hob, wurde es ihm schlagartig bewußt: Er hatte die Freude verloren. In den letzten Wochen, seit Delia in sein Leben getreten war, hatte ihn die Freude glücklich und stark gemacht. Bereits beim Aufwachen am frühen Morgen freute er sich bei dem Gedanken, ihr schelmisches, lächelndes Gesicht zu sehen und ihre dunkle, seltsam rauchige Stimme zu hören. Sie hatte ihn zum Lachen gebracht und ihn wütend gemacht, aber vor allem hatte sie ihm die Freude am Leben geschenkt. Sein Verlangen nach ihr hatte alle Grenzen überstiegen und …

Er verwünschte sie, und er verwünschte ihren verführerischen, sinnlichen Körper. Seine Leidenschaft war noch immer nicht gestillt. Trotzdem brachte er nicht den Mut auf, sie zu lieben. Deshalb schob er sie von sich und ließ sie gehen.

Aber die Freude war mit ihr aus seinem Leben verschwunden.

Elftes Kapitel

Die schönen Mokassins mit den bunten Perlen lagen auf seiner Satteltasche und wirkten verloren. Die Spitzen berührten sich, und die Fersen standen etwas auseinander. Tyl bückte sich und wollte sie wegnehmen, aber seine Hand zögerte, als bringe er es nicht über sich, sie anzufassen. Dann schnaubte er wütend, packte die Mokassins und schob sie tief in die Satteltasche, damit er sie nicht mehr sehen mußte.

»Verflucht...«, murmelte er.

Er hängte sich die Satteltasche über die Schulter und ging damit hinaus in die helle Morgensonne. Im Hof wartete Susan auf ihn.

»Schade, daß du nicht länger bleiben kannst«, sagte sie und errötete leicht, als er neben ihr stand.

Er stellte die schwere Satteltasche auf den Boden, sah sie an und wandte den Blick ab. Nach monatelangem Warten hatte Susan ihm am Abend zuvor angeboten, mit ihm zu schlafen. Er hatte wenigstens soviel Anstand besessen, es nicht zu tun. Seine Ablehnung war für Susan jedoch noch schmerzlicher als alles andere gewesen.

Es war Tyl somit in den letzten vierundzwanzig Stunden gelungen, die Gefühle zweier begehrenswerter Frauen zu verletzen, und deshalb war er an diesem Morgen nicht gerade in bester Stimmung. Er konnte sich selbst nicht ausstehen.

»Ich werde nicht lange in Merrymeeting bleiben, sondern schon nächste Woche zurückkommen«, antwortete er. »Die Schwangerschaft einer Frau auf Cape Elizabeth geht zu Ende, und sie ist sehr zierlich. Die Geburt wird ihr vermutlich alles abverlangen, und ich habe versprochen, für alle Fälle zur Stelle zu sein, wenn es Komplikationen geben sollte.«

Susan senkte den Kopf. »Ja, also ... du kannst natürlich hier übernachten.«

Tyl gelang es mit einiger Anstrengung, unverbindlich zu nicken, aber er sagte nichts.

Sie standen neben dem großen schwarzen Kessel. Das Feuer war ausgegangen. Die Seife war halb erstarrt und rissig. Delia und die Hookers gingen zum Landesteg, wo gerade die beiden Ochsen auf den Schoner getrieben wurden, der sie nach Merrymeeting bringen sollte. Caleb zeigte Delia etwas, worüber sie laut lachte. Die morgendliche Brise trieb Tyl und Susan das unbeschwerte Lachen zu.

»Wirst du die Kleine heiraten?« fragte Susan und bemühte sich um einen beiläufigen, spöttischen Ton, was ihr aber nicht gelang.

Tyls Augen hingen an Delia, aber jetzt sah er Susan an, und sein Gesicht wirkte zornig. »Ich habe nicht die Absicht zu heiraten ... weder jetzt noch in Zukunft.«

Sie wurde blaß, und ihre Hände zitterten leicht. Tyl bedauerte seine rücksichtslose Offenheit sofort, aber die Wahrheit mußte klar und deutlich ausgesprochen werden. Er wollte ein Mißverständnis wie mit Delia nicht noch einmal erleben.

Er preßte die Lippen zusammen und starrte wieder auf das schwarzhaarige Mädchen vor dem Segelschiff. Sie war natürlich der eigentliche Grund für seine Schuldgefühle, seine Verwirrung und seine Enttäuschung.

Du meine Güte, dachte er, da schläft man mit einer Frau oder denkt nur daran, mit ihr zu schlafen, und schon fängt sie an, von Heirat zu reden und Kinderliedchen zu singen ...

Delia hätte sich umdrehen müssen, um zu sehen, daß Tyl sie beobachtete. Aber das war nicht nötig, denn sie spürte den Blick seiner dunkelblauen Augen in ihrem Rücken. Die klopfenden Schmerzen zwischen ihren Schenkeln ließen zwar allmählich nach, erinnerten sie aber noch sehr deutlich an alles, was gestern geschehen war. Natürlich würde sie es ohnehin nie vergessen können. Delia wußte, daß sie nicht vor ihm davonlaufen konnte und wieder mit ihm reden mußte. Aber im Augenblick fühlte sie sich dazu wirklich nicht in der Lage.

Jemand legte ihr die Hand auf den Arm. Als sie sich umdrehte, stand Elizabeth vor ihr und sah sie besorgt an.

»Delia, ist alles in Ordnung? Du siehst aus, als ob... nun ja, als ob du jeden Augenblick in Tränen ausbrechen würdest.«

»Ich habe... ich habe Heimweh«, log Delia schlagfertig. »Vielleicht bin ich auch ein wenig aufgeregt. Schließlich werde ich bald Mr. Parker kennenlernen und...«

Das war keine Lüge. Sie hatte sich in einen Mann verliebt und einem anderen die Ehe versprochen. Sie hatte sich Tyl willentlich hingegeben, aber sie sollte die tugendhafte Frau eines anderen sein. Jetzt mußte sie die Folgen auf sich nehmen. Delia zweifelte nicht daran, daß ihr die Schande für alle sichtbar auf der Stirn geschrieben stand. Sie hatte gehofft, daß für sie in Merrymeeting ein neues Leben beginnen würde – ein Leben als ehrbare verheiratete Frau. Das alles hatte sie verspielt. Der arme Nat Parker und seine zwei Töchter hatten etwas Besseres als sie verdient.

Caleb folgte seinen Ochsen an Bord und vergewisserte sich, daß sie gut und sicher untergebracht waren. Elizabeth sah ihrem Mann nach, der über Deck ging und auf einer Treppe nach unten verschwand. Sie trat noch einen Schritt näher zu Delia und sagte leise: »Willst du wirklich diesen Mr. Parker heiraten? Was ist denn mit Dr. Savitch? Mir scheint, daß du und er... also, ihr zwei seid allem Anschein nach so...«

Delia biß sich auf die Unterlippe und starrte auf das Wasser. Sie mußte mit den Tränen kämpfen. Wie war es möglich, daß sie immer noch Tränen hatte?

»Ich... ich hatte gehofft, daß Tyl mich heiratet, Elizabeth. Er... er heiratet mich aber nicht.«

»Ach Delia...«, Elizabeth drehte sich um und blickte den sanft ansteigenden Abhang hinauf, wo Susan und Tyl neben dem schwarzen Kessel standen.

Delia schluchzte kurz, und dann hob sie trotzig den Kopf. »Bestimmt werde ich eines Tages an all das denken, was hier geschehen ist, und mich glücklich preisen, daß es so gekommen ist und nicht anders.«

»Ja, Delia! Vermutlich hast du recht«, sagte Elizabeth und nickte. »Er ist ein guter Mann, aber ich könnte mir denken, daß Dr. Savitch kein besonders guter Familienvater sein würde.«

Caleb erschien an der Reling und rief zu ihnen herunter, es sei Zeit, an Bord zu gehen. Elizabeth eilte zu dem schmalen Steg, aber Delia blieb zögernd stehen.

In ihren Augen standen die Tränen. Sie hatte die ganze Nacht geweint und fühlte sich völlig zerschlagen. Sie hatte ein flaues Gefühl im Magen, und die Qual in ihrem Herzen, das wußte sie, würde nie vergehen. Sie war am Abend zuvor nicht in das Haus zurückgegangen, sondern hatte sich in der Ruine des alten Forts in eine Ecke gekauert und solange geweint, bis sie glaubte, ihr Herz würde brechen.

Gott, ich liebe ihn so sehr! Aber er liebt mich nicht. Er wird mich nie lieben.

Sie wußte das und zweifelte nicht mehr daran. Weshalb konnte sie dann nicht aufhören, ihn zu lieben?

Ich bin wahrscheinlich zu stolz.

Ja, sie war immer so stolz auf ihren Stolz gewesen. Aber was war das für ein Stolz, wenn er zuließ, daß man einen Mann liebte, der einen verschmähte? Er hielt sie für eine billige Hure und hatte deshalb mit ihr geschlafen. Sie wußte, eigentlich hätte sie ihn dafür hassen müssen. Aber wie konnte sie ihn hassen, wenn sie ihn so sehr liebte?

Bei der Erinnerung an das, was im Wald geschehen war, empfand sie keineswegs Schamgefühle, sondern dachte nur an die unbeschreibliche Ekstase... an seine Hände, seine Lippen, seine Zunge, an die unsagbare Freude, von ihm geliebt zu werden. Als sich sein Samen in sie ergossen hatte, war es für sie gewesen, als habe sie etwas Übernatürliches berührt und ihr ein neues Leben gegeben.

Wie kann ich einen Mann hassen, der mir so großes Glück schenken kann?

»Delia...«

Ihr Herz setzte aus und fing im nächsten Augenblick an, heftig zu schlagen. Sie drehte sich langsam um und machte sich darauf gefaßt, ihn anzusehen, ohne ihm ihre Gefühle zu zeigen.

Sein Schritt wurde unsicher, aber er kam näher. In einigem Abstand blieb er schließlich vor ihr stehen. Er musterte sie, und seine gerunzelte Stirn bewies ihr, daß er die geschwollenen Lider und ihre roten Augen sah. Um seine Lippen zuckte es schuldbewußt.

»Guten Morgen, Delia«, sagte er leise und zögernd.

Sie lächelte ihn so freundlich wie möglich an. »Guten Morgen, Tyl.«

Schweigend standen sie sich gegenüber und blickten sich an. Schließlich holte Tyl tief Luft und seufzte. »Ich möchte mich noch einmal dafür entschuldigen, was ich ... ich meine für das, was gestern geschehen ist. Äh ... besonders für das, was ich gesagt habe ...«

»Ach, Tyl, wahrscheinlich hätten die meisten Männer so reagiert, wenn sich ihnen eine hysterische Frau vor die Füße geworfen hätte.«

»Mein Gott, Delia, hör bitte auf, *dir* Vorwürfe zu machen!« Er wollte nicht schreien, aber er verlor schon wieder seine Fassung und fuhr sich unglücklich mit den Fingern durch die Haare. »Es ... es ist nun einmal geschehen. Mehr nicht und ...«

»Nein, Tyl. Es ist nicht einfach nur geschehen.« Sie hob stolz den Kopf und hielt mit größter Anstrengung die Tränen zurück. »Ich schäme mich nicht, dich zu lieben. Aber ich verspreche dir, nie wieder darüber zu sprechen. Ich werde dich auch nicht mehr in Verlegenheit bringen, indem ich dich durch meine Anwesenheit herausfordere. Aber ich möchte dich um deine Freundschaft bitten. Ich weiß wirklich nicht, ob ich es ertragen würde, wenn wir nicht wenigstens Freunde sein könnten.«

Tyl rang sichtlich nach Worten. Er sah sie an und ließ dann den Kopf sinken. Er starrte schweigend auf den Boden und murmelte: »Deine Freundschaft bedeutet mir viel, Delia.«

Sie atmete erleichtert auf. Sie würde ihn nicht ganz verlieren. Tyl würde nicht ihr Liebhaber oder ihr Mann sein, aber etwas von ihm gehörte ihr, und damit mußte sie sich eben zufriedengeben.

Ihre Erleichterung war nur von kurzer Dauer.

»Ich hoffe, dir ist bewußt, daß du möglicherweise schwanger bist«, sagte Tyl.

Ihr Herz verkrampfte sich unter dem Ansturm der widersprüchlichsten Gefühle. »N... nein...«, flüsterte sie und schüttelte verwirrt den Kopf.

»Doch«, widersprach er ihr. »Du mußt mir versprechen, daß du mich sofort benachrichtigst, wenn du feststellst, daß du schwanger bist.«

»Wirst du mich dann heiraten, wenn ich ein Kind von dir bekomme?«

Er schwieg, dann stieß er nicht gerade sehr freundlich hervor: »Das muß ich wohl, oder? Du hast dich mir zwar freiwillig hingegeben, aber du warst nun einmal eine unwissende Jungfrau.«

Sie glaubte zu ersticken.

Er haßt mich, dachte sie. Nein, vielleicht nicht mich, aber er haßt den Gedanken, mich zu heiraten.

Als sie sich umdrehte und an Bord gehen wollte, stellte er sich ihr in den Weg. »Versprichst du, es mir zu sagen, wenn du ein Kind bekommst, Delia?«

»Du mußt keine Angst haben. Ich bin nicht schwanger!« fauchte sie und lief an ihm vorbei.

Kapitän Abbott, dem der Küstenschoner *Sagadahoc Maiden* gehörte, sah keineswegs so aus, wie sich Delia einen Piraten vorgestellt hatte. Er trug eine bestickte Seidenjacke mit Spitzen an den Ärmeln, die Haare fielen ihm in langen blonden Locken über die Schultern, und er lächelte charmant genug, um auch das härteste Frauenherz zu erweichen.

Delia erfuhr sehr schnell, daß Kapitän Abbott genaugenommen kein Pirat war, sondern das, was man in Maine einen »Contrebandier« nannte. Er war ein wichtiges Zwischenglied bei dem gewinnträchtigen, aber illegalen Handel mit den französischen Siedlern in Acadia. Natürlich verschmähte es Kapitän Abbott nicht, ein voll beladenes Handelsschiff etwas zu erleichtern, wenn der *Sagadahoc*

Maiden hin und wieder so eine fette Beute in den offenen Rachen schwamm.

»Jeder muß eben sehen, daß er auf seine Kosten kommt«, sagte der Kapitän mit einem vielsagenden Lächeln zu Delia und warf einen bewundernden Blick auf ihre runden Brüste.

Die leichte Brise bauschte die Segel, als sie die Casco Bay durchfuhren. Der Schoner hatte schon viele stürmische Jahre hinter sich und schaukelte unruhig auf den Wellen, aber Delia bemerkte vor Aufregung nicht einmal den Seegang. Zum ersten Mal im Leben segelte sie auf den endlosen Horizont zu, auch wenn der Horizont für sie diesmal nur die andere Küste näherbrachte. Delia liebte die sanften Geräusche auf dem Schiff – das Knarren der Wanten, das Flattern der Segel und Rauschen der Wellen am Bug. Der Wind fuhr launisch durch ihre offenen Haare und spielte mit den Locken. Die Gerüche von Fisch, Salz und nasser Leinwand weckten in ihr die alten Träume von unbekannten Abenteuern.

Elizabeth reagierte ganz anders auf das Schaukeln des Schiffs. Sie starrte mit großen Augen auf das zurückweichende Ufer mit den zerklüfteten Klippen und den dazwischenliegenden Kiefernwäldern. Als Caleb sah, daß seine Frau leichenblaß wurde, winzige Schweißtropfen auf ihre Stirn traten und sie ein Spitzentaschentuch an die Lippen preßte, fragte er schnell Kapitän Abbott, ob sie sich in seine Kabine zurückziehen dürften.

Während sie über die weite Casco Bay segelten, erklärte Kapitän Abbott Delia mit sichtlichem Vergnügen die vorbeigleitenden Sehenswürdigkeiten. In der Bucht lagen zahlreiche Inseln, die offenbar alle Namen hatten. Auf einigen standen sogar Blockhütten oder Steinhäuser. Am Ufer der größeren Inseln hatten die Fischer ihre Netze ausgebreitet oder Kabeljau zum Trocknen auf die Holzgestelle gelegt.

Als Delia eine Robbe entdeckte, die neben ihnen herschwamm, befahl Kapitän Abbott einem der Matrosen, aus den Vorratsbeständen ein paar Stücke getrockneten Fisch zu bringen. Der Kapitän gab sie Delia, nahm sie bei der Hand und zeigte ihr, wie sie der schlanken Robbe den Fisch zuwerfen sollte. Sie lachten beide, als sich die

Robbe auf den Rücken drehte und mit den Flossen klatschte, als wolle sie sich für die Leckerbissen bedanken. Dabei entging ihnen, daß Tyl an der alten Kanone lehnte und sie verdrießlich beobachtete.

Sie brauchten fast den ganzen Tag, um die Bucht zu überqueren. Auf der Ostseite begrüßte sie eine große Halbinsel mit hohen Kiefern und Granitklippen. Sie umfuhren das Kap der Halbinsel und erreichten eine Flußmündung, einen breiten, grauen Kanal mit dunkelgrünen Inseln, die sich sieben Meilen weit in die halbmondförmige Merrymeeting Bay erstreckten.

Die untergehende Sonne färbte die Segel rosarot. Der Meeresarm wurde breiter, und immer mehr Robben bevölkerten das Wasser. Ihnen mußten sie jedoch keinen Trockenfisch zuwerfen, denn es wimmelte nur so von Lachsen und Seebarschen, an denen sich die Robben satt fraßen.

Delia stand an der Reling und staunte über das Panorama, das sich ihren Blicken bot. »Das ist ja wunderschön…«, flüsterte sie überwältigt.

Sie spürte, wie jemand neben sie trat, und dachte, es sei Kapitän Abbott, aber als sie sich umdrehte, sah sie Tyl neben sich. Sie wurde rot, und ihr Herz schlug schneller.

»Der Legende nach«, sagte er leise, »gibt es irgendwo in Maine eine Stadt aus purem Gold. Sie heißt Norumbega. Viele haben sich schon auf die Suche nach ihr gemacht, aber niemand hat sie gefunden.«

Das blaugrüne Wasser war so klar wie der Himmel über ihnen. Das Meer schien den Himmel zu spiegeln oder der Himmel das Meer. In der Ferne erhoben sich im zarten Dunst blaue Berge, aber am Ufer stieg das Land nur sanft an. Die dunklen Kiefern, Tannen, Zedern und Ahornbäume überzogen die Anhöhen wie dicke kostbare Teppiche. Zahreiche kleine Bäche und Flüsse mündeten in die Bucht. Wilder Reis und saftiggrüne Sumpfgräser wiegten sich im Wind.

»In den schneebeckten Bergen entspringen fünf große Flüsse, darunter auch der Kennebec. Auf ihrem Weg herunter werden sie von unzähligen Bächen und Seen gespeist und münden schließlich in diese schöne Bucht.«

»Hier«, flüsterte Delia, »hier ist die goldene Stadt.«

Tyl sah sie mit großen Augen an, und so etwas wie Ehrfurcht zeigte sich auf seinem Gesicht.

»Ja, das stimmt«, sagte er. »Merrymeeting ist für mich wie eine Legende ...«

Er liebt dieses Land, dachte sie. Er liebt diesen Ort. Wie schön, daß es einen Platz gibt, an dem er glücklich sein kann, ein Zuhause.

Tyl schien aus einem Traum zu erwachen.

»Die Abenaki nennen es Quinnebequi. So heißt bei ihnen auch der Flußgeist. Sie glauben, er lebt in diesen Gewässern. Es ist ein heiliger Ort.«

Ein kalter Schauer lief Delia über den Rücken. »Ist Quinnebequi ein guter Geist?« fragte sie mit angehaltenem Atem.

»Natürlich.« Er lächelte und breitete die Arme aus, als wolle er alles, was sie umgab – die Bucht, die Bäume, die Flüsse –, umarmen. »Wie kann das Böse mit dieser Schönheit etwas zu tun haben? Dieses Gebiet, die Kennebecmündung, beherbergte die Fisch- und Jagdgründe meines Vol...«, er verbesserte sich, »der Norridgewocks.«

»*Beherbergte?*«

Er verzog schmerzlich das Gesicht. »Jetzt leben hier die *Yengi.*«

»Du bist doch auch ...«

Sie hatte sagen wollen: »Bu bist doch auch ein *Yengi.* Deine Eltern sind Engländer.« Aber inzwischen wußte sie, daß sein Wesen gespalten war, und sie zweifelte nicht daran, daß hier in den Jagdgründen, die unter dem Schutz des Flußgottes Quinnebequi standen, ein Teil von Tyls Seele am liebsten weilte. Und dieser Teil gehörte zu den Abenaki.

Die Segel klatschten, als die *Sagadahoc Maiden* beidrehte und auf die Mündung des Kennebec zusteuerte. Delia bekam den ersten Eindruck von ihrer neuen Heimat, der Siedlung Merrymeeting.

Beim Näherkommen sahen sie einen kurzen breiten Kai, auf dem viele Fässer standen. Lange weiße Kiefernstämme wurden gerade mit einer Winde in ein Schiff geladen. Ein Sägewerk beherrschte das Bild. Hier wurden die gefällten Baumstämme zu Bauholz und Brettern verarbeitet. Neben dem Sägewerk stand ein herrschaftliches Haus aus roten Steinen mit einem Walmdach.

Zwischen den dichten Bäumen am Saum des Ufers entdeckte Delia vereinzelte schlichte Holzhäuser. Zu ihrer Linken stand auf einer Anhöhe ein zweistöckiges, von Palisaden umgebenes Blockhaus. Auf dem Dach hing eine Glocke, und in den Wänden gab es Sehschlitze. Das Haus erinnerte drohend daran, daß Merrymeeting zwar eine Sägemühle hatte und ein Bethaus, sich sogar als Stadt bezeichnen mochte, daß es aber trotz allem ein Außenposten war in einer feindlichen und gefährlichen Umgebung.

Die *Sagadahoc Maiden* umschiffte eine Reihe flacher Flußkähne, die an Bug und Heck miteinander vertäut waren, und näherte sich langsam dem Kai. Die Hookers kamen an Deck. Elizabeth war zwar noch immer sehr blaß, aber die Seekrankheit hatte sich bei der Annäherung an das Land offenbar verabschiedet.

»Seht!« flüsterte Elizabeth und deutete zur Anlegestelle. »Sie erwarten uns.«

Delia kniff die Augen zusammen, denn die untergehende Sonne schien ihr direkt ins Gesicht. Am Kai stand eine Gruppe von Leuten, vor allem Männer.

Einer von ihnen ist bestimmt Nathaniel Parker ...

An der Spitze der Gruppe stand jedoch unübersehbar eine stattliche Frau in einem bunten Rock und mit einer Haube mit vielen flatternden Bändern – Mrs. Kemble.

Tyl fluchte leise.

»Wie ist es möglich, daß sie schneller hier war als wir?« fragte Caleb, und es klang nicht gerade glücklich.

»Ihr Schwager ist Fischer«, erwiderte Tyl. »Wahrscheinlich hat sie sich von ihm schon gestern zurückbringen lassen. Die alte Klatschbase ist wirklich ein Fluch.«

Delia wurde schamrot. Sie hob zwar stolz das Kinn, aber sie konnte ein nervöses Zittern nicht unterdrücken. Inzwischen wußte offenbar bereits ganz Merrymeeting, daß Tyl für Nat und seine beiden Töchter aus Boston eine freches liederliches Frauenzimmer aus einer Hafenkneipe mitbringen würde.

Als die Passagiere der *Sagadahoc Maiden* von Bord gingen, lösten sich ein Mann und eine Frau von der Gruppe. Ihrem Aussehen nach war das die vornehmste Familie am Ort. Der Mann trug einen eleganten, mit rotem Satin gefütterten Überrock, an Knien und Schuhen blitzten Silberschnallen. Auf der förmlichen Lockenperücke saß ein hoher Biberhut. Sein rundes rotes Gesicht ließ Delia an einen glänzenden Apfel denken.

Der vornehme Herr kam mit angewinkelten Ellbogen auf sie zu. Die Frau an seiner Seite hielt Delia für eine Dienerin. Sie trug ein einfaches Tuch mit einem gestreiften Brusttuch und eine ebenso gestreifte Schürze über einem dicken Wollrock. Sie hatte die blaßbraunen Haare straff aus dem Gesicht gekämmt und eine weiße Haube daraufgesetzt. Die Frau war so hager, daß sich ihre spitzen Schultern durch das Mieder abzeichneten. Sie bewegte sich fast so ruckartig wie eine Marionette.

Der vornehme Herr streckte Caleb schon von weitem die Hand entgegen. »Sie müssen Reverend Hooker sein! Willkommen! Willkommen in Merrymeeting!«

Tyl machte die Herrschaften miteinander bekannt, während Delia verlegen an seiner Seite stand. Vorsichtig musterte sie die Anwesenden, um herauszufinden, wer Nathaniel Parker war. Sie hörte Tyl sagen, daß der vornehme Herr Oberst Giles Bishop heiße und der Holzhändler und Kommandant der lokalen Miliz sei. Die Frau an seiner Seite, die Delia für eine Dienerin gehalten hatte, war Anne und mit ihm verheiratet.

Plötzlich entdeckte Delia einen großen, schlanken Mann mit strohblonden Haaren. Er stand etwas entfernt von den anderen im Schatten des großen Hauses. An seinen Händen hielt er zwei Mädchen. Ihre Blicke trafen sich kurz, aber beide sahen schnell wieder zur Seite.

Der Mann kam langsam mit den Kindern auf sie zu.

Tyl legte wie selbstverständlich Delia den Arm um die Hüfte und schob sie vorwärts. Es war die erste Berührung, seit sie sich im Wald geliebt hatten. Seine warme Hand auf ihrem Rücken wirkte auf Delia wie ein Schock, und sie stolperte.

Tyl glaubte, sie habe Angst, und drückte aufmunternd ihren Arm. »Nat ist ein anständiger Mann«, sagte er leise, während sich die Hookers und die Bishops angeregt über gemeinsame Bekannte in Boston unterhielten. »Er wird sich seine Meinung erst bilden, nachdem er dich kennengelernt hat.«

Delia bezweifelte das. Mrs. Kemble hatte bestimmt ausführlich über sie berichtet, und sie sah seine besorgte und fragende Miene, als er sich ihnen näherte.

Tyl ging ihm mit Delia entgegen, ohne sie loszulassen. Seine körperliche Nähe machte ihr in diesem Augenblick sehr zu schaffen. Irgendwie hielt sie es nicht für richtig, ihren Zukünftigen zu begrüßen, während ihr Herz heftig schlug, weil sie einen anderen liebte.

»Nat, das ist Delia McQuaid aus Boston«, sagte Tyl und versuchte, durch ein unbekümmertes Lächeln die prekäre Angelegenheit für alle zu erleichtern.

Delia blickte nur kurz in Nats graue prüfende Augen. Er trug eine schlichte handgewebte, derbe Hose, eine Wolljacke ohne Schleife und einen alten Filzhut. Nat Parker war so groß wie Tyl, ja er überragte ihn sogar etwas. Aber während Tyl drahtig und muskulös war, wirkte Nat neben ihm kantig und ausgemergelt. Er hatte übergroße Hände und Füße, und man konnte ihn beim besten Willen nicht als »gutaussehend« bezeichnen. Seine Ohren standen ab, und er hatte eine flache, etwas gekrümmte Nase. Viele Falten umgaben den großen Mund mit den schmalen Lippen, als habe er früher oft gelacht. Jetzt lachte er nicht.

Tyl ließ Delia schließlich los und ging zu den Hookers zurück. Damit gab er Nat und ihr Gelegenheit, allein miteinander zu sprechen.

Delia brach das Schweigen und sagte: »Ich habe mich auf die Anzeige gemeldet, in der Sie eine Frau suchen.«

Nat nickte und räusperte sich. »Es ist sehr gütig von Ihnen, daß Sie für meine Lage Verständnis haben.«

»Nicht Ihre Lage hat mich dazu bewogen, Mr. Parker«, entgegnete Delia, »sondern meine.«

Nat blinzelte überrascht und hätte beinahe gelächelt, aber statt dessen nickte er noch einmal nachdenklich. »Ja, dann sieht es ja ganz so aus, als seien wir zusammengekommen, um uns gegenseitig zu retten.« Er blickte auf das etwa neunjährige Mädchen an seiner rechten Hand. »Das ist meine Älteste. Sie heißt Margaret, aber wir nennen sie Meg.«

»Guten Tag, Meg.« Delia lächelte das Mädchen an, aber Meg hob das kleine spitze Kinn und starrte finster geradeaus. Sie schien sich alle Mühe zu geben, auf Delia keinesfalls liebenswert zu wirken. Delia reagierte verständnisvoll auf die Herausforderung und hatte die Kleine auf der Stelle ins Herz geschlossen.

In ihrem Alter war ich ganz genauso, dachte Delia. Ich war unbeholfen und schlaksig, und die dunklen Zöpfe hingen mir ebenso schlaff um das magere Gesicht.

Meg war aus ihren Sachen herausgewachsen, und so sah man deutlich die dünnen, zerkratzten und zerstochenen Beine unter dem Rock.

Delia wußte genau, was Meg in diesem Augenblick dachte: Sie mag mich nicht, und ich werde es ihr heimzahlen, weil ich sie auch nicht mag.

»Das ist meine kleine Tildy«, sagte Nat voll Stolz. Tildy war in der Tat ein bezauberndes Kind mit einem blonden Lockenköpfchen und Grübchen in den rosaroten Wangen. Sie trug über ihrem Kleid ein Jäckchen mit zwei Bändern am Rücken, die dazu da waren, dem Kind das Gehen lernen zu helfen.

»Ich bin drei Jahre und ein halbes Jahr alt«, erklärte Tildy.

»Du meine Güte, bist du mit deinen drei Jahren schon groß!«

»Drei Jahre und ein halbes!« verbesserte sie Tildy.

Delia lachte. »Dreieinhalb!«

Tildy hielt in der anderen Hand eine Strohpuppe, die sie Delia entgegenstreckte.

Delia kniete nieder und schüttelte der Puppe vorsichtig die winzige Hand. »Und wer ist das?«

»Das ist Gretchen«, rief Tildy stolz.

»Guten Tag, Gretchen. Du bist ein wirklich hübsches Fräulein.«

Tildy lachte glücklich und sah ihren Vater an. »Gretchen gefällt ihr.«

»Ja, ihr gefällt Gretchen«, sagte Nat. Er sprach so förmlich und ernst, daß Delia sich etwas unwohl fühlte.

Tildy sah Delia mit ihren Pausbäckchen an und fragte: »Bist du unsere neue Mama?«

»Sie kann nicht unsere Mama sein!« erklärte Meg mit Nachdruck. »Selbst wenn Papa sie heiratet, bedeutet es nicht, daß sie unsere Mama wird, weil nämlich unsere richtige Mama tot ist!«

»Meg...«, Nat schüttelte ernst den Kopf, aber ehe er seine Tochter tadeln konnte, sagte Delia: »Natürlich werde ich eure Mama nicht ersetzen können.« Sie stand wieder auf und sah das kleine Mädchen ernst an. »Ich werde die neue Frau eures Papas sein. Und das ist etwas völlig anderes, nicht wahr?«

Meg erwiderte nichts, sondern starrte Delia nur feindselig an.

Sie wird sich nicht so leicht umstimmen lassen, dachte Delia und mochte sie deshalb noch viel mehr.

»Sie werden zunächst bei den Bishops wohnen«, sagte Nat. »Ich werde mich um alles kümmern.« Er sah sich auf dem Kai um. »Wo sind Ihre Sachen?«

Delia fiel ein, daß sie den Sack mit ihren Habseligkeiten an Bord der *Sagadahoc Maiden* gelassen hatte. Vielleicht würde Tyl veranlassen, daß man ihn ihr später brachte. Wenn nicht, wäre es nicht weiter schlimm, denn die paar Lumpen halfen ihr auch nicht viel weiter. Da war natürlich auch noch die Stute, die er für sie gekauft hatte. Aber das Pferd gehörte ihm, und sie würde es sich unter keinen Umständen von ihm schenken lassen.

Sie lächelte deshalb Nat fröhlich an, breitete die Arme aus und sagte: »Ich habe nicht mehr als das, was Sie sehen, Mr. Parker.«

Delias Lächeln erstarb, als er sie leicht mißbilligend ansah. Offenbar gefiel ihm das nicht besonders, was sie zu bieten hatte.

»Ach, ich finde, Sie sollten Nat zu mir sagen«, murmelte er schließlich.

»Nat«, wiederholte Delia gehorsam, und ihre Stimme klang plötzlich rauh und unsicher.

Er musterte sie stumm mit einer tiefen nachdenklichen Falte auf der Stirn. Delia mußte sich zusammennehmen, um nicht davonzulaufen. Schließlich seufzte er und sagte: »Also gut... die Bishops wohnen dort drüben.«

Sie gingen langsam den Kai entlang. Die zwei Mädchen liefen zwischen ihnen. Sie kamen an dem Sägewerk vorbei. Delia stellte fest, daß Nat sich etwas sonderbar bewegte, und bald sah sie, daß er hinkte.

Trotz Nats kühler Begrüßung sah sich Delia aufgeregt und neugierig um. Hier sollte also ein völlig neues Leben für sie beginnen! Weiß Gott, es hätte keinen schöneren Ort dafür geben können. In der Luft lag der aromatische Duft von frischem Kiefern- und Zedernholz, aber wie in Boston fehlten auch die durchdringenden Gerüche von Fisch, Teer und Seetang nicht. Die Bäume auf den Anhöhen erinnerten sie an schlanke, große Soldaten. Die untergehende Sonne vergoldete die Wellen. Aus dem Sägewerk drangen die regelmäßigen Axtschläge eines Arbeiters.

Ein paar Männer bearbeiteten einen Baumstamm. Sie unterbrachen ihre Arbeit, als Delia vorüberkam, und sahen ihr mit offenem Mund nach. Dann hoben sie die Hände und winkten Nat zu. Einer der Männer hielt eine schwere Axt in der Hand, der zweite hinter ihm ein Breitbeil.

Meg deutete auf den Mann mit dem Breitbeil und blickte Delia herausfordernd an. »So hat Papa seinen Fuß verloren...«

Delia staunte. Ihr war das Hinken aufgefallen, aber sie hätte es nicht für möglich gehalten, daß jemand, der nur einen Fuß hatte, so gut gehen konnte wie Nat.

»Sie haben nur einen Fuß?«

Er blickte unsicher zur Seite. »Hat Ihnen das Tyl nicht gesagt? Ich habe früher öfter hier im Sägewerk gearbeitet, wenn meine Mary...« Er schwieg und wurde rot. »Ich meine, wenn wir etwas Geld brauchten für das Haus. Es geschah im letzten März, genau ein Jahr, bevor dann Mary...«

Seine Stimme versagte, und Delia vermutete, daß er sagen wollte, der Unfall sei ein Jahr vor dem Tod seiner Frau geschehen. Offenbar trauerte er noch immer um sie und brachte es nicht über sich, ihren Namen auszusprechen. Delia dachte: Vermutlich ist es für Nat ein Fehler, so schnell wieder zu heiraten. Aber als ihr Blick auf das magere Gesicht von Meg fiel, verstand sie, warum er es tat.

»Das Beil ist mir aus der Hand gerutscht«, erzählte Nat, »und ich habe mir die Zehen abgeschnitten. Die Wunde hat sich entzündet, und Tyl hat erklärt, daß der Fuß abgenommen werden muß. Obadia Kemble ist der Schreiner von Merrymeeting, und er hat mir einen neuen Fuß aus Nußbaumholz geschnitzt. Sie müssen sich aber keine Gedanken machen. Ich kann für eine Frau sorgen«, fügte er steif hinzu. »Ich bearbeite meine Farm noch genausogut wie alle anderen.«

»Großer Gott, Sie haben einen Holzfuß?« rief Delia. Sie konnte es noch immer nicht glauben. »Darf ich ihn sehen?«

Nat war von dieser Vorstellung peinlich berührt, und Delia bedauerte ihre unüberlegte Frage sofort. Wie es aussah, mochte sie Nat ohnehin nicht besonders. Wenn sie sich nicht zusammennahm, war sie im Handumdrehen wieder auf der *Sagadahoc Maiden* und auf dem Rückweg nach Boston.

»Das würde sich wohl kaum schicken ...«, murmelte Nat, aber Meg zupfte ihn am Ärmel.

»Zeig ihr den Fuß, Papa!«

»Zeig ihr den Fuß, Papa!« echote Tildy.

Nat rieb sich versonnen die Nase, und ein Lächeln huschte über sein ernstes Gesicht, als er die erwartungsvollen Blicke seiner beiden Kinder auf sich gerichtet sah. »Na ja... warum eigentlich nicht?«

»Ach, lassen Sie nur«, wehrte Delia verlegen ab.

Aber Nat hinkte zu einem Baumstamm, der in der Nähe lag, und setzte sich. Mit einem geübten Kick befreite er sich von einem Stiefel, zog den gestrickten Socken aus und streckte Delia das Bein entgegen. Dabei lächelte er sie verschmitzt an, und sie bekam einen

Eindruck davon, was für ein humorvoller Mann Nat gewesen sein mußte, bevor ihn die Tragödien in seinem Leben so schwer heimgesucht hatten.

»Sehen Sie, er hat einen Holzfuß!« erklärte Meg zufrieden und blickte Delia triumphierend an, denn sie rechnete damit, daß die fremde Frau jetzt voller Entsetzen auf und davon laufen würde.

Delia beugte sich neugierig vor und betrachtete die Prothese. Es war ein meisterhaft geschnitzter Fuß und hatte sogar fünf Zehen. Anstelle des Knöchels befand sich ein Scharnier, so daß Nat den Fuß beinahe wie mit einem richtigen Gelenk bewegen konnte. Der Fuß sah verblüffend echt aus, und Delia hätte ihn am liebsten berührt, um sich zu vergewissern, daß er wirklich aus Holz war.

»Nat, er ist wundervoll...«

»Also wirklich, Nathaniel Parker, Sie sollten sich schämen!«

Delia schrak zusammen, drehte sich um und sah sich der schnaubenden Sara Kemble gegenüber. Sie hatte die Hände in die Hüften gestemmt und funkelte den armen Nat empört an. Delia hatte nicht bemerkt, daß die anderen, darunter auch Tyl, ihnen gefolgt waren. Die Gruppe stand hinter Sara Kemble und ihrem Schatten, Mr. Kemble, und alle starrten auf Nat, der seiner Zukünftigen in aller Öffentlichkeit seinen Holzfuß zeigte. Nat zog mit hochrotem Kopf den Socken wieder an und griff nach seinem Stiefel.

Delia übersah Sara, die wie ein feuerspeiender Drachen schnaubte, und lächelte Obadia an.

»Mr. Kemble, Nat hat mir den Fuß gezeigt, den Sie für ihn geschnitzt haben!« rief sie laut. »Ich habe noch nie eine so ausgezeichnete Arbeit gesehen. Der Fuß ist ein wahres Kunstwerk!«

Sara trompetete ärgerlich: »Mein Mann ist ein Schreiner, der *einzige* Schreiner östlich von Wells. Ich habe ihm gleich gesagt, er soll seine Zeit nicht mit solchen lächerlichen Dingen verschwenden...«

»Ich kann mir denken, daß jeder einen Tisch oder einen Stuhl machen kann«, fuhr Delia unbeeindruckt fort. »Aber niemand außer Gott könnte einen so meisterhaften Fuß erschaffen.«

»Haben Sie das gehört?« rief Sara und deutete auf Reverend

Hooker, der erschrocken zusammenzuckte, worüber Elizabeth leise lachen mußte. Sara hob anklagend die Hand. »Das war eine Gotteslästerung, oder etwa nicht!«

»Halt den Mund, Sara«, sagte Obadia in seiner freundlichen Art.

Sara blieb der Mund offenstehen. Dann holte sie tief Luft und legte los: »Wie kannst du es wagen...«

»Ich bin dein Mann. Und wenn ich sage: ›Halt den Mund‹, dann hältst du auch den Mund!«

Saras Kiefer klappten zusammen, und sie knirschte hörbar mit den Zähnen. Sie drehte sich auf dem Absatz um und stapfte davon. Obadia folgte ihr, aber erst nachdem er Delia fröhlich zugelächelt hatte.

Delias Blick fiel auf Tyl, dessen Augen übermütig blitzten. »Ein Wunder ist geschehen. Obadia hat sich endlich einmal durchgesetzt. Wer hätte das für möglich gehalten?«

Tyl lachte laut. Aber als er Nat ansah, verstummte er schnell. Delia drehte sich um. Nat saß wütend auf dem Baumstamm, während sich Meg und Tildy verschämt an ihn drückten.

Delia wurde bleich, und sie ließ den Kopf sinken.

Wie konnte ich nur so töricht sein, dachte sie verzweifelt. Ich bin noch keine Stunde hier und schon habe ich den armen Mann, der mich heiraten soll, vor allen Leuten lächerlich gemacht.

Eine Hand legte sich auf ihren Arm. Sie hob den Kopf und blickte in Tyls dunkelblaue Augen. Er verzog spöttisch den Mund.

»Willkommen in Merrymeeting, Kleines!«

Zwölftes Kapitel

»Wir sind in Ihrer Abwesenheit von Holzräubern überfallen worden, Tyl«, berichtete Oberst Bishop, legte den Suppenlöffel neben den Teller und wischte sich mit der weißen Serviette, die er um den Hals gebunden hatte, den Mund. »Es waren etwa fünfzig Kerle. Sie kamen mit Korvetten aus Boston. Sie haben uns umzingelt und sind mit den zur Verladung bereitliegenden Masten auf und davon.«

»Wir hätten Ihre treffsichere Büchse brauchen können, Doc«, fügte Anne mit ihrer säuerlichen Stimme hinzu, die gut zu dem hageren Gesicht paßte. Aber sie lächelte Tyl an, und man sah, daß sie ihn mochte. »Ein paar Treffer und dazu Ihr blutrünstiges Abenaki-Kriegsgeheul, und die Räuber hätten sich bestimmt schnellstens davongemacht.«

Tyl murmelte etwas Unverständliches, das so klang wie: »Vielleicht das nächste Mal...« Delia spürte seine Augen auf sich gerichtet. Die finsteren Blicke galten ihr als Warnung vor Peinlichkeiten. Das wußte sie und seufzte innerlich. So unauffällig wie möglich musterte Delia die Gäste an der Tafel. Ihr gegenüber saß Nat. Er sah sie verwirrt an, als könne er sich nicht an den Grund ihrer Anwesenheit erinnern. Im schwachen Kerzenlicht traten seine tiefen Kummerfalten noch deutlicher hervor, und die grauen Augen blickten trauriger denn je. Delia ahnte, daß er sie mit seiner toten Frau verglich und sie dabei schlecht wegkam.

Aus Gründen der Moral und des Anstands sollte Delia bei den Bishops wohnen, bis die für das Aufgebot vorgeschriebene Zeit vorüber war und die Hochzeit stattfinden konnte. Das erste Essen in Merrymeeting war ein besonderer gesellschaftlicher Anlaß.

Anne hatte die Hookers eingeladen und natürlich auch Nat. Seine beiden Töchter mußten allerdings bei den Dienstboten in der Küche essen. Delia dachte unglücklich, wenn die beiden kleinen Mädchen mit am Tisch gesessen hätten, wäre ihr Mangel an feinem Benehmen nicht so aufgefallen und dann hätte auch Tyl sie nicht so finster angestarrt.

Sie unterdrückte ihre wachsende Panik und blickte auf die Kürbissuppe mit Sahne in ihrem Steingutteller. Dann holte sie tief Luft und griff mutig nach dem Zinnlöffel.

Vergiß nicht, Delia, ermahnte sie sich, du darfst keine Suppe verschütten und nicht wie ein halbverhungerter Hund schlürfen.

Aber die Anspannung legte sich ihr sofort auf den Magen. Sie hatte plötzlich keinen Appetit mehr und ließ den Löffel wieder auf den Tisch sinken.

Die Suppe sah köstlich aus, und sie war ausgehungert, aber sie wollte sich unter keinen Umständen noch einmal so blamieren wie damals an dem ersten Morgen mit Tyl, als er ihr vorgeworfen hatte, sie benehme sich beim Essen wie ein Schwein. Eine richtige Dame mußte anscheinend unzählige Anstandsregeln beachten, von denen Delia so gut wie keine kannte. Wie sollte sie das alles lernen, ganz zu schweigen davon, es beherrschen? Nat beobachtete mit ernster Miene jede ihrer Bewegungen. Sie wollte ihm wirklich gefallen. Wenn sie diesen Mann schon heiraten sollte, dann müßte doch wenigstens *er* sie mögen.

Delia hatte noch nie von so vornehmem Geschirr oder mit Zinnbesteck gegessen. Sie kannte auch nicht den Luxus eines Eßzimmers. Sie hatte immer in der Küche gegessen oder im Wirtshaus, manchmal auch auf der Straße, wenn sie sich etwas bei einem der Händler kaufte. Im Eßzimmer der Bishops stand ein wunderschöner großer Kirschbaumtisch. Sie saßen auf zierlichen Stühlen, die bei der kleinsten Bewegung knarrten. Es roch stark nach Veilchen und Tabak, in dessen unsichtbare Wolken Oberst Bishop eingehüllt zu sein schien.

Als Delia plötzlich der starke Tabakgeruch bewußt wurde, überkam sie der unwiderstehliche Drang zu niesen. Je mehr sie dagegen ankämpfte, desto hartnäckiger kitzelte es ihr in der Nase, bis sie schier explodierte.

Sie wurde über und über rot und hielt sich schnell die Serviette vor die untere Gesichtshälfte. »E... Entschuldigung...«, murmelte sie verlegen. Noch nie hatte sie sich so geschämt. Kein Wunder, daß weder Tyl noch Nat sie heiraten wollten. Sie selbst würde auch nicht mit so einem unmöglichen Geschöpf, das sich nicht benehmen konnte, ein Leben lang zusammensein wollen.

»Es ist der Tabak«, erklärte Anne. »Ich finde, Giles, du solltest wirklich etwas rücksichtsvoller sein.«

Der Oberst nickte schuldbewußt. »Ja, natürlich. Bitte entschuldigen Sie, liebes Fräulein.«

Delia warf verstohlen einen Blick auf Tyl. Zu ihrer Überraschung blitzte es belustigt in seinen Augen, und dann lächelte er sie strahlend an. Völlig verwirrt senkte Delia schnell den Kopf.

Tyl sah an diesem Abend einfach hinreißend aus. Er hatte sich umgezogen und trug einen Gehrock mit gestärkten und geknöpften Stulpen. Die in der Taille schmal geschnittene Jacke betonte seine breiten Schultern. Darunter trug er eine Samtweste. Delia fand, die sonnengebräunte Haut und seine dunkelblauen Augen über dem schneeweißen hohen Kragen machten ihn einfach unwiderstehlich.

Mit Ausnahme von Delia hatten sich alle für das Essen fein gemacht. Elizabeth Hooker belebte ihr schwarzes Kleid mit einem weißen Brusttuch, das ihre blasse Schönheit unterstrich. Der Reverend trug kühn einen kleegrünen Rock. Sogar Anne hatte das einfache Alltagsgewand gewechselt und trug ein langes veilchenblaues Seidenkleid, das ihre spitzen Knochen kaum verbarg.

Während alle die Suppe löffelten, über den Raubüberfall und das Holzfällen sprachen, betrachtete Delia die Gastgeberin etwas genauer. Anne mußte bereits Ende vierzig sein und war offenbar älter als ihr Mann. Ihre Haut war vom Wetter gezeichnet, und sie wirkte verhärmt, als habe das Leben viel von ihr gefordert, obwohl das nicht im Einklang mit dem Luxus in diesem Haus zu stehen schien. Eine gewisse Traurigkeit ging von ihr aus, die irgendwie auf ein tiefes Leid hindeutete. Aber die wenigen Worte, die sie bislang mit Delia gewechselt hatte, verrieten eine ehrliche und wohltuende Freundlichkeit. Delia sah an Annes rechter Hand einen Trauerring. Vielleicht erklärte der Ring den Grund ihres Kummers.

»Mir ist aufgefallen, daß einige Masten am Kai mit einer eingeritzten Pfeilspitze gekennzeichnet sind«, sagte Reverend Hooker, während ein Diener mit einem Tablett erschien und die Suppenteller abräumte. »Hat dieses Zeichen eine besondere Bedeutung?«

»Der König beansprucht für die königliche Marine alle Masten, die einen Durchmesser von mehr als zwei Fuß haben«, erwiderte der Oberst. »Als königlicher Holzhändler habe ich die Pflicht, alle entsprechenden Masten mit dem königlichen Zeichen, der ›breiten Pfeilspitze‹, zu versehen und sie damit für die königliche Marine zu reservieren.« Er nickte und fügte leicht wehmütig hinzu: »Leider trägt das hier am Ort nicht gerade zu meiner Popularität bei.«

Anne lachte sarkastisch. »Und das aus gutem Grund. In Lissabon oder Cadiz bekommen die Leute sehr viel mehr für die Baumstämme als vom König. Sie werden feststellen, Reverend, wir hier in Merrymeeting sind keinerswegs treue und ergebene Untertanen Seiner königlichen Majestät.«

»Das kann ich gut verstehen«, erwiderte Caleb, und alle lachten. Auch Delia begann, sich etwas wohler zu fühlen. Oberst Bishop erklärte in aller Ausführlichkeit, daß die königlichen Masten makellos und von bester Qualität sein müßten. Währenddessen wurde der Hauptgang aufgetragen: dicke Scheiben Schweinebraten, gedämpfter Kohl und Maisbrot mit Apfelbutter. Neben den Teller legte der Diener ein Messer und etwas in einem Lederetui, das Delia nicht kannte.

Etwas Ähnliches hatte sie zwar schon einmal gesehen – eine Bratengabel mit zwei großen Zinken und einem langen Griff. Man benutzte die Gabel, um den Braten festzuhalten, während man die Scheiben abschnitt. Aber die »Gabel« neben ihrem Teller war klein und hatte *drei* schmale Zinken.

Delias Magen knurrte, aber sie wagte nicht, mit dem seltsamen Besteck zu essen. Unter gesenkten Lidern beobachtete sie Tyl.

Er stach mit der Gabel in das Fleisch und schnitt mit dem Messer ein winziges Stück ab. Dann führte er die Gabel zum Mund. Delia sah genau zu, wie er das mehrmals tat, dann versuchte sie es selbst.

Zu ihrer Erleichterung gelang es ihr, das Fleisch auf diese Weise zu essen, ohne daß etwas Peinliches geschah. Sie fand tatsächlich mit der Gabel den Mund, und das Fleisch fiel ihr auch nicht auf den Tisch oder in den Schoß. Trotzdem fand sie diese Art zu essen sehr mühselig. Es hätte ihr sehr viel besser geschmeckt, wenn sie wie üblich die Finger benutzt hätte.

Aber sie hatte es geschafft! Sie saß in einem Eßzimmer an einem richtigen Tisch. Sie benutzte zum Essen eine Gabel oder wie immer das komische Ding heißen mochte, aß von Steinguttellern und trank aus einem Zinnbecher.

Ich bin in Boston in einer Hütte am Hafen aufgewachsen. Mein Vater ist ein Säufer, und ich habe schon als Kind in einer Hafenkneipe gearbeitet. Aber das alles bedeutet nicht, daß ich mich nicht ändern kann. Ich bin nicht dumm und kann lernen. Warum soll ich nicht auch lernen können, mich wie eine ehrbare Frau zu kleiden und vor allem meine Zunge im Zaum zu halten, damit die Leute mich hier akzeptieren? Sie biß die Zähne zusammen und dachte: Ich werde lernen, mich wie eine richtige Dame zu benehmen.

Sie vermied es, Tyl anzusehen, aber ihre Gedanken ließen sich nicht zügeln.

Eines Tages wird mich Tyl ansehen, und dann werde ich in seinen dunkelblauen Augen Bewunderung entdecken. Jawohl, Bewunderung und ... Bedauern.

Am Ende des Abends verließen Tyl und die Hookers gemeinsam das Herrenhaus. Tyl begleitete sie durch die Dunkelheit. Er führte seinen Hengst am Zügel. Die Büchse hatte er über die Schulter gehängt.

In der Dunkelheit schien der Wald voller Gefahren zu stecken. Caleb rechnete ständig damit, rotglühende Augen zu sehen oder das schrille Kriegsgeheul der Indianer zu hören. Er warf seiner Frau einen besorgten Blick zu. Sie hatte die Lippen zusammengepreßt und blickte starr geradeaus. Er wußte, daß sie Angst hatte. Auch die Schönheit von Merrymeeting konnte daran nichts ändern.

Als sie das neue Pfarrhaus erreicht hatten, sagte Caleb zu Tyl. »Bleiben Sie doch noch einen Augenblick. Ich würde gern etwas mit Ihnen besprechen.«

Tyl schlang den Zügel um den Baumstamm am Sattelplatz. Elizabeth verschwand mit der flackernden Öllampe sofort im Haus. Die beiden sahen ihren Schatten hinter den Vorhängen der Fenster, während sie schnell die Läden schloß. Die beiden Männer standen vor dem Haus. Bis auf den eintönigen Gesang der Grillen war es völlig still. Der Mond warf blasses Licht auf ihre Gesichter.

»Ich muß Ihnen gestehen, daß ich etwas enttäuscht bin«, sagte Caleb.

»Worüber? Gefällt Ihrer Frau das Haus nicht?«

Caleb nahm den Hut vom Kopf und fuhr sich durch die schütteren braunen Haare. Er lächelte Tyl etwas verlegen an. »Nein, nein, das Pfarrhaus ist schön, und wenn Lizzie erst einmal alle ihre Sachen eingeräumt und aufgestellt hat, wie sie sich das vorstellt, dann wird es bald so sein, als hätten wir schon immer hier gelebt.«

Sie wird natürlich darauf bestehen, daß *alle* Fenster so schnell wie möglich Läden bekommen, dachte er niedergeschlagen, damit sie die Wildnis aussperren kann. Sie wird auch die Stadt und die Menschen aussperren – und natürlich auch mich. Dann kann sie in aller Ruhe am Spinnrad sitzen und spinnen und spinnen und spinnen...

Caleb unterdrückte ein Seufzen. Er fragte sich manchmal, wie er anderen mit Rat und Tat beistehen sollte, wenn er nicht einmal sich selbst oder Elizabeth helfen konnte.

»Nein, das ist es nicht«, fuhr er langsam fort. »Aber in den langen Nächten während des Studiums in Harvard habe ich mir oft meine erste Pfarrstelle vorgestellt, und in meinen Träumen hatte das Bethaus immer einen hohen Turm ... mit einem Wetterhahn.«

Tyl blickte auf das niedrige, dunkle, aus Holz gezimmerte Bethaus nebenan. »Richtig, es hat keinen Turm.«

»Das ist eine Lektion für mich«, sagte Caleb nachdenklich. »Vermutlich darf man Wunschträumen keine so große Bedeutung beimessen.«

»Gegen Träume ist nichts einzuwenden«, sagte Tyl, aber es klang nicht besonders überzeugend.

Caleb unterbrach das Schweigen nicht. Auf der Fahrt nach Merrymeeting hatte er mit Tyl oft lange Gespräche geführt. Sie waren gewissermaßen Freunde geworden, obwohl Caleb sich eingestand, daß ein Mann wie Tyl eigentlich immer verschlossen blieb. Deshalb fiel es ihm jetzt schwer, mit ihm über das zu sprechen, was er auf dem Herzen hatte.

Schließlich beschloß er, direkt zur Sache zu kommen. »Sind Sie sicher, daß Nathaniel Parker die kleine Delia heiraten sollte?«

»Nat kann sich glücklich preisen, Delia als Frau zu bekommen!« erwiderte Tyl heftig. »Sie wird ihm eine gute Frau sein.«

»Sie verstehen mich falsch.« Caleb holte noch einmal tief Luft. Dann sagte er diplomatisch: »Ich glaube, Delia wird *jeden* Mann glücklich machen, vor allem Sie, denn man kann sehen, daß Delia Sie wirklich liebt ... Und ich vermute, daß auch Sie ... hm, Delia lieben«, fügte er zögernd hinzu, da Tyl beharrlich schwieg.

»Ich liebe sie nicht! Nur weil ich ...« Tyl trat mit der Stiefelspitze gegen das Holzgeländer. »Mein Gott, Caleb, ich kenne die Liebe nicht. Ich weiß nicht, was für Gefühle ich haben soll. Vielleicht bin ich einfach nicht in der Lage zu lieben.«

»Das glaube ich nicht. Sie sind vielleicht besser als andere Männer in der Lage zu lieben. Deshalb wehren Sie sich so heftig gegen die Liebe. Vielleicht glauben Sie auch, daß die Liebe schwach macht oder daß Sie eine andere Art Schmerz empfinden, wenn ...«

»Ach Unsinn!«

»Gut, seien Sie starrköpfig, verbohrt und eigensinnig!« rief Caleb und hob erregt die Arme. »Aber das eine sagen ich Ihnen, wenn Mr. Parker in zehn Tagen Delia heiratet, dann ist die Kleine für Sie auf immer verloren!«

So, Caleb hatte gesagt, was er sagen wollte. Aber würde Tyl auf ihn hören?

Tyl ballte die Hände zu Fäusten. Er ging stumm die Verandastufen hinunter, aber dann blieb er stehen und drehte sich noch einmal um.

Im fahlen Mondlicht wirkte sein Gesicht voller Trauer. »Was soll ich Ihrer Meinung nach denn tun, Reverend? Soll *ich* Delia an Nats Stelle heiraten, weil ich sie möglicherweise liebe, ohne es zu wissen? Du meine Güte, ich bin mittlerweile so durcheinander, daß ich von Glück sagen kann, wenn es mir morgens gelingt, die Hose anzuziehen, ganz zu schweigen davon, genau zu wissen, wo die schmale Grenze zwischen Lust und Liebe liegt.« Er verzog bitter den Mund. »Ich kann sie wohl kaum zu meiner Geliebten machen, um herauszufinden, was sie wirklich für mich ist. Das, verehrter Reverend, würden Sie nicht billigen, und Delia würde mir ins Gesicht springen, wenn ich ihr das auch nur vorschlagen sollte.«

»Ja, ich kann Sie verstehen«, sagte Caleb. Er bemitleidete Tyl und Delia, und er bemitleidete sich selbst. »Aber Liebe... die sanfte, strahlende und geistige Form der Liebe gibt es zwischen Mann und Frau nur selten, und wenn es geschieht, dann...«

Tyl lachte bitter. »Ich möchte mit ihr schlafen, nicht aber sie heiraten! Was zum Teufel ist daran geistig?«

Caleb schluckte schwer und senkte den Kopf.

Tyl kam einen Schritt näher. »Tut mir leid, Caleb, ich wollte Sie nicht beleidigen.«

»Ich weiß, wovon Sie sprechen«, sagte er leise und lächelte mit schmalen Lippen. »Ich bin zwar Pfarrer, aber trotzdem bin ich auch ein Mann.«

Elizabeth, dachte Caleb. Warum sah sie ihn immer ängstlich und voll Widerwillen in den Nächten an, wenn er sein körperliches Verlangen nicht länger unterdrücken konnte? Wenn er mit ihr schlief, wußte er, daß sie es verabscheute. Wie oft fragte er sich schuldbewußt, wer von ihnen beiden nicht genug Liebe für den anderen empfand. Aber immer wieder mußte er seinem Körper nachgeben und sich dann eingestehen: Ich bin doch nur ein Mann...

Er hob den Kopf und sah Tyl an. Die Qual in Tyls Augen spiegelte seinen Kummer wider.

»Es tut mir leid«, murmelte Tyl.

»Nein, nein. Ich hätte nicht darüber sprechen sollen.«

»Hat Delia etwas gesagt?«

»Nein. Sie hat nichts gesagt. Aber bei Delia sind alle Gefühle so klar und deutlich, ihr Glück, ihr Zorn und ihr ... Kummer. Man sieht eben, was sie empfindet.«

Tyl zog die Mundwinkel nach unten. »Sie wird mit Nat ein besseres Leben haben.«

»Ja, vermutlich haben Sie recht.«

Tyl ging zu seinem Hengst und saß auf. Caleb blieb noch eine Weile vor dem Pfarrhaus stehen und blickte fragend zum Himmel hinauf. Aber der silberne Mond verschwand schnell hinter einer dunklen Wolke, und niemand gab ihm Antwort auf seine Fragen.

Tyl ritt in die Nacht. Er kam an der Mühle und an der Schmiede vorüber. Er wußte genau, wo inmitten der Bäume die kleinen Holzhäuser standen, denn alle in Merrymeeting brauchten von Zeit zu Zeit seine Hilfe. Er ritt am Ufer des Kennebec entlang und sehnte sich nach der Einsamkeit seiner Blockhütte, die abseits von allen anderen tief im Wald lag.

Er dachte über die Liebe nach.

Er liebte Delia nicht, zumindest nicht in der Art wie Reverend Hooker »Liebe« definierte, denn er wußte genau, es war nichts Sanftes oder Geistiges daran, wenn das Verlangen nach ihr seinen Körper erfaßte, sobald er ihre rauchige Stimme hörte. Bei ihrem Anblick schoß ihm das Blut durch die Adern, und der Schweiß trat ihm auf die Stirn. Das waren Symptome der Leidenschaft und Lust, nicht der Liebe. Er hätte klug genug sein müssen, sich überhaupt nicht mit ihr einzulassen. Oder er hätte auf der Stelle mit ihr schlafen sollen, dann hätte er inzwischen wenigstens seine Lust befriedigt. Aber so ...

Gut, er wollte sie noch immer haben. Das mußte er sich eingestehen. Aber warum sollte er deshalb sein ganzes Leben auf den Kopf stellen? Delia würde Nat heiraten. Nat war in Ordnung. Dieser brave, anständige Mann würde gut zu Delia sein, für sie sorgen, und sie würde glücklich werden.

Und ich behalte meine Freiheit...

Was willst du mit deiner Freiheit tun?

Tyl zog es vor, im Dunkel der Nacht, in der er ohnehin keine Lösung für seine Probleme fand, diese Frage nicht zu beantworten.

Delia stand am Kai im Schatten der Holzstapel und Masten und starrte auf das tintenblaue Wasser, auf dem zart die silbernen Mondstrahlen schimmerten. Es war völlig windstill. Das Meer war spiegelglatt, und die Äste der Bäume regten sich nicht. Der starke Geruch von nassem Gras und Salz lag schwer in der Luft.

Sie hob den Kopf. Der Himmel schien noch dunkler als das Wasser zu sein. Die Sterne waren zum Greifen nah. Sie funkelten und tanzten ausgelassen durch den endlosen Weltraum. Es war ein schöner Anblick, aber Delias Kummer ließ sich dadurch nicht vertreiben. Sie kämpfte mit den Tränen. In ihrer Verwirrung hatte sie plötzlich den Grund der erstickenden Einsamkeit vergessen, aber dann fiel es ihr wieder ein: Tyl war gegangen.

Er hatte die Hookers zum neuen Pfarrhaus begleitet. Delia stand an der Haustür und sah ihm nach. Er hatte sie sogar noch einmal angelächelt und gesagt: »Gute Nacht, Kleines. Schlaf gut.«

Das Lächeln hatte ihrem gequälten Herzen gut getan, und der übliche Spott in seiner Stimme war ihr mittlerweile so vertraut, daß sie sich nicht mehr darüber ärgerte. Aber jetzt stand sie gleichsam am Rand der Welt und war allein. Es konnten Tage vergehen, bis sie ihn wiedersah. Sie mußte sich daran gewöhnen, ohne ihn zu leben. Sie mußte sich mit einer flüchtigen Begegnung abfinden, wann immer sie ihn zufällig in Merrymeeting sah.

Wie soll ich das jemals ertragen?

Vermutlich würde er ihr aus dem Weg gehen. Sie hatten zwar davon gesprochen, in Zukunft Freunde zu sein, doch die knisternde Spannung war augenblicklich spürbar, wenn sie sich ansahen. Aber qualvoll wurde es durch ihn, es war nicht ihre Schuld. Tyl machte sich Gewissensbisse, weil er sie verführt hatte. Er machte sich Vorwürfe über das, was im Wald von Falmouth Neck geschehen war. Er hatte sie entjungfert, und jetzt war er völlig durcheinander. Er gab ihr die Schuld daran, weil ihn sein schlechtes Gewissen nicht zur Ruhe kommen ließ.

Delia lächelte traurig in die Dunkelheit. Unter seinem rauhen Wesen und hinter seinen harten und spöttischen Worten schlug ein weiches Herz. Tyl tat alles, um dieses Herz vor der Welt, sogar vor sich selbst zu verbergen.

Delia hörte hinter sich Schritte. Die Planken knarrten leise. Da sie so intensiv an ihn dachte, drehte sie sich mit klopfendem Herzen um und rechnete fast damit, ihn vor sich zu sehen ...

»Du solltest im Bett liegen und schlafen«, sagte Anne, und ihre Stimme klang wie immer schneidend. »Die Sonne geht früh auf in Maine. Brauchst du noch etwas?« fügte sie hinzu, als Delia sie nur stumm und mit großen Augen anstarrte.

»N ... nein danke. Sie haben mir ein so schönes Zimmer gegeben.«

Zum ersten Mal im Leben würde Delia in einem Zimmer mit einem Himmelbett und unter einer richtigen Daunendecke schlafen. Ein großer Eichenschrank war da für ihre Kleider, obwohl sie nichts außer dem besaß, was sie anhatte. Es gab auch einen offenen Kamin und einen Lehnsessel, und davor lag ein gehäkelter kleiner Teppich. Als kleines Mädchen hatte sie von einem solchen Zimmer geträumt und geglaubt, alle Menschen, die in dieser Art Reichtum lebten, müßten glücklich sein. Aber sie war jetzt todunglücklich und befand sich in einem kleinen Ort am Rand der Wildnis. Was hatte das alles zu bedeuten?

Anne legte ihr sanft die Hand auf den Arm. »Komm. Die Stechmücken werden heute nacht in Scharen kommen.« Und wirklich, in diesem Augenblick fühlte Delia den ersten Stich im Nacken. Sie schlug zu.

Anne lachte. »Was habe ich gesagt? Die Stechmücken hier sind schlimmer als Vampire. Sie saugen aus jedem Lebewesen den letzten Tropfen Blut.«

Sie gingen zusammen zum Backsteinhaus zurück. Eine große, breite Veranda befand sich auf der dem Meer zugewandten Seite. Neben den Türen standen Bänke mit hohen Lehnen, die in der

Dunkelheit übergroß wirkten. In den Zimmern oben brannte Licht, das durch die Fenster fiel.

Der Anblick war tröstlich für Delia. Das Haus versprach Geborgenheit und Schutz. Es war wie ein Zuhause, obwohl die Bishops sie nur für kurze Zeit aufgenommen hatten. Dies hier war nichts als eine Station auf dem langen Weg zu einem eigenen Heim. Erst wenn sie Nat heiratete, würde sie ein Haus, Land und Kinder haben. Aber als sie kurz die Augen schloß und sich das vorzustellen versuchte, sah sie nicht Nat Parker an ihrer Seite.

Sie traten von der Veranda in den langen Flur, der das Haus in der Mitte teilte. Der Holzboden war mit einem seltsamen schwarzweißen Rautenmuster bemalt. Wenn Delia zu lange darauf blickte, wurde ihr schwindlig. Eine breite Treppe mit einem gedrechselten Eichengeländer führte zu den Zimmern nach oben.

Auf dem Weg zur Treppe blieb Delia stehen. Durch eine offene Tür fiel Kerzenlicht, und sie sah einen kostbar geschnitzten Glasschrank. Das Besondere daran war, daß darin statt Hausrat Reihen von Büchern und schwere Folianten standen. Neugierg ging sie näher und betrat den Raum.

»Es ist das zweite Wohnzimmer«, hörte sie Annes Stimme hinter sich. »Ich sage immer, es ist die Bibliothek, wenn ich besonders vornehm sein will. Das ist jedenfalls mein Reich.«

»Oh!« rief Delia und staunte über die vielen Bücher. »Gehören sie alle dem Oberst? Er muß ja genauso gebildet sein wie T...« Sie verbesserte sich schnell. »Wie Dr. Savitch. Wissen Sie, daß er in Edinburgh an der Universität studiert hat? Dort hat er gelernt, so vornehm zu reden, und deshalb kann er sich wie ein Gentleman benehmen. Und er hat natürlich seine Prüfungen als Arzt dort abgelegt.«

Anne lachte in ihrer spröden Art kurz und sarkastisch. »Nun ja, wenn wir schon über Tyler Savitch reden, dann will ich gestehen, daß er auch mich manchmal um den kleinen Finger wickelt. Dieser Mann mit seinen dunkelblauen Augen kann jeder Frau das Herz brechen, und leider weiß er das. Manchmal stolziert er wie ein Pfau herum und erwartet, daß ihm alle Frauen im Umkreis von fünf

Meilen zu Füßen liegen.« Sie lachte wieder. »Und das tun sie dann, die dummen Weiber, sogar ich ...«

Delia mußte über Annes Beschreibung von Tyl lächeln. Ja, so konnte er manchmal sein.

»Aber mein Giles«, fuhr Anne fort, »der geht lieber in den Sümpfen auf die Jagd und hat nichts im Kopf, als so viele Enten und Gänse wie möglich zu schießen. Nein, die Bücher gehören alle mir.«

Delia fragte ehrfürchtig: »Und haben Sie diese Bücher alle gelesen?«

»Viele nicht nur einmal, obwohl sich Giles jedesmal ärgert, wenn er mich beim Lesen überrascht, weil er das bei einer Frau für reine Zeitverschwendung hält. Leider denken die meisten Männer so.«

»Ja, mein Vater hat immer gesagt: ›Eine Frau taugt für einen Mann nur etwas in der Küche und im Bett‹ ...« Delia verstummte verlegen. Das hätte sie jetzt bestimmt nicht sagen dürfen. Eine richtige Dame sprach über *solche* Dinge nicht. Wann würde sie endlich lernen, den Mund zu halten und nicht einfach gedankenlos alles zu sagen, was ihr in den Sinn kam?

Aber Anne schien nichts dabei zu finden. Sie lachte und sagte: »Richtig, nur so kann man einem Mann die Zügel anlegen, Delia ... in der Küche und im Bett. Und ich sage, in der Küche haben wir noch mehr Einfluß als im Bett. Meine Mutter konnte mit ihren Gerichten meinen Vater handzahm machen. Sie hatte nie Schwierigkeiten mit ihm. Das wirst du bald genug selbst herausfinden, Kleines, wenn du erst verheiratet bist. Aber vergiß nie: Die Küche und das Bett, das ist unser angestammtes Reich, die Welt der Bücher müssen wir uns erobern.«

Sie legte Delia die Hand auf die Schulter, als sei sie noch ein Kind, und lächelte. »So, jetzt mußt du aber wirklich schlafen. Ich könnte schwören, daß dein Nat bei Sonnenaufgang hier erscheint und dir seine Farm zeigen will. Dann mußt du ausgeschlafen und munter sein.«

Mein Nat ...

Delia fühlte sich wie vor den Kopf geschlagen, als sie mit schwerem Herzen die Treppe zu ihrem Zimmer hinaufging.

Dreizehntes Kapitel

Nat drehte verlegen die breite Krempe seines Filzhuts in den Händen. »Ich dachte, Sie wollen vielleicht mit mir hinausfahren und sich die Farm ansehen«, sagte er zu Delia, aber er blickte dabei auf den Boden.

Delia überkam eine leichte Panik. Und was ist, wenn Tyl kommt, während ich nicht da bin?

Aber solche Gedanken waren einfach lächerlich. Tyl hatte vermutlich keinen Grund, die Bishops zu besuchen, nachdem er den ganzen Abend hier verbracht hatte. Er würde natürlich unter keinen Umständen vorbeikommen, nur um sie zu sehen.

Delia schämte sich ihrer unsinnigen Träume und lächelte Nat so strahlend an, daß er verwirrt die Augen zusammenkniff. »Ja, das wäre schön, Nat«, sagte sie mit samtig tiefer Stimme.

Sie folgte Nat hinaus zu seinem Pferdewagen. Die Stute, die gemächlich Gras kaute, schnaubte leise, als Nat Delia höflich auf die Kutschbank half. Als sie seine kräftige Hand am Arm spürte, wartete sie auf den heißen Schauer, der ihr immer über den Rücken lief, wenn Tyl sie anfaßte. Aber sie empfand nichts.

Er setzte sich neben sie, und Delia sah ihn noch einmal strahlend an, als wollte sie mit ihrem Lächeln alles wettmachen, was ihrer Beziehung an Wärme oder Zuneigung fehlte.

Merrymeeting war hufeisenförmig angelegt. Das neue Pfarrhaus und die Kirche befanden sich an einem Ende und das Blockhaus mit den Palisaden am anderen. Der Kai, das Sägewerk und das Haus der Bishops fielen an der Bucht sofort ins Auge. In der Mitte lag die grüne Gemeindewiese mit saftigem Sumpfgras, wildem Reis, Rosmarin und Habichtskraut. Auf der Wiese stand ein hoher

Mast mit einem Wetterhahn. Anne hatte Delia augenzwinkernd gesagt, alle Bewohner von Merrymeeting würden morgens nach dem Aufwachen als erstes auf den Wetterhahn blicken, um zu sehen, woher der Wind wehte.

Im Augenblick kam eine sanfte feuchte Brise vom Wasser. Delia trug ihre langen Locken sittsam unter der blauweißen Haube, die ihr Tyl zwar geschenkt hatte, aber nicht mochte. Trotzdem hoffte sie, er würde sie jetzt mit Nat auf dem Wagen sehen. Doch Delia hielt vergeblich nach ihm Ausschau.

Nat fuhr schweigend über den ausgefahrenen Weg am Rand der Siedlung, der dem Flußufer folgte. Vom Dach der Schmiede stieg schwarzer Rauch auf, und Delia hörte das Klappern der Mühle. Ein paar Jungen trieben meckernde Ziegen und Schafe auf die Weide. Sie folgten der Herde in gebührendem Abstand.

Die meisten Häuser von Merrymeeting lagen jedoch bald hinter ihnen. Der Wagen holperte über einen Knüppeldamm. Man hatte dicht nebeneinander Stämme über den Weg gelegt. Nat erklärte ihr, das sei in der regennassen Zeit, also im Frühling, notwendig, um den Weg befahrbar zu machen, wenn alle Bäche und Flüsse Hochwasser führten und Wiesen und Wege im Schlamm versanken. Die vielen Bäche überquerten sie auf einfachen Holzbrücken. Schließlich bestand der Weg, der die einzelnen Farmen miteinander verband, nur noch aus zwei ausgefahrenen Radspuren. Hin und wieder sah Delia auf einer Lichtung die einfachen Holzhäuser der Farmer. Unwillkürlich mußte sie wieder an Tyl denken. Hatte er sich auch so ein Haus gebaut, in dem er den Rest seines Lebens – allein – verbringen wollte?

»Gehört eines der Häuser Dr. Savitch?« fragte sie schließlich Nat.

»Nein, Tyl hat seine Blockhütte sehr viel weiter flußaufwärts, noch hinter meiner Farm.« Seine grauen Augen richteten sich ernst auf Delia. »Der Doc will vor allem seine Freiheit wie die meisten, die sich hier in Maine ansiedeln. Das sollten Sie nie vergessen, wenn Sie bei uns bleiben wollen.«

»Ja.« Delia errötete über diese seltsame Zurechtweisung, die sie nicht ganz verstand. Deshalb schwieg sie verunsichert.

Schließlich bog Nat vom Weg ab und lenkte den Wagen vom Fluß in den Wald. Ein paar hundert Meter ging es auf einem gewundenen Pfad mitten durch hohe Tannen, Kiefern und Ahornbäume. Dann zog Nat die Zügel an. Es war plötzlich so still, daß Delia das Summen der Fliegen hörte.

»Wir sind da«, verkündete Nat überflüssigerweise. Delia spürte seine Augen auf sich gerichtet. Er wartete offensichtlich gespannt auf ihre Reaktion.

Das Haus stand auf einer gerodeten Lichtung. Nach drei Seiten erstreckten sich Maisfelder. Die Vorderseite des Hauses wies zum Fluß. Delia konnte das Wasser zwar nicht sehen, aber sie hörte es als leises Rauschen, wie Wind, der über hohes Gras streicht. Es war ein einstöckiges Bretterhaus mit einem ausgebauten Zimmer unter dem steilen Schindeldach. Zwei Gaubenfenster ragten daraus hervor. Nat sagte, das steile Dach sei im Winter notwendig, damit der Schnee herunterrutschte. Auf der Vorderseite befand sich der Küchengarten und etwas weiter entfernt der Obstgarten. Die Scheune und die Ställe standen an einem sanft ansteigenden Hang in gebührendem Abstand zum Schornstein, damit sie durch Funkenflug nicht in Brand gesetzt wurden. Ein überdachter Gang verband den Holzschuppen und die Räucherhütte mit dem Haupthaus.

Delia nickte anerkennend. »Ich kann zwar nicht behaupten, etwas von Farmen zu verstehen, aber seit Boston sind wir an vielen Farmhäusern vorübergekommen. Dies ist aber bestimmt das schönste von allen.«

Sie hatte gehofft, ihm mit diesem Kompliment eine Freude zu machen, aber er zog nur die Mundwinkel nach unten und sagte mißmutig: »Man muß Tag für Tag hart arbeiten, um das alles in Ordnung zu halten.« Das war natürlich als Warnung gedacht: Sie sollte nicht erwarten, daß das Leben hier einfach sein würde.

»Ich habe Dr. Savitch bereits in Boston erklärt, daß ich vor harter Arbeit nicht zurückschrecke.«

»Es kommt natürlich darauf an«, erwiderte er und sah sie durchdringend an, »was Sie unter ›harter Arbeit‹ verstehen.«

Delia stieg das Blut in die Wangen. Als Nat ihre Verlegenheit bemerkte, wandte er den Blick ab und nickte, als seien seine schlimmsten Befürchtungen bestätigt.

»Nat, was immer Sara Kemble Ihnen über mich gesagt haben mag, ich möchte, daß Sie wissen...«

»Später«, unterbrach er sie knapp. »Wir sprechen später darüber. Meine beiden Mädchen warten auf uns. Meg hat etwas gekocht, das heißt, wenn Sie zum Essen bleiben wollen...«

»Ja, ich würde gern zum Essen bleiben, Nat. Danke für die Einladung.«

Nat half Delia, vom Wagen zu steigen, und ging mit ihr zum Haus. Sie blieb noch einmal stehen und sah sich um. Ja, es war eine schöne Farm. Warum sollte sie hier nicht glücklich sein? Wenn nur...

Aber daran wollte sie in diesem Augenblick nicht denken.

Hinter den Feldern standen in einem weiten Halbkreis abgestorbene Bäume, die im nächsten Winter gerodet werden sollten. Aber auch dort wuchsen bereits Mais, Bohnen und Kürbisse. Die Maisstauden dienten den Bohnen als Rankpfähle und boten Kürbis und Gurken den notwendigen Schatten.

»Der Boden hier ist fruchtbar«, sagte Nat, der ihren Blick bemerkte. »Aber er läßt sich wegen der vielen Steine so gut wie nicht pflügen. Ich könnte schwören, daß sich die Steine in jedem Winter wie die Karnickel vermehren.«

Delia hörte das Bimmeln einer Blechglocke. »Sie haben einen Ziegenbock!« rief sie staunend.

Nat mußte unwillkürlich lachen. Zum ersten Mal wirkte er fröhlich und entspannt und war augenblicklich ein anderer Mensch.

»Von Tieren scheinen Sie nicht viel zu verstehen«, sagte er belustigt. »Das ist jedenfalls eine Ziege. Sie gibt Milch, und wir können Käse daraus machen. Aber sie ist schlau, und wenn sie sich losmacht, dann sieht der Garten aus, als sei ein Heuschreckenschwarm eingefallen.«

Delia sah, daß die Ziege in sicherer Entfernung vom Garten und vom Rand des Maisfelds an einen Pfahl angebunden war.

»Meine Frau... das heißt M... Mary wurde deshalb oft so

wütend, daß sie der Ziege androhte, sie auf der Stelle zu Hackfleisch zu verarbeiten ...«

Nats Stimme wurde leise, und er starrte niedergeschlagen auf den Boden. Delia wartete geduldig, bis er seine Fassung wiedergefunden hatte. Als er sie schließlich ansah, standen ihm wieder Schmerz und Trauer ins Gesicht geschrieben. Steif und förmlich sagte er: »Wenn Sie sich jetzt das Haus ansehen möchten, Delia ...«

»Ja, Nat«, sagte sie so heiter wie möglich. »Das möchte ich wirklich gern.«

Er trat zur Seite und stieß die Haustür auf. Sie betraten einen kleinen Vorraum, an dessen hinterer Wand sich der gemauerte Schornstein befand. Neben dem Schornstein führte eine Leiter nach oben. Auf der linken Seite schloß sich das Schlafzimmer an und rechts die Küche. In der kleinen Diele lagen und standen Werkzeuge und Gartengeräte wie Hacken, Äxte und Rechen; außerdem hingen an Holzhaken Regenmäntel, Schneeschuhe und dicke gesteppte Wintersachen. Eine Muskete hing quer über der Tür.

Delia zog den Kopf ein und trat durch eine niedrige Tür in die Küche.

Tildy saß an einem Bohlentisch und malte langsam unter Einsatz der kleinen Zunge mit Kreide Buchstaben auf eine Schiefertafel. Vor ihr lag aufgeschlagen eine Fibel. Meg stand am Herd und stocherte in der Glut. Als Delia erschien, richtete sie sich schnell auf und starrte Delia feindselig an.

»Da kommt unsere neue Mama!« rief Tildy. Die Kleine sprang von der Bank, hielt die Schiefertafel in der Hand und lief zu Delia. »Hier, ich lerne das ABC.«

Delia betrachtete aufmerksam die Buchstaben. »Du meine Güte, bist du gescheit.«

»Sie ist nicht unsere neue Mama!« rief Meg empört. »Sie sind noch nicht einmal verheiratet.«

»Meg, hör damit auf!« sagte Nat streng. Meg schwieg, aber Delia entging nicht der anklagende Blick, mit dem Meg ihren Vater bedachte.

Mit einem ärgerlichen Schulterzucken drehte sich Meg um und

versuchte, den großen Kessel mit dem Eintopf, der an einer Kette über der Glut hing, vom Feuer zu nehmen. Der Kessel war eindeutig zu schwer für die Kleine. Delia trat zu ihr und wollte ihr helfen.

»Ich kann das schon!« stieß Meg keuchend hervor.

Nat nahm ihr wortlos den Kessel aus der Hand. »Ich habe wirklich genug von deinem Trotz, Meg. Wenn du dich nicht richtig benehmen kannst, verpasse ich dir eine ordentliche Tracht Prügel.«

Megs schmales Gesicht wurde blaß. Sie biß die Lippen aufeinander, und Tränen traten ihr in die Augen, aber sie weinte nicht, sondern erklärte stolz: »Ich muß jetzt sowieso hinaus und Unkraut jäten. Los Tildy, komm mit!«

»Ich will aber nicht!« rief Tildy. Meg nahm ihre widerstrebende kleine Schwester bei der Hand und zog sie aus dem Zimmer. Sie hörten noch eine Weile Tildys durchdringendes Protestgeschrei. Es half ihr nichts, Meg ließ sich nicht erweichen.

Nat sah Delia verlegen an und stellte den Kessel neben die Glut auf den Stein. Er rührte die Suppe um, nahm einen großen Deckel von der Wand und legte ihn auf den Kessel. »Tut mir leid, Delia. Ich verstehe nicht, weshalb sie sich so aufführt.« Mit finsterem Blick fügte er dann hinzu: »Aber ich verspreche Ihnen, das wird aufhören.«

»Bitte, bestrafen Sie Meg nicht meinetwegen«, sagte Delia. »Sie müssen dem Kind Zeit lassen. Meine Mutter starb, als ich in Megs Alter war. Ein so großes Mädchen ist alt genug, um den Tod zu verstehen und was das heißt, die Mutter für immer zu verlieren. Aber man ist noch zu klein, um damit fertig zu werden, und zurück bleibt nur Angst.« Unwillkürlich hatte sie Nat die Hand auf den Arm gelegt und sagte noch einmal eindringlich: »Bitte, schlagen Sie Meg nicht.«

Nat richtete sich steif auf und wich einen Schritt zurück. Delia ließ unbeholfen die Hand sinken. Er starrte auf den Fußboden und fuhr sich mit der Hand über die Stirn. »Ach, ich würde es doch nicht über mich bringen, mein Kind zu schlagen«, murmelte er verlegen.

Delia lachte, und sogar Nat mußte lächeln. »Aber meine Mary hätte Meg dieses schlechte Benehmen nicht durchgehen lassen.«

Was sollte Delia dazu sagen? Sie schwieg und sah sich aufmerksam in dem Raum um. Der gemauerte Herd war groß und hatte einen breiten Rauchfang. Die Wände waren mit gehobelten Brettern verkleidet, an den beiden Fenstern hingen hübsche bunte Baumwollvorhänge. Die Kücheneinrichtung war einfach, bis auf eine besonders schön gearbeitete Ahornanrichte, auf der sechs irdene Teller neben einer weißen Porzellanteekanne standen. Er roch angenehm nach Myrtenwachskerzen.

Delias Augen richteten sich auf einen gerahmten Wandbehang, der gegenüber dem Herd hing. Sie trat neugierig näher und betrachtete ihn.

»Das hat meine Mary gemacht«, sagte Nat voll Stolz.

»Sehr hübsch, Nat.«

Auf Leinen war mit Seide ein Bild gestickt. Es zeigte einen Stall, ein Pferd und einen Mann beim Heumachen. Darunter stand ein Spruch, den Delia nicht lesen konnte.

Nat las ihr den Spruch laut vor.

Meiner Hände Arbeit soll ohne Pein
Anderen auf Erden zur Freude sein
Wenn ich dann liege in der Gruft
Da mein Gott mich zu sich ruft.

Delia lief ein Schauer über den Rücken. Was für eine Frau mochte das gewesen sein, die einen so düsteren Spruch für das Haus ihrer Familie gewählt hatte? Sie erinnerte sich an ihre Mutter, die ebenfalls einen Wandbehang gestickt hatte, der mit seinen bunten Blumen und einem Alphabet sehr viel fröhlicher gewesen war. Sie hörte noch die Stimme ihrer Mutter, die ihr geduldig alle Stiche immer und immer wieder erklärte – der Blattstich, der Satinstich und die Schlinge. Wenn die Mutter nicht so früh gestorben wäre, hätte Delia bestimmt auch gelernt, so schöne Wandbehänge zu machen …

Neben dem gerahmten Bild hing über dem Spinnrad eine Pendeluhr. Sie war aus glänzendem Messing und Kirschbaumholz. Das leise Ticken machte den Raum irgendwie gemütlich.

»Das war mein Hochzeitsgeschenk für Mary.« Nats Stimme klang tonlos, und er sprach mit sichtlicher Überwindung. »Ich habe lange überlegt, ob ich ihr eine Kuh oder diese Uhr schenken sollte. Schließlich habe ich mich für die Uhr entschieden. Aber Mary hat mir später gesagt, ich hätte ihr lieber die Kuh kaufen sollen. Ja, meine Mary …«, er seufzte. »Sie war immer so praktisch.«

Delia dachte, sie hätte lieber die Uhr gehabt, aber das sagte sie natürlich nicht. Sie richtete sich auf und sah sich langsam noch einmal um – die hübschen Vorhänge, die Teller auf der schönen Anrichte, das Spinnrad und der Wandbehang. Mary Parker hatte dem Haus und der Familie ihren Stempel aufgedrückt.

Nats Blick war starr auf die Uhr gerichtet. Mary Parker hatte auf unsichtbare Weise auch ihren Mann geprägt. Delia verstand in diesem Augenblick, daß sie eine beinahe unlösbare Aufgabe übernommen hatte. Sie unterdrückte ein Seufzen, trat an das Spinnrad und setzte es mit dem Zeigefinger in Gang.

Wie konnte ich nur so dumm sein und glauben, ich könnte in Merrymeeting den Platz einer anderen Frau einnehmen?

»Mary hat immer gesagt, das Spinnrad würde unter ihren Händen anfangen zu singen …«, hörte sie Nats Stimme in ihrem Rücken.

Delia drehte sich um und sah ihn an. Sie holte tief Luft und sagte: »Ich will ehrlich zu Ihnen sein, Nat. Ich weiß zwar alles, was man in einer Hafenkneipe tun muß, aber ich bin noch nie auf einer Farm gewesen. Ich denke, jemand muß mir zeigen, was hier so zu tun ist.«

Nat schüttelte langsam den Kopf. Dann zog er mißmutig die Mundwinkel nach unten. »Ich will meine Enttäuschung nicht verheimlichen, Delia. Ich suche eine Frau, weil es für mich eine zu große Last ist, allein für das Haus und die Kinder zu sorgen. Außerdem brauche ich jemand, der mir bei der Arbeit auf den Feldern hilft. Was soll ich sonst mit einer Frau …?«

Was meint er mit dieser Bemerkung: »Was soll ich sonst mit einer Frau?« dachte Delia und kam sich plötzlich hilflos und sehr einsam vor. »Vielleicht können Sie mir beibringen, was ich wissen muß«, sagte sie vorsichtig und erschauerte innerlich bei dem verzweifelten Klang ihrer Stimme. »Ich lerne schnell...«

»Vielleicht...«, Nat hielt das Spinnrad mit dem Handrücken an. »Aber von Frauenarbeit verstehe ich nichts.«

»Elizabeth Hooker kann hervorragend spinnen. Das weiß ich zumindest von Caleb. Vielleicht wird sie es mir beibringen.«

Sie sahen sich stumm an. Das Ticken der Uhr schien plötzlich das gespannte Schweigen noch bedrohlicher zu machen. Schließlich räusperte sich Nat. »Es ist nicht mehr viel, aber vielleicht möchten Sie den Rest des Hauses sehen? Die Mädchen schlafen unter dem Dach. Mary und ich...« Er brach ab und wurde dunkelrot. »Das Sch...Schlafzimmer ist dort drüben.«

Neben dem Herd befand sich eine Tür, die in das zweite Zimmer im Erdgeschoß führte. Es war gerade groß genug für das Bett, eine Truhe und einen kleinen Schrank. Aber auch hier gab es einen offenen Kamin. Der Abzug führte in den Rauchfang der Küche. Das Bett war leuchtendrot angestrichen. Der Anblick machte Delia nervös. Ihr fiel auf, daß Nat es vermied, einen Blick auf das Bett zu werfen.

Das Zimmer hatte ein kleines Fenster. Delia trat zögernd davor und legte die Hände auf den Rahmen, der von den Sonnenstrahlen warm war. Eine Kerbe wies auf den Sonnenstand am Mittag. Behutsam ließ Delia den Finger darüber gleiten.

Auf dem Feld hinter dem Haus jätete Meg Unkraut. Von Zeit zu Zeit richtete sie sich auf und blickte zum Haus. Aus ihrem Gesicht sprachen Angst und Zorn. Tildy saß am Feldrand auf der Erde und spielte mit ihrer Puppe. Delia hörte sie singen: »Alle meine Entchen schwimmen auf dem See...«

Nat räusperte sich. »Ich würde jetzt gern die Wahrheit wissen, Delia... ich meine, über Boston und Ihr Leben dort.«

Sie drehte sich um. »Mein Vater war ein Küfer. Seit ich vierzehn war, habe ich in einer Hafenkneipe gearbeitet, um Geld für ihn und für mich zu verdienen.« Sie zögerte, aber dann fügte sie sehr ernst hinzu: »Ich habe vielleicht einiges getan, was Sie nicht billigen würden, aber ich habe mich nie an Männer verkauft, nicht ein einziges

Mal. Ich bin keine Hure, auch wenn Sara Kemble oder andere das behaupten mögen.«

Er sah sie durchdringend an. »Ich glaube Ihnen«, sagte er schließlich. »Ich meinerseits kann trotz der Behinderung für eine Familie sorgen. Und ich habe noch nie in meinem Leben einen über den Durst getrunken.« Er deutete unbestimmt auf das Fenster. »Sie haben das Haus gesehen und alles hier. Ich glaube, wir wissen jetzt, was wir voneinander erwarten. Ich sehe also keinen Grund, nicht wie geplant weiterzumachen, wenn Ihnen das recht ist.«

»Möchten Sie damit sagen, daß Sie mich heiraten wollen?«

Nat nickte ernst. »Ja, das möchte ich. Ich frage Sie, Delia McQuaid, wollen Sie meine Frau werden?«

Delia verschlug es die Sprache. Sie war wie gelähmt und dachte nur: So sollte es bestimmt auch nicht sein ... so gefühllos und ohne jede Bedeutung. Tyl, warum stehst du nicht hier an seiner Stelle?

Verwirrt glaubte sie, der stumme Aufschrei sei ihr über die Lippen gekommen.

Sie konnte Nat nicht heiraten. Sie konnte es nicht, da ihr Herz und ihre Seele einem anderen gehörten. Aber Tyl liebte sie nicht. Auch Nat liebte sie nicht, doch er brauchte sie wenigstens, und seine Töchter brauchten eine Mutter ... vor allem Meg, die arme verängstigte Meg.

Es gab jedoch noch andere Überlegungen. Sie war jetzt in Merrymeeting. Wie sollte sie sich hier ernähren? Hier gab es kein Wirsthaus, wo sie hätte arbeiten können. Tyl hatte versprochen, sie nach Boston zurückzuschicken, wenn sie sich mit Nat nicht einigen würde. Aber was für ein Leben erwartete sie in Boston? Ein betrunkener, gewalttätiger Vater und ausweglose Armut. Schließlich würde sie unweigerlich zu einer Hure werden.

In Merrymeeting dagegen konnte sie heiraten und eine geachtete Frau sein. Sie würde ein Zuhause und eine Familie haben, einen Mann, der für sie sorgte, so wie sie für ihn sorgen wollte. Gewiß, ihr Traum würde sich nicht erfüllen, denn Tyls Liebe war ihr nicht vergönnt. Aber als Ersatz konnte sie Merrymeeting bekommen und ein neues Leben.

An etwas anderes wollte Delia im Augenblick nicht denken, obwohl es sie beschäftigte.

Tyl lebte etwas weiter flußaufwärts. Bestimmt würde sie ihn hin und wieder sehen können. Sie mußte nur am Fluß entlanggehen und dann …

»Also gut, Nathaniel Parker«, sagte Delia leise, und wenn ihr Lächeln in Wirklichkeit nicht ihm galt, wußte nur sie darum. »Ich bin bereit, Ihre Frau zu werden.«

Nat stieß laut den angehaltenen Atem aus und seufzte. »Das wäre also abgemacht. Ich denke, die Leute hier erwarten eine Art Fest. Je schneller wir das hinter uns haben, desto eher können wir uns den wichtigeren Dingen widmen. In ein paar Wochen muß ich mit dem Heumachen anfangen, und dann bleibt keine Zeit mehr für Feste.«

»Nein, bestimmt nicht …«

»Also werde ich Mr. Hooker bitten, das Aufgebot sofort an der Kirchentür auszuhängen. Und ich werde Jack Tyson, dem Fischer, Geld geben, damit er zur Hochzeit den Friedensrichter herbringt.«

Delia nickte nur. Sie kämpfte mit einem Kloß im Hals, der ihr den Atem nahm. Alles in ihr fühlte sich kalt und wie abgestorben an. Sie hatte wirklich nicht erwartet, daß Nat sich in sie verlieben würde, aber sie hätte doch gewünscht, daß er wenigstens etwas mehr als nur *das* für sie empfinden würde.

Er sprach über die Hochzeit, als wollte er sie damit wie eine Sklavin kaufen.

In gewisser Weise ist eine Ehe offenbar nichts anderes … dachte sie niedergeschlagen.

»Sie trinken wirklich keinen Rum?« fragte Delia in plötzlicher Panik.

Nat wollte gerade das Schlafzimmer verlassen. Er blieb stehen und drehte sich noch eimal um. »Ich habe Ihnen gesagt, ich bin von Natur aus abstinent. Ich habe das Teufelszeug noch nie im Leben angerührt.«

Delia atmetete erleichtert auf. »Wie lange wird es mit dem Aufgebot und … allem dauern?«

Er zuckte mit den kantigen Schultern. »Nicht länger als zehn Tage ... sollte ich meinen.«

Zehn Tage ...

Delias Blick richtete sich wieder auf das Bett. In zehn Tagen also ...

Als Nat nach dem Essen hinausging, um die Stute anzuspannen, damit er seine Zukünftige zu den Bishops zurückbringen konnte, fiel Delias Blick wieder auf Tildys Fibel, die in einer Ecke lag. Sie fragte das kleine Mädchen, ob sie die Fibel vielleicht für die nächste Woche ausleihen könnte.

»Die können Sie haben«, antwortete Meg verächtlich anstelle ihrer Schwester. »Sie können wohl noch nicht einmal lesen und schreiben, was? Tildy ist erst drei, aber sie kennt bereits alle Buchstaben. Stimmt doch, Tildy?«

Tildy sah Delia mit großen Augen an. »O ja«, rief sie und nickte.

»Sie bekommt bald ein richtiges Schulbuch«, sagte Meg stolz, und als sie zu ihrer Zufriedenheit bemerkte, daß Delia rot geworden war, fügte sie bissig hinzu: »Meine Mama konnte lesen und schreiben. Ich habe es von ihr gelernt. Jetzt bringe ich es Tildy bei. Ich verstehe wirklich nicht, warum Papa Sie heiraten muß. Wir brauchen Sie nicht. Sie können ja sowieso nichts.«

Delia schwieg und nahm die Fibel mit. Sie dachte an die vielen Bücher in Annes »Bibliothek«. Vielleicht würde Anne bereit sein, ihr Lesen und Schreiben beizubringen. Delia nahm sich vor, eine gute Frau und Mutter zu werden. Aber sie mußte sich eingestehen, daß das nicht der einzige Grund für ihren Ehrgeiz war. In Wirklichkeit wollte sie Tyl beeindrucken. Er sollte es noch einmal bereuen, daß er sie von sich gestoßen hatte.

Vor dem Backsteinhaus hatte sich eine lärmende Menge versammelt, als Delia und Nat vorfuhren. Delia entdeckte Tyl auf den Stufen vor dem Hauseingang der Bishops. Er rief etwas, aber er wurde von den lauten Stimmen der anderen übertönt.

Anne stand hinter ihm auf der Veranda. Sie hatte die Arme verschränkt und sah mit versteinertem Blick auf die Menge. Delia sprang aus dem Wagen, bahnte sich einen Weg und eilte die Stufen hinauf.

Tyl hatte keinen Blick für sie übrig. Er deutete auf eine Frau und rief: »Agnes Cartwright, wollen Sie wirklich mitansehen, wie Ihre fünf Kinder die Pocken bekommen, nur weil Sie zu verbohrt und starrköpfing sind, um rechtzeitig Vernunft anzunehmen?«

»Was ist los?« fragte Delia atemlos Anne. »Warum sind die Leute so aufgeregt?«

»Ach, der Doc will uns weismachen, daß er durch Impfen jeden vor den Pocken schützen kann, auch die Kinder.«

Delia erinnerte sich, daß Tyl darüber mit seinem Großvater gesprochen hatte. Ein gewisser Cotton Mather hatte irgendwelche Experimente durchgeführt.

»Ja, das stimmt«, sagte sie zu Anne. »In Boston macht man das jetzt auch ...«

Anne schnaubte. »Es ist wirklich verrückt! Die Ärzte machen einen zuerst krank, um einen damit angeblich vor der Krankheit zu schützen! Wer soll diesen Unsinn glauben?«

Sie sagte das laut genug, daß Tyl es hören konnte. Er drehte sich wütend um. »Sie haben mir nicht richtig zugehört!« rief er empört.

»Wie soll ich zuhören, wenn jemand ohne Unterlaß in meine Ohren schreit?« erwiderte sie kühl.

Delia kicherte, und Tyls Zorn richtete sich augenblicklich gegen sie. »Wo hast du dich denn den ganzen Tag herumgetrieben?«

»Ich war bei Nat und habe mir seine Farm angesehen. Übrigens, wenn du willst, kannst du es mit mir ausprobieren, Tyl. Ich habe nichts dagegen.«

Tyl lächelte plötzlich. »Das ist ein verlockendes Angebot, Kleines! Was soll ich mit dir ausprobieren?«

Sie deutete auf seine Arzttasche, die neben dem Treppengeländer stand. »Das Experiment mit den Pocken. Vielleicht kannst du die Leute überzeugen, wenn sie sehen, daß ich überlebe.«

Tyl zögerte nicht lange. Er öffnete die Tasche und nahm eine Lanzette heraus, danach eine Phiole, die in Leinen gewickelt war. Delia wollte nicht darüber nachdenken, was die Phiole enthalten mochte. Die Leute waren mittlerweile still geworden und sahen aufmerksam zu.

»Deinen rechten Arm, bitte«, sagte Tyl leise und wieder völlig gelassen. Als seine Hand ihren Arm umfaßte, traten ihr Tränen in die Augen, und sie wandte schnell den Blick ab.

»Ja, es ist besser, wenn du nicht hinsiehst«, sagte er spöttisch. »Du gehörst hoffentlich nicht zu den Frauen, die bei jeder Gelegenheit ohnmächtig werden.«

»Wahrscheinlich nicht...«

»Ich muß in den Arm zwei winzige Einschnitte machen.«

»Meinetwegen.«

Er brummte: »Gut. Trotzdem würde es meinen Ruf nicht gerade verbessern, wenn du jetzt laut schreist.«

»Ich hoffe nur, Sie wissen, was Sie tun«, sagte Anne, und es klang besorgt.

»Natürlich weiß er das«, erwiderte Delia beruhigend.

Das Impfen dauerte weniger als eine Minute. Die Menge sah mit angehaltenem Atem zu. Delia zuckte nicht mit den Wimpern. Tyl wickelte anschließend eine dünne Binde um die Einschnitte am Oberarm.

»Du wirst eine sehr leichte Form der Pocken bekommen und vielleicht in den nächsten Tagen etwas erhöhte Temperatur haben«, erklärte er. »Die Einschnitte werden sich etwas entzünden. So, Anne, Sie könnten jetzt mit Delia ins Haus gehen und ihr vielleicht einen Sassafrastee kochen.«

Anne schüttelte den Kopf. »Sie und Ihr ewiger Sassafrastee. Sie müssen das Zeug wirklich für ein Zaubermittel halten, da Sie es bei jeder Krankheit verschreiben.«

Tyl lächelte unbeeindruckt. »Es ist ein Zaubermittel.« Er strich Delia zart über die Wange. »Delia ... ich ... also vielen Dank.«

Sie sah ihn schief an. »Schon gut, Tyl.« Dann fügte sie so laut hinzu, daß alle sie hören konnten. »Wenn ich am Ende der Woche noch lebe, dann werde ich deinen Erfolg überall verkünden.«

Während Tyl auf den Stufen Delia gegen die Pocken impfte, wartete Nat geduldig auf den Arzt. Er wollte mit ihm unter vier Augen sprechen. Eine halbe Stunde später war es soweit. Tyl überquerte die Gemeindewiese in Richtung Pfarrhaus, als Nat ihn abfing.

»Sagen Sie mir die Wahrheit, Tyl, war Delia in Boston eine Hure?«

Tyl blieb stehen und wechselte die Arzttasche von einer Hand in die andere. Es fiel ihm schwer, Nat in die Augen zu sehen, aber er tat es trotzdem. »Nein, sie war keine Hure. Ich weiß es zufällig genau.« Immerhin mußte er nicht lügen und konnte Nat mit ganzer Überzeugung die Wahrheit sagen.

Nat kniff die Augen zusammen. »Das hat sie mir auch gesagt, und ich habe ihr geglaubt. Aber dann habe ich mir doch Gedanken gemacht … wissen Sie, Doc, ich könnte in Marys Haus nie eine Hure bringen. Außerdem sind da noch meine Mädchen, an die ich denken muß. Verstehen Sie, deshalb mußte ich mich bei Ihnen vergewissern.«

Tyl kämpfte bereits wieder mit seinem schlechten Gewissen und Schuldgefühlen.

Er fuhr sich nervös mit der freien Hand durch die Haare und sagte dann: »Nat, ich habe Delia in Boston versichert, wenn die Heirat nicht zustande kommt, dann …«

»Nein, nein, darum geht es nicht.« Seine grauen Augen richteten sich ernst auf Tyl. »Wissen Sie, Doc, als die Kleine gestern vom Schiff kam … also, sie war so ganz anders, als ich sie mir vorgestellt hatte. Es ist natürlich verrückt, aber irgendwie hatte ich gehofft, Sie würden mir m … meine M … Mary zurückbringen.«

»Nat …«

»Sie haben keine Schuld, Doc, auch nicht das arme Mädchen. Wie kann ich ihr vorwerfen, *nicht* Mary zu sein? Wissen Sie, ich glaube, gestern habe ich mir zum ersten Mal eingestanden, daß Mary wirklich tot ist. Sie ist tot, Tyl.« Er kämpfte mit den Tränen. »Ach, es ist so schwer. Mein Gott, wie sie mir fehlt …«

Wie kann ein Mann nur dumm genug sein, eine Frau so zu lieben, daß er dieses Leid ertragen muß, wenn er sie verliert, dachte

Tyl. Vor allem dann, wenn er mit seiner Liebe im Bett jedesmal riskiert, sie dem Tod in die Arme zu werfen.

Sein Entschluß stand fest.

Nein, ich werde keine Frau so sehr lieben, und ich werde für keine soviel empfinden, dann muß ich auch nicht erleben, daß mir das wenige genommen wird, das mir wichtig ist.

»Sie sollen nicht glauben, daß ich Ihnen nicht dankbar bin, weil Sie das Mädchen mitgebracht haben«, fuhr Nat fort. »Sie ist zwar noch sehr jung, und ich wünschte, sie wäre weniger ... ungeschliffen und unwissend. Aber Sie haben alles getan, was in Ihren Kräften stand«, fügte er hastig hinzu. »Nur ... Delia ist so ganz anders als meine Mary. Mary war wie ein Fels in der Brandung und so zuverlässig und leicht zu verstehen wie die Erde.« Er stieß mit der Stiefelspitze gegen ein Grasbüschel. »Delia ist wie ein Irrlicht. Sie verwirrt mich und kommt ständig mit neuen Überraschungen ...« Er lachte unsicher und legte schnell die Hand auf den Mund. »Um ehrlich zu sein, Doc, ich weiß wirklich nicht, ob ich mit ihr fertig werde.«

»Vielleicht sollten Sie mit der Hochzeit noch eine Weile warten«, sagte Tyl, und ein unsinniger Hoffnungsschimmer durchzuckte ihn. »Nehmen Sie sich Zeit, sie besser kennenzulernen.«

Nat schüttelte den Kopf. »Die Zeit haben wir nicht. Ich muß das Heu einbringen, und im Garten wuchert das Unkraut. Außerdem sind wir nicht die ersten, die sich bei ihrer Hochzeit nicht kennen.« Er legte Tyl die Hand auf die Schulter. »Nein, Doc, wenn Sie mir versichern, daß Delia keine Hure ist, dann gibt es keinen Grund, mit der Hochzeit zu warten. Ich mache mich gleich auf den Weg und bitte Reverend Hooker, das Aufgebot auszuhängen.«

Tyl blieb mitten auf der Wiese stehen und sah Nat nach, der mit dem Wagen zum neuen Pfarrhaus fuhr. Er lachte kurz und gequält. Vor zwei Tagen hatte Delia zu ihm gesagt, daß sie ihn liebe. Jetzt hatte sie bereits versprochen, einen anderen zu heiraten. War das nicht typisch für die Frauen? Jede wollte heiraten, auf den Mann kam es dabei weniger an. Er sollte möglichst breite Schultern und ein Haus haben und vielleicht noch nicht über sechzig sein.

Trotzdem fand er, daß Delia noch hätte warten können, bis sie Nat Parker das Jawort gab – zumindest so lange, bis er sich entschieden hatte ... Wofür?

Liebe ich sie? Nein, weiß Gott, ich liebe sie nicht! Ich will nur ihren Körper. Sie will heiraten, und ich will um keinen Preis eine Frau und Kinder.

Er wollte doch nur so wenig. Sie sollte für einen langen Sommer sein Bett teilen ... nur einen Sommer lang, aber ohne Hochzeit, ohne Kinder und ohne die große und ewige Liebe.

Er drehte sich langsam um und blickte zum Haus zurück. Ein Vorhang im ersten Stock bewegte sich, und er wußte, das war Delia.

Verflucht, rief er stumm. Warum nur bin ich ihr verfallen?

[illegible]

[illegible] Handkuß [illegible]

[illegible]

[illegible]

Vierzehntes Kapitel

Delia beugte den Kopf über die Schiefertafel, die sie auf den Knien hielt, und betrachtete nachdenklich die Kreide in der Hand. Anne blieb bei dem Anblick in der offenen Verandatür stehen, und ein zufriedenes Lächeln umspielte ihre schmalen Lippen. Leise trat sie hinter ihre fleißige Schülerin und schaute ihr über die Schulter. Delia hob stolz die Tafel und zeigte ihr das Geschriebene.

»Ich habe meinen Namen geschrieben«, sagte sie. »Ihren Namen und den Ihres Mannes.«

»Wie ich sehe, kannst du auch bereits ›Tyler Savitch‹ schreiben.«

Delia wurde rot. Schnell nahm sie den Schwamm und löschte die Namen aus. Dann drehte sie sich um und sah Anne strahlend an. »Es ist sehr nett von Ihnen, mir Schreibunterricht zu geben.«

In den letzten eineinhalb Wochen hatte sich Delia außerdem die größte Mühe gegeben, nur noch »anständig« zu reden. Es gelang ihr recht gut, abgesehen von einigen Ausrutschern, wenn sie unsicher, erregt oder zornig war. Anne stellte jedoch mit großem Stolz die schnellen Fortschritte ihres Zöglings fest. Ja, Delia McQuaid war nicht mehr das dumme Mädchen aus einer billigen Hafenkneipe.

»Am Ende des Monats wirst du dein erstes Buch lesen«, sagte Anne und dachte: Die Kleine ist wirklich sehr intelligent, und Tyl ist ein ausgemachter Dummkopf.

Anne trat ans Fenster und blickte auf die dunkelblaue Bucht. »Du mußt dich bald umziehen. Dein Nat war schon hier. Er ist so aufgeregt wie ein junger Hund. Dabei habe ich ihm gestern mindestens dreimal gesagt, daß er erst eine *halbe* Stunde vor der Zeremonie hier sein soll.«

An diesem Nachmittag sollten Delia McQuaid und Nathaniel Parker heiraten. Annes Dienstboten stellten bereits auf der Gemeindewiese Bänke und Tische für das anschließende Fest auf.

Anne lachte. »Dem armen Kerl schlottern vor Angst die Beine.«

Delia stieß einen langen Seufzer aus. »Ach, Anne, mir geht es nicht viel besser. Ich habe noch nie geheiratet.«

Anne lachte schallend. »Heiraten, Kleines, hat, weiß Gott, nichts mit Übung zu tun.«

Delia legte die Schiefertafel auf den Tisch. Die Küchenmagd erschien mit dem Tee. »Das ist heute nicht das Richtige, Bridget«, sagte Anne streng. »Bring uns beiden ein Glas Sherry.«

Delia trat neben Anne. Die ältere Frau freute sich über Delias Zuneigung, und obwohl sie jede Zurschaustellung von Gefühlen haßte, hätte sie das junge Mädchen in diesem Augenblick am liebsten in die Arme genommen und an sich gedrückt. Zu Annes Verblüffung traten ihr sogar Tränen in die Augen. Und so erschien es ihr das beste zu schweigen.

Die eintönigen, aber so beruhigenden, weil vertrauten Geräusche des Sägewerks wurden nur von den schrillen Schreien der Silbermöwen, die über der Bucht kreisten, unterbrochen. Die Mittagssonne stand hoch am Himmel. Die Blätter und Nadeln der hohen Bäume ließen sich von der Wärme verwöhnen. Der sanfte Wind trug den Duft von Farn und Harz über das Land.

»Es ist so schön hier«, murmelte Delia schließlich, aber es klang wehmütig.

»Ja, Merrymeeting ist bestimmt einer der schönsten Orte auf der ganzen Welt.« Anne nickte nachdenklich. »Aber es ist nicht das Paradies ... nein, das ist es bestimmt nicht.« Wer weiß das besser als ich, dachte sie, und ihre Lippen wurden schmal. Schließlich habe ich hier einen Mann und drei Kinder verloren ...

Bridget brachte ihnen den Sherry. Anne hob in einem stummen Toast den hohen Zinnbecher und trank einen großen Schluck. »Es ist ein schöner Tag für eine Hochzeit und für ein Fest.«

Delias schöne Augen sahen Anne schwermütig an, als sie leise fragte: »Wird denn überhaupt jemand kommen?«

»Warum denn nicht?«

»Sara Kemble hat doch allen gesagt, ich sei in Boston eine... hm... und würde mit jedem Mann schlafen, wenn er nur genug dafür bezahlt. Die Frauen reden darüber, und zwar laut genug, daß ich es höre, wenn ich mich sehen lasse.«

Anne zog verächtlich die Mundwinkel nach unten. »Es kommt nicht darauf an, was dieses Waschweib sagt. Es gibt immer Leute, die am liebsten nur im Dreck wühlen, und Sara gehört ganz bestimmt zu ihnen.« Sie beugte sich vor und fügte etwas leiser hinzu: »Sara ist so häßlich wie die Nacht und bekommt keine Kinder. Deshalb ist sie eifersüchtig auf ein junges hübsches Mädchen, wie du es bist.«

Delia konnte das nicht glauben, aber sie schwieg und trank einen Schluck Sherry. Sie mußte husten und verzog das Gesicht. »Was ist denn das?«

»Eine Dame trinkt Sherry, Delia«, antwortete Anne mit einem Augenzwinkern. »Wenn du eine Dame werden willst, mußt du dich wohl oder übel an den Geschmack gewöhnen.«

Delia nickte und trank gehorsam noch einen Schluck. Dabei versuchte sie höflich, ihren Widerwillen nicht zu zeigen. Anne hätte am liebsten laut aufgelacht. Die Kleine besaß einen eisernen Willen. Sie setzte alles durch, was sie sich vornahm, und fügte sich in das, was das Leben von ihr verlangte. Anne konnte sie dazu nur beglückwünschen, denn sie wußte, daß auf Delia noch viele Herausforderungen warteten. Einen Augenblick lang beneidete sie Delia um ihre Kraft und ihre Jugend. Seit vielen Jahren hatte sich Anne nicht mehr so müde und erschöpft gefühlt... und so alt.

»Ich habe in der letzten Woche Dr. Savitch überhaupt nicht gesehen«, sagte Delia so beiläufig wie möglich, aber in den Ohren der älteren Frau klang es mehr als kläglich. Annes Mitleid erwachte, und sie erwiderte freundlich: »Er ist am Mittwoch nach Falmouth Neck gefahren.«

»Ach...« Delia mußte schlucken. Sie umklammerte den Zinnbecher so fest, daß ihre Knöchel weiß wurden.

»Er ist zur Entbindung einer Frau auf Cape Elizabeth«, fügte Anne erklärend hinzu.

»Zu einer Entbindung...«, wiederholte Delia tonlos.

»In deinem Gesicht kann man lesen wie in einem Buch«, sagte Anne kopfschüttelnd.

Delia sah ihre Freundin erschrocken an. »Und was kann man da sehen?«

Anne lachte. Sie stellte den Becher auf das Fensterbrett und umfaßte Delias Gesicht mit beiden Händen. »Deine Liebe für Tyl. Man sieht es in deinem Gesicht, deinen Augen, und man hört es daran, wie du seinen Namen aussprichst.«

Delia wich mit angehaltenem Atem zurück und drehte sich verlegen um.

»Ich gebe zu, daß auch ich ein wenig in ihn vernarrt bin«, sagte Anne spöttisch. »Vermutlich gibt es in ganz Merrymeeting und Umgebung keine Frau, die er nicht mehr oder weniger betört hat. Er sieht leider zu gut aus, er ist ein ausgezeichneter Arzt und immer für uns alle da. Andererseits läßt er sich von niemandem einfangen und ist frei und ungebunden wie ein Vogel in der Luft.« Sie seufzte übertrieben laut und sagte gespielt ärgerlich: »Wie kann man einem solchen Mann widerstehen?«

Delia drehte sich um und sagte heftig. »Ich würde Tyl auch lieben, wenn er ein pockennarbiges Gesicht hätte. Ich werde ihn auch dann noch lieben, wenn er alt ist und keine Zähne mehr hat. Ich werde ihn lieben, wenn ich tot bin und mein Körper wieder zu Erde geworden ist!«

Anne schüttelte energisch den Kopf. »Ach, das ist doch alles Unsinn, Kleines! Denk an heute nacht, wenn du Nat geheiratet hast. Du weißt doch sicher, was ein Mann und eine Frau nach der Hochzeit tun...«

Aus Delias Gesicht wich alle Farbe. »Ich weiß es«, murmelte sie. »Ich weiß es, und ich schwöre Ihnen, daß ich Nat eine gute Frau sein werde, denn er ist ein guter Mann und hat es nicht verdient, enttäuscht zu werden.« Fast schluchzend blickt sie auf den Boden. »Nat liebt mich nicht, er liebt noch immer seine Mary. Ich verweigere ihm also nichts, wenn ich in meinem Herzen Tyl liebe. Nat wird davon nie etwas erfahren.«

»Delia, das ist vielleicht jetzt so, aber alles kann sich von heute auf morgen ändern...«

Delia griff nach Annes Händen. »Ach, Anne! Können Sie das nicht verstehen? Ich liebe Tyl! Aber er liebt mich nicht...«

Delia ließ bekümmert den Kopf sinken. »Er kann zärtlich sein, aber auch verletzend. Obwohl ich glaube, daß er sich deshalb manchmal selbst verabscheut. Er kennt meine Gefühle und weiß, daß ich ihn wirklich liebe. Deshalb hat er Schuldgefühle...«

»Dazu hat er auch allen Grund!«

Mit Tränen in den Augen erwiderte sie: »Nein, Sie verstehen das nicht. Er hat mich mit seinen heilenden Händen berührt, und ich habe mich in ihn verliebt. Es war so selbstverständlich wie... wie Einatmen und Ausatmen. Er kann nichts dafür. Wenn ich Nat heirate, dann muß Tyl meinetwegen keine Schuldgefühle mehr haben... ich meine, weil ich ihn liebe.« Ihre Lippen zuckten, und mit einem wehmütigen Lächeln fügte sie hinzu: »Und wenn Tyl einmal heiratet, werde ich froh sein, denn dann ist er endlich glücklich. Jetzt ist er unglücklich, einsam und traurig.«

»Du liebe Zeit«, murmelte Anne. »Das soll Liebe sein? Tyler Savitch hat doch nicht den Verstand verloren. Wenn das Liebe sein soll, dann ist es kein Wunder, daß er Angst vor der Liebe hat.«

Anne legte plötzlich die Hand über die Augen, denn am Kai glaubte sie eine bekannte Gestalt zu sehen. »Wenn man vom Teufel spricht...«, sagte sie kopfschüttelnd. Delia preßte die Hand auf das stürmisch klopfende Herz, denn ihr Instinkt hatte ihr bereits seine Nähe verraten.

Anne griff schweigend nach dem Zinnbecher und verließ die Veranda. Warum, dachte sie, bringt uns das Leben soviel Schmerz? Warum nur verlieren wir immer das, was wir am meisten lieben?

Delia stand an der offenen Verandatür. Bei ihrem Anblick lief er schneller. Aber als es ihm bewußt wurde, verlangsamte er seine Schritte.

Trotzdem sprang er die Stufen hinauf und hätte sie beinahe in die Arme genommen. Im letzten Augenblick zwang er sich dazu, es nicht zu tun. Sie sahen sich an, und ihm stockte der Atem. Er hatte vergessen, daß sie so unbeschreiblich schön war.

Aber Delia schien irgendwie verändert. Das gefiel ihm keineswegs. Die schwarzen Locken verschwanden sittsam unter einer weißen Haube. Das Mieder hatte lange Ärmel mit gestärkten Stulpen, die ihre schlanken Handgelenke verbargen. Der weite Rock reichte bis zu den Schuhen. Sie wirkte so sauber, rein und unschuldig wie der erste Schnee. Das sittsame Mädchen, das so schüchtern vor ihm stand, gefiel ihm im Grunde sehr viel weniger als die Widerspenstige aus der Hafenkneipe.

»Wie geht es dir, Delia?«

»Ach, es geht«, erwiderte sie so ungezwungen wie möglich und lächelte ihn strahlend an. Die Liebe in ihren Augen ließ ihn auf der Stelle alles andere vergessen. Zu seiner Schande mußte er sich eingestehen, daß er sich nach diesem Blick gesehnt hatte.

Er griff nach ihrer Hand. Sie zuckte zusammen und versuchte, sie zurückzuziehen, aber er ließ sie nicht los. Er knöpfte das Bündchen auf.

»Was machst du denn?« rief sie verwirrt, und ihre tiefe Stimme klang atemlos. Die grünen Pupillen mit den gelben Pünktchen wurden groß und dunkel. Er schien darin zu versinken. Als seine Finger ihre Haut berührten, zuckte er zusammen.

Er sah, wie sich ihre Lippen bewegten, und hörte ihre Stimme aus weiter Ferne. »Tyl ... bitte laß mich los.«

Er ließ den Kopf sinken, aber er spürte, wie schnell ihr Puls ging.

»Stell dich nicht so an«, brummte er unwirsch. »Ich möchte nur die Impfung überprüfen.«

Er wickelte langsam den Ärmel hoch. Die Einschnitte waren vernarbt und gut verheilt. »Wie fühlst du dich? Hast du Fieber gehabt?«

»N ... nein ...« Sie preßte die Lippen zusammen, und er fühlte, wie sie am ganzen Körper zitterte. Er ließ ihre Hand los. Sie wich sofort zurück, rollte den Ärmel wieder herunter und knöpfte das Bündchen zu. »Es juckt etwas.«

Tyl nickte. »Hast du dich in Merrymeeting eingelebt?«

»Ja! Es gefällt mir hier wirklich, Tyl.«

Er lächelte. »Das ist gut... es freut mich.«

Ein gefährliches Schweigen entstand. Sie sahen sich unverwandt an. Tyl hätte sie am liebsten geküßt. Aber er bezähmte sich.

Großer Gott, heute würde sie heiraten. Heute war ihr Hochzeitstag...

Trotz aller Vorsätze brach es plötzlich aus ihr heraus. »Du hast mir gefehlt, Tyl...«

»Ich war fort.«

Sie nickte. »Ja, ich weiß. Du warst bei einer Entbindung.«

»Du bist ja bestens informiert.« Seine Blicke durchbohrten sie. Sie sah nicht nur anders aus, sie sprach auch anders. Ihre Worte klangen wie die einer richtigen Dame. Bei diesem Gedanken mußte er lächeln.

»Geht es der Mutter und dem Kind gut?« fragte sie höflich und ach so gesittet. Er schüttelte ungläubig den Kopf.

»Es war eine sehr schwere Geburt, aber jetzt geht es den beiden gut.«

»Hast du Susan in Falmouth Neck besucht?«

Aha, dachte er, das klingt schon eher nach der alten Delia. Er fuhr sich halb belustigt, halb entnervt mit der Hand durch die Haare. Sie konnte ihn noch immer mit einer einzigen Frage völlig durcheinanderbringen. Zu seinem Ärger wurde er außerdem noch rot wie ein kleiner Junge. Wie brachte sie das nur fertig?

»Ja, ich habe Susan besucht«, erwiderte er, ohne sich gegen ihre übliche Eifersucht wehren zu können.

»Hast du mit ihr geschlafen?«

Allmächtiger...

Er hatte nicht mit Susan geschlafen. Er hatte es nicht getan, weil er in der vergangenen Woche jede Minute an Delia gedacht, von ihr geträumt und sich nach ihr gesehnt hatte – nach ihrer seidig zarten Haut, dem Klang ihrer rauhen aufreizenden Stimme, die Musik für seine Ohren war, wenn sie flüsterte: »Ich liebe dich, Tyl... ich liebe dich... ich liebe dich so sehr...«

Nein, er hatte nicht mit Susan geschlafen, und er würde es vermutlich auch in Zukunft nicht tun. Sein Schweigen war jedoch fast so etwas wie ein Eingeständnis. Das wußte er auch.

»Du solltest sie heiraten«, sagte Delia.

»Ich werde es mir vielleicht überlegen.« Tyl lächelte und beugte sich vor. Ihr Atem vermischte sich mit seinem. Der Duft von Sassafrasseife und Myrtenwachskerzen machte ihn benommen. Sein Körper verlangte plötzlich heftig nach Berührung, Zärtlichkeit und Leidenschaft.

Ich müßte sie schon deshalb hassen, weil sie mich zu ihrem Sklaven gemacht hat...

Ihre Lippen öffneten sich halb, als nehme sie seinen Atem in sich auf.

Er schluckte trocken und sagte mit gepreßter Stimme: »Bist du zur Heiratsvermittlerin geworden, Delia?« Er half sich mit Spott über seine wahren Gefühle hinweg und fügte betont anzüglich hinzu: »Liegt das vielleicht daran, daß du heute selbst heiratest?«

Sie lachte.

Ich wollte sie treffen, und sie *lacht*! Das wäre früher nie geschehen. Ich bin verloren, dachte er in wachsender Panik. Sie ist inzwischen stärker als ich.

Er starrte auf ihren schlanken Hals, auf den Ansatz ihrer Brüste und war nahe daran, ihr die Kleider vom Leib zu reißen.

»Warum willst du sie nicht heiraten?« fragte sie noch immer lachend.

»Verflucht!« Er verlor die Beherrschung und schlug mit der Faust gegen den Türpfosten dicht neben ihrem Gesicht, aber sie zuckte nicht einmal zusammen. »Warum denkst du immer nur ans Heiraten?«

»Susan ist hübsch, Tyl. Sie liebt dich.«

»Pech für sie. Ich liebe sie nämlich nicht.«

Er hatte das nicht sagen wollen, aber vielleicht machte dieses Eingeständnis Delia glücklich und sie ließ das absurde Thema fallen. Sie runzelte allerdings nur die Stirn und fragte ernst: »Hast du je eine Frau geliebt, Tyl?«

»Was soll das nun wieder?«

»Hast du?«

Er kam noch näher, so nahe, daß sich ihre Lippen beinahe berührten. Ihr Atem traf sein Gesicht und schien seine Haut zu verbrennen. »Das ist doch alles nur Theater, nicht wahr?« stieß er fast keuchend hervor. »Ich meine... du und Nat... und diese absurde Hochzeit. Glaubst du vielleicht, ich würde die Heirat in letzter Minute verhindern? Aber soviel kann ich dir jetzt schon verraten, Delia... ich werde dich überraschen!«

Er packte sie an den Schultern und schüttelte sie wütend. Dabei rief er: »Ich liebe dich nicht, Delia! Du kannst es dir noch so sehr wünschen, aber nichts wird mich davon überzeugen. Es gibt nichts, *nichts*, was mich dazu bringen wird, dich zu lieben!«

Er stieß sie von sich und trat zurück, denn er wollte sich betrachten, was er mit seinen Worten angerichtet hatte. Der Schmerz in seiner Brust verwirrte ihn, und zu seiner Schande mußte er sich eingestehen, daß dieser Schmerz auch ihm angst machte. Delia war seiner Meinung nach für alles verantwortlich, und er, der sonst so selbstbewußte und in allen Dingen überlegene Tyl, wollte sich wie ein Kind dafür rächen.

Sein Wunsch ging in Erfüllung. Sie starrte ihn bleich und wie erstarrt an. Die Augen waren zu zwei schwarzen Höhlen geworden. Sie schwieg.

Aber das konnte er erst recht nicht ertragen. Am liebsten hätte er sie in die Arme genommen und ihr gesagt, seine häßlichen Worte seien Lügen gewesen, nichts als Lügen.

In Wirklichkeit fürchtete er sich davor, sie zu lieben. Er glaubte, wenn er jetzt nichts unternahm, wäre er vermutlich dazu verurteilt, sie für den Rest seines Lebens zu lieben. Und wenn er das zuließ, wenn er sich eingestand, daß er sie liebte, dann würde er sie unweigerlich verlieren. Er kannte die Grausamkeit des Schicksals, und er wäre ein gutes Opfer gewesen. Das Leben wartete nur auf diesen Triumph, und er würde den Verlust nicht ertragen... nicht noch einmal. Es würde ihn zerstören, nicht nur seinen Körper, auch seine Seele...

Trotzdem war er in diesem Augenblick bereit, Delia seine Liebe ohne Vorbehalte zu gestehen. Sein Herz blutete. Er konnte ihr Leid nicht untätig mit ansehen.

Aber sie hob stolz das Kinn und fauchte ihn an. »Wie lange willst du mich noch anschreien, Tyler Savitch?«

»Ich ... nein, bei Gott, ich ...«, stammelte er.

»Ich habe keine Zeit mehr, dir noch länger zuzuhören. Ich muß mich umziehen ... für meine Hochzeit.«

Sie ging an ihm vorbei ins Haus.

»Delia!« rief er ihr verzweifelt nach.

Aber sie blieb nicht stehen und sah ihn auch nicht mehr an.

Nat Parker stieg am Rand des Weizenfelds den Hügel hinter der Scheune hinauf und zog dabei den Holzfuß wie immer etwas hinter sich her. Diesen Hügel hatte er als erstes gerodet und in ein Feld verwandelt. Das war noch im ersten Jahr gewesen, als er die Farm gerade erworben hatte. Das Gelände lag hinter dem Haus, und er hatte deshalb befürchtet, daß sich die Indianer im Schutz der dichten Bäume mühelos anschleichen könnten.

Mary hatte beim Roden an seiner Seite gearbeitet, bis sie mit Meg schwanger war. Buschwerk abhacken und Baumstümpfe ausgraben war in der Tat hartes Brot. Vielleicht lag es daran, daß sie sich diesen Hügel sozusagen gemeinsam erobert hatten, aber er war und blieb Marys Lieblingsstelle. Sie kam oft allein auf die Anhöhe, um »mit sich selbst zu reden«, wie sie sagte.

Deshalb hatte Nat auch diesen Platz gewählt, um sie zu begraben.

Inzwischen war die schwarze Erde auf dem Grabhügel braun geworden, aber der Grabstein sah noch immer wie neu aus. Nat hatte eigens aus Portsmouth einen Steinmetz für die Inschrift kommen lassen:

»Hier liegen die Gebeine von Mary Parker, geboren 1693. Sie starb im Alter von 28 Jahren.«

Nat hätte noch gern »Meine geliebte Frau und Mutter« hinzugefügt, aber der Steinmetz fand dafür keinen Platz mehr.

Nat kniete nieder und fuhr die Buchstaben ihres Namens mit dem Zeigefinger nach.

Mary …

Es soll heute geschehen, Mary. Ich heirate wieder. Ich glaube, ich habe dir schon gesagt, daß sie Delia McQuaid heißt. Ich fürchte, sie wird dir nicht gefallen. Sie ist nicht besonders fromm. Ich vermute, daß sie manchmal auch sehr launisch sein kann …

Nat lachte gequält.

Du hast immer gesagt, ein Mann sollte sich nicht mit launischen Frauen einlassen … Aber verstehst du, Mary, Dr. Savitch hat sie aus Boston mitgebracht, und deshalb muß ich sie nehmen. Ich habe nicht den Mut, mir selbst eine andere Frau zu suchen …

Er hob den Kopf und blickte zum Himmel auf. Er kämpfte mit den Tränen und preßte die Augen fest zusammen.

Ich wünschte, du hättest mir vor deinem Tod nicht dieses Versprechen abgenommen, Mary. Ich glaube, du hast dabei an unsere Mädchen gedacht, und du wußtest natürlich, daß ich aus freien Stücken nie wieder heiraten würde. Das würde ich auch nicht. Niemals kann eine andere deinen Platz einnehmen, Mary … nie.

Seine Schultern zuckten, und er schlug die Hände vors Gesicht, um sein Schluchzen zu unterdrücken.

O Gott, Mary … warum mußtest du nur vor mir sterben? Warum hast du mich verlassen?

Anne Bishop flocht duftenden Goldlack und weiße Margeriten in Delias schwarze Haare. Vorsichtig schob sie eine Locke, die sich aus dem langen Zopf befreit hatte, in ihr Kunstwerk. Dann trat sie stolz zurück.

Delia stand auf und betrachtete sich. Langsam strich sie über das glatte neue Leinenmieder, dann zupfte sie an den Falten des weiten Kattunrocks und staunte noch einmal über den leichten, weichen Stoff. Er hatte die Farbe eines blühenden Apfelbaums mit winzigen grünen Tupfen. Der kurze Überwurf war moosgrün und hatte Rüschen an den Ellbogen. Beim Gehen raschelte der spitzenbesetzte Unterrock. Wenn er die Beine berührte, glaubte Delia, von Gänsedaunen gestreichelt zu werden. Trotzdem war ihr Hochzeitskleid praktisch – natürlich zu schön für die Arbeit auf dem Feld, aber nicht zu ausgefallen für den Gottesdienst am Sabbat.

Delia schlüpfte in die neuen leichten Lederschuhe und drehte sich lachend auf den Fußspitzen. »Anne, ich komme mir so schön vor!«

Anne stemmte die Hände in die Hüften und sagte sachlich: »Du bist so schön wie ein Schwan.«

Delia hörte auf zu tanzen. Sie lächelte Anne an. Das faltige, verwitterte Gesicht ihrer Freundin mit den blaßbraunen Augen wirkte abweisend, aber nur auf den ersten Blick. In den letzten zehn Tagen hatte Delia gelernt, diese seltsame und scheinbar unnahbare Frau zu lieben. In vieler Hinsicht war Anne für Delia die Mutter geworden, die sie als neunjähriges Mädchen verloren hatte.

»Anne, wie kann ich Ihnen jemals für alles danken, was Sie für mich getan haben? Sie haben mir dieses Kleid nähen lassen, haben mir Unterricht gegeben und mich in Ihr schönes Haus aufgenommen.« Delia blickte fast wehmütig auf »ihr« Zimmer, das genau ihren Träumen entsprach. »Mir wird das alles sehr fehlen, wenn ich nicht mehr bei Ihnen und dem Oberst sein kann.«

»Aber du wirst dreimal in der Woche zum Unterricht hier erscheinen«, erinnerte sie Anne, und es klang beinahe drohend. »Ich habe mir nicht all die Mühe gegeben und dir Lesen, Schreiben und ordentliches Sprechen beigebracht, damit es dann bei diesem kümmerlichen Anfang bleibt. Ich werde dich richtig gebildet machen!«

Delia lachte. »Nur Geduld, Anne, bald werde ich alle Gedichte, die Sie besonders lieben, beim Melken aufsagen können. Ich kann Ihnen versichern, Nats Ziege wird sehr beeindruckt sein.«

Anne schnaubte mißbilligend und drehte sich kopfschüttelnd um. Sie nahm ein mit Seidenbändern verschnürtes Päckchen aus der Truhe und reichte es Delia. »Ich finde, du kannst das heute tragen. Es war ein Geschenk meiner Mutter, und ich habe es bei meiner ersten Hochzeit getragen. Du sollst es haben, Delia.«

Delia sah Anne überrascht an, denn sie wußte nichts von Annes erster Ehe. Zögernd löste sie die Seidenbänder. Es war ein in weißes

Leinen gehülltes Samtkästchen. Das allein schien kostbarer als jedes Geschenk, das Delia jemals im Leben bekommen hatte.

Mit Ausnahme der roten Kalbslederschuhe, dachte sie plötzlich wehmütig.

»Bist du plötzlich zu Eis erstarrt?« sagte Anne. »Mach es auf, Kleines.«

Delia öffnete langsam den Deckel und sah ein paar hauchdünne, mit Perlen besetzte Spitzenhandschuhe. Ihre Augen wurden groß vor Staunen. »Aber, Anne ... sie sind viel zu schön. Ich könnte sie nie ...«

»Unsinn! Du kannst und du wirst sie tragen.« Sie legte ihr mütterlich den Arm um die Schulter. »Ich habe keine Tochter, der ich sie schenken könnte.«

Tränen standen Delia in den Augen, die sie schnell, aber vergebens mit dem Handrücken abwischte. Die beiden Frauen sahen sich an und fielen sich in die Arme.

Anne klopfte Delia auf den Rücken. »Werde glücklich!«

»Das werde ich«, schluchzte Delia an Annes spitzer Schulter.

Der Schmerz ihrer Verzweiflung tat jedoch so weh, daß sie nicht aufhören konnte zu weinen. Jedes Mädchen träumt von ihrem Hochzeitstag, wenn sie dem Mann, den sie liebt, ihr Jawort gibt. Aber der Mann, den Delia liebte, hatte sie zurückgestoßen, und nun heiratete sie einen Mann, der seine verstorbene Frau liebte und nicht vergessen konnte.

Nur einer ist heute glücklich, dachte sie. Tyler Savitch kann sich freuen, das lästige Mädchen aus der Hafenkneipe endlich loszuwerden und damit auch die Erinnerung an einen langen Nachmittag im Wald von Falmouth Neck ...

Delia kam langsam die Treppe herunter. Eine Hand mit den kostbaren Spitzhandschuhen lag dabei leicht auf dem schweren Geländer. Nat wartete unruhig unten in der Halle auf sie. Er hob den Kopf und wollte auf sie zugehen, aber dann blieb er wieder stehen. Sie sah das Staunen auf seinem Gesicht, und plötzlich mußte er unwillkürlich lächeln.

»Sie sehen unglaublich schön aus, Delia!« brach es zu seiner eigenen Überraschung aus ihm heraus, und er wurde sofort aus Verlegenheit rot.

»Ein solches Kompliment hat mir noch niemand gemacht«, sagte Delia schnell, um ihm über die Verlegenheit hinwegzuhelfen. Dabei dachte sie: Warum muß ich mir eigentlich immer Gedanken um die Gefühle anderer machen?

Ihre Bemühungen blieben ohne Erfolg. Nat runzelte die Stirn und reichte ihr zwar den Arm, aber er berührte sie kaum, als sie zur Haustür gingen. Er hielt einen so großen Abstand, daß ihr Rock noch nicht einmal sein Bein streifte. Außerdem hinkte er auffälliger denn je über Annes schwarzweißen Boden.

Delia saß ein Kloß im Hals. Sie biß die Zähne zusammen und ermahnte sich streng: Hör auf, Delia, dich wie ein eigensinniges Kind zu benehmen. Was hast du denn erwartet? Glaubst du, anstelle von Nat würde dir Tyl den Arm reichen und dich verliebt ansehen? Nat braucht eine Frau, und du brauchst ein Zuhause. Nur wenige Ehen beginnen mit Liebe und noch weniger enden mit Liebe. Delia, du willst immer nach den Sternen greifen. Heirate diesen Mann, und gib dich damit zufrieden.

Die kurze Trauung sollte auf der Gemeindewiese unter dem Wetterhahn stattfinden. Danach hatten alle einen guten Grund zu feiern. Deshalb warteten die Einwohner von Merrymeeting auch bereits ungeduldig auf das Brautpaar. Als sich die Haustür öffnete, richteten sich alle Blicke erwartungsvoll auf die Braut und den Bräutigam.

Tildy saß rittlings auf dem Querbalken am Sattelplatz und spielte »Reiten«. Sie stieß mit den Fersen in die Luft und übte dabei lautes Wiehern. Als sie sah, daß ihr Vater und Delia aus dem Haus traten, war sie so verblüfft, daß sie vom Balken fiel und mit Händen und Knien auf der Erde landete. Sie wollte anfangen zu weinen, überlegte es sich jedoch anders, denn sie wußte, gleich würde etwas Wundervolles geschehen, und das wollte sie auf keinen Fall verpassen.

Sie stand wieder auf und lief den beiden entgegen. »Papa, Papa!«

rief sie aufgeregt. »Ist es soweit? Bekommen wir endlich unsere neue Mama?«

Sie umklammerte Nats Bein und griff nach dem langen Gehrock. Er beugte sich vor und klopfte den Staub von ihrem neuen rosa Kleidchen. »Matilda, du hast mir versprochen, dich heute nicht schmutzig zu machen! Und wo sind deine neuen Schuhe geblieben?« fragte er streng. Das heißt, er bemühte sich, streng zu sein, in Wirklichkeit mußte er ein Lachen unterdrücken. Er sah Delia mit schiefem Lächeln an. »Ich hatte gehofft, sie würde wenigstens einmal so lange nicht im Dreck sitzen, bis wir verheiratet sind.«

Delia nahm die kleine Tildy lachend hoch und setzte sie, ohne auf die schmutzigen nackten Füße zu achten, auf ihre Hüfte. »Ja, mein Schatz«, sagte sie und drückte einen Kuß auf ihre glühenden Pausbacken. »Es ist soweit. Dein Papa und ich, wir heiraten.«

Tildy jubelte laut und klatschte in die Händchen.

Mit Tildy auf dem Arm betrat Delia die Gemeindewiese. Unwillkürlich suchten ihre Augen das geliebte Gesicht. Als sie Tyl nicht sofort entdeckte, wurde ihre Enttäuschung noch größer und der Schmerz in der Brust noch quälender. Sie war den Tränen nahe.

Er hat es noch nicht einmal für nötig gehalten, zu meiner Hochzeit zu kommen! Bedeute ich ihm denn überhaupt nichts? Läßt es ihn wirklich völlig gleichgültig, daß ich einen anderen heirate?

Aber schließlich entdeckte sie Tyl. Er lehnte im Hintergrund lässig an einem der langen Tische, auf dem sich die Speisen und Getränke für das Fest türmten. Er hatte die hohen Stiefel gekreuzt und die Arme über der Brust verschränkt. Ihre Blicke trafen sich, aber sein Gesicht blieb ausdruckslos, obwohl seine Lippen so schmal wie Striche waren. Delia schlug die Augen sofort nieder.

Auch Nat blickte sich suchend um. »Wo ist denn Meg?«

»Meg ist wütend«, antwortete Tildy. Sie hatte Delia einen Arm um den Hals gelegt und drückte sich an ihre Wange. Ihr Atem roch nach Milch und Maisbrei. »Meg will nichts von unserer neuen Mama wissen.«

Nat seufzte tief und runzelte die Stirn. »Tut mir leid, Delia. Ich weiß einfach nicht, was ich mit dem Kind tun soll.«

»Sie wird sich beruhigen, wenn wir ihr Zeit lassen, Nat.«

Delia hatte Meg bereits gesehen. Die Kleine stand vor der großen Kelter. Auch sie trug für den feierlichen Anlaß ein neues Kleid. Aber es war viel zu weit geschnitten und hing unförmig um den spindeldürren Körper. Der dunkelbraune Stoff war so stumpf wie ihr struppiges Haar, und Meg sah wirklich wie ein häßliches Entchen aus.

In diesem Augenblick näherte sich ihnen ein Fremder. Es war ein kleiner Mann mit einer flachen Nase, auf der unsicher eine Brille saß, die ihm ständig nach vorne rutschte. Nat stellte ihn Delia als Isaac Deere vor. Er war der Friedensrichter und würde die Trauung vollziehen.

Seltsamerweise wurden die Ehen in dieser Gesellschaft, in der die Kirche einen so hohen Stellenwert besaß, vor dem Friedensrichter geschlossen und nicht vom Pfarrer am Altar. Trotzdem würde Reverend Hooker auch zugegen sein und ihnen den Segen der Kirche geben, denn Nat wollte unbedingt, daß die Ehe auch vor Gott geschlossen wurde. Caleb kam in seinem geistlichen Überschwang so freundlich lächelnd auf das Brautpaar zu, daß seine Vorderzähne noch weiter vorzustehen schienen als gewöhnlich.

»Wie schön Sie aussehen, Delia. Und was für ein wundervoller Tag für eine Hochzeit, Mr. Parker.«

Nat betastete verlegen das eng sitzende Halstuch und murmelte etwas Unverständliches.

»Danke, Caleb«, sagte Delia. Er und Elizabeth gehörten inzwischen zu ihren Freunden. Elizabeth hatte einen großen Topf mit Bohnengemüse auf den Tisch gestellt und kam mit der ihr eigenen Anmut, die Delia so bewunderte, auf sie zu.

Ihre Begrüßung fiel etwas zurückhaltend aus, obwohl ihre Wangen verdächtig rosa glühten. Sie drückte Delia fest die Hand und flüsterte beinahe unhörbar: »Möge Gott dich beschützen, Delia. Und auch Sie, Mr. Parker.«

Delia holte tief Luft und blickte sich strahlend um, wie man es von einer Braut an ihrem Hochzeitstag erwartete. Es waren sehr viele Menschen auf die Gemeindewiese gekommen, um bei der

Hochzeit dabeizusein. Die meisten waren für Delia noch Fremde, aber diese Leute würden ihre Nachbarn und einige vielleicht ihre Freunde werden. Der Müller und der Schmied mit seinen sieben Kindern. Obadia, der Schreiner, und natürlich unübersehbar Sara Kemble. Auch Guy und Nancy Sewall. Ihnen gehörte die Farm nebenan...

Und Tyl...

Wieder trafen sich ihre Blicke, und Delias Lächeln erstarb. Diesmal senkte *er* die Augen. Entschlossen wandte er ihr den Rücken zu und ging hinunter zur Bucht. Er drehte sich nicht mehr um, auch dann nicht, als sich der Richter räusperte und mit lauter Stimme sagte: »So, wenn wir jetzt vielleicht anfangen könnten...«

Isaac Deere schob die rutschende Brille etwas nach oben und blickte vielsagend auf Tildy, die Delia noch immer hielt. Delia stellte das kleine Mädchen ins Gras, hielt sie aber weiterhin an der Hand. Irgendwie machte ihr das Mut und schenkte ihr Trost.

Sie warf einen kurzen Blick auf Nat. Er blickte starr geradeaus. Seine grauen Augen wirkten traurig und schienen in eine unbestimmte Ferne gerichtet zu sein.

Wenn mich nicht alles täuscht, dachte Delia, hofft er immer noch, daß seine Mary am Waldrand erscheint und ihn in letzter Minute vor dieser Ehe rettet.

»Nat«, flüsterte sie, ohne auf den Richter zu achten. »Es ist noch nicht zu spät. Sie können es sich noch einmal überlegen.«

Er schluckte mehrmals, schloß die Augen, und sein Kopf schwankte gefährlich hin und her. »Nein, Delia... Es muß sein.«

Also gut, dachte Delia. Es muß sein.

Ja, auch sie hoffte auf Rettung in letzter Minute. Sie mußte sich zwingen, nicht laut nach Tyl zu rufen, damit er die Trauung verhinderte. Warum kam er nicht, gestand seine Liebe und bewahrte sie vor diesem unwiderruflichen Fehler? Die Heirat war ein Fehler, daran zweifelte Delia nicht mehr.

Aber sie rief nicht nach Tyl, und er kam nicht zurück. Der Richter sprach die offiziellen Worte der Eheschließung. Aus seinem Mund klangen sie so gelangweilt, daß die Bedeutung fast zur

Nebensache wurde. Nat und Delia antworteten mechanisch, ohne noch einmal über das »Ja« nachzudenken.

Dann hörte Delia den Richter plötzlich sagen: »Im Namen des allmächtigen Gottes und im Namen des Gesetzes erkläre ich euch zu Mann und Frau.«

Fünfzehntes Kapitel

Das Fest war in vollem Gange, aber Meg nahm nicht daran teil. Sie redete sich ein, sie ziehe es vor, allein zu bleiben.

Vor dem gestampften Boden des Backsteinhauses ließ sie ihren neuen Kreisel tanzen und wollte feststellen, wie lange er sich drehen würde. Sie setzte ihn mit einer schnellen Handbewegung in Gang und schlug ihn mit der langen, an einem Stock befestigten Schnur. In diesem Augenblick rannten ein paar Jungen, die »Räuber und Gendarm« spielten, an ihr vorbei, stießen ihr frech die Arme in die Seiten und hätten sie beinahe zu Fall gebracht. Einer der Jungen war Daniel Randolf, der Älteste aus der großen Familie des Schmieds. Meg verabscheute ihn, weil er immer so grob war.

Daniel blieb stehen und rief höhnisch: »Gib es auf, Meg! Du wirst nie im Leben richtig mit dem Kreisel spielen können. Du weißt ja noch nicht einmal, wie man die Peitsche hält!«

»Ich kann es schon besser als du, Daniel!« rief sie wütend zurück. Natürlich war das leicht übertrieben, denn sie konnte sich kaum mit ihm messen.

Daniel lachte schallend. »Nicht zu glauben. Ein Mädchen kann niemals besser sein als ein Junge!«

»Niemals...«, sagte sein kleiner Bruder wie ein Echo.

Meg dachte angestrengt über eine bissige Bemerkung nach, aber ihr fiel leider nichts Besseres ein als: »Na und, deine Mutter kaut Tabak!« Sie streckte den beiden die Zunge heraus, und weil sie Daniel nicht richtig ärgern konnte, fügte sie hinzu: »Ach, schert euch zum Teufel!«

Die beiden Brüder lachten, und die Jungen liefen johlend weiter.

»Die zwei irren sich. Ein Mädchen kann ebensogut mit dem Kreisel spielen wie ein Junge.«

Meg fuhr herum, als sie die freundliche Stimme in ihrem Rücken hörte, und verzog dann mißmutig das Gesicht, denn sie wußte natürlich sofort, wer das war – Delia McQuaid, die neue Frau ihres Vaters.

Ich werde sie nie, *nie im Leben* als meine Mutter anerkennen, auch wenn die beiden geheiratet haben.

Niemand, auch nicht ihr Vater, würde Meg zwingen können, diese Frau als ihre »Mutter« zu betrachten.

So wegwerfend wie möglich erwiderte Meg: »Was wissen Sie denn schon?«

Delia lächelte das kleine Mädchen an, aber dann sagte sie ernst: »Ich war fünf Jahre lang im Hafen von Boston unangefochten die Beste, und ich bin nie besiegt worden. Ich kenne ein paar Tricks, mit denen ich alle frechen Jungen das Fürchten gelehrt habe. Mein Kreisel dreht sich wie von selbst, und zwar lange. Soll ich es dir vielleicht zeigen?«

»Nein! Geben Sie sich keine Mühe. Ich werde mich nicht mit Ihnen anfreunden, denn ich mag Sie nicht.«

»Macht nichts. Weißt du, mein Vater hat immer zu mir gesagt, ich bin so ausdauernd wie eine Glucke beim Brüten. Ich werde nicht aufgeben, mich um deine Freundschaft zu bemühen.«

Meg zog die dünnen Schultern hoch und drehte sich wortlos um. Sie blickte zu den langen Tischen unter dem Wetterhahn. Ein paar Möwen versuchten geschickt, etwas Eßbares zu stehlen. Anne Bishop sah es und vertrieb die Vögel mit der Schürze. Die anderen Frauen lachten.

Meg wies mit dem dünnen Zeigefinger auf die Frauen. »Sollten Sie nicht dort drüben sein und ihnen helfen, alles für das Essen vorzubereiten?«

»Ich habe meine Hilfe angeboten«, antwortete Delia seufzend. »Aber sie wollen sich von mir nicht helfen lassen.«

Meg lächelte zufrieden. Sie hatte bereits mit Genugtuung gesehen, daß die Frauen Delia ebenso verjagt hatten wie die Möwen.

Mit Ausnahme von Anne Bishop und der neuen Pfarrersfrau lehnten alle Frauen Delia ab. Sara Kemble hatte erklärt, Delia habe unanständige Dinge in Boston getan.

Einen Augenblick lang konnte die kleine Meg ihr gut nachfühlen, wie es war, von allen zurückgewiesen zu werden. Aber dann fand sie, Delia werde behandelt, wie sie es verdiente.

Trotzdem war sie neugierig und hielt Delia zögernd die Peitsche hin. »Sie könnten mir vielleicht zeigen, wie Sie den Kreisel schlagen. Haben Sie wirklich immer gewonnen?«

»Ja!« Delias Augen leuchteten, und Meg bedauerte bereits ihr Entgegenkommen. »Einmal habe ich den Kreisel eine gute Stunde in Bewegung gehalten und damit alle Rekorde gebrochen... ich meine die Rekorde, die mir bekannt sind.«

Meg sah mißtrauisch zu, als Delia den Kreisel aufstellte und ihn mit einem kurzen Schnicken in Gang setzte. Dann schlug sie langsam und gezielt mit der Schnur und erhöhte geschickt die Geschwindigkeit des Kreisels, der sich schließlich so schnell drehte, daß er nur noch ein blauer Fleck war. Meg staunte und lachte begeistert. In ihrer Freude vergaß sie völlig, daß sie die neue Frau ihres Vaters nicht ausstehen konnte.

Delia sah Meg an und erklärte ernst: »Es kommt nur auf den Schlag an. Er muß so leicht sein, als wolltest du mit einer Feder über das Wasser streifen, ohne Wellen zu machen. Siehst du... ganz leicht.« Und wirklich, der Kreisel drehte sich unaufhörlich.

Daniel und die anderen Jungen kamen neugierig zurück und sahen zu. Meg stellte fest, daß die frechen Kerle von Delias Können sichtlich beeindruckt waren. Sie ließ den Kreisel inzwischen so schnell und lange tanzen, wie es keinem der Jungen in Merrymeeting gelang. Delia war schließlich eine Frau, und Meg dachte sehr zufrieden: Kein *Mann*, auch nicht mein Papa kann das so gut.

Sie gab Daniel einen Stoß mit dem Ellbogen und erklärte stolz: »Sie wird es mir beibringen.«

Daniel bekam große Augen. »Kann man das wirklich lernen?« Dann rief er Delia zu: »Madam, werden Sie es mir auch zeigen?«

Meg verzog empört das Gesicht. Delia sah sie kurz an und konzentrierte sich wieder auf den Kreisel. »Ich würde es gern tun, Daniel. Aber es ist leider nicht möglich. Es ist ein Geheimnis, das nur Mädchen und Frauen kennen.«

Die Jungen waren enttäuscht, aber Meg strahlte triumphierend. »Ich werde dich am nächsten Sabbat zum Wettkampf herausfordern, Daniel. Ich wette, mein Kreisel wird sich länger drehen als deiner.«

Daniel drehte sich auf dem Absatz um und ging davon. »Ich lasse mich nicht auf Wettkämpfe mit Mädchen ein!« rief er über die Schulter zurück.

Meg starrte ihm wütend nach und murmelte: »Ich hasse Jungen!«

»Mach dir nichts draus. Sie sind nun einmal so«, sagte Delia und ließ den Kreisel sich ausdrehen. Dann wickelte sie die Peitschenschnur darum. »Sie sind alle Angeber, und daran ändert sich auch nichts, wenn sie älter werden.«

Ein lautes tiefes Lachen erklang in ihrem Rücken. Meg hatte den Doc mit einer hübschen rotbraunen Stute aus dem Stall der Bishops kommen sehen, aber Delia hatte ihn nicht bemerkt. Sie drehte sich blitzschnell um und legte erschrocken die Hand auf die Brust.

»Tyl, wie kannst du dich einfach so an mich heranschleichen!«

Er legte die Zügel über seine Schulter und klopfte der Stute den Hals. »Ich habe mich nicht angeschlichen. Du hast mich doch gesehen, Meg, nicht wahr?« Er lächelte Meg an und zog sie spielerisch an den Zöpfen. Dann richteten sich seine Augen wieder auf Delia. »Wir Männer sind nicht alle Angeber. Ich zum Beispiel...«

»Ha!« rief Delia mit glühendem Gesicht. »Sogar Anne Bishop hält dich für einen aufgeblasenen Pfau.«

Tyl hob erstaunt eine Augenbraue, aber um seine Lippen zuckte es verräterisch. Meg staunte über Delias Zorn. Sie schien den Doktor nicht besonders zu mögen. In diesem Augenblick bemerkte sie jedoch ihren Vater, der Tildy an der Hand hielt und sie zu sich winkte. Die Gäste drängten sich inzwischen um die Tische oder saßen bereits auf den Bänken. Die Teller wurden gefüllt und auch die Krüge mit Bier und Apfelwein.

»He, es gibt etwas zu essen!« sagte sie zu den beiden Erwachsenen, die sich stumm anstarrten und sie nicht zu bemerken schienen. Achselzuckend drehte sie sich um und lief davon.

Delia wollte Meg folgen, aber Tyl legte ihr schnell die Hand auf den Arm. Wie üblich stockte ihr bei seiner Berührung der Atem. Sie starrte ins Gras und wollte sich losmachen. »Tyl, laß mich ... Nat wartet ...« Ihre Stimme versagte.

»Einen Augenblick«, erwiderte er. »Ich möchte dir zuerst noch dein Hochzeitsgeschenk geben.«

Sie hob schnell den Kopf und blickte von ihm auf die Stute, die mit dem Vorderhuf scharrte und schnaubte. Es war das Pferd, das sie auf dem Weg nach Merrymeeting geritten hatte. Er hatte es in Portsmouth gekauft, nachdem er ihr zum ersten Mal zugeflüstert hatte: »Ich will dich.«

»Ich habe dir das Pferd schon einmal zurückgegeben, und ich werde es verdammt noch mal auch jetzt nicht annehmen ...«

»Die Stute ist für euch *beide*, für dich und Nat. Hör endlich auf damit, meine Geschenke zurückzuweisen. Das ist wirklich nicht höflich von dir.«

»Du wirst nicht erleben, daß ich vor Dankbarkeit und Rührung zerfließe. Ich habe inzwischen gelernt, deinen Geschenken zu mißtrauen.«

Tyl kniff die Augen zusammen und wurde blaß. Delia bedauerte sofort ihre heftigen Worte und das kindische Verhalten. Da sie sich ständig so gereizt benahm, konnte sie sich nicht beklagen, wenn es zwischen Tyl und ihr in Zukunft keine Freundschaft gab. Sie holte tief Luft und zwang sich, ihm in die Augen zu sehen. »Tut mir leid, Tyl. Das war nicht nett von mir. Die Stute ist ein schönes Pferd und ein wertvolles Geschenk. Ich danke dir dafür.«

Es dauerte eine Weile, bis er seinen Ärger überwand. Er starrte sie herausfordernd an, aber schließlich stieß auch er einen langen Seufzer aus. »Ach, Delia, ich wollte dir nur eine Freude machen ...«

»Das hast du, Tyl, und auch Nat wird sich freuen. Die Stute wird für uns sehr nützlich sein, denn Nat hat nur ein Pferd, und es ist schon ziemlich alt.«

Er lächelte und sah sie verschmitzt an. »Nat hat die Stute bereits gesehen. Er will sie heute nachmittag bei dem Rennen reiten.«

Tyl ging mit der Stute zum Sattelplatz und schlang den Zügel um den Balken. Dann lehnte er sich an das rauhe Holz. Er hatte seinen Überrock abgelegt und die Hemdsärmel bis zu den Ellbogen aufgerollt. Die Sonne ließ die goldbraunen Haare auf seinen Unterarmen leuchten, aber obwohl er sich entspannt gab, war er es nicht. Delia folgte ihm langsam und legte die Hände auf den Balken.

Wir werden von jetzt an Freunde sein, dachte sie und sah ihn offen an.

»Was ist das für ein Rennen?« fragte sie, um das Schweigen zu brechen. »Alle reden davon, aber etwas Genaues hat mir noch niemand darüber gesagt.«

Der Wind blies ihm eine braune Locke in die Stirn, und er schüttelte übermütig den Kopf. »Das Pferderennen ist in Merrymeeting bei jedem Fest bereits Tradition.«

»Wahrscheinlich bist du immer der Sieger.«

»Da irrst du dich, ich nehme nie daran teil.«

»Willst du nicht verlieren?«

Er lächelte spöttisch. »Nein. Ich kann nicht teilnehmen, denn *ich* bin der Preis, das heißt, der Sieger bekommt ein kostenloses Kind.«

»Wie bitte?« rief Delia und sah ihn ungläubig an. Er genoß es sichtlich, sie mit seinen zweideutigen Worten zu verwirren.

»Also, paß auf. Dem Sieger berechne ich bei der nächsten Entbindung seiner Frau nichts. Der Preis ist sehr begehrt, weil meine Dienste nicht gerade billig sind. Bei den langen kalten Wintern gibt es in Merrymeeting, wie du dir vorstellen kannst, immer genug Babys...«

»Tyl, du bist wirklich erstaunlich, das ist wundervoll!« sagte sie strahlend.

Er wurde ernst und starrte auf den Wald, der sich bis zu den Bergen erstreckte. Seine Augen wirkten noch dunkler als der Himmel. »Nein, das bin ich nicht, Delia. Ich möchte mich für all das entschuldigen, was ich heute morgen zu dir gesagt habe. Ich weiß nicht, was über mich...«

»Still, laß uns nicht darüber sprechen. Es ist geschehen und vergessen. Ich... ich bin jetzt verheiratet...« Sie verstummte. Ihre Blicken trafen sich und trennten sich. Er legte ihr die Hand auf die Schulter und drückte sie so fest, daß es beinahe schmerzte. »Ich hoffe, du wirst glücklich werden, Delia«, murmelte er mit belegter Stimme. »Ich wünsche dir und Nat wirklich alles erdenklich Gute.«

Sie nickte stumm, und das Herz schlug ihr bis zum Hals. Hoffentlich sah er nicht die Tränen in ihren Augen.

»Also dann...« Seine Hand fiel von ihrer Schulter und streifte ihren Arm. Sie biß die Zähne zusammen. »Wir sollten zu den anderen gehen, solange es noch etwas zu essen gibt.«

Er ging langsam zur Gemeindewiese hinüber. Sie blieb zurück und folgte ihm mit den Augen. Ihre Sehnsucht nach ihm war größer denn je. Sie wollte noch immer das, was sie nie haben konnte – seine Liebe.

Delia hob den Rock, und Tyl sah ihre hübschen Beine. Mit einem breitem Grinsen beobachtete er, wie sie den Ball auf das Tor schoß – in diesem Fall zwei dreibeinige Hocker. Daniel machte einen großen Satz, aber der Ball flog an ihm vorbei ins Tor, und er warf einen Hocker um.

»Ha, ha, ha!« Meg lachte höhnisch und rief laut: »TOOOR! Na so was, du bist aber kein guter Torwart, Daniel...«

Er bekam einen roten Kopf und schrie zurück: »Halt endlich den Mund, Meg!«

Tyl stand neben der Kleinen und sah sie erstaunt an. »Ich dachte, du und Daniel, ihr seid Freunde.«

»Pah!« Meg verzog so verächtlich das Gesicht, daß Tyl unwillkürlich lachte. »Ich hasse ihn! Er ist ein Grobian und so häßlich wie die Nacht.«

Tyl sah sich Daniel erstaunt etwas genauer an. Daniel war ein hübscher Junge. Er war schlank und drahtig und hatte dichte goldblonde Haare. Nun ja, dachte Tyl amüsiert, in ein paar Jahren wird sie sich von ihm küssen lassen...

Tildy saß auf der Erde und lehnte sich an Tyls Beine. Sie nahm das

Däumchen aus dem Mund und rief: »Doc, meine neue Mama sagt, daß Mädchen genausogut Fußball spielen können wie Jungen!«

»Sie stellt es gerade unter Beweis«, erwiderte er und mußte wieder lachen, als Daniel auch den nächsten Schuß nicht halten konnte.

Tyl konnte sich einfach nicht satt sehen an Delia. Die schwarzen Locken fielen ihr über die Schultern, und ihre Wangen glühten vor Begeisterung. Ihr Körper faszinierte ihn, wenn sie geschmeidig wie eine Raubkatze auf den Ball zurannte, mit dem Bein ausholte und dann...

»Delia ist meine neue Mama«, erklärte Tildy in diesem Augenblick stolz, als errate sie seine Gedanken.

Tyl zuckte schuldbewußt zusammen. Sein Atem ging plötzlich schnell, und er holte tief Luft. Wie konnte er Delia mit seinen Blicken verschlingen, als wäre sie seine Braut und er der Bräutigam...

»Delia!«

Nat Parker hinkte so schnell es ihm möglich war über das Gras. Beim Klang seiner Stimme bückte sich Delia, hob den Ball auf und warf ihn einem der Jungen zu. Dann ging sie ihm entgegen. Sie war außer Atem, und ihre Brüste hoben und senkten sich schnell unter dem enganliegenden Mieder. Tyl mußte sich von diesem Anblick losreißen.

Nat schien weniger Probleme damit zu haben, den Reizen seiner Frau zu widerstehen. »Was machen Sie denn?« fragte er mißbilligend.

»Ich zeige den Mädchen, wie man Fußball spielt...«

»Das habe ich gesehen. Ich meine, Sie dürfen doch nicht auf diese Weise die Aufmerksamkeit auf sich lenken.« Er hob verzweifelt die Hände. »Um Himmelswillen, Delia, alle Augen sind auf Sie gerichtet...«

Das war etwas übertrieben. Die meisten Frauen standen an den Tischen und räumten die leeren Teller ab oder wuschen Geschirr. Die Männer versammelten sich bereits am anderen Ende des Platzes am Start für das Pferderennen.

Delia sah ihren Mann mit gerunzelter Stirn an. »Was ist denn schon dabei?«

»Du meine Güte! Ist Ihnen denn völlig gleichgültig, was die Leute denken? Außerdem möchte ich nicht, daß meine Töchter durch solche jungenhaften Spiele verdorben werden. Meine Mary hätte das nie geduldet, geschweige denn auch noch unterstützt.«

Delia hatte das Gefühl, geohrfeigt zu werden, und ließ betroffen den Kopf sinken. »Tut mir leid ... das wollte ich nicht.«

Tyl schüttelte fassungslos den Kopf und wollte Delia verteidigen, aber dann beherrschte er sich. Wenn Nat Parker nicht wollte, daß seine Frau Fußball spielte, dann hatte er eindeutig das Recht dazu.

Nat legte Delia unbeholfen die Hand auf die Schulter und sagte: »Na ja, schon gut. Ich weiß ja, Sie haben sich nichts Böses dabei gedacht...«

Oberst Bishop gab in diesem Augenblick dem Trompeter ein Zeichen, und der Mann rief mit dem weithin tönenden Signal alle Männer zum Start für das Pferderennen.

Meg hatte Delias Zurechtweisung mit spöttischer Miene verfolgt. Sie verließ Tyl und lief zu ihrem Vater. »Das Rennen beginnt, Papa! Du mußt dich beeilen, sonst verpaßt du noch den Start.«

Tyl griff nach Tildys Händchen und half ihr beim Aufstehen. Auch sie lief zu ihrem Papa, der sie hochhob und auf seine Schultern setzte. »Also gehen wir, Mädchen.« Er lächelte Tildy an. »Nochmals vielen Dank für das Hochzeitsgeschenk, Doc. Mit der Stute werde ich diesmal bestimmt gewinnen.«

Delia blickte ihrem Mann nach, der mit seinen zwei Töchtern davonging. Tyl sah, daß sie mit den Tränen kämpfte.

»Du meine Güte«, stieß sie mit zusammengepreßten Lippen hervor. »Wie konnte ich nur glauben, daß ich jemals in der Lage wäre, mich wie eine ehrbare Dame zu benehmen.«

»Ach, Delia...«

Tyl hatte größtes Verständnis für sie. Es war ihm in der *Yengi*-Welt ebenso ergangen, wenn er unabsichtlich etwas tat und man ihn kopfschüttelnd als »Abenaki« tadelte. Wie hatte er sich geschämt beim Anblick des Hohns und der Verachtung auf allen

Gesichtern. Gleichzeitig aber fühlte er sich als Verräter, denn dadurch, daß er seine alte Lebensweise aufgab, verleugnete er den Mann, der ihn zehn Jahre lang als Sohn geliebt und erzogen hatte.

Tyl hätte Delia gern getröstet, indem er sie in die Arme schloß und fest an sich drückte. Er wollte ihr die Tränen von den Augen küssen und sie den Schmerz vergessen lassen. Aber natürlich konnte er das nicht. Als er statt dessen nach ihrer Hand griff, wurde ihm bewußt, daß er auch das nicht mehr tun durfte. Frustriert ließ er seine Hand sinken und sagte übertrieben laut: »Komm, sehen wir uns das Rennen an.«

Sie nickte und wischte sich mit dem Handrücken schnell die Tränen vom Gesicht. »Du hast recht, Tyl, gehen wir!« Sie lächelte ihn tapfer an, und er glaubte, das Herz werde ihm brechen.

Tyl ging zum Haus der Bishops zurück und holte die Pistole für den Startschuß. Als Caleb ihn sah, eilte er auf ihn zu.

»Wie ich höre, kann man bei dem Rennen eine kostenlose Entbindung gewinnen.«

Tyl lachte. »Richtig, Reverend. Wollen Sie sich am Wettkampf beteiligen? Dieser Preis dürfte auch für Sie und Elizabeth über kurz oder lang von Nutzen sein.«

Caleb wurde rot. Er warf einen schnellen Blick auf Elizabeth, die mit Anne und Hannah Randolf, der schwangeren Frau des Schmieds, auf einer Bank saß und sich unterhielt. Der Reverend wirkte sichtlich besorgt, aber er lächelte bald wieder. »Ach, ich glaube, Mrs. Randolf wäre zur Zeit am glücklichsten über den Preis.«

»Hannahs Mann müßte so gesehen immer gewinnen. Reverend, wenn sie reiten wollen, kann ich Ihnen ein Pferd leihen.«

Caleb schüttelte den Kopf und blickte wehmütig zu den Männern, die die Sattelgurte nachspannten und die Steigbügel vor dem Aufsitzen noch einmal überprüften. »Ich kann mir nicht vorstellen, daß meine Oberen in Boston es billigen würden, wenn ihr Pfarrer wie ein Cowboy um die Wette reitet.«

Vermutlich hat er recht, dachte Tyl, denn es war jedesmal ein schwer erkämpfter Sieg, und es wurden hohe Wetten abgeschlossen. Alles in allem konnten solche rauhen Wettkämpfe der Kirche nicht besonders gefallen.

Das Pferderennen ging über eine Strecke von fünf Meilen. Die Reiter starteten unter dem Wetterhahn mitten auf der Gemeindewiese, umrundeten das Sägewerk, ritten am Haus der Bishops vorbei zum neuen Bethaus und folgten dann dem Weg am Flußufer. Dort, außer Sichtweite der Zuschauer, galten keine Regeln mehr, und jeder Reiter versuchte, sich mit allen möglichen Tricks an die Spitze des Feldes zu setzen. Wer dann noch im Sattel saß, mußte mit der Wildnis kämpfen, denn die Strecke führte mitten durch den Wald. Nach vier Meilen kehrten die Reiter von der Rückseite ins Dorf zurück, umrundeten das große Blockhaus und erreichten dann den Mast mit dem Wetterhahn. Sieger wurde im allgemein der Reiter, dem es gelang, in dem Gelände irgendwie im Sattel zu bleiben. Dr. Savitch mußte anschließend meist eine Reihe Knochenbrüche, Prellungen und Zerrungen behandeln.

Tyl gab stets den Startschuß. Er stellte sich vor den hohen Mast und hob Oberst Bishops alten Revolver hoch über den Kopf. Dann rief er laut: »Meine Herren, auf die Plätze!«

Es gab keine vorgezeichnete Startlinie, deshalb schoben sich die Reiter fluchend oder gutmütig lachend mit den unruhigen Pferden in die möglichst beste Position.

Tyl entsicherte den Revolver. »Fertig!«

»He, Doc!« rief jemand. »Machen Sie es nicht so spannend!«

Lachend drückte Tyl ab. Der Schuß hallte über das Wasser, und die Reiter preschten unter johlendem Geschrei und mit donnernden Hufen davon.

Delia lief aufgeregt zu Tyl, und als die Reiter vom Haus der Bishops zurück und an ihnen vorbei zur Kirche jagten, rief sie glücklich: »Sieh doch nur, Tyl! Nat liegt vorne! Ich wünsche mir so sehr, daß er gewinnt!«

Als er sie verblüfft ansah, wurde ihm plötzlich die ganze Bedeutung ihrer Worte bewußt, und die Erkenntnis traf ihn wie ein

Faustschlag: Der Sieger gewinnt eine kostenlose Entbindung für sein nächstes Kind...

Und Delia wird die Mutter von Nats Kind sein...

Nat wurde Sieger.

Die braune Stute tauchte am Waldrand auf. Nat klammerte sich an ihre Mähne. Mit einem Fuß war er aus dem Steigbügel gerutscht. Noch mußte er die Palisadenwand umrunden, bevor er auf die Gemeindewiese zurückgaloppierte. Aber die Stute blieb gut drei Längen vor dem nächsten Verfolger. Das Problem schien nur, ob Nat bis zum Ziel im Sattel bleiben würde.

Aber er schaffte auch das. Die Stute kam im gestreckten Galopp auf den Mast zu, und Nat zog keuchend die Zügel an. Das Pferd blieb dampfend stehen, und er fiel aus dem Sattel ins Gras. Mühsam und etwas schwankend stand er wieder auf. Sein bester Rock hatte einen Riß am Ärmel. Er blutete an der Stirn, aber er sah sich triumphierend um.

Delia hob Tildy hoch und lief mit Meg an der Hand zu Nat. In ihrer Freude schlang sie die Arme um seinen Hals und gab ihm einen Kuß auf den Mund. »Oh, Nat! Nat. Wir haben gewonnen!« Nat wollte sie verlegen von sich schieben, aber Meg drängte sich dazwischen und klammerte sich an ihm fest.

»Papa hat gewonnen!« rief sie jubelnd. »Papa ist der Sieger!« rief Tildy überglücklich.

»Ja, das stimmt!« rief Delia glücklich und gab ihm seine kleine Tochter auf den Arm.

»Also so was...«, sagte Meg voller Stolz. »Papa hat noch nie gewonnen.«

»Bist du still!« erwiderte Nat in gespieltem Ernst. »Du darfst doch nicht meine Niederlagen verraten.«

Nat wurde von allen zu seinem Sieg beglückwünscht, während immer noch Nachzügler eintrafen. Als Sam Randolf aus dem Sattel sprang und Tyl sah, rief er so laut, daß alle es hören konnten: »Doc, Sie können den Preis genau in neun Monaten einlösen! Also seien Sie zur Stelle.«

Allgemeines Gelächter und anzügliche Witze über die bevorstehende Hochzeitsnacht machten die Runde. Nat wurde bis über beide Ohren rot, aber dann sah er tapfer Delia an und lächelte. Er legte ihr den Arm um die Taille und drückte sie an sich.

»Papa, wirst du wirklich heute nacht das Stalltor einrennen?« fragte Tildy laut, die unschuldig eine der anzüglichen Bemerkungen gehört hatte.

Nat legte ihr schnell den Finger auf den Mund. »Still, Tildy!« sagte er und lachte Delia an. »Kleine Mädchen sieht man, hört man aber nicht.«

Tyl sah das Erröten, das schamhafte Lächeln und die angedeuteten Zärtlichkeiten, und zum ersten Mal in seinem Leben wurde er eifersüchtig. Die Eifersucht packte ihn so sehr, daß er unwillkürlich daran denken mußte, wie sie ihren Kopf zurücksinken ließ und sich ihm leidenschaftlich hingab.

Du hast es so gewollt, Savitch, haderte er mit sich. Du bist ein unverbesserlicher Idiot. Du wolltest sie verheiratet sehen, und jetzt verlierst du den Verstand, weil du deine Gefühle nicht beherrschen kannst.

Was zählte da noch, daß Nat seine Braut nicht liebte und die beiden nur aus einer Notlage heraus geheiratet hatten. Die Ehe war geschlossen, und Delia würde in dieser Nacht in Nats Bett liegen.

Die Trägheit nach dem reichlichen Essen war durch die Aufregungen des Pferderennens verflogen. Eine allgemeine Ausgelassenheit erfaßte die Leute. Ein paar Siedler erschienen mit ihren Instrumenten und begannen, zum Tanz aufzuspielen.

Selbst ohne Holzfuß hätte Nat als überzeugter Kongregationalist niemals im Leben getanzt. Und so stand Delia mit verlorenem Lächeln neben ihrem Bräutigam und sah zu, wie sich die anderen Paare fröhlich im Kreise drehten.

Tyl wußte, es war ein Fehler, aber schließlich trat er zu dem Brautpaar, verbeugte sich höflich und fragte: »Willst du mit mir tanzen, Delia?«

Sie sah zögernd Nat an. »Also, ich ...«, stammelte sie.

»Sie wissen, Doc, daß ich nichts vom Tanzen halte«, erklärte Nat. »Tanzen ist ein Werk des Teufels.«

Tyl lächelte harmlos und wies auf die fröhlichen Paare, unter denen sich sogar Elizabeth und Caleb befanden. »Wenn der Reverend keine Bedenken gegen das Tanzen hat, dann ist auch die Seele Ihrer jungen Frau nicht in Gefahr.« Noch ehe Nat etwas einwenden konnte, legte Tyl schnell Delia die Hand um die Hüfte und zog sie mit sich. Zuerst bewegte sie sich steif und ungeschickt, aber bald überließ sie sich der Musik.

Er versuchte, alle seine Sinne auszuschalten. Aber er hätte ebensogut versuchen können, das Aufgehen der Sonne zu verhindern. Ihre Locken berührten bei jeder Drehung seinen Nacken, und sein Körper erschauerte. Er sah die winzigen Schweißtropfen an ihrem Brustansatz. Der Duft von Rosenwasser hüllte ihn ein. Er wußte, wie sie ohne Kleider aussah und daß sie sich ihm nicht nur einmal hatte hingeben wollen.

Sie löste sich von ihm, und ihre großen lachenden Augen verzauberten ihn. Unwillkürlich dachte er an das Fellager in seiner Blockhütte. Dort konnten sie allein sein. Wie in einem Fieberwahn sah er vor sich, wie er Delia in dieser Nacht in seine Hütte trug, um sie auf seinem Lager zu haben, um sie in die Arme zu schließen, um sie zu küssen ...

In seiner Verzweiflung dachte er daran, sie in der Art der Abenaki zu entführen und mit ihr in die Wildnis zu reiten. An einem einsamen See weiter oben im Norden würde er einen Wigwam bauen und ihr Lager mit Farnwedeln polstern. Dort in der Stille und weit weg von allen Menschen konnten sie sich Tage und Nächte lieben, bis ...

Delias Fuß verfing sich in einem Grasbüschel; sie stolperte und schwankte. Er fing sie schnell auf. Sein Gesicht kam ihrer Wange so nah, daß sein heißer Atem sie streifte. Er drückte sie an sich und fühlte ihr heftig schlagendes Herz.

Sie rang schluchzend nach Luft.

Er hob ihren Kopf und sah sie an. Die goldgrünen Augen schwammen in Tränen, die feuchten Lippen öffneten sich halb. Er beugte sich über sie und wollte sie küssen, ohne an ihren Bräutigam und an die Leute von Merrymeeting zu denken, die alle zusahen.

»Laß mich los, Tyl... Bitte«, flüsterte sie atemlos.

Die Musik brach plötzlich ab, und sie löste sich heftig aus seinen Armen. Er sah sich benommen um. Die anderen stellten sich bereits zum nächsten Tanz auf. Niemand schien etwas bemerkt zu haben.

Es ist nichts geschehen, sagte er sich. Ich darf nur nicht die Selbstbeherrschung verlieren, aber er wußte im selben Augenblick, daß er sich selbst belog.

In Wirklichkeit war der Damm gebrochen.

Sechzehntes Kapitel

Als sich die Tür öffnete, zuckte Delia zusammen.

»Ich wollte Sie… dich nicht erschrecken«, sagte Nat.

»Ich habe… dich nicht so schnell erwartet.« Delia sah ihn an.

Nat wich ihrem Blick aus. »Die Mädchen wollten zwar keine Ruhe geben, aber als sie im Bett lagen, sind sie sofort eingeschlafen.«

»Es war ein langer Tag für sie.«

Nat sah sich unsicher im Zimmer um. Sein Blick fiel zuerst auf den Schrank und dann auf die Frisierkommode mit dem Steingutkrug und der Waschschüssel. Die zugezogenen Vorhänge bewegten sich im Wind, denn das Fenster stand offen. Aber er vermied es, auf das Bett an der Wand zu blicken. »Es war auch für… dich ein langer Tag.«

»Ja…«

Das verfluchte Bett, dachte Delia, ist das wichtigste in diesem Zimmer.

Es war ein gutes, mit Schnüren bespanntes Bettgestell aus Eschenholz, einer Daunendecke und einer mit Federn gefüllten Matratze. Es sah weich und einladend aus. Sie hätte sich am liebsten dort ausgestreckt und wäre bestimmt wie die Kinder auf der Stelle eingeschlafen.

Aber zuerst…

Bei dem Gedanken wurde ihr gleichzeitig heiß und kalt. Sie trat ans Fenster, schlug die Vorhänge zurück und atmete tief die kühle frische Luft. Draußen war es so still, daß man das leise Rascheln der Maisstauden hörte und den Wind, der durch die Kiefernzweige strich. In der Ferne schrie eine Eule. Sie lehnte sich sehnsüchtig hinaus und blickte in die samtige Schwärze der Nacht. Die dünne Mondsichel verschwand hinter den Baumwipfeln, und die Dunkelheit schien noch greifbarer zu werden. Dort draußen spürte sie die Sinnlichkeit der Natur, die keine Verstellung und keine Lügen kannte ...

Im Zimmer brannte eine Öllampe. Nat zog den Docht etwas heraus, und in ihrem Rücken verbreitete sich ein etwas hellerer Lichtschein. Dann hinkte er langsam durch den Raum. Die hohen Schäfte seiner Stiefel schlugen ihm gegen die Schienbeine. Delia vermutete, daß ihm der Beinstumpf am Ende eines Tages Schmerzen bereitete. An der Wand lehnte eine Krücke. Wahrscheinlich nahm er den Holzfuß ab, wenn er von der Arbeit auf dem Feld ins Haus kam.

Sie räusperte sich und sagte: »Nat, warum nimmst du nicht den Holzfuß ab? Du hast doch bestimmt Schmerzen.«

Er drehte sich um und sah sie mit zusammengekniffenen Lippen an. »Niemand außer meiner Frau hat das amputierte Bein gesehen!«

Aber ich bin doch jetzt deine Frau, dachte Delia. Dann sagte sie: »Ich wollte dir nur sagen, daß es mir nichts ausmacht, dich ohne den Holzfuß zu sehen.«

Kaum hatte sie das ausgesprochen, wurde sie verlegen, denn damit hatte sie ihn bestimmt beleidigt. Zu ihrer Verblüffung lachte er jedoch. Er wurde zwar schnell wieder ernst, aber etwas von der Spannung hatte sich gelegt.

Nat warf zum ersten Mal einen Blick auf das Bett. »Ein Fest ist immer eine schöne Abwechslung von der Arbeit, aber am nächsten Tag warten dafür noch mehr unerledigte Pflichten. Wir sollten jetzt schlafen.«

»Ja ...«, Delia nickte beklommen.

Er kam zu ihr und blieb vor ihr stehen. Er sah sie an, dann umfaßte er mit beiden Händen ihre Arme, beugte sich vor und drückte seine Lippen auf ihren Mund.

Sie spürte nichts. Er bewegte sich nicht. Delia glaubte zu ersticken. Sie blieb so lange stehen, wie sie die Luft anhalten konnte, dann drehte sie den Kopf zur Seite. Sie konnte Nat nicht ansehen, aber sie hörte ihn seufzen. Es klang erleichtert. Auch er hatte nur darauf gewartet, daß dieser Kuß zu Ende sein würde.

Er hinkte zum Fenster, verriegelte die Läden und zog die Vorhänge wieder zu. Stumm drehte er ihr den Rücken zu und begann, sich auszuziehen.

Delia wußte, auch sie sollte sich ausziehen, aber sie bewegte sich nicht. Beim Nachhausekommen hatte Nat sofort den Rock und die Weste abgelegt. Jetzt zog er das Hemd aus der Hose, löste das Halstuch, knöpfte das Hemd auf und zog es über den Kopf. Sein Oberkörper war unbehaart und glatt. Unter der blassen Haut sah sie die knotigen Muskeln. Er hatte bereits einen kleinen Bauch.

Als er das Hemd an den Haken hängte, fühlte Delia seine Augen auf sich gerichtet, und sie hob den Kopf. Er wurde rot und fragte gereizt: »Ist etwas?«

Delia zuckte zusammen, als hätte er sie geschlagen. Sie wollte das Mieder aufschnüren, aber ihre Hände begannen heftig zu zittern.

Er zuckte mit den Schultern und murmelte: »Vielleicht warte ich draußen...«

Delia nickte stumm. Als sich die Tür hinter Nat schloß, legte sie erleichtert die Hände auf die Augen.

Dann entkleidete sie sich schnell. An der Wand gab es vier Haken – zwei für Nat und zwei für sie.

Mary hat sie für ihre Kleider benutzt, dachte Delia und mußte gegen ihre Verzweiflung ankämpfen. Was hat Nat wohl mit all ihren Sachen getan?

Anne hatte Delia auch ein Nachthemd nähen lassen. Die langen Ärmel waren mit Spitze besetzt, die Anne unter ihren »Resten« gefunden hatte. Delia bewunderte den weichen Stoff und zog es über. Sie löste die Zöpfe und bürstete sich noch rasch die Haare aus, dann legte sie sich ins Bett. Die Laken waren kühl, und sie zitterte. Sie überlegte, ob sie das Licht löschen sollte, aber dann dachte sie, Nat wäre es vermutlich lieber, wenn die Lampe noch brannte.

Es dauerte lange, bis er schließlich zurückkam, und Delia war schon fast eingeschlafen. Als die Tür aufging, drehte sie sich schlaftrunken herum, aber dann wurde sie wieder hellwach und wartete angespannt. Er blieb erst zögernd an der Tür stehen, bevor er sich dem Bett näherte. Ihre Blicke trafen sich kurz. Er fuhr sich nervös mit der Zunge über die trockenen Lippen.

Delia mußte an das Gefühl seiner Lippen auf ihrem Mund denken. Sie hoffte, er werde einfach das tun … was er tun mußte, aber ohne weitere Küsse. Sie war entschlossen, an den heiß geliebten Mund eines anderen zu denken, an seine zärtlichen Hände, an seine warme, sinnliche Zunge …

Nat löschte das Licht, und es wurde völlig dunkel.

Die Matratze gab nach, als er sich mit dem Rücken zu ihr auf den Bettrand setzte. Delia hörte, wie er die Stiefel auszog. Die Matratze bewegte sich noch einmal, als er die Hose auszog. Sie sah ihn nur als einen undeutlichen Schatten. Er beugte sich vor und löste offenbar den Holzfuß vom Beinstumpf. Das Scharnier klapperte, und die Lederriemen fielen auf Holz.

Ziehen sich alle Eheleute im Dunkeln aus, überlegte Delia. Wie seltsam würde es sein, wenn Nat mit ihr schlafen wollte, ohne daß sie sein Gesicht sehen konnte.

Aber dann sieht er auch nicht mein Gesicht, dachte sie erleichtert.

Als er die Bettdecke zurückschlug, spürte sie einen kühlen Lufthauch. Er legte sich neben sie. Delia bewegte sich nicht und versuchte, ihr Zittern zu unterdrücken. Aber als seine Hand nach ihr griff und ihre Brust berührte, zuckte sie zusammen.

Er rückte näher, legte den Arm um ihre Hüfte und zog sie beinahe gewaltsam zu sich. Delias zog unwillkürlich die Beine an und für den Bruchteil einer Sekunde berührte ihr Knie sein schlaffes Glied. Als sie die Beine wieder ausstreckte, drehte er sich auf die andere Seite.

Mit dem Rücken zu ihr setzte er sich ruckhaft auf. Bei all dem blieben sie beide stumm. Delia stellte plötzlich fest, daß sie kurz und schnell atmete.

»Ich kann es nicht«, stieß Nat dumpf hervor.

Sie mußte schlucken.

»Tut mir leid, Delia ... aber ich kann es einfach nicht. Mary ... sie ist erst vor drei Monaten gestorben.« Er sprach leise, und in der Dunkelheit klang seine Stimme dumpf. »Wir waren zehn Jahre verheiratet und haben zehn Jahre in diesem Bett gelegen ... jede Nacht, nur dann nicht, als die Mädchen zur Welt kamen, oder wenn ich zu den Manövern nach Wells mußte. Sie ist ... war ... die einzige Frau, mit der ich ... es hat nichts mit dir zu tun, Delia, aber ich kann einfach nicht ...«

»Nat, mach dir keine Sorgen. Ich verstehe das.« Delia richtete sich auf und stützte sich auf das Kissen.

Er drehte den Kopf nach ihr um, aber in der Dunkelheit konnte sie sein Gesicht nicht sehen. »Als du bei den Bishops die Treppe heruntergekommen bist und dann, als du getanzt hast, da sahst du so hübsch aus, und ich dachte, vielleicht ...« Seine Stimme versagte. »Aber wenn ich nur daran denke, habe ich Schuldgefühle. Wenn ich dich berühre, weiß ich zwar, daß meine Mary tot ist ... ich weiß es, aber trotzdem habe ich das Gefühl, sie zu betrügen ...«

Sie legte ihm die Hand auf die Schulter. »Niemand sagt, daß es heute nacht sein muß.«

Er seufzte tief. »Ja, ja ... niemand sagt ... das. Außerdem bist du noch Jungfrau, und du brauchst ohnehin noch etwas Zeit, um dich an einen Mann zu gewöhnen. Vielleicht wird alles leichter, wenn wir uns besser kennen«, fügte er hoffnungsvoll hinzu.

Delia war dankbar für die Dunkelheit. So konnte er nicht ihr Gesicht sehen. Sie hatte nicht erwartet, daß er glaubte, sie sei noch unberührt. Beinahe hätte sie voll Bitterkeit laut aufgelacht. Zuerst hielt er sie für eine Hure, und jetzt war sie für ihn eine Jungfrau!

Großer Gott, dachte sie, was habe ich nur angerichtet und wie soll ich jemals wieder aus diesem Durcheinander herausfinden?

»Delia?«

Sie antwortete schnell: »Du hast recht, Nat. Wir brauchen Zeit, um uns besser kennenzulernen.«

Nat lachte erleichtert, aber auch verlegen. Die Matratze bewegte sich, als er aufstand. Er hielt sich am Bettpfosten fest, hüpfte dann zur Wand und griff nach der Krücke. Er schob sie unter den Arm und drehte sich um. »Delia...?«

Sie räusperte sich, weil ihre Kehle trocken war. »Nat, du mußt nicht...«

»Delia... ich werde inzwischen woanders schlafen. Im Schuppen steht ein Feldbett. Ich werde es nachts aufstellen und tagsüber wieder zusammenklappen. Meine Mary hat sich sowieso immer beklagt, weil ich so laut schnarche. Du wirst allein besser schlafen können.«

Er tastete im Dunkeln nach seinen Sachen und klemmte sie unter den Arm mit der Krücke. Mit der Hand auf der Türklinke blieb er stehen und flüsterte: »Du hast wirklich sehr schön ausgesehen heute, Delia. Ich war stolz, an deiner Seite zu sein und dich zu meiner Frau zu machen.«

»Danke, Nat...«

Die Tür öffnete sich. Die Glut im Herd warf einen schwachen Lichtschein auf das rote Bett. Dann schloß sich die Tür hinter ihm, und der Riegel wurde vorgeschoben.

Delia zog die Bettdecke über den Kopf und unterdrückte ein krampfhaftes Schluchzen. Sie fühlte sich so allein. Sie sehnte sich danach, umarmt, berührt und geliebt zu werden, aber nicht von Nat.

Sie sehnte sich nach Tyl.

Ich liebe sie nicht!

Tyl wiederholte diesen Satz beschwörend immer wieder.

Aber wenn ich sie nicht liebe, weshalb stehe ich hier im Dunkeln und starre wie angewurzelt auf das offene Fenster? Dort in dem Zimmer wird sie bald in den Armen eines anderen liegen...

Er lehnte an der Mauer, die Nat aus den mühsam beim Pflügen seiner Felder aufgelesenen Steinen gebaut hatte. Die kantigen Steine drückten sich ihm durch das Hemd in den Rücken. Die Nacht war kühl, aber er schwitzte. Der dumpfe Schmerz in seiner Brust ließ ihn nur flach atmen. Seine Muskeln waren so verkrampft, daß er sich kaum bewegen konnte.

Als sie plötzlich am Fenster erschien, richtete er sich kerzengerade auf. Sie war allein und blickte in die Dunkelheit. Obwohl er wußte, daß sie ihn nicht sah, hatte er das Gefühl, sie blicke ihm ins Gesicht. Er beugte sich vor und wollte ihren Namen rufen.

Dann erschien Nat und gab ihr einen Kuß.

Bei diesem Anblick fuhr Tyl wie rasend herum und schlug mit der Faust so lange gegen die Steine, bis er blutete. Das Licht hinter dem Fenster verschwand, und er hörte, wie die Läden geschlossen wurden. Er ließ den Kopf an die Mauer sinken und preßte die Augenlider zusammen. Seine verletzte Hand schmerzte. Er wollte laut aufschreien. Der Kriegs- und Todesruf der Abenaki stieg in ihm auf, aber er blieb stumm.

Verzweifelt verließ er die Mauer und lief in den Wald. Er hatte Angst vor dem, was er tun würde, was er tun wollte...

Er sah sich bereits, wie er in Nats Haus stürmte, Delia aus dem Brautbett zerrte und sie davontrug. Er wollte sie immer und immer wieder, bis seine Bessenheit nachließ und sein Verlangen befriedigt sein würde.

Stumm rannte er durch den Wald, ohne auf die Gefahren zu achten, die ihn umgaben. Er sah nur Nat vor sich, der seine Delia in den Armen hielt, der sie voll Leidenschaft küßte und sich mit ihr vereinigte.

Als Tyl die Lichtung erreichte, auf der seine Blockhütte stand, hörte er das Rauschen des Wassers so laut wie sein Blut. Er hob den Kopf und starrte auf die schmale Mondsichel. Als der Mond vor seinen Augen verschwamm und zu tanzen begann, rief er erstickt: »DELIA!«

Die gefühllose Nacht gab ihm keine Antwort. Er sank auf die feuchte Erde. »Delia«, flüsterte er. »Ich liebe dich nicht. Hörst du mich?«

»ICH LIEBE DICH NICHT!«

Drei Tage später saß Nat frühmorgens mit seinen beiden Töchtern am Küchentisch beim Frühstück. Es roch nach verbrannten Bohnen, denn Delia hatte den Brei anbrennen lassen.

Nat blätterte in den alten, zerfledderten Seiten seines Almanachs. »Das heiße trockene Wetter wird nicht lange anhalten«, sagte er. »Der August wird in diesem Jahr viel Regen bringen. Am besten fangen wir heute mit dem Heumachen an.«

Delia kam mit dem Tablett und räumte die Teller ab. Als sie nach Tildys Schüssel griff, lag darin die harte Brotkruste. Delia wollte sie schnell auf das Tablett stellen, aber Nat hatte das Brot bereits gesehen.

»Tildy, iß die Kruste!« sagte er streng.

Tildy verzog den Mund. »Aber Papa, es ist so hart!«

»Mama hat immer gutes und weiches Brot gebacken«, erklärte Meg düster.

Delia hatte am Abend zuvor den Brotteig gemacht und ihn über Nacht auf den Ofen gestellt. Die Glut hatte sich zwar mit Asche überzogen, aber darunter war sie noch heiß. Leider sahen die Brotlaibe entsprechend verkohlt aus. Das Brot war flach und knochenhart. Delia mußte sich eingestehen, daß es wirklich beinahe ungenießbar war.

Sie wagte deshalb kaum, den Kopf zu heben, aber sie spürte Nats vorwurfsvolle Blicke. »Ach, vielleicht ist es das beste, wenn ich es einweiche und den Schweinen füttere.«

»Das ist Verschwendung, Delia.«

»Was soll ich denn tun?« rief sie, den Tränen nahe. Delia wußte bereits nach drei Tagen, daß sie nie eine gute Farmersfrau sein würde.

Am ersten Tag nach der Hochzeit hatte Nat noch vor Sonnenaufgang die Ziege gemolken. Er zeigte ihr, wie man das machte, und sagte ihr dann, das Melken sei Aufgabe der Frau. Am nächsten Morgen hatte sich Delia pflichtbewußt zu der Ziege begeben. Aber das hinterhältige Tier hatte versucht, ihr die Locken abzufressen, als seien sie saftiges Gras, dann war das Biest einfach nicht still stehengeblieben, und Delia fiel vom Schemel. Zu ihrem größten Verdruß warf die Ziege schließlich den fast vollen Eimer um, und Delia kam nur mit wenig Milch ins Haus zurück. Nat hatte seine Enttäuschung nicht verhehlt.

Unverdrossen ging Delia später mit der Hacke in den Garten. Aber nach drei Stunden mühevoller Arbeit in der heißen Sonne erklärte Meg triumphierend, sie habe nicht das Unkraut gejätet, sondern die Möhren und Steckrüben herausgerissen. Was Delia für Gemüse hielt, war in Wirklichkeit die schnell wachsende stinkende Zehrwurz.

»Delia hat Mamas Garten völlig ruiniert!« begrüßte Meg ihren Papa, als er zum Essen vom Feld kam.

Und heute habe ich das Frühstück anbrennen lassen, dachte Delia verzweifelt. Welches Unheil würde dieser Tag wohl noch bringen? Die Liste ihrer Aufgaben war endlos, und hinter jedem Punkt schien sich ein Mißgeschick zu verbergen.

Vor dem Frühstück hatte sie bereits den Stall ausgemistet und das frische Stroh auf dem Boden ausgebreitet, die Hühner mit Körnern gefüttert, die Eier eingesammelt und die Ziege gemolken. Und dann war im Handumdrehen der Brei angebrannt. Sie seufzte beim Anblick der halbvollen Schüsseln. Dann stellte sie jedoch fest, daß die Becher mit der heißen Schokolade leer waren. Sie hatte den Kakao mit der Ziegenmilch gekocht und mit Sirup gesüßt. Das war, wie sie glaubte, ein Rezept ihrer Mutter gewesen.

Na ja, dachte sie ein wenig erleichtert, *alles* habe ich nicht falsch gemacht.

»Ich muß an die Arbeit!« erklärte Nat und schlug den Almanach so laut zu, daß Delia erschrocken zusammenzuckte. Dann stand er auf. Schuldbewußt sah Delia, daß an seiner Hose die Schnalle am rechten Knie fehlte. Sie hatte ihm bereits am Tag zuvor versprochen, die Schnalle anzunähen, es dann aber wieder vergessen. Sie stöhnte stumm: Ich werde nie eine gute Hausfrau sein ...

Nat sagte zu Meg: »Du kannst mir beim Heumachen helfen, mein Kind. Delia, wenn du mit der Hausarbeit fertig bist, könnte ich auch deine Hilfe gebrauchen.«

Delia schlug die Augen nieder und holte tief Luft. Jetzt mußte sie ihren ganzen Mut zusammennehmen. »Ich möchte heute nachmittag eine Stunde nach Merrymeeting gehen ... Mrs. Bishop will mir Unterricht geben.«

Nat sah sie mit gerunzelter Stirn an. »Sie gibt dir Unterricht? Willst bei ihr Spinnen lernen? Na ja, das ist ja gut und schön, Delia, aber das Heumachen ist im Augenblick wichtiger.«

Delia fuhr sich mit der Zunge über die trockenen Lippen. »Ich lerne bei ihr nicht Spinnen, sondern Lesen und Schreiben.«

Sein Gesicht war plötzlich wie versteinert. Dann sagte er mit kaum unterdrücktem Ärger: »Dazu hast du keine Zeit, und das ist auch nicht nötig.«

»Aber ich habe gerade erst mit dem Unterricht angefangen. Ich kann auf keinen Fall gleich wieder aufhören ...«

Er hob die Hand. »Ich habe dir gesagt, was ich davon halte. Wir müssen darüber kein Wort mehr verlieren.«

Ihre Blicke trafen sich. Es war wie ein stummes Duell. Dann sagte Delia: »Ich werde gehen, Nat. Ich werde meine Pflichten später erledigen, aber ich werde gehen.«

Er kniff die Augen zusammen und ballte eine Hand zur Faust. Als er einen Schritt auf sie zutrat, wappnete sie sich für einen Schlag. In diesem Augenblick fing Tildy laut an zu weinen. Sie drehten sich beide erschrocken um. Das kleine Mädchen saß noch am Tisch und rieb sich weinend das rechte Auge.

»Es tut weh! Es tut weh ...«, jammerte sie.

Delia kniete neben ihr nieder und nahm ihr die Hand vom Auge. »Laß mal sehen, mein Schatz.« Auch Nat beugte sich besorgt über das Kind. Das Augenlid war entzündet und stark geschwollen.

»Das ist vermutlich ein Gerstenkorn«, sagte er. »Geh mit ihr heute noch zum Doktor. Er weiß, was da zu tun ist.«

Delias Herz schlug schneller. »Aber ich weiß nicht, wo er wohnt ... vielleicht kann Meg ...«

»Meg muß mir beim Heumachen helfen. Ich will nicht noch mehr Zeit damit verlieren, daß ich dir erst stundenlang zeigen muß, wie das gemacht wird. Du mußt nur flußaufwärts gehen bis zu der Lichtung, wo die Blockhütte von Doktor Tyl steht. Du kannst es nicht verfehlen. Tildy war übrigens schon einmal da.«

Tildy schluchzte, und Delia trocknete ihr mit der Schürze die dicken Tränen ab. »Schon gut, mein Schatz«, sagte sie tröstend.

»Wir gehen zu Dr. Tyl, und er wird dich wieder gesund machen.«

Tildy hörte auf zu weinen und fragte: »Bekomme ich von dem Doc ein Plätzchen? Das letzte Mal, als ich mir die Finger verbrannt habe, hat er mir ein Plätzchen gegeben.«

»Dann wird er dir wohl auch diesmal ein Plätzchen geben...«

Nat griff nach seinem Filzhut und ging zur Haustür.

»Nat«, rief Delia ihm nach. »Ich gehe heute nachmittag nach Merrymeeting zum Unterricht.«

Nat erwiderte nichts. Sie hörte nur, wie er kurz darauf knallend die Haustür zuschlug.

Meg folgte ihm langsam, aber im Vorraum blieb sie stehen und drehte sich um. »Du hast Papa sehr wütend gemacht.«

»Ja...«, Delia nickte beklommen.

»Macht es dir etwas aus?« fragte Meg, und es klang vorwurfsvoll.

»Ja, es macht mir etwas aus, aber der Unterricht ist für mich sehr wichtig, Meg.«

Nat rief von draußen laut nach seiner Tochter. Meg blieb trotzdem noch stehen und sagte: »Du wolltest mir zeigen, wie man den Kreisel richtig kreisen läßt. Meinst du, du hättest vielleicht morgen Zeit...?«

Delia mußte plötzlich lächeln. »Natürlich. Ich zeige es dir morgen, aber erst nach dem Heumachen, damit dein Papa nicht noch wütender auf uns wird...«

Megs ernstes Gesicht entspannte sich, und ihre dunklen Augen glänzten.

»MEG!«

»Geh jetzt lieber, dein Papa ruft dich.«

Meg rannte hinaus, und Delia zog den alten Arbeitsrock aus und hängte ihn in den Vorraum. Dann ging sie ins Schlafzimmer. Tildy blieb ihr dicht auf den Fersen und redete von Dr. Tyl und seinen Plätzchen, während Delia sich umzog. Es gab keinen Spiegel im Haus, aber in den Fensterscheiben sah sie sich gut genug, um die Haare hochzustecken und die weiße Haube zum Schutz gegen die Sonne zurechtzurücken. Delia sah auch ihre roten Wangen und stellte fest, daß ihr Herz heftig klopfte.

Ich gehe zu Tyl und werde ihn sehen...

Zu Nats Farm gehörten vier Morgen Sumpfwiesen am Fluß. Das saftige hohe Gras eignete sich sehr gut zum Heumachen. Als Delia mit Tildy an der Hand den Uferpfad entlangging, sahen sie Nat und Meg bei der Arbeit. Nat mähte das Gras mit der Sense. Meg folgte ihm mit dem Rechen. Sie rechte das Gras in zwei Reihen. Später wurde das getrocknete Gras gebündelt und mit dem Pferdewagen in die Scheune hinter dem Stall gebracht. Delia winkte ihnen zu, aber die beiden waren so beschäftigt, daß sie nicht einmal aufblickten.

Der Fluß floß an diesem heißen Tag nur träge dahin. Ein Fisch sprang in die Luft und schreckte einen blauen Reiher auf. Sie kamen an vielen Walderdbeeren vorbei, die so appetitlich aussahen, daß sich Delia vornahm, auf dem Rückweg genug für sie alle zu pflücken. Tildy jammerte und wollte bald getragen werden. Auch ein Hörnchen mit einem buschigen Schweif, das vor ihnen über den Weg sprang, konnte sie nicht aufheitern.

Nach einer Weile wurde das Flußufer steil, und der Pfad führte in den Wald. Die hohen Bäume filterten das Sonnenlicht. Alles um sie herum wirkte plötzlich merkwürdig grün. Kein Laut war zu hören. Hin und wieder zirpten leise ein paar Vögel.

Hinter einer Biegung sahen sie plötzlich wieder den Fluß, und schließlich erreichten sie eine Lichtung. Delia blieb erstaunt stehen. Vor ihr stand eine kleine Blockhütte mit einer großen überdachten Veranda. Um die Hütte blühten viele Blumen – blaue Schwertlilien, Buschrosen und Blaubeeren, die wie ein dicker Teppich wirkten. In der Nähe rauschte ein kleiner Wasserfall. Dicht am Ufer, wo sich unter den Felsen, über die der Fluß schäumte, ein kleiner natürlicher Teich gebildet hatte, stand inmitten von Weiden und Brombeergestrüpp ein hohes, spitz zulaufendes Zelt, das mit Fellen bespannt war. In solchen Zelten, das wußte Delia, lebten die Indianer.

Tildy zappelte und wollte sich nicht länger tragen lassen. »Dr. Tyl, Dr. Tyl, mein Auge tut weh!« rief sie mit durchdringender Stimme. »Bekomme ich auch ein Plätzchen?«

Eine schwarze Katze lag auf den Verandastufen. Als Tildy sich näherte, gähnte sie ausgiebig und stand verschlafen auf. Tildy streichelte die Katze, die ihr um die Beine strich und sich dann schnurrend auf dem Rücken wälzte.

Delia näherte sich nur zögernd dem kleinen Blockhaus. Sie war entschlossen, diesmal ganz ruhig und gelassen zu bleiben. Sie wollte sich auf keinen Fall von Tyl provozieren und zu irgend etwas hinreißen lassen. Aber ihr Herz klopfte immer lauter, und ihr Atem ging schneller. Vor den Stufen blieb sie stehen und hob den Kopf.

Er saß auf der Veranda, hatte die Stiefel gegen das Geländer gestemmt und wippte mit dem Stuhl. Ein leerer Becher lag in seinem Schoß. Die langen Bartstoppeln verrieten, daß er sich in den letzten Tagen nicht rasiert hatte. Seine dunklen Haare waren verklebt. Auch auf dem nackten Oberkörper glänzte Schweiß. Die Tropfen liefen ihm über den flachen, muskulösen Bauch und hinterließen dunkle Flecken am Hosenbund.

Delia holte tief Luft, als sie sein finsteres Gesicht sah. »Guten Morgen, Tyl. Dir ist wohl sehr ... heiß.«

»Und du siehst wie aus dem Ei gepellt aus. Das Eheleben scheint dir offenbar zu gefallen.« Er sprach langsam und schleppend. Seine Augen waren kaum zu sehen. Delia war entsetzt, daß er so früh am Morgen offenbar schon betrunken war. Das erinnerte sie schmerzlich an ihren Vater, aber der war schließlich ein Säufer. Wie konnte Tyl sich nur so gehen lassen?

»Hast du nichts Besseres zu tun, als zu trinken?« rief sie vorwurfsvoll.

Er schien sich über ihren Ärger zu freuen und erwiderte hämisch: »Ich trinke, weil ich vorige Nacht getrunken habe und auch in der Nacht davor.«

Delia trat auf die Veranda. Sie wappnete sich gegen seine brutal und schamlos zur Schau gestellte Körperlichkeit. Er wirkte irgendwie gefährlich – so halb nackt, wie er war.

Ja, er ist gefährlich, leider auch stark, und er ist sich seiner Wirkung voll bewußt. Wie soll ich mich nur gegen seine Sinnlichkeit wehren, dachte Delia.

Er sah sie unverwandt an. Die spürbare Glut, die von ihm ausging, brannte auf ihrer Haut. Sie mußte sich zusammennehmen, denn am liebsten wäre sie auf der Stelle in die kühle Sicherheit des Waldes geflohen.

»Was führt dich zu mir? Ist das vielleicht ein nachbarschaftlicher Höflichkeitsbesuch?«

Delia wurde rot. »Nein! Tildys rechtes Auge ist ... geschwollen.«

Tyl nahm die Füße vom Geländer und stand langsam auf. Er ging die Stufen nach unten und kauerte sich vor das kleine Mädchen. Vorsichtig nahm er ihren Lockenkopf in beide Hände und betrachtete sich das Auge.

Jetzt sah Delia zu ihrer Erleichterung, daß seine Betrunkenheit nur gespielt gewesen war. Er hatte sie damit bestimmt ärgern wollen. Trotzdem hatte er offenbar in den letzten drei Tagen nicht viel mehr getan, als in der Sonne zu liegen. Plötzlich wußte sie, daß die Hochzeit der Grund für seinen miserablen Zustand war. Der Gedanke erfüllte sie mit einer gewissen Genugtuung.

»Es ist ein Gerstenkorn«, erklärte Tyl und legte Tildy die Hand auf die Schulter.

»Was ist das?« fragte die Kleine. »Kann man das essen?«

Tyl lachte und schüttelte den Kopf. Delia fragte: »Kannst du ihr helfen?«

Er legte den Kopf schief und lächelte sie mit blitzenden Zähnen an. »Es ist schon so gut wie geheilt ...«

Er nahm Tildy auf den Arm und trug sie in die Hütte. Delia folgte ihm und sah sich neugierig um. Die dicken, gehobelten Stämme waren so dicht aufeinandergelegt, daß nicht einmal eine Messerschneide in die Fugen gepaßt hätte. Deshalb war es trotz der heißen Sonne in dem Raum kühl, und im Winter würde es entsprechend angenehm warm sein. Es roch gut nach dem würzigen Kiefernharz und nach dem Öl, mit dem er sein Gewehr reinigte.

Das kleine Haus bestand nur aus einem großen Raum, aber an der Rückwand befand sich in halber Höhe eine Zwischendecke. Delia sah dort in einer Ecke sein Lager mit Bärenfellen. Obwohl das kleine Blockhaus mitten in der Wildnis stand, war es vornehm und fast luxuriös eingerichtet. Sie bewunderte eine kunstvoll geschnitzte Bank und die mit glänzendem Damast gepolsterten Stühle. Es gab sogar eine Glasvitrine mit kostbarem Porzellan und Zinngeschirr. Unwillkürlich mußte sich Delia daran erinnern, daß er am ersten Morgen erklärt hatte, er sei »ein Mann von erlesenem Geschmack und von Kultur«.

Tyl legte trockenes Holz auf die fast erloschene Glut. Als das Feuer wieder richtig brannte, füllte er den Kessel mit Wasser und befestigte ihn an der Kette über den Flammen. Dabei unterhielt er sich mit Tildy und erklärte ihr, daß sie ihr Gesicht über dampfendes Wasser halten müsse, bis die entzündete Haut am Augenlid aufplatzte.

»Und dann«, sagte er lächelnd, »werden die Tränen das ›Gerstenkorn‹ wegschwemmen.«

»Und bekomme ich *dann* ein Plätzchen?« vergewisserte sich Tildy.

Tyl mußte lachen, und auch Delia konnte ein Lächeln nicht unterdrücken.

Tildy ließ sich nicht beeindrucken, sondern fragte mit ihrer piepsenden Stimme: »Darf ich jetzt das Spielzeug aus der Truhe haben, Dr. Tyl?«

»Aber natürlich ...«

Ohne Zögern krabbelte sie zu einer mit Kupfer beschlagenen Truhe, die in einer Ecke stand. Delia mußte an eine Schatztruhe denken und sah erstaunt, daß sie für Kinder in der Tat eine Art Schatztruhe war, denn sie war bis zum Rand mit Spielzeug gefüllt – Puppen, Bälle, Schiffchen, Bauklötze, ein kleines Holzwägelchen, das von zwei winzigen Ochsen gezogen wurde und vieles mehr. Tildy griff sofort nach dem Holzwägelchen und begann es unter Tyls Anleitung mit den Bauklötzen zu beladen.

Delia blickte staunend auf den Mann, der vergnügt mit Tildy spielte. Nur jemand, der ein Herz für Kinder hatte, konnte eine ganze Truhe voll Spielzeug im Haus haben.

Warum heiratet er nicht, damit er selbst Kinder bekommt, fragte sie sich verwundert. Ich werde ihn nie richtig verstehen.

Delia ging langsam durch den Raum, der eine so einmalige Mischung aus Wohnlichkeit und Wildnis war. Auf dem derben Küchentisch stand eine hauchdünne Kristallschüssel. Daneben sah sie eine silberne Zuckerdose mit der passenden silbernen Zuckerzange. In der Nähe des Herds hing ein geflochtener Korb mit Äpfeln zum Trocknen. Auf einem polierten, halbhohen Eckschrank stand ein schwerer schmiedeeiserner Kerzenleuchter. Und an einem einfachen Haken neben der Tür hing eine Öllampe. Neben den eleganten Zinnbechern entdeckte sie seine Tonpfeife, den Tabaksbeutel und ein Jagdmesser.

Ein Teil des Blockhauses war seinem Beruf vorbehalten. In hohen Glasgefäßen bewahrte er Medizin auf; daneben stand griffbereit ein Holzmörser mit Stößel. Merkwürdiges und gefährlich aussehendes medizinisches Besteck und Lanzetten in allen Größen hatte er ordentlich auf seinem Schreibtisch aufgereiht. Ein paar der Arzneimittel kannte sie: Schwefel half gegen Fieber, zerstoßene Nelken gegen Zahnschmerzen, Pfefferminze gegen verdorbenen Magen. Andere Heilpflanzen, wie etwa Basilikum, Kamille, Wermut, kannte sie zwar, wußte aber nicht, welche Krankheiten man damit behandelte.

Er hat mir auf der Fahrt nach Merrymeeting viel erklärt, dachte sie und betrachtete die Gläser mit all den Dingen, die sie nicht kannte, aber ich weiß noch immer so wenig …

Hinter dem Schreibtisch stand ein Regal mit Büchern über Medizin und Chirurgie, Heilpflanzen und Arzneimittel. Delia versuchte, die Titel zu entziffern, aber es gelang ihr nicht. Die Worte waren zu lang und zu kompliziert. Ein in rotes Leder gebundener dicker Band fiel ihr sofort ins Auge. Neugierig nahm sie ihn in die Hand und schlug ihn auf. Zu ihrer Enttäuschung ergaben die Buchstaben auf den langen Seiten überhaupt keinen Sinn.

»Das ist Latein«, hörte sie Tyl sagen, der plötzlich hinter ihr stand. »Du mußt dich also nicht wundern, wenn du nichts verstehst.«

Delia zuckte zusammen, erwiderte aber selbstbewußt: »Mrs. Bishop gibt mir Unterricht. Ich lerne bei ihr Lesen und Schreiben.«

»Das habe ich gehört. Du wirst dein Wissen bei der Arbeit auf den Feldern bestimmt gut brauchen können.«

Sein Spott schmerzte, und sie stellte ärgerlich das Buch in das Regal zurück. Als sie sich umdrehte, sah sie seinen nackten Oberkörper direkt vor sich. Er atmete langsam ein und ließ die Muskeln spielen. Er roch nach Schweiß, aber sie fand es nicht unangenehm. Trotzdem konnte sie sich nicht verkneifen zu bemerken: »Ein Bad würde dir nicht schaden.« Zu ihrer Freude stellte sie fest, daß sich die gespannte Haut über seinen hohen Wangenknochen rötete. Mit dieser Anspielung hatte sie sich für seinen Hochmut gerächt.

Er blähte die Nasenflügel, preßte die Lippen zusammen und kam noch näher. Sie wich bis zum Bücherregal zurück, aber er preßte seine Hüfte an sie und stemmte sich mit den Händen rechts und links neben ihrem Kopf gegen das Holz. Dann beugte er sich über sie. Delia sah nur noch die einzelnen Bartstoppeln, die Lachfältchen um die Mundwinkel und die dunklen blauen Augen.

»Warum bist du gekommen?« Seine Worte klangen fast wie ein Knurren. »Was willst du von mir?«

Delia stieß tonlos hervor: »Tildys Auge...«

»Ach so...« Er schüttelte langsam den Kopf und kam noch näher, bis sich ihre Lippen fast berührten. »Das glaube ich nicht, Delia. Ich glaube, du willst...«

»Das Wasser kocht!« piepste Tildy in ihrem Rücken. »Das Wasser kocht!«

Tyl reagierte nicht, sondern verharrte dicht über ihr. Aber dann wich er leise fluchend zurück.

Er ging zu Tildy, trat mit ihr an den Tisch und zog darunter einen Schemel hervor, auf den sie sich stellen mußte. Dann füllte er das kochende Wasser in eine Schüssel, fügte etwas zerstoßene Kamille hinzu und befahl Tildy, den Kopf über den Wasserdampf zu halten. Es dauerte nicht lange, und das Gerstenkorn platzte. Als er den Eiter sah, trocknete er ihr vorsichtig das Gesicht und untersuchte das Auge. »Tut es noch weh, Tildy?«

»Nein. Bekomme ich jetzt mein Plätzchen?«

Aus der Anrichte holte er eine Blechdose und gab Tildy zwei

große Schokoladenplätzchen. Mit einem Anflug von Eifersucht fragte sich Delia, welche Frau in Merrymeeting wohl Zeit hatte, für Dr. Savitch Schokoladenplätzchen zu backen …

Es gab keinen Grund mehr, länger zu bleiben. Sie nahm Tildy bei der Hand und ging mit ihr zur Tür. Ihr fiel ein, daß sie Tyl für die Behandlung bestimmt etwas bezahlen mußte, aber sie hatte kein Geld.

»Du kannst Nat sagen, was er dir schuldet.«

»In Ordnung.«

Draußen herrschte inzwischen eine feuchte Hitze. Es regte sich kein Lüftchen. Delia blieb zögernd auf der Veranda stehen. Tildy stopfte sich gierig die Plätzchen in den Mund.

Delia brannte eine Frage auf den Lippen, aber sie wagte nicht, sie Tyl zu stellen. Als Tildy die schwarze Katze entdeckte, lief sie kauend die Treppe hinunter, aber die Katze verschwand blitzschnell unter den Stufen. Delias Blick fiel auf das seltsame Zelt. »Was ist das?« fragte sie, obwohl sie eigentlich etwas anderes wissen wollte, und sah ihn an.

Das hätte sie nicht tun sollen. Er stand breitbeinig in der Tür und verschlang sie mit seinen Blicken. Schnell senkte sie den Kopf.

»Es ist ein Wigwam«, erwiderte er. »Ich benutze ihn zum Schwitzen …«

Delia wußte natürlich nicht, was ein Wigwam war oder warum er ein Zelt zum Schwitzen brauchte. Ihre Verwirrung wuchs, und schließlich stellte sie ihm die Frage, die sie beschäftigte.

»Hast du Nat gesagt, ich sei noch Jungfrau?«

Auf diese Frage war er offensichtlich nicht gefaßt. Er zögerte und erwiderte dann angriffslustig: »Was soll das heißen? War Nat etwa enttäuscht?«

»Wie kannst du es wagen …?«

»Oder warst du vielleicht nicht mit ihm zufrieden?« Er kam näher. Der Zorn funkelte in seinen Augen.

Sie stellte sich seinem herausfordernden Blick und hob stolz das Kinn. »Bist du immer so unverschämt, wenn du eine Frau verführt hast, oder ist es meine Schuld, daß du so gemein bist?«

Er lachte bitter, aber es klang gequält, als er erwiderte: »Ach verflucht, Delia, in Wahrheit bin ich nur eifer…« Er brach unvermittelt ab.

»Was bist du?«

»Nichts. Nat wollte von mir wissen, ob du in Boston eine Hure gewesen bist. Ich habe ihm geschworen, daß du das nicht warst. Mehr habe ich nicht gesagt.«

Sie hörte kaum seine Erklärung. Sie wußte, daß er seine Eifersucht eingestehen wollte. Er war auf sie und Nat *eifersüchtig*? Der Gedanke beflügelte, verwirrte und beängstigte sie.

Tildy war unter die Treppe gekrabbelt und zog die schwarze Katze, die fauchend die Vorderpfoten in den weichen Boden krallte, an den Hinterbeinen.

»Das darfst du nicht, mein Schatz!« rief Delia und wollte an Tyl vorbei, aber er bewegte sich nicht von der Stelle. Sie lief seitlich an ihm vorbei die Stufen hinunter. »Wir müssen jetzt nach Hause. Dein Papa möchte, daß ich ihm beim Heumachen helfe…«

Bevor sie den Wald erreichten, drehten sie sich noch einmal um. Tildy winkte und rief: »Auf Wiedersehen, Dr. Tyl, und vielen Dank für die Plätzchen!«

Tyl hob kurz die Hand.

Er sieht einsam aus, dachte Delia und wußte, sie würde das Bild nicht vergessen, wie er allein vor der Blockhütte in der heißen Sonne stand.

[illegible]

[illegible]

[illegible]

[illegible]

[illegible]

[illegible]

[illegible]

[illegible]

Siebzehntes Kapitel

Delia sah Meg mit großen Augen an. »Du willst mir sagen, daß ich zwei Hühner durch den Schornstein werfen soll?«

Meg nickte ernst. »Meine Mama hat den Schornstein immer so geputzt, wenn der Rauch nicht mehr abzog. Die Hühner flattern, verstehst du, und dann löst sich der Ruß.«

»Hühner müssen durch den Schornstein!« bestätigte Tildy und jammerte. »Ich kann kaum noch atmen...«

Der Rauch zog tatsächlich nicht mehr ab. Der Qualm verbreitete sich hartnäckig im ganzen Haus. Alle mußten husten, und die Augen brannten. Am Morgen hatte Nat mit den Kindern im Freien gefrühstückt. Bevor er auf die Felder ging, hatte er Delia vorwurfsvoll angesehen, als sei der Rauch ihre Schuld. Sie verstand wirklich nicht, weshalb das ausgerechnet ihre Schuld sein sollte.

Aber er war wortlos gegangen und erwartete bestimmt, daß sie das Problem löste. Delia seufzte wie so oft im vergangenen ersten Monat ihres Ehelebens. Kein Zweifel, als Nats Frau hatte sie bisher in jeder Hinsicht versagt.

Mißtrauisch fragte sie Meg noch einmal: »Du willst mir doch nicht etwa einen dummen Streich spielen?«

Meg schüttelte empört den Kopf. »Natürlich nicht! Ich sage dir nur, was meine Mama immer gemacht hat. Wenn du mir nicht glaubst, kannst du ja meinen Papa fragen...«

Delia hatte nicht die Absicht, Nat zu fragen. Wann immer sie sich sahen, war er so gereizt, daß sie nach wenigen Worten anfingen zu streiten. Die Zeit der Verlegenheit und der schüchternen Vorsicht war vorüber. Jetzt bekundeten sie unverhüllt ihre gegenseitige Abneigung. Nat schlief immer noch auf dem Feldbett. Außerdem stieg er täglich morgens vor Sonnenaufgang auf den Hügel hinter der Scheune und führte lange Selbstgespräche am Grab seiner Frau. Delia war ihm einmal heimlich gefolgt. Als sie sah, was er tat, war sie wie vor den Kopf gestoßen und hatte alle Hoffnung auf eine Besserung ihrer Ehe verloren.

»Also gut…«, murmelte Delia unsicher. »Sag mir, wie man das macht.«

Auf Megs Anweisung löschte Delia zuerst das Feuer mit Sägemehl und Wasser. Natürlich stiegen daraufhin erst einmal dicke schwarze Qualmwolken auf. Eine graue Schicht Asche legte sich über alles in der Küche. Delia wäre am liebsten heulend davongelaufen. Sie würde den ganzen Tag saubermachen müssen und natürlich den Unterricht bei Anne verpassen.

Schnell liefen sie aus dem Haus und lockten im Hof die Hühner mit Maiskörnern. Sogar Delia gelang es, ein Huhn zu fangen, das sie dann unbeholfen von sich weghielt.

»Was jetzt?« rief sie der kichernden Meg zu, denn das Huhn flatterte und gackerte wie wild. Tildy saß auf dem Boden und quietschte vor Vergnügen.

»Du mußt das Huhn aufs Dach tragen und dann in den Schornstein werfen.«

Delia hob unsicher den Kopf. Der Schornstein ragte dicht neben dem steilen Giebel aus dem Schindeldach. Sie schloß unwillkürlich die Augen, denn sie war noch nie schwindelfrei gewesen. Aber das Huhn und die beiden Kinder ließen sie nicht zur Ruhe kommen, deshalb sagte sie energisch: »Hol mir schnell einen Sack. Ich kann mit diesem verrückten Vieh nicht auf die Leiter steigen.«

Es dauerte noch eine Weile, aber schließlich hatten Meg und Delia zwei Hühner im Sack. Sie trugen die Leiter aus der Scheune zum Haus und stellten sie an die Wand. Delia zog die Schuhe aus und stieg mit zitternden Beinen langsam hinauf. Dabei verwünschte sie sich im Stillen, weil sie so dumm gewesen war, nicht in Boston zu bleiben. Wenn dort ein Schornstein nicht mehr zog, dann kam eben ein Schornsteinfeger.

Das Dach war so steil, daß sie nur auf allen vieren vorsichtig bis zum Giebel klettern konnte. Der Sack mit den Hühnern machte diese Prozedur noch gefährlicher. Als sie endlich atemlos oben war, setzte sie sich rittlings auf den First und blickte in den Schornstein. Unter ihr war alles schwarz.

Sie rief Meg zu, die noch immer die Leiter hielt: »Geh ins Haus und fang die Hühner auf, wenn sie durch den Schornstein fallen.«

»Die Hühner *fangen*?« rief Meg zurück.

»Ja!«

Nach kurzem Zögern verschwand Meg im Haus.

»Fall nicht runter!« piepste Tildy von unten.

»Bestimmt nicht...«, hauchte Delia und betete stumm zum Allmächtigen.

Sie griff in den Sack und packte ein Huhn, blickte noch einmal in den Schornstein und rief: »Bist du da?« Zuerst hörte sie nur das dumpfe Echo ihrer eigenen Stimme, aber dann drang Megs Antwort undeutlich zu ihr herauf. Delia preßte die Schenkel fest gegen die Schindel und beugte sich vor. Sie mußte gegen den unwiderstehlichen Drang ankämpfen, die Augen zu schließen, und warf zuerst ein gackerndes Huhn in den Schornstein und dann das zweite. Sie hörte wildes Flattern, aber dann wurde es plötzlich still.

»Meg?«

»Sie hängen fest! Die Hühner hängen fest...«

Delia schob sich die schweißnassen Haare aus der Stirn und murmelte: »Du meine Güte, Delia, wie schaffst du es nur, dich immer in die verrücktesten Situationen zu bringen?«

Mit Todesverachtung rutschte sie Stückchen für Stückchen auf dem steilen Dach nach unten. Als ihr Fuß die Leiter berührte, ließ das Zittern etwas nach, und als sie schließlich wieder festen Boden unter den Füßen hatte, konnte sie kaum glauben, daß sie es geschafft hatte. Aber es blieb keine Zeit, sich über diesen Erfolg zu freuen. Keuchend eilte sie ins Haus. Meg und Delia starrten in den Schornstein und sahen nur Schwärze.

»Sie sind völlig still...«, flüsterte Meg. »Glaubst du, sie sind tot?«

»Wenn sie tot sind, gibt es heute abend Hühnersuppe.«

»Aber wie sollen wir Feuer machen, wenn die Hühner dort oben hängen?«

Das war wirklich ein ernstes Problem. Delia dachte fieberhaft nach. »Ich weiß«, sagte sie schließlich. »Ich werde irgend etwas holen und damit in den Schornstein stoßen.«

Sie ging in den Vorraum und sah sich um. Eine Hacke an der Wand schien ihr das geeignete Werkzeug zu sein, und bald stand sie unter dem Kamin und stieß mit dem Stiel nach oben. Nichts geschah. »Ich komme mit der Hacke nicht hoch genug. Meg, setz dich auf meine Schulter, und versuch du es.«

Meg bekam kreisrunde Augen, aber sie nickte eifrig.

Delia ging in die Hocke, und Meg kletterte auf ihren Rücken. Als sie auf ihren Schultern saß, griff sie nach der Hacke. Delia stand langsam auf. »Versuch es, Meg!«

Meg stieß zu, die Hühner gackerten und flatterten, und dann regneten Federn und Ruß auf sie herab.

Plötzlich fiel ein Huhn und dann das andere herunter, und im Gefolge kam eine Rußlawine durch den Schornstein. Meg schrie auf und beugte sich zurück. Delia verlor das Gleichgewicht. Sie sank mit Meg rückwärts auf den Boden. Dabei stieß sie gegen eine Pfanne, die über den Boden rutschte und ein halbes Dutzend Axtstiele umwarf, die laut polternd wie Kegel durch die Küche rollten. Delia saß plötzlich mit einem Ruck auf dem Hintern, Meg landete auf ihrer Brust, und sie fielen beide auf den Rücken.

Delia blieb wie erstarrt liegen und glaubte, sie werde ersticken. Als sie endlich wieder Luft bekam, stützte sie sich mühsam auf die Ellbogen und blickte Meg an, die sie anstarrte. Delia sah nur ein kohlschwarzes Gesicht und zwei weiße Augen. »Lebst du noch?« flüsterte sie.

Meg faßte sich an die Stirn. »Ich hab mir den Kopf angestoßen ...«, jammerte sie, aber dann fing sie an zu kichern. Auch Delia mußte lachen.

Sie konnten beide nicht mehr aufhören zu lachen, während die Hühner, die wundersamerweise den Sturz durch den Kamin überlebt hatten, verstört und gackernd in der Küche herumliefen.

Plötzlich hörten sie draußen Tildys lautes Geschrei. Delia dachte sofort an Wölfe oder Indianer und andere Schrecken, sprang entsetzt auf, stand aber noch etwas unsicher auf den Beinen. Tildy hörte nicht auf zu schreien. Delia griff nach der Hacke und stürmte, gefolgt von Meg, nach draußen.

Als Tildy die beiden sah, hüpfte sie aufgeregt auf und ab und rief: »Die Ziege ist im Garten! Sie frißt alles ...!«

Delia hob wütend die Hacke über den Kopf und rannte wie der Blitz los, um ihren Garten zu retten, den sie in den letzten Wochen mühevoll gehegt und gepflegt hatte. »Das wirst du mir büßen, du Satansbraten!« rief sie der Ziege schon von weitem zu.

Sie wollte das freche Biest verprügeln, aber zuerst mußte es ihr gelingen, die schlaue Ziege zu fangen. Delia raste hinter der Ziege her und wurde immer wütender, weil die spitzen Hufe alles zertrampelten, was so spärlich auf den Beeten wuchs. In ihrem maßlosen Zorn hörte sie das Männerlachen zuerst nicht.

Als es ihr schließlich ins Bewußtsein drang, blieb sie wie angewurzelt stehen und drehte sich verblüfft um. Tyl stand vor dem Haus und lachte. Er lachte sie aus.

Bei seinem Anblick stockte ihr der Atem. Er war nackt, das heißt so gut wie nackt. Er hatte nur die bis zu den Knöcheln geschnürten Mokassins an und einen Lendenschurz, wie ihn die Indianer trugen. Sie starrte erst fassungslos auf die langen, behaarten Beine und dann auf die riesige blutende Keule eines Tiers mit einem schwarzen Fell. Er hatte sich die Keule quer über die Schultern gelegt, und das Blut rann ihm über die nackte Brust.

Delia blieb im wahrsten Sinn des Wortes der Mund offenstehen. Tyl hatte sich in einen nackten Indianer verwandelt und lachte aus voller Kehle über sie.

Mit der Hacke in der Hand ging sie auf ihn zu und rief: »Zum Teufel, was gibt es da zu lachen?«

Er lachte nur noch lauter. »Ich könnte schwören, meine liebe Delia, daß du hier in der Wildnis alle guten Vorsätze vergißt, eine Dame der guten Gesellschaft zu werden.«

Wie kann er wagen, so etwas Unverschämtes zu behaupten? Er

hat sich seit Wochen nicht blicken lassen und redet über »meine guten Vorsätze«, dachte sie, innerlich schnaubend.

Aber als sie in seine Nähe kam, wich sie entsetzt zurück und hielt sich die Nase zu. »Das stinkt ja furchtbar!« rief sie.

Tyl sah sie unbeeindruckt von Kopf bis Fuß an. Sein Blick verweilte auf den zerzausten Haaren, dem rußverschmierten, wütenden Gesicht und dann auf dem Hackenstiel, den sie zwischen die vollen, runden Brüste preßte. Es zuckte um seine Mundwinkel, als er ihre nackten erdverkrusteten Füße sah. Langsam hob er wieder den Kopf und sah ihr dann unverfroren in die Augen. Er grinste. »Hast du den Schornstein gefegt?«

»Was bildest du dir ein? Warum ... ach verflucht noch mal!« Ihr fehlten die Worte, aber bei seinem Anblick war das auch nicht weiter verwunderlich. »Was ist das für schrecklich stinkendes Fleisch?« fragte sie schließlich.

»Ich dachte, du und Nat, ihr würdet vielleicht gern ein Stück von dem Bären essen, der euren Mais gefressen hat.«

Delia fiel ein, daß sich Nat vor ein paar Tagen über einen Bären beklagt hatte, der in ein Maisfeld eingefallen war. Sie betrachtete mißtrauisch die riesige Keule und verzog das Gesicht. »Was soll ich damit machen?«

»Nun ja ...«, er lächelte anzüglich und sprach betont langsam. »Zuerst sengst du das Fell ab, dann entfernst du die Haut. Du kannst die ganze Keule auf einem Birkenholzspieß über der Glut so lange braten, bis das Fleisch außen knusprig und innen zart und saftig ist. Dann kannst du es essen und vielleicht dabei an mich denken.«

»Essen?« wiederholte Delia, und ihre Verwirrung wuchs. »Niemals ...!«

Meg war es inzwischen gelungen, die Ziege aus dem Garten zu vertreiben. Jetzt kam sie mit Tildy an der Hand zu ihnen. Die beiden Mädchen blickten staunend auf die riesige Bärenkeule.

»Was ist das?« fragte Meg mit kreisrunden Augen.

»Ein Bär«, erwiderte Tyl freundlich.

»Hast du den großen Bären umgebracht, Dr. Tyl?« wollte Tildy wissen.

»Ja, stellt euch vor, ich habe ihn mit bloßen Händen erwürgt!«

»Erzähl keine Märchen!« sagte Delia.

Tyl legte den Kopf schief. »Glaubst du mir nicht?«

Das ist unmöglich ... einfach unmöglich ..., dachte Delia, aber er ist wirklich sehr stark und mutig. Außerdem hat er bei den Indianern gelebt ...

»Nein, das glaube ich nicht!« erklärte sie entschlossen.

Er lachte laut. »Du hast recht, Kleines. Ich habe den großen Bären aus sicherer Deckung hinter einem Felsen erschossen.«

Unwillkürlich stimmten sie alle in sein ansteckendes Lachen ein.

Du meine Güte, er ist wirklich unwiderstehlich, dachte Delia und mußte sich eingestehen, daß es hinreißend war, ihn so unbekümmert zu erleben. Sie hatte sich nach ihm gesehnt und immer gehofft, ihn am Sabbat im Bethaus zu treffen. Aber jedesmal, wenn sie mit klopfendem Herzen nach Merrymeeting gegangen war und auf eine zufällige Begegnung hoffte, etwa bei den Bishops, beim Händler oder in der Mühle, war sie enttäuscht worden. Dabei wollte sie ihn doch nur wiedersehen, nur ein paar Worte mit ihm wechseln.

Als auch ihre stummen Gebete nichts halfen, wußte Delia, daß es im Grunde so das beste war. Sie durfte einfach nicht mehr an Tyl denken, aber jetzt stand er hier ...

Ohne den Blick von Delia zu wenden, sagte er zu Meg und Tildy: »Ihr zwei, könnt ihr vielleicht ein Leinentuch aus dem Haus holen, damit ich das Fleisch einwickeln kann?«

Die Mädchen liefen eifrig davon und redeten aufgeregt miteinander.

Dann war es plötzlich still. Delia hörte das Summen der Bienen. Die Sonne stand glühend am Himmel. Er sah sie eindringlich an und fragte leise: »Wie ist es dir ergangen, Delia?«

»Gut ... gut, gut ... wirklich gut.« Ihr fiel auf, daß sie wie eine Verrückte ständig nickte, aber seine Nähe, der nackte Körper, sein Blick, der ihr direkt ins Herz sah, löste einen Sturm der Gefühle aus.

»Behandelt dich Nat gut?«

»Ja, ja...« Das war gewissermaßen gelogen. Nun ja, Nat hatte sie bis jetzt nicht geschlagen. Aber sonst? Sie ließ den Kopf hängen. »Er rodet das Land auf der anderen Seite für ein neues Feld...«

Tyl nickte. »Gut.« Er verlagerte wieder das Gewicht und sagte dann: »Wenn es dir recht ist, bringe ich das Fleisch ins Brunnenhaus. Die Keule ist schwer...«, fügte er mit einem schiefen Lächeln hinzu.

Delia wurde rot. Er konnte sie mühelos um ihre Fassung bringen.

Hinter dem Haus war eine Quelle. Nat hatte einen Brunnen gegraben und eine mit Schindeln gedeckte Hütte um die Quelle gebaut, damit sie immer frisches Wasser hatten. Delia stellte die Hacke an die Wand der Hütte und stieß die Tür auf, die sich mit lautem Quietschen öffnete. Im Innern war es kühl, aber das half ihr im Augenblick wenig. Ihr Herz schlug wie rasend, und das Blut in ihren Adern schien zu kochen.

Tyl befestigte die Keule an einem Eisenhaken an der Decke. Die strähnigen Haare klebten ihm an den Schultern. Sein ganzer Körper war von der Sonne dunkel gebräunt. Er sah wirklich aus wie ein Indianer.

Bevor er sich umdrehte, sagte sie schnell, um ihre Verlegenheit zu überspielen: »Wir... also ich meine, Nat und ich, haben uns gewundert, daß du nie zum Bethaus kommst...« Sofort bedauerte sie ihre Worte. Natürlich wußte er jetzt, daß sie dort nach ihm Ausschau hielt.

Er drehte sich langsam um und sah sie spöttisch an. »Ich bin kein Kirchgänger!«

»Glaubst du nicht an Gott?«

Er zuckte die Schultern. »Ich glaube an Manitou. Aber das ist kein Gott, sondern die geistige Kraft in allen Dingen.« Er wies auf die Keule und sagte ernst: »Ich habe das Lied der Bären gesungen und mich damit bei dem Geist des Bären entschuldigt und ihm erklärt, warum ich ihn töten mußte.«

Er hat sich bei dem Geist eines *Bären* entschuldigt?

Delias Blick fiel auf den kleinen Lederbeutel an seinem Hals. Er hatte ihr einmal erklärt, das sei ein Symbol seines Schutzgeistes.

Tyl war ein studierter Arzt, und doch glaubte er wie die Indianer an heidnische Dinge.

Welch ein seltsamer Mann, dachte sie.

Tyl ging zum Brunnen, füllte den Holzkübel mit Wasser und schüttete es sich über den Kopf und den Oberkörper, um das Blut abzuwaschen. Das Wasser rann ihm über die Brust, sammelte sich unter den dicht gekräuselten Haaren, lief über den Nabel und versickerte unter dem Lendenschurz.

Delia reichte ihm ein Handtuch, das an einem Nagel an der Wand hing. Aber er trocknete sich nicht damit ab, sondern tauchte das eine Ende in den Kübel und kam zu ihr. Sie blieb wie erstarrt stehen.

Er hob langsam ihr Kinn und entfernte dann sanft den Ruß von ihrem Gesicht. Überwältigt von seiner Nähe schloß sie die Augen und überließ sich der unschuldigen und doch so sinnlichen Berührung seiner Finger. Wie eine sanfte Welle, die immer heftiger und größer wurde, stieg das Verlangen in ihr auf. Ja, bei Gott, sie wollte ihn, nur ihn...

Er legte die Hand auf ihre Schulter und hielt sie fest. »Delia...?«

Sie sah ihn an.

»Wenn du mich brauchst, wirst du dann zu mir kommen? Versprichst du das?«

Die Frage verblüffte sie, aber seine Worte klangen tröstlich und gut. Trotzdem blieb sie stumm, und es gelang ihr erst nach einer Weile zu flüstern: »Du weißt, daß ich das tun werde, Tyl...«

Er öffnete leicht den Mund und beugte sich vor. Sie sah ihn wie gebannt an und wollte nur seine weichen, vollen Lippen berühren. Dann spürte sie voll Entsetzen, wie sie sich an ihn lehnte, die Hand hob und mit dem Zeigefinger seinen Mund berührte...

Die Tür ging quietschend auf, und die beiden Mädchen stürmten atemlos herein. »Ist das richtig, Dr. Tyl?« fragte Meg und hielt ihm ein zusammengelegtes Leinentuch entgegen.

»Aber ja...«, antwortete er verwirrt. Delias Beine zitterten so heftig, daß sie sich haltsuchend an die Wand lehnte. Vorsichtig vermied sie es, ihn anzusehen.

Es dauerte nicht lange, bis Tyl die große Keule in das Tuch gewickelt hatte. Danach gab es für ihn keinen Grund mehr zu bleiben. Die Mädchen hüpften vor ihnen her, während Delia ihn bis zu der Stelle begleitete, wo der Weg im Wald verschwand. Sie sprachen nicht miteinander, und sie sahen sich nicht an. Sie wußten beide, ohne die Störung durch die Kinder hätten sie sich im nächsten Augenblick geküßt.

Und wenn sich ihre Lippen erst einmal berührt hätten, wären sie nicht in der Lage gewesen, es dabei zu belassen.

Achtzehntes Kapitel

Die letzten Worte von »Ein feste Burg ist unser Gott« hallten von den dicken kahlen Holzwänden wider, dann knarrten laut die einfachen harten Bänke mit den geraden hohen Lehnen, als die Gemeinde sich setzte.

Die heißen Strahlen der Augustsonne fielen durch die blank geputzten Fensterscheiben. Kein Wunder also, daß die Luft stickig war. Der starke Geruch von Sägemehl übertönte alle anderen Gerüche. Delia spürte erschrocken, daß sie niesen mußte. Schnell hielt sie sich die Nase mit Daumen und Zeigefinger zu. Ein kurzer Blick zur Seite zeigte ihr, daß Nat mißbilligend die Stirn runzelte.

Sie wurde rot und nahm verlegen die Finger von der Nase. Aber dann mußte sie heftig niesen. In der einsetzenden Stille hörte man von allen Seiten unterdrücktes Lachen, und Meg grinste frech. Nat schämte sich sichtlich für seine Frau.

»Delia muß immer niesen«, verkündete Tildy zu allem Überfluß mit piepsender Stimme, und diese Bemerkung löste noch mehr Gelächter aus.

»Pssst!« ließ sich Nat wütend vernehmen. Doch dann betrat Reverend Caleb Hooker die Kanzel.

Die Kanzel ragte hoch über die Bänke auf und war halbrund. Eine geschnitzte Schallmuschel sollte der Stimme des Pfarrers Resonanz verleihen, aber Caleb hätte mit seinem klangvollen Bariton keine Probleme gehabt, auch so gehört zu werden.

Zum Gottesdienst am Sabbat gehörten Gebete, Lieder, Psalmen und Lesungen aus der Bibel. Zwei Stunden waren bereits vorüber, aber noch eine ganze Stunde lag vor ihnen. Und das war erst der Morgengottesdienst. Nach dem gemeinschaftlichen Essen nebenan im Gemeindesaal des Pfarrhauses würden noch zwei Stunden der Gottesverehrung folgen, obwohl sich dann die Bänke erheblich geleert hatten.

Delia juckte das Gesäß, und sie rutschte auf der Bank unruhig hin und her. Das trug ihr sofort wieder ein Stirnrunzeln von Nat ein. Sie unterdrückte einen tiefen Seufzer, denn sie wußte, auf der Heimfahrt würde er ihr zu allem Überfluß wortreiche Vorwürfe machen, die wie immer damit endeten, daß er feststellte, *Mary* hätte so etwas nie getan.

Caleb räusperte sich, drehte die Sanduhr um und begann die Predigt. Delia hörte nur auf den Klang seiner Stimme und beschäftigte sich damit, die Mitglieder der Kirchengemeinde von Merrymeeting zu beobachten, die alle mit der Müdigkeit kämpften und sich bemühten, stillzusitzen, auch wenn es ihnen sehr schwerfiel.

Cohen Hall, der Müller, war auch der Gemeindevorsteher. Er ging mit einem Stock in der Hand den Gang auf und ab und weckte schlafende Kirchgänger. Delia sah, daß er an diesem heißen Vormittag viel zu tun hatte. Als sogar Sara Kembles Kopf auf ihren üppigen Busen sank und ein leises Schnarchen zwischen ihren Lippen hervordrang, mußte Delia die Zähne zusammenbeißen, um nicht zu kichern.

Reverend Caleb kam auf das Thema »Sünde« zu sprechen. Er zitierte sogar Bibelstellen über den Ehebruch, und siehe da, die Gemeinde wurde auf der Stelle wieder munterer.

In diesem Augenblick ging quietschend die Kirchentür auf, und alle drehten wie auf Kommando die Köpfe. Delia jubelte unwillkürlich stumm auf.

In der Tür stand Dr. Tyler Savitch. Er sah hinreißend und vornehm aus. Er trug einen scharlachroten Gehrock, eine schimmernde Brokatweste und eine moosgrüne Hose. Die Ärmel des Rocks waren mit Spitze besetzt, und das Hemd unter der Weste war ebenfalls gerüscht. Die hohen schwarzen Reitstiefel waren auf Hochglanz poliert.

Obwohl sich alle Augen auf ihn richteten, blieb er ruhig stehen und blickte sich langsam in der Kirche um. Erst als er Delia sah, lächelte er, und ihr Herz schlug sofort schneller. Der kurze Augenblick, von dem sie später glaubte, sie habe sich das nur eingebildet, machte sie glücklich und wieder froh.

Dann nickte Tyl mit einem beinahe übermütigen Lächeln der ganzen Gemeinde zu, die ihn noch immer mit offenen Mündern anstarrte, und setzte sich auf die letzte Bank. Die Stille wurde vom Rascheln und Flüstern unterbrochen, denn alle tuschelten und sprachen mit ihren Nachbarn.

Hoch oben auf der Kanzel räusperte sich Caleb laut und nachdrücklich, um das allgemeine Gemurmel zu übertönen, und sagte dann: »Dr. Savitch, wir fühlen uns geschmeichelt, daß Sie sich entschlossen haben, uns, wenn auch etwas verspätet, mit Ihrer Anwesenheit zu ehren«, Calebs Augen blitzten, und einige lachten. »Aber da wir nun wissen, daß Sie *hier* sind, bitte ich um Erlaubnis, fortfahren zu dürfen.«

»Amen, Reverend!« ließ sich Tyl vernehmen, und die Gemeinde lachte, nur Sara Kemble schnaubte empört.

Caleb wurde wieder ernst, und seine Predigt ging weiter. Die Minuten schleppten sich dahin. Delia wußte bald nicht mehr, woher sie die Kraft nehmen sollte, sich *nicht* nach Tyl umzudrehen. Ihre Schultern verspannten sich und schmerzten vom Stillsitzen.

Aber auch dieser Gottesdienst ging schließlich vorüber. Der Gemeindevorsteher öffnete beide Türen, und die Gemeinde strömte hinaus in die glühende Hitze. Caleb stand am Ausgang und unterhielt sich freundlich mit seinen Schäfchen.

Delia tat so, als hätte sie ein Problem mit dem Absatz ihres Schuhs und ließ Nat und die Kinder vorgehen. Sie blieb so lange sitzen, bis die Kirche leer war. Bei dem Gedanken, plötzlich Tyl gegenüberzustehen, verließ sie der Mut. Seit der Hochzeit waren sie sich zweimal begegnet, und jedesmal hatte ihre verrückte Verliebtheit sie an den Rand des Erlaubten gebracht. Das durfte sich auf keinen Fall wiederholen.

Langsam stand sie auf und ging zur letzten Bank, wo er gesessen hatte. Sie legte die Hand vorsichtig auf die hohe Lehne und blieb stehen, als könnte sie seine Wärme noch auf dem glatten Holz spüren.

Heute wird überhaupt nichts geschehen, versicherte sie sich. Die ganze Gemeinde ist da. Was kann da schon passieren?

Aber sie wußte: Er wird mich anlächeln, und mein Herz wird sich nach ihm sehnen. Er wird lachen, und ich werde rot. Er mag mich zufällig berühren, und ich werde ihn mehr lieben als je zuvor...

»Delia, geht es Ihnen nicht gut?«

Sie fuhr erschrocken zusammen und sah Caleb vor sich, der sie besorgt ansah.

Delia lächelte ihn so unbeschwert wie möglich an und überspielte damit gleichzeitig ihre Enttäuschung darüber, daß sich der falsche Mann nach ihrem Wohlbefinden erkundigte.

»Es geht mir gut, Reverend. Ich möchte mich nur noch etwas sammeln, bevor ich in die Hitze hinausgehe.«

»Ja, es wirklich sehr heiß heute«, stimmte ihr Caleb zu. »Setzen wir uns doch noch einen Augenblick«, sagte er dann zögernd und wies auf die Bank. »Ich möchte mit Ihnen über etwas sprechen.«

Delia nickte stumm. Sie hatte ein schlechtes Gewissen. Er würde sie mit Sicherheit daran erinnern, daß sie eine *verheiratete* Frau war und nicht länger den *unverheirateten* Arzt von Merrymeeting verliebt ansehen konnte, denn das war eine Sünde und in den Augen der Gemeinde ein Skandal.

Aber er sagte: »Es geht um meine Predigten...«

Delia glaubte nicht richtig zu hören. »Um Ihre... Predigten? Aber ich bin diesmal wirklich nicht eingeschlafen. Das kann ich Ihnen versichern, Reverend. Vielleicht hat es so ausgesehen, als sei ich mit den Gedanken nicht ganz bei der Sache, aber wissen Sie, in dieser Hitze und...«

Delia wußte, daß es gefährlich war, einfach so draufloszureden, aber ihre Erleichterung kannte keine Grenzen.

Caleb lachte laut. »Delia, genau darum geht es mir. Sie treffen immer den Nagel auf den Kopf. Also ich meine..., hm, ich habe das Gefühl, meine einschläfernden Predigten sind für die Kirchgänger von Merrymeeting irgendwie enttäuschend. Könnten Sie mir nicht einen Rat geben, was ich dagegen tun sollte.«

Delia kaute nachdenklich auf ihrer Unterlippe. Sie wußte nicht recht, ob sie mit Caleb wirklich offen reden sollte. »Na ja, es ist nur so ein Gedanke, aber …«

»Reden Sie, Delia, bitte. Ich bin für Ihren klugen Rat bestimmt sehr dankbar.«

Sie spürte plötzlich, daß Tyl vor der offenen Tür stand und mit Oberst Bishop sprach. Sie hörte, wie der Oberst über Verdauungsprobleme klagte und Tyl ihm Fencheltee verordnete.

Sie holte tief Luft und lächelte Caleb noch einmal an. »Also ich an Ihrer Stelle würde die Leute etwas mehr mit dem Leben hier am Ort wachrütteln, mit ihren Sünden und den Strafen, die sie von Gott zu erwarten haben. Wissen Sie, das Bücherwissen ist für die Gemeinde schwer zu begreifen.«

Caleb nickte nachdenklich. »Ach ja, ich verstehe …«

»Und dann könnten Sie ruhig auch ein paar Namen nennen.«

»Namen nennen?«

Delia lachte. »Ja, die Leute kommen natürlich auch zum Gottesdienst, um miteinander reden zu können. Sie wollen ihre Nachbarn sehen und wissen, was hier so geschieht, und nicht nur eine Predigt über hochtrabende Dinge hören … entschuldigen Sie, Reverend. Sie könnten zum Beispiel erwähnen, daß Hannah Randolfs Baby im nächsten Monat zur Welt kommt, und da die Randolphs bereits sieben Jungens haben, wünschen sie sich diesmal ein Mädchen. Oder sagen Sie, daß Kapitän Abbott gestern mit einem großen Sortiment französischer Stoffe im Hafen eingelaufen ist. Außerdem sind zum Beispiel gut zwei Monate vergangen, seit mich Dr. Savitch ge … …«

»Geimpft hat«, half Tyl ihr freundlich nach und trat zu ihnen.

»Ja, geimpft.«

Alle guten Vorsätze waren vergessen. Delia blickte ihn sehnsüchtig an und zeigte ihre Freude, ihn zu sehen, mit einem verliebten Lächeln. »Ja, und ich bin noch *nicht* tot, und ich habe *nicht* die Pocken.«

»Ich verstehe, was Sie meinen«, sagte Caleb, stand auf und schüttelte Tyl lachend die Hand. »Vielleicht sollte ich am nächsten Sonntag auch von der Kanzel verkünden, daß sich Merrymeetings beliebter Arzt doch noch zum christlichen Glauben bekehren will.«

»Das wäre vielleicht etwas voreilig«, erwiderte Tyl ebenfalls lachend. Seine Augen liebkosten Delia und ließen sie wissen, daß nicht die Kirche, sondern nur *sie* ihn retten konnte. Aber während sie sonst in den dunklen blauen Augen das heftige körperliche Verlangen nach ihr sah, so schien es diesmal, als denke er in diesem Zusamenhang wirklich an *Liebe* ...

Vergiß diesen Unsinn, rief sich Delia sofort zur Ordnung. Sie hatte sich in der Vergangenheit oft genug gedemütigt und getäuscht, weil sie Tyl Gefühle unterstellte, die er nicht hatte. Nein, sie würde es nicht überleben, wenn er sie noch einmal zurückstieß. Außerdem war sie jetzt verheiratet und durfte in Tyl ohnehin nur einen Freund sehen. Trotzdem, wenn sich seine Augen auf sie richteten, verlor sie sich wie immer in ihren blauen, geheimnisvollen Tiefen.

Sie riß sich von seinem Anblick los und sagte zu Caleb: »Ich habe noch einen Vorschlag, Reverend...«

»Passen Sie auf, Caleb!« rief Tyl spöttisch. »Sie wird Ihnen demnächst die ganze Predigt schreiben.«

»Vielleicht wäre das keine schlechte Idee«, erwiderte Caleb ernst.

Oberst Bishop erschien in diesem Augenblick in der Tür und rief den Pfarrer hinaus. Und so kam es, daß Delia trotz aller guten Vorsätze plötzlich doch mit Tyl allein war. Aber in der Kirche konnte bestimmt nichts geschehen...

»Keine Angst«, sagte er schnell, als könnte er ihre Gedanken lesen. »Ich habe mir vorgenommen, mich heute gut zu benehmen.« Er sah sie mit einem schiefen Lächeln an und reichte ihr seinen Arm. »Gehen wir hinaus zu den anderen, und essen wir etwas. Gutes Benehmen ist verdammt harte Arbeit, und ich habe großen Hunger.«

Delia stand lachend auf und legte ihre Hand auf seinen Arm. »Schämen Sie sich, Dr. Savitch. Wie können Sie in der Kirche fluchen?«

Der Stoff seines Rocks war warm und glatt unter ihren Fingern. Sie wußte sofort, es war ein Fehler gewesen, ihn selbst auf diese harmlose Weise zu berühren. Sie zog die Hand zurück, als habe sie sich verbrannt.

»Delia …«

Sie schwieg mit angehaltenem Atem und wartete. Sie hörte den hämmernden Pulsschlag in ihren Ohren.

»Hast du meinen Bären am Spieß gebraten?« fragte er und fuhr sich mit der Zunge langsam über die Lippen.

Sie schüttelte sich übertrieben heftig und erwiderte: »Bist du verrückt? Ich werde das stinkende Fleisch nicht anfassen.«

Tyl lachte übermütig, und ihr liefen heiße und kalte Schauer über den Rücken. Aber als er ihr den Arm um die Taille legte und mit ihr aus der Kirche ging, wehrte sie sich nicht, sondern ließ es überglücklich geschehen.

Draußen sah Delia zu ihrer Erleichterung Anne. Sie winkte ihrer Freundin zu und hatte damit einen guten Grund, sich von Tyl zu lösen. »Anne! Wie schön, Sie zu sehen!« rief Delia übertrieben fröhlich.

Anne musterte die beiden mit hochgezogenen Augenbrauen, aber schließlich verzog sie ihre schmalen Lippen doch zu einem Lächeln. »Hallo, bist du mit den *Essays* fertig, und hast du wirklich *alles* gelesen?«

Delia senkte den Kopf. »Noch nicht alles, Anne. Ich hatte einfach zuviel zu tun …«

Anne schüttelte anklagend den Kopf. »Zuviel zu tun! Ich weiß schon Bescheid. Dein Mann hält dich wie eine Sklavin, und seine beiden Töchter lassen dich nicht eine Minute zur Ruhe kommen.«

Delia griff nach ihrer Hand. »Ach, Anne. Hören Sie auf, mit mir zu schimpfen. Ich habe eine wundervolle Idee …«

Tyl und Anne blickten sich an und verdrehten die Augen. Als Delia es sah, schüttelte sie den Kopf. »Es ist wirklich eine gute Idee, Anne. Ich finde, Sie sollten Merrymeetings Lehrerin werden!«

Anne hob überrascht die spitzen Schultern. »Aber ich bin doch nur eine normale verheiratete Frau.«

»Na und? Kein einziger Mann kann es mit Ihrem Wissen aufnehmen. Außerdem findet sich kein Mann für diese wichtige Aufgabe, und die Kinder werden immer älter, ohne etwas Richtiges zu lernen. Sie könnten Merrymeeting natürlich auch die zehn Pfund Strafe ersparen, die Boston verordnet hat, weil es hier noch keinen Lehrer gibt.«

Anne sah Tyl an, und in ihren Augen begann es zu blitzen. »Weit und breit gibt es in keiner Stadt eine *Frau*, die die Kinder unterrichtet ...«

»Richtig«, erwiderte Tyl. »Aber es gibt bestimmt kein Gesetz, das es verbietet.«

Anne runzelte die Stirn. »Nur weil bis jetzt niemand an so etwas gedacht hat. Die Leute hier sind engstirnig und halten nichts von Neuerungen oder denken nicht daran, etwas Neues zu akzeptieren.«

»Stimmt leider«, Tyl nickte ernst.

»Aber du kannst sie alle überreden, Tyl!« Delia sah ihn mit großen erwartungsvollen Augen an.

Tyl wiegte bedenklich den Kopf. »Ganz so einfach ist es auch nicht ...«

»Wie auch immer, mit meiner Bildung und meinem Wissen kann sich in Maine niemand messen – kein Mann, keine Frau und kein Indianer«, erklärte Anne selbstbewußt.

»Richtig!« Tyl lachte. »Es sei denn, Delia setzt es sich in den Kopf, Sie zu überflügeln, Anne ...«

Aber Anne hörte ihm schon nicht mehr zu. »Ich sollte mit Giles darüber sprechen. Was sage ich da, bin ich verrückt? Genau das werde ich nicht tun. Wenn ich ihn frage, wird er es doch nur ablehnen. Nein, ich werde ihm die Sache so erklären, als sei alles bereits entschieden.«

Aus der offenen Tür des Gemeindesaals drang der köstliche Duft von geröstetem Mais. In Gedanken versunken und vom Hunger getrieben, gingen die drei weiter. Anne führte bereits Selbstgespräche über Schulfibeln, Schiefertafeln und Kreide ...

Tyl blieb plötzlich stehen, und Delia sah ihn verwundert an. »Was hast du?« fragte sie errötend.

»Du ... du schaffst es immer wieder, mich zu überraschen, Delia.«

Delia zog wie Anne die Augenbrauen hoch und sagte beim Weitergehen über die Schulter: »Starr mich nicht so an. Das ist unhöflich, Tyl.«

»Sie haben da einen Riesenbären geschossen, Tyl«, sagte Sam Randolf. Er bespannte gerade geduldig ein Bettgestell mit Schnur. Er hatte auch allen Grund dazu, denn seine ständig wachsende Familie brauchte immer neue Betten. »Es war wohl ein Einzelgänger und entsprechend gefährlich.«

»Vielleicht …«, Tyl rauchte genußvoll seine Pfeife. »Um die Wahrheit zu sagen, ich hatte so große Angst, daß ich mit geschlossenen Augen abgedrückt habe.«

Die anderen Männer lachten und nickten verständnisvoll. Sie wußten natürlich alle, daß Tyl niemals mit »geschlossenen« Augen einen Bären erlegen konnte. Aber ein Mann aus Maine prahlte niemals mit seinen Erfolgen. Das überließ er den Freunden.

Tyl beugte sich vor und griff nach seinem kühlen Bier. Dabei wanderte sein Blick zur anderern Seite des Raums, wo Delia bei den Frauen saß. Sie beobachtete aufmerksam Elizabeth beim Spinnen. Und wie so oft an diesem Tag trafen sich ihre sehnsüchtigen Blicke – aber nur kurz.

Elizabeth griff mit der Kerbe an ihrem »Holzfinger« in die Speichen des sich drehenden großen Spinnrads, trat zurück und bremste gekonnt den Schwung des Rads, während sich der Faden von der Spindel abwickelte. Als Delia ihre geschickten und flinken Bewegungen sah, bekam sie einen schmalen Mund und legte die Stirn in Falten. Auch so fand Tyl sie wunderschön anzusehen.

Sie bezauberte ihn aber noch mehr, als sich Hannah Randolf offenbar über sie lustig machte und Delia den Kopf lachend zurücklegte und dabei die weichen samtigen Lippen öffnete. Er wußte, es war für Delia nicht leicht gewesen, aber allmählich akzeptierten die Frauen von Merrymeeting die neue Mrs. Parker. Voll Stolz dachte er an ihren Mut und an ihre Ausdauer.

Tyl war natürlich nur deshalb nach Merrymeeting gekommen, um Delia zu sehen. Das mußte er sich offen eingestehen. Aber er fühlte sich für sie verantwortlich und hielt das für einen ehrenhaften Grund. Er wollte sich nur vergewissern, daß sie glücklich und mit dem Leben auf der Farm zufrieden war. Außerdem wollte er herausfinden, ob Delia nach anderthalb Monaten Ehe ihren Mann liebte und ob er sie liebte. Wenn das so war, konnte er sie beruhigt vergessen.

Er hätte sich besser kennen müssen.

Jedesmal, wenn Delia etwas zu Nat sagte, kämpfte Tyl mit der Eifersucht. Wenn sie dann sogar Nat anlächelte, begann es in ihm zu kochen, und er ballte die Fäuste. Als sie sich beim Essen einmal an Nat lehnte und ihre Brust seine Schulter berührte, als sie die Hand auf seinen Arm legte und etwas sagte, worüber er rot wurde, wäre Tyl beinahe aufgesprungen. Er wollte *sie* erwürgen, nicht Nat. Er wollte die Hände um ihren Hals legen und sie anschreien: »Du liebst ihn nicht, Delia, vergiß das nicht! Du liebst mich. MICH!«

Was hatte sie wohl zu Nat gesagt, damit seine beide großen Ohren glühten? Erinnerte sie ihn etwa an ein lustvolles Spiel, das die beiden für sich entdeckt hatten, um die Nächte zu verkürzen?

Noch immer quälte ihn die Erinnerung an die Hochzeitsnacht, als er gesehen hatte, wie Nat sie umarmte. Seitdem gab es für Tyl nur endlose und trostlose Stunden in seinem Bett. Seine Eifersucht trieb ihn zur Raserei, und sein Verlangen nach ihr brachte ihn beinahe um, wenn er sich vorstellte, wie Nat auf ihr lag und sich mit ihr leidenschaftlich vereinte. Wenn sich Tyl manchmal besonders einsam und aufgerieben fühlte, verselbständigten sich seine Gedanken, und dann sah er nicht Nat, sondern sich auf ihr liegen. In der dunklen Stille der Nacht hallte durch sein Blockhaus das rauhe Stöhnen seiner Lust und Liebesqual.

Das hatte ihm bisher noch keine Frau angetan! Warum also sie? Warum ausgerechnet Delia McQuaid, eine gewöhnliche, kaum achtzehnjährige Kellnerin aus einer Hafenkneipe, die ihm nur Schwierigkeiten machte und mit ihrem losen Mundwerk zur Weißglut reizte? Warum verfolgten ihn ihre Augen, ihr Lächeln und ihr Lachen? Bei keiner anderen Frau war das so gewesen. Warum sie? Jetzt war Delia verheiratet und gehörte einem anderen, und trotzdem überschattete sie seine Tage und bereitete ihm schlaflose Nächte. Warum zum Teufel ließ sie ihn nicht zur Ruhe kommen?

Aber auch wenn er im stummen Zorn gegen sie wütete, machte ihre Anwesenheit sie noch begehrenswerter. Er konnte die Augen nicht von ihr wenden. Aber er sah nicht die ordentliche Farmersfrau mit der weißen Haube und dem weiten langen Rock. Er sah das nackte Mädchen, das im Wald von Falmouth Neck auf seinem Lederhemd lag.

»Glauben Sie auch, man hat sie ausgepeitscht, Doc?«

Tyl zuckte zusammen. Obadia Kemble sah ihn mit seinen schwarzen Knopfaugen fragend an.

»Wen?«

»Ich habe gerade gesagt, daß die Abenaki seit drei Jahren das Kriegsbeil nicht mehr ausgegraben haben. Ich frage mich, ob es vielleicht daran liegt, daß sie ausgepeitscht worden sind.«

»Unsinn!« mischte sich Sam Randolf ein und schüttelte den Kopf mit den dichten hellroten Haaren. »Doc, Sie haben doch als Junge bei den Indianern gelebt, und Sie wissen auch, daß man die Abenaki nur auspeitschen kann, wenn man sie vorher umbringt. Habe ich recht?«

Es kostete Tyl große Mühe, seine Gedanken zu ordnen, denn diesmal galt seine Schwermut ausnahmsweise nicht dem Volk, dem seine ganze Liebe gehörte. Sein Herz schlug für Delia. »Stimmt, die Abenaki haben in ihrer Sprache kein Wort für ›Kapitulation‹.« Er lachte, um seine Verlegenheit zu verbergen, und fügte hinzu: »Aber die Abenaki haben andererseits nicht nur *ein* Wort für ›Frieden‹. Das werden ihre Feinde nie verstehen.« Er wußte sehr wohl, es würde ihnen allen wenig helfen, an einen dauerhaften Frieden mit den Abenaki zu glauben.

Mit Ausnahme von Caleb stimmten ihm die anderen Männer zu und nickten bedächtig. Es hatte in Maine keinen Frieden gegeben, seit das erste englische Schiff an der Küste vor Anker gegangen war. Und darüber waren mittlerweile mehr als hundert Jahre vergangen.

Nat Parker hatte sich bisher nicht an der Unterhaltung beteiligt, sondern finster vor sich hingestarrt. Jetzt hob er den Kopf und erklärte mit Nachdruck: »Es wird erst Frieden geben, wenn auch der letzte Abenaki tot ist. Entweder sie sterben oder wir.«

Bei diesen harten Worten verstummten auch die Frauen, denn die Bedrohung durch die Indianer verunsicherte alle Siedler in der Gegend.

Sara Kemble nutzte das Schweigen und rief anklagend: »Dr. Savitch, Sie sollten sich schämen! Sie leben noch immer wie ein Indianer, obwohl sie wissen, daß die Wilden die ›Kinder des Teufels‹ sind! Aber was kann man von einem jungen Mann schon anderes erwarten, dessen Mutter sich in die Gefangenschaft dieser Wilden begeben hat!«

»Das klingt, als hätte sie das freiwillig getan«, unterbrach Delia das Riesenweib, das sich wieder einmal wie ein Frosch aufblähte.

»Diese Frau hat bei den Indianern gelebt und hat sich sogar von einem als Squaw mißbrauchen lassen. Eine anständige Frau hätte sich das Leben genommen,« erklärte Sara angriffslustig.

»Selbstmord ist eine Todsünde«, warf Elizabeth gelassen ein. Delia staunte, denn normalerweise beteiligte sich Calebs Frau nie an den Gesprächen, sondern zog es vor, ihre Gedanken für sich zu behalten. Früher wäre Elizabeth vor Angst beinahe in Ohnmacht gefallen, wenn von den Indianern die Rede war.

»Mein Sam hat recht«, sagte Hannah und legte besorgt beide Hände auf ihren gewölbten Leib. »Seit dem letzten Angriff der Indianer ist viel Zeit vergangen. Ich meine, wir sollten nicht leichtsinnig werden und vergessen, was damals geschehen ist, als wir ...«

Hannah verstummte und biß sich plötzlich so fest auf die Lippen, daß sie bluteten. Alle Blicke richteten sich auf Anne Bishop. Ihr knochiges Gesicht war leichenblaß geworden und um ihre Lippen zuckte es. Besorgt legte ihr Delia die Hand auf den Arm. »Anne ...?«

Anne sprang so heftig auf, daß ihr Stuhl auf den Boden fiel. Sie drehte sich auf dem Absatz um und lief aus dem Haus. Delia sah ihr fassungslos nach, aber Hannah flüsterte ihr zu: »Laß sie gehen. Es ist das beste ...«

»Aber ...«

»Ihr einziger damals noch lebender Junge ist von den Indianern gefangengenommen und zu Tode gefoltert worden.« Sara Kemble hatte wieder das Wort, und sie nutzte die allgemeine Betroffenheit, um die Erinnerungen in aller Deutlichkeit wachzurufen. »Das war vor drei Jahren hier in Merrymeeting. Man hatte uns rechtzeitig vor dem Angriff gewarnt, nur der kleine Andrew war auf der Jagd, und sie haben ihn mitten im Wald überrascht. Anne und der Oberst ... wir alle mußten dann vom Wachturm aus das Schreckliche mit ansehen. Sie haben den jungen Mann vor unseren Augen gekreuzigt und dann Messer nach ihm geworfen. Danach stießen sie glühende Zweige in seine Wunden. Die Folter dauerte viele Stunden. Niemand von uns wird seine Schreie vergessen. Aber die blutrünstigen Wilden hielten sich schlauerweise außer Schußweite. Keiner konnte den Jungen von seinem Leid erlösen.«

Delia wurde es übel, und sie preßte die Hand auf den Mund. Sie schloß die Augen, aber als sie einen dumpfen Schlag hörte, schlug sie die Augen wieder auf.

Elizabeth Hooker war in Ohnmacht gefallen.

Caleb und Delia standen wartend vor dem Schlafzimmer. Endlich ging die Tür auf, und Tyl kam heraus.

»Wie geht es ihr?« fragte der junge Pfarrer tonlos.

»Sie schläft ...«, erwiderte Tyl. »Es war nur eine Ohnmacht, Caleb. Sie müssen sich weiter keine Sorgen machen.«

Caleb nickte beklommen. Er zitterte noch immer. Leise verschwand er im Schlafzimmer und zog die Tür hinter sich zu.

Tyl und Delia gingen langsam die Treppe nach unten. Bevor sie das Haus verließen, murmelte Delia: »Man müßte Sara Kemble die Zunge abschneiden ...« Dann sah sie Tyl mit großen fragenden Augen an. »Sind ... sind deine Abenaki wirklich so ... grausam?«

Mit unbewegter Miene antwortete er: »Ja, sie können grausam sein.«

Delia entging nicht, daß ihm die Antwort schwerfiel. Seine dunklen Augen wirkten umwölkt, und die Lippen waren schmal, weil er sie zusammenpreßte. Sie hätte am liebsten seinen Kopf an ihre Brust gedrückt und ihm den Schmerz genommen.

Delia, du bist nicht zu retten. Dieser Mann meidet dich, so gut er kann, und jedesmal, wenn du ihn siehst, sorgst du mit deiner hoffnungslosen Liebe für neue Peinlichkeiten. Kannst du deine Gefühle nicht besser im Zaum halten, haderte sie stumm mit sich.

Aber Tyl kannte den Grund für ihre gerunzelte Stirn und das bittere Lächeln nicht. Deshalb fragte er barsch: »Was ist los, Delia? Bedauerst du mich, weil ich als Kind Zeuge solcher Grausamkeiten war? Oder verachtest du mich, weil ich vielleicht selbst solche Dinge begangen habe?«

»Hast du das?«

»Und wenn schon?« Er schüttelte spöttisch den Kopf. Dann fügte er bissig hinzu: »Ich kann es nicht glauben. Ist das wirklich das Mädchen aus der Hafenkneipe, das mir zu Füßen lag und mich um meine Liebe angefleht hat? Jetzt hältst du dich schon für zu gut, um auch nur mit mir zu *reden*.«

Ihr blieb der Mund offenstehen, und sie legte die Hand auf die Brust, um den stechenden Schmerz über seine ungerechten Worte ertragen zu können. Zitternd flüsterte sie: »Ich bin verheiratet, Tyl. Vergiß das nicht, denn *du* hast es so gewollt.«

Seine Augen begannen gefährlich zu glühen. Er packte sie am Arm und fragte leise: »Soll das heißen, du liebst Nat?«

»Laß mich los! Du tust mir weh ...«

Seine Finger schlossen sich so fest um ihr Handgelenk, daß ihr die Tränen in die Augen traten. Aber sein Griff lockerte sich nicht. »Antworte! Liebst du Nat?«

»Er ist mein Mann.«

Tyl ließ sie so plötzlich los, als habe er sich verbrannt. Er ging an ihr vorbei zur Tür und riß sie auf. Dann trat er beiseite und verneigte sich höhnisch vor ihr. »Sie sollten ins Gemeindehaus zurückgehen, Mrs. Parker. *Ihr Mann* wird sich schon Gedanken darüber machen, wo Sie bleiben.«

Ohne ihn noch einmal anzusehen, ging Delia an ihm vorbei ins Freie. Draußen war Wind aufgekommen. Die heftigen Böen drückten den Rock an ihre Beine. Nat stand mit dem Pferdewagen vor dem Gemeindehaus. Reverend Hooker hatte den Nachmittagsgottesdienst abgesagt. Ein Sturm zog auf. Blauschwarze Gewitterwolken ballten sich über den Bergen in der Ferne. Die hohen Baumwipfel rauschten und schwankten. Entenschwärme flogen dicht über sie hinweg und suchten Schutz in den Sümpfen.

Am Fuß der Verandatreppe blieb sie stehen. Ihr Arm schmerzte, aber sie richtete sich auf, drehte sich um und sagte: »Auf Wiedersehen, Tyl.« Die kalten Worte taten ihr noch mehr weh als die Schmerzen am Arm.

Aber es war noch schwerer, sie aus seinem Mund zu hören: »Auf Wiedersehen, Delia.«

Als sie das Gemeindehaus erreichte, begann es zu regnen. Die ausgedörrte Erde dampfte unter dem einsetzenden Gewitter.

[illegible] Bord [illegible] [illegible]

[illegible] Kopf [illegible] halte [illegible]

[illegible] [illegible] zu [illegible]

[illegible] [illegible] unter der Ferse. [illegible]

[illegible] [illegible] [illegible]

[illegible] [illegible] [illegible]

[illegible] [illegible] [illegible]

[illegible] [illegible] und [illegible]

[illegible] Worte [illegible] [illegible]

[illegible]

[illegible]

[illegible]

[illegible]

[illegible]

Neunzehntes Kapitel

Das Rad surrte, und Elizabeth trat schnell ein, zwei, drei Schritte zurück und hielt geschickt das lange Garn, das sich zwischen ihren Fingern spannte und drehte. Dann beugte sie sich ebenso flink wieder vor, und der Faden wickelte sich um die Spindel – sie trat zurück, dann wieder vor, zurück, vor... Spinnen, Spinnen... Das Garn wickelte sich folgsam um die Spindel, während das surrende Vibrieren des Rads ihren Körper erfaßte und die Welt um sie herum langsam entschwand, bis sie schließlich völlig versank.

Der Besucher vor der Tür mußte zweimal klopfen, ehe sie etwas hörte. Elizabeth hielt stirnrunzelnd das Spinnrad an und überlegte kurz. Wenn sie auf das Klopfen nicht reagierte, würde der Betreffende vielleicht wieder gehen...

Aber es klopfte ein drittes Mal und diesmal noch energischer.

Elizabeth öffnete die Tür einen Spalt, blickte hinaus, lächelte und machte auf. »Ach Sie sind es, Dr. Savitch!«

Tyl betrat die makellos saubere Küche. Er sah sich kurz um und bewunderte den glänzenden großen Kupferkessel, die blitzenden Messingtöpfe, die Porzellanteller auf der Anrichte und das Spinnrad mit der dicken Spindel. Er lächelte sie an, und ihr fiel seine Arzttasche auf.

»Ist jemand krank, Doktor?«

»Nein, aber ich hielt es für richtig, zu Ihnen zu kommen, Mrs. Hooker.«

»Zu mir?« Sie lachte nervös. »Ach, Sie meinen, weil ich gestern in Ohnmacht gefallen bin? Es geht mir wieder gut. Möchten Sie vielleicht einen Tee?«

Tyl setzte sich auf einen der lederbezogenen Stühle. »Ja gern, danke. Ich dachte, Sie wollen mit mir vielleicht über die Ursache der Ohnmacht sprechen.«

Elizabeth zitterte und griff schnell nach dem Wasserkessel. »Ach, Sie wissen doch ... das schreckliche Gerede über die Indianer.«

»Hm, und wann hatten Sie zum letzten Mal Ihre Blutungen?«

Der Kessel fiel klirrend zu Boden, und der Deckel rollte unter den Tisch. Eine flammende Röte überzog Elizabeths Gesicht.

Wie kann er wagen, mir eine so persönliche Frage zu stellen?!

Als sie seine Hände auf ihrer Schulter spürte, hob sie den Kopf und blickte in sein besorgtes Gesicht. Dann lächelte er freundlich und wissend, und es gelang ihm irgendwie, ihr die Verlegenheit zu nehmen. »Lassen Sie mich den Tee machen«, sagte er. »Setzen Sie sich.«

Elizabeth gehorchte. Sie faltete krampfhaft die Hände im Schoß. »Mir ist in letzter Zeit morgens immer übel ...«, gestand sie leise. »Und ... seit zwei Monaten habe ich nicht mehr das ... hm, wovon Sie gesprochen haben. Glauben Sie, ich bin schwanger?«

Er lachte leise. »Höchstwahrscheinlich ...«

»Oh!«

Ich bekomme ein Kind, dachte Elizabeth. Sie wußte nicht genau, was sie davon halten sollte. Caleb wird sich über diese Nachricht bestimmt freuen. Aber ich ... ich glaube, ich habe Angst.

Tyl kauerte sich neben sie und nahm ihre Hände. »Darf ich Sie untersuchen?«

»Bedeutet das ... ich meine, müssen Sie mich dazu anfassen?«

»Nur ein wenig. Sie müssen sich nicht ausziehen.«

Er sah ihr direkt in die Augen, und Elizabeth stellte fest, wie blau seine Augen waren, blauer als das Meer. Seine Augen verwirrten sie. Sie fürchtete, daß er mehr sah, als ihr lieb war.

Er erhob sich, nahm Salz und Zucker vom Tisch und schob auch die Schere beiseite. Dann forderte er sie auf, sich auf den Tisch zu legen. Er griff ihr unter den Rock und das Unterhemd. Als er ihren Leib berührte, zuckte sie zusammen.

Er lächelte sie beruhigend an. »Tut mir leid, ich hätte mir zuerst die Hände am Feuer wärmen sollen.«

Sie schüttelte den Kopf und biß die Lippen aufeinander. Ihre Muskeln spannten sich so sehr, daß sie schmerzten. Aber als sich seine Hände langsam tastend bewegten, ließ die Spannung sofort nach. Er schien ihr alle Schmerzen, von denen sie noch nicht einmal etwas gewußt hatte, auf wunderbare Weise zu nehmen. Das Blut, die Haut, die Muskeln – alles wurde weich und verschmolz zu einem Summen, das fast noch schöner war als das Surren des Spinnrads. Sie schien plötzlich das Rad zu sein und sich zu drehen, zu drehen, zu drehen …

Erst als sie die Augen aufschlug, wurde ihr bewußt, daß er sie nicht mehr berührte. Er sah sie fröhlich an. »Unsere Vermutung hat sich bestätigt, Mrs. Hooker, Sie sind schwanger.« Er reichte ihr die Hand und half ihr, sich aufzusetzen. »Das Wasser kocht. Wollen wir jetzt eine Tasse Tee trinken? Haben Sie vielleicht Sassafras im Haus? Der Sassafras-Tee ist gut gegen die morgendliche Übelkeit.«

Sie nickte stumm. Nachdem die Untersuchung vorüber war, schämte sie sich. Außer Caleb hatte sie kein Mann jemals auf diese Weise berührt. Trotzdem war es für sie so schön gewesen, seine Hände zu spüren. Sie geriet in Panik, weil sie beinahe glaubte, sie habe sich in den Arzt verliebt. Aber als er sich umdrehte, die Teekanne mit dem kochenden Wasser füllte und Elizabeth ihn mit großen Augen ansah, wußte sie, daß diese Vermutung falsch war. Sie mochte Tyl, denn er war freundlich und liebenswürdig, aber sein Anblick ließ ihr Herz nicht schneller schlagen.

Sie hätte beinahe gekichert. Bestimmt kam das alles nur von ihrem Zustand. Die Schwangerschaft brachte sie auf die unmöglichsten Gedanken.

Der Doktor füllte zwei der hübschen blauweißen Porzellantassen, brach ein Stück von der Zuckerstange ab und süßte damit ihren Tee. Sie hatte gerade den ersten Schluck getrunken, als die Tür aufgerissen wurde und Caleb in die Küche stürmte. Er war so außer Atem, daß er erst stehenbleiben mußte, um Luft zu holen, ehe er etwas sagen konnte.

»Sara Kemble …«, stieß er hervor. »Sie sagt, der Doktor ist hier. Lizzie, was ist los? Bist du wieder ohnmächtig geworden?«

Elizabeth überraschte sowohl Tyl als auch ihren Mann mit einem übermütigen, mädchenhaften hellen Lachen. »Oh, Caleb, was für ein Unsinn! Ich bin nicht in Ohnmacht gefallen. Es geht mir ausgezeichnet. Ich bekomme ein Kind!«

Caleb wurde totenblaß und blieb stumm und wie angewurzelt stehen.

»Sie werden Vater, Reverend«, bestätigte Tyl.

Caleb fuhr sich zittrig durch die hellbraunen Haare. »O mein Gott...«

Als er hereingestürmt war, hatte sich Elizabeth erhoben. Jetzt eilte er an ihre Seite, zog den Stuhl zurück und drückte sie auf den Sitz. »Um Himmels willen, setz dich, mein Schatz. Sie sollte nicht stehen, nicht wahr?« fragte er Tyl. »Sollte sie vielleicht ins Bett? Du meine Güte, Tyl, stehen Sie doch nicht so herum. Tun Sie etwas!«

Tyl schmunzelte und sah Elizabeth an, die seinen Blick verschwörerisch erwiderte. »Sie können mich rufen, wenn die Wehen anfangen. Dann werde ich etwas tun.« Lachend griff Tyl nach seiner Tasche. »Bis dahin werden Sie mich vielleicht ent...«

Caleb legte ihm die Hand auf den Arm. »Sie können jetzt nicht gehen!«

Tyl verdrehte die Augen. »Ich kann wohl kaum die nächsten Monate hierbleiben und warten, bis die Wehen einsetzen...«

»Aber...«

»Caleb, sei doch vernünftig!« ermahnte ihn Elizabeth.

»Denken Sie an den Sassafras-Tee, Mrs. Hooker«, sagte Tyl, ging zur Tür und nickte den beiden noch einmal zu. »Der Tee hilft nicht nur gegen die Übelkeit, sondern beruhigt auch werdende Väter.«

Caleb lief hinter ihm her und ging mit hinaus.

»Ich verstehe, daß Sie Elizabeth beruhigen wollen«, sagte er. »Das ist wirklich sehr nett, Tyl. Aber mit mir können Sie offen reden.«

»Du meine Güte, Caleb, Sie sind nicht der erste Mann, der ein Kind gezeugt hat, und Elizabeth wird nicht die erste Frau sein, die ein Kind bekommt. Sie ist stärker und kräftiger, als sie wirkt. Alles wird gutgehen, wenn Sie sich beruhigen... ich meine, sie beide.«

Tyl löste die Zügel seines Hengstes vom Pfosten und gab Caleb vor dem Aufsitzen noch einen Rat. »Ach, übrigens, Sie können Ihre eheliche Beziehung auch während der Schwangerschaft fortsetzen.«

Calebs Kopf sank auf die Brust, und er starrte betroffen zu Boden. »Warum sagen Sie mir das? Hat Elizabeth danach gefragt?«

Tyl schüttelte den Kopf. »Nein, das nicht. Aber so, wie Sie sich anstellen, könnte man glauben, Sie hätten Angst, daß Elizabeth etwas zustößt. Ich wollte nur, daß Sie wissen, es schadet ihr nicht und auch nicht dem Kind, wenn Sie in den nächsten Monaten hin und wieder ihren Gefühlen nachgeben.«

»Oh ... hm, Tyl ...«

Tyl wartete geduldig, während Caleb sich das Kinn rieb, die Zunge über die vorstehenden Zähne gleiten ließ und auf seine Schuhe starrte. »Tyl, bei Ihrer Erfahrung wissen Sie doch, ob die meisten verheirateten Frauen ... sehr oft ... Gefühle haben ...«

Tyl hob die Augenbrauen. »Ich habe keine große Erfahrungen mit ›verheirateten‹ Frauen, mein Freund.«

Caleb ließ sich nicht beirren. »Aber Sie haben Erfahrung mit Frauen, Tyl ...«

Tyl konnte es nicht leugnen.

Caleb lachte unsicher. »Wissen Sie, ein Theologiestudent hat kaum Gelegenheit ...« Er holte tief Luft und sah Tyl schließlich mit hochrotem Gesicht an. »Also, Elizabeth und ich, wir waren beide bei der Hochzeit völlig jungfräulich, und ich ... ich möchte von Ihnen wissen, ob die meisten Frauen es schön finden, mit einem Mann zu schlafen.«

»Ja, das glaube ich.«

Caleb starrte wieder auf seine Schuhe. Ein tiefer Seufzer entrang sich seiner Brust. »Dann liegt es an mir. Mein Gott, sie muß mich hassen ...«

Tyl legte die Zügel wieder um den Pfosten und sah seinen Freund aufmerksam an. Unverkennbar hatte Caleb großen Kummer.

»Sie phantasieren, Caleb! Elizabeth liebt sie. Das sieht doch ein Blinder.«

»Vielleicht ...«, Caleb schluckte heftig und kämpfte mit den Tränen, ehe er weitersprechen konnte. Tyl wandte höflich den Blick ab. »Aber wie kann eine Frau einen Mann lieben, wenn sie es haßt, von ihm berührt zu werden? Ich schlafe mit ihr so wenig wie möglich, und ich mache es so schnell ich kann, um ihr die Schmerzen zu ersparen. Aber sie verabscheut es. Das weiß ich genau. Sie verabscheut *mich*.«

Tyl fragte verblüfft: »Schmerzen? Sie hat noch immer Schmerzen? Sind Sie sicher?«

Caleb nickte und fuhr sich gequält mit der Hand über die Augen. »J ... ja, jedesmal. Sie ist so schrecklich eng, und ich ... ich, also sie kämpft mit den Tränen. Ich gebe mir Mühe, daß alles schnell vorüber ist, um sie zu schonen, aber es tut ihr einfach weh.«

Tyl seufzte. Er konnte nicht glauben, daß er *das* wirklich tun würde, wozu er sich jetzt veranlaßt sah. Er fragte mit einem Blick auf das Pfarrhaus: »Haben Sie vielleicht eine Flasche Brandy?«

»Ja, natürlich, aber ...«

»Holen Sie die ganze Flasche. Ich denke, mein Freund, wir zwei sollten uns ein wenig unterhalten. Ich glaube, wir müssen dazu leicht betrunken sein, sonst weiß ich nicht, ob wir das ohne weiteres schaffen ...«

Delia befestigte ein Stückchen Pökelfleisch am Haken und drückte Tildy die lange Gerte in die kleinen Fäuste.

»So, mein Schatz«, sagte sie und schob ihr die blonden Locken aus der Stirn. Dann warf sie die Leine mit dem Haken und dem Köder in den Fluß. »Jetzt zeig mal, daß du angeln kannst.«

Tildy rutschte noch etwas näher ans Wasser und spitzte vor Konzentration die roten Lippen, weil sie damit rechnete, im nächsten Augenblick einen dicken Fisch an der Angel zu haben. Dann piepste sie: »Gretchen muß auch eine Angel haben, Delia!«

»Ach Unsinn!« rief Meg, die hinter ihr auf einem Felsen saß. »Gretchen ist doch nur eine Puppe. Sie kann nicht angeln.«

»Kann sie doch!«

»Ruhe, Ruhe, Kinder!« ermahnte Delia die beiden, suchte einen dünnen Zweig und wickelte einen langen Faden darum. »Ich finde, Gretchen kann angeln.«

Meg streckte ihrer kleinen Schwester die Zunge heraus. Tildy äffte sie nach. Ihre Zunge war noch ganz blau von den vielen Heidelbeeren, die sie vorher gepflückt und genascht hatten.

»Wenn ihr brav seid...«, Delia steckte Gretchen die winzige Angel in den Stoharm und setzte die Puppe damit ans Wasser, »zeige ich euch, wie man Fische mit bloßen Händen fangen kann.«

Meg runzelte ungläubig die Stirn.

Delia lachte. »Warte nur, du wirst schon sehen. Ein alter Indianer hat mir gezeigt, wie man das macht.«

Als die Mittagssonne über den Baumwipfeln stand, hob sich der Dunst aus dem hohen grünen Gras am Ufer, das vom Regen am Vortag noch immer naß war. Nat war mit dem gedroschenen Weizen zur Mühle gefahren. Delia hatte Gewissensbisse, weil sie sich mit den Kindern hier am Flußufer vergnügte. Im Haus gab es soviel zu tun. Aber als Meg vorgeschlagen hatte, zur Abwechslung einmal angeln zu gehen, war Delia begeistert gewesen. Seit die Hühner durch den Schornstein geflattert waren, schwand Megs Feindseligkeit von Tag zu Tag mehr, und Delia nutzte jede Gelegenheit, sich besser mit den beiden Mädchen anzufreunden.

Tildys Angel zuckte. »Ich hab einen!« piepste sie. »Delia, Delia, ich hab einen Fisch!«

Tildy stand auf und wurde ins Wasser gezerrt. Meg war sofort neben ihr und hielt sie an der Taille fest. »Nicht loslassen, Tildy. Ich hol ihn rein!« rief sie und wollte nach der Angel greifen.

Tildy wehrte sich. »Kann ich selbst! Laß mich los!«

Als Delia sich einmischte, streifte ihr Rock die Strohpuppe, die umfiel und im Wasser landete. Kurz darauf trieb sie in der schnellen Strömung davon.

Tildy sah es zuerst und schrie aus Leibeskräften: »Gretchen ist in den Fluß gefallen! Grechten ertrinkt!«

Delia drückte die Kleine ihrer Schwester in die Arme, damit Tildy nicht ins Wasser sprang. Dann hob sie den Rock und ging daran, die Puppe zu retten.

Schon dicht am Ufer war die Strömung stärker, als Delia vermutet hatte. Außerdem war das Wasser sehr kalt, und ihre Beine wurden schnell gefühllos. Glücklicherweise blieb die Puppe an einem Stein hängen, sonst hätte Delia keine Chance gehabt, sie zu fassen. Aber der Fluß wurde immer tiefer. Das Wasser reichte ihr bis zur Hüfte und beim nächsten Schritt bereits bis zur Brust.

Der Fluß rauschte laut in ihren Ohren, aber sie hörte darüber die schrillen Schreie von Tildy. Die Strömung riß an ihrem Rock, als sie sich langsam vorbeugte und die Hand nach der Puppe ausstreckte. Es fehlten noch ein paar Fingerbreit.

Sie wagte noch einen Schritt ... und das Wasser schlug ihr über dem Kopf zusammen.

Der Hengst war sich selbst überlassen, um den Weg nach Hause zu finden, und trottete gemächlich die ausgetretenen Spuren am Ufer entlang. Die Sonne brannte erbarmungslos vom Himmel. Ein Fischreiher kreiste langsam über dem Sumpfgras und dem wilden Reis, der sich in dem schwachen Wind kaum bewegte. Zwei Hörnchen jagten einen Baumstamm hinauf und hinunter und schimpften dabei laut. Tyl fluchte leise. Als Folge seiner »offenen Worte« mit Caleb hatte der Arzt von Merrymeeting einen schweren Kopf.

Er wußte natürlich, es lag zum Teil an dem starken Brandy in seinem Blut, den er so früh am Tag getrunken hatte. Aber der andere, sehr viel größere Teil seines Unbehagens spannte seine Hose auf höchst unangenehme Weise. Das lag an den intimen Ratschlägen, die er dem unschuldigen Caleb in die roten und aufmerksam lauschenden Ohren geflüstert hatte. Tyl wußte nicht, welche Wirkung sein Rat auf den armen Caleb haben mochte, aber er selbst hatte sich jedenfalls mehr als wünschenswert stimuliert.

»Verflucht!« Tyl richtete sich in den Steigbügeln auf. »Savitch, du brauchst dringend eine Frau ...«

Der warme, harte Druck in seiner Hose erinnerte ihn schmerzlich daran, daß er seit einem gewissen Nachmittag im Wald von Falmouth keine Frau mehr in den Armen gehalten hatte. Leider war sein Problem, daß er nicht einfach jede x-beliebige Frau wollte.

»Delia...«, stieß er mit zusammengepreßten Zähnen hervor, »ich rate dir, lauf mir nicht mehr über den Weg...«

In seiner augenblicklichen Verfassung würde er sich sofort auf sie werfen – verheiratet oder nicht.

Er war so mit sich und seinem bedauernswerten Zustand beschäftigt, daß es eine Weile dauerte, bis die Schreie in sein Bewußtsein drangen. Er wollte seinen Hengst gerade in Trab setzen, denn der Lärm kam von flußaufwärts, als er aus dem Augenwinkel etwas im Wasser treiben sah. Er riß den Kopf herum und zog die Zügel an. In der Strömung trieb jemand...

In diesem Augenblick erschien Meg Parker mit der schreienden Tildy an der Hand um die Flußbiegung. Sie schluchzte laut und rief etwas, von dem Tyl jedoch nur ein Wort verstand. Aber das reichte, damit sein Herz einen Schlag lang aussetzte.

Delia!

»Bleibt, wo ihr seid!« rief er den beiden Kindern zu und wendete das Pferd. Dann galoppierte er am Ufer zurück. Er konnte Delia nur vor den tödlichen Wasserfällen retten, wenn er sie vorher erreichte. Er legte die Zügel um den Sattelknopf, riß sich den Rock vom Leib und warf den Hut ins Gras. Mit dem Druck seiner Schenkel lenkte er den Hengst zum flachen Ufer. Er hatte Delia bereits überholt, aber nun mußte er noch sehr viel schneller sein. Er löste die Füße aus den Steigbügeln und sprang vom Pferd. Auf dem weichen Grund konnte er den Aufprall geschickt mit den Knien abfedern. Er watete ins Wasser. Als es ihm bis zur Brust reichte, begann er zu schwimmen.

Er würde Delia nur retten können, wenn er sie zu fassen bekam, während die Strömung sie an ihm vorbeitrug. Er glaubte, es nicht zu schaffen. Seine Panik wuchs, als es soweit war und seine Finger immer wieder ins Leere griffen. Plötzlich spürte er zu seiner Erleichterung jedoch ihre Haare. Sie entglitt ihm noch zweimal, während sie Seite an Seite nebeneinander trieben. Endlich gelang es ihm, den Arm um ihren Oberkörper zu schlingen und sie festzuhalten. Sie schien tot zu sein. Ihr zierlicher Körper lag schlaff in seinen Armen. Das Gesicht wirkte bleich und leblos.

Er schob sie auf das nasse Ufergras und kletterte aus dem Wasser. Seine Finger suchten ihren Puls, aber er fühlte nichts!

»*NEIN!*« rief er verzweifelt. Er packte sie an den Schultern und schüttelte sie heftig, als könnte er sie so ins Leben zurückbringen. Dann umklammerte er ihr Gesicht, preßte seinen Mund auf die blauen, kalten Lippen und rang dann nach Luft.

»NEIN!« schrie er noch einmal.

Dr. Tyler Savitch hatte an der Universität in Edinburgh nicht gelernt, wie man einen Ertrunkenen wiederbelebt. Das hatte er einmal bei seinem indianischen Vater Assacumbuit gesehen, der ein Kind ins Leben zurückholte, das in einen See gefallen war. Tyl tat jetzt genau das, was Assacumbuit mit dem Kind getan hatte. Er hob und senkte wie beim Rudern Delias Arme und drückte ihr dadurch den Brustkorb rhythmisch zusammen. Es half allem Anschein nach nichts, aber er gab nicht auf, denn er wollte nicht glauben, daß er sie für immer verloren hatte. Er würde es einfach nicht ertragen können.

Tyl hatte auch gesehen, wie die Medizinmänner der Abenaki Tote wieder zum Leben erweckten. Das versuchte er jetzt ebenfalls. Er preßte seinen Mund auf ihre Lippen und beatmete sie ohne Unterlaß fest und gleichmäßig.

Plötzlich fiel ihr Kopf zur Seite. Sie hustete einmal und dann noch einmal. Wasser lief ihr aus Mund und Nase. Dann übergab sie sich.

Er hielt ihr den Kopf, damit sie sich nicht verschluckte und es ihr leichter fiel, Luft in die Lungen zu atmen. Als das Würgen schließlich nachließ und ihr Atem langsamer ging, nahm er sie in seinen Schoß, drückte ihr den Kopf an die Brust und wiegte sich mit ihr hin und her. Er schloß die Augen und drückte sein Gesicht in ihre nassen Haare.

»O Gott, Delia ... du hast mich zu Tode erschreckt.«

»Tyl ...?«

Sie klammerte sich an sein tropfendes Hemd, drückte sich an ihn und legte den Kopf an seine Schulter, während sie noch immer keuchte, hustete und nach Luft rang.

Sie lag beinahe gewichtslos in seinen Armen. Sie war wirklich fast gestorben.

Plötzlich zuckte sie zusammen und wollte aufstehen. »Tyl! Die Mädchen! Wo sind die Mädchen?«

Er hielt sie fest. »Keine Angst, es ist alles in Ordnung.«

Noch hatten sich ihre Lungen nicht beruhigt, noch kämpfte sie mit jedem Atemzug. »A... aber Tyl...«

»Sie sind etwas weiter flußaufwärts. Ich habe ihnen gesagt, sie sollen dortbleiben. Meg war wenigstens klug genug, Hilfe zu holen, und ist dir nicht nachgesprungen.« Er strich ihr beruhigend über das Gesicht. Dann fragte er liebevoll: »Delia, wie ist das passiert?«

Sie ließ sich nicht beruhigen, sondern wollte aufstehen. »Die M... Mädchen... ich muß sie... Die K... Kinder, sie werden Angst haben.«

Tyl zögerte. Er wollte Delia nicht jetzt schon allein lassen, andererseits verstand er natürlich auch ihre Sorge um die Kinder. Das Problem löste sich von selbst. Er sah Meg oben auf dem Weg. Sie kam mit Tildy an der Hand langsam auf sie zu.

»Da sind sie. Bleib liegen...«

»Aber...«

Er faßte sie an den Schultern. »Bei Gott, Delia, wirst du einmal, *einmal* das tun, was ich dir sage?!«

Er erreichte die Kinder, noch bevor sie ans Ufer hinunterkamen. Meg blieb oben stehen und sah ihn mit großen angstgeweiteten Augen an. »Ist sie... ist sie...?« fragte sie schon von weitem.

»Es geht ihr gut«, antwortete er schnell. »Was ist denn geschehen?« Er kauerte sich vor Tildy ins Gras, die noch immer verzweifelt schluchzte. Aber es schien ihr nichts zu fehlen.

»W... wir... w... waren a... angeln und dann«, Meg schluchzte so laut, daß sie nicht weitersprechen konnte.

»Schon gut«, sagte Tyl und legte ihr die Hand auf den Kopf. Dann sagte er ruhig: »Hör zu, Meg. Du bringst jetzt Tildy nach Hause. Dann setzt du Wasser auf. Ich komme mit Delia nach. Glaub mir, es geht ihr gut. Aber sie muß zuerst wieder richtig atmen können.«

Meg nickte und wischte sich die Nase mit dem Handrücken. Dann nahm sie Tildy an der Hand und machte sich gehorsam auf den Weg.

Delia versuchte aufzustehen, als Tyl zurückkam. »Bleib liegen!« sagte er schnell. »Du mußt unbedingt eine Weile in der Sonne sitzen, dich aufwärmen und dabei langsam und gleichmäßig atmen.«

Er setzte sich neben Delia und betrachtete sie. Ihre nassen Haare klebten noch immer am Kopf, die grüngoldenen Augen wirkten übergroß in ihrem bleichen Gesicht. Die Lippen waren bläulich, und hin und wieder mußte sie husten.

Du meine Güte, dachte er seufzend, selbst halb ertrunken ist sie noch begehrenswert.

Als ihre Blicke sich trafen, lächelte sie zaghaft. »Du hast mich noch einmal vor dem Ertrinken gerettet, Tyl. Danke...«

»Wen wolltest du denn diesmal küssen?«

Sie begann zu lachen, mußte aber sofort wieder husten. Dann rang sie nach Luft, nieste und wischte sich die Nase mit dem Handrücken, genau wie Meg es getan hatte.

»Gretchen ist in den Fluß gefallen. Ich wollte sie retten.«

»Gretchen?«

Alarmiert drehte er sich um und blickte auf den Fluß, als rechne er damit, noch jemand im Wasser treiben zu sehen.

Delia lehnte sich an ihn. »Ach, Tyl, du verstehst mich nicht. Gretchen ist eine Puppe.« Plötzlich mußte sie schluchzen, und die Tränen liefen ihr über das Gesicht. »Die arme Tildy, ich habe ihre Puppe nicht retten können...«

»Eine *Puppe*! Du bist ins Wasser gesprungen, um eine Puppe zu retten?« Unwillkürlich packte er sie an den Schultern und schüttelte sie. »Bei Gott, Delia, du weißt doch, daß du nicht schwimmen kannst!«

»Ich h... habe nicht daran gedacht...«

Er drückte sie so fest an sich, daß sie stöhnte, aber er rief außer sich: »Wie kannst du nur so dumm sein!«

Sie machte sich von ihm los. »Schrei nicht so, Tyl. Du hast mir weh getan!«

Seine aufgestaute Spannung entlud sich jetzt in einem Wutausbruch, und er schimpfte: »Ich sollte dir den Hintern versohlen!«

Aber als sie ihn ansah, mußte sie lachen.

»Das ist mein Ernst!« sagte er barsch. Er zitterte immer noch am ganzen Leib bei dem Gedanken, daß er sie beinahe verloren hätte, und das wegen einer Puppe.

»Tyl... es ist nur...« Sie legte die Hand auf den Mund und kicherte. »Du siehst richtig süß aus, wenn du dich aufregst.«

»Süß!«

»Du solltest dich einmal sehen. Deine Augen werden noch dunkler, du ziehst die Augenbrauen hoch und blähst die Nasenflügel wie ein wutschnaubender Stier...«

»Du siehst keine Wut, Delia! Das ist Lust.«

Jetzt mußte Tyl lachen, als er ihr Gesicht sah.

»Lust?« stammelte sie, sprang erschrocken auf und wich zurück. Dabei hielt sie die Hände vor die Brüste wie eine ängstliche Jungfrau, die ihre Unschuld schützen will.

Er stand ebenfalls auf und kam langsam auf sie zu.

»Jawohl, Lust«, wiederholte er. »Ich sterbe vor Verlangen nach dir und weiß schon nicht mehr, was ein normales Leben ist. Habe ich dir einmal gesagt, was ein Abenaki-Krieger tut, wenn er mit einer Frau schlafen will, Delia?«

»Gütiger Himmel, steh mir bei...«

»Er entführt sie und schläft mit ihr.«

»Aber Tyl, ich bin doch... Tyl, das kannst du nicht...«

»Ich kann es und ich werde es tun, Delia.«

Es hatte als ein Spiel begonnen. Er hatte sich revanchieren wollen, weil sie sich über ihn lustig gemacht hatte. Aber inzwischen war es kein Spiel mehr. Er wollte sie jetzt wirklich an sich reißen. Er wollte nicht länger nur von ihr träumen...

Sie sah es in seinen Augen und lief davon, aber er holte sie ein und hielt sie fest. Seine Hände legten sich um ihr Gesicht, und er küßte sie leidenschaftlich. Im ersten Augenblick gab sie nach und öffnete sich seiner fordernden Zunge. Sein Kuß war so heiß, so süß und genau das, wonach sie sich sehnte. Tyl glaubte in diesem

Moment, den Ansturm der Gefühle, die sie in ihm auslöste, nicht länger gewachsen zu sein.

Plötzlich wehrte sie sich und stemmte die Fäuste gegen seine Brust, um sich von seinem Mund loszureißen. Aber seine Hände und Arme umschlossen sie wie ein Schraubstock, und er stieß keuchend hervor: »Delia, Liebste, wehr dich nicht...«

»Laß mich los...«

Er küßte sie wieder und verschloß ihr den Mund. Sie gab ihren Widerstand nicht auf. Sie trat und schlug und begann, heftig zu husten.

Tyl ließ sie sofort los und hielt ihr zitternd den Kopf, bis der Anfall vorüber war. Als er fürsorglich den Arm um ihre Hüfte legte, um sie zu stützen, wich sie vor ihm zurück.

»Delia...«

Ihre Kraft schwand, und sie sank weinend an ihn. Er hob behutsam ihr Kinn, aber er sah soviel Schmerz in ihren Augen, daß ihn das schlechte Gewissen packte.

»Wie kannst du mir das antun, Tyl?« flüsterte sie tonlos. »Du hast nicht das Recht... du darfst mich nicht so behandeln...«

»Ach Delia, du verstehst mich nicht. Ich...«

Sie riß sich von ihm los, schwankte und sank entkräftet zu Boden. Er kniete nieder und nahm sie auf die Arme. Schluchzend und keuchend rief sie: »Was machst du mit mir? Laß mich los...«

Seine Arme schlossen sich besorgt fester um sie, und er drückte sie an sich. »Still, Delia. Sei ruhig. Glaub mir, heute werde ich deine verdammte Tugend nicht noch einmal gefährden.«

Sie bewegte sich nicht, als er sie das Ufer hinauftrug, auf seinen Hengst hob und langsam mit ihr zur Farm ritt.

»Ich bin nicht so eine, Tyl«, flüsterte sie.

»Ja, ich weiß, Delia. Es ist meine Schuld.« Und mit einem leisen Lachen fügte er hinzu: »Ich bin der Verführer...«

Sie seufzte noch einmal, und dann schmiegte sie sich vertrauensvoll an ihn.

Wie schön das ist, dachte er verwundert, sie so in den Armen zu halten.

Zwanzigstes Kapitel

Es roch in der Scheune nach Stroh und Staub. Delia blieb im offenen Tor stehen und sah zu, wie Nat mit dem Dreschflegel auf die Garben einschlug. Die rhythmischen Schläge hallten dumpf, während die Körner aus den Hülsen sprangen. Nat wollte nach der Heugabel greifen, um das Stroh zur anderen Seite zu heben, als er sie bemerkte. Delia hatte die Muskete über der Schulter hängen und trug seinen Hut auf dem Kopf, aber sie hatte ihn übertrieben schief aufgesetzt.

Er stützte sich auf die Heugabel und wischte sich den Schweiß von der Stirn. Unwillkürlich mußte er bei ihrem Anblick lächeln. »Das sieht aus, als wolltest du ins Manöver ziehen und nicht ich.«

Sie lachte, und er fragte: »Sind sie da?«

Delia salutierte, und da mußte auch Nat lachen.

Er lehnte die Gabel an die Wand und griff nach seinem Rock, der auf einem Strohballen lag. »Meinst du wirklich, ich kann dich und die Kinder allein lassen?«

»Keine Sorge, Nat. Uns wird schon nichts passieren.« Delia half ihm, den Rock anzuziehen, und klopfte ein paar Strohhalme von seiner Schulter. Der Rock reichte ihm fast bis zu den Knien und war so blau wie der Sommerhimmel. Seine Frau hatte ihn genäht ... seine *erste* Frau. Der Rock hob sich grell von der dunkelgrünen Kniebundhose ab, die ebenfalls zur Uniform gehörte.

Delia konnte es sich nicht verkneifen zu sagen: »Schließlich warst du immer im Manöver, als deine Mary noch lebte. Du hast sie damals auch allein gelassen.«

Delia hatte staunend zugehört, als Nat ihr am Vortag erklärte, er werde mit den anderen Männern nach Wells zum Manöver fahren.

»Wer nicht kommt, muß fünf Schillinge Strafe zahlen«, sagte er, als sie ihn verblüfft ansah.

»Aber ein Mann, der nur einen Fuß hat, sollte doch von dieser Pflicht befreit sein«, erwiderte sie unüberlegt, und Nat reagierte entsprechend heftig.

Er hob stolz den Kopf und erklärte selbstbewußt: »Ich bin zwar nicht in der Lage, mit den anderen zu exerzieren, Delia, aber trotzdem kann ich mein Können zur Verfügung stellen. Oberst Bishop setzt mich als seinen Adjutanten ein. Meine Mary und ich, wir fanden, das sei mein Beitrag für die allgemeine Sicherheit.«

Delia wollte ihm erklären, daß sie nicht vorgehabt hatte, seine Fähigkeiten in Frage zu stellen, aber sie unterließ es. Aus bitterer Erfahurng wußte sie inzwischen, daß sie mit ihren Erklärungen alle Meinungsverschiedenheiten, zu denen es ständig kam, nur noch verschärfte.

Sie nahm jetzt wortlos den Hut vom Kopf und setzte ihn Nat auf die blonden Haare. Dann befestigte sie die Kokarde und einen kleinen Kiefernzweig am Aufschlag. Sie reichte ihm die Muskete und ging mit Nat aus der Scheune. Die anderen Männer warteten vor dem Haus. Ihr übermütiges Lachen erfüllte die Luft.

Im Grunde sind sie nicht anders als kleine Jungen, dachte Delia. Für die Männer ist das alles nur ein aufregendes Spiel.

Für die Männer von Merrymeeting war das Manöver ein Ausflug, der fünf Tage dauerte. Einen Tag lang fuhren sie mit dem Schiff nach Wells, drei Tage dauerte das Manöver, und anschließend brauchten sie noch einen Tag für die Rückfahrt. Nach allem, was Delia von den anderen Frauen wußte, war für die Männer das Manöver ein guter Vorwand, um sich ein paar Tage den kritischen Blicken ihrer Frauen zu entziehen. An den Vormittagen wurde exerziert, aber nach dem Mittagessen veranstalteten sie Pferderennen, Wettschießen und andere typisch männliche Wettkämpfe. Und abends tranken die Männer alles, was es gab. Nur Oberst Bishop, der Kommandant, und Nat, der nur Sprossenbier trank, nahmen das Manöver wirklich ernst.

Nat ging ins Haus, um sich von den Mädchen zu verabschieden

und den Rest seiner Ausrüstung zu holen – Munition, das Pulverhorn, das Beil und das hölzerne Eßgeschirr. Delia suchte unwillkürlich unter den Köpfen der Männer den einen, nach dem sie sich sehnte, aber als sie die roten Haare des stämmigen Schmieds entdeckte, ging sie kopfschüttelnd zu ihm.

»Was machen Sie denn hier, Sam? Ich dachte, Ihre Hannah kann jeden Tag ihr Kind bekommen.«

Sam wiegte verlegen den Kopf. »Ach wissen Sie, Mrs. Parker...«

»Die Wehen haben schon eingesetzt«, erklärte Obadia an seiner Stelle. »Der Doktor sagt, das Kind liegt falsch, und deshalb weiß er nicht, wie lange es noch dauern wird. Dr. Tyl hat sich mit Sam darauf geeinigt, daß Sam ins Manöver ziehen darf, und der Doc bleibt bei Mrs. Randolf, bis das Kind geboren ist.«

Delia schüttelte mißbilligend den Kopf. »Wie können Sie nur so hartherzig sein, Mr. Randolf, jetzt Ihre Frau zu verlassen?«

Sam sah sie treuherzig an und erwiderte: »Ach was, Mrs. Parker, um Hannah muß ich mir keine Sorgen machen. Sie hat mir, ohne mit den Wimpern zu zucken, schon sieben kräftige Buben geboren. Sie braucht mich nicht. Ich bin nur im Weg, und der Doc kann ihr besser helfen als ich.«

»Hm, da können Sie von Glück reden, daß Dr. Savitch auf das Manöver verzichtet.«

»Ja, normalerweise kommt er mit«, sagte Obadia. »Obwohl Ärzte vom Militärdienst befreit sind. Doch er hat so große Erfahrung mit den Indianern, daß der Oberst ihn eigentlich gern bei sich hat. Aber Sie kennen ja unseren Doktor, wenn es um Geburten geht, läßt er alles andere stehen und liegen. Diesmal verzichtet er sogar auf das Manöver.«

Nat kam aus dem Haus. Er hatte Tildy auf den Armen, und Meg wich nicht von seiner Seite. Tildy drückte ihre neue Puppe liebevoll an sich. Es war eine Squaw mit einem Lederwams und einer Muschelkette um den Hals, den rot gefärbten Muscheln, die bei den Abenaki als Geld benutzt wurden, und sie trug eine Vogelfeder in den schwarzen Haaren.

Tyl hatte Tildy die Puppe einen Tag nach dem Zwischenfall am

Fluß geschenkt, bei dem sie Gretchen verloren hatten. Delia hatte ihn nicht gesehen, als er die Puppe brachte, denn sie war im Haus und versuchte erfolglos, mit Marys Spinnrad zu spinnen. Als Tildy ihr später die Puppe zeigte, verblüffte sie die Kinder und Nat, indem sie in Tränen ausbrach, ins Schlafzimmer lief und die Tür hinter sich zuschlug.

Später berichtete ihr Nat, daß Tildy die Puppe »Hildegard« getauft habe. »Ich möchte nur wissen, wie das Kind auf einen solchen Namen kommt?« Er wagte es kaum, Delia dabei anzusehen, denn er fürchtete, sie würde sofort wieder anfangen zu weinen.

Delia verstand selbst nicht, weshalb Tyls liebevolles Geschenk bei ihr so ein törichtes Verhalten auslöste. Aber jedesmal, wenn sie die Puppe sah, wollte sie weinen. Je mehr sie darüber nachdachte, desto stärker wurde das Gefühl des schmerzlichen Bedauerns, daß sie nie das Glück erleben durfte, mit Tyl ein Kind zu haben, das sie wie die niedliche Tildy und die kleine Meg verwöhnen und lieben konnte.

Jetzt lächelte sie Nat und die Kinder an. Er drückte Tildy noch einen Kuß auf die Pausbacken, ehe er sie Delia übergab, dann bückte er sich und umarmte Meg. »Seid brav Kinder, und macht Delia keinen Kummer«, sagte er, schulterte die Muskete und ging mit den Männern den Weg entlang in Richtung Merrymeeting. Dort wartete das Küstenschiff, auf dem sie mit der ersten Flut auslaufen würden. Am Waldrand drehte sich Nat noch einmal um und winkte. Delia und die Mädchen winkten zurück.

»Auf Wiedersehen, Papa, auf Wiedersehen!« rief Tildy so laut an Delias Ohr, daß sie taub zu werden glaubte.

Als Nat nicht mehr zu sehen war, sagte Meg spitz: »Warum weinst du nicht? Meine Mama hat *immer* geweint, wenn Papa ins Manöver mußte.«

»Ach ja?« fragte Delia überrascht. Sie konnte sich die vorbildliche Mary nicht mit Tränen in den Augen vorstellen.

»Er hat dir auch keinen Kuß gegeben«, ließ Meg nicht locker. »Mama hat er *immer* einen Abschiedskuß gegeben.«

Delia seufzte. »Sag mal, Meg, hast du nichts Besseres zu tun, als mich mit Fragen zu löchern, auf die ich keine Antworten weiß?«

Nachmittags wollte Delia Holz hacken.

Am frühen Morgen hatte dichter Nebel das Land in eine feuchte Decke gehüllt. Erst als Nat mit den Männern ins Manöver aufbrach, war die Sonne durchgekommen. Aber noch immer hing ein feiner Dunst in der Luft. Kein Wunder, es war inzwischen September. Die Tage wurden kürzer, und die Blätter an den Bäumen begannen sich langsam zu färben. Die Maisstauden auf den Feldern waren beinahe so groß wie Delia. Die Nächte wurden merklich kühler, und bald würden sie die warmen Decken aus der Truhe holen.

Delia wollte Nat mit einem Stapel Feuerholz überraschen – Nußbaumholz, das brannte am besten und gab die meiste Hitze.

Sie arbeitete hinter der Scheune, setzte das gehackte Holz auf eine Schubkarre und fuhr es zum Unterstand am Haus, wo sie es später ordentlich aufsetzen wollte. Die lauten Axtschläge hallten bis zum nahen Waldrand. Als Delia eine Pause machte, sah sie ganz in der Nähe eine Schar Rebhühner auf dem abgeernteten Stoppelfeld.

Der Schweiß stand ihr auf der Stirn. Aber sie griff wieder zur Axt, die das Holz mühelos spaltete, und dachte an Tyl. Er war bei Hannah und half ihr bei der Geburt. Flüchtig erwog sie, zum Haus des Schmieds zu gehen und auch ihre Hilfe anzubieten. Vielleicht sollte sie etwas zu essen kochen und es Hannahs großer Familie bringen? Verbissen hackte sie jedoch weiter, denn sie wußte natürlich, das wäre nur ein fadenscheiniger Vorwand gewesen, um Tyl zu sehen.

Mit jedem Schlag wuchs ihr stiller Zorn – auf sich, auf Tyl, auf die ganze Welt. Vor drei Wochen hatte Tyl sie aus dem Fluß gezogen. Seitdem mußte sie Tag und Nacht an ihn denken. Die Erinnerung an seine Küsse ließ ihr Herz sofort schneller schlagen. Seine heißen Lippen machten sie schwach, und deshalb war sie wütend auf ihn. Wie konnte er es wagen, sie auf diese gemeine Weise zu mißbrauchen? Er trieb ein böses Spiel mit ihr und befriedigte seine Wünsche, so wie es ihm gefiel. Beschämt dachte Delia daran, daß sie seine Küsse erwidert hatte. Deshalb wußte er, daß sie ihn noch immer liebte. Wie konnte sie nur so schamlos sein? War sie wirklich das, wofür er sie hielt – eine billige Hure, bei der ein Mann sich die schnelle Befriedigung seiner »Lust«, wie Tyl es unverfroren gesagt hatte, verschaffte?

Beim nächsten Schlag dachte Delia an Nat. Ihr sogenannter Mann schlief noch immer auf dem Feldbett. Er ließ sich nicht einmal dazu herab, ihr einen Abschiedskuß zu geben, wenn er fünf Tage nicht bei seiner Familie war. Auch wenn sie sich nicht liebten, so war sie schließlich seine Frau. Wenn Nat sie wirklich zur Frau nehmen würde, dann könnte sie auch Tyl vergessen...

Ihre Schläge wurden immer schwächer. Der lange Axtstiel lag ihr schwer in den Händen. Bei jedem Aufprall wackelte das rostige alte Eisen, das schon viele feine Risse hatte, in dem ausgetrockneten Holzstiel, aber Delia achtete nicht darauf. Sie war zu sehr mit ihren Gedanken beschäftigt. Das Wackeln wurde immer bedrohlicher, bis sich die Axt schließlich vom Stiel löste, durch die Luft flog, Delias Rock aufschlitzte und ihren Oberschenkel traf.

Delia starrte verblüfft den Stiel ohne die Axt an. Zuerst spürte sie nichts, aber dann durchzuckte sie ein so heftiger Schmerz, daß sie gellend aufschrie.

Sie drückte die Hand auf den Schenkel. Die Finger färbten sich auf der Stelle rot. Delia ließ den Axtstiel fallen, humpelte zum Hackklotz und sank darauf nieder. Der Schmerz war so groß, daß ihr alles vor den Augen verschwamm und sie flach und schnell atmete. Das Blut war dunkel und wirkte fast schwarz. Sie biß die Zähne zusammen und schob mutig den zerfetzten Rock zur Seite, denn sie fürchtete sich vor dem, was sie sehen würde.

Beim Anblick der Wunde wurde sie beinahe ohnmächtig. Es war ein tiefer gezackter Schnitt, aus dem das Blut hervorquoll. Zitternd preßte sie die Hand auf die Wunde, um das Bluten zu stoppen. Sie hörte eine Tür schlagen und Megs Stimme, die nach ihr rief. Delia wollte antworten, aber ihr fehlte die Kraft. Ihr wurde schwarz vor den Augen. Sie blinzelte und sah schemenhaft Megs entsetztes Gesicht. »Hol Dr. Tyl... er ist... bei... Hannah... das Kind...«

Dann versank die Welt bis auf zwei winzige Lichtpunkte, die langsam erloschen.

Etwas später, sie wußte nicht, wieviel Zeit vergangen war, fühlte Delia feuchte Lippen auf ihrer Wange. Sie zwang sich dazu, die Augen aufzuschlagen. Ein Lockenköpfchen drückte sich an sie. »Hat die Axt dich getroffen...?« flüsterte ihr Tildy ins Ohr. »Bekommst du jetzt auch einen Holzfuß wie Papa?«

Delia war nicht in der Lage zu antworten, denn sie verlor wieder das Bewußtsein.

Dr. Savitch konnte nicht verhindern, daß seine Hände zitterten, als er Delia mit dem Tourniquet den Oberschenkel abband. Er wollte nicht daran denken, daß Delia längst verblutet wäre, wenn die Axt etwas tiefer gedrungen wäre und die Arterie getroffen hätte.

Warum nur tat sie ihm das ständig an? Seine Angst um sie kannte mittlerweile keine Grenzen mehr. Er hatte alles versucht, um sein Herz vor ihr zu schützen. Er war wirklich entschlossen gewesen, sich von ihr fernzuhalten, damit sie ihn nicht länger quälen und seine Gefühle verletzen konnte. Aber alles war umsonst. Gegen seinen Willen galt seine ganze Sorge nur ihr. Und sie schien bewußt den Tod herauszufordern, damit er sich immer wieder eingestehen mußte, daß er sich ein Leben ohne sie nicht mehr vorstellen konnte.

Er hob die blutige Hand und wollte das schmerzverzerrte Gesicht streicheln. Er hätte sich gern selbst das Bein amputiert, um ihr diese Qualen zu ersparen. In diesem Augenblick wußte er, daß Delia ihm mehr bedeutete als sein eigenes Leben. Er hätte alles für sie geopfert... alles.

Ihre Augenlider zuckten, und sie flüsterte: »Tyl...?«

Er beugte sich vor und drückte die Lippen auf ihre Stirn. »Ich bin bei dir, Liebste.«

»Die Axt, Tyl... ich konnte nichts dafür...«

»Schon gut, mach dir keine Sorgen. Ich werde die Wunde nähen, aber zuerst muß ich dich ins Haus tragen.«

Vorsichtig legte er ihr die Arme um den Nacken und hob sie

langsam hoch, aber trotzdem schrie sie vor Schmerz auf. Er glaubte, sie habe wieder das Bewußtsein verloren, als er sie ins Haus trug und im Schlafzimmer auf das Bett legte. Aber sie sah ihn an, wenn auch sichtlich unter großen Schmerzen.

»Tut mir leid, Tyl, daß ich dir ständig diese Umstände mache... du... du hast nur Schwierigkeiten mit mir.«

»Ich bin inzwischen daran gewöhnt«, sagte er so unbeschwert wie möglich und fuhr ihr liebevoll mit dem Finger über die Wangen. »Du und das nächste Unglück gehören zusammen wie der Floh und der Hund.«

Sie lächelte schwach und schloß die Augen. Tyl drehte sich um und sah Meg in der Tür. Sie hielt die weinende Tildy an der Hand.

»Hat dein Papa Rum oder Brandy im Haus?«

»Sie meinen die große Medizinflasche, Dr. Tyl?«

»Ja, vermutlich... hol mir auch noch einen Becher und setz Wasser zum Kochen auf.«

In der Flasche war Brandy. Sie reichte Dr. Tyl mit kreisrunden Augen auch einen Becher. Er sagte zu ihr: »Warte mit Tildy in der Küche, und mach die Tür zu.«

Dann setzte er Delia den vollen Becher an die Lippen. »So, Kleines, jetzt werde ich dich betrunken machen...«

Sie murmelte ängstlich: »Du wirst dich doch nicht an mir vergreifen...?«

Tyl zuckte zusammen. Er konnte ihr nicht antworten, noch nicht einmal lächeln.

Trotz ihrer Proteste zwang er sie, soviel Brandy zu trinken, daß sie schließlich beinahe bewußtlos war. Dann säuberte er die Wunde sorgfältig und vernähte sie mit einer Knochennadel und einem Faden aus Schafdarm – Dinge, die er immer in seiner Arzttasche bei sich trug. Sie jammerte nur ein wenig und wurde nicht ohnmächtig. Er redete die ganze Zeit mit ihr, lobte sie und sagte, sie sei das tapferste Mädchen von ganz Maine.

Mit Megs Hilfe fand er den Rolltabak, den Nat kaute oder rauchte. Tyl mischte Tabakblätter mit getrockneten Bovisten, die er zum Blutstillen ebenfalls in der Arzttasche hatte. Er legte die Mischung auf die vernähte Wunde und verband den Schenkel mit einem sauberen Leinentuch. Als er fertig war, sah er sie nachdenklich an und runzelte dabei unbewußt wie üblich die Stirn.

Ihre Augen glänzten vom Alkohol und den Schmerzen. »Schrei mich bloß nicht an, Tyl«, lallte sie.

»Über deinen Leichtsinn sprechen wir später«, erwiderte er streng.

»Es war nicht ... meine Schuld ... du solltest doch ... bei Hannah sein ...«

»Sie hat ihr Baby schon. Es ist diesmal ein Mädchen.«

»Schön ... ich möchte auch d ... ein Baby.«

Tyl richtete sich auf. Hatte sie wirklich »dein Baby« gesagt?

Er setzte sich vorsichtig auf den Bettrand und hob sie etwas hoch, damit sie sich an ihn lehnen konnte. Dann legte er ihr den Arm um die Hüfte und die Hand auf den Leib. Er fühlte, wie sie seufzte.

Sie legte ihre Hand, die so viel kleiner und heller war, auf seine langen sonnengebräunten Finger. Plötzlich lallte sie betrunken: »Du hast heilende Hände, Tyl. Von Anfang an habe ich das gewußt und mich in dich verliebt ... wie konnte ich nur so dumm sein ...«

Ihre Worte machten ihn verlegen. Stumm schloß er seine Finger um ihre kleine Hand und legte sie ihr in den Schoß. Um das gefährliche Thema zu wechseln, sagte er: »Du wirst in den nächsten Tagen leider starke Schmerzen haben. Du darfst das Bein auf keinen Fall belasten. Vielleicht sollte ich jemanden schicken, um Nat zurückzuholen.«

Sie zuckte wie unter einem Peitschenhieb zusammen und schüttelte den Kopf. »N ... nein, Tyl. Tu das nicht. D ... du darfst Nat nicht ... bitte ...«

Was soll das bedeuten, dachte er verwirrt. Warum gerät sie bei dem Gedanken an ihren Mann in Panik?

Er legte schützend den Arm um sie und drückte sie wieder an sich. »Delia, warum hast du Angst vor Nat? Schlägt er dich?«

Sie warf den Kopf unruhig von einer Seite zur anderen. »Nein, nein ... mein Pa hat mich immer geschlagen. Nat tut das nicht ... er berührt mich nie...« Sie bekam ein Schluckauf und lallte: »Nat berührt mich... überhaupt... nicht.«

Er sah sie betreten an. Ihre kummervollen Augen trafen ihn bis ins Mark.

»Nat liebt mich nicht, Tyl... er liebt seine... M... Mary... nicht mich. Niemand liebt mich...«

Sein Herz begann schneller zu schlagen. Er atmete kaum. Ihre Haut war so blaß, beinahe durchsichtig, und ihre Lippen...

»Warum liebst du mich nicht... Tyl?«

Sein Mund bewegte sich nicht. Er hatte Angst... Angst vor der Wahrheit, vor seinen Gefühlen.

»O Gott, Delia, ich...«

... liebe dich.

Die Worte blieben ihm zwar im Hals stecken, aber sie hallten in seinem Herzen wider.

Delia, ich liebe dich.

Delia öffnete die Tür, und Tyl stand vor ihr. Er sah sie finster an, aber daran hatte sie sich inzwischen gewöhnt. Sie fand ihn in dem gefransten Lederhemd, das fast bis zum Nabel offenstand, den enganliegenden Kniebundhosen und den hohen Stiefeln einfach unwiderstehlich.

»Warum liegst du nicht im Bett?« knurrte er.

Wie immer wurde sie bei seinem Anblick rot. Sie konnte nichts dagegen tun. Um ihre Verlegenheit zu überspielen, leckte sie sich mit der Zunge die trockenen Lippen, weil sie wußte, daß seine Augen dann eine Weile abgelenkt waren. »Ach, Tyl, ich konnte einfach nicht länger liegenbleiben. Außerdem kommt Nat heute abend zurück, und ich habe noch so viel zu tun.«

Seine Augen hingen an ihren Lippen, aber er holte tief Luft, richtete sich auf und zog die Stirn in Falten. Er hob sie wortlos hoch und trug sie in das Schlafzimmer. Wie immer gab es für sie nichts Schöneres, als sich an ihn zu drücken und sich von ihm halten zu lassen. Sie wagte es sogar, die Wange an seine Brust zu legen. Das weiche Lederhemd war warm und roch nach ihm.

»Tyl, laß mich nicht fallen!« rief sie erschrocken.

»Warte nur ab...«

Sie hatte das Gefühl, er werde sie wie einen Sack Kartoffeln auf das Bett werfen, aber er atmete nur noch einmal tief und ließ sie langsam aus seinen Armen gleiten. Dann legte er die Hand auf ihre Stirn. »Du meine Güte, Delia, du hast Fieber!«

»Es ist mir nur etwas heiß, weil es heute so schwül draußen ist.« Sie richtete sich auf. »Tyl, ich habe so viel zu tun...«

Er drückte sie zurück. »Nat kommt heute nicht zurück. Es zieht ein Unwetter auf, wenn ich mich nicht täusche... von Nordosten. Das Küstenschiff kann bei diesem Wetter nicht auslaufen.«

Delia blickte zum Fenster. Er hatte recht. Am Himmel ballten sich dicke schwarze Wolken, und es war so drückend, daß sie zu ersticken glaubte. Es roch nach Salz und Meer. Alle Geräusche waren überdeutlich. Sie hörte das Lachen der Mädchen, die in der Scheune den Weizen in Säcke füllten.

Tyl legte ihr die Hand unter das Kinn und drehte ihren Kopf sanft in seine Richtung. »Du mußt mir versprechen, daß du heute noch im Bett bleibst.«

»Aber...«

»Kein ›Aber‹.« Er legte ihr den Zeigefinger auf die Lippen. »Gibst du mir dein Wort?«

Sie nickte langsam.

Er ließ die Hand sinken, und ihre Lippen sehnten sich nach ihm. »So, sag mir jetzt, was du noch zu tun hast. Ich werde auch das noch für dich erledigen.«

Sie lachte. »Und was ist mit den Frauenarbeiten?«

Er verzog spöttisch den Mund. »Du weißt doch, für dich tue ich alles. Versprich mir nur, niemandem etwas zu verraten, sonst bin ich blamiert.«

Wieder lag sie wie in den letzten Tagen im Bett, während er für sie das Haus versorgte, mit den Kindern spielte und sogar Essen kochte. Delia schlief manchmal tief und fest, aber dazwischen war sie halbwach und hörte zu ihrer Beruhigung seine tiefe Stimme, wenn er mit den Mädchen sprach.

Es war so schön, Tyl von morgens bis abends um sich zu haben. Hin und wieder erschien er bei ihr im Zimmer, brachte ihr eine Tasse Pfefferminztee, saß auf dem Bett, und sie unterhielten sich. Sie redeten über nichts Besonderes, sondern nur über belanglose Kleinigkeiten, aber Delia war so glücklich wie nie zuvor.

Das Unwetter brach am späten Nachmittag mit aller Gewalt los. Es war plötzlich dunkel geworden, und der Wind wehte immer heftiger. Ein unheimliches Heulen und Pfeifen setzte ein, und dann kam der Regen. Es goß wie aus Kübeln.

Delia verließ das Bett und humpelte zum Fenster, um die Läden zu schließen. Da sah sie Tyl über den Hof rennen. Er kam aus dem Stall, wo er die beiden Stuten versorgt hatte. Die Wasserwand verwandelte den Hof im Handumdrehen in ein Schlammfeld.

Delia hüpfte auf einem Bein, so schnell sie konnte, aus dem Zimmer. In der Küche schlug ihr ein köstlicher Geruch entgegen. Sie lächelte den beiden Mädchen zu, die mit Marys gutem Geschirr gerade voll Hingabe den Tisch deckten.

Tyl befand sich schon in dem kleinen Vorraum und wischte den Schlamm von seinen Stiefeln. Das nasse Hemd klebte ihm am Körper, und die dunkelbraunen Haare tropften. Seine Augen schimmerten in dem fahlen Licht seltsam silberblau.

»Du bist ja naß bis auf die Haut!« rief sie lachend. Am liebsten hätte sie ihm die nassen Haare aus der Stirn geschoben.

»Der Wind ist so stark, daß er einen davonblasen kann«, erwiderte Tyl noch immer außer Atem.

Dann lehnte er sich an die Wand, um die Stiefel besser ausziehen zu können. Beim Anblick des nassen, weichen Leders seiner engsitzenden Hose, die wie eine zweite Haut an ihm klebte, dachte Delia unwillkürlich an das Abenteuer in Portsmouth, als er sie zum ersten Mal aus einem Fluß gezogen hatte. Damals hatten sie sich beide splitternackt ausgezogen und waren um das Feuer gehüpft, um wieder warm und trocken zu werden.

»Du mußt die nassen Sachen wechseln, sonst wirst du dich erkälten«, sagte sie mit belegter Stimme. »Wir trocknen alles am Kamin, während wir essen. Du bleibst doch zum Essen?«

Er lachte. »Das will ich glauben. Schließlich habe ich gekocht.«

»Hm, nach allem, was ich vom Bett aus gehört habe, mußten Meg und Tildy das meiste tun.«

Er zog das Hemd aus und ging an ihr vorbei ins Schlafzimmer. Sie starrte auf seinen breiten Rücken und die schmalen Hüften, und ihr Herz klopfte noch schneller.

Er will mich verführen, dachte sie. Ach was, er *hat* mich bereits verführt.

Normalerweise aßen sie abends nicht viel, aber Tyl hatte mit den beiden Mädchen ein Festessen zubereitet. Es gab gebratenen Truthahn, Bohnen mit Mais und hauchdünne Pfannkuchen. Tyl saß ihr gegenüber. Er hatte sich in eine Decke gewickelt und eine zweite um die Schultern gelegt. Im Licht der flackernden Flammen wirkte er mit seinem nackten, gebräunten Oberkörper wie ein Indianer. Als er mit dem Messer ein Stück Bratenfleisch aufspießte, sagte sie: »Tut mir leid, daß wir nicht diese neuartigen Gabeln haben wie die Bishops.«

Er lächelte unbekümmert, und da er sah, daß sie kaum etwas aß, fragte er: »Schmeckt dir mein Essen nicht?«

»O doch, es ist wunderbar.«

»Ich habe die Eierpfannkuchen gemacht!« verkündete Tildy.

»Stimmt nicht«, widersprach Meg. »*Ich* habe sie gemacht. Du hast nur ein bißchen den Teig gerührt.«

Delia nahm sich einen Pfannkuchen, bestrich ihn mit Sirup, rollte ihn geschickt zusammen und aß ihn mit großem Genuß. »Mm...mm«, sagte sie leise und verdrehte die Augen. Die Kinder lachten, und auch Tyl strahlte.

Wie oft hatte Delia von einem solchen Augenblick geträumt – sie saß am Abend Tyl gegenüber am Tisch, sie aßen zusammen und redeten über die Ereignisse des Tages, und die hungrigen Kinder freuten sich über ein gutes Essen...

Wenn es mir jetzt gelingen würde, nicht an die Zukunft zu denken, könnte ich glücklich sein, dachte Delia wehmütig.

»Hast du gehört, es ist amtlich, Delia. Anne wird Lehrerin in Merrymeeting.« Tyls Worte rissen sie aus ihren Gedanken.

Als sie ihn nur erstaunt und stumm ansah, fügte er lachend hinzu: »Das haben wir dir zu verdanken.« Sie wurde rot und schlug die Augen nieder. »Doch, und ich weiß jetzt, daß ich nie im Leben etwas Klügeres getan habe, als dich nach Merrymeeting zu bringen.«

»Ach, übertreib nicht, Tyl. Anne muß die Schule ins Leben rufen. Sie hat mir gesagt, daß der Unterricht im Herbst beginnen soll ... in ihrer Bibliothek.«

Tyl schmunzelte. »Ich habe gehört, daß Sara Kemble dem Gouverneur höchstpersönlich schreiben und sich darüber beschweren will, daß unser ›Lehrer‹ eine *Frau* ist.«

»Nein!«

»Doch, aber Obadia hat daraufhin gedroht, ihr mit einer Gerte den Hintern zu versohlen.« Alle lachten bei der Vorstellung, daß der kleine Obadia mit einer Gerte in der Hand die riesige Sara »versohlen« wollte.

Tyl ließ nicht zu, daß Delia das Geschirr abwusch. Er sorgte dafür, daß sie sich auf die Bank setzte und das verletzte Bein hochlegte. Mit Hilfe der Mädchen war bald alles ordentlich aufgeräumt, und dann saßen die vier vor dem Feuer.

Tildy klettete Tyl auf den Schoß. »Erzähl uns die Geschichte von Guusecup ... bitte!«

»Goosecap?« fragte Delia verblüfft.

»*Glooscap*«, antwortete Tyl. »Er ist ein Riese, der in einem Boot aus Stein vom Himmel kam, um die Erde mit Menschen und Tieren zu bevölkern.«

»Ach, Tyl, das ist doch nur ein Märchen!«

»Nein, es ist eine wahre Geschichte«, erwiderte er ernst. »Eines Tages, als die Strahlen der Sonne noch nicht das Land wärmten ...«

Die Kinder hingen wie gebannt an Tyls Lippen, und er erzählte das Märchen so spannend, daß sogar Delia ihre Schmerzen vergaß. Der Riese Glooscap konnte sich mit seinem Zaubergürtel aus weißen Muscheln in jede beliebige Gestalt verwandeln, und er rettete die Abenaki vor seinem bösen Bruder Malsum, der einen Wolfskopf hatte. Aber es kamen immer wieder böse Geister, um die Indianer, die Kinder von Glooscap, ins Unheil zu stürzen, so zum

Beispiel Kekum, der den Frost brachte, und Wokwotoonok, der wie jetzt mit der entfesselten Wut des Nordwindes das Meer peitschte und die Bäche in reißende Ströme verwandelte…

Delia erwachte wie aus einem langen glücklichen Traum. Verwirrt zuckte sie zusammen und sah Tyls leuchtende Augen auf sich gerichtet. Er senkte die Stimme und sagte: »Und wenn sie nicht gestorben sind, dann leben sie noch heute… *kespeadooksit.*«

»Kommt Kinder, ihr müßt jetzt ins Bett. Es ist schon spät«, sagte sie und riß sich von seinen Augen los. Die Kinder protestierten, und Delia wollte aufstehen, um dem Geschrei eine Ende zu bereiten, aber er schüttelte den Kopf. »Bleib sitzen. Du kannst nicht die Leiter hinauf unter das Dach klettern.«

Er kam so schnell zurück, daß sie nicht einmal Zeit gehabt hatte, die Öllampe anzuzünden. »Sie sind auf der Stelle eingeschlafen!« verkündete er zufrieden. Dann nahm er die Decke von den Schultern und breitete sie vor dem Kamin aus, setzte sich ihr zu Füßen und murmelte: »So, jetzt brauche ich nur noch ein Bier…«

Sie füllte wortlos den Becher und reichte ihn Tyl.

Er leerte den Becher mit einem Zug und seufzte: »Das tut gut…« Er streckte die Beine aus und drückte den Kopf an ihre Beine. Draußen toste der Wind, der Regen trommelte auf das Dach, und sie schwiegen, bis Delia sagte: »Die Mädchen werden bestimmt mitten in der Nacht aufwachen und vor Angst schreien, weil sie sich vor den bösen Geistern fürchten, von denen du ihnen erzählt hast.«

Er lachte leise. »Bestimmt nicht, denn Glooscap wird sie bewachen.« Er reckte sich und legte sich vor ihr auf den Boden. Er verschränkte die Hände hinter dem Kopf und sah sie durch die halb geschlossenen Augen an.

Ihr Blick fiel auf den dunklen Schatten der Haare in seinen Achselhöhlen, glitt verwirrt zu den nackten Füßen, zurück zum Kopf und blieb dann wie gebannt auf der sich langsam hebenden und senkenden, straff gespannten Bauchdecke hängen. Sie wurde von seinem Atem verzaubert und fühlte sich, ohne eine Bewegung zu machen, zu ihm hingezogen. Aber es war nicht der vor ihr liegende ruhende Körper, der sich ihr anbot und sie lockte mit dem Versprechen der Erfüllung all ihrer Träume, sondern eine andere Kraft, die weit über alles Körperliche hinausging. Wie ein warmes Licht stellte sich mit wunderbarer Ruhe ein Gedanke ein: Wenn ein Mann und eine Frau auf diese Weise zusammenfinden, dann sind sie auf dem Weg der Vollkommenheit...

Der Raum schien plötzlich zu klein. Sie hatten sich den ganzen Abend nicht ein einziges Mal berührt, nicht einmal zufällig. Und doch spürte sie seine Nähe in diesem Augenblick stärker denn je zuvor. Ihr Zusammensein war natürlich und selbstverständlich.

Die Zärtlichkeit ihrer Gefühle für ihn überstieg das Maß ihrer selbstauferlegten Zurückhaltung, und damit stellten sich die beklemmenden Schmerzen der bitteren Wirklichkeit wieder ein.

Unruhig stand sie auf. Die Stimme schien sich ihrer Kontrolle zu versagen, als sie flüsterte: »Tyl, ich danke dir für alles, was du in den letzten Tagen und besonders heute für mich getan hast, aber... es ist nicht richtig, daß du... jetzt hier bist. Ich glaube, du solltest gehen.«

Er schlug die Augen auf, und die Glut seines Blicks ließ sie schwanken. »Wovor fürchtest du dich?«

»Vor dir«, antwortete sie mit belegter Stimme. »Und vor mir ...«, fügte sie kaum hörbar hinzu.

Er löste die Hände hinter dem Kopf, richtete sich auf und erhob sich langsam. Obwohl er so dicht vor ihr stand, berührte er sie nicht. Aber seine Augen entkleideten sie aller Masken und Hüllen. Sie konnte ihm nichts verbergen und mußte sich ihm überlassen.

»Ich liebe dich«, sagte er.

Die Freude war so groß, daß sie wie von einem Blitz getroffen wurde, aber dann kehrte sie mit einem dumpfen Donnerschlag in die Wirklichkeit zurück. Sie standen in Nats Haus, das er mit Mary gebaut und jetzt Delia anvertraut hatte.

Delia konnte sich gegen den Zorn nicht wehren, der in ihr aufstieg. Sie wollte schreien, aber sie brachte keinen Laut hervor. Sie hob die Hand und schlug ihm ins Gesicht. Sein Kopf flog zur Seite, aber er blieb stumm. Als er sie wieder ansah, schlug sie ihm noch fester auf die andere Wange.

Er tat nichts, sondern blieb bewegungslos vor ihr stehen. Ihre Hände brannten, und ihr Herz zerbrach in tausend Stücke, als sei es aus Glas, und die Scherben lagen zu seinen Füßen.

»Ich liebe dich«, wiederholte er.

Delia rang nach Luft und preßte die Faust auf den Mund. Sie glaubte zu ersticken.

»Ich liebe dich, Delia«, sagte er ein drittes Mal. »Ich weiß, es ist zu spät, aber ich ... ich wollte, daß du es weißt.«

Er griff nach seinen Sachen, die an der Wand zum Trocknen hingen und zog sich stumm an. Als er im Vorraum an der Haustür stand, blieb er stehen. »Delia ...?«

»Geh!« rief sie. »Geh! Geh! Geh! Ich hasse dich!«

Er verließ das Haus.

Als die Tür zufiel, hinkte sie hinter ihm her. Ihre Finger wollten zitternd den Riegel schließen, aber dann blieb sie bewegungslos stehen. Sie drückte die Stirn an das Holz und rief schluchzend seinen Namen.

Einundzwanzigstes Kapitel

Der Sturm dauerte zwei Tage, und er brachte den Menschen zwei Geschenke.

Sie hörten davon, als die Männer vom Manöver zurückkamen. Es waren solche Mengen Hummer und Krabben ans Ufer gespült worden, daß man sie in ganzen Wagenladungen einsammeln und als Dünger auf den Feldern benutzen konnte. Aber noch etwas lag am Strand draußen vor der Bucht: die Kanone eines gesunkenen französischen Freibeuterschiffs.

Ganz Merrymeeting versammelte sich in Pferdewagen und Kutschen auf der Gemeindewiese, und dann fuhren alle gemeinsam hinunter zum Strand. Gerade als sie aufbrechen wollten, erschien Tyl auf seinem Hengst am Waldrand. In Mokassins, dem gefransten Lederhemd und der weiten langen Wildlederhose wirkte er eher wie ein Indianer und weniger wie der geachtete ansässige Arzt. Als er Delia entdeckte, blickte sie schnell in die andere Richtung.

Er liebt dich, jubelte ihr Herz, wie immer, wenn sie in den letzten drei Tagen an ihn dachte. Er liebt dich!

Aber danach stellte sich ebenso bitter und grausam die Verzweiflung ein, so daß sie auch jetzt mit den Tränen kämpfen mußte.

Zu spät, zu spät, zu spät ...

»Hast du schon einmal ein Hummerfest erlebt?« fragte Nat. Er saß zur Abwechslung einmal zufrieden und lächelnd neben ihr auf dem Wagen.

Nat, der Mann, der mich geheiratet hat ...

Delia zwang sich zu einem Lächeln und schüttelte den Kopf. »Nein, habe ich nicht. Alle scheinen sich darauf zu freuen.«

»Die Hummer schmecken köstlich.« Er drehte sich nach Meg und Tildy um, die mit ausgestreckten Beinen auf der Ladefläche saßen. »Ihr eßt Hummer auch gern. Habe ich recht?«

Sie nickten und kicherten. Nat lachte. Er war seit der Rückkehr aus Wells sehr viel sanfter geworden. Noch immer wirkte er steif und ernst, aber die qualvolle Pein war aus seinen grauen Augen verschwunden, und hin und wieder lächelte er sogar. Delia dachte, er werde über ihren Leichtsinn mit der Axt schimpfen, aber er schien eher aufrichtig besorgt zu sein. Damals, als sie bei dem Versuch, Tildys Puppe zu retten, beinahe ertrunken war, hatte er ähnlich reagiert.

»Du bist wirklich gut, Delia«, hatte er am Abend zuvor beim Schlafengehen gesagt. »Ja, du bist gut. Das zeigt sich besonders bei den Kindern. Sie lieben dich... sogar Meg«, fügte er hinzu und lächelte schwach. Dann hatten sich seine grauen Augen staunend auf sie gerichtet, als sehe er sie zum ersten Mal.

Die zehn Meilen zum Strand am offenen Meer waren eine lange Fahrt, denn der »Weg« zum Strand bestand nur aus zwei ausgefahrenen Wagenspuren. Als sie schließlich das offene Meer erreichten, sah Delia staunend, daß während des Sturms tatsächlich Tausende von Hummern und Krabben an Land getrieben worden waren. Wie ein Teppich bedeckten sie den Strand mit ihren glänzenden grauen Panzern. Die meisten lebten noch und krochen über den Sand. Von weitem schien sich die Erde wie in grauen Wellen zu bewegen.

Am Strand angekommen, gingen alle sofort daran, die Wagen mit Krustentieren zu füllen. Zwei Felsen hatten zusammen mit anderem Treibgut des Wracks die Kanone im wahrsten Sinn des Wortes »aufgefangen«. Die gegossene Kanone war ein Dreipfünder. Aufgeregt eilten die Männer zu diesem zweiten Geschenk und freuten sich, denn ein Schuß mit dieser Kanone konnte einen ganzen Stamm Indianer abschrecken.

»Wir werden sie mit Ochsen zum Blockhaus bringen«, sagte Oberst Bishop strahlend. »Sie ist zum Teil vernagelt. Glauben Sie, Sam, man kann sie wieder zum Schießen bringen?«

Der rothaarige Schmied streichelte beinahe liebevoll den dicken Lauf. »Ja, aber wir haben keine Munition. Wirklich schade, daß die Franzosen uns nicht auch noch eine Kiste mit Kanonenkugeln überlassen haben, wenn sie uns schon ihre Kanone schenken.«

»Wir können sie mit Musketenkugeln laden. Das kann beinahe ebenso wirkungsvoll sein«, sagte Tyl. Als er sich umdrehte, sah er gerade noch, daß Delia den Kopf abwandte. »Wir brauchen nur eine Lunte und Pulver ...«

Als die Wagen mit dem kostbaren lebenden Dünger beladen waren und der Transport sowie der Einsatz der Kanone zumindest theoretisch geklärt waren, begann das eigentlich Fest: das Hummerpicknick!

Es war ein schöner Nachmittag für ein Fest. In den Sommermonaten lag der Strand meist unter einer schmutzig grauen Nebeldecke. Aber der Sturm hatte den Dunst vertrieben. Das dunkelblaue Meer und der etwas hellere Horizont trafen sich auf einer messerscharfen Linie. Die Luft war glasklar, und die Sonne blendete die Augen. Die Möwen segelten strahlend weiß am wolkenlosen Himmel.

Es wurden mehrere Feuerstellen angelegt. Dazu teilten sich die Siedler in Gruppen auf. Nat ging mit den beiden Mädchen zu ihren Nachbarn, den Sewalls, und bald gesellten sich Sam und Hannah Randolf mit ihren Kindern dazu. Delia staunte, daß Hannah so kurze Zeit nach der Geburt schon wieder auf den Beinen war. Das Baby lag in einem hübschen Weidenkörbchen, nuckelte an einem Stück Tuch, das mit Ahornsirup getränkt war, und wurde von den Frauen und Kindern mit vielen »Ooohs« und »Aaahs« bestaunt. Meg und Daniel begannen sofort, sich darüber zu streiten, wer den meisten Hummer essen werde.

Delia rechnete damit, daß Tyl früher oder später auch zu ihrem Feuer kommen würde, und bereitete sich darauf vor, ihr Gesicht in eine Maske höflicher Gleichgültigkeit zu verwandeln, die sie ihm an diesem Tag unter allen Umständen zeigen wollte. Trotzdem stieg ihre Spannung, und fast gegen ihren Willen ließ sie ihn nicht aus den Augen.

Anstelle von Tyl gesellten sich jedoch die Bishops zu ihnen.

Jede Gruppe legte flache Steine in einem großen Kreis auf den Sand und entzündete darauf das Feuer mit einer Zunderbüchse – das mit einem Feuerstein entzündete Schießpulver brannte eine Lunte an, die dann trockene Birkenrinde entflammte. Die Kinder durften Zweige und Äste auf die Flammen legen, bis die Feuer hoch aufloderten. Die Steine mußten glühend heiß werden.

Dann suchten sie im Sand dicht an den auslaufenden Wellen, die nach dem Sturm noch immer laut klatschend ans Ufer schlugen, nach den besten Hummern und Krabben. Delia hatte unter einem Stein gerade eine kleine grüne Krabbe entdeckt, als sie hinter sich seine vertraute tiefe Stimme hörte: »Sei vorsichtig. Die Krabben sind gefährlich. Sie zwicken dir in die Zehen oder schnappen die Finger und lassen nicht mehr los.«

Sie zuckte heftig zusammen und richtete sich auf. Sie wollte weitergehen, aber er hielt sie fest. Durch die schnelle Bewegung schmerzte ihre Wunde. Sie mußte die Zähne zusammenbeißen, um nicht laut aufzuschreien.

Er fragte finster: »Willst du mich den ganzen Tag entweder mit deinen Blicken verschlingen oder so tun, als sei ich Luft?«

»Sie schmeicheln sich, Dr. Savitch. Bis zu diesem Augenblick habe ich nicht bemerkt, daß du überhaupt hier bist.«

»Wir müssen miteinander reden«, erwiderte er, ohne auf ihre Worte einzugehen.

»Ich kann mir nicht vorstellen, worüber wir uns unterhalten sollten. Oder möchtest du über das Honorar für die Behandlung meiner Wunde sprechen? Ich rede mit meinem Mann darüber. Wir haben im Augenblick wenig Geld. Wärst du vielleicht mit ein paar Hühnern einverstanden oder einem Ferkel?«

Tyl ließ die Backenknochen spielen und stieß wütend hervor: »Verflucht, Delia, sei doch vernünftig ...«

»Entschuldige, bitte, aber mein Mann ruft mich.« Sie ging hinkend an ihm vorbei und eilte, so schnell sie konnte, zum Feuer zurück, wo Nat gerade einen Seestern aus Tildys Locken holte. Er hatte noch nicht einmal in ihre Richtung geblickt.

Als das Feuer heruntergebrannt war, entfernten sie die Glut und die Asche mit zusammengebundenen Reisern. Dann warfen sie kübelweise Krabben auf die Steine und obenauf setzten sie die Hummer. Darüber deckten sie Seetang, um die Hitze so lange wie möglich zu halten.

Vor der Rückfahrt waren alle mit Aufräumen beschäftigt. Delia vergewisserte sich, daß Tyl sie nicht beobachtete. Er stand bei der Kanone und unterhielt sich angeregt mit Oberst Bishop und Sam Randolf. Bestimmt sprachen die drei darüber, wie und wann sie die Kanone nach Merrymeeting bringen würden. Es schien daher keine Gefahr zu bestehen, daß er ihr folgen würde. Delia sagte zu Nat, sie wolle einen kleinen Verdauungspaziergang am Ufer machen. Den ganzen Nachmittag hatte etwas ihre Neugier geweckt, und sie wollte sich »das Ding« unbedingt aus der Nähe ansehen.

»Das Ding« war ein riesiger Berg aus Austernschalen. Er war größer und breiter als ein großes Haus. Eine dicke Schicht Vogelkot bedeckte die Austern wie Schnee. Immergrün wuchs in den Spalten, und an manchen Stellen saßen weiße Muscheln dicht an dicht auf den Austernschalen. Sie fuhr vorsichtig mit der Hand über die abwechselnd scharfen und glatten Muscheln und wunderte sich, wie es so etwas hier am Strand überhaupt geben konnte. Der Austernberg schien Menschenwerk zu sein, denn er wirkte einfach zu künstlich, um von der Natur geschaffen worden zu sein. Aber zu welchem Zweck hatten Menschen diesen Berg errichtet? Etwas Geheimnisvolles ging von dieser Stelle aus, als trete man hier in eine längst vergangene Zeit. Ihr kam der Platz ungewöhnlich bekannt vor, als sei sie schon einmal vor vielen hundert Jahren hier gewesen...

Delia spürte ihn, noch bevor sie ihn sah. Langsam drehte sie sich um.

»Delia...«

»Wage ja nicht, mir noch einmal zu sagen, daß du mich liebst, denn ich will es nicht hören!«

»Ich liebe dich!« Er schrie es ihr ins Gesicht, und Delia blickte erschrocken über den Strand. Hoffentlich hatte es niemand gehört.

Sie drehte sich um und hinkte ein Stück weiter zu einem zweiten, noch höheren Berg aus Austernschalen. Er folgte ihr.

Vor dem weißen Hügel blieb sie stehen und hob den Kopf, um die Spitze zu sehen. »Was ist das?« fragte sie mit rauher Stimme.

»Das weiß niemand. Menschen, die vor vielen tausend Jahren hier lebten, haben sie geschaffen. Die Abenaki sagen, es waren die Austernschalenmenschen. Niemand weiß, was sie mit den Austern gemacht haben ... gegessen oder als Dünger benutzt oder ...«

»Wie lange ist das her?«

Tyl hob die Schultern, und eine Haarsträhne fiel ihm über die Augen. »Das weiß niemand ...«

»Seit wann liebst du mich?«

»Seit dem Nachmittag in Falmouth Neck, vielleicht auch schon, seit ich gesehen hatte, wie du mit dem alten Indianer in dem See Forellen gefangen hast ... oder als du so unverfroren, aber verführerisch in meinem Bett in Boston lagst.«

»Du bist verrückt! Warum hast du so lange gewartet, um es mir zu sagen? Du hast mich angeschrien und mir beteuert, daß du mich *nicht* liebst. Du wolltest, daß ich einen anderen Mann *heirate*. Ich hoffe nur, daß es dir jetzt schlecht geht und daß du leidest.«

»Ich leide, Delia.«

Er sah sie an. Seine Haut sah fahl aus, und die Augen hatte entzündete Ränder. Er hatte offensichtlich zuviel getrunken oder ...?

Er leidet wirklich, dachte sie erschrocken.

»Ich leide, Delia«, flüsterte er.

»Gut!«

Sie drehte sich um und ging weiter. Braune glitschige Algen türmten sich auf dem Sand. Als sie stolperte, stützte er sie, aber sie machte sich sofort wieder los.

»Warum folgst du mir? Soll ganz Merrymeeting wissen, daß du hinter der Frau deines Nachbarn her bist?«

Aber im Augenblick konnte sie niemand sehen, denn die Austernschalen versperrten den Blick auf die Feuer.

»Ich bin nicht hinter dir her«, sagte Tyl.

»Verdammt noch mal, du ...«

»Hör auf zu fluchen. Du weißt genau, das klingt schlimmer als...«

»Als aus dem Mund einer Hure?« Sie blieb stehen, riß sich die Haube herunter, schüttelte den Kopf, und der Wind fuhr ihr durch die langen schwarzen Haare. Die Sonne ließ ihre Locken schimmern, die Gischt machte die Lippen feucht, und der Wind überzog die Wangen mit einem betörenden Rosa.

»Also gut, ich will dich haben«, stieß er stöhnend hervor. »Aber, Delia, ich weiß jetzt, es ist mehr als das. Ich liebe dich. Ich will mit dir zusammenleben, und ich will dich heiraten.«

»Ich bin mit Nat verheiratet.«

»Du liebst Nat nicht.«

»Meine Gefühle für Nat gehen dich nichts an.«

Er hatte sich halb abgewandt, aber jetzt drehte er sich heftig um. Sein Arm schlang sich um sie, er zog sie an sich und verschloß ihr mit seinem Mund die Lippen, noch ehe sie sich wehren konnte.

Und dann war es zu spät dazu. Sie wehrte sich nicht. Ihr Herz wollte ihn ebenso sehr wie ihr Körper. Er küßte sie, und sie erwiderte seine Küsse leidenschaftlich. Sie klammerte sich an sein Hemd, um nicht in den Sand zu sinken. Sie wollte ihn küssen bis an das Ende aller Zeiten. Aber schließlich mußten sie sich voneinander lösen und rangen keuchend nach Luft.

Er drückte sein Kinn in ihre Haare. »Delia, komm mit mir...«

»Ich kann nicht. Du weißt, daß ich das nicht kann...«, rief sie. Sie hatte ihn quälen wollen, er sollte sich nach ihr verzehren. Aber diese Rache war nicht süß, sondern bitter, sehr bitter, denn sie litt inzwischen mehr als er.

»Ich kann nicht«, stöhnte sie.

Er nahm ihr Gesicht in beide Hände und zwang sie, ihm in die Augen zu sehen. »Dann sag mir, daß du mich nicht liebst.«

Das war der einzige Ausweg! Sie mußte ihn von sich stoßen und ihm sagen, daß sie ihn nicht liebte, denn nur dann würde er sie in Frieden lassen.

»Ich... darauf kommt es nicht an. Ich bin verheiratet. Ich...«

Er wollte sie wieder küssen, aber sie drehte den Kopf schnell zur

Seite. Seine Hand liebkoste ihren Nacken, griff unter ihr Kinn, und dann fuhr er langsam und zärtlich mit dem Daumen über ihren Hals.

»Laß mich ...«, flehte sie.

»Und wenn ich es nicht tue? Wenn ich dich mit mir nehme, jetzt, auf der Stelle? Wenn ich dich mitnehme in die Wildnis, wo uns niemand findet?«

Ihr Blut schien zu einer Sturmflut zu werden, die in ihren Ohren brauste. Sie hörte kaum ihre Stimme. »Das tust du nicht ...«

»Wirklich nicht?« Sein Daumen liebkoste sie, und seine Lippen waren nur einen Fingerbreit von ihrem Mund entfernt. Sie glaubte, ohnmächtig zu werden. »Ein Abenaki-Krieger würde dich entführen und sich nicht um die verlogenen Gesetze und Sitten der Weißen kümmern«, flüsterte er, ohne seine Liebkosungen zu unterbrechen. »Du weißt doch, wenn es um dich geht, vergesse ich alles andere. Deine Küsse sagen deutlich, was du möchtest, Delia.«

Sie wandte den Kopf ab und wich einen Schritt zurück. »Ich werde mich wehren, Tyl, auf jedem Schritt. Ich werde mich so lange wehren, bis ich dir entfliehen kann.« Er preßte die Lippen zusammen, aber aus Betroffenheit und nicht aus Zorn. Tränen stiegen ihr die Augen. Sie ergriff seine Hände und sank an seine Brust. »O Tyl, warum wehre ich mich nur gegen dich? Es bringt mich um ...«

Er schloß die Arme um sie. »Dann komm mit mir.«

Sie schob ihn zurück und preßte die Hand auf den Mund, um ihr Schluchzen zu unterdrücken. Tränen flossen über ihre Wangen. »Bitte, bitte, verlang das nicht von mir. Ich kann es nicht ... ich kann es nicht.«

Er legte den Arm schützend um sie und trocknete ihr behutsam die Tränen. » ... Bitte weine nicht.«

»Ich kann sie nicht verlassen, Tyl. Ich habe Nat und den Kindern mein Wort gegeben. Ich habe ihnen vor Gott mein Wort gegeben. Du glaubst, weil ich eine Frau bin, habe ich keine Ehre. Aber du irrst dich, auch ich habe meine Ehre.«

Mit belegter Stimme flüsterte er: »Aber ich dachte, du liebst mich ...«

Sie sah ihn an. »Ich liebe dich. Du weißt schon immer, wie sehr ich dich liebe. Aber was soll aus Nat werden? Er hat mich in gutem Glauben geheiratet. Er hat mir seine Kinder anvertraut. Und die Mädchen mögen mich inzwischen. Sie hängen an mir. Es wäre grausam, wenn ich plötzlich aus ihrem Leben verschwinden würde, nachdem sie erst vor kurzem ihre Mutter verloren haben.« Sie schluckte und flüsterte: »Tyl, wie könnten wir glücklich sein, wenn wir wüßten, daß sie leiden? Ich könnte nicht weiterleben in dem Bewußtsein, meine Ehre so verraten zu haben. Und wenn ich vor mir nicht bestehen kann, wie soll ich es vor dir können?«

Er umfaßte ihr Gesicht mit beiden Händen und blickte ihr in die Augen. »Deine Ehre, deine Würde, deine Kraft... das sind die Gründe, weshalb ich mich in dich verliebt habe.«

»Dann verstehst du mich...?«

Er ließ sie los. »Ja, ich verstehe dich.« Er legte den Kopf zurück und starrte in den Himmel. »Bei Gott, ich liebe dich so sehr, und ohne dich kann ich...« Er schluckte. Dann sah er sie wieder an, und all seine Qual sprach aus seinen Augen. »Ich brauche dich, Delia.«

Sie konnte es nicht länger ertragen. Sie lief davon. So schnell sie konnte, eilte sie am Strand zurück. Und er ließ sie gehen.

Er blickte aufs Meer. Dann schloß er die Augen. Als er sie wieder öffnete, schäumten die Wellen genauso wie vorher, und in der Ferne wartete der blaue, endlose Horizont.

»Gott...«, flüsterte er verzweifelt. »Ich bin verloren...«

»Ich sage ›Nein‹, und meine Antwort ist endgültig.«

Delia warf verstohlen einen Blick auf die Mädchen, die im Wohnzimmer saßen. Sie folgte Nat hinaus ins Freie und schloß die Tür hinter sich. Er saß auf den Stufen und zog seine Gummistiefel an. Er würde den ganzen Tag am Holzfällen sein.

»Nat, es sind doch nur ein paar Stunden jeden Morgen.«

»Nein!« Er stand auf und stieß erst mit dem rechten und dann dem linken Fuß auf, bis die Stiefel richtig saßen. Dabei verzog er das Gesicht, weil ihn der Beinstumpf schmerzte.

»Aber alle anderen Kinder in Merrymeeting werden in die neue

Schule gehen«, sagte Delia so ruhig und sachlich wie möglich. »Die Mädchen werden sich ausgeschlossen vorkommen.«

Er nahm den breitkrempigen Hut ab, fuhr sich durch die strohblonden Haare und drückte ihn wieder fest auf den Kopf. »Es sind nur Mädchen. Wozu brauchen sie eine Schulbildung? Außerdem kann ich nicht auf sie verzichten. Wir haben so viel zu tun. Wenn du natürlich ...« Er sprach nicht weiter, aber Delia wußte, daß es der alte Vorwurf war. Sie war für Nat nicht nur als Frau, sondern auch als Arbeitskraft eine Enttäuschung.

Er schulterte die lange Holzfälleraxt und stapfte über die Lichtung. Seine große schlanke Gestalt in dem hellblauen langen Rock zeichnete sich deutlich vor dem bunten Herbstlaub der Bäume ab.

Delia lief ihm nach. »Denk daran, daß unser Pfarrer gesagt hat, es sei die Pflicht christlicher Eltern, ihren Kindern das Lesen beizubringen, damit sie die heiligen Schriften besser verstehen können.«

Er drehte sich um und sah sie wütend an. »Bring du ihnen doch das Lesen bei. Oder hast du in all den Stunden bei den Bishops *nichts* gelernt?« Er ging weiter.

Delia blieb stehen und hob trotzig den Kopf. »Ich werde die Kinder in die Schule schicken!« rief sie ihm nach. »Mit oder ohne deine Erlaubnis!«

Er drehte den Kopf und hob die Faust: »Verfluchtes Weib!« Der Fluch und weniger die drohende Faust ließ Delia betroffen zurückweichen. »Meine Mary hat mir in all den zehn Jahren nicht soviel Ärger gemacht wie du in drei Monaten. Bei Gott, ich wünschte ...« Er biß sich auf die Lippen und ging weiter.

Noch einmal lief sie ihm nach und hielt ihn am Ärmel fest. »Du wünschst, du hättest mich nie geheiratet«, beendete sie den Satz für ihn.

Delia hatte auf den Mann, den sie liebte, verzichtet und damit auf jede Freude in ihrem Leben, weil sie Nat ihr Wort gegeben hatte. Jetzt war sie entschlossen, alles daranzusetzen, diese Ehe auch zu einem Erfolg zu machen. »Aber wir sind nun einmal verheiratet, Nat«, erwiderte sie gelassen. »Je früher du dich damit abfindest, daß ich nicht deine Mary bin, desto leichter wird es für uns beide sein.«

»Mary ist…«

»Tot!« Sie legte ihm die Hand auf den Arm. »Ja, sie ist tot, Nat. Aber ich lebe. Ich bin deine Frau, und ich brauche dich … wir brauchen uns gegenseitig.«

Er schüttelte ihre Hand ab. »Bring die Mädchen zur Schule, tu, was du willst.« Er stieß ein unsicheres Lachen aus. »Du machst es ohnehin. Und jetzt laß mich gehen. Die anderen warten auf mich.«

Es war kalt an diesem frühen Morgen im Oktober. In den Holzfällerlagern in den Bergen war es sogar noch kälter. Das Land strahlte in allen Farben des Regenbogens. Grün und golden leuchteten die Espen und Birken, purpurrot die Eschen, Orange und hellrot die Ahornbäume. In wunderbarer Vollkommenheit hoben sich die hellen Farben von den dunklen immergrünen Bäumen ab.

Aber Nat achtete nicht auf die Schönheit der Natur. Er sah in der Natur nur etwas, das bezwungen werden mußte – Felder wurden gepflügt und Bäume gefällt. Die endlose Fülle der majestätischen Kiefern bedeutete für ihn nur harte, gefährliche Arbeit und Blasen an den Händen.

An diesem Tag hatten sich die Männer von Merrymeeting mit den Holzfällern zweier anderer Siedlungen am Kennebec zusammengetan, um den Transport der Stämme vorzubereiten. Während der nächsten Wochen wollten sie eine breite Schneise durch den Wald schlagen, um im Winter die großen Kiefernstämme auf Schlitten zum Flußufer zu transportieren, wo sie dann im Frühjahr in den Hafen der Bucht geflößt werden sollten. Wenn die Flüsse Ende März auftauten, konnte man sie nach Merrymeeting bringen und von dort nach England. Durch Holzfällen hatten die Farmer nach der Ernte im Oktober bis zur Aussaat im April genug Einkommen für sich und ihre Familien.

Oberst Bishop teilte die Holzfäller in einzelne Gruppen auf. Normalerweise arbeiteten Männer einer Siedlung zusammen, aber an diesem Tag wurde Nat zu der Gruppe aus Topsham eingeteilt, da dort ein Mann fehlte, der am Morgen in seiner Scheune unglücklich gestürzt war und sich ein Bein gebrochen hatte. Nat wählte sich als Partner beim Fällen einen jungen Mann, der ihm dem Aussehen nach irgendwie glich. Sie waren beide groß und schmal und hatten die gleichen strohblonden Haare. Natürlich sah der junge Mann noch nicht so alt und faltig aus wie Nat.

Sie machten sich auf den Weg. »Haben Sie Schmerzen im Bein?« fragte der Junge, als er Nats Hinken bemerkte.

»Hm«, brummte Nat nur, ohne eine Erklärung abzugeben. Wenn er es getan hätte, wäre der junge Mann möglicherweise auch auf die Idee gekommen, den Holzfuß sehen zu wollen wie Delia am ersten Tag.

Der Junge trug nur ein dünnes Leinenhemd und fror. »Du hättest einen Rock anziehen müssen«, sagte Nat, als sie sich den Bäumen näherten, die ihnen zum Fällen zugeteilt worden waren.

»Hätte nicht gedacht, daß es hier oben so kalt ist«, erwiderte der Junge und lächelte über den brummigen Nat. »Ihr Rock sieht jedenfalls gut und warm aus.«

»Meine Frau hat ihn genäht. Sie kann auch gut spinnen und weben.« Wieder einmal wiegte sich Nat durch solche Äußerungen in der Illusion, seine Mary sei noch nicht tot. Er mußte jetzt allerdings an Delias Worte denken und schüttelte unwillig den Kopf. »Ich trage ihn nicht deshalb, sondern weil das leuchtende Blau beim Holzfällen deutlich zu sehen ist. Man muß höllisch aufpassen bei dieser gefährlichen Arbeit...«, sagte er warnend.

Nat hatte nicht unrecht. Ein Baum konnte splittern oder in die falsche Richtung fallen. Ein abgestorbener Ast mochte todbringend heruntersausen; manchmal rollten die Stämme vom Schlitten und begruben die Männer unter sich. O ja, im Maine gab es viele Möglichkeiten, den Tod zu finden.

Eine Frau bekommt den Husten und stirbt in wenigen Tagen an Lungenentzündung, dachte er bekümmert.

Nat begann, den ersten Baum einzukerben. Seine Muskeln spannten sich, während er die lange Axt über den Kopf hob und sie in das weiche Holz sausen ließ. Dann war der junge Mann an der Reihe, der ihm gegenüber stand. Der Holzfuß zwang Nat, das Gewicht mehr auf das gesunde Bein zu verlagern. Das behinderte ihn etwas beim Ausholen. Trotzdem waren seine Axtschläge wirkungsvoll, und mit Zufriedenheit sah er, daß seine Treffer tiefer schnitten als die seines Partners.

Die Axtschläge hallten durch den Wald. Die Männer arbeiteten schnell und ausdauernd. Als der Baum kurz vor dem Umstürzen war, trat der Junge zurück und überließ es Nat, ihn zu fällen. Der Baum schwankte und erbebte unter dem blauen Himmel, dann fiel er mit lautem Krachen auf die Erde. Blätter, Zweige und Äste regneten auf sie herab.

Als es wieder still wurde, hörten sie das einsame durchdringende Heulen eines Wolfs. Der junge Mann begann zu zittern.

»Ich habe dir gesagt, du solltest einen Rock tragen«, wiederholte Nat unwillig, obwohl er nach dem ersten Baum bereits ins Schwitzen geraten war. Er zog seinen Rock aus und warf ihn dem Jungen zu.

Der Wolf heulte noch einmal. Diesmal schien das Geheul näher zu sein, und Nat runzelte die Stirn.

So kann man auch sterben, dachte er, man wird von Wölfen überfallen …

Er umfaßte mit beiden Händen die Axt und stapfte zum nächsten Baum.

Elizabeth und Delia gingen Seite an Seite auf den Fahrspuren in Richtung der Farm. Neben ihnen raschelten die abgeernteten und dürren Maisstauden im Wind. Vor einer Woche hatten sie in Delias Küche die gelben Maiskolben in langen Reihen zum Trocknen an die Decke gehängt. Sie hatten in der Gemeinde das Erntedankfest gefeiert. Tyl war eingeladen worden, aber er war nicht gekommen.

Delia musterte ihre Freundin von der Seite. Elizabeth war inzwischen im fünften Monat und sah besser denn je aus. Immer wieder legte sie die Hand auf den merklich vorgewölbten Leib, als wollte sie sich versichern, daß das Kind noch dort war. Auch jetzt tat sie es wieder, und Delia mußte lächeln.

»Es ist wirklich nett von Ihnen, Elizabeth, mit mir herauszukommen, um mir zu zeigen, wie ich Marys Spinnrad in Gang setzen kann.«

»Ach, das tu ich doch gern«, erwiderte Elizabeth freundlich.

Seltsam, dachte Delia, die Schwangerschaft scheint Calebs Frau mit dem Leben in der Wildnis auszusöhnen.

»Jedes Spinnrad hat seine Besonderheiten«, erklärte Elizabeth. »Deshalb lernt man am besten mit dem eigenen.«

»Es gehört Mary.«

»Aber jetzt gehört es dir, Delia.«

Nat würde das nicht gern hören, dachte Delia, aber das sagte sie Elizabeth nicht. Als sie den Obstgarten erreichten, sahen sie, daß der Wind in der letzten Nacht viele Äpfel von den Bäumen gerissen hatte. Delia nahm Elizabeth an der Hand und sagte: »Wir holen uns ein paar Äpfel. Die können wir beim Spinnen braten. Die Mädchen werden sich freuen, wenn sie nach dem ersten Schultag einen kleinen Leckerbissen bekommen.«

»Du bist wirklich gut zu den Kindern«, sagte Elizabeth und fügte fröhlich lachend hinzu: »Aber bestimmt möchten Nat und du auch noch eigene Kinder haben.«

Delia wandte sich schnell ab, damit Elizabeth die Tränen nicht sah, die ihr in die Augen stiegen. Sie würde nie ein Kind bekommen, wenn Nat immer auf dem Feldbett schlief. Außerdem wollte sie kein Kind von Nat. Sie wollte Tyl ein Baby schenken...

Delia sammelte die Äpfel in der Schürze auf, und die beiden Frauen freuten sich über die roten, saftigen Früchte.

Eine Schar Wildenten flog dicht über sie hinweg. Das Schlagen der vielen Flügel hörte sich wie ein herannahender Sturm an. Plötzlich schien es kalt und dunkel zu werden. In der Ferne heulte ein Wolf.

Elizabeth erschauerte, und ihre alte Angst stellte sich wieder ein. Sie legte schützend beide Hände auf den Leib.

»Etwas stimmt nicht...«, flüsterte Delia und hielt die Luft an. Instinktiv blickte sie zum Haus... und schrie.

Nat legte die Axt auf einen der Baumstümpfe in der Nähe, kauerte sich vor das Feuer und wärmte die Hände an dem Becher mit heißem Apfelwein. Die Blasen an den Händen brannten, und er zuckte zusammen, als er den Becher an die Lippen setzte. Es dauerte immer ein paar Wochen, bis die Schwielen in den Handflächen dick genug waren, um die Axt schwingen zu können, ohne daß man Blasen bekam.

Nat beteiligte sich bei der Essenspause nicht am Lachen und den Gesprächen der anderen Holzfäller um ihn herum. Er kannte nur wenige Männer aus Topsham, und ihn interessierte nicht, worüber sie sich unterhielten. Er dachte an Delia und daran, was sie ihm beim Abschied gesagt ... nein, ins Gesicht geschrien hatte ...

Delia ...

Er wünschte sich, seiner Gefühle für sie sicher zu sein. Sie reizte ihn manchmal zur Weißglut. Aber er mußte zugeben, daß sie sich mit den Kindern bestens verstand. Sie war liebevoll und gut zu ihnen. Und Delia war hübsch. Wenn er sie manchmal flüchtig ansah, stockte ihm der Atem. Selbst während der Verlobungszeit hatte Mary nie solche verwirrenden Empfindungen bei ihm ausgelöst ...

Schnell unterbrach er den gefährlichen Gedankengang und dachte an Söhne. Er könnte auf der Farm wirklich ein paar Söhne gebrauchen. Es hatte ihn immer ein wenig enttäuscht, daß Mary ihm nur Mädchen schenkte. Delia war schlank, vielleicht zu schlank für eine einfache Geburt, aber ihre Sinnlichkeit ließ vermuten, daß sie ihm Söhne schenken würde ...

Bei der Vorstellung, mit Delia zu schlafen, damit sie ihm Söhne gebar, bekam er eine Erektion. Das geschah nicht zum ersten Mal, aber nie wurde dieser Drang richtig stark, denn seine Schuldgefühle stellten sich jedesmal wieder ein, und dann war es schnell mit solchen Gefühlen vorbei. Er konnte Mary nicht verraten, nicht verletzen, indem er mit einer anderen schlief. Wie sollte er Delia bei dem Gedanken, daß Mary im Himmel sie dabei sah, in die Arme schließen, sie leidenschaftlich küssen und ...?

Er beschloß seufzend, an etwas Harmloses zu denken, zum Beispiel an das Schlachten. Das mußte nächste Woche geschehen. Die Schweine mußten geschlachtet und das Fleisch für den kommenden Winter in die Fässer eingelegt werden. Und dann mußte er die Felder noch vor dem ersten Schnee abbrennen ...

In diesem Augenblick sah er Oberst Bishop. Er kam aus dem Lager der Männer von Merrymeeting, das etwa drei Meilen östlich von ihnen lag. Der Oberst schritt forsch aus und hielt die Muskete in der einen Hand. Nat hatte seine Büchse an diesem Tag nicht mitgenommen, aber plötzlich wünschte er sich, sie bei sich zu haben. Er wußte nicht warum. Möglicherweise hatte es etwas mit dem Wolf zu tun, der gerade wieder markerschütternd heulte.

Nat blickte unwillkürlich zu dem jungen Mann auf der anderen Seite des Feuers, der aufgesprungen war. Der Junge spürte es auch. Es lag etwas Unheimliches in der Luft, aber was es auch sein mochte, diesmal zitterte Nat.

Plötzlich zischte etwas durch die Luft. Oberst Bishop riß beide Hände hoch und fiel bäuchling auf die Erde. Zwei Sekunden blieb alles totenstill, dann explodierte der Wald unter einem durchdringenden Kriegsgeheul, bei dem einem das Blut in den Adern erstarrte. Noch schauriger klangen die Todesschreie der ersten Opfer.

Die Abenaki-Krieger tauchten nackt und in Kriegsbemalung zwischen den Bäumen auf. Sie schwangen Knüppel und Tomahawks und fielen wie ein wilder Hornissenschwarm über die Holzfäller her. Einen Augenblick blieb Nat wie angewurzelt stehen und sah zu, wie sich einer der Indianer über den Oberst beugte und seinen Skalp nehmen wollte, zu seiner Überraschung jedoch die Lockenperücke in der Hand hielt. Beim Anblick des verblüfften Indianers hätte Nat am liebsten laut aufgelacht, aber ihm blieb das Lachen im Hals stecken, als ein Mann aus Topsham leblos vor seinen Füßen zusammenbrach.

Gott, dachte Nat voll Entsetzen, ich werde sterben und machte einen Satz in Richtung der Axt auf dem Baumstumpf.

Er kam zu spät. Ein Abenaki riß sie an sich, hob sie mit Triumphgeschrei hoch über den Kopf und schleuderte sie einem Mann in den Rücken, der an ihm vorbeirennen wollte. Vereinzelte Schüsse mischten sich unter das laute Trillern, und schwarze, stinkende Rauchwolken zogen über das Lager. Nat hörte den jungen Mann, seinen Partner, laut schreien. Er drehte sich um und sah, wie ein großer nackter Indianer die Keule in der dunkelbraunen Hand hielt und zum Schlag ausholte.

Nat rannte...

Das Entsetzen schnürte ihm die Kehle zu, er rang vergebens nach Luft, und es wurde ihm schwarz vor den Augen. Früher einmal war er ein schneller Läufer gewesen, aber mit dem einen Fuß kam er nur langsam vorwärts, als er zum Rand des Lagers rannte, um Deckung hinter den Ästen und Zweigen der Bäume zu finden, die sie am Morgen gefällt hatten. Er hörte jemand in seinem Rücken.

Ich werde sterben, dachte er wieder voll Panik, ich werde sterben.

Er wollte noch schneller laufen. Sein Holzfuß verfing sich in einer Wurzel, und dann spürte er einen stechenden Schmerz am Hinterkopf. Er drehte sich herum, hob den Arm und fiel, fiel, fiel, und alles um ihn herum wurde schwarz.

Die knisternden Flammen eroberten schnell das Schindeldach. Schwarze Rauchwolken stiegen in der Lichtung auf, und es regnete Funken und heiße Asche. Die beiden Stuten jagten wiehernd über den Platz. Das Quieken der Schweine und das Kriegsgeheul der Indianer vermischten sich zu einem Schreckensgesang der Hölle.

Die beiden Frauen wollten davonlaufen, aber sie kamen nur bis zum Rand des Obstgartens. Die Indianer waren schneller und umzingelten sie. Dann machten sie sich ein grausames Spiel daraus, den Kreis immer enger zu ziehen. Sie sprangen mit blitzenden Tomahawks hoch in die Luft und stießen dabei ein ohrenbetäubendes Trillern aus, bei dem den Frauen das Blut in den Adern gefror.

Elizabeth klammerte sich an Delia. Eine Hand hielt sie schützend vor den Leib und schluchzte: »Mein Kind... Gott, beschütze mein Kind...« Delia legte den Arm um ihre Freundin und stützte sie. Unsinnigerweise hielt sie immer noch die Schürze mit den Äpfeln hoch.

Die Krieger waren völlig nackt und trugen nicht einmal einen Lendenschurz. Auf den mit roter Farbe bemalten dunklen Körpern sah Delia bei allen einen Wolfskopf mit gefletschten Zähnen. Die

Gesichter waren unterschiedlich bemalt mit seltsamen Streifen, die wie blutende Wunden wirkten, oder gelb mit weißen Ringen um die Augen. Die fettig glänzenden Leiber rochen so ranzig wie Butter, die zu lange in der Sonne gestanden hat.

Delia hörte trotz des Krachens und Knisterns der Flammen in der Ferne das Läuten der Alarmglocke im Blockhaus. Plötzlich näherte sich ihnen einer der Indianer. Es war ein großer Mann mit sehr breiten Schultern, und er trug seltsame Perlen um den dicken Hals. Er verzog die Lippen und rief ihnen drohend etwas zu.

Delia stammelte: »I … ich verstehe nichts. Ich spreche k … keine I … Indianersprache.«

Mit einem Satz war er bei ihr und drückte ihr sein Messer an die Kehle. Delia spürte das warme feuchte Blut am Hals, aber sie ließ sich nicht einschüchtern, sondern blickte dem Indianer in die kalten Augen. Er starrte sie unerbittlich und unbewegt an.

Delia ließ die Schürze los, und die Äpfel rollten auf den Boden. Der Indianer trat verblüfft einen Schritt zurück. Er lachte, spießte einen Apfel mit dem Messer auf und biß hinein.

Dabei starrte er auf Elizabeths blonde Haare. Er riß ihr die Haube vom Kopf und hob eine der langen Locken hoch. Er sagte etwas in seiner gutturalen Sprache. Die anderen lachten und stießen noch mehr schrille Schreie aus.

Elizabeth wimmerte leise und verdrehte die Augen. Delia preßte ihr die Hand fest um den Arm. »Fallen Sie nicht in Ohnmacht. Wenn Sie das Bewußtsein verlieren, wird man Sie skalpieren.«

An den Köchern und an den Griffen der Tomahawks hingen blutige Skalps. Delia zweifelte nicht daran, daß diese Bestien auch mit ihnen kurzen Prozeß machen würden.

Vom Fluß hörte man ein schrilles Trillern. Es schien eine Art Signal zu sein, denn plötzlich war das Spiel, wenn es ein Spiel gewesen war, vorüber. Zwei Indianer fesselten ihnen mit Lederriemen die Hände. Dann band man sie an kurze Leinen und zerrte sie in schnellem Lauf in den Wald.

Sie rannten lange. Delias Seiten begannen zu stechen, und sie keuchte. Aber am meisten Angst hatte sie um Elizabeth. Hoffentlich würde diese Tortur dem Kind nicht schaden. Wenn Delia sich umdrehen wollte, um nach Elizabeth zu sehen, die hinter ihr lief, wurde sie mit der Leine so brutal weitergezerrt, daß sie glaubte, man wollte ihr die Arme ausreißen.

Die Indianer verlangsamten das Tempo, als es bergauf ging. Delia sah zu ihrer Erleichterung, daß sie sich den Lagern der Holzfäller näherten. Vielleicht würde man sie doch noch retten.

Als sie kurz darauf eine Lichtung erreichten, schwand diese Hoffnung sofort. Das Grauen, das sich ihren Blicken bot, war unbeschreiblich. Überall lagen die Leichen verstümmelter Männer. Es roch nach Blut und Schießpulver. Um ein Feuer tanzten noch mehr nackte Indianer. Von der anderen Seite erreichte gerade ein weiterer Trupp die Lichtung. Auch diese Männer zerrten eine Gefangene an der Leine hinter sich her. Es war Sara Kemble.

Sara hatte man ebenfalls gezwungen, schnell zu laufen. Ihr Gesicht war schweißbedeckt und glühend rot. Sie keuchte und rang nach Luft. Als sie Delia und Elizabeth sah, rief sie ihnen zu: »Sie haben die Sewalls umgebracht und skalpiert. Diese Mörderban ...«

Ein Faustschlag ließ Sara verstummen. Sie sank mit einem erstickten Schrei zu Boden. Als Delia zu ihr eilen wollte, riß sie der Indianer, der sie bewachte, erbarmungslos zurück. Elizabeth starrte ausdruckslos vor sich hin, als nehme sie ihre Umgebung nicht mehr wahr.

Ein Indianer tanzte vor Delia hin und her, hob seinen blutigen Tomahawk und stieß laute Schreie aus. Delia wurde blaß, als sie sah, daß am Griff des Tomahawks die Lockenperücke von Oberst Bishop baumelte. Mit angstvoll geweiteten Augen sah sie sich die Opfer genauer an, die auf der Erde lagen. Dann entdeckte sie den Oberst an seiner Glatze. Er lag bäuchlings auf der Fahrspur. Zwischen seinen Schulterblättern steckte ein Pfeil. Delia traten die Tränen in die Augen.

Die arme Anne ...

Delia wollte sich gerade abwenden, weil sie den entsetzlichen Anblick nicht länger ertragen konnte, als sich die Augenlider von Giles Bishop bewegten. Delias Gesicht erstarrte. Wenn die Indianer feststellten, daß er noch am Leben war, würden sie ihn auf der Stelle töten.

Der Oberst schlug langsam die Augen auf und sah sie an. Er versuchte ihr stumm, etwas zu sagen. Aber was? Wollte er ihr Hoffnung machen oder sie warnen? Delia wußte es nicht. Dann richteten sich seine Augen auf etwas in ihrem Rücken. In diesem Augenblick stieß Sara einen durchdringenden Schrei aus. Delia drehte sich erschrocken um.

Der große Indianer, der ihr das Messer an die Kehle gehalten hatte, beugte sich am Rand der Lichtung über eine leblose Gestalt. Delia begann, am ganzen Leib zu zittern. Sie sah den blutigen blauen Rock und zwei leblos baumelnde lange Beine, als der Indianer sein Opfer hochhob. Aber er versperrte ihr den Blick auf den Kopf. Im nächsten Augenblick hielt er etwas Blutiges in der Hand. Delia schrie erstickt. Der Indianer richtete sich auf, hörte ihr Wimmern und sah sie dämonisch lachend an.

Er warf den Kopf in den Nacken, stieß einen langes, durchdringendes Triumphgeheul aus und hob dabei seine Beute in die Luft. An seiner blutigen Faust baumelte ein strohblonder Skalp.

Zweiundzwanzigstes Kapitel

»Ruhig, ganz ruhig bleiben...«, sprach Tyl auf den Oberst ein, während er ihm die Pfeilspitze langsam aus der Schulter entfernte. »So... jetzt auf keinen Fall bewegen...«

Mit einem kurzen Ruck zog er den Pfeil heraus. Blut schoß aus der Wunde. Tyl stillte es sofort mit einem zusammengefalteten Tuch. Er atmete nur flach, denn der Blutgeruch, der wie ein Dunstschleier in der Luft zu liegen schien, war widerlich.

»Werde ich sterben?« fragte Oberst Bishop, von Schluchzen geschüttelt, als Tyl ihm half, sich aufzusetzen.

»Sie werden mit Anne an Weihnachten tanzen.« Tyl sorgte dafür, daß sich der Oberst an einen Baumstumpf lehnte und setzte ihm einen Becher mit Wasser an die Lippen. »Wo ist Ihre Perücke?«

Der Oberst stieß mit schmerzverzerrtem Gesicht eine Art Lachen aus und wollte sich auf den Kopf greifen, ließ die Hand jedoch schnell wieder sinken. Der Oberst wirkte benommen und schien noch immer nicht recht zu wissen, was eigentlich geschehen war. »Wie kommen Sie hierher, Tyl?«

»Ich war in Topsham, um ein gebrochenes Bein zu schienen. Ich habe Schüsse gehört und den Rauch gesehen. Allem Anschein nach brennen die Häuser auf dieser Seite des Kennebec.« Tyl versuchte, nicht an Delia zu denken. Wenn sie tot war, dann konnte er nichts mehr daran ändern. Später würde er versuchen müssen, mit dem Schmerz und der Trauer zu leben...

Tyl kauerte sich neben den Oberst und drückte ihm den Stoff auf die Wunde. Langsam sah er sich auf der Lichtung um. Die Abenaki hatten ein schreckliches Gemetzel angerichtet. Er dachte, er sei nach so vielen Jahren gegen den Tod gewappnet, aber der Anblick des Grauens verursachte ihm stechende Schmerzen in den Augen, als habe man ihm Holzsplitter unter die Lider geschoben – eine der Foltern, die bei den Abenaki oft angewandt wurden.

Tyl zwang sich schließlich, die Leichen anzusehen. Mit schuldbewußter Erleichterung stellte er fest, daß es ein Holzfällerlager der Männer aus Topsham sein mußte, denn er erkannte niemanden aus Merrymeeting. Dann bemerkte er den hellblauen Rock, aber das Gesicht des Toten war vom Schlag einer Keule bis zur Unkenntlichkeit zerschmettert.

Oberst Bishop folgte Tyls Blick und nickte. Dann sagte er leise: »Nat Parker. Ich habe gesehen, wie sie ihn skalpiert haben.« Plötzlich stöhnte er. »Und sie haben ...«

Ein Ast knackte, und Tyl griff nach der schußbereiten Büchse. Angespannt blickte er zum Waldrand. Er glaubte allerdings nicht, daß es sich um einen Indianer handelte, denn der Mann machte zuviel Lärm.

»Nicht schießen, Tyl! Ich bin es!« Sam Randolf kam mit zwei anderen Männern aus Merrymeeting auf die Lichtung. »Wir haben die Schüsse gehört und ... Allmächtiger!« rief er und verstummte beim Anblick der Leichen.

Tyl spürte plötzlich, wie ihm Oberst Bishop die Hand auf den Arm legte. »Ich wollte sagen ... sie haben seine Frau gefangengenommen.«

»Sams Frau?«

»Nein, Nats Frau ... Delia. Die Indianer haben Delia, Mrs. Hooker und Sara Kemble als Gefangene mitgenommen.«

Tyl erstarrte. Wie aus weiter Ferne hörte er sich fragen: »Welche Art Kriegsbemalung hatten sie?«

»Wolfsköpfe ...«, Oberst Bishop stöhnte und verlor das Bewußtsein.

Tyl blickte nach Nordosten zu den blauen Gipfeln.

Malsum, dachte er. Der Wolf ist das Totem der Norridgewock.

Delias Füße bluteten von den vielen Wurzeln und Steinen, die unsichtbar unter den braunen Nadeln lagen. Sie war so durstig, als habe sie seit Wochen nichts getrunken. Jeder Atemzug schmerzte wie ein Schlag mit der Axt.

Sie liefen einen Wildwechsel entlang. Das gedämpfte Sonnenlicht, das durch die Zweige fiel, verblaßte allmählich. Seit sie das Holzfällerlager verlassen hatten, rannten sie ohne Pause. Die Indianer beherrschten mühelos raumgreifende große Sprünge, aber die Frauen rangen bald nach Luft und stolperten immer wieder. Wenn ihnen die Beine den Dienst zu versagen drohten, schlugen die Indianer sie brutal mit den Lederriemen.

Wenigstens hatte man ihnen die Fesseln abgenommen. Delia hielt Elizabeth an der Hand und zog sie mit sich. Elizabeth schien kaum etwas wahrzunehmen. Sie hatte sich tief in sich selbst zurückgezogen, an einen Ort, wo es weder Schmerzen noch Gefühle gab. Selbst auf die Schläge mit den Riemen reagierte sie nicht mehr. Sie war verstummt und wie erstarrt. Delia fürchtete, wenn sie Elizabeth losließ, würde sie mitten im Wald stehenbleiben und ohne mit der Wimper zu zucken den Tomahawk ansehen, der auf sie niedersauste.

Delia zweifelte nicht daran, daß die Indianer sie umbringen würden, wenn sie nicht mit ihnen Schritt halten konnten. Sara Kemble wäre schon beinahe getötet worden. Nach kaum einer Meile war die dicke, große Frau über eine Wurzel gestolpert und gefallen. Die Haube war ihr nach vorne über ihre Augen gerutscht. Sie blieb keuchend, schluchzend und fluchend auf allen vieren und rührte sich nicht von der Stelle. Der Indianer, der sie an der Leine hielt, hob mit unbewegtem Gesicht die Keule.

»Nein!« schrie Delia und warf sich gegen den Mann, der das Gleichgewicht verlor und stürzte. Das war ein gefährlicher Fehler gewesen, denn er sprang wütend auf und schwang die Keule, um ihr damit den Kopf zu zerschmettern. Delia kauerte zitternd auf der Erde und sah an seinen Augen, daß er sie umbringen würde. Diese Augen waren so hart und kalt wie polierter Stein.

In diesem Augenblick trat ein anderer Indianer dazwischen. Er war größer und stärker als die übrigen Männer und offensichtlich ihr Anführer. Mit einem kurzen Befehl verhinderte er den tödlichen Schlag. Als er Delia an den Haaren packte, sie wie einen nassen Hund schüttelte und wütend dabei anknurrte, verstand sie sehr wohl, was er sagen wollte. Sie durfte nicht noch einmal so etwas wagen. Dann ließ er sie los und rief: »Lusifee!« Die anderen lachten.

Er packte Delia an den Schultern und zog sie hoch. Delia reichte ihm bis zu der breiten nackten Brust. Sie war glatt, braun und unbehaart. Schweißperlen standen auf der öligen Haut. Seltsamerweise trug er einen Rosenkranz um den Hals. Daran erkannte sie, daß es derselbe Indianer war, der im Obstgarten den Apfel aufgespießt und später Nat skalpiert hatte.

Nat ...

»Lusifee«, sagte er noch einmal und schüttelte sie wieder. Dann stellte er sie auf den Boden, und es ging weiter.

Sie machten nur einmal eine kurze Rast, als die Indianer aus einem Versteck im Gebüsch ihre Lendenschürze hervorholten, um die Nacktheit zu bedecken, und Mokassins an die Füße zogen. Dann rannten sie weiter. Offensichtlich fürchteten sie, verfolgt zu werden, und wollten einen möglichst großen Abstand zwischen sich und die Siedlungen der Weißen bringen.

Es war bereits völlig dunkel, als die Indianer schließlich stehenblieben. Sie wählten ein Lager auf einer kleinen moosbewachsenen Lichtung. Ein Bach floß unter den Bäumen. Delia glaubte, noch nie so köstliches eiskaltes Wasser getrunken zu haben. Aber die Freude war kurz, denn sie wurden bald weitergezerrt, an den Handgelenken gefesselt und wie Sklaven, die an ihren Herrn gekettet werden, an einen Indianer festgebunden. Der Anführer mit dem Rosenkranz am Hals nahm sich Delia.

Im Laufe des Tages hatte die Zahl der Indianer ständig abgenommen. Sie verschwanden einzeln im Wald, bis schließlich nur noch drei übrigblieben. Die drei entzündeten schnell ein fast rauchloses Feuer. Einer zog aus einem Lederbeutel getrocknetes Fleisch und gerösteten Mais. Dann bekreuzigten sie sich seltsamerweise wie die Katholiken vor dem Essen.

Die Indianer kauten schmatzend das Fleisch und den Mais. Sie lachten höhnisch über die beiden Frauen, die sie hungrig und erschöpft anstarrten. Elizabeth blickte auf die Erde, ohne etwas zu sehen.

»Bekommen wir nichts?« fragte Sara schließlich. »Gebt ihr uns nichts zu essen?«

Die Indianer beachteten sie nicht. Delias Magen knurrte, aber sie nutzte die Zeit, um sich den Mann, an den sie gefesselt war, etwas genauer zu betrachten. Er hatte hervortretende Wangenknochen, eine markante Nase und schräg stehende schwarze Augen mit erstaunlich langen Wimpern. Die schwarzen Haare fielen ihm ungebunden bis auf die Schultern. Sie zweifelte inzwischen nicht mehr daran, daß er eine Art Häuptling sein mußte, denn er wurde mit Respekt behandelt. Außerdem blieb sein Gesicht unbewegt, während die anderen lachten und redeten. Er wirkte nicht nur grausam und brutal, sondern besaß eine seltsame, schneidende Härte. Er hatte Delia zwar das Leben gerettet, aber sie zweifelte nicht daran, daß er sie im nächsten Augenblick töten würde, wenn er es wollte.

Schaudernd blickte sie auf seine Keule mit dem blonden Skalp – Nats Skalp.

Der Abenaki sah ihren Blick und hob die Keule. Dann fuhr er mit den Fingern durch die blutigen Haare und verzog die Lippen zu einem bösartigen Lächeln.

»Du feiger, hinterhältiger Hurensohn!« fauchte sie. Natürlich wußte sie, daß er ihre Beschimpfung nicht verstand. Aber das war ihr auch nicht wichtig. Bis jetzt hatte sie mit eiserner Willenskraft in diesem Inferno nur an das Überleben denken können, und erst in diesem Augenblick wurde ihr richtig bewußt, daß Nat tot war. Der Schmerz traf sie mitten ins Herz, und sie machte sich bittere Vorwürfe. Beim Abschied hatten sie sich gestritten. Tildy und Meg würden untröstlich sein, denn jetzt hatten sie weder Vater noch Mutter.

Wenigstens sind die Mädchen in Sicherheit, sagte sie sich.

Während des überraschenden Angriffs befanden sie sich im Schutz des großen Backsteinhauses und wurden von Anne unterrichtet. Das hatte ihnen bestimmt das Leben gerettet …

Nach dem Essen rauchten die Indianer eine Pfeife, die sie stumm kreisen ließen. Eine eigenartige Ruhe senkte sich über die grell bemalten, schemenhaften Gestalten. Auch Delia beruhigte sich etwas und mußte unwillkürlich an Tyl denken. Bestimmt war er am Leben und würde sie retten. Es war nur eine Frage der Zeit. Sie mußte nur erreichen, daß sie und die beiden anderen Frauen überlebten, bis er sie gefunden hatte.

Der Tabak machte die Männer am Feuer schläfrig. Inzwischen wurde es auch immer kälter. Delia warf einen verstohlenen Blick auf Elizabeth und hoffte, daß ihre Freundin eingeschlafen sei. Aber ihre Augen standen weit offen und starrten ausdruckslos in die Dunkelheit.

Sara begann plötzlich, sich hin und her zu wiegen. Sie wimmerte leise und redete klagend vor sich hin: »Warum bin ich hier ... Daran ist nur Obadia schuld ... Er hat mich mit diesem dämlichen Stuhl zu den Sewalls geschickt ... Ich wollte nicht gehen ...« Der Indianer, an den sie gefesselt war, musterte sie mit zusammengekniffenen Augen und schloß die Hand um die Keule. Sara sah es nicht, sondern jammerte weiter: »Ich habe Nancy noch nie gemocht ... Ich gönne ihr, daß sie skalpiert wurde ... Ja, ich gönne es ihr ... Aber warum bin ich hier ... Obadia ist ...«

»Halt den Mund«, zischte Delia ihr zu. »Willst du, daß sie dir den Kopf spalten?«

Sara starrte Delia wütend an. »Sie haben deinen Nat umgebracht ... Sie haben ihn skalpiert ... Er hat es nicht anders verdient, denn er hat dich geheiratet ... Ich habe ihm gesagt, daß du nur eine Hure aus einer Hafenkneipe bist ... Aber er hat nicht auf mich gehört ...«

Delia biß die Lippen zusammen, um nicht loszuschreien.

Oh, Nat ...

Als die Indianer sahen, daß Delia und Sara sich stritten, lachten sie leise. Der eine reichte seinem Nachbarn am Feuer die Leine, an die Sara gefesselt war, sprang auf und begann zu tanzen. Er feierte den Sieg über die *Yengi* mit grotesken Sprüngen und bizarren Gesten. Die beiden anderen beteiligten sich nicht, sondern stimmten einen rhythmischen Gesang an. Der Tanz wurde immer schneller und endete damit, daß der Indianer noch einmal hoch in die Luft sprang, den Kopf zurückwarf und ein langes, anhaltendes Wolfsgeheul ausstieß.

Sie töteten Sara Kemble am nächsten Morgen.

Kurz vor Sonnenaufgang brachen sie auf und liefen zum Fluß. Am Ufer zogen sie ein großes langes Kanu aus dem Gebüsch. Als Sara das sah, kniete sie nieder und weigerte sich, in das Kanu zu steigen.

»Nein, das mache nicht. Es wird kentern, und ich werde ertrinken. Das will ich nicht«, sagte sie höflich, wie jemand, der eine zweite Tasse Tee ablehnt.

Knurrend zog der Indianer an der Leine, aber erfolglos. »Nein, nein, nein ...«, wiederholte sie und schüttelte trotzig wie ein Kind den Kopf. »Ich setze mich nicht in das Kanu. Niemand kann mich dazu zwingen.«

Delia sah, wie der Indianer die Nasenflügel blähte und die Zähne fletschte. Sie wollte aus dem Kanu steigen, um Sara vielleicht doch noch zur Vernunft zu bringen, aber sie kam nicht weit, denn der Anführer riß sie brutal zurück. Sie fiel auf den Rücken und stieß gegen eines der Paddel. Der blaue Himmel über ihr verschwamm ...

Elizabeth stieß einen durchdringenden Schrei aus, worauf zwei Enten aufflogen und dicht über das Wasser segelten. Auf den Schrei folgte am Ufer ein grauenhaftes Gurgeln. Delia richtete sich schnell auf, legte Elizabeth die Hand auf den Mund und erstickte so einen zweiten Schrei. »Ruhig, Lizzie, es wird alles gut ...«, flüsterte sie ihr ins Ohr. »Du darfst nicht schreien. Es wird alles gut ...«

Der Indianer stieg mit Saras blutigem Skalp ins Kanu. Elizabeth schluchzte heftig und zitterte am ganzen Leib. Der Anführer der Indianer packte Delia und zerrte sie zum Bug des Kanus. Er brüllte ihr etwas zu, was Delia nicht verstand. Sie wehrte sich mit Händen und Füßen, denn sie wollte verhindern, daß Elizabeth mit ihrem Geschrei das nächste Opfer wurde.

Dann gelang es ihr, dem Indianer mit den Fingernägeln die Haut aufzukratzen. Er zischte sie an und schlug sie brutal ins Gesicht. Einen Augenblick lang wurde ihr schwarz vor Augen, aber dann richtete sie sich wieder auf. Elizabeth war verstummt. Sie preßte sich die Hand auf den Mund.

Delia drückte den Handrücken auf die blutenden Lippen und durchbohrte den Indianer mit ihren Blicken, in denen soviel Haß lag, wie sie es nie für möglich gehalten hätte. »Ich spucke auf dich, du blutgieriger Hurensohn, du feiger Hund, du wilde Bestie...«

Er packte sie am Hals und hob sie hoch. Er beugte sich vor und starrte ihr in die Augen. Sein Blut tropfte auf ihre Wangen. In klarem Englisch sagte er: »Ich bin vielleicht ein Wilder, aber ich bin kein Hurensohn. Meine Eltern waren bei meiner Geburt verheiratet. Für mein Volk bin ich der Traumbringer, aber für dich bin ich dein Herr.«

Delia konnte nichts erwidern, er preßte ihr die Kehle zu, daß sie keine Luft bekam, und sah sie so lange an, bis es ihr schwarz vor den Augen wurde. Erst dann ließ er sie los, griff nach dem Paddel und steuerte das Kanu in die Strömung. »Lusifee«, sagte er, während Delia keuchend nach Luft rang, »wir wollen sehen, ob du beim Spießrutenlauf auch noch so mutig bist...«

Der Spießrutenlauf.

Delia hoffte, daß das Entsetzen ihr nicht anzusehen war. Aber um diesem Scheusal zu zeigen, daß sie sich nicht einschüchtern ließ, zwang sie sich zu lächeln und stieß mit rauher Stimme hervor: »Ich heiße Delia.«

Ihr Lächeln bewirkte nichts. Sein Gesicht blieb unbewegt. Schließlich sagte er: »Du hast keinen Namen mehr. Du bist Awakon, eine Sklavin.«

Um Delias Lippen zuckte es, aber sie fragte mutig: »Was bedeutet dann Lusifee?«

Er sah sie stumm und mit kalten Augen an, die so schwarz waren wie die Nacht. Traumbringer gab ihr keine Antwort.

Zuerst hörten sie das Lärmen – Trillern, Kriegsgeheul, Trommelwirbel und bellende Hunde. Dann kam der Gestank – es roch übelkeiterregend nach faulendem Fisch. Erst zum Schluß sahen sie, was der Grund für den Lärm und den Gestank war: Eine große Lichtung neben einem silbern schimmernden See, an dessen Ufer dunkelblaue Tannen wuchsen.

Auf der Lichtung befand sich im Schutz eines Walls aus hoch aufgetürmten Baumstämmen ein Dorf aus Holzhäusern und Wigwams. Um das Dorf lagen Maisfelder. Die trockenen Stauden raschelten im Wind. Vor dem Wall lagen als natürlicher Dünger für die Felder haufenweise Fische und erfüllten die Luft mit ihrem unerträglichen Gestank. In der Abenddämmerung stieg von vielen kleinen Feuern dünner Rauch auf. In dem Indianerdorf herrschte ein ohrenbetäubender Lärm.

Das Kanu glitt geräuschlos an den schmalen steinigen Uferstreifen. Traumbringer befahl Delia, das Boot zu verlassen. Sie stand schwankend mit steifen und schmerzenden Beinen am Ufer und half, ohne auf die finsteren Blicke der Indianer zu achten, Elizabeth beim Aussteigen. Ihre Arme zitterten, und ihre Lippen waren blau vor Angst. Delia wollte sie trösten, aber sie brachte kein Wort hervor, denn sie wußte, was ihnen bevorstand.

Der Spießrutenlauf.

Die Tore des Walls standen offen. Direkt hinter dem Eingang erwarteten in Zweierreihen bis zu einer niedrigen Plattform in der Mitte des Dorfs Männer, Frauen und Kinder die Gefangenen. Sie hielten Stöcke, Keulen und Dornenzweige in den Händen und sangen laut und eintönig: »Ai, ai, ai, ai, ai …«, zum Klang der monotonen Trommeln.

Traumbringer blieb so unvermittelt stehen, daß Delia, die mit einem kurzen Riemen an ihn gebunden war, beinahe gegen ihn gestoßen wäre. Ein Priester in schwarzer Soutane trat mit einem rauchendes Weihrauchfaß in den Händen durch das Tor. Traumbringer blieb stehen. Zu Delias Verblüffung kniete der Krieger nieder und neigte den Kopf, um sich von dem Priester segnen zu lassen.

Dann musterte der Priester mit blauen, fanatischen Augen die Gefangenen. Er war hager, und seine bleiche Haut hing schlaff und faltig über den kantigen Knochen. Die schmalen Lippen unter der gekrümmten Hakennase wirkten wie waagrechte Schnitte in seinem Gesicht.

Traumbringer riß so heftig an dem Riemen, daß Delia sich an seinen Arm klammern mußte, um nicht zu fallen. Seine Muskeln waren stahlhart und die Haut ölig glatt. Er stieß sie ebenso heftig zurück.

Vor Erschöpfung und Hunger konnte sie sich kaum noch auf den Beinen halten. Seit vier Tagen hatten sie nichts gegessen. Sie hatte schon oft im Leben gehungert, aber solchen Hunger wie jetzt hatte sie noch nie gehabt.

Traumbringer gab ihr in seiner Sprache einen Befehl. Sie sah ihn so furchtlos wie möglich an und zuckte mit den Schultern.

»Ausziehen!« rief er schließlich auf englisch.

Delia sah die lange Reihe der Abenaki, die nur darauf warteten, sie mit ihren Stöcken und Keulen zu schlagen. Das Geschrei, das Trillern und Johlen nahm an Lautstärke zu. Einige Frauen und Mädchen hatten Muschelketten um die Fußknöchel und Knie. Sie stampften zum Rhythmus der Trommeln. Ein paar Jungen spielten auf Schilfflöten, andere ließen lange Muschelketten über den Köpfen kreisen, was einen gespenstischen durchdringen Ton hervorrief.

Dann sah Delia die Pfähle mit den Skalps hinter der Plattform – das Ziel des Spießrutenlaufs. An den Pfählen schaukelten auf bunten Reifen unzählige getrocknete Skalps im kühlen Abendwind.

In Boston hatte Delia die Schauergeschichten von Gefangenen gehört, die splitternackt Spießruten laufen mußten. Es hieß immer, daß Frauen im allgemeinen diese Folter erspart blieb. Manchmal jedoch...

Traumbringer trat dicht vor sie hin und fauchte sie an: »Ausziehen, Lusifee! Ausziehen!«

Eine knöcherne, blaugeäderte Hand legte sich auf Delias Arm. »Ich rate dir, ihm zu gehorchen«, sagte der französische Priester in gebrochenem Englisch. »Sonst reißt er dir die Kleider vom Leib...«

Gott schütze mich, dachte Delia und schnürte mit zitternden Fingern das Mieder auf. Der Rock war zerfetzt und hing schon seit zwei Tagen nur noch wie ein schmutziger Lumpen an ihr, aber sie hätte nie gedacht, daß die Kleider einer Frau ein solcher Schutz sein konnten. Als sie nackt vor Traumbringers kalten Augen stand und hinter ihm die Abenaki lärmend nach ihrem Opfer schrien, kam sie sich hilflos und schwach vor.

»Du da!« rief Traumbringer und deutete auf Elizabeth. »Ausziehen!«

Elizabeth war vor Angst erstarrt und bewegte sich nicht. Der Traumbringer zückte das Messer und ging auf sie zu.

»Nein!« rief Delia und umklammerte seinen Arm. Beim Anblick des Messers war Elizabeth ohnmächtig zur Erde gesunken. »Wie kannst so etwas verlangen?« schrie sie den Indianer an. »Siehst du nicht, daß sie schwanger ist?«

Er kniff die Augen zusammen und erwiderte drohend: »Sie muß laufen, es sei denn, du läufst auch noch an ihrer Stelle.«

Delias Beine zitterten, aber sie nickte tapfer. »Gut, ich laufe an ihrer Stelle.«

Er ließ den Blick lange auf ihr ruhen, dann nickte er, und es klang fast traurig, als er sagte: »Lusifee, zweimal wirst du den Spießrutenlauf nicht überleben.«

Delia dachte an die lange Doppelreihe blutrünstiger Indianer und hob stolz den Kopf.

»Ich habe bis jetzt alle Schläge überlebt«, erwiderte sie und machte sich mit ihrem Prahlen selbst Mut. »Diese Meute dummer Indianer kann einer Delia McQuaid nichts anhaben.«

Der Traumbringer packte ihren Arm und stieß sie vorwärts: »Dann lauf! Lauf schnell...«

Delia rannte. Sie spannte Arme und Beine so fest an, daß sie die ersten Schläge kaum spürte. Aber in der Mitte standen die Abenaki nicht mehr so dicht und hatten mehr Platz, um auszuholen. Die Hiebe regneten von allen Seiten auf sie herab, und wenn sie trafen, nahm ihr der Schmerz die Luft, und alles begann vor ihren Augen zu verschwimmen.

Sie hob schützend die Arme vor das Gesicht und lief noch schneller über die weiche Erde. Die Plattform tauchte vor ihr auf, und Delia wußte triumphierend, sie würde es schaffen.

Dann warf ihr ein Kind einen langen Stock zwischen die Beine, und sie stürzte wie ein gefällter Baum auf die Erde. Sie hatte nicht einmal Zeit, sich mit den Händen abzustützen, um den Fall zu mildern. Sie biß sich auf die Zunge und spürte das heiße, salzige Blut im Mund. In ihren Ohren dröhnte das Rasseln und das Geschrei. Die Indianer schlugen erbarmungslos auf sie ein.

Sie kroch auf Händen und Knien weiter. Das Blut lief ihr über die Stirn in die Augen. Das Kind wollte den Stock an sich reißen, aber Delia war schneller. Sie packte ihn und schlug damit auf die vielen Beine um sie herum. Eine Frau sprang rückwärts, schrie vor Schmerz laut auf und ließ vor Überraschung ihren dicken Stock fallen. Delia sah es und griff danach. Dann stand sie schwankend auf.

»Ouuuuu!« rief sie, so laut sie konnte, und schlug los. Das war nicht mehr Delia Parker, die ehrbare Farmersfrau, sondern Delia McQuaid, die ihre Peiniger mit zornigen Flüchen attackierte. Sie schlug wie eine Wilde um sich und rächte sich für all die Schläge, die sie in ihrem Leben hatte einstecken müssen. Sie kämpfte gegen die Männer, die sie mißhandelt hatten – ihren Vater, die Säufer im Goldenen Löwen, Tom Mullins, der sich ihre Liebe erschwindeln wollte, und Tyl, der ihr Herz gestohlen hatte, um sein eigenes zu schützen, bis es zu spät war, zu spät...

Ihre Wut machte sie stark und unbezwingbar. Sie wehrte sich gegen alle Menschen, die aus ihr eine Frau nach ihren Vorstellungen machen wollten, obwohl sie die Frau sein wollte, die ihrem eigenen Wesen entsprach...

Fassungslos angesichts dieser rasenden Wut wichen die Indianer zurück und suchten Schutz vor den gefährlichen Schlägen... Aber dann wurde ihr mit einem einzigen gezielten Hieb der Stock aus der Hand geschlagen.

Sie sprang keuchend herum, schob sich die schweißnassen, blutverschmierten Haare aus dem Gesicht und machte sich auf Traumbringers Tomahawk gefaßt, der sie töten würde.

Aber sie stand nicht vor Traumbringer.

Dieser Mann war noch größer und kräftiger. Aber er war auch mindestens drei Jahrzehnte älter. Dunkelgraue Strähnen durchzogen die langen schwarzen Haare, und tiefe Falten hatten sich in das breite Gesicht gegraben, dessen schwarze Augen und harter Mund sie erzittern ließen. Er trug einen ledernen Fransenüberwurf und einen langen Kilt, an dem bunte Muscheln, Vogelfedern und rote Schweineborsten hingen. Um den Hals hatte er eine französische Silberkette und auf dem Kopf einen wunderschönen Filzhut. Delia hatte geglaubt, Traumbringer sei der Anführer der Indianer, aber sie begriff sofort, daß dieser Mann der Häuptling des Stammes war.

Sein Blick ließ ihr Blut in den Adern gerinnen, und sie wußte, daß er sie hinrichten lassen würde. Aber er drehte sich etwas zur Seite und stellte den verwirrten und zornigen Indianern eine Frage. Dabei deutete er auf Delia. Die Männer, Frauen und Kinder begannen sofort, laut zu schreien, hoben die Fäuste und deuteten auf sie.

Plötzlich trat Traumbringer vor. Er sagte etwas so laut und klar, daß alle nach und nach verstummten. Dann drehte er sich um und blickte trotzig seinen Häuptling an.

Der hagere französische Priester erschien an Delias Seite. »Normalerweise entscheiden die Frauen darüber, was mit einem Gefangenen geschieht«, erklärte er mit unbeteiligter monotoner Stimme. »Sie sagen, du sollst am Marterpfahl sterben.« Er blickte auf die Plattform. »Sie sagen, du hast das Herz eines Kriegers, und deshalb sollst du wie ein Krieger sterben.« Er verzog die schmalen Lippen zu einem höhnischen Lächeln. »Du solltest darüber geschmeichelt sein.«

Das war Delia bestimmt nicht. Sie hatte Angst und sah fragend den großen Indianer an, der sie als seine Sklavin bezeichnet hatte. Sie schluckte zweimal und fuhr sich schnell über die trockenen Lippen.

»Und Traumbringer«, rief sie, so laut sie konnte. »Was sagte er dazu?«

»Er hat dich als seine Frau gefordert«, antwortete der Häuptling in klarem Englisch. Seine tiefe tönende Stimme hallte über den ganzen Platz.

Erleichterung und Entsetzen schüttelten Delia gleichermaßen. Sie wollte nicht am Marterpfahl sterben, aber sie wollte auch nicht …

»Aber wenn ich nicht …« Sie lächelte Traumbringer unsicher an. »Also, ich fühle mich sehr geehrt, aber ich …«

Delia, du bist nicht mehr zu retten, beschimpfte sie sich stumm. Willst du vielleicht wie eine Weihnachtsgans am Spieß gebraten werden?

Traumbringer trat neben sie und durchbohrte sie mit seinen kalten Augen.

»Ich werde dich zu meiner Frau machen, Lusifee«, sagte er.

Aber eine andere, noch tiefere Stimme übertönte seine Worte.

»Diese Frau gehört mir!«

Dreiundzwanzigstes Kapitel

Tyl ritt bewaffnet durch die Tore des Abenaki-Dorfs, aber er saß sofort ab, band seinen Hengst an einem Pfahl fest, schob die Büchse in die Satteltasche und ging unbewaffnet weiter.

Bei dem Anblick seines Rivalen richtete sich Traumbringer höhnisch auf und rief: »Bist du gekommen, um zu sterben, *Yengi?*«

»Ich bin gekommen, um meine Frau zu holen.«

Tyl antwortete auf Abenaki, aber er beachtete Traumbringer nicht. Seine Worte galten Assacumbuit, seinem Indianer-Vater.

Der Große *Sachem*, der Häuptling der Norridgewocks, blickte seinen Adoptivsohn ernst und mit unbewegter Miene an. Die gemeißelten Zügen verrieten nichts von seinen Gefühlen, denn ein Abenaki-Krieger zeigte niemals, was in seinem Herzen vorging. Tyl bemühte sich, ein ebenso ausdrucksloses Gesicht zu machen, aber er bezweifelte, daß es ihm so gut gelang wie Assacumbuit. Er hatte den Häuptling seit mehr als zehn Jahren nicht mehr gesehen. Als Kind hatte Tyl ihn bewundert und verehrt, und in seinem Herzen war er für ihn immer noch der Vater.

Assacumbuits Blick richtete sich auf Delia. Tyl hatte sie bisher noch nicht beachtet, obwohl ihm nicht entgangen war, daß sie neben der bewußtlosen Elizabeth kniete.

»Sie ist deine Frau?« fragte der *Sachem*.

Es wäre einfach gewesen, die Wahrheit etwas zu verdrehen, aber eher hätte sich Tyl die Zunge ausgerissen, als diesen Mann zu belügen.

»Ich werde sie zur Frau nehmen.«

Traumbringer trat zwischen die beiden. Seine Augen funkelten gefährlich. Er hob drohend die Hand mit dem blutigen Tomahawk und rief laut, daß alle es hörten: »Ich habe sie gefangengenommen. Sie gehört mir.«

Tyl drehte den Kopf beinahe unmerklich in seine Richtung und preßte die Lippen zusammen. Der Haß der beiden Männer vibrierte wie eine gespannte Bogensehne. »Und ich werde sie mir zurückholen«, erklärte Tyl unbeeindruckt.

»Dann mußt du mich zuerst töten.«

»Ich werde dich töten.«

»Du kannst es versuchen...«

»Genug!«

Assacumbuits Stimme klang scharf wie ein Peitschenschlag und brachte die beiden Kontrahenten zum Schweigen.

»Ihr zwei habt euch kaum verändert. Ihr habt euch schon als Kinder aus törichter Eifersucht und Rivalität die Köpfe blutig geschlagen. Wenn ihr jetzt so dumm seid und um eine wertlose Frau kämpfen wollt, werde ich es euch erlauben. Aber...«, er hob die Hand, »diesmal wird es kein Kampf zwischen kleinen Jungen sein. Ihr müßt nach dem Gesetz unserer Ahnen in einem Zweikampf um euer Leben kämpfen, denn mit eurem unversöhnlichen Haß habt ihr bewiesen, daß nur noch einer von euch am Leben bleiben kann. Ich frage euch noch einmal: Seid ihr beide sicher, daß die Frau das wert ist?«

Tyl und Traumbringer bewegten sich nicht. Sie sahen sich nicht einmal an. Dieser Kampf war vorherbestimmt, denn zwischen einem *Yengi* und einem Indianer konnte es keine Versöhnung geben. Sie würden nicht nur um eine Frau kämpfen. Der ganze Stamm wußte das.

Assacumbuits Stimme klang beinahe traurig. »So sei es. Wenn der Wolf den Mond verschlingt, werdet ihr kämpfen. Bereitet euch in der Stille darauf vor. Versöhnt die Geister der Erde, des Wassers und der Luft mit dem Opfer eures Blutes!«

Der *Sachem* drehte sich um und verließ den Platz. Die Menge löste sich auf. Die Trommeln und der Lärm waren verstummt.

Jetzt erst wandte Tyl sich Delia zu. Sie stand langsam auf. Delia war nackt; Platzwunden und blaue Flecken bedeckten ihren Körper.

Aber sie hatte sich gewehrt. Er wußte, niemand im Stamm würde vergessen, wie sie laut fluchend den Stock geschwungen und ihre Ehre verteidigt hatte. Er war stolz auf sie. Ungeachtet der vielen Zuschauer ging er zu ihr. Er strich ihr mit einem Finger zart über das Gesicht. Dann schnürte er sein Hemd auf, zog es aus und streifte es ihr über den Kopf. Er ließ die Hände auf ihren Schultern liegen und sah sie ernst an.

»Tyl, was geschieht jetzt? Was ist los?« stieß sie ängstlich hervor.

»Ich muß gegen Traumbringer kämpfen, um dich zu befreien.«

Delia wurde blaß. »Er wird dich töten!«

Tyl schüttelte spöttisch den Kopf und nahm die Hände von ihren Schultern. »Ich weiß dein Vertrauen in mich zu schätzen, Kleines.«

In ihre Augen traten Tränen. »Aber er ist so brutal und ... er trägt Nats Skalp am Gürtel.«

»Das habe ich gesehen. Traumbringer ist in dich vernarrt. Du kannst dir gratulieren, du hast schon wieder eine Eroberung gemacht. *Möchtest* du vielleicht, daß er gewinnt, Kleines?«

Ihre Augen blitzen zornig. »Du bist ein verdammter Na ...« Sie schluchzte unterdrückt. »O Tyl, ich würde es nicht ertragen, dich zu verlieren. Dann können sie mich gleich umbringen.«

»Weder du noch ich werden sterben«, sagte er unwillig. Zwei Indianer erschienen, er nickte, folgte den beiden und ließ sie stehen.

»Verdammter Kerl!« schimpfte sie laut.

Als Tyl es hörte, mußte er sich Mühe geben, nicht zu lächeln.

Man brachte Tyl zu einem kleinen Wigwam am See, damit er sich auf den Zweikampf vorbereiten konnte. Er mußte fasten und sich unter Anleitung des alten Schamanen zu den festgelegten Zeiten durch die rituellen Tänze und Übungen mit den Geistern aussöhnen. Trotz allem, was er Delia gesagt hatte, bereitete er sich wie ein richtiger Abenaki nicht nur auf den Kampf vor, sondern auch auf den Tod.

Er zog sich aus und rieb den Körper mit Bärenfett ein. Er bemalte sein Gesicht in der Farbe des Sonnenaufgangs. Vom Kinn aufwärts ging das Gelb allmählich in Weiß über. Es war für ihn das

Symbol für den Anfang seines neuen Lebens mit Delia, falls er sie gewann. Früher einmal hatte er an das Magische der rituellen Bemalung geglaubt, aber mit jedem Tag, der verging, fühlte er sich mehr im Einklang mit den geheimnisvollen, aber doch so einsichtigen Kräften der Natur. Das stetige Abnehmen des Monds war keine Glaubenssache, und je dunkler die Nächte wurden, desto strahlender standen die Sterne am Himmel. Sie verhießen ihm das unendliche Leben, denn sie hatten Teil an dem Geschehen der Menschen und standen im Kreislauf der Zeit als zuverlässige Wächter über allen Dingen. Das Fasten und die Stille schärften seine Sinne. In ihm erwachten der Mut und das Vertrauen in seine Liebe, und als im Lager seines Volks der Wolf heulte, weil der alte Mond nicht mehr am Himmel erschien und die Wolfsnacht anbrach, weil das Licht der Finsternis weichen mußte, bevor es sich erneuern konnte, fühlte er sich zum Kampf bereit.

Er berührte den Lederbeutel, den er als Amulett um den Hals trug. In ihm ruhte die Erinnerung an den Donnergeist, der sich ihm als sein Manitu offenbart hatte. Er legte den Kopf zurück und sang sein Todeslied, in dem er darum bat, daß er als Mann mit Würde und Mut starb, wenn ihm der Tod bestimmt war. Er hatte dieses Lied in all den Jahren bei den Indianern geübt, inzwischen seit mehr als zehn Jahren aber nicht mehr gesungen. Es war eine rauhe, kehlige Klage, bei deren Klang den Leuten von Merrymeeting, die ihn Dr. Tyl nannten und ihn als zivilisierten Arzt kannten, das Blut in den Adern erstarrt wäre.

Die letzten Töne verklangen. Tyl senkte nachdenklich den Kopf. Trotz allem, so mußte er sich auch jetzt eingestehen, dachte er nicht als Abenaki, der an Träume, an Geister und an das Schicksal glaubte, sondern als Engländer, der ein überzeugter Anhänger der Vernunft war.

Tyl dachte an seinen Gegner.

Früher hatte er Traumbringer einmal Bruder genannt. Sie hatten zusammen gejagt und gekämpft, getanzt und gefeiert. Sie hatten zusammen beim Schwitzbad in der Hütte gesungen. Sie hatten denselben Mann »Vater« genannt.

Aber zwischen ihnen hatte immer eine Rivalität geherrscht, die in ihrer Heftigkeit und Härte beinahe an Unversöhnlichkeit grenzte. Sie waren ungefähr gleich alt – Traumbringer war vielleicht ein oder zwei Jahre älter. Sein Stiefbruder war schon immer größer und stärker als Tyl gewesen. Aber auf dem langen, mühseligen Marsch nach Quebec, als ihm das Bild seines ermordeten Vaters vor Augen stand, hatte Tyl die grenzenlose Macht der Ausdauer kennengelernt. Er war kleiner als Traumbringer, aber er war hartnäckiger und zäher.

Als sich Traumbringer als der bessere Bogenschütze und Speerwerfer erwies, übte Tyl stundenlang, bis er beides vollkommen beherrschte. Beim Schwimmen, beim Wettlauf und beim Ringkampf gewann Tyl von da ab immer. Er mochte vielleicht körperlich schwächer sein, aber er gab niemals auf, sondern kämpfte nicht nur mit den Muskeln, sondern mit seinem zielgerichteten Bewußtsein.

In einem Punkt war ihm Traumbringer jedoch immer überlegen. Das waren seine Visionen. Wie die anderen jugendlichen Abenaki hatte auch Tyl mit Fasten und Entbehrungen seine geistige Reise angetreten. Dieser Weg in der Einsamkeit nach innen führte ihn bis zu einer in seinem Leben einmaligen Klarheit und dann zu einer Vision, die der Schamane ihm als Donnergeist entschlüsselte und offenbarte. So durfte er sich »Bedagi« nennen, ein Sohn des Donners. Aber das war seine einzige Begegnung mit der geistigen Welt gewesen. Traumbringer dagegen hatte schon als kleiner Junge wiederholt Visionen. Bei den Abenaki galten Visionen als etwas Wunderbares und Mächtiges, und man brachte Traumbringer sehr viel Ehrfurcht und Achtung entgegen, weil er damit gesegnet war.

Tyl war ein *Yengi*, und er mochte noch so viele Wettrennen oder Wettbewerbe im Bogenschießen gewinnen, seine Haut blieb immer weiß. Tyl hatte oft gedacht, der Stamm würde ihn bereitwilliger akzeptieren, wenn die Visionen auch über ihn kämen. Der ungehinderte Zutritt zu den geistigen Welten könnte ihn, so glaubte er, zu einem richtigen Abenaki machen. Doch in diesem Fall versagten seine Ausdauer und sein Verstand. So sehr er sich auch darum mit

Fasten und Übungen, Mutproben und Opfern bemühte, es stellten sich bei ihm nie Visionen ein. Deshalb war Tyl noch mehr auf die hellsichtigen Träume seines Stiefbruders neidisch gewesen.

Der unterschwellige Haß der beiden ging jedoch über die kindliche Rivalität hinaus und hatte noch andere Gründe. Assacumbuit war mit Traumbringers Mutter verheiratet gewesen, als er die *Yengi*-Sklaven aus Quebec mit nach Hause gebracht hatte. Es dauerte nicht lange, und Assacumbuit wurde in seiner maßlosen Liebe zu einem Sklaven der zierlichen weißen Frau mit den silberblonden langen Haaren und blauen Augen, er wurde zum Sklaven seiner Leidenschaft. Er verstieß seine erste Frau und machte Tyls Mutter zu seiner einzigen Frau. Der Traumbringer konnte die Schande dieser Zurücksetzung nie verwinden. Er litt unter der Angst, auch für ihn sei wie für seine Mutter in Assacumbuits Herzen kein Platz mehr. Traumbringer zweifelte nicht daran, daß der *Yengi*-Junge der Lieblingssohn des Großen *Sachem* geworden war. Die angebetete Frau starb, aber ihr Sohn lebte; und so lange er am Leben war, brannten die Schande und die Angst in Traumbringers Herzen.

Das alles wußte Tyl. Traumbringer würde nicht nur um das Recht auf eine Frau kämpfen, sondern aus sehr viel persönlicheren Gründen. Mit einem Sieg über den verhaßten *Yengi* wollte er seine verstoßene Mutter rächen und sein Volk, das er durch die Liebe des Großen *Sachem* an die Weißen verraten glaubte. Das bedeutete, er würde keine Gnade kennen. Es führte aber auch dazu, daß sein Stolz verletzlich war. Vielleicht konnte Tyl Traumbringer so reizen, bis er wirklich von seinen Gefühlen übermannt wurde. Assacumbuit hatte Tyl einmal eine wertvolle, wenn auch schmerzliche Lektion darin erteilt, daß verletzte Gefühle einen Mann tollkühn machen und ihn dazu treiben konnte, einen Fehler zu begehen ... einen tödlichen Fehler.

In diesem Augenblick wurde die Zeltklappe zurückgeschlagen, und der alte Schamane kam herein. Er brachte den Schild und die Waffe, die Tyl beim bevorstehenden Kampf tragen würde.

Bei der Waffe handelte es sich um ein Casse-tête, eine indianische Kriegskeule. Sie war aus Hickoryholz gefertigt und mit scharfen Feuersteinsplittern und Tierzähnen besetzt. Am Griff hing ein Federbusch aus den Brustfedern eines Falken. Tyl hatte mit einer solchen Waffe einmal einen Irokesenkrieger getötet und nie das Gefühl und das Geräusch vergessen, als der Schädel des Mannes wie eine reife Melone platzte. Ganz gleich, wie viele Leben er als Arzt rettete, er wurde die quälende Erinnerung daran nicht los.

Der Schamane ritzte ihm mit dem Messer das geheime Zeichen der Sonne auf die Brust und reichte ihm die Keule. Tyl mußte sich zusammennehmen, um seinen Abscheu vor diesem Mordinstrument nicht zu zeigen. Der Schild war in Häute gehüllt, denn er besaß magische Kräfte und mußte deshalb bedeckt bleiben, wenn er nicht benutzt wurde. Keine Frauenhand durfte ihn berühren. Er bestand aus ungegerbten Häuten, war bemalt und mit magischen Fetischen und Federn geschmückt. Als der Schamane unter leisem monotonen Singsang den Schild aus der Hülle nahm, wurden Tyls Augen groß vor Überraschung und Freude, denn er erkannte ihn sofort. Der Schild gehörte seinem Vater Assacumbuit und besaß tatsächlich Magie, denn er konnte weit mehr als nur Traumbringers Hiebe abwehren. Wenn Tyls Stiefbruder den Schild seines Vaters in der Hand des Gegners sah, würde er wissen, wem Assacumbuit seine Gunst geschenkt hatte. Die alten Gefühle von Scham, Furcht und Neid würden wieder erwachen und Traumbringer wie eine giftige Wolke einhüllen. Dann war er verletzlich, und Tyl würde ihn besiegen. Erleichtert kniete er vor dem Schamanen nieder, der ihm mit seinem Blut, das hell aus dem Schnitt über dem Herzen quoll, auf der Stirn das geheime Zeichen für »Leben« malte, das aber gleichzeitig auch »Tod« bedeutete.

Ein Kreis knisternder, zuckender Kiefernfackeln umgab die Plattform. Den dicken Marterpfahl in der Mitte, an dem Gefangene festgebunden und mit Feuer und Messern gefoltert wurden, hatte man entfernt. Aber die bei früheren Kriegszügen erbeuteten Skalps hingen noch an den vier Stützpfosten der Plattform, auf der die beiden Männer bis zum Tod gegeneinander kämpfen sollten, und schaukelten in der rauchigen Luft.

Man brachte Delia. Sie stand neben dem Großen *Sachem* direkt vor der Plattform. Der grauhaarige Krieger warf ihr einen unergründlichen Blick zu, ehe er seine Aufmerksamkeit wieder nach vorne richtete.

Zwei alte Indianerfrauen hatten die Pflege von Elizabeth und Delia übernommen. Man brachte die zwei völlig entkräfteten und verwundeten Gefangenen in eines der Langhäuser. Dort gab man ihnen ein heißes aromatisch duftendes, aber gallebitteres Getränk, säuberte die Wunden und bestrich sie unter merkwürdigen Gesängen mit kühlenden Tinkturen und Salben. Man gab ihnen einen geschmacklosen Kürbiseintopf zu essen und führte sie dann zu einem Lager aus Fellen. Erstaunlicherweise konnten sie beide trotz der Schmerzen und Ängste sofort einschlafen.

Das liegt vermutlich an dem abscheulichen Gebräu, dachte Delia mittlerweile völlig apathisch, während ihr alles vor den Augen verschwamm. Wollen sie uns auf diese Weise umbringen?

Alpträume quälten sie, aber wenn sie erwachte, waren die Schmerzen unerträglich, und sie flüchtete dankbar wieder in den Schlaf, aus dem sie jedoch Elizabeths Wimmern und Schreie oft wieder weckten. In dem schattenhaften Raum schienen sich viele unheimliche Gestalten zu drängen. Sie glaubte, ihren Vater zu sehen, der sich dann aber in Nat verwandelte. »Nat... Nat, warum haben wir uns gestritten?« klagte Delia stumm, aber nicht Nat galt ihre Sorge. Sie hatte Angst um Tyl.

Delia überließ sich dankbar den sanften Händen der Indianerinnen, die ihre Wunden versorgten und ihre Schmerzen linderten. Die Erschöpfung schien grenzenlos, und sie hatte bestimmt hohes Fieber. Es schien für sie keine Vergangenheit, keine Gegenwart und keine Zukunft zu geben. In dem dämmrigen Raum, in dem Tag und Nacht ein Feuer brannte, wußte sie nicht, wieviel Zeit verging. Schmerzen, Verzweiflung, Trauer und Angst waren Foltern, die am Marterpfahl nicht schlimmer hätten sein können. Am schlimmsten jedoch war die Ungewißheit. Würde Tyl gegen Traumbringer überhaupt eine Chance haben?

Dann endlich ließ das Fieber nach. Auch Elizabeth schien es besser zu gehen. Sie weinte nicht mehr und aß etwas. Aber sie blieb stumm auf ihrem Lager liegen, als habe sie die Sprache verloren.

Am Abend des Kampfs gingen die Indianerfrauen mit Delia durch das Dorf zum See. Die Größe der Siedlung überraschte Delia. Es gab richtige Straßen, an deren Rändern kegelförmige Wigwams und Langhäuser mit grasgedeckten Dächern standen. Verkleidet waren die Häuser mit einer Art Schindeln aus Ulmenrinde.

Delia wurde gewaschen. Staunend stellte sie fest, daß die Wunden verheilt waren und sie keine Schmerzen mehr hatte. Die beiden alten Frauen zogen ihr ein schlichtes, einteiliges Kleid und hohe geschnürte Gamaschen aus weichem Hirschleder an. Schließlich bürsteten sie ihr die Haare und flochten Lederschnüre hinein.

Als sie nun neben dem alten Häuptling stand, hielt sie Ausschau nach Tyl. Ihre Anspannung wuchs. Sie konnte sich nicht vorstellen, wie Tyl, der Arzt mit den sanften heilenden Händen, den so viel stärkeren Abenaki-Krieger besiegen sollte.

»Wenn Tyl stirbt, bringe ich euren Traumbringer um«, sagte sie zu dem Mann neben ihr. »Ich werde ihn mit meinen eigenen Händen erwürgen ...«

Der *Sachem* sah sie erstaunt an. Um seine Mundwinkel zuckte es. »Jetzt verstehe ich, weshalb mein Sohn dich Lusifee nennt.«

»Dein Sohn? Traumbringer ist dein Sohn?«

»Sie sind beide meine Söhne.«

Delias Augen wurden groß. »*Du* bist Tyls indianischer Vater?«

Der Häuptling erwiderte nichts.

»Wenn du Tyls Vater bist«, fuhr Delia fort, »wie kannst du dann so etwas Grausames zulassen?« Sie wies auf die Plattform. »Kannst du es ertragen, ihn sterben zu sehen?«

Der *Sachem* zuckte kaum merklich die Schultern, eine Reaktion, die eher einem Franzosen als einem Indianer angemessen war. »Er kämpft für dich.«

Delia war so verzweifelt und hatte solche Angst um Tyl, daß es sie große Mühe kostete, nicht in Tränen auszubrechen. »Ich werde freiwillig Traumbringers zweite Frau«, sagte sie tonlos. »Wenn du

Tyl das Leben rettest, kannst du mich deinem Sohn übergeben… deinem Abenaki-Sohn. Du hast mein Wort.«

Der Häuptling verzog nicht einmal das Gesicht. »Du bist eine Frau. In dieser Angelegenheit ist dein Wille nicht wichtig.« Er sah sie wieder mit seinen unergründlichen Augen an. »Warum glaubst du, daß Bedagi verlieren wird? Vielleicht kennst du ihn nicht gut genug…«

Die Trommeln hatten bis jetzt leise und eintönig geschlagen. Plötzlich wurden sie so laut wie rollender Donner, und der versammelte Stamm stieß ohrenbetäubende Schreie aus, die in eine Art Wolfsgeheul mündeten und schlagartig abbrachen. Dann war es totenstill.

Delia zuckte zusammen. Von entgegengesetzten Seiten sprangen zwei Männer auf die Plattform. Ihr stockte der Atem.

Wenn sie nicht gewußt hätte, daß es Tyl war, hätte Delia den nackten, eingefetteten und bemalten Krieger, der so grausam und wild aussah wie sein Gegner, nicht erkannt. Aber als die beiden sich gegenüberstanden, sah Delia erschrocken, wie viel größer und wuchtiger Traumbringer war als Tyl. Als der Abenaki die Keule hob, schien er ein wahrer Riese zu sein.

Die Gegner umkreisten sich geduckt. Jeder hielt eine todbringende Keule schlagbereit in der einen und einen verhältnismäßig kleinen Schild in der anderen Hand. Sie schlugen ein paarmal versuchsweise nach dem Gegner, um die Reaktionen des anderen besser einschätzen zu können. Der Aufprall der Keulen auf die mit Häuten bezogenen Schilde hallte dumpf durch die Nacht. Plötzlich hob Tyl seinen Schild und rief Traumbringer höhnisch etwas zu. Der Abenaki drehte blitzschnell den Kopf nach seinem Vater. Delia sah zum ersten Mal etwas wie ein Gefühl auf dem sonst so unbeweglichen Gesicht. Traumbringer hatte den breiten Mund verzerrt, und seine Augen glühten vor Zorn. In diesem Augenblick schlug Tyl zu.

Traumbringer sprang blitzschnell zur Seite und fing den Schlag mit dem erhobenen Schild ab, aber er taumelte unter der Wucht des Aufpralls rückwärts. Wieder hörte Delia Tyls singende, spöttische

Stimme. Traumbringer hob daraufhin knurrend vor Wut die Keule und ging zum Angriff über.

Sein Schlag landete unterhalb von Tyls Schild. Tyl sprang zurück, aber die Keule streifte ihn am Oberschenkel. Delia schloß entsetzt die Augen. Die Menge schrie und jubelte. Doch Tyl ließ sich nicht beeindrucken, sondern reizte seinen Gegner mit einer neuen höhnischen Bemerkung. Diesmal brüllte Traumbringer vor Zorn laut auf und schlug blindlings zu. Tyl wehrte den Angriff mit einem Gegenschlag ab, und die Keulen schlugen wie Schwerter gegeneinander. Dann lacht er.

»Was hat er gesagt? Warum tut er das?« fragte Delia den alten *Sachem*, der ihr keine Antwort gab. Sie hätte Tyl am liebsten geschüttelt, um ihn zur Vernunft zu bringen. Warum reizte er Traumbringer, wenn dadurch sein Gegner nur noch zorniger und gefährlicher wurde?

Der Kampf wurde mit jedem Angriff gefährlicher, denn ein einziger Treffer konnte Sieg oder Niederlage bringen. Das langsame Umkreisen und das schnelle Ausholen zu einem tödlichen Schlag wurde zu einem gespenstischen Tanz. Die beiden Männern schienen durch unsichtbare Fäden aneinandergefesselt zu sein.. Sie sprangen aufeinander zu und wurden unter der Wucht der Schläge zurückgerissen. Sie begannen zu keuchen. Die geölten Muskeln und die glatten Leiber, die im Fackelschein glänzten, machten sie noch nackter und ungeschützter für die tödliche Waffe.

Traumbringer hatte Glück. Ein Feuersteinsplitter seiner Keule verfing sich in Tyls Schild. Durch die Wucht des Schlags wurde Tyl der Schild aus der Hand gerissen und flog wie ein Teller über die Köpfe der johlenden Menge.

Traumbringers Mund verzog sich zu einem triumphierenden Lächeln. Aber er staunte, als Tyl nicht wie erwartet zurückwich, sondern mit einem Aufschrei, der Delia das Blut in den Adern gerinnen ließ, zum Angriff überging. Traumbringer hob den Schild über den Kopf, aber Tyl schlug nicht mit der Keule zu, sondern trat ihm blitzschnell in die Magengrube.

Traumbringer blähte die Backen, schnappte wie ein Fisch nach

Luft und sackte zusammen. Tyl schlug ihm mühelos den Schild aus der Hand. Mit einem Aufschrei sprang Traumbringer in die Luft und holte dabei zum Schlag mit der Keule aus. Tyl wich zur Seite aus, die Keule traf ins Leere. Als Traumbringer sich verblüfft aufrichtete, hob Tyl den rechten Fuß und trat seinem Gegner in die Kniekehle.

Die Beine gaben unter ihm nach, und Traumbringer stolperte. Tyl packte ihn von hinten blitzschnell an den fettigen schwarzen Haaren, riß ihn zurück und stieß ihm dabei das Knie in den Rücken. Dann nahm er die Keule quer in beide Hände und preßte sie an den Hals des Gegners, zuerst leicht, dann immer stärker, bis das Gesicht dunkelblau wurde und seine Augen hervorquollen. Die Menge sah mit angehaltenem Atem zu. Jeder wußte, daß Tyl nur die Armmuskeln anzuspannen brauchte, um dem Gegner das Genick zu brechen.

Tyl rang ebenfalls nach Luft, der Schweiß floß ihm in Strömen über die geölte Haut. Er sah Assacumbuit an und stieß keuchend hervor: »Die Frau gehört mir.«

Einen endlosen Augenblick lang blieb das Gesicht des *Sachem* unbewegt. Dann nickte er. »Die Frau gehört dir«, erklärte er. »Und Traumbringers Leben ebenfalls.«

»Ich nehme die Frau.« Tyl verringerte den Druck der Keule und lockerte seinen Griff. »Für mich lohnt sich die Mühe nicht, ihm das Leben zu nehmen.«

Traumbringer glitt langsam auf den Holzboden. Der Kopf hing ihm schlaff auf die Brust. Er würgte und keuchte. Ein entsetztes Murmeln ging durch die Menge. Tyl hatte das Leben seines Gegners verschmäht, als sei er so bedeutungslos, daß es sich nicht einmal lohnte, ihn zu töten.

Assacumbuit sagte nichts. Er drehte sich einfach um und ging davon.

Tyl ließ die Keule fallen und sprang mit einem Satz von der Plattform. Delia erwartete ihn. Sie war blaß vor Erleichterung. Beim Näherkommen sah sie die Erschöpfung in seinem Gesicht. Er blutete. Sie hatte nicht verstanden, was Tyl und sein Vater gesagt hatten. Sie wußte nur, daß Tyl lebte, und allein das zählte.

Er blieb schwer atmend vor ihr stehen. Aber als sie in seine Augen blickte, sah sie darin nur eine dunkle große Leere.

»Tyl …?«

Er hob die Hand, als wollte er ihr Gesicht berühren, ließ sie aber wieder sinken. Dann ging er wortlos an ihr vorbei und verschwand wie Assacumbuit in die Nacht.

Tyl ließ die Zeltklappe fallen und blieb stehen, bis sich seine Augen an den schwachen Flammenschein in der Hütte gewöhnt hatten. Assacumbuit saß mit gekreuzten Beinen allein vor dem Feuer. Um die Schultern hatte er als ein Zeichen seines Rangs den magischen Umhang aus Adlerfedern gelegt. Er sah wie ein Vogelmensch aus.

Tyl trat langsam auf ihn zu. Er hatte zwar gerade eine Stunde in der Schwitzhütte verbracht und war danach im See geschwommen, aber trotzdem schienen seine Kräfte noch nicht zurückgekehrt. Eine lähmende Leere hatte ihn erfaßt, und er fror.

»Du hast mich rufen lassen, mein Vater«, sagte er, als er vor dem Großen *Sachem* stand.

Assacumbuit hob den Kopf und sah Tyl mit seinen unergründlichen schwarzen Augen an.

»Ich bin nicht dein Vater.«

Tyl ließ sich nicht anmerken, wie sehr ihn diese Worte verletzten. Er schwankte und kämpfte mit der bleiernen Last, die auf ihm zu liegen schien.

»Du hast mich zu den *Yengi* zurückgeschickt, und als gehorsamer Sohn habe ich mich gefügt. Aber davor habe ich dich zehn Jahre lang Vater genannt. Die Vergangenheit läßt sich nicht ändern.«

Der *Sachem* reagierte mit dem für ihn inzwischen typischen Schulterzucken. Assacumbuit war einige Jahre zuvor nach Frankreich gereist und Gast am Hof des Sonnenkönigs gewesen. König Ludwig hatte ihn zum Ritter geschlagen und ihm ein Schwert geschenkt. Der Häuptling hatte außer dem Schwert auch ein paar französische Gewohnheiten zurückgebracht, unter anderem das Schulterzucken.

»Die Vergangenheit ist vorbei«, sagte er.

Tyl legte die Hand auf den schmerzenden Kopf und erwiderte leise: »Das Leben findet zum großen Teil in der Vergangenheit statt.«

Assamcumbuit lachte leise. »Ich weiß, das ist die Schwäche der *Yengi*. Sie können nicht in der Gegenwart sein.«

»Dazu hast du mich verurteilt.« Tyls Worte klangen vorwurfsvoll.

»Setz dich, und rauche die Pfeife mit mir«, befahl Assacumbuit. »Und hör auf, wie eine Frau zu schmollen, weil du die Dinge nicht wieder so machen kannst, wie sie ohnehin nie waren.«

Tyl wurde rot, aber dann lachte er. Der alte Fuchs hatte ihn in den zehn Jahren nie geschlagen, aber er konnte Worte wie eine Peitsche benutzen, und Tyl hatte das oft genug zu spüren bekommen.

Während er Platz nahm, bereitete Assacumbuit drei Pfeifen vor. Es waren die Friedenspfeifen. Ihr Kopf war jeweils aus dem kostbaren roten Tonstein geschnitten, der aus dem Gebiet der Ojibway, von den Großen Seen, kam. Der Stiel bestand aus einem kunstvoll verzierten Schilfrohr und war mit unterschiedlichen Federn – weißen, blauen und roten – geschmückt, die nach dem uralten Wissen der Indianer eine besondere magische Wirkung hatten.

Assacumbuit rauchte zuerst. Als Ehrenbezeugung an den *Gitche-Manitu* blies er eine Rauchwolke nach oben in die Luft. Danach reichte er Tyl die Pfeife, der das Ritual wiederholte und sie zurückgab. Weitere Rauchwolken wurden der Erde, der Sonne, dem Wasser und schließlich den vier Himmelsrichtungen geweiht.

Sie rauchten *Kinnikinnik*, eine Mischung aus Tabak und anderen Pflanzen, um die hellseherischen Fähigkeiten zu verstärken. Der Rauch machte Tyl sonderbar leicht, und er fühlte sich benommen.

Wenn ich zuviel davon rauche, dachte er, als er die zweite Pfeife aus Assacumbuits Hand entgegennahm, werde ich nach oben aus dem Rauchloch schweben und hinaus in die Unendlichkeit der Nacht fliegen...

Aber auch diese Pfeife würden sie zu Ende rauchen, und erst dann würde Assamcumbuit mit Tyl sprechen. Das Gespräch war ihm sehr wichtig, und deshalb wollte er sich nicht der alles vergessenden Wirkung des Rauchs überlassen. Er brauchte in diesem

Augenblick mehr als je zuvor seinen klaren Verstand. Tyl wartete ungeduldig, denn der Große *Sachem* mußte zuerst das Wort an ihn richten.

»Du hast heute abend gut gekämpft«, sagte Assacumbuit schließlich.

Tyl errötete über das Lob seines Vaters, denn er ging damit sehr sparsam um. »Ich hatte einen guten Lehrer.«

Der Häuptling schnaubte leise. »Der Tritt in die Kniekehlen ... den habe ich dir nicht beigebracht.«

»Auch an den Universitäten der *Yengi* lernt man kämpfen«, sagte Tyl, und der alte Krieger lächelte.

»Du hast dich allerdings geirrt.« Der Häuptling gab ihm die dritte Pfeife.

Tyl nahm einen langen Zug und hielt den Rauch kurz in den Lungen. Etwas in seinem Kopf schien zur Ruhe zu kommen. Er sah sich distanziert und nüchtern. Sein Körper war unwichtig, und Gefühle schien er nicht mehr zu kennen.

»Ach ...?«

Assacumbuit wies mit einem Nicken in eine Ecke der Hütte. Seine Augen glänzten belustigt. »Ich habe dir nicht meinen Schild geschickt. Er gehörte einem anderen. Genauer gesagt einem erbärmlichen Feigling, der sehr jung im Kampf getötet wurde.«

Tyl lachte leise. Eine seltsame wohltuende Erleichterung erfaßte ihn. Er war irgendwie froh, daß Assacumbuit ihn nicht seinem eigenen Sohn vorgezogen hatte.

Das also kann der Verstand, dachte er, einem Schild magische Kräfte zuschreiben, die er nicht besitzt. Wir Weißen siegen mit der Kraft der Überzeugung und verbünden uns dabei mit den Gefühlen. Vor dem Tod schrecken wir zurück, weil wir feige und unehrlich in all unserem Tun sind. Ich habe Traumbringer getäuscht und außerdem die größte erdenkliche Schande über ihn gebracht, weil ich es nicht mit meinem Gewissen vereinbaren konnte, ihn zu töten. Ich habe ihn zu einem schlimmeren Schicksal als dem Tod verurteilt, weil mich die verlogene Moral der Weißen vergiftet hat.

Assacumbuit nahm einen Zug aus der Pfeife, und seine Lider schlossen sich zuckend. »Mein Sohn hat eine Schwäche, und du hast sie klug genutzt. Aber du hast eine ähnliche Schwäche. Ihr müßt beide noch lernen, eure Stärke und euren Stolz nur aus euch selbst zu ziehen. Ihr seid abhängig von Lob und Tadel. Ihr seid Gefangene euerer Wünsche. Befreit euch von Schuld und dem tödlichen Netz der inneren Anklagen. Werdet endlich erwachsen.«

Tyl versuchte, seinen Kopf vom Rauchloch herunterzuholen, wo er schwebte. »Warum hast du das Kriegsbeil gegen mein Volk ausgegraben?« fragte er schließlich. Seine Stimme klang undeutlich, und er hatte das Gefühl, durch eine Nebelwand zu sprechen.

»Du gibst also wenigstens zu, daß die *Yengi* dein Volk sind«, antwortete der *Sachem*. Das war natürlich keine Antwort.

»Ich lebe jetzt bei ihnen. Das habe ich dir zu verdanken.«

»Du hast einmal bei den Abenaki gelebt.«

Tyl biß die Zähne zusammen und bemühte sich, seine zerfließenden Gedanken zu ordnen. Eine Unterhaltung mit Assacumbuit glich selbst unter den günstigsten Umständen meist dem Ringen mit einem Geist, den man nicht fassen konnte. Tyl suchte nach einem anderen Weg und fragte: »Was macht der Priester hier?«

»Die *Yengi* sind so zahlreich wie Sandkörner. Uns bleibt kaum noch Platz, unsere Decken auszubreiten.«

»Und? Was hat das mit dem Priester zu tun, der, wenn ich dich darauf hinweisen darf, ebenfalls ein *Yengi* ist?«

»Dein Bruder und alle, die ihm folgen, haben den französischen Gott als ihren Gott angenommen.«

»Ah!« sagte Tyl. Denn trotz Assacumbuits vager Art, auf seine Fragen zu antworten, und dem Nebel in seinem Kopf ging ihm allmählich auf, wer hinter dem Überfall auf Merrymeeting steckte. Ein *Sachem* wurde von den Frauen des Stammes gewählt, denn bei den Abenaki ging die Erbfolge über die weibliche Linie. Seine Herrschaft war keineswegs uneingeschränkt. Die Entscheidung für einen Kriegszug zum Beispiel wurde von dem Rat der Alten getroffen. Allerdings stand es einem Krieger, der Lust dazu hatte, frei, jederzeit selbst einen Raubzug zu organisieren.

Der Überfall auf Merrymeeting war bestimmt die Idee Traumbringers gewesen. Zweifellos hatte ihn der französische Priester darin bestärkt. Traumbringer bereitete seine Wahl zum *Sachem* nicht viel anders vor als ein Weißer in den Kolonien, der sich um ein hohes Amt bewarb. Er wollte mit einem sichtbaren Erfolg Stimmen gewinnen. Aber Traumbringer spielte ein gefährliches Spiel, das mit einem offenen Krieg zwischen den Abenaki und den englischen Siedlern enden konnte.

»Du willst diese *Yengi*-Frau heiraten?« fragte Assacumbuit in einem geschickten Versuch, Tyl von dem Überfall abzulenken.

Beim Gedanken an Delia mußte Tyl lächeln. »Ja, ich will sie heiraten. Ich will mich nachts in ihr verlieren. Ich will beim Aufwachen als erstes ihr Gesicht sehen. Ich will alle meine Tage und Nächte damit zubringen, sie zu lieben.«

Dann dachte er daran, wie es dazu gekommen war, daß sie ihm gehörte. Er hatte sein Glück Nats Tod und den schändlichen Angriffen Traumbringers zu verdanken. Seine Schuld war ihm deshalb nicht genommen. Er hatte Delia verstoßen, er verdiente sie nicht, keinesfalls um diesen Preis. Trotzdem war er erleichtert, weil das Schicksal sie ihm zurückgegeben hatte.

Sein Vater nickte langsam, als lese er Tyls Gedanken. »Es ist eine Freude für die Augen, sie anzusehen.«

»Für das Herz auch«, sagte Tyl. Es fiel ihm immer leichter, seine Liebe zu Delia zu gestehen.

»Ich habe die *Yengi*-Frau ebenfalls geliebt, die deine Mutter war.«

Die klare Feststellung überraschte Tyl, und sie rührte ihn tief. Das gab ihm den Mut zu fragen: »Warum hast du mich gezwungen zurückzugehen? Sie wußten nicht einmal, daß ich noch am Leben war, bevor du es ihnen gesagt hast.«

Er rechnete nicht damit, daß Assacumbuit antworten würde. Der *Sachem* bewegte sich nicht, und seine Augen starrten blicklos aus einem Gesicht, das nichts verriet, ins Leere.

Doch dann hob er langsam den Kopf, und die schwarzen Augen, die sich auf Tyl richteten, waren klar und auf unangenehme Weise durchdringend.

»Ich habe dich gezwungen zurückzugehen, weil ich wußte, daß du im Herzen immer ein *Yengi* bleiben würdest.«

In Tyls Lächeln lag ein Anflug von Bitterkeit. »Mein *Yengi*-Großvater wirft mir vor, ich sei im Herzen ein Abenaki. Was bin ich wirklich? Heißt das, ich habe zwei Herzen oder keines? Was bin ich?« sagte er bitter und wiederholte unbewußt die verzweifelte Frage, die er seinem Großvater vor fünf Monaten entgegengeschleudert hatte.

Assacumbuit zuckte nur die Schultern. »Du spielst ein Spiel in deinem Kopf. Du weißt genau, was du bist.«

»Ich bin Arzt. Und bald werde ich Delias Ehemann sein«, sagte Tyl, ohne zu merken, daß er laut gesprochen hatte. Es überraschte ihn, welcher Frieden ihm diese schlichte Feststellung schenkte.

»Du bist ein *Yengi*-Schamane?« rief Assacumbuit so erstaunt, daß Tyl lachte. Der alte Häuptling dachte schweigend darüber nach. Dann legte er schulterzuckend die Pfeife beiseite. »Geh! Deine Frau erwartet dich.«

Damit war Tyl entlassen, und er stand auf. Aber er zögerte. »Du hast das große Meer überquert, und du hast alles gesehen«, sagte er. »Die *Yengi* sind tatsächlich so zahlreich wie die Sandkörner am Strand. Sag das deinem Sohn. Die Abenaki müssen versuchen, mit den *Yengi* in Frieden zu leben, denn sie können nicht hoffen, sie zu besiegen.«

»*Sie?*«

»Uns«, murmelte Tyl widerstrebend. »Ihr könnt uns nicht besiegen.«

Der Große *Sachem* schüttelte langsam und traurig den Kopf. »Mein Sohn, uns bleibt keine andere Wahl, als es zu versuchen. Ich würde eher sterben, als zuzulassen, daß sich mein Volk ergibt.«

Delia wartete.

Die Frauen hatten sie in einem Wigwam allein gelassen. Sie erinnerte sich an das kleine Zelt neben Tyls Blockhütte und untersuchte die indianische Behausung neugierig. Der Wigwam hatte einen Rahmen aus jungen Baumstämmen, die oben zusammengebunden waren. Darüber lagen in mehreren Schichten lange Streifen Birkenrinde und zusammengenähte Häute. In der Mitte des runden Raums befand sich die einfache Feuerstelle – eine mit Steinen ausgekleidete Grube. Der Rauch zog durch eine Öffnung am höchsten Punkt des Wigwams ins Freie. Auf dem Lehmboden lagen geflochtene Grasmatten. Außer einem Lager aus den Zweigen von Balsamtannen, das mit Elch- und Bärenfellen gepolstert war, gab es keine Einrichtung.

Delia war von einer Gruppe etwa gleichaltriger Abenaki-Frauen hierhergebracht worden. Sie hatten sie ausgezogen und in ein langes Gewand aus weichem Rentierleder gekleidet. Es war mit Stachelschweinborsten besetzt und mit bunter Elchwolle und englischen Glasperlen bestickt. Dann legten ihr die Frauen einen Gürtel aus Muschelperlen um, dessen Quasten aus Muscheln und Perlen rasselten, wenn sie sich bewegte. Delia fühlte sich inzwischen eher wie eine von ihren Zofen umschwärmte Königin und weniger wie eine Gefangene der Abenaki.

Die Jüngste, ein etwa vierzehnjähriges Mädchen, brachte mit großer Ehrerbietung einen Umhang und legte ihn Delia um die Schultern. Er bestand aus einem Pumafell und war sehr schwer. Dann wurden ihr die Haare gebürstet, bis sie glänzten und die schwarzen Locken weich über den Umhang fielen. Zuletzt setzte man ihr wie ein weißes Krönchen einen Kopfschmuck aus weichen Schwanenfedern auf.

Die Frauen kicherten, warfen ihr verstohlene Blicke zu und berührten sie ehrerbietig. Delia konnte kaum glauben, daß diese freundlichen netten Indianerinnen vor noch nicht langer Zeit ihren Tod beschlossen hatten und sie am Marterpfahl foltern lassen wollten.

Die Abenaki haben zwei grundverschiedene Gesichter. Einmal sind sie grausam und hart, dann wieder sind sie fröhlich und liebenswürdig. Kein Wunder, dachte sie, daß es mir oft so vorkommt, als würde ich in Tyl zwei verschiedene Männer sehen.

Nach dem Ankleiden gab eine Frau Delia durch Zeichen und in gebrochenem Englisch zu verstehen, sie sollte ihnen bei der Zubereitung eines Mahls behilflich sein. Eine andere Frau brachte einen riesigen Lachs mit zartem rosa Fleisch, der zum Braten auf die heißen Steine gelegt wurde. In der Glut rösteten sie ungeschälte Maiskolben, in einem Holzgefäß kochte ein Eintopf aus Bohnen, Kürbis und Erdhörnchenfleisch und über die Glut hängten sie einen Eisentopf mit Wasser, in den sie Hemlocksprossen warfen. Schließlich kam noch eine Frau mit einer geschmorten Elchkeule.

Die leckeren Gerüche erinnerten Delia an ihren leeren Magen. Doch als sie höflich fragte, ob sie etwas von dem Fisch versuchen dürfe, erklärten ihr die Frauen unter Erröten und Kichern, sie müsse zuerst ihren Mann bedienen und warten, bis er satt sei, bevor sie selbst einen Bissen essen dürfe.

Delia fand das ungerecht. Abgesehen von dem Kürbisbrei, der so ähnlich schmeckte wie Sägemehl, hatte sie seit Tagen nichts gegessen. Und nun sollte sie hier sitzen und zusehen, wie sich Tyl den Bauch vollstopfen würde? Wahrscheinlich lief ihr dann wie einem halbverhungerten Hund der Speichel aus dem Mund, und das wäre für ihn mit seinen »kultivierten Manieren« bestimmt wieder ein Grund, sie wie schon einmal als »Schwein« zu bezeichnen.

Als die Frauen gegangen waren, nahm sie sich deshalb soviel von dem Essen, um den schlimmsten Hunger zu stillen. Dann gab es jedoch nichts mehr, um ihre Ungeduld erträglicher zu machen. Je länger sie warten mußte, desto zorniger wurden ihre Gedanken.

Nachdem man sie wie eine Kuh am Strick hundert Meilen durch die Wildnis gezerrt hatte, nachdem man sie gezwungen hatte, nackt zwischen einem Spalier schreiender Indianer hindurchzulaufen, und nachdem zwei Männer um sie gekämpft hatten wie knurrende Hunde um einen Knochen, kam sie sich wie ein Topf Wasser vor, der auf kleiner Flamme brennt. Das heißt, es dauert lange, bis das Wasser kocht, aber trotzdem wird es heißer und heißer. Sie hatte schon ein paar treffende Ausdrücke parat, um sie Dr. med. Tyler W. Savitch an den Kopf zu werfen. Aber wie sie ihn kannte, würde er natürlich keine Lust auf eine Unterhaltung haben, wenn er spät in der Nacht endlich geruhen würde, hier aufzutauchen. Diesmal, so schwor sich Delia, wollte sie sich von seiner charmanten und unwiderstehlichen Art nicht beeindrucken lassen.

Gewiß, nach Nats Tod konnten sie und Tyl heiraten. Aber wie sollte sie sicher sein, daß er sie überhaupt fragen würde, ob sie seine Frau werden wollte? Es war noch nicht lange her, daß er die Vorstellung, jemanden wie sie zu heiraten, weit von sich gewiesen hatte. Dabei hatte sie in den letzten Monaten alles daran gesetzt, das Stigma ihrer Vergangenheit loszuwerden. Inzwischen war sie eine ehrbare Frau, *beinahe* sogar eine Dame. Sie würde das alles nicht wegen einer leidenschaftlichen Liebesnacht aufs Spiel setzen. Daß er diesen schrecklichen, albernen Kampf gewonnen hatte, gab ihm noch lange kein Recht, sie wie eine Kriegsbeute für sich zu beanspruchen.

Sie ging im Wigwam auf und ab und schlug mit der geballten Rechten in die Handfläche der linken Hand, um ihren Gedanken Nachdruck zu verleihen. Jawohl, sie hatte es, verdammt noch mal, satt, wie ein Stück Vieh behandelt zu werden, das man sich *nehmen*, oder das man *gewinnen* oder *besitzen* konnte. Diesmal würde sie Tyl dazu zwingen, wie es sich gehörte, respektvoll um sie zu werben. Daß er sich schließlich zu dem Geständnis aufgerafft hatte, sie zu lieben, hieß nicht, daß sie jetzt in seine Arme sank oder auf dieses Lager …

»*Meine Frau* hat er gesagt. Ha! Er wird bald feststellen, daß er sich das Recht *verdienen* muß, mich so zu nennen!« stieß sie wütend hervor. »Er wird sehr schnell lernen, daß …«

»Mit wem schimpfst du denn diesmal?«

Als sie seine spöttische Frage hörte, schlug Delia das Herz bis zum Hals. Sie drehte sich schnell um. Das Licht der Kiefernfackeln vor der offenen Zeltklappe warf einen langen Schatten, und sie konnte sein Gesicht nicht sehen. Aber sie hatte den vertrauten Spott in seiner Stimme ebenso gehört wie seine Liebe.

Sie standen sich wortlos gegenüber. Dann ließ er die Lederklappe fallen und schloß die nächtlichen Geräusche und das Fackellicht aus.

»Tyl!« rief Delia überwältigt, warf sich in seine Arme und bedeckte sein Gesicht mit Küssen.

Er hielt ihren Kopf zwischen seinen Händen, damit auch er sie küssen konnte. Aber sie waren beide nicht auf die Wirkung der ersten Berührung ihrer Lippen vorbereitet. Das war wie Feuer auf Schießpulver, wie Wasser auf ausgetrockneten Kehlen oder wie die Sommersonne, die im Osten ganz plötzlich schnell und heiß am Himmel aufsteigt.

Es war wie die Erfüllung ihrer Träume und Sehnsüchte, ihrer Liebe und Leidenschaft.

Sie versuchten, sich gegenseitig zu verschlingen. Sie griff wie eine Ertrinkende nach seinen Haaren und zog seinen Kopf tiefer, damit sie ihn besser küssen konnte, als wollte sie durch die Wärme ihrer Lippen mit seinen verschmelzen. Sie bekamen beide keine Luft mehr, aber sie wollten diesen Kuß nicht enden lassen. Schließlich löste er seinen Mund von ihrem und drückte sein Gesicht an ihren Hals.

Sein heißer Atem ging stoßweise, und er keuchte. Ihre Herzen schlugen lauter als die Trommeln der Abenaki. Seine Hand glitt über ihren Körper, als wollte er sie überall gleichzeitig berühren.

»Großer Gott ...«

Er schwankte, und sie klammerte sich an ihn. Er zog ihren Kopf zu sich, um sie wieder zu küssen, aber sie wand sich aus seinen Armen.

Ihre Lippen waren wund und geschwollen. Sie fuhr mit der Zungenspitze darüber, und sie schmeckten nach ihm.

»Offenbar soll ich dir etwas zu essen vorsetzen«, flüsterte sie.

»Dann tu es«, sagte er heiser und kam einen Schritt näher.

»Setz dich«, erwiderte sie schnell und wich weiter zurück, so daß das Feuer zwischen ihnen war.

Tyl lachte rauh. »Delia, trotz deiner Leidenschaft ist es immer wieder schwer, dich zu verführen.« Er setzte sich nach Indianerart mit gekreuzten Beinen vor das Feuer.

Es gab Teller und Schalen aus Rinde, und Delia füllte sie mit Essen. Wie ihr die Frauen gesagt hatten, reichte sie ihm die Gerichte nacheinander. So etwas Neumodisches wie »Gabeln« kannte man hier nicht. Er aß mit den Fingern und leckte sie zwischendurch immer wieder ab. Aber er ließ Delia beim Essen nicht aus den Augen. Sie spürte seine wartenden Blicke; ihre Haut wurde heiß, und irgendwo tief in ihrem Leib begann etwas zu brennen. Sie atmete bewußt langsam und tief, dann setzte sie sich ihm gegenüber und sah ihn an.

Er trug ebenfalls einen kostbar mit Perlen bestickten Umhang, darunter eine Art kurze Weste und einen Lendenschurz. Der Muschelperlengürtel um die Hüften war der gleiche, wie sie ihn trug. Mit den dunklen Haaren, dem kantigen Gesicht, und den im Schatten nicht erkennbaren blauen Augen wirkte er ganz wie ein Indianer. Sie dachte unwillkürlich an Bedagi auf der Plattform: Sein nackter Körper war bemalt gewesen, er hatte die Keule geschwungen und wildes Kriegsgeschrei ausgestoßen.

Ich kenne diesen Mann nicht, dachte Delia, ich kenne ihn überhaupt nicht. Und ich habe Angst.

Er lächelte sie an. Bei diesem schiefen Lächeln wurde sie immer schwach. Sie wandte schnell den Kopf ab, damit er nicht sah, welche Wirkung es hatte.

Plötzlich kam es Delia im Wigwam sehr warm vor. Sie schob sich ein paar feuchte Löckchen aus der Stirn und machte sich an der Spange zu schaffen, die den Fellumhang zusammenhielt. Er war sehr schön, aber auch schwer und viel zu warm – vor allem, wenn Tyl sie mit diesen Blicken ansah. Sie legte den Umhang beiseite und strich mit der Hand über den glatten, weichen Pelz.

»Lusifee … «, sagte Tyl.

Sie blickte überrascht auf. »So hat *er* mich genannt.«

»Wer?«

»Traumbringer.«

Tyls Lächeln wurde hart. »So, so, wie interessant. Und wie hast du ihn genannt?«

Delia verzog abfällig das Gesicht. »Er hat gesagt, ich müsse ihn ›Herr‹ nennen, weil ich seine ›Sklavin‹ sei!«

Tyl lachte, aber es klang etwas unsicher.

»Was bedeutet das eigentlich – Lusifee?«

Er starrte sie an und sagte achselzuckend: »Es ist ein Ausdruck großer Ehrerbietung. Ich habe noch nie gehört, daß er in Zusammenhang mit einer Frau gebraucht wird.« Seine Augen funkelten spöttisch. »Obwohl ... wenn er je auf eine Frau passen würde, dann auf dich. Lusifee bedeutet Wildkatze.«

Delia lachte laut. »Und ich hatte schon gedacht, es sei ein Abenaki-Wort für Dickkopf!« Tyl stimmte in ihr Lachen ein.

Das Wasser in dem kleinen, mit Hemlocksprossen gefüllten Eisentopf begann zu kochen. Sie nahm eine Schöpfkelle, füllte sie und warf ein Stück Ahornzucker in das duftende Gebräu. Doch als sie ihm die Schöpfkelle über das Feuer hinweg reichen wollte, schüttelte er den Kopf. »Bring es herüber.«

»Aber ...«

»Komm her. Es ist zu heiß!«

Sie ging gehorsam um das Feuer zu ihm. Er nahm ihr die Kelle ab und legte sie vorsichtig auf den Boden, um nichts zu verschütten. Dann schloß sich seine Hand blitzschnell um ihren Arm, und ehe sie wußte, wie ihr geschah, saß sie auf seinem Schoß, und er hatte beide Arme um ihre Hüfte gelegt.

Sie wand sich, aber dann spürte sie ihn. Ihr stockte der Atem. »Du hast mich überlistet!« protestierte sie schwach.

Er gab ihr keine Antwort, sondern zog ihren Kopf nach unten und küßte sie zart und sanft. Sie spürte seine weiche Zunge, und es war köstlich.

Er hob den Kopf, drückte den offenen Mund erst an ihren Hals und flüsterte ihr dann ins Ohr: »Delia, ich kann nicht mehr warten. Ich will dich ... jetzt.«

Sie schmiegte sich an ihn und gab jeden Widerstand auf. Sie wollte ihn nicht weniger und glaubte in seinen Armen zu vergehen. Sie fühlte sich schwach und spürte zwischen den Schenkeln eine verwirrende Wärme und Feuchtigkeit.

»Nein ... ja«, hauchte sie oder glaubte, es zu sagen, denn sie konnte nichts hören, weil das Blut in ihr alles übertönte.

Er fuhr zärtlich und liebkosend mit der Hand über ihren Körper ... von der Hüfte zu den Schenkeln, zurück und dann wieder ... von der Hüfte zu den Schenkeln. Seine Lippen glitten langsam und auf Umwegen an ihrem Hals nach oben zu ihrem Mund. Seine Hand fand ihre Brust und streichelte sie durch das weiche Leder.

Als die erste Welle der Lust sie erfaßte. wollte sie sich noch einmal gegen ihn wehren, versuchte es zumindest. Aber ihr Körper verweigerte sich ihr. Sie konnte sich nicht bewegen. Unter seinen Liebkosungen wurde sie gleichzeitig so schwerelos wie der weiße Rauch, der vom Feuer aufstieg.

»Hör auf, Tyl ... bitte ...«

Er bearbeitete mit der Zunge ihr Ohr. Sie stöhnte und drehte den Kopf. Seine Lippen glitten über ihren langen weißen Hals. Er sprach dabei, und seine Stimme drang durch die Haut und fand ein Echo in ihrem Blut.

»Ich liebe dich, Delia ... Und du liebst mich. Endlich sind wir zusammen, nur wir beide. Wir sind frei. Jetzt bist du meine Frau, mei ...«

»Nein!«

Sie riß sich los, sprang auf, wich zurück und verschränkte in der uralten weiblichen Geste schützend die Arme. »Nein, nicht noch einmal! Ich lasse nicht zu, daß du mich noch einmal verführst, Tyl. Wenn du mich willst, mußt du mich zuerst heiraten.«

Er erhob sich langsam und kam mit funkelnden Augen näher. »Ich glaube, ich könnte dich verführen, Delia.«

»Nein – oh!«

Er zog sie so heftig an sich, daß das letzte Wort wie ein Seufzer aus ihr herausgepreßt wurde. »Doch ...«, brummte er, packte sie an den Hüften und drückte sich zwischen ihre Schenkel.

Ihre Finger verkrallten sich in seinen Schultern, sie warf den Kopf zurück und stöhnte laut. Durch das Rauchloch sah sie Sterne, kreisende, wirbelnde Sterne, und ... sie wurde schwach.

»Nein ...«, murmelte sie wieder.

Er preßte seine Hüften noch einmal an sie, und seine Zunge glitt über ihren Hals. Sein Atem ging schneller. Seine Stimme klang heiser. »Ich glaube, ich könnte dich ohne weiteres verführen.«

Sie versuchte es ein letztes Mal. »Nein ...«

Er griff in ihre Haare und zog ihr Gesicht dicht an seine Lippen.

»Doch«, wiederholte er leise und liebkoste ihren Mund mit seinen federleichten Lippen. Dann lachte er plötzlich, und es klang knurrend wie eine Raubkatze, als er sagte: »Aber das ist nicht nötig. Damit du es weißt, du bist schon meine Frau… denn wir sind bereits verheiratet.«

Vierundzwanzigstes Kapitel

Ihre Lippen öffneten sich, und sie sah ihn mit großen Augen an. »Verheiratet? Nein, wir haben nie...« Aber Tyl hatte genug vom Reden und genug vom Warten. Er preßte die Lippen auf ihren Mund.

Noch nie hatte etwas so gut, so süß geschmeckt wie Delias Mund. Er hatte um sie gekämpft, um sie geworben und jetzt wollte er dafür etwas von ihr – und sei es nur die kurze, heftige Lust, mit der sie schon einmal auf ihn reagiert hatte.

Aber er mußte nicht länger kämpfen. Ihr Mund öffnete sich und überließ sich ihm. Sie saugte an seiner Zunge, und er ließ sie ihr. Sie klammerte sich an ihn, und er stützte sie. Sie kam ihm entgegen, und er drängte mit den Hüften, um sie spüren zu lassen, wonach er sich sehnte. Dann hob er sie mit seinen starken Armen auf und versuchte, sie zu tragen, ohne seinen Mund von ihren Lippen zu lösen. Schwankend stolperten sie zum Lager und sanken, immer noch aneinander geklammert, auf die dicken, weichen Felle.

Er stieß mit der Zunge immer tiefer in ihren Mund und schob ihr Kleid nach oben. Dann fuhr er leicht mit den Händen über die empfindliche Haut an den Innenseiten ihrer Schenkel, und sie bäumte sich unter ihm auf, als seien seine Finger Feuerzungen. Sie stöhnte, und er seufzte, denn ihre Haut war so unglaublich zart, daß er fürchtete, sie würde unter seinen Händen schmelzen wie Seidenfäden, die man an eine Flamme hält. Seine Hand bewegte sich nach oben und legte sich über ihr Geschlecht. Ein tiefer Schrei entrang sich ihrer Brust, als seine Finger zwischen die zarten Falten glitten und sie öffneten.

Er erforschte sie mit den Fingern, verteilte ihre Feuchtigkeit über die daunenweichen gekräuselten Haare und strich mit dem feuchten Daumen über den Knoten der Lust, bis sie sich unter seiner Hand wand.

Sie löste ihren Mund von seinen Lippen. »O Tyl, das ist so... bitte...!«

Er hob den Kopf, richtete sich auf und sah sie erwartungsvoll an. Ihre Augen waren weit geöffnet und dunkel vor Verlangen; ihr Mund war geschwollen, die Lippen waren feucht von seinen Küssen. Sie sah ihn unverwandt an, während ihre Hand unter dem Lendenschurz das fand, was sie suchte. Ihre Finger schlossen sich und drückten zu. Ihre Hand war heiß, und Tyl zog laut zischend die Luft ein.

Er biß die Zähne heftig zusammen und vergrub das Gesicht in der kleinen Vertiefung ihrer Schulter. Er schien unter ihrem Griff noch zu wachsen und war so hart, daß es schmerzte.

»O Delia, mein Gott... Es hat zu lange gedauert. Es tut mir leid...«

Sein Muschelgürtel fiel auf das Lager, aber mit dem Riemen seines Lendenschurzes hatte er Mühe, und der Knoten löste sich erst, als er ihn mit einem Messer durchschnitt. Er warf den Lendenschurz gegen die Wand auf der anderen Seite des Wigwams, öffnete mit den Knien ihre Schenkel und berührte ihre Öffnung. Dabei stützte er sich so ab, daß er ihr Gesicht sehen würde.

Er stieß zu, und ihre Augen schlossen sich ruckartig. Im ersten Moment erschrak er so sehr, daß er sich zurückzog und fast wieder aus ihr herausgeglitten wäre. Aber sie öffnete sich ihm, wurde weich und rief nach ihm, und da begann er langsam von neuem, dehnte sie und füllte sie aus. Sie bäumte sich auf und umklammerte seine Hüfte mit ihren Schenkeln. Sie umschloß ihn wie mit einer seidigen Fessel und zog ihn noch tiefer in den glatten, pulsierenden Kern ihres Wesens.

Er versuchte, sich langsam zu bewegen, aber er hatte sich nicht unter Kontrolle. Bald war er wild und heftig, dann zog er sich wieder langsam zurück, und sie erwiderte seine Stöße so ungestüm, daß sie ihn beinahe aus dem Rhythmus brachte. Ihre ungezügelte

Leidenschaft überraschte ihn, er glaubte sich in die Luft geschleudert, sein Nacken spannte sich, und er öffnete den Mund zu einem stummen Schrei der Lust.

Sie erreichten zusammen den Höhepunkt, der irgendwo außerhalb von ihm begann und mit der Gewalt von tausend Blitzen durch seinen Körper bis hinauf in den Kopf schoß.

Er blieb so lange in ihr, bis er beinahe wie von selbst aus ihr glitt, bis sein Herz nicht mehr gegen den Brustkorb hämmerte und seine Lungen sich wieder langsamer hoben und senkten, bis er wußte, daß sein Körper nicht in tausend Stücke zerrissen durch die Unendlichkeit schwebte.

Er lag völlig entspannt mit dem ganzen Gewicht auf ihr, und sein Oberkörper drückte ihre Brüste flach. Sein Kopf ruhte an ihrem Hals, wo ihre Haare ihn plötzlich in der Nase kitzelten. Sie roch nach dem Kiefernwald draußen und nach den Fellen, auf denen sie lagen, und nach dem erotischen Duft, der für ihn unverkennbar Delia war.

Er wollte sie sehen, ihr Gesicht, alles, rollte langsam zur Seite und stützte sich auf den Ellbogen. Er mußte leise lachen, denn ihr Gesichtsausdruck war so, wie er sich fühlte – überwältigt.

Ihre Haut war gerötet und feucht. In ihren goldenen Augen sah er grüne Flecken – es waren die Farben des Sees bei Sonnenuntergang, und er ertrank in ihnen. Das Licht der Flammen spielte in ihren Haaren und gab ihnen einen rötlichen Schimmer. Sie flossen wie verschütteter Wein über ihre Schultern und die Felle. Er hob ihre Locken mit geöffneten Händen und führte sie an seinen Mund, als wollte er sie trinken.

Während er ihr tief in die Augen blickte, sah er, wie sie den weichen verträumten Ausdruck ihrer Zärtlichkeit annahmen. Sie hob langsam die Hand und fuhr mit dem Finger über seine Unterlippe.

»Tyl...«

In seiner Schwäche stiegen ihm die Tränen in die Augen, so daß er sie nur noch verschwommen sah.

Verdammt, er liebte sie so sehr, daß es weh tat.

Er senkte den Kopf und fuhr mit der Zunge über ihren geschwungenen Mund. Er drückte ihre Lippen auseinander und ihr feuchter Atem traf ihn mit einem leisen Seufzen. Dann schmeckte sie mit der Zunge ihre Lippen, wo noch vor einem Augenblick seine Zunge gewesen war.

Sie küßten sich lange und ohne Ende. Es wurden bald wieder harte, heiße Küsse. Delia begann zu keuchen und an dem Kleid zu ziehen und zu zerren. Sie hatte die Vorstellung zu verbrennen. Er konnte nicht glauben, daß sie sich so kurz nach der ersten Explosion mit diesem wilden Hunger küßten. Doch es gab keinen Zweifel daran, daß sie ihn noch einmal wollte. Schon jetzt.

Er schnürte ihr das Kleid auf und entblößte ihre Brüste. Übermütig und glücklich schob er sie zusammen, drückte sein Gesicht in die Spalte und stieß mit der Zunge dazwischen, so wie er es in ihrem Mund gemacht hatte.

»O Gott, du schmeckst so gut. Ich beneide unsere Kinder...«

Sie schob ihn mit einem solchen Ruck von sich, daß er stöhnte.

»Tyler Savitch, du bist ein Hurensohn!«

»Was... au!« Sie trommelte mit beiden Fäusten auf ihn ein.

Er packte sie an den Handgelenken, damit sie nicht mehr zuschlagen konnte. Dann umfaßte er beide Handgelenke und hob sie über ihren Kopf. Er legte sich auf sie, und so von ihm gefesselt, konnte sie sich nicht mehr wehren.

»Was habe ich denn jetzt schon wieder getan?« fragte er unschuldig. »Ich meine, außer...«

»Wie *kannst* du nur so lügen? Wie kannst du mich deine Frau nennen und behaupten, wir wären verheiratet? Und ich habe mich wieder von dir verführen lassen. Ich hasse dich!«

In ihren Augen standen Tränen. Sie warf den Kopf beiseite und vergrub das Gesicht in den Fellen. »Ich hasse mich selbst«, fügte sie leise und kläglich hinzu.

Er ließ sie los und lachte.

»Ach Delia, meine immer noch zweifelnde Braut.« Er leckte die Tränen ab, die begonnen hatten, ihr über das Gesicht zu rinnen. »Glaubst du, ich würde bei etwas so Wichtigem lügen?«

An ihrem Gesicht konnte er die widerstreitenden Gefühle ablesen, die in ihr aufstiegen: Zweifel, Zorn und am Ende unsichere Hoffnung.

Nun ja, er konnte ihr das nicht vorwerfen, denn er hatte sie in der Vergangenheit so oft verletzt.

Aber nie mehr, Delia, das verspreche ich dir. Ich werde dich nie mehr verletzen, schwor er sich stumm in diesem Augenblick.

Sie schluckte und rang nach Worten. »Aber das ist ... seit *wann* sind wir verheiratet?«

»Seit heute abend«, erwiderte er lächelnd. Er genoß die seltene Gelegenheit zu wissen, daß er ihr an diesem Abend mehr als nur körperliche Befriedigung schenken würde. »Bei den Abenaki sind Hochzeiten eher etwas Beiläufiges, verstehst du. Es geht dabei eigentlich nur darum, sich etwas Besonderes anzuziehen ...«

Sie fuhr mit den Handflächen über die mit Borsten besetzte und kunstvoll gefärbte Lederweste. »So etwas?«

»Hmm.« Er fuhr mit der Zunge über ihren Schmollmund. »Dann schickt der Mann besonders gute Dinge zum Essen in den Wigwam oder in die Hütte der Frau, um zu zeigen, daß er für sie sorgen kann.«

Sie warf einen Blick auf die Reste des Mahls an der Feuerstelle. »Das stammt von dir?«

»Hmm.« Er knabberte an ihrer Lippe und saugte sie in seinen Mund. »Die Frau bereitet das Hochzeitsmahl zu und trägt es dem Mann auf, um zu zeigen, wie sie ihn versorgen wird.« Er küßte sie sanft auf den Mund. »Und dann lieben sie sich auf einem Lager aus Balsamtannenzweigen und Fellen.«

Sie drückte sanft einen Fingernagel in die Falte an seinem Mundwinkel und fuhr dann die Umrisse seiner Lippen nach. Sie öffneten sich. Seine Zunge kreiste um ihren Finger. »Jemand hätte mich darauf vorbereiten sollen«, flüsterte sie.

Er legte den Kopf zurück und betrachtete aufmerksam ihr Gesicht. Er war etwas verunsichert. Sie hatte so oft erklärt, sie liebe ihn, daß er vorausgesetzt hatte, sie werde sich freuen, wenn sie heiraten würde.

Sollte er diese Liebe irgendwie verloren haben …?

»Wenn du das gewußt hättest, hättest du dann auch alles getan?« fragte er mit angehaltenem Atem.

Ihr Lachen kam tief aus der Kehle. »Was glaubst du denn, Tyler Savitch? Ich wollte dich heiraten, seit ich dich zum ersten Mal gesehen habe«, erwiderte sie und gestand ihm ihre Liebe damit so furchtlos wie immer. Sie fuhr mit den weichen Fingerspitzen über sein Gesicht. »Es ist nur …«

Lächelnd küßte er ihre Handfläche. »Nur was?«

»Ich wollte dich zwingen, daß du zuerst um mich wirbst. Ich meine, wie um eine richtige Dame …«

»Ist das nicht die richtige Art, um eine Dame zu werben?« flüsterte er, während sein Mund sich um ihre Brust schloß.

Sie wand sich stöhnend, als seine Finger weiter vordrangen. »Ich glaube … das ist höchst unschicklich.«

Er löste sich aus ihren Armen, glitt von den Fellen und stand auf. Sie schien so überrascht und enttäuscht, daß er lachen mußte. »Keine Angst, ich gehe nicht weg, Kleines«, sagte er. »Ich will nur, daß wir endlich diese verwünschte Hochzeitskleidung ausziehen.«

Es dauerte nur wenige Augenblicke. Nackt blickte er auf sie hinunter. Sie lag erwartungsvoll auf den weichen Fellen. Das dunkle Dreieck zwischen den Schenkeln verbarg Geheimnisse, die zu ergründen er niemals müde werden würde. Sein Blick wanderte anbetend von den vollkommenen Brüsten zu dem schlanken Hals, zu den samtigen Lippen und verharrte auf ihren Augen.

Aber nicht er, sondern Delia brach das Schweigen. »Du bist schön.«

Er warf den Kopf zurück und lachte. »Das soll ich doch zu dir sagen.«

Er beugte sich vor und zog sie an den Handgelenken hoch. Dann griff er um ihre Hüfte, löste den Muschelperlengürtel und ließ ihn mit einem sanften Rasseln zu Boden fallen. Er zog ihr das Kleid aus Rentierleder über den Kopf. Sie half ihm, indem sie wie ein kleines Kind unbewußt die Arme hochhielt.

Als sie die Arme wieder sinken ließ, streichelte sie seine Brust.

Ihre Finger verfingen sich im Gewirr der weichen Haare. Ihre Hände glitten tiefer über den flachen Bauch, und seine Muskeln spannten sich, als er mit einem gepreßten Seufzen Luft holte. Das Seufzen verwandelte sich in tiefes Stöhnen, als ihre Hand weiter unten sanft zu streicheln begann.

»Was hast du mit mir vor, Tyler Savitch?« fragte sie mit ihrer tiefen Stimme, als wüßte sie es nicht.

»Ich bereite mich darauf vor, meinen Ehepflichten nachzukommen.«

Leise lachend drückte sie sich an ihn und schnurrte wie eine Katze. »Ich dachte, das hätten wir bereits getan.«

»Das war nur das Vorspiel.«

Er nahm sie in die Arme. Sie beugte sich zurück und schloß die Augen. Eng umschlungen sanken sie auf die Felle.

Er legte sich auf sie, griff nach ihren Handgelenken und drückte sie auf beiden Seiten ihres Kopfes auf das Lager. Sie schien ihm plötzlich so unglaublich klein und zart. Er fürchtete, sie zu erdrücken.

Er küßte sie zart und flüsterte dann: »Mach es dir wirklich bequem, denn diesmal wird es lange, sehr lange dauern.«

Er begann mit ihrem Mund. Er erforschte ihn mit der Zunge und staunte über seine Wärme und das seidige Innere. Er saugte und knabberte an ihren Lippen und sagte ihr zwischen Küssen, selbst der erste Ahornsaft des Jahres schmecke nicht so süß. Sie lachte in seinem Mund. Ein grenzenloses Wohlgefühl erfaßte sie beide. Es gab kein Ringen, keine Zweifel und kein sich Wehren mehr. Er bot sich ihr ohne Scheu und bewunderte sie als seine Frau. Sie gab ihm Sicherheit und Zärtlichkeit. Sie schenkte ihm ihr ganzes Vertrauen. Die Berührungen wurden zu einer Reise in die Tiefen ihrer Herzen. Die vielen Wunden, Enttäuschungen und Bitternisse, die quälenden Fragen und schmerzlichen Unsicherheiten wurden in dieser von allen Lasten befreiten Liebe geheilt. Die Nacht verging, und die Sterne standen leuchtend am Himmel. Sie wußten es nicht, aber sie fühlten sich sicher und geborgen.

Seine Lippen fuhren sanft über ihre Wangen und unter das Kinn, das sie so herausfordernd hob, wenn sie wütend war oder sich fürchtete. Beim Gedanken an dieses Kinn, das ihr so tapfer den Weg durch die Welt wies, nahm er sie liebevoll in die Arme, denn er wollte sie vor allen Gefahren und Leiden beschützen.

»Ich liebe dich, Delia«, sagte er leise, während er den offenen Mund an ihren Hals preßte und staunte, daß er die Worte überhaupt hervorbrachte. »Du mußt dir jetzt keine mehr Sorgen machen, denn ich liebe dich.«

Er spürte, wie sie schluckte. Sie griff ihm mit den Fingern in die Haare, um seinen Kopf festzuhalten. »Tyl ...«, sagte sie nur, aber das genügte.

Ihre Finger griffen fester zu, und sie zog seinen Kopf nach unten. Sie wölbte den Rücken und drückte ihren Körper an ihn. »Hier«, hauchte sie, und sein Glück kannte keine Grenzen, denn sie schenkte sich ihm, und es war wie ein Versprechen.

Er nahm das Geschenk dankbar und voll Ehrfurcht an und beschäftigte sich voll Hingabe mit ihr. Er überschüttete sie mit Komplimenten und Küssen, streichelte und bewunderte sie. Er legte die Hand auf ihren Leib ... und ließ seine Lippen wandern. Er küßte sie dicht über den Schamhaaren und rieb sein Gesicht darin, bis sie lachte. Dann glitt seine Hand unter ihr Gesäß, und er hob sie an seinen Mund. Er spürte voll Freude, wie sich ihre angespannten Muskeln noch mehr spannten.

»Tyl!« keuchte sie. »Was machst du da?«

»Ich liebe dich.«

»Aber das ist ... o mein Gott ...« Doch sie öffnete weit die Schenkel, umfaßte mit beiden Händen seinen Kopf und drückte ihn tiefer, damit er nicht aufhören konnte. Es mochte zwar schwer sein, Delia McQuaid zu verführen, aber er kannte keine Frau, die so hemmungslos liebte.

Sie warf den Kopf hin und her. Ihre Finger gruben sich in die Felle, sie stieß Schreie aus und stöhnte. Es machte ihn glücklich, daß sie es ihm erlaubte, ihr diese Lust zu verschaffen, und dann kam sie ungestüm und lange.

»Ich liebe dich!« rief er, als ihr Zucken verebbte. Er löste sich von ihr, richtete sich auf, sank über sie und preßte seinen Mund auf ihre Lippen. Sie hob sich ihm entgegen und umklammerte ihn so heftig, daß er aufschrie.

Sie öffnete die Schenkel so weit, daß ihre Knie das Lager berührten. Er hörte ein leises Stöhnen und wußte plötzlich, daß es von ihm kam. Er fühlte sich jetzt nicht mehr so stark. Sie forderte ihn jetzt, saugte ihn leer und machte ihn zu einem zuckenden Wesen, das ohne sie nichts war, nicht existieren konnte.

Er hatte noch nie eine solche Ekstase erlebt.

Das Feuer fiel zu einem Haufen Glut und Asche zusammen. Die zu Ende gehende Nacht ließ den kommenden Winter ahnen, und Tyl zog die Felle enger um sie beide.

Delia seufzte schläfrig, schmiegte sich in seine Arme und an seine Brust. »Ich liebe dich, Tyl«, sagte sie so leise, daß er nicht wußte, ob er sie oder ihre Stimme in seiner Erinnerung hörte.

Er nahm sie fester in die Arme und flüsterte ihr zärtlich ein Liebeslied der Abenaki ins Ohr. Danach wiederholte er die Worte in englisch, damit Delia sie verstand...

»Schlaf, schlaf, meine Geliebte und
Fürchte dich nicht vor der Dunkelheit
Heute nacht schlägt mein Herz mit deinem Herzen
Heute nacht sind wir eins.«

Sie schlief, aber er blieb wach. Er stützte sich auf den Ellbogen, legt den Kopf auf die geballte Faust und sah sie an. Er sah sie einfach an. Er konnte nicht glauben, daß sie tatsächlich ihm gehörte, und er wollte nicht einschlafen, weil er fürchtete, beim Aufwachen festzustellen, daß alles nur ein Traum gewesen war. Außerdem, es gab nichts Schöneres, als sie anzusehen...

Stunden später schlug Delia die Augen auf und stellte fest, daß er mit einem nachdenklichen Ausdruck auf sie blickte. Sie lächelte. »Warum siehst du mich so an, Tyler Savitch?«

Seine Lippen fuhren über ihre Schläfe. »Weil du meine Frau bist.«

»Ach so.« Sie lachte und schmiegte sich fester an seinen warmen Körper. Sie drehte sich um, so daß sie mit dem Rücken an seiner Brust lehnte und seine Arme um ihre Hüfte lagen.

Sie wehrte sich, wenn auch im Spaß, als er die Decken zurückwarf und die kalte Luft ihre nackten Körper traf. Er half ihr beim Anziehen, und sie mußten zweimal den ganzen Wigwam absuchen, bis sie Delias Sachen fanden. Danach legte er sich den weiten Umhang über, band sich die Ledergamaschen um die Beine und zog die Mokassins an. Er nahm ein Fell vom Bett und ging mit ihr hinaus in die Nacht.

Die Luft schien vor Kälte zu knistern, in die Haut zu beißen, und ihr Atem umgab ihre Köpfe wie Wolken. Es war so klar, daß die Sterne nahe genug zu sein schienen, um sie zu berühren. Ein paar Wölfe heulten, und ihr Geheul hallte über den See.

Tyl drehte Delia herum, so daß sie nach Norden blickte, und ihr stockte vor Staunen der Atem. Helle Strahlen und bunte Lichtbänder stiegen am Horizont auf und breiteten sich mit der Pracht von Regenbogen über den schwarzen Himmel.

»Tyl!«, rief sie. »Das ist ja wunderschön. Was ist es? Ich meine, wie entsteht es?«

»Der Nachtgeist hat sein Gewand aus buntem Feuer angelegt«, antwortete Tyl, zuckte hilflos die Schultern und lachte. »Ich weiß eigentlich nicht, wie es entsteht. Aber in dieser Jahreszeit ist es immer sehr schön.«

Er stand hinter ihr, legte die Decke um sie beide und zog Delia an sich. Sie beobachteten schweigend das prächtige Schauspiel. Nach einer Weile sagte Tyl: »Ich hatte solche Angst, Delia.«

Irgendwie wußte sie, daß er nicht von dem Kampf mit Traumbringer sprach. »Wovor?« fragte sie leise.

»Dich zu lieben und dich doch zu verlieren. So wie ich meinen Vater und meine Mutter verloren habe ... und später Assacumbuit und das Leben hier bei den Norridgewocks.« In seiner Umarmung lag eine Spannung, die tief aus seinem Inneren kam. »Ich hatte von Anfang an eine solche verdammte Angst, mich in dich zu verlieben. Ich war wie ein kleines Kind, das man aus seinem Versteck im Holzschuppen zerrt. Deshalb habe ich mich mit Händen und Füßen dagegen gewehrt.«

Delia drehte sich um. Sie legte die Hand an die weiche Lederweste, hob den Kopf und blickte zu ihm auf. Unter ihren Handflächen spürte sie seinen Herzschlag. »Und was hat dir die Angst genommen?«

Er verzog den Mund und lächelte. »Nichts. Der Gedanke, ich könnte dich verlieren, macht mir immer noch angst...«

»Du wirst mich nie –«

Er legte ihr schnell den Finger auf den Mund. »Sag es nicht. Du kennst die Zukunft nicht. Der Gedanke, dich zu verlieren, ist zwar schrecklich, aber nichts könnte schlimmer sein, als dich überhaupt nie gehabt zu haben. In diesen letzten Monaten, als du mit Nat verheiratet warst und ich wußte, daß du mit ihm in einem Bett liegst, und ich keine Möglichkeit mehr haben würde, dich zu bekommen...« Ein Schauer durchlief ihn. »Ich habe noch nie solche Höllenqualen gelitten.«

Delia wollte ihm gestehen, daß ihre Ehe mit Nat nie vollzogen worden war. Doch sie fand, daß dies für Nat noch im nachhinein peinlich gewesen wäre. Er war tot, aber sie war es ihm schuldig, seinen Stolz zu wahren. Statt dessen sagte sie: »Jetzt hast du mich, Tyl, solange wir leben.«

»Ja, jetzt habe ich dich, Delia. Du bist meine Frau, meine Geliebte.« Er rieb sein Gesicht an ihren Haaren und zog sie eng an sich. »Und selbst wenn ich dich nach dieser Nacht, nach diesem Augenblick nie mehr haben sollte, wirst du die Frau meiner Seele bleiben... die Hüterin meines Herzens.«

Seine Worte waren für sie mehr als ein Trost oder eine Erklärung, denn zum ersten Mal glaubte sie tatsächlich, daß er sie liebte. Delia seufzte. »Es kommt mir so unwirklich vor... daß wir wirklich verheiratet sind.«

»Es ist wirklich. Aber wenn es dich glücklicher macht, werde ich dich auch auf die Art der *Yengi* heiraten, wenn wir zurück in Merrymeeting sind. Danach wirst du ein Dutzend Kinder bekommen – natürlich eins nach dem anderen.«

»Ein Dutzend!« Sie lehnte sich zurück und funkelte ihn an. »Tyl, du willst wohl, daß ich den Rest meines Lebens schwanger bin?«

Er drückte sie an sich. »Hm, ja, so ungefähr...«

Plötzlich ertönte in einem der Langhäuser hinter ihnen ein Schrei. Sie hörten das Geräusch rennender Füße und lautes Rufen. Die Hunde begannen zu bellen, und bald wurde es im Dorf lebendig.

Tyl hob den Kopf und erstarrte in ihren Armen.

»Tyl, was ist los?«

Er warf das Fell schnell in den Wigwam, nahm sie bei der Hand und zog sie mit sich in Richtung Langhaus, aus dem immer noch laute Schreie drangen.

»Es ist Elizabeth!« rief er über die Schulter, während sie rannten.

Delia sah, daß selbst Tyl nicht auf das vorbereitet war, was sie in der Hütte erwartete. Elizabeth lag auf blutgetränkten Fellen. Die weiße Haut spannte sich dünn wie Pergament über ihre hervortretenden Wangenknochen. In kurzen Abständen griff sie an ihren Unterleib und stieß dabei einen markerschütternden Schrei aus.

»Gütiger Gott!« murmelte Tyl und kniete neben der verzweifelten Elizabeth nieder. Er betrachtete sie einen Augenblick ohne etwas zu unternehmen. Als Delia auf die andere Seite ging und ihn ansah, stand auf seinem Gesicht Erschrecken.

Elizabeth begann wieder zu schreien, und Delia schlug entsetzt die Hände vor das Gesicht. »O Gott, Tyl, wird sie sterben?«

»Nein«, sagte er, und es klang wie ein Befehl. Plötzlich löste sich seine Starre, und er beugte sich über sie. »Nein, sie wird nicht sterben, und sie wird auch das Kind nicht verlieren.«

Plötzlich wehte ein kalter Luftzug, und der Teufel erschien in einer Schwefelwolke. Vor Entsetzen blieb Delia beinahe das Herz stehen.

Tyl sagte etwas in Abenaki, und sie sah, daß es sich bei der gespenstischen Erscheinung um eine Art Medizinmann mit geschwärztem Gesicht handelte. Der unheimliche Mann hielt ein Gefäß mit Löchern in der Hand, aus denen dicker, stinkender Rauch aufstieg. Er kniete neben Tyl, hielt eine Rassel vor Elizabeths Gesicht und murmelte eine Beschwörung.

Elizabeths blaugeäderte Lider öffneten sich. Ihr Blick richtete sich auf den Medizinmann, und sie schrie auf.

Delia umklammerte ihre zitternde Hand. »Tyl, sag ihm, er soll weggehen. Er hat sie zu Tode erschreckt.«

»Nein, ich brauche ihn. Er versteht mehr vom Heilen, als ich in meinem ganzen Leben lernen kann.« Er faßte Delia mit seinen starken Händen an der Schulter. »Es tut mir leid, Liebes, aber *du* bist hier im Weg.« Er lächelte sanft. »Wenn du dich nützlich machen willst, kannst du uns mit heißem Wasser versorgen.«

Für den Rest der Nacht und den ganzen folgenden Tag kämpften Tyl und der Schamane um Elizabeths Leben. Delia hielt sich gehorsam fern, außer wenn noch mehr Wasser oder frische Tücher benötigt wurden. Zum ersten Mal bekam Delia eine Ahnung davon, welchen Mut und welche Kraft Tyl als Arzt aufbringen mußte. Er schien mit Elizabeth zu leiden, und sie wußte, der Verlust eines Patienten, ganz gleich, wie alt oder krank er sein mochte, traf ihn wie ein persönliches Versagen.

Die Sonne ging gerade unter, als Tyl plötzlich neben sie trat. Er legte die Arme um sie und klammerte sich zitternd vor Erschöpfung an sie.

Er seufzte mit dem Mund in ihren Haaren. »Sie wird es schaffen, Liebes.«

Tränen der Erleichterung brannten in Delias Augen. »Und das Kind?«

Er lachte unsicher. »Das kleine ungeborene Ding ist ein Kämpfer. Ich kann nicht glauben, mit welcher Macht er sich an das Leben klammert. Aber, Delia ...«, er trat einen Schritt zurück, damit er ihr Gesicht sehen konnte, und strich ihr die Haare aus der Stirn, »wenn das Kind überhaupt eine Chance haben soll, muß es noch mindestens drei Monate im Mutterleib bleiben. Und es wird nicht leicht sein, das Kind dort zu halten.«

Sie umfaßte die Hand an ihrem Gesicht. »Das heißt, wir können nicht nach Hause?«

»Nicht vor dem Frühjahr.«

[illegible]

[illegible]

[illegible]

[illegible]

[illegible]

[illegible]

Fünfundzwanzigstes Kapitel

Tyl betrachtete aufmerksam die gespaltenen Hufabdrücke, die der Elch hinterlassen hatte. Sie waren frisch, denn die zusammengepreßten Schneekristalle funkelten hell in der fahlen Wintersonne. Er lächelte. Die Jagd würde bald zu Ende sein, und er wollte unbedingt zurück ins Dorf.

Auf den breiten, flachen Schneeschuhen, die aus gebogenen und mit Tierhäuten bespannten Holzrahmen bestanden, glitt er mühelos und in schnellem Tempo über den tiefen weichen Schnee. Er sah, daß die Spur um zwei Birken herumführte, die etwa seine Körperlänge voneinander entfernt standen, und er wußte, daß es sich bei dem Elch, den er verfolgte, um einen großen Bullen handelte. Die Schaufeln waren so ausladend, daß der Elch nicht zwischen den Bäumen hatte hindurchgehen können.

Tyl schlug einen weiten Bogen und erreichte das Ufer eines zugefrorenen Sees. Dort suchte er Schutz in einem verschneiten Tannendickicht. Vor ihm erstreckte sich das flache leere Eis, das im weißen Winterlicht gespenstisch grün aussah. Aus der Ferne glich der Mann dem Tier, das er jagte, denn er trug einen dicken Umhang aus Elchfell und auf dem Kopf ein Geweih. Er setzte eine Pfeife aus Birkenrinde an den Mund und brachte den tiefen, röhrenden Ruf eines Elchbullen hervor. Dann richtete er sich darauf ein, mit der Geduld und Ausdauer, die er schon als Junge gelernt hatte, zu warten.

Nachdem er sich nicht mehr bewegte, spürte Tyl jedoch die eisige Kälte. Die rauhe Luft stach wie Nadeln, und trotz der mit Hirschhaaren gefütterten Mokassins wurden seine Füße schnell gefühllos. Lange flache Wolken schwebten übereinander gestaffelt am

Himmel. Es würde bald wieder schneien. Er konnte den Schnee riechen und spürte ihn auch daran, daß seine Nase erstarrte.

Plötzlich brach ein Baum, der die Last des Schnees nicht länger tragen konnte, mit einem lauten Knall, der an einen Gewehrschuß erinnerte, mitten entzwei. Ein Schneehase floh erschrocken mit großen Sätzen und gestreckten langen Hinterbeinen über den gefrorenen See. Tyl bewegte sich nicht. Er hörte schon seit einiger Zeit den Elch, der durch die feuchten Schneewehen in seine Richtung stapfte.

Als der Elch zwischen den Bäumen hervortrat, nahm er mit dem großen erhobenen Kopf Witterung auf. Tyl hob den kurzen Bogen und legte einen Rohrpfeil auf die Sehne. Der Elch drehte den Kopf. Mensch und Tier, Jäger und Beute sahen sich an.

Tyler Savitch spannte die Sehne und schoß den Pfeil ab.

Der mit Adlerfedern befiederte Pfeil traf sein Ziel. Er drang in den massigen Nacken des Tieres, und aus der Halsschlagader schoß das Blut wie die Fontäne eines Wals in die Luft. Der riesige Elch schwankte, die Vorderbeine gaben unter ihm nach, und er sank sterbend in den tiefen Schnee. Der Jäger warf den Kopf zurück und dankte mit dem uralten Gesang der Abenaki dem Geist der Tiere für das Geschenk. Die kehligen Laute schienen vom Himmel widerzuhallen.

Tyl häutete und zerlegte den Elch an Ort und Stelle. Einen Teil der Eingeweide und etwas Fleisch ließ er für Raubvögel und Tiere zurück, mit denen er das Jagdrevier teilte. Er mußte das zerteilte Fleisch zwei Meilen zu der Stelle tragen, wo er seinen Tobogan zurückgelassen hatte. Er packte das Fleisch in Taschen aus enthaarter Büffelhaut und hielt die schwere Last mit einer dicken Rindenbastschnur auf seinem Rücken fest. Er mußte den Weg dreimal machen.

Nachdem er das Fleisch auf den Schlitten geladen hatte, kam er sehr viel leichter vorwärts. Der Tobogan war wie die Schneeschuhe eine Erfindung der Abenaki: ein kufenloser, langer Schlitten aus einem etwa dreißig Zentimeter breiten Stück Holz, dessen vorderes Ende nach oben gebogen war. Er wurde entweder von Menschen oder von Hunden gezogen. Der Tobogan glitt mit einem leisen Zischen dahin, und der verharschte Schnee knirschte unter Tyls Schneeschuhen. Trotz der schweren Last legte Tyl ein rasches Tempo vor. Er war den ganzen Tag unterwegs gewesen, und er sehnte sich nach Delia.

Blaue Rauchwolken stiegen in die Luft und verbreiteten den Geruch von Tannenholz. Tyl erreichte den Kamm einer Anhöhe und blieb stehen. Im Tal unter ihm lag das Dorf. Die grasgedeckten Dächer der Langhäuser hoben sich schmutziggrau vor dem blütenweißen Hintergrund ab. Die Wigwams erinnerten an Zuckerkegel oder an weiße Wespennester.

Das Gebell der Hunde kündete Tyls Rückkehr an. Aus den Hütten und den Wigwams tauchten Frauen auf, um ihn von seiner Last zu befreien. Das Fleisch wurde in die Räucherhütte gebracht, um dort haltbar gemacht zu werden. Ein Teil wanderte in die Gemeinschaftsvorräte, aber den größten Teil erhielten die Familien des Clans, für den Tyl jagte. Die Muffel behielt er für sich. Der fleischige Teil der Oberlippe und die Schnauze des Elchs waren eine Delikatesse und blieben dem Mann vorbehalten, der das Tier erlegt hatte.

Auf dem Weg zu seinem Wigwam kam er an den kahlen Pfosten anderer Behausungen vorbei, deren Häute und Wände abgenommen worden waren. Im Winter, wenn die Nahrung knapp wurde, verließen viele Familien das Dorf und zogen den jagdbaren Tieren in die verschneiten Wälder nach. Wegen der eisigen Kälte verschwanden alle, selbst die Hunde wieder in den Hütten.

»Delia!« rief Tyl fröhlich, als er die Riemen der Schneeschuhe aufband und sie gegen einen Pfosten schlug, um den festgetretenen Schnee zu entfernen. Er schlug die Klappe beiseite und trat gebückt in den Wigwam. »Wo bist du? Ich friere, ich bin müde und will einen Kuß ...«

Das letzte Wort kam ihm ganz leise über die Lippen. Aber sein Lächeln erstarb, denn er sah, daß der Wigwam leer war. Delia besuchte sicher Elizabeth und ihr Kind in Assacumbuits Langhaus. Trotzdem enttäuschte es ihn, daß sie nicht da war, um ihn zu begrüßen, besonders weil er den ganzen Nachmittag an sie gedacht hatte

Nur die zwingende Aufgabe, auf die Jagd zu gehen, riß ihn von ihrer Seite. Wenn es möglich gewesen wäre, nur von der Liebe zu leben, hätte er den Wigwam überhaupt nicht mehr verlassen.

Im Wigwam war es warm. Es duftete nach Myrtenwachskerzen und dem Eintopf aus Mais, Ahornsamen und Grassamen, der auf den heißen Steinen stand und simmerte.

Er setzte sich auf die Matten am Feuer, um die feuchten Mokassins auszuziehen, und nahm sich einen großen Löffel von dem Eintopf. Sein knurrender Magen erinnerte ihn plötzlich daran, daß er den ganzen Tag nicht mehr gegessen hatte als ein kleines Stück Quitcheraw – einen Kuchen aus getrocknetem, mit Ahornzucker gesüßtem Mais. Dabei war er alles in allem wahrscheinlich weit mehr als zwanzig Meilen gelaufen und hatte auf dem Rückweg den beladenen Tobogan gezogen.

Er sah, daß Delia einen Rindeneimer mit geschmolzenem Schnee an das Feuer gestellt hatte, damit er warmes Wasser vorfinden würde, wenn er nach Hause kam. Nachdem er als Erwachsener immer allein gelebt hatte, war es für Tyl jetzt der größte Luxus, plötzlich eine Frau zu haben, die alle seine Bedürfnisse voraussah. Mit Delia hatte er es besonders gut getroffen: Sie schien immer bereits vor ihm zu wissen, was er haben wollte. Er hatte versucht, ihr zu sagen, es sei nicht nötig, daß sie ihn so verwöhnte, denn er war ohnehin der glücklichste Mann auf der Welt. Mit einem liebevollen Lächeln erinnerte er sich daran, was sie darauf geantwortet hatte: »Tyl, du bist ein Dummkopf! Vergiß nicht, ich will auch etwas für unser Glück tun.« Das war typisch Delia! Er stellte fest, daß er bereits beim Gedanken an sie lächelte. Bei Manitu, er liebte sie so sehr...

Er schüttelte sich schuldbewußt beim Gedanken an den Tag im Wald von Falmouth Neck, als sie ihn um seine Liebe angefleht hatte und er sie und ihre Liebe zurückwies. Er dankte zum hundertsten Mal seinem Schutzgeist Bedagi, dem *Gitche-Manitu*, und dem Christengott, daß er eine zweite Chance bekommen hatte, diese außergewöhnliche Frau zu seiner zu machen.

Sein Hunger war gestillt, die Füße wurden warm, und Tyl blickte ungeduldig zum Zelteingang. Er kam sich sehr vernachlässigt vor und ihm fehlten ihre Küsse. Vorwurfsvoll rechnete er nach. Es waren schon über acht Stunden vergangen, seit sie sich zum letzten Mal gesehen hatten.

Tyl ging unruhig im Wigwam hin und her. Die Sache wurde ernst. Wo war sie? Bestimmt hatte ihr eine der anderen Frauen inzwischen gesagt, daß er zurückgekommen war. Leise schimpfend zog er die inzwischen trockenen Mokassins wieder an und legte den Umhang aus Elchfell um. Dann nahm er eine Büffelhauttasche mit frischem Fleisch und machte sich auf den Weg. Offenbar mußte er sie selbst dorthin zurückbringen, wohin sie gehörte: auf sein Lager.

Als er die Tür des großen Langhauses öffnete, bot sich ihm ein erstaunlicher Anblick: Assacumbuit, der stolze Krieger, vollführte einen kleinen Tanz um das Feuer und wiegte dabei Elizabeth Hookers Kind auf den Armen. Er sang sogar ein selbsterdachtes Liedchen dazu. Es handelte von einem Waligit Wasis, einem hübschen kleinen Jungen mit Haaren, die so goldblond waren wie Maisfäden, und der zu einem großen starken Jäger heranwachsen würde, zu einem großen *Sachem* seines Volkes. Der Säugling gab leise fröhliche Laute von sich. Assacumbuits Schwiegertochter Silberbirke senkte den Kopf, um ihr Lachen zu verbergen.

Tyl stellte das Fleisch an der Tür ab und trat leise ein. Er wollte die bemerkenswerte Szene nicht unterbrechen.

Das Langhaus hatte zwar keine Fenster, doch durch die Rauchöffnungen drangen Sonnenstrahlen herein, in denen Staubteilchen tanzten. Die rechteckige Hütte war etwa fünfzehn Meter lang und in separate Räume aufgeteilt, besaß jedoch eine zentrale Feuerstelle, um die der Boden mit Steinen ausgelegt war. Der Rauch zahlloser Feuer hatte das Gebälk geschwärzt. Selbst für die Verhältnisse der Abenaki, deren Behausungen dauerhafter gebaut waren als die der meisten anderen Stämme im Osten, war das Langhaus ziemlich alt. Tyl und Traumbringer hatten beide in ihrer Kindheit darin gelebt.

Assacumbuits Tanz endete mit einer schwungvollen Drehung

auf den Zehenspitzen ... und dann erstarrte der alte *Sachem* beim Anblick seines lachenden Stiefsohnes. Zum ersten Mal, seit sich Tyl erinnern konnte, wirkte der große Krieger ein wenig verlegen.

»Der Kleine braucht irgendwie Bewegung für sein Bäuerchen«, sagte Assacumbuit mürrisch.

»Ach so«, murmelte Tyl und grinste. »Und du hast versucht, die kleinen Rülpser aus ihm herauszuschütteln.«

Der *Sachem* schnaubte mit gespieltem Widerwillen. »Hier, nimm ihn.« Er hielt Silberbirke das strampelnde Bündel entgegen. Sie nahm ihm das Kind ab und legte es in die Wiege, die am Firstbalken hing.

»So«, sagte Assacumbuit, »im Dorf geht das Gerücht um, daß der *Yengi* mit einem Pfeil einen Elch mit Schaufeln geschossen hat, die groß genug sind, einen Wigwam zu füllen.«

»Hm«, erwiderte Tyl bescheiden. »An der Tür steht eine Tasche ...«

Silberbirke packte das Fleisch aus und rief erfreut: »Sieh mal, Schwiegervater, er hat uns die Muffel gebracht!« Sie warf Tyl einen dankbaren Blick zu. »Aber du mußt sie wieder mitnehmen. Sie ist doch die Belohnung für den Jäger.«

»Natürlich nehmen wir das großzügige Geschenk trotzdem an«, unterbrach Assacumbuit sie schnell, und Tyl unterdrückte ein Lächeln. Es war bekannt, daß der alte Krieger zwei Biberpelze gegen diese Delikatesse eintauschte, die gekocht so zart wie junge Hühnchen schmeckte.

Tyl trat zu der Wiege und begann leise zu singen. Er zog eine Kette aus bunten Holzkugeln aus seinem Beutel und bewegte sie langsam vor dem kleinen Kind hin und her, das ihn mit seinen großen grauen Augen aufmerksam anblickte.

Jedesmal, wenn er das Kind sah, staunte Tyler Savitch von neuem über das Wunder. Als er vor fünf Monaten gesehen hatte, wie sich Elizabeth schreiend auf den blutgetränkten Fellen hin und her geworfen hatte, war er entsetzt gewesen, denn das Bild erinnerte ihn an seine sterbende Mutter. Wenn Delia ihn nicht mit ihren großen Augen voller Liebe, Vertrauen und Erwartung angesehen hätte, wäre seine tief im Unterbewußten verankerte Angst vielleicht übermächtig geworden und er hätte Elizabeth nicht helfen können. Doch in dieser unvergeßlichen Nacht hatte er zum ersten Mal in seinem Leben das große Wunder der wahren Liebe erlebt. Er hatte mit Delia von den eigenen Kindern gesprochen, die sie sich wünschten. Und er wußte jetzt, Liebe brachte Leben in die Welt. Er wußte jedoch auch, daß er den Tod bekämpfen konnte. Darin sah er als Arzt seine eigentliche Aufgabe. Er wollte der Liebe und dem Leben dienen. Und so hatte er um Elizabeth und ihr Kind gekämpft, als könnte er durch reine Willenskraft den Tod besiegen. Die große unerwartete Hilfe aber war ihm durch den Schamanen zuteil geworden. Tyl hatte in dieser Krise etwas von dem uralten geheimen Wissen um die Überwindung des Todes gelernt, und sein Dasein war reicher als je zuvor. Der Schamane hatte ihn mitgenommen in die Welt der Geister, wo sie mit den dunklen Kräften gerungen hatten. Dieser Kampf war gefährlicher gewesen als das brutale Zuschlagen mit der Keule, um zu töten, aber der Einsatz hatte sich gelohnt. Unter der sicheren Führung des Schamanen gelang es ihm, das Leben von Mutter und Kind zu retten. Diese Lektion hatte ihn plötzlich in die Welt der Visionen, einer Welt jenseits von Vernunft und Gefühlen, vorstoßen lassen. Und er wußte nun aus eigener Erfahrung um den schmalen Grat, dabei entweder in die dunklen Abgründe des Nichts zu stürzen oder den Weg zum Licht zu finden.

Das Leben des Kindes war in den drei folgenden Monaten bis zu der Frühgeburt im Januar ständig gefährdet. Es war Elizabeth unmöglich gewesen, das Lager zu verlassen, und nach der Geburt konnte sie sich natürlich nicht auf die mühsame Rückreise nach Merrymeeting machen. Nun mußten sie warten, bis es wärmer wurde. Im Frühling hofften sie, daß Mutter und Kind kräftig genug für die Reise wären.

Es hatte Tyl zwei Wochen gekostet, Jefferson, den alten Trapper, aufzuspüren und ihn mit der Nachricht zu Caleb und den anderen in Merrymeeting zu schicken, daß beide Frauen lebten, aber erst nach der Schneeschmelze zurückkommen würden. Er und Delia machten sich Sorgen um Nats verwaiste Töchter, obwohl sie wußten, daß sich Anne Bishop bestimmt bis zu ihrer Rückkehr der Mädchen annehmen würde. Tyl vermutete, daß Nat außer einem Vetter zweiten oder dritten Grades, der in England lebte, keine Verwandten hatte, und deshalb wollten er und Delia die beiden Mädchen nach ihrer Rückkehr adoptieren.

Tyl wurde plötzlich bewußt, daß sein Singen und das Spiel mit der Rassel seinen Vater belustigten. Lachend warf er die Schnur mit den Würfeln in die Luft, fing sie mit einer Hand wieder auf und setzte sich neben Assacumbuit ans Feuer. An einer Astgabel hing ein mit Fleisch gefüllter Elchdarm über den Flammen; das Langhaus duftete appetitlich nach zischendem Fett.

Silberbirke, die schwangere Frau Traumbringers, beobachtete Tyl unter schüchtern gesenkten Augenlidern. Sie hatte aufgehört zu arbeiten. Sie war gerade dabei, ein Hirschfell zu gerben, das zu diesem Zweck mit einer Mischung aus Hirn, Ulmenrinde und Leberbrei eingerieben wurde. Neben ihr saß ihre fast blinde, vom Alter gebeugte Mutter und stampfte Mais in einem Mörser. Assacumbuits fünfjähriger Enkelsohn Molsemis spielte mit einem kleinen Bogen und schoß Pfeile auf eine Zielscheibe, die auf die Rückwand der Hütte gemalt war. Elizabeth und Delia waren aber nicht hier.

»Wo ist meine Frau?« fragte Tyl beiläufig, obwohl er inzwischen leicht beunruhigt war. Er hatte fest damit gerechnet, Delia in Assacumbuits Langhaus zu finden, wo sie sich mit Elizabeth unterhalten und den Säugling bewundern würde.

Assacumbuit schüttelte geruhsam eine Spielschale, in der die Würfel klapperten. Er hoffte wohl, Tyl zu einem Spiel verlocken zu können. Das wollte Tyl jedoch vermeiden, da er gegen den schlauen Fuchs jedesmal verlor.

»Sie sind Eisfischen«, erwiderte der alte Häuptling.

Tyl fragte verblüfft: »Elizabeth auch?«

»Ai, deine Lusifee fand, die frische Luft würde ihr guttun.« Das kleine Kind in der Wiege über ihren Köpfen ließ ein lautes, gurgelndes Geräusch hören. Der *Sachem* blickte hinauf, und seine schwarzen Augen strahlten. »Er ist ein guter Junge. Du solltest die

Awakon Elizabeth als zweite Frau nehmen.« Tyl hatte Elizabeth ihrem Besitzer für fünf Biberpelze abgekauft, und für den Stamm galt sie deshalb als Tyls »Sklavin«.

Tyl lachte laut über den geschickten Versuch des alten Häuptlings, sich noch einen Enkelsohn zu verschaffen. »Haben wir nicht schon ein paarmal darüber gesprochen? Elizabeth hat bereits einen guten Ehemann. Und Delia würde mir die Ohren langziehen, wenn ich es auch nur wagen sollte, an eine zweite Frau zu denken.«

Assacumbuit lachte leise. »Deine Lusifee würde dafür sorgen, daß du deinen Todesgesang anstimmst.«

Silberbirke kicherte leise. Aber als Tyl zu ihr hinüberblickte, sah er nur ihren gesenkten Kopf. Ihre glänzenden schwarzen Haare waren in der Mitte des Kopfs zinnoberrot gefärbt. Sie trug ein schönes, mit bunt gefärbten Stachelschweinborsten besetztes Kleid, und um ihren Hals hing eine Kette aus blauen und roten Glasperlen. In den vergangenen Wochen hatte sie sich jeden Tag so aufwendig gekleidet. Sie wartete auf die Rückkehr ihres Mannes …

Traumbringer würde jedoch nie mehr nach Hause kommen. Mit Schande bedeckt und vom Stamm verachtet, weil er den Kampf gegen einen *Yengi* – auch wenn es sich dabei um Assacumbuits Stiefsohn handelte – verloren hatte, war Traumbringer noch am selben Abend aus dem Dorf verschwunden. Niemand hatte ihn seitdem gesehen. Bis auf Silberbirke vermuteten alle, daß er zum heiligen Berg Katahdin gegangen war, um dort zu tanzen, zu singen und zu fasten, bis er in die Geisterwelt seiner Träume eingegangen war.

Es kam Wind auf, und die Rindenschindeln auf dem Dach begannen zu klappern. Tyl wurde unruhig. Er wollte zu seiner Frau.

Er machte Anstalten aufzustehen. »Ich glaube, ich gehe jetzt, um …«

Assacumbuit legte ihm die Hand auf den Arm. »Nur ruhig, mein Sohn. Sie sind erst vor einer Stunde aufgebrochen, und ich habe Silberbirkes Bruder mitgeschickt, damit er auf sie aufpaßt.«

Tyl setzte sich widerstrebend, aber wie immer gehorsam. Er war dem alten Fuchs wieder einmal auf den Leim gegangen.

Der Große *Sachem* lächelte und schüttelte die Schale. »Na, wie wäre es mit einem Spielchen, während wir auf sie warten?«

Elizabeth Hooker steckte die Hände tiefer in den Muff aus Bärenfell und spähte durch die Atemwolke in das Loch, das sie zusammen in das Eis geschlagen hatten. »Ich sehe überhaupt nichts«, sagte sie.

»Man kann sie nicht sehen. Sie sind tief im Schlamm vergraben«, erklärte Delia stolz auf ihr neu erworbenes Wissen.

Sie stocherte mit einem Speer, der eine gegabelte Feuersteinspitze hatte, im nicht gefrorenen Schlamm auf dem Boden des Sees. Pulwaugh, der junge Krieger, beobachtete sie mit zusammengekniffenen Augen und kaute langsam auf einem Stück Tannenharz. Aber er unternahm nichts, denn das Fischen war Frauensache.

»Tyl hat mir gezeigt, wie man es macht«, sagte Delia. Das galt hauptsächlich dem jungen Abenaki, der, wie sie vermutete, besser Englisch sprach, als er sich anmerken ließ. »Der große *Yengi*-Krieger Bedagi ist nicht zu stolz, um seiner Frau zu zeigen, wie man Aale fängt.«

Plötzlich stach sie zu. Sie jubelte laut auf und zog schnell die Gabel aus dem Wasser. An den Zinken der Speerspitze wanden sich zwei Aale mit gelben Bäuchen.

»Gleich zwei!«

»Iiih!« Elizabeth fuhr erschrocken zurück. »Sie sehen schrecklich aus!«

»Aber sie schmecken köstlich. Hast du noch nie gedünsteten Aal gegessen?

Elizabeth drehte sich schaudernd um. »Doch. Aber ich wußte nicht, daß sie so... eklig aussehen, wenn sie noch leben.«

Delia lachte über Elizabeths kindisches Benehmen und spießte die Aale auf einem Tragstock, der bereits schwer war von silbrigen Fischen, die sie mit einer Leine aus Sehnen und einem Maisköder weiter draußen auf dem See in einem Eisloch gefangen hatten. Plötzlich hallte ein dämonisches Gelächter durch die Winterstille, ein langes gespenstisches: »Hoo-oo-oo, hoo-oo-oo...«

Delia legte zum Schutz vor dem gleißenden Winterlicht die Hand über die Augen und blickte nach oben. Über ihnen kreiste ein weißer Eistaucher. »Das ist ein Bote Glooscaps«, sagte sie mit einem verträumten Lächeln. »Er kündigt einen Sturm an.«

Sie konnte inzwischen keinen Eistaucher mehr sehen, ohne an einen bestimmten Nachmittag zu denken...

Nach den ersten spärlichen Schneefällen im November hatte das Wetter umgeschlagen, und plötzlich war es wieder warm wie im Sommer gewesen. Bei den Norridgewocks hatte man das gute Wetter für die Vorbereitungen auf den Winter genutzt. Sie machten Nahrung haltbar, fertigten Waffen, Geräte und Kleidung oder besserten sie aus, und sie gingen auf die Jagd. Tyl beschloß, Delia mit in den Wald zu nehmen und ihr zu zeigen, wie man Kaninchenschlingen legt.

Er hatte sie einiges über das Auslegen von Schlingen gelehrt. Er zeigte ihr, wie man aus gedrehten Rindenfasern Schlingen macht. Er sagte ihr, sie müsse immer vier machen, denn die Vier war wegen der vier Winde und der vier Himmelsrichtungen eine heilige Zahl. Er hatte ihr ein Lied beigebracht, das sie singen sollte, wenn sie die Schlingen leer fand, um die bösen Geister zu vertreiben.

Aber es war ein zu schöner Tag für so ernste Dinge, und es dauerte nicht lange, bis sie in einem Kanu auf dem See dahintrieben: Delia lehnte bequem mit dem Rücken an Tyls warmer Brust und in seinen sicheren Armen.

Zunächst unterbrachen nur gelegentliche Küsse ihre Unterhaltung. Aber bald redeten sie immer weniger, die Küsse wurden immer mehr, immer länger und leidenschaftlicher, bis das Kanu gefährlich zu schaukeln anfing.

Delia wehrte sich halbherzig gegen Tyls Umarmung. Ihr Herz schlug wie rasend, obwohl das nicht daher kam, daß sie zu kentern drohten. »Denk daran, was passiert ist, als du das letzte Mal versucht hast, mich in einem Boot zu küssen.«

Tyls Lippen begannen einen Flankenangriff auf ihren Mund, indem sie seitlich an ihrem Hals nach oben glitten. »Soweit ich mich erinnere«, murmelte er, »hast *du mich* geküßt.«

Delias Lachen klang wie ein tiefes, zufriedenes Schnurren. »War ich wirklich so schamlos?«

»Jetzt darfst du schamlos sein, denn du bist meine Frau, und ich erlaube es dir«, sagte Tyl und schob die Hand von oben in das lose Kleid.

Plötzlich erklang über ihnen ein lautes, höhnisches Gelächter, und ein großer kräftiger Vogel sauste neben ihnen wie ein Stein ins Wasser. Ein Schauer eisiger Tropfen ging auf sie nieder, das Kanu schaukelte heftig, und beinahe hätten sie doch noch ein unfreiwilliges Bad im See genommen.

Delia setzte sich erschrocken auf und zog das aufgeschnürte Oberteil wieder zu. Sie blickte ins Wasser, wo der Vogel untergetaucht war, aber sie sah nur kleine Wellen. »Was um alles in der Welt war das?« fragte sie verlegen und wurde rot, worauf Tyl genau so laut lachte wie der Vogel.

In diesem Augenblick schoß ein scharfer Schnabel aus dem Wasser, dem ein grünschillernder Kopf folgte. Dann tauchte der Vogel auf. Er trug noch sein auffälliges Sommergefieder – schwarzweiß gefleckt mit einem gestreiften Hals. Er sah Delia mit seinen kleinen Knopfaugen aufmerksam an und stieß seinen seltsamen Ruf aus.

Ein anderer Ruf antwortete ihm. Delias Kopf fuhr herum, und sie sah, daß er von Tyl kam.

Der Vogel umkreiste das Kanu so schnell, daß er mit den Füßen beinahe aufrecht über das Wasser lief. Dabei rief er wieder ein langes, gedehntes »Hoo-hoo-oo«. Tyl erwiderte den Ruf. Der Vogel lachte: »Ah-aha-ha-ha.« Tyl ahmte ihn nach. Der Vogel rief: »Haha-looo.« Tyl konnte auch das.

Delia mußte über dieses lustige Spiel herzlich lachen. Ihr Mann hatte so viele Seiten: Dr. Tyler Savitch, der Arzt, Tyler Savitch, der kultivierte Herr, Bedagi, der Abenaki-Krieger, aber Bedagi-Tyl, der Vogelmensch, *diesen* Mann mochte sie am meisten, denn im Grunde war er wieder ein kleiner Junge, der unbeschwert mit einem Eistaucher spielen konnte...

Eine Berührung an ihrem Arm brachte sie in die Gegenwart zurück. Sie blickte in Elizabeths rosiges Gesicht. »Es fängt wieder an zu schneien«, sagte Elizabeth. »Glaubst du nicht, wir sollten zurückgehen?«

Delia wollte ihr gerade zustimmen, denn inzwischen fielen große dicke Flocken vom Himmel, als Elizabeth blaß wurde. Sie schrie erschrocken auf und deutete in Richtung der Bäume.

Pulwaugh drehte sich zuerst um, und auch er stieß einen gellenden Schrei aus. Die Hand, mit der er nach dem Tomahawk griff, zitterte. »Ein Geist!« rief er.

»Unsinn!« schnaubte Delia. Sie kannte niemanden, der so bereitwillig an »Geister« glaubte wie die Abenaki. »Es ist nur ein Mann.«

Der Mann war groß und breitschultrig, aber völlig abgezehrt. Die Kleider hingen ihm in Fetzen vom Leib, und das lange schwarze Haar wehte um sein Gesicht wie eine zerschlissene Fahne. Er hob beide Hände wie ein Blinder, der nichts sieht.

»Das ist ja Traumbringer«, flüsterte Delia. Traurig dachte sie an Silberbirke, die Tag um Tag im Langhaus auf die Rückkehr ihres Mannes wartete. »Vielleicht sollten wir zu ihm gehen und mit ihm reden. Er sieht hungrig aus und ist halb erfroren.«

Pulwaugh schüttelte heftig den Kopf, während er ihre Sachen einsammelte und sie in Richtung Dorf schickte. Delia gehorchte widerspruchslos. In Wirklichkeit fürchtete sie sich vor Traumbringer. Sie hätte sich bestimmt nicht allein in seine Nähe gewagt.

Die drei folgten ihren eigenen Spuren, und Delia warf noch einmal einen Blick zurück zum See. Traumbringer stand immer noch unbeweglich dort. Im glitzernden weißen Schnee wirkte er wirklich wie ein Gespenst. Delia überlief ein unheilvoller Schauer.

Der schneidende Wind fuhr ihm durch den zerfetzten Umhang aus Elchfell und durch das Lederhemd, das er darunter trug. Um seinen Kopf wirbelten eisige Flocken. Aber Traumbringer spürte die Kälte nicht. Sein Blick folgte den drei Gestalten, die mit ihren Schneeschuhen davonglitten und im Schneegestöber verschwanden. Ihre Gesichter konnte er nicht sehen, denn sie waren in Felle gehüllt, aber ihm lag eigentlich auch nichts daran. Vor Hunger und Fieber verschwamm ihm alles vor den Augen, aber auch das beunruhigte ihn nicht, denn er war eingesponnen in seine eigene Traumwelt.

Er dachte, er sei inzwischen vielleicht ein Geist, aber er war sich nicht sicher. Er war bei den Geistern auf dem Katadhin, dem größten aller Berge, gewesen. Kein Abenaki hatte das jemals gewagt und lange genug gelebt, um sich dessen später rühmen zu können.

Die Abenaki lebten in den tiefer gelegenen Wäldern. Dort verliefen ihre Pfade, und dort fuhren sie über die Gewässer. Der Katadhin war heilig. Er war der Sitz von Pamola, dem Sturmgeist. Pamola hatte die Schwingen und Klauen eines Adlers, die Arme und den Körper eines Menschen und den Kopf und die Schaufeln eines Elchs. In seinem Zorn ließ Pamola die Winde, die Blitze und die Schneestürme auf die armseligen Menschen dort unten im Tiefland los. Wenn man sich hinaufwagte auf den Gipfel, wo Pamola wohnte, bedeutete das den sicheren und schrecklichen Tod.

Doch Traumbringer war den hohen Berg hinaufgestiegen und hatte Visionen gehabt wie nie zuvor. Es waren seltsame, flüchtige und bruchstückhafte Visionen gewesen, und er verstand sie noch nicht. Das Verstehen würde sich später einstellen, und dann würde er auch danach handeln. Denn jeder Abenaki wußte, daß es Unglück bedeutete, wenn ein Traum nicht in Erfüllung ging. Ein Mann mußte den Weg beschreiten, der ihm in seinen Träumen gewiesen wurde, sonst zog er die Rache der Geister auf sich. Träume waren Geschenke der Geister, um einem Menschen den Weg zu weisen, und solche Geschenke durfte man nicht mißachten. Das hatte ihm der alte Schamane oft gesagt, aber Traumbringer dachte angesichts der tiefen Wunde seiner Schande nur noch ungern an die sehr viel ernstere Ermahnung des alten Weisen: »Vergiß nie, mein Junge, wenn die Visionen zu dir kommen, dann mußt du herausfinden, ob gute oder böse Geister sie dir bringen. Die Träume der bösen Geister ziehen alle, die schwach sind, in die Finsternis. Wir Menschen aber müssen den Weg zum Licht finden, den uns die guten Geister weisen…«

Traumbringer dachte aber nur an die große, uneingeschränkte Macht der Visionen, legte den Kopf zurück und lachte. Sein Lachen klang so schrill und laut wie der Ruf des Eistauchers und hallte weit über den gefrorenen See. Er lachte und lachte, zog eine Glasflasche aus den Falten des Fellumhangs, entkorkte sie mit den Zähnen und nahm einen großen Schluck von der scharfen Flüssigkeit.

Sie trieb ihm die Tränen in die Augen und brannte in seiner Kehle, so daß er nach Luft rang. Aber er spürte die Wirkung beinahe augenblicklich. Die Visionen kamen zurück. Sie waren verschwommen, und er kniff krampfhaft die Augen zusammen, als könnte er sie dadurch deutlicher sehen.

Assacumbuit hatte ihn einmal gewarnt und gesagt, die Visionen, die das Geisterwasser der *Yengi* bewirkte, seien keine echten Visionen. Und der *Yengi*-Priester sagte, dem *Yengi*-Gott, dem einzigen wahren Gott, mißfalle dieses Getränk. Aber Traumbringer hatte sich nach seiner Niederlage vom Gott der Franzosen abgewandt. Vor Abscheu hatte er sich die Totemperlen dieses Gottes vom Hals gerissen und auf einem Felsen zu Staub zertreten. Die Perlen hatten keine *Keskamzit*, keine Zauberkraft, besessen. Traumbringer wollte sich jedoch mit den Geistern verbünden und ihre übermenschlichen Kräfte gewinnen. Er mußte sich und sein Volk retten, denn der Große *Sachem*, Assamcumbuit, sein Vater, hatte ihn, seinen ältesten Sohn und alle Abenaki, an die *Yengi* verraten. Nur dieser Verrat trug die Schuld daran, daß er von seinem verhaßten Stiefbruder besiegt worden war. Warum sollte er jetzt noch auf den Rat seines Vaters hören, der ihn im Angesicht des ganzen Stammes verstoßen hatte?

Das Geisterwasser besaß Zauberkraft, und er trank noch einmal davon, denn er liebte die Träume. Die Vision, die diesmal vor seinen Augen erschien, war klarer als die anderen. Er sah *Yengi*, unzählige dieser bleichgesichtigen Menschen, die sich in mächtigen Strömen über die Erde ergossen. An ihrer Spitze stand Lusifee, der Puma. Plötzlich tauchte aus dem Wald ein großer Wolf auf und tötete den Puma mit einem Biß seiner mächtigen Fänge. Der Puma starb, und die Ströme der *Yengi* flossen zurück in das Meer, wo sie von den Wogen davongetragen wurden.

Die Vision verschwand, und Traumbringer war wie betäubt...

aber überglücklich. Er warf den Kopf zurück und stieß ein lautes Wolfsgeheul aus.

Endlich, endlich hatten ihm die Götter seine Bestimmung gezeigt.

Der Wind kam in Böen, und Delia zog den Kopf ein, um das Gesicht vor den Eiskristallen zu schützen. Ihre Beine brannten und zitterten vor Müdigkeit. Auf den Schneeschuhen mußte man mit einwärts gerichteten Füßen gehen, und das beanspruchte Muskeln, von deren Vorhandensein sie nie etwas geahnt hatte. Sie folgte Pulwaugh im blinden Vertrauen darauf, daß er den Weg kannte, denn sie hatte im endlosen Weiß schon lange jede Orientierung verloren.

Elizabeth stolperte. Der junge Mann blieb stehen und stützte sie. Es dauerte noch eine Ewigkeit, aber dann seufzte Delia erleichtert, als die Palisaden des Dorfes undeutlich vor ihnen aufragten. Der Seufzer verwandelte sich in einen Freudenschrei, als aus dem Schneegestöber ein Mann auftauchte.

»Tyl!« rief Delia. Sie rannte das letzte Stück Wegs, so schnell sie konnte, und warf sich ihm in die Arme. In seiner Umarmung fühlte sie sich sicher. Das traurige, aber furchteinflößende Bild von Traumbringer war ihr auf dem Heimweg nicht aus dem Kopf gegangen.

Tyl drückte sie an sich. »Ich hatte schon Angst, ihr hättet euch im Schneesturm verirrt«, rief er, um den Wind zu übertönen.

Pulwaugh mußte die völlig erschöpfte Elizabeth zum Langhaus des Großen *Sachem* tragen. Delia wollte ihm folgen, aber Tyl schüttelte energisch den Kopf und führte sie zu ihrem Wigwam.

»Tyl, ich wollte deinem Vater die Aale bringen«, sagte sie, als er ihr im Innern die Pelzmütze abnahm und ihre eiskalten Wangen rieb.

»Das hat Zeit bis später. Außerdem ist er heute schon genug mit Leckerbissen verwöhnt worden.« Seine Hände blieben auf ihren Wangen liegen. Er hob ihr Gesicht hoch, und sein Atem strich über ihre Lippen. »Warum verwöhnst du zur Abwechslung nicht einmal mich ...«

Sie verwöhnte ihn gern. Sie hob den Mund eine Spur höher, um seine Lippen zu berühren. Sie waren warm und zart; ihr Kuß war heiß und glücklich. Ihr Kopf sank zurück, und sie schloß die Augen, als sein Mund über die pulsierende Ader an ihrem Hals glitt ... aber plötzlich stand ihr das Bild des schwarzen, gespenstischen Traumbringers vor Augen, und sie zitterte.

»Ist dir wirklich so kalt?« Seine Hände fuhren über ihre Schultern und den Rücken hinunter, und er streichelte ihr Gesicht mit den Augen.

Sie wich zurück und sagte: »Tyl, wir haben Traumbringer gesehen ... draußen am See.«

Zwischen seinen Brauen erschien eine Falte. »Bist du sicher?«

»Nein ... nicht sicher.« Sie schloß die Augen und versuchte, die seltsame, unheimliche Gestalt noch einmal zu sehen. »Pulwaugh dachte, es sei ein Geist.«

»Wenn es Traumbringer war, dann habt ihr ihn vermutlich als Geist gesehen.«

»Nein, es war ein Mensch, ein richtiger Mensch. Und es war Traumbringer, das konnte ich spüren.« Sie schlug die Augen auf. »Warum siehst du mich so finster an?«

Sein Gesicht verzog sich zu einem kläglichen Lächeln. »Ach, Delia, ich glaube, ich bin einfach eifersüchtig. Mir wäre es vermutlich lieber, du wärst von dem Kerl nicht so beeindruckt.«

»Ich bin nicht beeindruckt von ihm. Er macht mir angst.«

»Vergiß ihn. Denk an mich.« Er nahm sie in die Arme und drückte sie fest an sich. Dann flüsterte er: »Weiß du, wie lange es her ist, daß ...?«

»Zehn Stunden.«

»Es kommt mir wie hundert Jahre vor, ich sterbe vor Sehnsucht nach dir, Delia.«

Sie machte das hochmütige Gesicht, mit dem sie die Gäste im Wilden Löwen immer hatte abblitzen lassen. »Und warum, mein Herr, stehen Sie dann hier stundenlang herum und *halten Reden*?«

Sechsundzwanzigstes Kapitel

Tyl goß eine Schöpfkelle Wasser auf die glühend heißen Steine. Dicke, erstickende Dampfwolken stiegen auf und verbreiteten sich schnell in dem kleinen Wigwam.

»Das ist zu heiß, Tyl!« protestierte Delia und schlug die Hände vor das Gesicht, um noch atmen zu können. Sie lehnte nackt an einem gespaltenen Baumstamm und fühlte sich wunderbar entspannt.

Tyl öffnete die Zeltklappe ein wenig und griff nach einer Bürste, die aus dem Schwanz eines Stachelschweins gemacht war.

»Komm ...«, sagte er.

Sie stand auf und kniete sich zwischen seine Beine. Es war ein Nachmittagsritual geworden, das sie beinahe täglich vollzogen: Das Dampfbad, das Bürsten der Haare, das Reden ... und die Liebe. Der Clan hatte gutmütig darauf reagiert, daß der *Yengi* einen eigenen Wigwam errichtet hatte, um das Vergnügen des Dampfbads allein mit seiner Frau zu teilen. Normalerweise saßen nur die Männer zum Schwitzen in den eigens dazu bestimmten Wigwams.

Tyl fuhr mit der Bürste durch Delias lange schwarze Haare. Sie fielen feucht über seine Hände und ringelten sich auf seinen Schenkeln. Delia summte vor sich hin. Ein wohliges Prickeln lief über ihren Körper – vom Dampf, der von den heißen Steinen aufstieg, vom Dampf, den seine Berührung entstehen ließ, von seinem warmen und feuchten und nackten Körper, der sich an sie drückte.

»Glaubst du, daß deine Blockhütte bei dem Überfall abgebrannt ist?« fragte sie. »Ich mache mir Sorgen, daß du vielleicht deine schönen Sachen verloren hast.«

»Es waren nur Sachen.« Er legte die Bürste beiseite und setzte sich ihr gegenüber.

»Aber die Mokassins deiner Mutter. Und alle deine Bücher und...«

Er brachte sie mit einem Kuß zum Schweigen. »Das ist alles nicht wichtig. Jetzt habe ich dich, und nur du bist wichtig.« Er legte das Kinn auf ihre Schulter. »Ich hätte ohnehin ein neues Haus bauen müssen. Die Blockhütte war zu klein, um alle unsere Kinder dort unterzubringen.«

Sie wandte das Gesicht ab, damit er ihre gerunzelte Stirn nicht sah. »Ja, und die *drei* oder *vier* Frauen, die du brauchst, um das Dutzend Kinder zu bekommen«, sagte sie bissig, obwohl ihr die Vorstellung gefiel, ein Haus voller Kinder zu haben. Ihre und Tyls... und Nats Kinder.

Er lachte übermütig, aber sie blieb ernst. »Ich muß immer wieder an die Mädchen denken, besonders an Meg. Die arme Meg. Sie hat den Tod ihrer Mutter so schwer verkraftet. Und nun ihr Vater...«

Er massierte sanft ihre Schultern. »Sie haben immer noch dich.«

»Aber ich bin nicht bei ihnen.« Sie drehte den Kopf nach ihm um. »Tyl, wann können wir...?«

Er legte ihr den Finger auf die Lippen. »Bald, Liebes. Sobald es Frühling wird.«

Er stand auf und schüttete noch einmal Wasser auf die heißen Steine. Eine Dampfwolke stieg zwischen ihnen auf. Er legte sich auf die Seite, und ihre Augen versuchten, durch den heißen Dunst hindurch seinen nackten Körper zu sehen. Sie wollte, daß er sie liebte.

Nein, *sie* wollte ihn lieben.

Sie lehnte sich zurück, stützte sich auf die Ellbogen und hob den Oberkörper. Nicht ganz zufällig drückte sie ein Knie an seinen Schenkel. In ihrem schwarzen gekräuselten Dreieck glänzten Wassertropfen wie Tau in einem Spinnennetz.

Der Schweiß lief ihm über die Stirn, als er lautlos lachte. »Versuchst du rein zufällig, mich zu verführen, Kleines?«

»Hm, wenn du meinst, Tyler Savitch.«

Er stürzte sich mit einem tiefen Knurren auf sie, und sie rollten über den mit Schilfmatten ausgelegten Boden. Aber sie ließ sich diesmal nicht von ihm unterkriegen, sonden setzte sich auf ihn.

»Soll ich mich dir unterwerfen, Kleines?« fragte er atemlos.

Sie umklammerte seine schmalen Hüften mit den Knien, richtete den Oberkörper auf und schob sich auf ihn. Sie fuhr mit den Fingern über seine Brust und über die harten Muskeln und hinterließ dabei nasse Spuren und Spiralen in den feuchten Brusthaaren und auf der dampfglatten Haut. Sein Körper hob sich, der ihre sank nach unten – zuerst langsam, und dann immer schneller. Ihre Körper verschmolzen miteinander, flossen ineinander, aber sie ließ sich nicht beirren, sondern führte ihn mit ihrer Liebe aus sich heraus. Sie tanzte mit ihm, trug ihn davon, ließ ihn ihr folgen in die geheimnisvollen Bereiche, die nur sie als Frau kannte, während sie auf ihm immer schneller wurde. Ihr Atem ging stoßweise, erstickt vom heißen Dampf. Sie brannte von innen nach außen.

Ein rauher Schrei drang aus seiner Kehle, als er sie erreicht hatte, und sie wirklich eins wurden.

Es dauerte lange, bis sie die Augen wieder öffnete und ihn ansah.

Schweißtropfen liefen ihm über die Lider, er schluckte und atmete schwer. Er schien völlig erschöpft zu sein, aber sie fühlte sich wunderbar. Wenn er sich ihr auf diese Weise übergab, schienen sie beide alles Körperliche zu überwinden. Sie waren frei und suchten in unbeschreiblichen Höhen das Glück, das ihnen diese Vollkommenheit brachte.

Sein Brustkorb dehnte sich, als er wieder tief einatmete. »Ich glaube, ich werde es überleben«, flüsterte er und lächelte.

Ihre nassen Haare legten sich um seine Arme, als er sie zu sich hinunterzog und sie langsam und liebevoll küßte. Dann lachte er. »Jetzt nehmen wir ein Schneebad.«

Delia wehrte sich, aber es half ihr nichts. Ungeachtet ihrer strampelnden Beine trug er sie aus dem Wigwam hinaus. Der Himmel, die Sonne, der Schnee, alles war weiß. Es war das blendende, strahlende, reine Weiß von glitzerndem Eis. Winzige Kristalle trieben in der Luft, die so kalt war, daß die Haut prickelte.

Vor ihnen lag locker und weich wie ein Berg Daunen eine hohe Schneewehe. Delia schloß die Augen und murmelte. »Wie kannst du nur so grausam sein ...«

Der Schnee war so trocken, daß er knirschte, und so kalt, daß der Schrei, den sie ausstieß, in ihrer Kehle erstarb. Ihre vom Dampf gelockerten, weichen Muskeln spannten sich wie Bogensehnen. Die Kälte traf sie mit einer Schärfe, daß Delia sie zunächst überhaupt nicht spürte.

Dann wurde sie wie zu dem Wasser, das auf die glühend heißen Steine geschüttet wurde. Alles zischte und dampfte, und plötzlich erfüllte sie vibrierendes Leben.

Sein Gesicht schwebte über ihr. Winzige diamantene Schneesplitter hingen in seinen dunklen Brauen. Seine Wangen waren leuchtend rot. Seine Augen waren so blau, daß sie stärker blendeten als die Sonne auf dem Eis.

Obwohl Delia splitterfasernackt in der Schneewehe lag, fror sie nicht, sondern fühlte sich warm und leicht.

Aber dann verzog er den Mund zu einem schiefen Lächeln. »Allmächtiger, ich friere mir die ...!«

Lachend klammerten sie sich aneinander und kämpften sich aus dem hohen Schnee heraus. Sie waren schon beinahe wieder auf den Beinen, als Delia rief: »Tyl, sieh mal ...«

Mitten im Schnee war ein Fleck brauner Erde, und darin blühte eine winzige blaue, sternförmig Blume. Delia fuhr andächtig ganz leicht mit der Fingerspitze darüber. Sie blickte in sein strahlendes Gesicht. Wie aus einem Mund flüsterten sie: »Frühling.«

Der Frühling war laut und mit viel Lärm verbunden.

Der Schnee fiel mit lauten Schlägen und Klatschen von den tief geneigten Ästen. Nebelschwaden hingen über dem Eis auf dem See und dem Fluß, das krachte und ächzte und stöhnte, und lange Risse durchzogen knackend die gläserne Oberfläche. Das unablässige Tropfen der tauenden Eiszapfen an Dächern und Bäumen erinnerte an das Trommeln von Regen. Überall hörte man das Geräusch von Wasser – fließendes, strömendes, gurgelndes Wasser. Nach so vielen Monaten schneegedämpfter Stille dröhnten die Geräusche des Frühlings in den Ohren der Menschen.

Eines Tages wechselte der Wind die Richtung und wurde warm und feucht auf der Haut. In den Ahornbäumen begann der Saft zu steigen, und hellgrüner Farn und Blumen wagten sich durch den schmelzenden Schnee. Die ersten winzigen Blätter von Birke und Buche entrollten sich. Die Natur sang einen einzigen lauten, sich ständig wiederholenden Ton: »Frühling ... «

Die Leute von Merrymeeting hatten den langen Winter je nach Stimmung und Laune in ihren Häusern ausgeharrt, entweder voll Resignation oder Ungeduld oder voll Hoffnung.

Man begrub die Toten und trauerte um sie, doch die kommenden Monate bewiesen, daß das Leben weiterging. Zum Erntedank im November gab es Kürbisbrot, Puffmais und geröstete Kastanien. Später wurde geschlachtet, und es gab Speckgrieben und Würste. Weihnachten war die Zeit für Grüngemüse und Fleischpasteten, und im März läuteten Met und Apfelschnaps das neue Jahr ein. An Karfreitag wurden Kreuzbrötchen gebacken.

Die Farmer am Kennebec, deren Häuser bei dem Überfall verbrannt waren, lebten hinter den Palisaden. Entlang der Innenseite hinter dem Schutzwall entstanden schnell niedrige Hütten, deren Dächer als Schießplattformen dienten. Die Familien schliefen nachts in den Hütten. Tagsüber kochten und lebten sie gemeinsam im Blockhaus. Die meisten Männer fällten in diesem Winter noch viele große Kiefern, doch sie zogen nur schwerbewaffnet und in Gruppen in den Wald. Im Hauptlager errichteten sie ein kleines, befestigtes Blockhaus, und einige Männer, die keine Frauen hatten, blieben nach dem ersten schweren Schneefall in den Hügeln.

Oberst Bishop schickte seine Kundschafter aus, die ausschwärmten und das Gebiet um die Siedlung durchstreiften. Die Familien in Merrymeeting und die anderen, die es wagten, auf ihren abgelegenen Farmen zu bleiben, lauschten mit einem Ohr ständig auf das Läuten der Sturmglocke, das sie vor einem neuen Überfall warnen würde. Doch das Gefühl der Sicherheit wuchs, als die Kundschafter nacheinander zurückkamen und berichteten, die Wälder seien leer.

In der zweiten Märzwoche, kurz bevor sie den Boden der Fässer mit dem eingesalzenen Schweinefleisch erreicht hatten, brach das Eis auf dem Kennebec mit einem solchen Krachen und Dröhnen, daß der Boden wie bei einem Erdbeben vibrierte. Die Männer kamen an diesem Tag fröhlich von den Holzfällerlagern zurück, und man hörte die Frauen singen, als sie das Abendessen zubereiteten. Aber in der Nacht brachte ein Schneesturm so viel Neuschnee, daß die Hütten darin verschwanden, und am nächsten Morgen war es kalt genug, daß man sich die Zehen blau fror. Wie die Alteingesessenen sagten, war das der besondere Sinn der Natur für Humor. Bis zum Frühling dauerte es noch eine ganze Weile, aber das Versprechen auf Sonne und Wärme lag in der Luft.

Es war ein Winter voller Versprechungen und Enttäuschungen gewesen.

Sam Randolf, der Schmied, hatte oft geflucht und gespuckt und sich die roten Haare gerauft, aber im Februar war er der Meinung, die Kanone werde feuern, wenn sie die Lunte an das Schießpulver legten. Die Kanone wurde flußaufwärts gerichtet, und die Leute von Merrymeeting sagten, die Abenaki sollten nur kommen, denn jetzt seien sie auf jeden Angriff bestens vorbereitet. »Diesmal jagen wir die Hunde in die Luft«, erklärte Sam Randolf. Sie hatten die Kanone allerdings noch nicht ausprobiert. Es gab keine Munition, die sie entbehren konnten.

Trotz der Angst vor den Indianern dachten die Farmer bereits an das Pflügen und an die Aussaat, denn auf brachliegenden Feldern machten sich sehr schnell Habichtskraut und Wildwuchs breit.

Als Oberst Bishop seiner Frau gegenüber ein dumpfes Klagelied über die Gefahren beim Bestellen abgelegener Felder anstimmte, erwiderte sie trocken: »Du kannst entweder vor Hunger sterben oder vor Angst.« Der Oberst wußte darauf nichts zu erwidern und kratzte sich am Kopf. Er hatte keine Perücke mehr und ließ die Haare wachsen, aber das juckte unangenehm.

Obadia Kemble war den ganzen Winter über betrunken und brachte von Cape Elizabeth eine Squaw mit nach Hause, die ihm das Bett wärmte. Er erzählte jedem, der es hören wollte, er habe noch nie im Leben soviel Spaß gehabt. Die Frauen meinten, das sei skandalös. Die Männer waren alle der Ansicht, Obadia Kemble, ein Mann, der gewissermaßen gerade aus dem Gefängnis entlassen worden sei, habe ein bißchen Spaß verdient.

Daniel Randolf überraschte am Morgen vor dem Unterricht Meg Parker auf der Veranda der Bishops und küßte sie auf den Mund. Sie reagierte mit einem Faustschlag in die Magengrube und schlug ihm dann die Nase blutig. Daniel erklärte daraufhin für ewige Zeiten *allen* Frauen den Krieg.

Wenn sie abends ihre Gebete gesprochen hatte, fragte die kleine Tildy Parker jedesmal Anne Bishop, wann ihre neue Mama endlich nach Hause kommen würde. Anne antwortete immer: »Im Frühling.« Und Tildy fragte jeden Morgen nach dem Aufwachen als erstes: »Ist es schon Frühling?« Deshalb bauten sie einen Schneemann vor den Palisaden. Die Augen waren Knöpfe von einem alten Rock des Oberst, als Nase bekam der Schneemann einen abgenagten Maiskolben, und als Hut trug er einen alten Melkeimer. Obadia Kemble schnitzte ihm ein Holzgewehr, damit er die Abenaki das Fürchten lehren konnte. »Wenn er anfängt zu schmelzen«, sagte Anne, »dann weißt du, daß es Frühling ist.«

Anfang November waren Oberst Bishop und Reverend Hooker in einen heftigen Streit geraten. Das war an dem Tag, an dem Jefferson, der alte Trapper, mit der Nachricht von Dr. Tyl in der Siedlung erschien. In den nächsten fünf Monaten gerieten sie sich mindestens einmal wöchentlich wegen derselben Sache in die Haare. Caleb wollte sich auf der Stelle durch die Wildnis auf den Weg zu seiner Frau machen. Der Oberst nannte ihn einen verdammten Narren.

»Sie wissen nicht, wo sie ist oder wie Sie dorthin kommen oder wie Sie den Rückweg finden sollen!« schrie der Oberst den armen Caleb an. »Dr. Tyl hat sie gefunden, und sie ist am Leben. Er hat bei diesen Wilden gelebt, und er kann mit ihnen umgehen. Bei Ihnen würde es doch nur damit enden, daß ihr Skalp irgendeinen Pfahl schmückt. Und das, werden Sie mir zustimmen, wäre bestimmt verdammt hilfreich für Ihre Frau. Wo doch das Kind jetzt unterwegs ist ...«

Als es März wurde, sah Caleb so elend und niedergeschlagen aus, daß der Oberst versprach, im Frühjahr als erstes einen Turm auf das Bethaus bauen zu lassen. Er hoffte, dem armen Mann damit wenigstens ein Lächeln zu entlocken, aber vergebens.

Am ersten April schien die Sonne so warm, daß der Schneemann einen Arm verlor und sein Gesicht mit den Knopfaugen. Wie Tildy Parker sagte, wurde er »ganz matschig«.

Anne Bishop ging, begleitet von den Parker-Mädchen, mit einem Körbchen hinaus, um am Waldrand im Osten der Rodung um die Palisaden Frühlingsgrün zu sammeln. Nachdem sich die Siedler den Winter über ausschließlich von Schweinefleisch und Maisbrei ernährt hatten, aßen sie stets mit großem Appetit die ersten zarten Löwenzahnblätter und Farntriebe.

Tildy war noch zu klein, um zwischen Eßbarem und Ungenießbarem zu unterscheiden. Deshalb erhielt sie ein eigenes Körbchen. Sie hockte sich vor einen vielversprechenden Fleck. Ihre langen Ärmel hingen im Schneematsch, und sie fragte: »Wenn das Frühlingsgrün ist, bedeutet das, es ist Frühling?«

Anne Bishop unterdrückte ein Seufzen, denn sie wußte, was als nächstes kam.

»Warum heißt es wohl Frühlingsgrün, du dummes Ding?« fuhr Meg sie an. Sie stellte ihr Körbchen auf den Boden und machte ein finsteres Gesicht.

Tildy strahlte. »Und wann kommt meine neue ...?«

»Bald«, sagte Anne und strich dem kleinen Mädchen über den Kopf. »Delia wird bald hier sein. Es dauert aber noch ein Weilchen.«

Meg stieß plötzlich einen schrillen Schrei aus und versetzte ihrem Körbchen einen so heftigen Tritt, daß es zwischen die Bäume flog.

»Sie lügt!« Meg sah Anne mit wutverzerrtem Gesicht an. »Sie lügen ... lügen ...«

Anne sank auf die Knie und nahm das Mädchen in die Arme. »Meg? Warum weinst du?«

Meg schluchzte laut. »Glauben Sie, ich weiß nicht, daß sie t ... tot ist? Die Indianer haben sie skalpiert und umgebracht, genau wie ... genau wie die anderen. Sie *sagen* das nur so, daß sie zurückkommt. Aber sie kommt nie mehr. Sie lügen ...«

Annes große Hände umfaßten Megs magere Schultern. Sie hielt das Mädchen auf Armlänge von sich, damit sie Meg in die Augen blicken konnte.

»Meg, hör mir jetzt gut zu. Ich war im Wohnzimmer und war dabei, wie Jefferson gesagt hat, daß Dr. Tyl deine Mama gefunden hat und daß sie lebt. Mrs. Hooker, du erinnerst dich doch, sie sollte ein Kind bekommen, also Mrs. Hooker hatte mit dem Kind Probleme, und deshalb konnten sie nicht sofort zurückkommen. Aber inzwischen ist das Kind geboren, und sehr wahrscheinlich sind sie jetzt, verstehst du, in diesem Augenblick, schon unterwegs hierher.« Sie schüttelte Meg sanft. »Bald, mein Schatz. Deine Mama wird bald zu Hause sein.«

Meg schluchzte trocken und reckte das spitze Kinn. »Delia ist nicht meine Mama.« Dann begann das kleine Kinn aber zu zittern, und in ihren Augen standen schon wieder Tränen. »A-aber ich will, daß sie nach Hause kommt. Ich w-will, daß sie wieder bei uns ist. Ich w-will, daß alles so ist, wie es war ...«

Anne drückte das Mädchen fest an sich. »Schatz, das wird sie. Sie wird zurückkommen. Ich verspreche es.«

»Wohin rennt der Mann da drüben?« rief Tildy.

Annes Kopf fuhr herum, und sie blickte in die Richtung von Tildys ausgestrecktem Finger. Der Mann entdeckte sie in diesem Augenblick, änderte seine Richtung und lief auf sie zu. Beim Näherkommen sah Anne, daß es sich um einen der Kundschafter handelte, die der Oberst am Vortag ausgeschickt hatte.

»Ich habe sie gesehen!« rief er schon von weitem. »Ich habe sie kaum fünf Meilen von hier flußaufwärts gesehen. Sie müßten vor dem Dunkelwerden da sein ...«

Annes Herz klopfte bis zum Hals, und sie bekam vor Angst einen trockenen Mund.

Abenaki, dachte sie und umklammerte Megs Arm so fest, daß das Mädchen leise aufschrie. Erst dann sah Anne, daß der Mann lachte.

»Hank Littlefield, Sie haben mich so erschreckt, daß mich das Jahre meines Lebens kosten wird. Wovon zum Teufel reden Sie überhaupt?«

Er sah sie nachsichtig an, weil sie offenbar nicht sofort begriff, um wen es ging. »Natürlich von Dr. Tyl und den Frauen ... und dem Kind! Mrs. Hooker hat einen kleinen Jungen. Er hat goldblonde Haare, und wenn er schreit, läuft es einem kalt über den Rücken. Ich bin überrascht, daß ihr ihn hier unten nicht gehört habt.« Er lachte schallend.

Anne stand auf und nahm die Mädchen bei der Hand. Sie blickte in ihre großen fragenden Augen und sagte: »Tildy, Meg, eure Mama ist nach Hause gekommen.«

Sie kamen, als die Sonne gerade in der Bucht versank. Die ganze Siedlung strömte zu ihrer Begrüßung zusammen. Um das Ereignis zu feiern, brannte auf der Gemeindewiese sogar ein großes Feuer, und in jedem Fenster stand eine Kerze.

Caleb Hooker wartete an der Spitze der Menge. Er zitterte am ganzen Körper vor Aufregung. Plötzlich tauchte Tyl am Waldrand auf. Er zog zwei Stangen hinter sich her, die durch Bretter miteinander verbunden waren. Die Indianer benutzten so etwas, um Lasten zu befördern. Aber es befand sich nichts darauf. Neben ihm gingen zwei Indianerinnen. Caleb machte einen zögernden Schritt vorwärts. Dann sah er das Bündel in den Armen der einen Frau und gleichzeitig ihre blonden Haare und rannte ihr entgegen.

Er ließ Elizabeth gerade noch rechtzeitig los, sonst hätte er sie und das Kind in seinen Armen erdrückt. Er konnte den Blick nicht vom Gesicht seiner Frau wenden. Er sah die gesunde Farbe ihrer Haut, die klaren, glänzenden blauen Augen. »Elizabeth. Mein Gott, Elizabeth ...«

Sie schob mit einem scheuen Lächeln die kleine Felldecke zurück. »Reverend Hooker, darf ich Sie mit Ihrem Sohn Ezekiel bekanntmachen?«

Calebs Hand verhielt über dem Gesicht des Kindes. Dann strich er sanft mit dem Finger über eine der kleinen Pausbacken. Ezekiel begann laut zu schreien, und Caleb zog entsetzt die Hand zurück.

Elizabeth lachte. »Ich glaube, er hat Hunger.«

Tyls Hand lag um Delias Hüfte, als er mit ihr auf die Menschen zuging, die sie auf der Wiese erwarteten. Delias Blick suchte Meg und Tildy, und als sie die beiden Mädchen entdeckte, lächelte sie über das ganze Gesicht. Nach einem leichten Stubs von Tyl lief sie zu ihnen.

Tildy rannte ihr entgegen und warf sich gegen Delias Beine. »Es ist Frühling, Delia! Es ist Frühling!«

»Aber ja, mein Schatz!« Lachend nahm Delia das kleine Mädchen auf den Arm und setzte es sich auf die Hüfte. Sie gab Tildy einen lauten, schmatzenden Kuß auf das runde Bäckchen. Dann drehte sie sich nach Tyl um, der neben sie getreten war, und sie sahen sich glücklich an.

»Guten Tag, Delia.«

Delia wandte sich um. Meg kam steifbeinig, die Hände vor der mageren Brust verschränkt, auf sie zu. Ruckartig blieb sie stehen, und ihre großen braunen Augen richteten sich auf Delias Gesicht.

Delia lachte. »Meg, ich schwöre, du bist eine richtige Bohnenstange geworden. Es würde mich nicht überraschen, wenn du eines Tages so groß wirst wie dein ... so groß wie Dr. Tyl.«

Meg machte unsicher zwei Schritte vorwärts, und nach kurzem Zögern gab sie Delia die kleine Hand. Delia mußte mit den Tränen kämpfen, aber es waren Freudentränen.

»Ich dachte, die Indianer hätten dich umgebracht«, sagte Meg mit leiser, gepreßter Stimme.

Delia drückte ihre Hand. »Meg, ich habe dir und Tildy soviel zu erzählen. Dr. Tyl hat gegen einen richtigen Riesen gekämpft, einen Abenaki-Krieger, um mich zurückzubekommen«, sagte sie. Tyl runzelte die Stirn und verdrehte die Augen.

Tildy befreite sich aus Delias Arm, hüpfte auf den Boden und umklammerte Tyls Beine. »Hast du wirklich mit einem Riesen gekämpft, Dr. Tyl? War es Goliath?«

Er fuhr ihr durch die blonden Locken. »Es war kein Riese, Tildy. Es war nur ein großer Mann.«

Ein lautes Schnauben verkündete Anne Bishops Ankunft. »Geben Sie sich keine Mühe, so spät im Leben noch bescheiden zu werden, Tyler Savitch.« Sie legte ihm die Hand auf den Arm. »Sie haben sich mit dem Nachhausekommen lange Zeit gelassen«, sagte sie in ihrem altbekannten trockenen Ton. Sie hatte Delia noch keines Blickes gewürdigt. »Anne?«

Anne richtete sich auf, und sie preßte die Lippen zusammen. »Delia McQuaid, ich wette, du hast den ganzen Winter kein Wort gelesen.« In ihrem Gesicht zuckte es, dann schluchzte sie und warf sich in Delias Arme.

Alle drängten sich um sie, alle redeten gleichzeitig. Delia hatte Tildy wieder auf dem Arm, und Meg umklammerte krampfhaft den Saum ihres Lederkleides, als fürchte sie, ihre »Mama« loszulassen, weil Delia sonst wieder verschwinden könnte. Alle Blicke richteten sich auf Tyl, der versuchte, die Fragen über die Abenaki und über die Wahrscheinlichkeit neuer Überfälle im Frühjahr zu beantworten, mit denen die Männer ihn bestürmten.

Plötzlich wurde Delia bewußt, daß ihr Anne Bishop etwas ins Ohr flüsterte: »Er war den ganzen Winter über im Holzfällerlager. Aber Giles hat sofort, nachdem man euch gesichtet hatte, einen Mann hinaufgeschickt. Ich nehme an, er kommt auf dem schnellsten Weg hierher.«

»Anne, wovon reden Sie...«, begann Delia. Aber die Frage blieb ihr im Hals stecken, als sie Tyls Blick sah, der sich auf einen Punkt hinter ihr richtete. Aus seinem Gesicht wich schlagartig alles Blut. Seine Wangenknochen traten hervor, und seine Augen wurden groß und dunkel. Er war wie gelähmt vor Schreck... und vor Angst.

In diesem Augenblick legte Anne Bishop Delia die Hand auf den Arm. »Siehst du, was habe ich gesagt? Da kommt er schon.«

»Aber das ist... nein... «, flüsterte Delia, als sie sich umdrehte und ganz plötzlich wußte, wen sie sehen würde.

Er kam mit seinen steifbeinigen, ruckartigen Schritten auf sie zu. Er hatte die Haare wachsen lassen; sie fielen ihm auf die Schultern. Sein Lächeln wurde immer freudiger, und die Falten in seinen Wangen vertieften sich. So hatte er noch nie gestrahlt, seit sie ihn kannte.

»Delia!« rief er.

»Nat?«

Siebenundzwanzigstes Kapitel

»Delia!«

Nat Parker hinkte ihr so glücklich entgegen, daß Delia fürchtete, er werde sie in die Arme schließen. Sie wich einen Schritt zurück und drückte Tildy an sich, als könne sie das kleine Mädchen wie einen Schild benutzen.

»Nat... wir dachten, du seist tot.«

Er blieb dicht vor ihr stehen und sah sie mit großen Augen an. Er lachte etwas zu laut. »Du siehst auch so aus, als wäre dir gerade ein Geist begegnet.«

»Die Abenaki haben Papa am Kopf getroffen!« rief Tildy und zupfte Delia an den Haaren, um sie auf sich aufmerksam zu machen.

Delia hielt die Hand des kleinen Mädchens fest. Sie starrte Nat an und versuchte, etwas zu sagen. Es dauerte scheinbar eine Ewigkeit, bis es ihr gelang, den Mund zu öffnen. »Aber Nat, ich habe doch gesehen...« Sie schauderte beim Gedanken daran. »Du warst tot. Traumbringer hat dich skalpiert.«

Nat fuhr sich lachend mit der Hand durch die Haare, wie um sich zu vergewissern, daß sie noch da waren. »Anfangs haben das alle gedacht. Aber du hast nicht mich, sondern den Jungen aus Topsham gesehen. Er hatte an diesem Tag gefroren und sich meinen Mantel ausgeliehen.« Als er ihren ungläubigen, verwirrten Gesichtsausdruck sah, redete er schnell weiter. »Als die Abenaki angriffen, bin ich...«, er wurde über und über rot, »... bin ich davongerannt. Ich bin bis zum Waldrand gekommen, als mich einer von hinten erwischte. Er hat mich mit der Keule am Kopf getroffen, und ich bin rückwärts in Äste und Zweige gefallen. Ich nehme an, es war ihm zu mühsam, mich da rauszuholen, um meinen Skalp zu nehmen. Vielleicht hat ihn auch etwas anderes abgelenkt. Jedenfalls habe ich da… ich weiß nicht wie lange… bewußtlos gelegen.« Er warf Tyl einen schnellen Blick zu. »Der Doktor hatte sich schon an die Verfolgung gemacht, als sie mich gefunden haben. Später haben wir durch Jefferson eine Nachricht geschickt. Ich nehme an, du hast sie nie bekommen.«

Tyl sagte nichts. Er rührte sich nicht. Delia fürchtete sich davor, ihn anzusehen. Aber schließlich drehte sie sich nach ihm um.

Auf seinem Gesicht lag immer noch der Ausdruck nackten Entsetzens, als habe er seinen eigenen Tod gesehen. Ihre Blicke trafen sich, und seine Augen wurden hart. Sie fragte sich, was er von ihr erwartete. Sollte sie Nat auf der Stelle, vor seinen Kindern und ganz Merrymeeting über ihre Beziehung aufklären?

Sie schüttelte beinahe unmerklich den Kopf und sah ihn bittend an. Als sie feststellte, daß sich sein Mund voll Bitterkeit verzog, verkrampfte sich ihr Herz vor Qual.

Er drehte sich schweigend um und ging mit großen Schritten zum Wald zurück, aus dem sie gekommen waren.

Tyl…, rief Delia stumm hinter ihm her, während sie zusah, wie seine hoch aufgerichtete Gestalt im Dunkel der Baumschatten verschwand. Bitte bleib, damit ich mich dem nicht allein stellen muß. Ich brauche dich. Du bist mein Mann…

Sie legte die Hand auf den Mund, um den Gedanken wie einen Aufschrei zu unterdrücken. Sie drehte sich um und blickte in zwei, von blassen Wimpern gesäumte, ernste graue Augen. Das strahlende Lächeln war verschwunden. Sie sah das alte, ernste und traurige Gesicht, das sie kannte.

»Delia?« sagte Nat.

Ja, es war Nat… ihr Mann Nat.

Delia schob den mit heißem Wasser gefüllten, verschlossenen Tonkrug an das Fußende des Strohsacks und packte Tildy bis zu den Grübchen in die warmen Decken. »Stell deine Füße darauf, mein Schatz. Heute nacht wird es sehr kalt werden.« Sie schob dem kleinen Mädchen die Locken aus der Stirn und küßte die weiche rosige Haut.

»Aber der Schneemann hat heute einen Arm verloren, Delia.«

Delia verzog übertrieben traurig den Mund. »Ach, der arme Schneemann. Das tut mir aber leid. Soll ich der Sonne sagen, daß sie morgen nicht scheinen darf, damit der arme Schneemann nicht auch noch den anderen Arm verliert?«

»Sei doch nicht dumm!« rief Tildy und schüttelte den Kopf. »Es ist doch Frühling. Mrs. Bishop hat gesagt, wenn es Frühling wird, schmilzt der Schneemann, und dann kommt meine neue Mama nach Hause.« Plötzlich legte sich ihr Gesicht in Sorgenfalten. »Du bist doch jetzt zu Hause, Delia, nicht wahr?«

Delia küßte noch einmal die kindliche Stirn, aber sie brachte die Worte kaum über die Lippen. »Ich bin zu Hause, mein Schatz.«

»Und du gehst nie mehr weg. Versprichst du es?«

Delia richtete sich auf und legte den Kopf zurück. Sie schloß krampfhaft die Augen. »Ach Tildy, ich bin nicht sicher ...«, begann sie hilflos.

»Aber du *mußt* bleiben, Delia!« rief Tildy und fing an zu schluchzen. »Bitte versprich es. Versprich, daß du nie mehr weggehst. Es war nicht schön, als du weg warst. Papa ist ins Lager hinaufgegangen und nicht wieder heruntergekommen. Und Meg hat dauernd geweint. Stimmt's, Meg?«

»Ach, sei doch still, Tildy«, fauchte Meg, und ihre mageren Wangen färbten sich rot.

»Streitet euch nicht, ihr beiden.« Delia legte die Hände um Tildys Gesicht. Ihre Wangen waren heiß und naß von Tränen. »Jetzt schlaft schön, Mädchen. Ich bin morgen früh da. Das verspreche ich euch.«

Sie gab Tildy noch einen Kuß, und das kleine Mädchen zog seine Indianerpuppe unter der Decke hervor. »Gib Hildegard auch einen Gutenachtkuß.«

Delia küßte gehorsam das dunkle Gesicht der Puppe. Dann stand sie auf, strich die Decken glatt und steckte sie unter dem Strohsack fest. Das Stroh raschelte, als Tildy sich bewegte. Im Raum roch es nach Sonne.

Die Parker-Mädchen hatten seit Dezember bei Anne Bishop gelebt. Aber Nat hatte darauf bestanden, daß seine wiedervereinte Familie die Nacht gemeinsam in der Hütte verbrachte, die ihm innerhalb der Palisaden zugeteilt worden war.

Die Hütte bestand nur aus einem Raum, den Nat mit einer Decke, die über einem Lederseil hing, abgeteilt hatte. Delia hielt sich länger als nötig bei den Mädchen auf. Sie wollte nicht auf die andere Seite des Vorhangs gehen und Nat unter die Augen treten. Sie wollte nicht, daß er anfing, sie über die Wintermonate bei den Abenaki zu befragen, denn sie wäre nicht in der Lage gewesen, darüber zu sprechen. Diese Zeit war so voll von Erinnerungen an Tyl und ihre Liebe. An ihre glückliche Ehe...

Sie wußte, sie sollte so schnell wie möglich darüber nachdenken, was sie tun konnte. Aber sie befand sich in einer unmöglichen Lage. Nathaniel Parker lebte, und sie war mit *ihm* verheiratet, nicht mit Tyl, dem Mann, dem ihr Herz gehörte. Tyl, der Mann, den sie mehr als jeden anderen liebte, mehr als ihr Leben, mehr als...

Alles?

Sie unterdrückte ein tiefes, verzweifeltes Seufzen und richtete sich auf. Aber als sie sich zum Gehen wandte, rief Meg von der anderen Seite des kleines Raums. »Delia? Kannst du... Ich will dir etwas sagen.«

Delia setzte sich auf den äußersten Rand von Megs Strohsack. Sie achtete darauf, das Mädchen nicht zu berühren, denn Meg hatte Delias Versuche, ihre Zuneigung zu zeigen, so oft zurückgewiesen, daß Delia schon vor langer Zeit gelernt hatte, Abstand zu wahren.

Plötzlich begriff sie jedoch instinktiv, daß Meg bereit, mehr als bereit war, auf diesen Abstand zu verzichten, denn sie sehnte sich verzweifelt nach Mutterliebe. Deshalb beugte sie sich vor und gab Meg einen zarten Kuß auf die mageren Wangen. »Gute Nacht, Meg.«

Zu Delias Verblüffung küßte Meg sie ebenfalls. Es war ein schneller Kuß, so leicht, daß sie ihn kaum spürte. Trotzdem war es ein Kuß.

Als Delia aufstand, sah sie, daß Meg sie mit ihren unergründlichen braunen Augen musterte. »Delia? Nachdem die Indianer dich weggeschleppt hatten, habe ich zu Gott gebetet.«

»Danke, Meg«, erwiderte Delia. »Ich bin überzeugt, daß ich deshalb in Sicherheit war und daß es Dr. Tyl geholfen hat, mich zu finden.«

Meg schluckte hörbar. »Ich habe Gott versprochen, wenn du zurückkommst, würde ich nie mehr gemein zu dir sein.«

Delia mußte lachen. »Das war sehr voreilig, meinst du nicht auch?«

Meg kicherte. »Ich glaube schon…« Ihr Lachen verstummte, und sie zupfte unruhig an den Decken. »Ich habe Gott auch versprochen, Mama zu dir zu sagen, wenn du zurückkommst.«

Delia legte ihre Hand auf die kleine Hand des Mädchens. »Meg… als wir uns zum ersten Mal gesehen haben, da habe ich dir gesagt, daß ich nicht versuchen würde, den Platz deiner Mama einzunehmen. Deine Mama hat dich sehr, sehr lieb gehabt, und du hast sie geliebt, und du mußt diese Liebe im Herzen lebendig halten. Ich hoffe nur, daß du eines Tages auch mich lieben kannst. Aber natürlich auf eine andere Weise – als eine besonders gute Freundin.«

Delia wartete, doch Meg schwieg. Einen Augenblick später stand Delia auf. Sie wollte sich gerade umdrehen, da hörte sie Megs leise und ein wenig ängstliche Stimme. »Gute Nacht… Mama.«

»Schlaf gut, Meg. Ich hab dich lieb.«

Delia erschrak, als sie sich umdrehte, und sah, daß Nat mit einer Hand den Vorhang zurückhielt. Sie sahen sich an, und nach kurzem Zögern ging Delia auf ihn zu. Er trat beiseite und ließ den Vorhang hinter ihnen fallen.

»Du hast ihnen gefehlt«, sagte er.

Delia konnte nichts erwidern.

Die Einrichtung auf dieser Seite des Vorhangs bestand aus einem kleinen Brettertisch und zwei Hockern. Delia sah, daß Nat aus der Gemeinschaftsküche im Blockhaus eine Kanne Tee und zwei schwarze Lederbecher geholt hatte. Sie goß den Tee ein, setzte sich auf einen Hocker und legte die Hände um ihren Becher. Der aufsteigende Dampf umgab ihr Gesicht warm und feucht. Sie fuhr mit den Handflächen auf dem weichen Leder hin und her. Ihre Hände waren kalt. Sie fror am ganzen Körper.

Sie wappnete sich und hob den Blick. In einer Sturmlaterne, die an der Wand neben der Tür hing, brannte eine Kerze und erleuchtete den Raum. Sie warf harte Schatten über Nats Gesicht, die die Falten und Linien auf seiner Stirn und um den großen Mund noch vertieften. Er ließ die Schultern hängen und hatte das Gewicht auf eine Seite verlagert; die Daumen steckten im Gürtel seiner Hose, und er starrte auf den rohgezimmerten Fußboden.

Langsam hob er den Kopf und sah ihr in die Augen. Sein Blick war ernst und vielleicht ein wenig ängstlich. »Du hast mir auch gefehlt, Delia«, sagte er so leise, daß sie es kaum hörte. Die Ungläubigkeit mußte ihr ins Gesicht geschrieben stehen, denn er fuhr schnell fort. »Ich weiß, es sieht so aus, als hätte ich nicht besonders viel von dir gehalten, solange du hier warst ...«

»Ich konnte dir nichts recht machen, Nat.« Die Worte klangen bitterer, als sie beabsichtigt hatte, und ganz sicher verbitterter, als sie war.

»Nein, das stimmt nicht«, widersprach Nat mit belegter Stimme. »Du hast vieles richtig gemacht. Ich war nur zu sehr mit meiner Trauer beschäftigt, um es zu sehen.«

Er trat näher und stellte sich auf der anderen Seite des schmalen Tischs ihr gegenüber. Sie spürte seinen Blick, aber sie konnte ihn nicht mehr ansehen. Sie wußte nicht, was sie mit Nats Geständnis anfangen sollte. Die widersprüchlichsten Gefühle stürmten auf sie ein und überwältigten sie. Deshalb saß sie mit steifem Rücken und zusammengepreßten Lippen da und wagte kaum zu atmen.

»Was ist los, Delia?« fragte er und errötete schuldbewußt. »Bist du böse auf mich, weil ich dich nicht gesucht habe?«

Delias Hände um den Becher verkrampften sich. Sie stieß den angehaltenen Atem aus und seufzte laut. »Nein, natürlich nicht. Tyl – Dr. Savitch hatte sehr viel bessere Chancen, uns zu finden und zurückzubringen.«

Nat seufzte erleichtert; die Röte wich allerdings nicht aus seinem Gesicht. »Das dachte ich auch. Obwohl ich immer so tue, als wäre ich so stark wie ein gesunder Mann, kann ich mit meinem Holzfuß nicht sehr weit laufen. Und ich bin ein Farmer, kein Waldläufer oder Trapper. Außerdem verstehe ich so gut wie nichts vom Spurenlesen. Ich hätte es am Ende doch nur geschafft, mich umbringen zu lassen. Und Meg und Tildy... ich bin alles, was sie haben. Nein, das stimmt nicht ganz. Jetzt haben sie dich, nicht wahr?«

»Aber du bist ihr Vater.«

»Und du ihre Mutter.« Er zog den Hocker unter dem Tisch hervor, setzte sich, stützte die Ellbogen auf den Tisch und sah sie mit seinen grauen Augen ernst an. »Sie lieben dich, Delia. Das haben wir beide heute abend gesehen. Und du liebst sie.«

»Ich liebe sie, Nat«, sagte Delia hastig. Sie war erleichtert, sich diesem ungefährlicheren Thema zuwenden zu können. »Es sind zwei wundervolle Kinder.«

Mit einem scheuen Lächeln zog er den anderen Becher zu sich heran und fuhr mit der Fingerkuppe über den Rand. Er hob den Blick und sah sie an, senkte ihn aber sofort wieder und betrachtete angestrengt seinen Finger, der immer und immer wieder um den Becherrand fuhr. »Aber mich liebst du nicht, nicht wahr?«

Delia hatte die Arme vor der Brust verschränkt und die Hände um die Ellbogen gelegt. »Nat, ich...«

»Schon gut.« Er schob den Becher so abrupt von sich, daß der Tee überschwappte. »Du mußt mir nichts erklären. Ich habe dir nicht gerade einen Grund gegeben, mich zu lieben, oder auch nur, mich zu mögen...«

»Ich mag dich, Nat. Du bist ein wunderbarer Mann, ein wunderbarer Vater und...«

»Ein lausiger Ehemann«, unterbrach er sie. In seinem Ton lag harte Selbstanklage. »Zumindest dir gegenüber. Gott weiß, wir hatten von Anfang an viele Meinungsverschiedenheiten, bevor das passiert ist. Aber es war ein langer Winter, und ich hatte da oben im Lager genug Zeit zum Nachdenken. Ich weiß, ich war dir gegenüber ungerecht. Ich habe erwartet, daß du wie Mary bist... wo du doch du selber bist. Ich habe oft über den Tag nachgedacht, an dem wir geheiratet haben. Über das Gelübde, in guten und in schlechten

Tagen zueinander zu stehen und allen anderen zu entsagen. Und ich habe mich an Mary geklammert, als ob ...«

»Nein, Nat! Du darfst Mary nie entsagen!«

»Nie der Erinnerung daran entsagen, was Mary und ich hatten, das meine ich nicht. Aber bis jetzt habe ich mich immer noch als Marys Ehemann betrachtet, und das war falsch. Mary war meine Frau, aber sie ist tot. Jetzt bist du meine Frau, meine einzige Frau, und das meine ich mit ›allen anderen entsagen‹. Ich bin ein Mensch mit einem starken Glauben, Delia. Ich habe vor Gott ein Gelübde abgelegt. Ich möchte unsere Ehe neu beginnen und anfangen, dieses Gelübde zu erfüllen.«

Warum jetzt, wollte Delia ihn anschreien. Warum sagst du mir das alles erst jetzt?

Ihr war übel – vor Schuldgefühlen, vor Mitleid und vor Angst. Ihre Rechte umklammerte die Linke, und sie zwang sich, das Kinn zu heben. »Nat, da ist etwas ... das ich ... Tyl, das heißt, Dr. Savitch und ich ...«

Es klopfte heftig an der Tür, und Delia erschrak so sehr, daß sie beinahe die Teekanne umstieß. Als Nat aufstand, schob er den Hocker mit einem lauten, klirrenden Geräusch über den Fußboden. Mit zwei Schritten war er an der Tür und öffnete sie.

»Oh, guten Abend, Dr. Tyl.«

Delia griff sich mit der Hand an den Hals, als würde sie nach Luft ringen. Nat verdeckte Tyl. Sie war ohnehin nicht sicher, daß sie es ertragen hätte, ihn zu sehen. Aber sie bemühte sich, seine Stimme zu hören.

Die Worte klangen völlig ausdruckslos. »Nat, ich würde gerne mit meiner ... mit Delia sprechen.«

Nat trat zurück und öffnete die Tür weiter. »Selbstverständlich. Kommen Sie herein.«

Tyl rührte sich nicht von der Stelle. »Ungestört. Ich möchte ungestört mit ihr sprechen.«

Delia stand langsam auf und drehte sich um. Tyl war ein großer, gesichtsloser Schatten vor dem Eingang. Delia sagte zu Nat und hielt die Augen dabei sicherheitshalber auf sein Gesicht gerichtet:

»Es dauert nur ein paar Minuten.«

Nat runzelte die Stirn, aber eher fragend als mißtrauisch. »Natürlich…« Er wies mit einer hilflosen Geste auf den Tisch. »Ich trinke inzwischen einfach noch einen Becher Tee.«

Tyl ging mit großen Schritten vom Eingang und verschwand ohne einen Blick zurück in der Dunkelheit. Er rechnete damit, daß Delia ihm folgte.

Und das tat sie.

Elizabeth knöpfte das Kleid auf und legte das Kind an die Brust. Ezekiel öffnete weit den Mund, umfaßte damit die Brustwarze und begann, gierig zu nuckeln.

Reverend Caleb Hooker saß auf einem Hocker so dicht vor seiner Frau, daß sich ihre Knie berührten, und sah zu. Er war gebannt und leicht verlegen. Er staunte, denn Elizabeths Brust war so groß und rund wie ein Herbstapfel. Das Feuer warf einen weichen goldenen Schein darauf. Ihm fiel auf, daß er die nackte Brust seiner Frau noch nie so offen betrachtet hatte. Elizabeth hatte sich beim Ankleiden und Auskleiden immer umgedreht. Wenn sie sich liebten, behielt sie das Nachthemd an, und sie taten es schnell und im Dunkeln.

Eine flammende Röte überzog zuerst Calebs Hals und dann das Gesicht, als er an das Gespräch dachte, das er vor vielen Monaten mit Tyler Savitch über die Liebe geführt hatte. Der Doktor hatte von Männern gesprochen, die an den Brüsten ihrer Frauen saugten. Caleb war bereits bei dieser Vorstellung entsetzt gewesen. Aber während er nun zusah, wie sein Sohn trank, regten sich Neid und fast so etwas wie Eifersucht in ihm.

Caleb wurde dunkelrot, als er feststellte, daß Elizabeth nicht mehr auf den Kopf ihres Sohnes blickte, sondern ihn ansah. Der Anflug eines nachsichtigen Lächelns umspielte ihren Mund, aber in ihrem Blick lag auch Zärtlichkeit. Caleb hatte diesen Blick noch nie gesehen, und das verwirrte ihn ebenfalls.

»Du hast mir noch nicht verraten, wie dir dein Sohn gefällt«, sagte Elizabeth.

Im Feuerschein sah das blonde Haar des Säuglings aus wie ein Taufhäubchen aus gesponnenem Gold. Die dicken roten Bäckchen spannten und entspannten sich beim Trinken. Caleb überlegte, was Elizabeth dabei empfand, wenn an ihrer Brustwarze so kräftig gesaugt wurde. Bereitete das wirklich, wie Tyl behauptet hatte, einer Frau Genuß?

»Er ist ein schönes Kind«, sagte Caleb schließlich ehrfürchtig. Ihm war irgendwie die Kehle zugeschnürt. »Aber ich fühle mich seltsam. Ich werde noch nicht ganz damit fertig, daß es *mein* Kind ist. Mein Sohn. Um dir die Wahrheit zu sagen, das alles macht mir ein bißchen Angst.«

»So ist es mir am Anfang auch gegangen«, erwiderte Elizabeth ruhig, ohne jede Angst. Es war seltsam, aber Caleb hatte Mühe, diese ruhige, selbstsichere Frau mit der Elizabeth in Verbindung zu bringen, die von den Wilden gefangengenommen worden war und dort ihr Kind zur Welt gebracht hatte. In den vergangenen Monaten hatte ihn immer wieder die Vorstellung gequält, was die Indianer ihr alles antun würden. Die Elizabeth, die nun zu ihm zurückgekehrt war, kam ihm jedenfalls fast wie eine Fremde vor.

Caleb beugte sich vor und betrachtete seine Hände, die gefaltet auf seinen Knien lagen. Er schluckte und fuhr sich mit der Zungenspitze über die trockenen Lippen.

»Lizzie? Haben sie ... haben sie dich gut behandelt?«

Elizabeth blickte in die Ferne, und ihr Gesicht wurde ausdruckslos. »Am Anfang war es ...« Sie schauderte und erschreckte damit Ezekiel, der einen empörten Schrei ausstieß. Sie legte ihn an die andere Brust. »Aber daran erinnere ich mich kaum. Nachts habe ich allerdings noch manchmal Alpträume.«

Sie nahm das Kind auf den Schoß, beugte sich vor und strich ihm über die gefalteten Hände. »Es war nicht deine Schuld, Caleb.«

»Aber ich habe dich hierher gebracht. So etwas wäre dir in Boston niemals passiert.« Er umklammerte ihre Hand und ließ sie nicht mehr los. Er blickte auf und sah ihr tief bewegt ins Gesicht. »Ich sage Oberst Bishop morgen, daß er einen anderen suchen muß. Ich bringe dich nach Hause, Liebes.«

»Ich bin zu Hause. Hier ist deine Gemeinde, Caleb. Du gehörst hierher.« Sie lächelte sanft. »›Da wo du hingehst, will auch ich hingehen‹.«

»Aber die Bedrohung durch die Indianer ist nicht vorbei. Es kann weitere Überfälle geben ...«

Sie entzog ihm die Hand und legte ihm die Finger auf den Mund. »Ich glaube, ich habe keine Angst mehr, Caleb. Keine solche dumme Angst. Vielleicht liegt es daran, daß ich das erlebt habe, was meinen Befürchtungen entsprach, und daß ich es *überlebt* habe.«

Er biß sich heftig auf die Unterlippe und schloß die Augen. »Wenn ich daran denke ... du in den Händen dieser Wilden ...«

Ezekiels Kopf sank von der Brust. Elizabeth stand auf, wiegte ihn in den Armen und wartete geduldig, bis er ein Bäuerchen machte, dann legte sie ihn in die Krippe, die Caleb von Obadia Kemble im Winter hatte anfertigen lassen. Die Seiten waren mit geschnitzten Blumen verziert, Kopfteil und Fußteil schmückten eine Sonne und ein Mond. Die Krippe war für den Reverend wie ein Talisman der Hoffnung gewesen, ein Beweis seines Glaubens, daß Gott seine Frau mit dem Kind sicher zu ihm zurückbringen werde.

»Die Abenaki sind keine Wilden«, sagte Elizabeth. »Gewiß, sie können grausam zu denen sein, die ihre Feinde sind. Aber das können wir auch.«

Sie stand im Schatten, und deshalb konnte er ihr Gesicht nicht sehen, aber er hörte den Anflug von Zorn in ihrer Stimme. »Sind Schandpfähle und Galgen etwa nicht brutal und grausam? Und wir sind diejenigen, die das Skalpieren eingeführt haben. Wir, Engländer und Franzosen, mit unseren unsinnigen, verheerenden Kriegen, die wir um ein Land führen, das uns rechtmäßig überhaupt nicht gehört. Frag jeden beliebigen Mann in Merrymeeting, und er wird dir sagen, daß die Abenaki ›ausgerottet‹ werden müssen, damit wir in Frieden unsere Felder bestellen und die Bäume fällen können. Dabei haben die Indianer in diesem Land, das wir jetzt *unser* Land nennen, lange vor uns gefischt und gejagt. Ihr Leben verlief in einem Frieden und in einem wundervollen Einklang mit ihrer Umgebung, wie wir es niemals erreichen werden.«

»Du verteidigst sie, nach allem, was sie dir angetan haben? Sie sind *Heiden*, Elizabeth. Sie glauben nicht an Gott, den himmlischen Vater.«

»Der Große Geist ist unser aller Vater, und die Erde ist unsere Mutter...«

Sie trat neben ihn und blickte in die Flammen. Sie legt ihm sanft die Hand auf die Schulter. »Eine Abenaki-Frau hat mir das gesagt. Sie heißt Silberbirke, und sie ist der liebenswürdigste und großzügigste Mensch, den ich je getroffen habe. Sie wurde meine besondere Freundin, obwohl ich...«, sie lachte. Es klang beinahe wie ein leises Zwitschern, und Caleb erschrak, weil es so überraschend kam. »Es war wirklich sehr lustig. Sie dachten alle, ich wäre Dr. Tyls Awakon.«

Der gutturale Klang des Indianerwortes aus Elizabeths zartem Mund entsetzte Caleb. »Was?« fragte er verblüfft.

»Seine Sklavin. Sie dachten, ich wäre Tyls Sklavin.«

»Sklavin?«

Sie lachte wieder. »Er hat mich dem Mann, der mich gefangengenommen hatte, für fünf Biberfelle abgekauft. Silberbirke hat mir ständig Ratschläge gegeben, was ich tun sollte, um Tyl soweit zu bringen, daß er mich zu seiner zweiten Frau macht.«

Die Unbekümmertheit, mit der sie über Sklaverei sprach und darüber, daß sie ver- und gekauft worden war, verblüffte Caleb so sehr, daß es einen Augenblick dauerte, bis ihm die volle Bedeutung ihrer Worte aufging.

Dann blieb ihm der Mund offenstehen. »Seine *zweite* Frau?«

Elizabeth zuckte schuldbewußt zusammen und wandte sich ab.

»Elizabeth, willst du damit andeuten...«

Sie drehte sich schnell um und schnitt ihm das Wort ab. Ihre Stimme klang hart. »Das mußt du verstehen, Caleb. Sie dachten, Nat wäre tot. Der blonde Skalp hing den ganzen Winter über am Pfahl neben der Plattform, wo sie ihre Gefangenen martern. Wir haben ihn jeden Tag gesehen.«

Skalp... Pfahl... Plattform... martern...

Caleb glaubte, sein Herz müsse stehenbleiben. Er fuhr sich mir der Zungenspitze über die Lippen und versuchte, ein strenges Pfarrergesicht zu machen. »Willst du damit sagen, Tyl und Delia haben in diesem Indianerdorf offen als Mann und Frau zusammengelebt?«

»Tyl hat mir und deinem Kind das Leben gerettet.«

»Das mildert nicht die Schwere der Sünde.«

»Sünde? Ich dachte, mit der Sünde gehe die Absicht einher. Sie glaubten, Mr. Parker sei tot. Und sie wurden in einer Zeremonie der Abenaki verheiratet.« Sie kniete zu seinen Füßen und umklammerte seine Knie. »Caleb, sie lieben sich so sehr. Ich habe noch nie zwei Menschen gesehen, die so mit Liebe gesegnet sind. Sie haben zusammen soviel Freude am Leben gefunden, soviel Freude aneinander...«

Sie wandte das Gesicht ab. Doch Caleb entging nicht, daß sie errötete. »Wenn sie zusammen waren«, flüsterte sie, »konnte man sehen... konnte man die *Leidenschaft* sehen, die sie füreinander empfanden. Manchmal... manchmal habe ich mich gefragt, wie es wäre, diese Leidenschaft selbst zu erleben.«

Caleb schluckte schwer. Nachdem er von Elizabeths Schwangerschaft erfuhr, hatte er es nicht mehr gewagt, seine Frau zu berühren. Aber er dachte oft an all die Dinge, die Tyl Savitch ihm an jenem heißen Augustmorgen beim Brandy erzählt hatte. Er dachte, Elizabeth müsse entsetzt und angeekelt sein von dem, was Tyl so anschaulich beschrieben hatte. Jetzt fragte er sich...

Und wenn, dachte er, wenn ich jetzt mit ihr ins Schlafzimmer gehe, wenn ich sie an diesen Stellen küsse und berühre, die er mir aufgezählt hat... an *allen* diesen Stellen...?

Aber schließlich sah Elizabeth *ihn* mit ihren blauen Augen an. Ihre Lippen öffneten sich zu einem Lächeln, und dann fragte sie: »Willst du mich, Caleb?«

Delia stieg auf die letzte Sprosse der Leiter und trat auf den Wehrgang. Tyl war bereits da. Er lehnte an den runden, angespitzten Palisaden, hatte die Arme vor der Brust verschränkt und die langen Beine gekreuzt. Es war eine lässige, nonchalante Haltung, aber die Luft um ihn herum knisterte vor Spannung und Zorn.

In Abständen von weniger als zwei Metern brannten Kiefernfackeln in den Halterungen. Sie erhellten Tyls Gesicht und betonten die dunklen Schatten der Bartstoppeln und den harten Mund.

Delia wollte sich ihm an die Brust werfen. Sie brauchte den Halt und den Trost seiner Arme. Sein Zorn verletzte und enttäuschte sie und machte sie ebenfalls wütend.

»Wir sollten uns nicht so treffen«, sagte sie steif. »Nat könnte vermuten...«

»Vermuten, zum Teufel!« Er richtete sich auf und schlug mit der flachen Hand gegen die geschälten Baumstämme in seinem Rücken. »Warum weiß er es inzwischen nicht? Wann wirst du es ihm sagen?«

»Ich sage es ihm zum richtigen Zeitpunkt. Ich kann ihn nicht einfach damit überfallen.«

Seine Finger umklammerten ihr vorgerecktes Kinn. In seiner Berührung und in dem wilden Zorn, der aus seinen Augen sprühte, lag keine Spur von Zärtlichkeit.

»Du denkst tatsächlich daran, bei ihm zu bleiben«, sagte er. In seiner Stimme lag Bitterkeit.

Sie schloß die Augen, befreite sich aus seinem Griff und drehte ihm den Rücken zu. »Tyl... ich bin doch mit ihm verheiratet.«

Er packte sie an den Schultern und riß sie herum. »Du bist mit *mir* verheiratet!«

Delia spürte, wie ihr Herz in zwei Teile gerissen wurde. Es war wie ein Schrei in ihrem Kopf. Sie versuchte zu sprechen und glaubte zu ersticken. »Unsere Ehe, Tyl... sie war keine wirkliche Ehe.«

Er schüttelte sie heftig. Er kam mit dem Gesicht ganz dicht an sie heran. »Verdammt noch mal, Delia! Für mich war sie wirklich!«

Die Fackel neben ihnen zischte und flackerte, und in seinen Augen standen Tränen. Da wußte sie, daß sein Zorn nur eine Fassade war. Er litt ebensosehr wie sie.

Sie sah ihn schmerzerfüllt an. Sie berührte ihn an der Wange, aber er wandte mit einer heftigen Bewegung den Kopf ab.

Unter ihnen öffnete sich quietschend das Tor, und ein Kundschafter ritt hindurch. Die Hufe seines Pferdes klapperten laut auf der gestampften Erde. Sie hörten, wie das Tor wieder geschlossen wurde und wie die Angeln kreischten. Dann fiel der Querriegel mit einem dumpfen Schlag in die Gabel. Der Vollmond schien auf die gezackten Palisaden und warf Streifen aus Schatten und Licht auf die Erde und das dunkle Blockhaus. Es gab Delia das Gefühl, eingeschlossen und gefangen zu sein, und es symbolisierte, was mit ihrem Leben geschah. Sie glaubte, vor Verzweiflung zu ersticken.

Tyl lockerte den harten Griff um ihre Schultern. Seine Hände glitten an ihren Armen auf und ab. Seine Stimme klang weich und flehend. »Delia, du mußt mit Nat sprechen. Sag ihm, was geschehen ist. Sag ihm, daß er dich freigeben muß.«

Sie wich zurück und legte die Arme eng um ihre Hüfte, als müsse sie sich im wahrsten Sinne des Wortes zusammenhalten. Sie schüttelte den Kopf, und ihre Kehle zuckte krampfhaft.

Tyl folgte ihr und kam so nahe, daß sie die Wärme seines Körpers spürte und sein Atem einzelne Haare in ihr Gesicht trieb. »Sag es ihm, Delia. Heute abend. Sonst werde ich es tun.«

Sie schob ihn von sich. »Wage das nicht! Ich lasse nicht zu, daß Nat verletzt wird...«

»Er verletzt! Mein Gott, Delia, wie, glaubst du, geht es mir dabei? Glaubst du im Ernst, ich sehe zu, wie ein anderer Mann mit meiner Frau im Bett liegt?«

Sie zuckte zusammen. Zu all den anderen Gefühlen, die sie zu zerreißen drohten, kam eine weitere Angst. Nat hatte gesagt, er wollte noch einmal neu anfangen. Hieß das, er wollte auch seine ehelichen Rechte geltend machen?

»Er wird es nicht tun... *das* wird er nicht tun«, sagte sie mehr in dem Versuch, sich selbst zu beruhigen.

Tyl lachte verächtlich. »Er wird es tun. Er hat seit fünf Monaten keine Frau mehr gehabt. Er wird es tun.« Er packte sie an den Armen und riß sie an sich. »Du kannst nicht zulassen, daß Nat dich immer noch für seine Frau hält.«

Sie ballte die Fäuste und trommelte gegen seine Brust. »Ich *bin* Nats Frau!« Sie klammerte sich an sein Hemd, preßte sich an ihn, und dann liefen ihr die Tränen über die Wangen. »Tyl, Tyl, bitte versuche, es zu verstehen. Nat und ich, wir haben unser Gelübde vor Gott abgelegt. Ich habe am Tag unserer Hochzeit ein Abkommen mit ihm getroffen. Er hat mich aus der Gosse herausgeholt, aus einer stinkenden Kaschemme, und mich zu seiner Frau gemacht. Er hat mir ein Heim gegeben und mich ehrbar gemacht, obwohl ich nur einen Vater vorzuweisen hatte, der alles vertrank, was ich verdiente, und der mich lieber verprügelte, als mich anzusehen ...«

»Ich habe dich aus all dem herausgeholt.«

Sie hob den Kopf, und in ihren Augen stand plötzlich der Zorn. »Ach ja? Wenn ich mich recht erinnere, hast du mir an einem Nachmittag im Wald von Falmouth Neck die Unschuld genommen und mich am nächsten Tag Nat übergeben. Und zwar unter der großzügigen Bedingung, wenn er mich nicht mag, könnte er mich jederzeit zurückschicken wie eine gesprungene Teekanne oder einen Strumpf mit einem Loch!«

»Willst du mich jetzt dafür bestrafen, daß ich dich verführt und dann nicht genommen habe? Ist es das?« Er lachte rauh und erstickt. »Wahrscheinlich habe ich es verdient. Aber mein Gott, Delia ...«

Sie preßte ihr Gesicht an seinen Hals, und ihre Brust hob und senkte sich vor unterdrücktem Schluchzen. »Nein ...« Sie klammerte sich an ihn, denn ihre Beine trugen sie nicht mehr. »Ich meine nur, daß Nat es nicht verdient hat, daß ich ihn jetzt im Stich lasse. Obwohl ich für dich, um bei dir zu sein, wahrscheinlich selbst dazu in der Lage wäre. Aber die Kinder, Tyl. Ihre Mutter ist gestorben, und ich war fünf Monate verschwunden. Deshalb haben Meg und Tildy wahnsinnige Angst, noch einmal allein gelassen zu werden. Ich habe mich darum bemüht, daß sie mich lieben, daß sie sich auf mich verlassen, und das tun sie jetzt – selbst Meg. Stell dir vor, wie es für sie wäre, wenn ich einfach aus ihrem Leben verschwinden würde. Was ich dir damals am Strand gesagt habe, gilt immer noch. Ich weiß nicht, ob ich Nat und die Kinder und die Versprechungen, die ich gemacht habe, so einfach hinter mir lassen kann. Das würde ich mir niemals verzeihen.«

Seine Hände glitten über ihren Rücken nach oben, und er vergrub die Finger in ihren Haaren. »Und was ist mit mir? Was ist mit den Versprechungen, die du mir gemacht hast? Du bist meine *Ehefrau.*«

»Aber ich habe Nat zuerst geheiratet und...«

»Nein! Du gehörst mir!« Er holte keuchend Luft. »Also gut. Vergiß, daß es dir gelungen ist, uns beide zu heiraten!«

»Das war nicht meine Schuld...«

»Sprechen wir von Liebe«, fuhr er unnachgiebig fort. Der wachsende Zorn machte seine Stimme wieder rauher. »Ich liebe dich. Du liebst mich. Wir lieben uns. Jetzt sag mir, wo in dieser kleinen Gleichung Platz für Nat und seine Mädchen ist?«

Er drehte sich um, legte den Kopf in den Nacken und starrte schwer atmend zum Himmel hinauf. Dann sank sein Kopf nach vorne, er ließ sich zurückfallen und lehnte sich an die Palisaden. Er fuhr sich mit den Fingern durch die Haare und ließ hilflos die Hände sinken. »Es tut mir leid, Delia. Aber du versetzt mich in panische Angst. Ich kann es nicht ertragen, dich zu verlieren.«

Ihre Hände umklammerten sich. »Tyl... was sollen wir nur tun?«

Seine Antwort war ein kaum hörbares Flüstern. »Komm mit mir, Delia. Komm mit mir. Jetzt gleich, heute abend.«

Sie preßte die Augen zu, aber sie konnte die Tränen nicht zurückhalten. Es entstand ein langes, lastendes Schweigen. Zwischen ihrem krampfhaften Schluchzen hörte sie seinen schweren Atem.

Sie öffnete die Augen, um ihm zu sagen, daß sie es nicht tun konnte. Sie konnte nicht mit ihm weggehen, ganz gleich, wie sehr sich ihr Herz, ihre Seele und ihr Körper danach sehnten.

Er konnte die Tränen nicht länger zurückhalten. Sie füllten seine Augen und rannen ihm über die Wangen. Beschämt wandte er den Kopf ab. Aber die Worte entrangen sich ihm rauh und heftig. »Entscheide dich nicht für sie und gegen mich, Delia. Ich *bitte* dich. Komm mit mir... Sei meine Frau, Delia. Sei meine... Frau!«

Sie öffnete dem Mund, um ihm zu sagen, sie werde es tun. Sie werde Nat und die Kinder verlassen und mit ihm gehen. Was bedeutete ihre Ehre, wenn sie ihn so sehr liebte?

Doch dann erinnerte sie sich an die Angst in Tildys Stimme, als sie Delia um das Versprechen gebeten hatte, nie mehr wegzugehen. Sie erinnerte sich an Meg, die mit Gott ein Abkommen getroffen und sie auf die Wange geküßt hatte, die sie jetzt »Mama« nennen würde...

Sie brachte es nicht über sich.

»Tyl, ich brauche Zeit zum Nachdenken.«

Er stieß sich von den Palisaden ab und ging mit so großen Schritten davon, daß er beinahe die Leiter erreicht hatte, bevor sie begriff, was er tat.

»Tyl!« Sie rannte hinter ihm her und konnte ihn gerade noch am Hemdsärmel fassen. »Tyl, nein... wohin gehst du?«

Er erwiderte mit abgewandtem Gesicht: »Ich lasse dich allein, damit du nachdenken kannst. Damit du entscheiden kannst, ob du mich liebst oder nicht.«

»Du *weißt*, daß ich dich liebe!«

»Weiß ich das?« Er fuhr herum und durchbohrte sie mit seinen Augen. Sie glitzerten hart und bitter und waren feucht vor Tränen. »Weiß ich das?« sagte er noch einmal und riß sich los.

Dann war er verschwunden.

Achtundzwanzigstes Kapitel

»Hü, da...«, Nat Parker zog die Zügel am Joch des geliehenen Ochsengespanns an, und die Steinschleife kam zum Stehen. Delia stieg von dem flachen, kufenlosen Schlitten und blickte hinüber zu den schwarzen Überresten des Schornsteins, der wie ein ausgestreckter Finger zwischen verkohlten Balken und verbranntem Holz aufragte.

»Ich bin im Herbst mit dem Rechen durchgegangen«, sagte Nat und wies in die Richtung, in die sie blickte. »Ich habe ein paar Töpfe gerettet, aber das war auch ungefähr alles.«

»Hildegard hat überlebt!« rief Tildy. Sie drückte die Indianerpuppe an die Brust und hüpfte vom Schlitten. »Hildegard ist nicht verbrannt.«

»Aber nur, weil du sie an dem Tag, als die Abenaki uns überfallen haben, zur Schule mitgenommen hast«, sagte Meg mißmutig. »Ich wollte, ich hätte an meinen Kreisel gedacht.«

»Dein Papa wird dir einen neuen Kreisel schnitzen«, sagte Delia und zwang sich zu lächeln. »Nicht wahr, Nat?«

Nat brummte. Delia blickte in sein hageres, faltiges Gesicht, und zu ihrer Verzweiflung und dem schmerzlichen Gefühl des Verlusts, die ihr an diesem schönen Frühlingsmorgen das Herz schwermachten, gesellte sich Niedergeschlagenheit. Sie dachte traurig an Marys Sachen – die Uhr, das Sticktuch und das Spinnrad. Das war alles gewesen, was Nat von Mary und ihrer zehnjährigen Ehe geblieben war, und nun hatte er auch diese Dinge für immer verloren.

Sie legte ihm die Hand auf den Arm. »Es tut mir so leid, Nat.«

Er zuckte die Schultern und entzog ihr den Arm. »Jetzt im Frühling kann das Haus wiederaufgebaut werden. Oberst Bishop veranstaltet nächste Woche sogar eine Spendensammlung für uns.« Er ging zurück zur Steinschleife und lud einen schweren Eisenkessel ab. »Bis dahin gibt es noch viel Arbeit. Ich bereite alles vor, damit ihr mit dem Zuckersieden anfangen könnt. Meg, du nimmst die Safteimer und die Röhren mit. Danach fange ich auf den Feldern an. Wie es aussieht, hat die Erde in diesem Winter genug Steine ausgespuckt, um einen Wal darunter zu begraben.«

Die Winterfröste brachten immer Steine und Felsbrocken an die Oberfläche. Bevor die Arbeit auf den Feldern beginnen konnte, mußten die großen Steine, wie die Farmer in Maine sagten, »fortgeschleift« werden. Die flachen Steinschleifen glitten mühelos über die von der Schneeschmelze aufgeweichte, nasse Erde, und sie waren besonders praktisch, um die Steine abzutransportieren.

Die Zeit für das Ablesen der Steine fiel mit dem Zuckermachen zusammen. Der Saft floß gerade richtig, um die großen Ahornbäume anzuzapfen, wenn es nachts kalt genug für scharfe Fröste war und tagsüber so warm, daß es taute. Nat zeigte Delia geduldig und hin und wieder sogar lächelnd, wie das gemacht wurde. Er suchte einen dicken Ahornbaum und bohrte den Stamm etwa einen Meter über der Erde auf der Sonnenseite an. Danach schlug er eine Röhre oder eine Rinne in das Loch und hängte an das Ende einen Eimer.

»Ich mache auf der Lichtung ein großes Feuer«, sagte Nat. »Wenn die Eimer voll sind, kannst du sie mit den Mädchen auf dem Zugschlitten hinüberfahren und den Saft in den Kessel schütten.« Er lächelte. »Es müßte soviel Ahornsirup geben, daß man darin schwimmen kann.«

Delia versuchte, sein Lächeln zu erwidern, aber es gelang ihr nicht.

Nat nickte. »Also dann ...« Er deutete mit der Hand unbestimmt über seine Schulter. »Ich bin dort drüben, falls du mich brauchst.«

Delia nickte. Sie standen sich gegenüber, nickten und sahen sich an, bis es Delia albern vorkam und sie sich abwandte.

Sie waren an diesem Morgen beide angespannt und verlegen, denn sie hatten das Gespräch vom Abend zuvor nicht fortgeführt. Als Delia von dem niederschmetternden Treffen mit Tyl zurückgekommen war, hatte sie Nat nicht ansehen können. Und es war ihr erst recht unmöglich gewesen, mit ihm über ihre Zukunft als Mann und Frau zu sprechen. Sie schützte Übermüdung vor und zog sich auf die schmale, mit Heu gefüllte Matratze in einer Ecke der Hütte zurück. Aber sie wußte, Nat waren ihre geröteten Augen und das geschwollene Gesicht nicht entgangen und er mußte sich nach dem Grund dafür gefragt haben. Doch zudringliche Neugier entsprach nicht seinem Wesen. Deshalb schwieg er. Und sie schwieg ebenfalls.

Delias ganzer Körper schien an diesem Morgen vor Traurigkeit zu schmerzen, und sie hatte ein hohles, leeres Gefühl im Magen wie ein Hunger, der nie gestillt werden kann. Es war, als sei jemand gestorben, den sie sehr liebte. Gestorben war die idyllische Liebe zwischen ihr und Tyl. Ganz gleich, ob sie sich entschloß, bei Nat und seinen Kindern zu bleiben, wie ihr Gewissen es forderte, oder ob sie mit Tyl zurück in die Wildnis ging – ganz gleich, was sie tat, sie würde unglücklich sein.

Sie konnte sich nicht vorstellen, den Rest ihres Lebens ohne Tyl zu verbringen. Sie hatte einmal geglaubt, es genüge, morgens mit der Hoffnung aufzuwachen, sein Gesicht an diesem Tag zu sehen. Aber das war gewesen, bevor sie eines Morgens aufgewacht war und sein Gesicht auf dem Lager neben sich gesehen hatte. Seine Augen, die noch schwer vom Schlaf waren, hatten sie zärtlich gestreichelt, und sie hatte die Lippen auf seine stachlige Wange gedrückt. Sie hatte sich gereckt und das angenehme Ziehen zwischen den Schenkeln gespürt, die sanfte Erinnerung an die zurückliegende Nacht. Ein Traum war für sie in Erfüllung gegangen. Tyl liebte sie und hatte sie zu seiner Frau gemacht. Wie konnte sie auf dieses Glück jemals verzichten?

Und doch ...

Und doch war da Tildy. Sie stand vor dem Röhrchen und wartete darauf, daß der Saft fließen würde. Sie machte große Augen, aber man sah ihr die aufgeregte Spannung am ganzen Körper an. Gerade in diesem Augenblick fiel der erste Tropfen in den Eimer, und sie jubelte: »Es läuft, Delia! Der Saft läuft! Können wir jetzt Ahornbonbons machen?

»Geduld, mein Schatz«, sagte Delia lachend, während ihr eigentlich nach Weinen zumute war. »Bis wir Bonbons machen können, wird es noch eine Weile dauern.« Ihr Blick fiel auf Meg, und sie lächelten beide.

Megs Backen waren leuchtend rot wie zwei Äpfel, und ihre dunklen Augen glänzten wie Kastanien. Der verkniffene Zug um den Mund war verschwunden. Delia hatte Meg noch nie so glücklich, noch nie so zufrieden gesehen.

Die Kinder, dachte Delia. Wie soll ich es ertragen, ihnen weh zu tun?

Sie blickte flußaufwärts zu der Lichtung, wo Tyls Blockhütte gestanden hatte. Sie war sicher, daß er gerade in den Trümmern suchte.

Trümmer, dachte sie, alles liegt in Trümmern. Die Häuser, unser Leben, unsere Liebe.

Was sollen wir nur tun?

Delia irrte sich. Tyl war zehn Meilen von den Trümmern seiner Hütte entfernt. Er bewegte sich geräuschlos mit nach innen gerichteten Zehenspitzen wie ein Indianer durch den Wald. Er trug alles, was ihm auf der Welt geblieben war, bei sich – seine Büchse, den Beutel für die Kugeln, das Horn für das Schießpulver, ein Tomahawk und ein Jagdmesser. In einer kleinen Tasche, die über seiner Schulter hing, befanden sich etwas zu essen und Ledersachen zum Wechseln. Seine Heilkräuter, die Bücher und die meisten Instrumente waren im Feuer verbrannt, aber was er aus der Asche gerettet hatte, trug er bei sich.

In seinem Herzen trug er die Erinnerungen.

Wenn ich dich nach dieser Nacht, nach diesem Augenblick auch nie mehr haben sollte, wirst du die Frau in meiner Seele bleiben, die Hüterin meines Herzens.

Die Worte waren ernst gemeint, als er sie in ihrer Hochzeitsnacht ausgesprochen hatte, während sie vor seinem Wigwam standen und das Nordlicht betrachteten. Aber er hatte nie geglaubt, daß er das so schnell werde beweisen müssen oder daß es so schwer sein würde.

Am Anfang hatte er vor Angst, sich in sie zu verlieben, beinahe den Verstand verloren. Dann hatte er seine Furcht überwunden und sie geliebt. Aber am Ende hatte er sie verloren. Wenigstens war er aus eigenem Entschluß soweit gekommen. Trotz seines Zorns und seiner Qual hatte er am Abend zuvor an ihrem Gesicht gesehen, daß sie hin- und hergerissen wurde zwischen der Liebe zu ihm und ihren Gefühlen für Nats Kinder. Da wurde ihm klar, daß er ihr ein Geschenk machen mußte, das seiner Liebe zu ihr würdig war. Er konnte ihr den Schmerz und die Qual einer schrecklichen Entscheidung abnehmen, indem er diese Entscheidung für sie traf.

Er würde sie verlassen.

Im Augenblick ging er in nordöstliche Richtung. Er folgte dem Lauf des Kennebec, denn wo die Sonne ungehinderter durch die dichten Zweige der Bäume fiel, war die Schneedecke dünner. Ein falsches Hochgefühl trieb ihn vorwärts, das von der Erleichterung kam, die gefürchtete Entscheidung getroffen zu haben und sie in die Tat umzusetzen. Er empfand auch Schmerz, aber sehr tief innen. Es war wie die Prellung an einem Knochen und hämmerte dumpf unter der Oberfläche seines Bewußtseins. Bis sich sein Zustand zur unerträglichen Qual gesteigert haben würde, hoffte Tyl, weit genug weg zu sein, um der Versuchung zur Umkehr leichter zu widerstehen.

Weiß Gott, dachte er mit einem freudlosen inneren Lachen, ich bin nicht zur Selbstaufopferung geschaffen.

Er dachte daran, nach Norridgewock zu gehen. Aber er würde es nicht tun. Die Erinnerungen an Delia und an ihre Liebe waren dort zu schmerzlich, und der Weg zu ihr zurück war zu einfach. Er würde noch eine Weile dem Fluß folgen und dann nach Westen ziehen. Assacumbuit hatte ihm einmal gesagt, das Land, das die *Yengi* »Amerika« nannten, erstrecke sich nach Westen bis zum Rand der Welt, bis an ein anderes Meer, wo die Sonne nachts schlafen ging. Er wollte einfach geradeaus gehen, bis er das Ende der Welt erreichte. Dort würde er allein sein mit seinen Gedanken an sie, seinen Träumen und seinen Erinnerungen.

An der Stelle, wo sich der Fluß teilte, machte er Rast, obwohl er keineswegs müde war. Als Junge hatte Assacumbuit ihn mehrmals gezwungen, einen Tag und eine Nacht, ohne Wasser oder Rast zu laufen. Als Zwölfjährigen hatte man ihn einmal nackt und ohne alles, sogar ohne Messer in den Wald geschickt. Eine Woche später war er zurückgekommen – bekleidet und so gut genährt, daß er seinem Vater Fleisch als Geschenk mitbrachte. Schließlich war er im Alter von sechs Jahren von Kittery bis Quebec marschiert und hatte dabei einen Packen auf dem Rücken getragen, der so groß war wie er selbst. Der Marsch hatte seinen Körper abgehärtet und seinen Geist ebenfalls. Er hatte schon öfter geliebte Menschen verloren und den Verlust überlebt.

Und auch das werde ich überleben, sagte er sich. Ich muß es. Das Leben hat mich immer und immer wieder gelehrt, daß ein Mann ertragen kann, was er ertragen muß, und danach weitermacht.

Er setzte sich auf einen Felsen am Ufer und nahm die Büchse auf den Schoß. Die Sonne war wie eine warme Liebkosung auf seinem Gesicht. Eine frische Brise kräuselte die Wasseroberfläche und spielte in den Zweigen wie auf einer Harfe. Sie trug den Geruch von Fett und schlecht gegerbten Häuten mit sich.

Es kam jemand.

Es waren zwei Personen, und wer immer sie waren, sie machten kaum Lärm. Aber Krieger der Abenaki hätten überhaupt keine Geräusche gemacht. Also mußten es Trapper sein. Es fragte sich, ob sie Engländer und vermutlich freundlich oder Franzosen und wahrscheinlich weniger freundlich waren.

Langsam und gelassen lud Tyl seine Büchse. Er legte sie quer auf seine Schenkel, hielt den Finger am Abzug und wartete.

Nicht lange danach tauchten sie an einer Flußbiegung auf: Jefferson und seine junge Squaw. Sie ging tief gebeugt unter der Last von Häuten auf ihrem Rücken, unter der sie praktisch verschwand. Jefferson trug nichts außer seiner Büchse. Als er Tyl entdeckte, lachte er und entblößte seine Zahnlücken.

»Sie jagen ziemlich weit weg von zu Hause, Doc, wie?« rief er, als er in Hörweite kam.

Tyl wartete, bis der alte Trapper auf gleicher Höhe war.

»Es sieht so aus, als hätten Sie einen guten Winter gehabt, Jefferson«, sagte er und wies mit dem Kinn auf die Biberfelle. Die junge Frau blickte stoisch geradeaus, aber Tyl sah, daß ihr der Tragegurt tief in die Haut auf der Stirn schnitt. Wenigstens litt sie nicht mehr an Skorbut.

»Wir sind auf dem Weg zu Mrs. Susans Handelsposten in der Nähe von Falmouth. Haben Sie schon gehört, daß sie heiraten will?«

»Nein. Wen denn?« fragte Tyl, den es im Grunde nicht interessierte.

Jefferson zuckte die Schultern. »Einen Kerl aus Wells. Er soll Küfer sein.« Er fuhr sich mit den Fingern durch den Bart und betrachtete Tyl aufmerksam. Sein nicht sehr sauberes Gesicht verzog sich plötzlich nachdenklich, und er runzelte angestrengt die Stirn. »Übrigens, ich soll Ihnen etwas ausrichten. Aber was ... hm, ach jetzt fällt es mir wieder ein. Die Indianer haben Nat Parker nicht umgebracht und skalpiert. Es war irgendein anderer.«

Tyl seufzte. »Das weiß ich schon. Trotzdem vielen Dank.«

Jefferson stellte fest, daß Tyl seine Squaw forschend ansah. »Nesoowa ist seit dem Tag in Falmouth Neck völlig in Ordnung, Doc. Ich habe sie den ganzen Winter lang mit Sprossenbier abgefüllt, stimmt's?« Er lächelte die junge Indianerin liebevoll an. Sie warf Tyl einen scheuen Blick zu und schob den Packen auf ihrem Rücken höher.

»Könnten Sie die Last nicht wenigstens mit ihr teilen?« fragte Tyl.

»Was?«

»Ob Sie ihr nicht helfen können, die Felle zu tragen.«

»Warum?«

Tyl seufzte.

Jefferson fuhr sich mit der Zunge über die Lippen. »Sie haben nicht zufällig ein bißchen Maisschnaps bei sich?«

»Nein, tut mir leid.« Tyl zog die Pfeife aus dem Band seiner Fuchspelzmütze und suchte in der Tasche zu seinen Füßen nach dem Tabaksbeutel aus Eichhörnchenfell. Er stopfte die Pfeife mit den aromatischen Blättern. »Aber ich kann Ihnen etwas zum Rauchen anbieten.«

»*Kinnikinnik?*«

Tyl schüttelte den Kopf. »Einfachen Tabak.«

Jefferson wirkte enttäuscht, nahm jedoch die angebotene Pfeife entgegen. Der Trapper trug wie die Indianer stets Feuer bei sich. An einem Riemen hing ein Beutel aus Hirschfell, in dem sich zwei große Muschelschalen befanden. Darin lag ein Stück glühender Zunder, den er jetzt benutzte, um die Pfeife anzuzünden.

»Wissen Sie, ich komme mir langsam wie ein Postreiter vor«, sagte er, ohne die Pfeife aus dem Mund zu nehmen, »mit all den Nachrichten, die ich hin und her trage. Sie und der Oberst Bishop und jetzt noch jemand aus Penobscot halten mich ganz schön auf Trab.«

»Was für eine Nachricht haben Sie denn diesmal?« fragte Tyl eigentlich nur, um das Gespräch in Gang zu halten.

»Aus Boston da unten haben sie vor ein paar Wochen ein Kriegsschiff in die Penobscot-Bucht geschickt. Es hat mit seinen Geschützen die Mission in Castine dem Erdboden gleichgemacht und dabei Sebastien Râle, den alten Schwarzrock, umgelegt. Jetzt denken die Abenakis nur noch an Skalpieren. Sie haben nach einem großen Powwow aller Stämme ganz offiziell das Kriegsbeil ausgegraben, und sie bauen Leitern, so daß sogar die Forts nicht mehr sicher sind.«

Tyl schnaubte verächtlich und war wieder einmal angewidert von der Kolonialpolitik. Wenn etwas mit Sicherheit die Abenaki gegen die Siedler aufbrachte, dann war es der Tod eines französischen Priesters. »Haben Sie eine Ahnung, wo sie zuerst zuschlagen wollen?«

»Sie wissen doch besser als die meisten, daß die Abenaki schon immer unberechenbar waren. Aber ich würde sagen, in Merrymeeting. Bei den Powwows hat nämlich in letzter Zeit ein Verrückter von einer Vision geredet und davon, daß er Lusifee töten wird, um ... He, was zum Teufel?«

Jefferson starrte verblüfft auf den leeren Felsen, wo gerade eben noch Dr. Tyler Savitch scheinbar faul in der Sonne gesessen hatte. Der Trapper sah sich um, zuerst flußaufwärts, wo ein Fisch aus dem Wasser sprang, und dann den Wildwechsel entlang, der im Wald verschwand. Aber dort saß nur ein Erdhörnchen, das ihn mit zuckenden Barthaaren anstarrte. Schließlich blickte er auf die Pfeife in seiner Hand, um sich zu vergewissern, daß er das alles nicht geträumt hatte.

»Was zum Teufel ist denn in ihn gefahren?« fragte er kopfschüttelnd.

Dann machte er sich wieder auf den Weg flußabwärts. Nesoowa, seine Squaw, folgte ihm stumm.

Die eine Gesichtshälfte bemalte er weiß, die andere schwarz, so daß er einem Opfer am Marterpfahl glich. Das war passend, denn in den Visionen sah er seinen Tod im Feuer. Er erwartete den Tod mit singendem Herzen. Er würde sich opfern, damit sein Volk lebte. Für einen Krieger war es ein angemessener Tod.

Die Geister besuchten ihn jetzt ständig. Er brauchte nicht länger das Geisterwasser der *Yengi,* um sie zu rufen. Sie zeigten ihm denselben Traum immer und immer wieder, damit er seine Bestimmung nicht vergaß oder sich ihr entzog.

Er verstand den Traum genau, so genau, als sei er in der Bilderschrift seines Stammes niedergeschrieben. Die Ströme der *Yengi,* die die Erde überschwemmten, wurden angeführt von Lusifee, der Wildkatze. Im Traum wurde Lusifee von Malsum, dem Wolf getötet, und die Sturmfluten der *Yengi* zogen sich zurück, zurück ins Meer, aus dem sie gekommen waren. Im Traum tötete der Wolf den Puma, und die Völker der Morgenröte erhielten ihre Jagdgründe zurück.

Die Augen Traumbringers schlossen sich zuckend. Er sah Lusifees Gesicht – die lockigen schwarzen Haare, das spitze Kinn, die katzenhaft leuchtenden goldenen Augen.

Er griff nach dem roten Ocker und zeichnete auf seine Brust den Kopf des knurrenden Wolfs, das Totem seines Stammes. Er blickte zum Himmel und stieß ein Wolfsgeheul aus.

»Ich bin Traumbringer!« rief er. »Ich bin Traumbringer, der *Sachem* der Wolfsmenschen. Ich werde die gefährliche Lusifee töten. Ich werde die Woge der *Yengi* zurückdrängen!«

Traumbringer war nur ganz am Rande seiner Entrückung bewußt, daß die meisten Stämme der Abenaki das Kriegsbeil gegen die *Yengi* ausgegraben hatten. Doch das Geschick der Völker der Morgenröte würde sich niemals durch Kampf entscheiden. Die Geister hatten gesprochen. Traumbringer und nur Traumbringer würde Lusifee zurück zu den Norridgewocks bringen, wo man sie verbrennen würde, wie es bereits ihr Schicksal gewesen wäre, wenn sich Bedagi nicht eingemischt hätte. Sie würde sterben, und die *Yengi* würden das Land für immer verlassen.

Traumbringer wußte, er würde nie ganz verstehen, warum sich Lusifee, der Totemgeist der *Yengi*, den Körper einer wertlosen Frau ausgesucht hatte. Aber schließlich waren die *Yengi* eine feige Rasse. Sein Vater hatte ihm von Stämmen erzählt, die von weiblichen *Sachems* beherrscht wurden. Wenn sie Frauen zu ihren Häuptlingen machten, dann war es wohl auch möglich, daß ihr Schutzgeist den Körper einer Frau bewohnte. Daß sie keine gewöhnliche Frau war, hatte er mit eigenen Augen gesehen. Sie besaß den Mut und die Wildheit eines Kriegers.

Sie war Lusifee, und sie mußte vernichtet werden.

Deshalb bereitete sich Traumbringer auf den Kampf und auf den Tod vor. Er rieb seinen Körper mit Bärenfett ein, bemalte sorgfältig seinen Oberkörper und sein Gesicht, und er sang sein Traumlied. Er bereitete sich darauf vor, dorthin zurückzugehen, wo er Lusifee das erste Mal gefangengenommen hatte.

Die Visionen hatten versprochen, daß sie dort sein würde. Und die Visionen logen nie.

Die Luft war süß vom Geruch des simmernden Ahornsafts. Als Nat Parker beim Steineschleifen eine Pause einlegte, glaubte er beinahe, das Tropfen des Safts in die Eimer zu hören.

Von Zeit zu Zeit hatte er die Arbeit unterbrochen und war hinübergegangen, um Delia und den Mädchen beim Tragen der vollen

Eimer vom Schlitten zum Kessel zu helfen. Er legte auch Holz auf das Feuer. Er tat diese Dinge für Delia, um ihr das Zuckersieden zu erleichtern. Er mußte vieles gutmachen.

Er brachte nicht alle Steine weg; manche warf er nur auf Haufen. In seinem Kalender hatte er gelesen, daß Steine ein guter Dünger waren, da sie sich angeblich irgendwie auflösten und im Erdreich versickerten. Der Boden um sie herum sollte dann den dreifachen Ertrag normaler Erde bringen. Delia hatte ihn nach den Steinhaufen gefragt, und als er es ihr erklärte – etwas hilflos, denn die Theorie klang wie ein Ammenmärchen, obwohl sie aus seinem Almanach stammte –, hatte sie tatsächlich gelächelt. Er stellte fest, daß es ihm Vergnügen machte, sie zum Lächeln zu bringen.

Er suchte sie mit seinen Blicken und entdeckte sie zwischen den Bäumen. Sie schlug frische Röhrchen in die Stämme. Die Mädchen beaufsichtigten das Feuer. Alle waren mit sich beschäftigt; Nat stieg von der Steinschleife und folgte dem vertrauten Pfad den Hügel hinauf, an dem die Scheune und die Stallungen gestanden hatten, ehe die Indianer alles niederbrannten.

Der Grabstein war unberührt geblieben, obwohl man ihm den Winter ansah, in dem er den Elementen ausgesetzt gewesen war. Im Jahr zuvor war Mary um diese Zeit gerade drei Wochen tot gewesen. Der Stein war neu gewesen; die Buchstaben waren weiße Narben im glatten grauen Granit, und die Erde des Grabhügels war dunkelbraun und nackt. Jetzt waren die Buchstaben schwarz, und der Granit hatte winzige Löcher und Risse. Die Erde um den Stein hatte sich etwas gesenkt, und die ersten grünen Grashalme stießen durch den stellenweise geschmolzenen Schnee.

Er nahm den Hut ab, kniete neben den Stein nieder und fuhr mit den Fingern die Buchstaben ihres Namens nach. Mary...

Du weißt, welche Richtung meine Gedanken in den vergangenen Wochen genommen haben, während ich darauf wartete, daß Delia nach Hause kommen würde. Ich habe gespürt, daß du da warst und mir zugehört hast. Es ist nicht, daß ich dich weniger liebe...

Er schloß die Augen und senkte den Kopf. Der Hut hing zwischen seinen Knien, die Handgelenke lagen auf seinen Schenkeln.

Mary, ich werde nächste Woche das Haus wieder aufbauen lassen, und Obadia Kemble macht uns ein neues Bett. Und Mary, ich habe vor... ich habe vor, daß Delia und ich das Bett als Mann und Frau teilen. Wenn dich das verletzt, tut es mir sehr leid, denn du weißt, daß ich dir in den zehn Jahren nicht ein einziges Mal bewußt weh getan habe. Und ganz sicher habe ich nie daran gedacht, mit einer anderen Frau ins Bett zu gehen oder jemals eine Frau in dieser Absicht angesehen. Ich habe darüber nachgedacht und bin zu dem Schluß gekommen, daß du dort, wo du jetzt bist, solche Dinge wie die körperlichen Freuden vielleicht nicht mehr so wichtig nimmst. Ich hoffe, es ist so, denn... denn, zu einer Ehe gehört mehr, als daß zwei Menschen im selben Haus leben, Mary. Und ich bin jetzt mit Delia verheiratet.

Er schluckte, fuhr sich mit dem Handrücken über den Mund und stand langsam auf.

Aber das ändert nichts an meinen Gefühlen für dich. Und ich hoffe... ich hoffe, es ändert nichts an deinen Gefühlen für mich.

Nat kam ein schrecklicher Zweifel. Er fragte sich, ob die Mary, die er kannte und liebte, überhaupt noch etwas empfand. Doch der Gedanke war zu schrecklich, um ihn weiter zu verfolgen, und er schob ihn schnell beiseite. Wenn er auch nur einen Augenblick glaubte, daß von Mary nichts mehr existierte außer dem zerfallenden Körper im Grab, dann...

Ein durchdringender Schrei zerriß die Stille, und Nat hob entsetzt den Kopf. Er war sicher, daß der Schrei aus dem Grab zu seinen Füßen hervorgedrungen war.

Dann hörte er den Schrei wieder, und dann Megs Stimme, die verzweifelt: »Delia!« rief. In seiner Eile, den Hügel hinunterzulaufen, stolperte und rutschte er.

Delia wehrte sich gegen einen riesigen Abenaki-Krieger. Er hatte sie an den Händen gepackt und versuchte, sie tiefer in den Wald zu zerren. Ihre Füße hinterließen breite Furchen im schmelzenden Schnee. Aber es waren die Mädchen, die schrien; Delia rang mit ihrem Gegner in schrecklichem Schweigen und krallte sich in den Arm, der jetzt ihren Hals umklammerte.

Einen beschämenden, lähmenden Augenblick lang wurde Nat langsamer, und die Angst legte sich bleischwer auf seine Brust. Er hatte seine Muskete wie ein Dummkopf auf der Steinschleife liegenlassen. Sie war viel zu weit entfernt, um sie zu holen und den Indianer zu erschießen, bevor er mit Delia im Wald verschwand. Nat sah sich verzweifelt um und überlegte, ob im Wald noch mehr Indianer lauerten und bereit waren, sich auf ihn zu stürzen.

Aber dann lief er weiter, direkt auf den nackten, bemalten Krieger zu, der Delia festhielt – und Nat dachte nur noch daran, wie er sie retten könnte.

Lusifee kämpfte wie die Wildkatze, deren Geist in ihrer Seele wohnte, und Traumbringer war entsetzt, mit welcher Schwäche er darauf reagierte. Schwere Steine schienen seine Arme nach unten zu ziehen. Seine Beine zitterten von der Anstrengung, die *Yengi*-Frau mit sich zu zerren. Seine Brust hob und senkte sich unter den Atemzügen, die wie ersterbende, klägliche Windstöße gingen, und er schüttelte den Kopf, um den verschwommenen Nebel vor seinen Augen zu vertreiben.

Traumbringer sah, wie der große blonde Mann hinkend über die Felder kam, und er tastete nach dem Skalpiermesser, das an dem Lederriemen um seine Hüfte hing. Dabei wäre es Lusifee beinahe gelungen, sich loszureißen. Er konnte das nur verhindern, indem er seine Finger in ihre Haare krallte. Er warf den Kopf zurück, um das Kriegsgeheul auszustoßen, aber er war nicht sicher, ob er statt dessen nicht gelacht hatte.

Der Mann mit den blonden Haaren näherte sich. Er kam in der Vision nicht vor, aber er war nur eine Mücke, die sich mühelos zerquetschen ließ. Traumbringer holte aus und warf das Messer. Er zielte auf die Brust des Mannes, aber sein Arm fühlte sich seltsam kraftlos an, und das Messer flog auf einer tiefen und nicht geraden Bahn. Er hätte den Mann beinahe verfehlt, aber in diesem Augenblick schien das linke Bein des *Yengi* unter ihm nachzugeben, und er knickte seitlich ein. Er ruderte mit den Armen, um das Gleichgewicht nicht zu verlieren, und lief so geradewegs ins Messer.

Das Messer grub sich in den Magen des Mannes.

Trotzdem kam er noch mehrere stolpernde Schritte näher, bevor er auf dem Schnee ausglitt und stürzte.

»Nat!« schrie Lusifee und riß sich von Traumbringer los. Sie rannte zu ihm und warf sich über den blutenden Mann.

»NAT!«

Es war kein Geräusch, das Traumbringer veranlaßte, blitzartig den Kopf zu heben, nein, es war Wissen und so klar wie seine Visionen. Er sah einen Geist in Gestalt eines Mannes unter den Bäumen zu seiner Rechten hervorkommen. Er sah, wie der Geist die Arme hob und auf seine Brust zielte. Er sah das Aufblitzen einer Flamme...

Den Schuß, der ihn tötete, hörte er nicht.

Tyl nahm sich noch die Zeit, bis seine Büchse wieder geladen war und er sich vergewissert hatte, daß Traumbringer tot war, ehe er Delia von Nat herunterzog. Er schob sie in Richtung des Ahornsaftkessels, wo sich Meg und Tildy verzweifelt schluchzend aneinanderklammerten.

»Delia, lauf mit den Mädchen sofort zum Blockhaus. Sag Oberst Bishop, ein Trupp Abenaki-Krieger ist auf dem Weg nach Merrymeeting!«

Delia blickte auf ihre blutverschmierten Hände. Sie sah Tyl entsetzt und verständnislos an. »Tyl ... Nat ist ...«

Er schüttelte sie leicht. »Delia! Du mußt alle in Merrymeeting warnen und die Mädchen hinter den Palisaden in Sicherheit bringen.« Er schüttelte sie noch einmal, diesmal fester. »Hast du mich verstanden?«

Sie nickte und biß sich auf die Unterlippe.

»Gut.« Er faßte sie am Kinn, gab ihr einen schnellen Kuß auf den Mund, drehte sie herum und schob sie vorwärts. »Jetzt lauf, Delia. Lauf, so schnell du kannst!«

Sie rannte davon. Er sah ihr nach, bis sie die Mädchen erreicht hatte. Sie nahm Tildy auf den Arm, gab Meg die Hand, und die drei verschwanden auf dem Feldweg in Richtung Siedlung.

Tyl kniete neben Nat. Graue, vor Schmerz dunkle Augen richteten sich auf sein Gesicht. »Doc? Mein Magen tut weh.«

»Sie haben ein Messer im Bauch, Nat«, sagte Tyl. Er wünschte, er hätte Schmerzwurz gehabt, um Nats Qualen zu lindern. »Ich muß es herausziehen.«

Nat nickte und holte mit einem erstickten Schluchzen Luft. »Delia ...?«

»Sie ist in Sicherheit. Ihre Mädchen ebenfalls ... Nat, es wird weh tun. Machen Sie sich darauf gefaßt.«

Das Messer steckte tief und ließ sich nur schwer herausziehen. Tyl fürchtete, Nat werde es nicht überleben. Aber er atmete zwischen seinen Schreien immer noch keuchend und röchelnd. Tyl stillte das Blut mit Nats zusammengelegtem Hemd und wartete fiebernd darauf, daß die Sturmglocke im Fort anfing zu läuten, denn das würde bedeuten, daß Delia und die Mädchen in Sicherheit waren. Dabei wußte er, daß sie mindestens eine halbe Stunde brauchten, um das Fort zu erreichen.

Tyl überlegte, Nat mit Hilfe von Tragestangen nach Merrymeeting zu ziehen. Aber dann entdeckte er auf dem Feld in der Nähe die Steinschleife. Er kam mit dem Ochsengespann zurück und hob Nat, so vorsichtig er konnte, auf den Schlitten. Nat begann bei der Berührung wieder vor Schmerzen zu schreien, doch sobald er auf der Steinschleife lag, verstummte er. Tyl hoffte um Nats willen, daß er ohnmächtig geworden war.

Nat seufzte, und sein Kopf fiel zur Seite. »Mary ...«

»Durchhalten, Nat. Sie schaffen es. Sie müssen nur durchhalten.«

Nat versuchte, die Hand zu heben, aber sie sank schlaff nach unten. Seine glasigen Augen wurden plötzlich klar, und er sah Tyl an. »Sagen Sie Delia ... es ... tut ... mir leid. Ich wollte ... gutmachen. Keine Möglichkeit ...«

Tyl faßte ihn an der Schulter. »Das sagen Sie ihr selbst. Wenn wir in Merrymeeting sind.«

Nats Augen schlossen sich wieder, und eine hohe Welle aus Blut schlug über ihm zusammen. Der Schmerz war etwas Lebendiges in seinem Leib. Er sah es vor sich, wie das rote Blut ihn verzehrte so wie Flammen ein mit Pech getränktes Stück Holz. Es zischte und prasselte und brannte. Es war unerträglich, und er hoffte, er werde schnell sterben.

Mary...

Er fühlte sich ihr sehr nahe. Zum ersten Mal seit ihrem Tod glaubte er, tatsächlich ihre Stimme zu hören. Ihr Bild, das in letzter Zeit verblaßt war, stand ihm plötzlich klar und deutlich vor Augen, als beuge sie sich über ihn, und ihr Gesicht schien kaum eine Handbreit von seinem entfernt zu sein. Er spürte ganz deutlich, wie ihre Lippen ihn sanft auf die Stirn küßten.

Ich komme, sagte er zu ihr. *Bald, bald...*

Die Schmerzen ließen einen Augenblick nach, und sein Bewußtsein wurde wieder klar. Er fühlte sich schuldig, weil er sterben wollte. Er ließ seine Kinder und seine Frau zurück. Aber die Schuldgefühle waren schwach im Vergleich zu dem Wunsch, daß die unerträglichen Schmerzen aufhören würden – und schwach im Vergleich zu der Freude, der unglaublichen Freude und der Erwartung, bald, sehr bald Mary zu sehen. Sie würden wieder zusammensein, und diesmal für immer.

Glocken... aus weiter Ferne hörte er Glocken läuten.

Wie seltsam, dachte er, daß es im Himmel Glocken gibt.

Der blaue Himmel über ihm begann, in einem weißen Licht zu strahlen, und das Läuten wurde lauter. Das weiße Licht war kalt, sehr kalt. Aber das machte nichts, denn die Kälte betäubte den heftigen Schmerz in seinem Leib.

Bald, dachte er, *bald, bald...*

»Mary...«

Tyl hörte Nats tonloses Flüstern und blickte auf ihn hinunter. Auf seinen Lippen lagen tröstende, aufmunternde Worte, aber sie erstarben, als er die offenen, leblosen Augen sah.

Das Läuten der Sturmglocke im Fort drang weit durch die klare Frühlingsluft. Die Siedler von den umliegenden Farmen eilten zu Fuß, auf Pferden und auf Wagen nach Merrymeeting. Sie trugen die Dinge mit sich, die sie bei einer langen Belagerung brauchen würden.

Tyl trieb die Ochsen an. Sie waren nicht gerade leichtfüßig, und der Weg war schlammig und hatte tiefe Karrenspuren. Aber der Schlitten glitt leicht darüber hinweg, und bald kam die Gemeindewiese von Merrymeeting in Sicht, dann das Haus mit dem Fahnenmast davor, das Bethaus mit dem Pfarrhaus und die Palisaden.

Das Tor des Forts war für die Flüchtlinge weit geöffnet worden, und auf dem Wehrgang hatten bereits Männer Posten bezogen, deren Gewehre auf den umliegenden Wald gerichtet waren. Der Platz hinter den Palisaden glich einem zerstörten Ameisenhaufen, denn die Leute liefen scheinbar ziellos in alle Richtungen.

Die Tür des Blockhauses wurde aufgerissen, als Tyl durch das Tor fuhr, und Delia kam heraus. Sie blieb in der offenen Tür stehen, und ihr erster Blick galt Nats lebloser Gestalt auf dem Schlitten. Erst dann sah sie Tyl an. Er hörte Megs Stimme aus dem Blockhaus. Sie schrie immer wieder: »Laß mich los!«

Er kam Delia auf halbem Weg entgegen. Er sehnte sich danach, sie in die Arme zu nehmen. Aus Furcht, sie könnte ihn falsch verstehen, versuchte er nur, sie mit Blicken zu trösten.

»Er ist auf dem Weg hierher gestorben, Delia. Ich habe alles versucht, aber es war von Anfang an aussichtslos.«

Sie strich ihm mit der flachen Hand über die Wange.

»Danke, Tyl«, sagte sie leise. Dann ging sie zu Nat.

Sie setzte sich neben ihm auf den Schlitten, griff nach seiner Hand und führte sie an die Lippen. Sie weinte. Tyl drehte ihr den Rücken zu, aber nicht aus Eifersucht, sondern weil er sie verstand.

Die Sonne ging unter, und es wurde kalt. An den Fenstern der Schuppen hinter den Palisaden blühten zarte Eisblumen. Der Mond ging rund und weiß auf wie ein Schneeball. Er überflutete den Wald mit einem hellen, silbernen Licht.

Kurz vor Sonnenuntergang war ein Kundschafter zurückgekommen. Er hatte die Abenaki-Krieger gesehen – es waren über zweihundert. Sie überfielen einsame Farmen und die Hütten von Trappern, doch es gab keinen Zweifel, daß sie nach Merrymeeting unterwegs waren.

Tyler Savitch, Oberst Bishop und Sam Randolf standen um die Kanone. Das lange schwarze Rohr wies drohend nach Osten – in die Richtung, aus der man die Abenaki erwartete.

Oberst Bishop, dessen Gesicht im Fackellicht dunkelrot wirkte, starrte auf die Kanone und seufzte schwer. »Sind Sie sicher, daß das Ding losgehen wird, Sam?«

»Zum Teufel, nein.« Sam trat so fest gegen eine eiserne Radspeiche, daß ihm beinahe der Hut vom Kopf fiel. »Was weiß ich, das verdammte Ding ist vielleicht nicht mehr wert als ein Kinderspielzeug. Aber ich hoffe schon, daß sie losgeht.«

Der Oberst starrte über die Spitzen der Palisaden in die dunkle leere Nacht. Er zog mit den Fingern an seinen dicken Lippen. »Wir haben nur genug Munition für zwei Salven. Je nachdem, wie viele es sind, können wir vielleicht nicht genug von ihnen umlegen.«

»So viele müssen wir gar nicht töten«, sagte Tyl. Er umfaßte zwei der Palisadenstämme mit den Händen; die Sehnen an seinen Handgelenken traten hervor und straften seinen lockeren Ton Lügen. »Die Drohung der Kanone sollte eigentlich genügen.« Er versuchte, den beiden die Einstellung der Abenaki zum Krieg zu erklären. »Sie halten nicht viel davon, glorreich auf dem Schlachtfeld zu sterben. Ihr Ziel ist es, so viele Feinde wie möglich zu töten und dabei selbst zu überleben, um am nächsten Tag weiterkämpfen zu können. Für sie sagt es nichts über ihren Mut aus, wenn sie fliehen. Wenn sie also den Eindruck gewinnen, es sei zu gefährlich, uns zu töten, werden sie wieder in der Wildnis verschwinden und an einem anderen Ort zuschlagen.«

Oberst Bishop legte Tyl schwer die Hand auf die Schulter. »Ich bete zu Gott, daß Sie recht haben, Doc. Wann, glauben Sie, werden sie kommen?«

»Irgendwann heute nacht. Sehr wahrscheinlich kurz vor dem Morgengrauen.«

Tyl ging den Wehrgang entlang. Er trug seine geladene, schießbereite Büchse in der Armbeuge. Er würde sie benutzen, wenn der Zeitpunkt kam, denn er wollte nicht sterben, und er wollte auch nicht, daß Delia starb. Aber er wußte auch, jedesmal, wenn er abdrückte, und jedesmal, wenn er einen Abenaki stürzen sah, würde es so sein, als hätte er auch Assacumbuit, seinen Vater, töten können.

Er fühlte sich innerlich zerrissener als je zuvor im Leben. Es war schlimmer als in den ersten, erschreckenden und einsamen Monaten, nachdem Assacumbuit ihn nach Wells gebracht und seinem Großvater übergeben hatte. War er Tyler Savitch, der *Yengi*-Arzt? Oder war er Bedagi, der Sohn eines *Sachem* der Abenaki? Wie damals schien ein anderer die Entscheidung für ihn getroffen zu haben. Er war nach seiner Herkunft ein *Yengi*, und deshalb stand er mit den anderen Siedlern von Merrymeeting auf den Palisaden und mußte sich verteidigen, selbst wenn er dabei andere Abenaki tötete.

Er lehnte sich mit einer Schulter an das rauhe Holz und blickte zum Himmel hinauf. Die Sterne glitzerten. Das breite Band der Milchstraße zog über das Firmament wie ein weißer, leuchtender Aal, der dicht unter der Oberfläche eines dunklen Sees schwamm. Die Abenaki glaubten, die Milchstraße sei der Sternenweg, der in das Land der Geister führte. Wenn es nach den Männern von Merrymeeting ging, würden am nächsten Morgen viele Abenaki-Krieger diesen Weg gehen.

»Tyl?«

Er richtete sich auf und drehte sich langsam um. Sie kam zu ihm. Um ihre Augen sah man die Erschöpfung und das Leid. Ihr Mund zitterte. Er öffnete stumm die Arme.

Sie drückte sich an ihn, ihre Wange lag an seiner Brust.

»Wie haben es die Mädchen aufgenommen?« fragte er.

Sie legte den Arm um seine Hüfte und ließ den Kopf sinken. »Ich glaube nicht, daß Tildy es richtig begreift. Aber Meg ... sie hat sich in den Schlaf geweint. Warum mußte er sterben, Tyl?«

»Wir haben ihm den Tod nicht gewünscht«, sagte er und beantwortete damit ihren unausgesprochenen Gedanken.

Wahrscheinlich würden aber doch immer Schuldgefühle zurückbleiben, denn Nats Tod hatte ihnen ihre Liebe wiedergegeben.

Nein, ihre Liebe hätten sie immer gehabt. Nats Tod hatte ihnen ihre Zukunft wiedergegeben.

Er spannte die Armmuskeln an und drückte Delia in wortlosem Verstehen enger an sich. Nach langer, langer Zeit hob sie den Kopf.

Sie fuhr mit der Fingerkuppe über seine Unterlippe.

»Ich liebe dich, Tyl.«

Er küßte sie, aber nicht voll Leidenschaft und nicht voll Verlangen, obwohl der Hunger wie immer da war.

Er küßte sie voll Liebe.

Im zögernden grauen Licht des Morgengrauens strömten sie aus dem Wald, und ihr blutrünstiges Kriegsgeheul zerriß die kalte Luft.

Sam Randolf hielt die Lunte an das Schießpulver im Verschlußstück. Oberst Bishop stand mit erhobener Hand neben ihm. »Warten, Sam, warten«, sagte er leise. »Lassen wir sie näher herankommen. Es muß sich lohnen, Sam, es muß sich lohnen ... «

Seine Hand fuhr nach unten. »Jetzt!«

Die Kanone donnerte. Sie schoß eine Ladung Musketenkugeln, Nägel und Eisensplitter in das Gewimmel der Indianer mit ihren langen Leitern. Der Schuß dröhnte wie Donner über den Himmel, rollte über das Wasser und erfüllte die Luft mit stinkendem schwarzen Rauch. Das Kriegsgeheul verwandelte sich in Schmerzensschreie.

Sam Randolf drehte hustend das Rohr herum, um die zweite Salve zu laden. Er fluchte, als er zufällig das heiße Metall berührte.

Oberst Bishop legte ihm die Hand auf den Arm. »Schon gut, Sam. Sehen Sie, der Doc hatte recht. Sie laufen davon!«

Sam stieß einen Jubelschrei aus. »Wir haben ihnen mit einem einzigen Schuß die Lust genommen!« rief er. Trotzdem lud er die Kanone noch einmal, und alle warteten in gespanntem Schweigen, ob die Abenaki es doch noch einmal versuchen würden.

Tyl wartete nicht. Er stieg vom Wehrgang und ging durch das Tor hinaus auf die Lichtung, wo etwa ein Dutzend lebloser Körper verstreut lag.

Er wollte feststellen, ob noch jemand lebte. Und ob er jemanden kannte.

Epilog

Tyl steckte eine Karotte mitten in das Gesicht des Schneemanns und trat zurück, um die Wirkung zu begutachten. Leider war es eine welke, graue Karotte, die auch noch gebogen war. Der Schneemann wirkte irgendwie finster.

Tildy kicherte und zupfte an den Fransen von Tyls Lederhemd. »Er sieht blöd aus. Der Schneemann sieht blöd aus mit dieser Nase.«

Tyl blickte auf seine Adoptivtochter hinunter. Ein glückliches Lächeln lag auf seinem Mund. Es war ihm, als würde er nun seit elf Monaten schon ununterbrochen so lächeln.

»Ich muß dir leider recht geben, mein Häschen«, sagte er und verlieh seinem Ton den angemessenen Ernst. »Vielleicht sollten wir hineingehen und bei einer Tasse Schokolade überlegen, was wir dagegen tun können.«

Tildy rannte zurück zum Haus. Sie jubelte vor Begeisterung und erschreckte ein Kaninchen, das vorsichtig auf die Lichtung gehüpft war. Ein später Märzsturm hatte noch einmal große Mengen Schnee gebracht, aber Tyl hatte am Morgen einen Pfad geschaufelt.

Tyl war stolz auf das Haus. Es hatte zwei Stockwerke. Er hatte es im vergangenen Frühjahr gebaut. Eine Woche nach der Hochzeit hatte es eine Spendensammlung gegeben. Tyl hatte Delia geneckt und gesagt, er baue das Haus groß genug für *alle* Kinder – Meg und Tildy und das Dutzend, das sie noch bekommen würden.

Tyl war gerade im Begriff, Tildy zu folgen, als die Tür aufgerissen wurde, und Meg herausrannte. Das Haar hing ihr in wirren braunen Strähnen um das Gesicht, und sie umklammerte die mehlbestäubte Schürze mit beiden Händen.

»Dr. Tyl! Es kommt! Das Kind kommt!«

Im ersten Augenblick stand Tyl wie erstarrt da. Er konnte sich nicht von der Stelle rühren. Das Herz schlug ihm bis zum Hals, und er bekam kein Luft. Er hatte schon lange aufgehört, die Kinder zu zählen, die mit seiner Hilfe zur Welt gebracht worden waren. Aber plötzlich fürchtete er sich wie ein junger Arzt beim ersten Mal.

»Dr. Tyl!« rief Meg noch einmal, »schnell!«

Er hatte es so eilig, ins Haus zu kommen, daß er beinahe auf dem festgetretenen Schnee ausrutschte. Er schickte Meg und Tildy zum Spielen nach oben und riß die Tür der großen Küche auf. Weiße Wolken vom Kuchenteig auf dem mehlbestäubten Tisch wirbelten durch die Luft. Er stolperte über einen Besen, der mitten in der Küche auf dem Fußboden lag, und wäre beinahe in einen Bottich voller Kupfertöpfe gefallen, die im Seifenwasser darauf warteten, geschrubbt zu werden. In den letzten beiden Tagen erledigte Delia wie fieberhaft alle möglichen Hausarbeiten und trieb Tyl damit beinahe zum Wahnsinn, denn er fürchtete, sie könnte sich dabei überanstrengen oder dem Kind schaden.

Im Augenblick saß sie ziemlich ruhig auf einem Hocker vor dem Feuer und fluchte wie ein Fischweib über die Knoten in der Stickarbeit, an der sie sich seit einiger Zeit versuchte ... sie war wunderschön und hochschwanger.

Delia hob den Kopf und lachte über ihren Mann. »Nun werde nur nicht nervös, Tyl. Ich habe schon genug Angst, ohne daß mein *Arzt* auch noch die Nerven verliert.«

Er ging stumm zu ihr, kniete sich neben sie und fuhr sanft mit beiden Händen über ihren gewölbten Leib. »Wann hattest du die ersten Schmerzen? Gerade eben?«

Sie streichelte seinen gesenkten Kopf. »Nein, nein«, sagte sie ruhig, »irgendwann nach dem Frühstück.«

»Mein Gott, das war vor Stunden! Warum hast du nichts gesagt?«

»Ich dachte, die klumpige Grütze, die du heute morgen gemacht hast, läge mir im Magen.«

In Tyls Lachen lag ein Anflug von Unsicherheit. Er merkte es und versuchte, sich zu beruhigen, indem er die Zähne so fest zusammenbiß, daß er beinahe wütend aussah. Er richtete sich auf und küßte sie auf den Mund. »Ich habe noch nie im Leben die Nerven verloren«, erklärte er und hoffte, Delia werde nicht sehen, wie seine Hände zitterten. »Das passiert nur Frauen.«

»Hm. Ihr Männer glaubt...« Plötzlich verzog sie vor Schmerz das Gesicht, und ihr ganzer Körper verkrampfte sich.

»O Gott!« stöhnte Tyl. Er hatte das Gefühl, sein Leib habe sich aus Mitgefühl ebenfalls verkrampft.

»Das war eine starke Wehe«, sagte Delia keuchend einen Augenblick später.

Er strich ihr die Haare aus der schweißnassen Stirn. »Das ist gut, Delia. Du darfst nicht dagegen ankämpfen.« Er lächelte unsicher. »Überlaß das mir, ich kämpfe für uns beide.«

Er stützte sie und führte sie in das Zimmer, das er im Erdgeschoß vorbereitet hatte. Dort half er ihr beim Ausziehen und setzte sie in den Geburtsstuhl. Er untersuchte sie und sah, daß es nicht mehr lange dauern würde.

Die Wehen kamen jetzt in regelmäßigen Abständen alle paar Minuten. Delia schnappte jedesmal nach Luft und spannte alle Muskeln an. Tyl wünschte, er könnte das Kind an ihrer Stelle bekommen. Er fand die Schmerzen schrecklich, die Frauen leiden mußten, um ihre Kinder in die Welt zu bringen.

»Warum schreist du nicht einfach?« sagte er und setzte sich neben sie. Er griff nach ihrer verkrampften Hand und küßte die weiß hervortretenden Knöchel.

Delia schüttelte tapfer und entschlossen den Kopf und biß sich auf die Unterlippe, als die nächste Wehe einsetzte.

Ich werde sie nicht verlieren, schwor er sich, um sein heftig klopfendes Herz zu beruhigen. Sie ist gesund und stark. Jeden Tag bekommen Frauen Kinder. Ich werde sie nicht verlieren.

»Ich liebe dich«, sagte er.

Mit einer professionellen Sachlichkeit, die er diesmal nur spielte, sprach er mit ihr, sagte ihr, wann sie pressen und wann sie sich entspannen sollte. Lange zwei Stunden später glitt Tyls Erstgeborener aus dem Leib seiner Frau in seine festen Hände. Das Kind war naß vom Blut und schrie laut. Er hielt dieses bißchen Mensch hoch, *sein* Kind, und betrachtete es voll Staunen und Ehrfurcht. Eine unbeschreibliche Freude trieb ihm die Tränen in die Augen. Zum allerersten Mal im Leben hatte Tyl das Gefühl, die wahre Bedeutung von »Leben« zu verstehen.

Tyl hob den Kopf und sah seine Frau an. Ihre Augen waren verschleiert vor Schmerz, aber sie glänzten triumphierend. Er hob das Neugeborene so, daß sie es sah. »Wir haben einen Sohn, mein Schatz, einen schönen, gesunden Sohn.«

Delia konnte nur erschöpft lächeln. Aber ihr Lächeln sagte alles.

Tyl hatte Delia zu Bett gebracht, das Kind gebadet und gewickelt und wollte es seiner Frau gerade in die Arme legen, als die Tür aufging und zwei kleine Köpfe erschienen.

»Wir haben ein Baby schreien hören«, flüsterte Meg.

Tyl lächelte stolz. »Warum kommt ihr beiden nicht herein und begrüßt euren neuen kleinen Bruder?«

Tildy starrte auf das Neugeborene und zog enttäuscht die Stirn in Falten. »Aber er ist ja so klein. Wie sollen wir denn mit ihm spielen? Er ist so faltig und blau wie eine gedörrte Pflaume.«

Meg stieß ihrer Schwester den Ellbogen in die Seite. »Sei doch still, Tildy. Das war nicht nett.« Aber Tyl sah an ihrem Gesichtsausdruck, daß sie im Grunde derselben Meinung war wie ihre Schwester. Er mußte sich auf die Lippen beißen, um nicht laut zu lachen.

Delia winkte die Mädchen zu sich und küßte sie. »Er wird schnell groß genug sein, um mit euch zu spielen«, sagte sie. Ihre Stimme klang noch schwach, aber sie strahlte glücklich.

»Und er hat ja kaum Haare«, widersprach Tildy, immer noch nicht überzeugt. Delia und Tyl sahen sich an und lächelten.

»Seine Haare werden wachsen wie alles andere auch«, sagte Tyl. Er schob sie in Richtung Tür. »Warum tut ihr Mädchen mir nicht einen Gefallen und macht uns etwas zu essen? Dann kann sich eure Mama ausruhen. Wißt ihr, ein Kind zu bekommen ist eine schwere Arbeit.«

Die Mädchen verschwanden widerstrebend, und Tyl legte sich neben seine Frau auf das Bett. Ihr schlafender Sohn lag zwischen ihnen.

Jetzt, wo alles vorbei ist, dachte Tyl, könnte ich mindestens einen Monat schlafen.

Delia fuhr mit dem Finger über das kleine Gesicht und lachte leise. »Ich sage es nicht gern, Tyl, aber irgendwie sieht er tatsächlich wie eine gedörrte Pflaume aus.«

»Er ist schön«, widersprach Tyl.

Sie drehte den Kopf zur Seite, blickte ihrem Mann in die Augen, und ihr Gesicht wurde ernst.

»Ich weiß, du hast dir ein Mädchen gewünscht. Bist du enttäuscht?«

»Selbstverständlich nicht. Außerdem, wenn wir ein Dutzend Kinder bekommen, muß irgendwann auch ein Mädchen darunter sein.«

Sie versuchte, ihn finster anzusehen, aber ihre Lippen verrieten sie. Tyl gab ihr schnell einen Kuß.

»Ich würde ihn gern Andrew nennen, wie Annes Sohn«, sagte sie. »Und wir werden sie und den Oberst bitten, die Taufpaten zu sein.«

Tyl lächelte zustimmend. »Und nächstes Jahr gehen wir mit ihm ins Dorf und stellen ihn seinem Großvater vor.«

»O ja, Tyl! Assacumbuit wird begeistert von ihm sein. Erinnerst du dich daran, daß er dich immer wieder dazu bringen wollte, Elizabeth als zweite Frau zu nehmen, weil er dadurch noch einen Enkel bekommen hätte?«

Tyl dachte an seinen Vater. Assacumbuit würde sich über seinen neuen Enkelsohn freuen und stolz auf ihn sein.

Den ganzen Sommer und Herbst über war es immer wieder zu Kämpfen zwischen den Abenaki und den Siedlern gekommen. Aber durch Delia hatte Tyl Frieden gefunden, und er wußte nun, daß er immer in beide Welten gehören würde.

Delia war so ruhig, daß er glaubte, sie schlafe. Er stützte sich auf den Ellbogen und betrachtete das vertraute Gesicht.

»Du meine Güte ...«, murmelte er, denn verrückterweise traten ihm schon wieder die Tränen in die Augen.

Delias Lippen verzogen sich zu einem Lächeln, und sie öffnete die Augen. »Danke, Tyl«, sagte sie und gähnte dabei herzhaft.

Sein Arm legte sich enger um sie. »Wofür? Du hattest die ganze Arbeit.«

»Dafür, daß du mir ein Kind geschenkt hast ... unser Kind. Und dafür, daß du mich liebst.«

»Ach, Delia.« Er sprach ihren Namen staunend und voll Freude aus. Dann küßte er sie sanft und zärtlich.

Sie schlief ein und sprach so leise, daß er den Kopf hinunterbeugen mußte, um die Worte zu verstehen:

»Ich liebe dich, Tyler Savitch.«

Cotton Mathers Experimente mit der Pockenimpfung und der Angriff auf die französische Missionsstation in Castine sowie der Tod des französischen Jesuiten Sebastien Râle sind für diese Geschichte einige Monate vordatiert worden.

Norridgewock, das befestigte Dorf der Abenaki, wurde 1724 von den Briten erobert, und viele Abenaki-Krieger zogen sich mit ihren Familien nach Quebec zurück. Aber in Maine leben noch immer Abenaki-Gemeinschaften in Reservaten. 1980 wurde den Abenaki-Stämmen der Penobscot und der Passamaquoddie von der Bundesregierung und der Staatsregierung eine Entschädigung in Höhe von einundachtzig Millionen Dollar zugesprochen, weil die weißen Siedler ihnen ihr Land weggenommen haben.

Penelope Williamson

Penelope Williamson

Wege des Schicksals
Roman
Aus dem Amerikanischen von Manfred Ohl und Hans Sartorius
528 Seiten. Geb. Wolfgang Krüger Verlag

Wagnis des Herzens
Roman
Aus dem Amerikanischen von Manfred Ohl und Hans Sartorius
464 Seiten. Geb. Wolfgang Krüger Verlag und
Fischer Taschenbuch Band 14681

Die Widerspenstige
Roman
Aus dem Amerikanischen von Manfred Ohl und Hans Sartorius
496 Seiten. Geb. Wolfgang Krüger Verlag und
Fischer Taschenbuch Band 13039

Im Herzen des Hochlandes
Aus dem Amerikanischen von Helga Weigelt
Roman. Band 13119

Manchmal in all den Jahren
Aus dem Amerikanischen von Brigitte Gruss
Roman. Band 13038

Aus ruhmreichen Tagen
Aus dem Amerikanischen von Helga Weigelt
Roman. Band 13037

Über den Wolken
Aus dem Amerikanischen von Brigitte Gruss
Roman. Band 13120

Unter dem Himmel von Notre-Dame
Aus dem Amerikanischen von Brigitte Gruss
Roman. Band 13118

Fischer Taschenbuch Verlag

fi 626 / 17